डॉ. आंबेडकर
जीवन दर्शन

डॉ. आंबेडकर
जीवन दर्शन

संपादन

किशोर मकवाणा

प्र
प्रभात प्रकाशन

प्रकाशक

प्रभात प्रकाशन प्रा. लि.

4/19 आसफ अली रोड, नई दिल्ली–110002

फोन : 011–23289777 • हेल्पलाइन नं. : 7827007777

इ–मेल : prabhatbooks@gmail.com ❖ वेब ठिकाना : www.prabhatbooks.com

संस्करण

2025

पेपरबैक मूल्य

पाँच सौ रुपए

मुद्रक

नरुला प्रिंटर्स, दिल्ली

DR. AMBEDKAR : JEEVAN DARSHAN
Ed. Shri Kishor Makwana

Published by **PRABHAT PRAKASHAN PVT. LTD.**
4/19 Asaf Ali Road, New Delhi-110002

ISBN 978-93-5322-167-6

₹ 500.00 (PB)

समता···

स्वतंत्रता···

और

बंधुता की

नींव पर

अपनी राष्ट्रभावना को

सुदृढ करते हुए

'पहले भी राष्ट्र और अंत में भी राष्ट्र'

जैसे प्रेरक मंत्र के उद्गाता

महामानव **डॉ. भीमराव रामजी आंबेडकर**

के पावन चरणों में···

अपनी बात

भीमराव रामजी आंबेडकर केवल भारतीय संविधान के निर्माता एवं करोड़ों शोषित-पीड़ित भारतीयों के मसीहा ही नहीं थे, वे उत्तम समाज-सुधारक, श्रेष्ठ विचारक, तत्त्वचिंतक, अर्थशास्त्री, शिक्षाशास्त्री, पत्रकार, धर्म के ज्ञाता, कानून एवं नीति-निर्माता और महान् राष्ट्रभक्त थे। उन्होंने समाज और राष्ट्र-जीवन के हर पहलू पर अपनी अमिट छाप छोड़ी है। सामाजिक समता और बंधुता के आधार पर एक नूतन भारत के निर्माण की नींव उन्होंने रखी। उनका व्यक्तित्व एक विराट् सागर और कृतित्व उत्तुंग हिमालय जैसा था।

डॉ. बाबासाहब के जाज्वल्यमान जीवनदर्शन, विचार और कृतित्व पर अंग्रेजी सहित भारतीय भाषाओं में अब तक सैकड़ों ग्रंथ लिखे जा चुके हैं। भारत एवं विदेश में ऐसे बहुत कम महापुरुष होंगे, जिनके ऊपर इतनी विशाल संख्या में पुस्तकों का लेखन हुआ है। ऐसे में पाठकों के मन में एक प्रश्न जरूर उठ सकता है कि तो फिर पुनः और वह भी चार खंडों में पुस्तक तैयार करने की क्या आवश्यकता थी? यह सवाल अपने आप में सही भी है, मगर एक सत्य यह भी है कि आज भी इस महामानव के व्यक्तित्व के अनेक आयाम अनछुए रह गए हैं।

गत अनेक वर्षों से वैचारिक अस्पृश्यता और राजनीतिक स्वार्थ के लगातार बढ़ते जा रहे विस्तार ने हमारे जिन राष्ट्रनायकों के बारे में अनेक भ्रांतियुक्त धारणाओं को जनमानस में मजबूत करने का दूषित प्रयत्न किया है, उनमें डॉ. बाबासाहब आंबेडकर प्रमुख हैं। उन्हें किसी जाति या वर्ग विशेष अथवा दल विशेष तक सीमित कर दिए जाने के कारण सामाजिक समता-समरसता ही नहीं, राष्ट्रीय एकता की भी अक्षम्य क्षति हो रही है। डॉ. बाबासाहब को कुछ लोगों द्वारा एक चौखट में बंद कर देने से उनके महान् व्यक्तित्व को अक्षम्य नुकसान हुआ। आज कुछ राष्ट्र विरोधी ताकतों द्वारा अपने निजी स्वार्थ हेतु डॉ. बाबासाहब को एक गलत रास्ते

पर ले जाने की कुचेष्टा हो रही है। ऐसे माहौल में डॉ. बाबासाहब का सही रूप भारतीयों के समक्ष आना बहुत जरूरी है। डॉ. बाबासाहब आंबेडकर पर अब तक जितनी पुस्तकें अथवा ग्रंथ प्रकाशित हुए हैं, उनमें से एक-दो को छोड़कर प्राय: सभी एकांगी या एकपक्षीय होने के कारण उनके व्यक्तित्व एवं कृतित्व का सही आकलन करने में भारत के लोग समर्थ सिद्ध नहीं हुए हैं। इस दृष्टि से चार खंडों में खंड एक—'जीवन दर्शन', खंड दो—'व्यक्ति दर्शन', खंड तीन—'आयाम दर्शन' और खंड चार—'राष्ट्र दर्शन', प्रसिद्ध पुस्तक—'डॉ. बाबासाहब आंबेडकर : एक नाम विविध आयाम' डॉ. बाबासाहब भीमराव आंबेडकर को समग्रता में प्रस्तुत करनेवाला एक ऐसा अनन्यतम दस्तावेज है, जो डॉ.बाबासाहब आंबेडकर के बारे में फैले या फैलाए गए सारे भ्रमों के निवारण में तो समर्थ है ही, साथ ही उन्हें एक चरम कोटि के दृष्टापुरुष तथा राष्ट्रनायक के रूप में प्रस्थापित करने में भी समर्थ सिद्ध होगा। पुस्तक के चार खंडों में पहली बार बाबासाहब के व्यक्तित्व के हर आयाम को स्पर्श करने का प्रयत्न किया गया है।

बाबासाहब के विराट् व्यक्तित्व और राष्ट्रभाव से अभिभूत अंत:करण एवं जीवनदर्शन और विचार-तथ्यों को पुस्तक के इन चार खंडों द्वारा प्रकाश में लाने का प्रयत्न किया गया है। इनमें कई ऐसी बातें हैं, जिनके बारे में ज्यादा चर्चा अथवा लेखन नहीं हुआ है। आपको यह पुस्तक डॉ. बाबासाहब के व्यक्तित्व के अनेक नए आयामों का परिचय जरूर कराएगी। बाबासाहब का व्यक्तित्व विविधायामी है। उन्होंने अभावों, अपमानों और अड़चनों के पहाड़ों को चीरकर अपने सामर्थ्य और मेधावी शक्ति से सर्वोच्चता प्राप्त की थी। विपरीत धारा को पार कर शताब्दियों से अन्याय सह रहे और अधिकारों से वंचित बंधु-बांधवों के लिए अपना जीवन समर्पित कर दिया। उन्होंने अपने 65 वर्षीय जीवन में वह मुकाम हासिल करवाने की ठान ली थी, जिनसे अस्पृश्य समाज वंचित था।

डॉ. बाबासाहब आंबेडकर ने अनेक संघर्षों के बीच भी अपनी भारत भक्ति को हृदय से दूर नहीं किया। सामाजिक संघर्षों में भी केंद्रबिंदु एवं अंतिम लक्ष्य राष्ट्रीय हित ही रहा। डॉ. बाबासाहब आंबेडकर का जीवनदर्शन और महान् कार्य अनगिनत शताब्दियों तक प्रेरणा देते रहेंगे। भारतरत्न पूज्य डॉ. बाबासाहब आंबेडकर ने सालों पहले वर्तमान समय के राष्ट्र निर्माण के विभिन्न क्षेत्रों में भी कितना अधिक योगदान दिया है यह स्मरण करना समीचीन होगा। उनका मूल मंत्र कहें या सूत्र; यह है कि 'जब तक समाज के निचले तबके का मनुष्य आत्मगौरव से खड़ा नहीं हो पाएगा, जब तक यह देश भी खड़ा नहीं होगा।'

इस दृष्टि से देखें तो डॉ. बाबासाहब के अविस्मरणीय योगदान को दो अलग-अलग दृष्टिकोण से देखा जा सकता है। पहला, समाज और देश के लिए वे कैसे जिए? दूसरा, देश की एकता, विकास, देश के प्राकृतिक संसाधनों और देश की सुरक्षा का विचार उन्होंने कैसे किया? बाबासाहेब ने अपने जीवन-यज्ञ को धधकते अग्निकुंड में तपाया था। सामान्य व्यक्ति को अगर ऊपर उठाना है तो शिक्षा की अत्यंत आवश्यकता है। इसलिए बाबासाहेब जब कहते थे, 'जीवन में आत्मविश्वास और शक्ति से ही आप सफल होंगे', तब यह उनका कोरा उपदेश नहीं होता था। अनेक प्रकार के अपमानजनक व्यवहार को झेलकर भी उनके मन में द्वेष नहीं आया, कलुषता भी नहीं आई। राष्ट्र और समाज को वे एक अच्छा दर्शन देने के लिए निरंतर प्रवृत्त रहे।

आर्थिक मुश्किलों के बावजूद विदेश में जाकर अनेक प्रकार की डिग्रियाँ उन्होंने प्राप्त कीं। आश्चर्य की बात यह है कि एक ऐसे गरीब परिवार में जन्म लेनेवाले, समाज में किसी भी प्रकार का सम्मान न प्राप्त करनेवाले युवा बाबासाहब कोलंबिया विश्वविद्यालय से एम.एस-सी. करते हैं। वे लंदन में जाकर लंदन स्कूल ऑफ इकोनॉमिक्स से एम.ए. करते हैं, पी-एच.डी. करते हैं और चार बड़ी-बड़ी डिग्री लेकर आते हैं। इस तरह वे असंभव को संभव करके दिखाते हैं। वे एम.ए. हैं, वे पी-एच.डी. हैं, वे एम.एस-सी. हैं, वे डी.एस-सी. हैं; परंतु ये चारों डिग्रियाँ जो हैं, सभी अर्थशास्त्र की ही हैं। उन्होंने बड़े-बड़े शोध-पत्र भी लिखे थे। क्या हमारा देश डॉ. बाबासाहब आंबेडकर के गुणों और उनके शोध शास्त्रों के बारे में जानता है? वे शोध में लिखते हैं कि हमारा देश कैसा महान् देश है। मेरे देश का भूगोल कैसा है? वे लिखते हैं कि मेरे देश का सारा उत्तरी भारत हिमालय से आच्छादित है, सुरक्षित है। मेरे देश का दक्षिणी भाग समुद्र से घिरा है। मेरे देश में कितने जीव-जंतु रहते हैं? मेरे देश में कितनी वनस्पतियाँ हैं? मेरे देश में कितने नेचुरल रिसोर्सेज हैं?' ये सारी बातें कोई देशभक्त ही लिख सकता है और डॉ. आंबेडकरजी ने यह सब लिखा है। 'पहले भी देश, बाद में भी देश और अंत में भी देश...' उनके ये शब्द प्रत्येक भारतीय के लिए राष्ट्रसूत्र सरीखे हैं।

साहित्यकार श्रीनेत्र पांडेय ने उचित ही कहा है—"शोषित-शूद्र-कुलोत्पन्न, दरिद्रता में पले, अस्पृश्यता के अभिशाप के भुक्तभोगी, दलितों के कर्णधार, दीन-दुखियों के दर्दनाक दुखों से द्रवीभूत होनेवाले पीड़ितों के आशा-प्रदीप एवं अधिवक्ता, भारत के महान् मनीषी, गंभीर ग्रंथकार, अप्रतिहत समाज-सुधारक, राजनीति तथा विधि-विधान के प्रकांड-पंडित, महान् विचारक एवं तत्त्व-चिंतक,

घनघोर बुद्धिवादी, महान् मानवतावादी, भारतीय संविधान के प्रधान शिल्पी, हिंदू कोड बिल के प्रणेता, बौद्ध धर्म के पुनरावर्तक तथा विश्वबंधुत्व के उपदेशक डॉ. भीमराव बाबासाहब आंबेडकर के व्यक्तित्व में आक्रोश तथा आर्द्रता, विद्रोह तथा विराम, क्रांति तथा शांति, सहयोग तथा असहयोग, कठोरता तथा कोमलता, संकीर्णता तथा व्यापकता, जातीयता तथा राष्ट्रीयता, देशप्रेम तथा विश्वबंधुत्व का सुंदर समीकरण तथा समन्वयकारी चित्र दृष्टिगोचर होता है।''

सामाजिक संदर्भ में देखा जाए तो, उनका जन्म पूर्व की सभी सामाजिक क्रांतियों की विफलताओं को सफल बनाने के लिए ही हुआ था। उनका जीवन हिंदू धर्म पर सदियों से काबिज वर्णभेद, जातिभेद तथा अस्पृश्यता जैसी सामाजिक विकृतियों के विरुद्ध सशक्त विद्रोह तथा सतत संघर्ष की रोचक, रोमांचक, विचारोत्तेजक एवं प्रेरणादायी अमरगाथा है। वास्तव में देखा जाए तो डॉ. बाबासाहब का राष्ट्र-निर्माण में सबसे बड़ा योगदान तो है यही कि उन्होंने समाज के निचले तबके के मनुष्य को जगाया। हजारों सालों से हिंदू समाज में पिछड़ी मानी गई जातियों को सामान्य नागरिक अधिकार, सामाजिक अधिकार, राजनीतिक अधिकार तक न थे। वे सामाजिक दासता से भी भयानक-बर्बरता में जी रहे थे। इस दासता को धर्म की मनगढ़ंत व्याख्या कर खड़ा किया गया था। इस कारण यह दासता धार्मिक दृष्टि से भी अपरिवर्तनीय बन गई थी। विषमता का शास्त्र खड़ा किया गया। अस्पृश्यता सामाजिक पाप है, इस बात की बाबासाहब के जन्म के पूर्व अस्पृश्य समाज को कोई जानकारी न थी।

बाबासाहब आंबेडकर के व्यक्तित्व एवं कृतित्व का मूल्यांकन करते हुए हिंदी जगत् के मूर्धन्य साहित्यकार क्रांतदर्शी मन्मथनाथ गुप्त ने एक स्थान पर अपने निबंध 'भारतीय समाज और डॉ.आंबेडकर' में कुछ वर्ष पूर्व लिखा था—''भारत का कुछ ऐसा दुर्भाग्य रहा है कि जब-जब यहाँ कोई क्रांतिकारी विचारों वाला व्यक्ति उत्पन्न हुआ है तो या तो उस पर कोई ध्यान ही नहीं दिया गया, या यदि वह ऐसा व्यक्ति हुआ कि उसके व्यक्तित्व को किसी तरह अस्वीकार नहीं किया जा सका, यदि उसका व्यक्तित्व ऐसा रहा कि वह जादू की तरह सिर पर चढ़कर बोला, तो उसके साथ यह चालाकी की गई कि उसके व्यक्तित्व को सम्मान तो दिया गया, उसे पूजा तो गया, उसे अवतार तो बना दिया गया, पर उसके विचारों को भुला दिया गया। भारत के इसी दुर्भाग्य के कारण भारत उस प्रकार से प्रगति नहीं कर पाया, जैसी कि उसे करनी चाहिए था। नतीजा यह हुआ कि भारत पिछड़ गया। वह सैकड़ों वर्षों तक पराधीन रहा और आज हम संसार के सबसे पिछड़े हुए देशों में हैं।''

डॉ. बाबासाहब के सार्वजनिक जीवन में उदय होने से पूर्व साधारणत: ऐसी परिस्थिति थी। सामाजिक दासता में जीनेवाले मनुष्य को सैकड़ों सालों की सामाजिक दासता की बेड़ियाँ तोड़ने हेतु प्रेरित करना, उसे संघर्ष के लिए खड़ा करना, यह साधारण बात नहीं है। बाबासाहब की यह सबसे बड़ी राष्ट्रसेवा है। बाबासाहब ने जो किया, उसे संक्षेप में इस प्रकार बताया जा सकता है—

1. उन्होंने निचले तबके के मनुष्य को सोचने के लिए प्रवृत्त किया, अन्यायी सामाजिक व्यवस्था को तोड़ने के लिए उन्हें विद्रोही बनाया।

2. आत्मसम्मान की ज्योति जगाई। इज्जत रक्षा की प्रेरणा जगाई और मूल्यों के लिए जीना-मरना सिखाया।

उनके जीवन के स्वाभाविक रूप से जो चार कालखंड बनते हैं, उसका भी उल्लेख करना आवश्यक है। उनके जीवन का प्रथम कालखंड सामान्यत: 1920 से 1935 तक माना जाता है। इस कालखंड की प्रमुख घटनाएँ हैं—महाड, कालाराम मंदिर, पार्वती सत्याग्रह, गोलमेज परिषद्, साइमन कमीशन के आगे निवेदन और पूना पैक्ट। इस कालखंड में बाबासाहब की वैचारिक भूमिका—अस्पृश्यता की समाप्ति, हिंदू समाज में जाति निर्मूलन और स्वतंत्रता, समता और बंधुता—इन तत्त्वत्रयी पर समाज की पुनर्रचना की रही है। महाड चवदार तालाब सत्याग्रह के समय उन्होंने जो घोषणा-पत्र प्रकाशित किया था, उसका शीर्षक था—'हिंदू मात्र के जन्मसिद्ध अधिकारों का घोषणा-पत्र।' गोलमेज परिषद् के समय के उनके घोषणा-पत्र का भी बहुत सा हिस्सा संविधान में है। साइमन कमीशन के सामने गवाही देते समय उन्होंने कुछ बातें कही थीं, जैसे 'हम हिंदू समाज का अंग नहीं हैं, हमें आप प्रोटेस्टेंट हिंदू अथवा नॉन कॉन्फार्मिस्ट हिंदू कहिए।' उनके इस कथन को हमें ठीक से समझना चाहिए। भारत पर मुसलिम आक्रमणों और गुलामी के कारणों पर डॉ. बाबासाहब की अलग मीमांसा है। उन्होंने कहा था, "अस्पृश्यों के हाथों से अगर शस्त्र नहीं निकाले गए होते तो यह देश कभी गुलाम नहीं हो पाता।"

उनके जीवन का दूसरा कालखंड 1935 से 1947 तक का था। 1935 में उन्होंने येवला में घोषणा की थी, "मैं हिंदू के रूप में जन्मा अवश्य हूँ, लेकिन हिंदू के रूप में मरूँगा नहीं।" इसी कालखंड में उन्होंने इंडिपेंडेंट लेबर पार्टी की स्थापना की। 1942 में उसे बरखास्त करके 'शेड्यूल्ड कास्ट फेडरेशन' की स्थापना की। कारण था कि भारत की आजादी निकट आ रही थी। क्रिप्स कमीशन भारत से लौट गया था। संविधान सभा निर्माण की प्रक्रिया आरंभ हो गई थी। मुसलमानों को पाकिस्तान और हिंदुओं को खंडित भारत मिलने वाला था। बननेवाला हिंदुस्थान

एक मायने में हिंदू राज्य ही होना था, यानी बहुसंख्यक हिंदुओं का राज्य। लेकिन ध्यान रहे, बाबासाहब वैसा नहीं मानते थे। देश की राजनीतिक परिस्थिति में तेजी से आते बदलाव को ध्यान में रखकर ही बाबासाहब ने शेड्यूल कास्ट फेडरेशन की स्थापना की। केवल अनुसूचित जातियों का दल बाबासाहब को इसलिए स्थापित करना पड़ा, क्योंकि उस दल के बिना इस वर्ग का स्वतंत्र प्रतिनिधित्व नहीं हो पाता। नागपुर में ऑल इंडिया डिप्रेस्ड क्लासेस की परिषद् हुई। इसमें 70,000 प्रतिनिधि आए। तीन प्रस्ताव पारित हुए। बाबासाहब का मानना था, मुसलमानों की तरह अनुसूचित जातियों को भी अल्पसंख्यक मानकर उनको अलग और संरक्षित राजनीतिक अधिकार मिलने चाहिए।

उनके जीवन का तीसरा कालखंड संविधान निर्माण का और चौथा कालखंड 1949 से 1956 का है। इस कालखंड में हम डॉ. बाबासाहब आंबेडकर को एक राष्ट्र निर्माता और धम्म पुरुष के रूप में देख सकते हैं। राष्ट्र के प्रति उनका समर्पण भाव कितना अनन्य और अनुपम है, यह दिखाई देता है। राष्ट्र का विचार अर्थात् जन का विचार, भूमि का विचार, संस्कृति का विचार है। इस संदर्भ में डॉ. बाबासाहब का योगदान क्या है? जन का विचार करते समय बाबासाहेब ने 'शूद्र पहले कौन थे?' नामक पुस्तक में आर्य आक्रमण सिद्धांत को अस्वीकृत किया है। बाबासाहब ने बताया है, "वैदिक आर्यों का मूलस्थान हिंदुस्थान में ही होगा, इस बात के सबूत वैदिक साहित्य में ही प्राप्त होते हैं।" डॉ. बाबासाहब का यह प्रतिपादन भारतीय राष्ट्रवाद के संदर्भ में अत्यंत मौलिक है।

बाबासाहब ने जन की संस्कृति की ही तरह इस भूमि का भी विचार किया है। 'एनशिएंट इंडियन कॉमर्स' लेख में भारत का वर्णन उनके ही शब्दों में इस प्रकार है—"भारतभूमि समृद्ध भूमि थी। इसलिए वह अनेक आक्रांताओं के हमलों की शिकार बन गई।" प्राकृतिक संसाधनों के बारे में बाबासाहेब का स्वतंत्र दृष्टिकोण था। खेती का राष्ट्रीयकरण होना चाहिए। उस पर निजी अधिकार समाप्त करने चाहिए। खेती की उत्पादकता उसके आकार पर नहीं, बल्कि उर्वरक, मानव संसाधन, जन आदि पर निर्भर करती है। खेती पर निर्भर अतिरिक्त संख्या को कम करने हेतु भारत का तेजी से औद्योगीकरण करना आवश्यक है। अतिरिक्त मानव संसाधन उद्योग में लगाना चाहिए, ऐसा उनका मानना था।

डॉ. बाबासाहब आंबेडकर वायसराय के कार्यकारी मंडल में 1942 से 1946 तक श्रम मंत्री थे। जलसंपदा विभाग का कार्यभार भी उन पर था। बाबासाहब जब केंद्रीय मंत्री बने तब उनके कार्यकाल में दामोदर नदी पर हीराकुड बाँध परियोजना

शुरू हुई थी। उनका कहना था, पानी का अभाव दूर करना है तो उसे जमा करना चाहिए। सबसे पहले बाबासाहब ने ही 'नदी जोड़' विषय रखा था। आज हम नदी जोड़ परियोजना पर बहस करते हैं, लेकिन इस बात को भूल जाते हैं कि यह अवधारणा बाबासाहब ने 1944 में ही रखी थी। महान् अर्थशास्त्री होने के कारण आज अमली भारत की सुवर्ण नीति और आर.बी.आई. की संकल्पना भी उनके ही विचारों की देन है।

25 नवंबर, 1949 को संविधान सभा के आखिरी भाषण में उन्होंने कहा, "जातियाँ राष्ट्र विघातक हैं। जल्दी हमें उनसे मुक्त होना चाहिए। एक अन्य भाषण में उन्होंने कहा, "मेरे विचार में जाति-रहित संघ बनकर हिंदू समाज आत्मरक्षा हेतु अधिक शक्तिशाली बन जाता है तो ही उससे कुछ आशा कर सकते हैं। अन्यथा हिंदुओं का स्वराज गुलामी के गर्त में उतरने का एक पायदान सिद्ध होगा।"

एक राष्ट्र की भावना कैसी निर्मित हो पाएगी, यह डॉ. बाबासाहब के चिंतन का अत्यंत महत्त्वपूर्ण पहलू था। बाबासाहब के शब्दों में बताएँ तो इससे 'सह अस्तित्व की भावना' निर्मित नहीं होती है। एक तरफ सांस्कृतिक एकता है, भौगोलिक अखंडता है, इसके साथ ही यहाँ लोगों को एक-दूसरे से विभक्त करनेवाले वंश और पंथ हैं। जन, भूमि और संस्कृति, ये तीन घटक राष्ट्रवाद की जगमान्य त्रिमिति हैं। मगर उनसे ही राष्ट्र नहीं बनता है। यह बाबासाहेब ने अलग तरीके से समझाया है। उन्होंने कहा, चौथी मिति है सर्वत्र बंधुभाव, यानी कि हम सब एक ही परमात्मा की संतान हैं अथवा एक ही आत्मतत्त्व हम सब में विद्यमान है, इस तरह का भाव।

बाबासाहब लोकतंत्र के परम उपासक थे। लोकतांत्रिक व्यवस्था में उनकी प्रगाढ़ आस्था थी। उनकी लोकतंत्र की अवधारणा तीन तत्त्वों पर आधारित थी—समता, स्वतंत्रता और बंधुता। भारत जब आजाद हो रहा था तब 565 रजवाड़ों को भारत में शामिल करने का अत्यंत कठिन कार्य सरदार पटेल ने कर दिखाया। यह एक राज्य-एक राष्ट्र की अवधारणा थी। कठिन कार्य था भारत को 'नेशन-स्टेट' अर्थात् 'राष्ट्र-राज्य' के रूप में खड़ा करना। बाबासाहब ने मूर्त रूप में राष्ट्र-राज्य की अवधारणा रखी।

बाबासाहब हमारे सामने सामाजिक न्याय पर आधारित संविधानमूलक लोकतांत्रिक राष्ट्रवाद की संकल्पना रखते हैं। राष्ट्रनिर्माण में डॉ. बाबासाहब आंबेडकर का यह योगदान अलौकिक है। डॉ. बाबासाहब की नजर में राष्ट्रवाद और सामाजिक न्याय एक ही सिक्के के दो पहलू हैं। राष्ट्र का अर्थ होता है जन,

भूमि और संस्कृति। जन, भूमि के आधार पर संस्कृति का विकास होता है और यह संस्कृति राष्ट्र को जोड़ने का काम करती है। डॉ. बाबासाहब ने 1916 में कोलंबिया यूनिवर्सिटी में 'कास्ट इन इंडिया' शोध निबंध प्रस्तुत किया, जिसमें उन्होंने लिखा है—"भारत में सर्वव्यापी सांस्कृतिक एकता है। यद्यपि समाज अनगित जातियों में बँटा है, फिर भी वह एक संस्कृति से बँधा हुआ है।" बाबासाहब का कहना है कि राष्ट्र केवल एक संस्कृति से खड़ा नहीं होता। राष्ट्र के खड़े होने के लिए सांस्कृतिक एकता के साथ -साथ सामाजिक एकता का भी इतना ही महत्त्व है। जब समाज विभिन्न जातियों में आपस में बँट जाता है, तब उसके आदर्श अलग-अलग होते हैं और वे एक-दूसरे से टकराते हैं। समाज का एक एकवर्णीय होना बहुत महत्त्वपूर्ण है।

आगे 50 वर्ष बाद बाबासाहब इसी बात को अपने जीवन के अंतिम ग्रंथ 'भगवान् बुद्ध और उनका धम्म' के पृष्ठ 236 पर अलग शब्दों में कहते हैं—"धर्म को सधर्म का स्वरूप देने के लिए धर्म में सामाजिक भेद से उत्पन्न सभी कानून नष्ट कर देने चाहिए। ब्राह्मण सबसे श्रेष्ठ और शूद्र सबसे कनिष्ठ, इस प्रकार की बात से राष्ट्र खड़ा नहीं होगा। राष्ट्र के खड़े होने के लिए 'जैसे दूसरे वैसा ही मैं, जैसे हम वैसे ही दूसरे...। इस विचार से दूसरों के साथ समरस हो जाओ' इस विचार को खूले दिल से अपनाना होगा।"

सामाजिक एवं राष्ट्र-निर्माण में महत्त्वपूर्ण भूमिका अदा करनेवाले महानायक डॉ. बाबासाहब आंबेडकर के पहलू के दर्शन पर आधारित चार खंड एक—'डॉ. आंबेडकर : जीवन दर्शन', खंड दो—'डॉ. आंबेडकर : व्यक्ति दर्शन', खंड तीन—'डॉ. आंबेडकर : आयाम दर्शन' और खंड चार—'डॉ. आंबेडकर : राष्ट्र दर्शन' प्रकाशित पुस्तकों द्वारा भारतीय जनों को यथार्थ में डॉ. भीमराव बाबासाहब आंबेडकर के दर्शन होंगे, ऐसा मेरा विश्वास है।

डॉ. भीमराव आंबेडकर की इस जीवन और विचारयात्रा में मुझे सहयोग करनेवाली अनीता परमार (संपादक 'संवेदना समाज' पत्रिका-गुजराती) का हृदयपूर्वक धन्यवाद।

आज और भविष्य की पीढ़ी को डॉ. बाबासाहब आंबेडकर के व्यक्तित्व के सभी पहलुओं को समझने में और उस पर संशोधन करने में ये चार खंड सहायक होंगे तो मेरा परिश्रम व्यर्थ नहीं जाएँगा...

—किशोर मकवाणा

अनुक्रम

भीमाय तस्मै नमः (भीमाष्टकम्)

—**श्रीधर भास्कर वर्णेकर**

अपने पर हुए छोटे से अन्याय अथवा कटुवचन से आपा खो जाता है, परंतु कदम-कदम पर अपने देशबंधुओं से अन्याय, अत्याचार, अपमान सहन करते हुए, जिन्होंने गंभीरता से अपनी पढ़ाई पूरी की और उसका उपयोग करके उपेक्षित समाज को उन्नति का मार्ग दिखाया; उस संविधानकर्ता महामानव भारतरत्न पू. डॉ. भीमराव (बाबासाहब) आंबेडकर की स्मृति को शत-शत वंदन! संपादक।

जन्मास्पृश्यकुले विपत्तिविकले नानानिषेधाऽकुले
विद्यामंदिर-सम्प्रवेशनविधौ लोके विरोधो महान्।
नो धर्माचरणे मनागनुमतिर्नो सरंकृतिप्रेरणा
प्राप्तो येन तथाप्युदग्रमहिमा, भीमाय तस्मै नमः ॥1॥

भावार्थ : विपत्तियों से विकल हुए, नाना प्रकार के निषेधों से व्याकुल हुए, जिसे विद्या मंदिर में प्रवेश नहीं था, धर्माचरण की अनुमति न होनेवाले, किसी प्रकार की सांस्कृतिक प्रेरणा न रखनेवाले अस्पृश्य कुल में जन्म लेने के बावजूद, जिसने उत्तम महत्ता प्राप्त की, उस भीम को मेरा नमस्कार!

जीवानां बत जन्म दैवनियतं मान्येऽवमान्ये कुले
श्रेष्ठत्वं परमात्मपौरुषपरं लोकेऽत्र निःसंशयम्।
तत्त्वस्यास्य निदर्शनं दृढतरं यस्योज्जलं जीवनं
धीरोदात्त-नरोत्तमाय सततं भीमाय तस्मै नमः ॥ 2 ॥

भावार्थ : उच्च अथवा नीच कुल में जन्म लेना भले ही जीव के भाग्य पर निर्भर रहता है, परंतु जन्म में श्रेष्ठत्व प्राप्त करना निःसंशय अपने पौरुष पर अवलंबित रहता है, जिसका उज्ज्वल व दृढनिश्चय जीवन इस सिद्धांत का उत्तम उदाहरण है, ऐसे धीरोदात्त पुरुषों में श्रेष्ठ भीम को मेरा नमस्कार!

मिथ्या धर्ममताभिमानकृपणैर्देशेऽखिले भारते
अस्पृश्या इति धिक्कृताश्चिरमहो हा मानवैर्मानवा: ।
शश्वन्निर्दलिता उपेक्षिततमा, विद्यार्जने वञ्चिता
तेऽमी येन समुद्धृता: स्वतपसा, भीमाय तस्मै मन: ॥3 ॥

भावार्थ : संपूर्ण भारत में मिथ्या धर्ममत के अभिमान से क्षुद्र बने हुए मानवों ने (मनु के अनुयायियों ने), जिन मानवों को चिरकाल तक अस्पृश्य कहकर धिक्कारा, निरंतर दलित अवस्था में रखकर उपेक्षा की व विद्यार्जन से वंचित रखा, जिसने अपने तपोबल से उन लोगों का उद्धार किया, उस भीम को मेरा नमस्कार!

अज्ञानोपहतात्मनां जडधियां व्यालुप्तसत्कर्मणां
न ज्ञानेन विना कदाचन भवेज्ज्योतिर्मयं जीवनम् ।
तद् विद्याभिमुखीकृता स्वजनता, सेन प्रबुद्धात्मना
विद्याऽऽराधन-नैष्ठिकाय विदुषे, भीमाय तस्मै नम: ॥4 ॥

भावार्थ : जड़ बुद्धि के कारण अज्ञानग्रस्त व सत्कर्म से दूर रहे लोगों का जीवन ज्ञान के प्रकाश के बिना कदापि प्रकाशमय नहीं हो सकेगा, यह जानकर जिसने प्रबुद्ध; पर अज्ञान जनता को विद्याभिमुख किया, उस निष्ठावंत विद्या उपासक विद्वान् भीम को मेरा नमस्कार!

श्रीमन्वादिभिराप्तवागनुगतै: सौराज्य-कार्योचित:
पन्था: प्राक्तन-धर्मशास्त्रविधिवत् क्षुण्ण: पुरा भारते ।
कालेनोपहत: स येन सुधिया काले नवे संस्कृत:
सश्रद्धं नवसंविधानऋषये, भीमाय तस्मै नम: ॥5 ॥

भावार्थ : सुराज्य की स्थापना के लिए प्राचीन काल में भारत में मनु, याज्ञवल्क्य आदि ने प्राचीन परंपरागत धर्मशास्त्र के विधि-निषेधों व आप्तवचनों का अनुसरण-कर जिस मार्ग को बनाया था, वह काल के प्रवाह से विकृत हो गया है, तब जिसने उत्तम बुद्धि का अनुसरणकर उन्हें कालानुरूप सुसंस्कारित किया, उस नवीन संविधान निर्माणकर्ता ऋषितुल्य भीम को मेरा नमसकार!

अध्यात्मप्रवणो नितांतकरुणापूर्वोऽष्टमार्गात्मक:
सद्धर्म: किल सम्प्रवर्तित इह श्री बुद्धदेवेन य: ।
कालेनास्तमितोऽपि येन स पुन: संजीवितो भारते
भक्त्या धर्मधुरन्धराय कृतिने, भमाय तस्मै नम: ॥6 ॥

भावार्थ : भगवान् बुद्ध ने जो अध्यात्मप्रवण, करुणापूर्ण, अष्टांग मार्गात्मक सद्धर्म भारत में उत्तम रूवरूप में प्रवर्तित किया था, वह काल के प्रवाह में भारत

से लुप्तप्राय हो गया था। जिसने उसे पुनरुज्जीवित किया, उस धर्मधुरंधर भीम को मेरा नमस्कार!

अन्यायप्रतिरोधिने नयवते, पाखण्डविध्वंसिने
अत्याचारविमर्दिने बलवते निःशक्तसंरक्षिणे।
युक्तायुक्ताविवेकिने मतिमते, सद्धर्मसस्कारिणे
दीनाऽनाथसुधारिणे कृतिमते, भीमाय तस्मै नमः ॥7॥

भावार्थ : अन्याय का विरोध, पाखंड (धर्म शत्रुओं का) विध्वंस, अत्याचार का मर्दन, दुर्बलों का संरक्षण, युक्त व अयुक्त का विवेक; सद्धर्म का संस्कार और दीन, अनाथ लोगों की उन्नति करनेवाले नीतिसंपन्न बुद्धिमान् व कर्तृत्ववान् भीम को मेरा नमस्कार!

अनग्र्यजन्माऽपि तु योऽग्रजन्मा
निषिद्धर्माऽपि तु धर्म्यकर्मा।
अभीमधामाऽपि तु भीमनामा
तत्राऽऽदरान्मे शतशः प्रणामाः ॥8॥

भावार्थ : जो जन्म से अग्रजन्मा नहीं था, तो भी जिसका जन्म (जीवन) अग्रगण्य था, धर्मशास्त्र के कर्म का निषेध किया, फिर भी जिसके सारे कर्म धर्मयुक्त थे, जिसका धाम (तेजस्वी सामर्थ्य) भीम नहीं था, पर जिसका नाम भीम था, उसके प्रति मेरा शतशः प्रणाम!

(प्रज्ञाभारतीयम् से साभार)

□

सामाजिक क्रांति के महानायक

—नचिकेता कुमार

19वीं सदी के प्रारंभ से 20वीं सदी के पहले दो दशकों तक हुए समाज परिवर्तन व प्रबोधन पर्व की पार्श्वभूमि पर डॉ. बाबासाहब आंबेडकर का सार्वजनिक जीवन में प्रवेश समाज क्रांति के मार्ग को मोड़ देनेवाला ऊर्जा स्रोत रहा। सामाजिक समता, सामाजिक न्याय, सामाजिक अभिसरण जैसे समाज परिवर्तन के मुद्दों को प्रधानता दिलानेवाले विचारवान् नेता के नाते भारत के इतिहास में डॉ. आंबेडकर का असामान्य स्थान है। उस दृष्टि से सामाजिक जीवन में उनका प्रवेश बीसवीं सदी पर मूलगामी प्रभाव डालनेवाला सिद्ध हुआ, इसमें दो राय नहीं हो सकती।

अनेक अध्ययनकर्ताओं ने डॉ. आंबेडकर के लोकोत्तर कार्य के पूर्वसूत्र महात्मा ज्योतिबा फुले के साथ जोड़ने का प्रयत्न किया है। उसमें कुछ गलत भी नहीं है। स्वयं बाबासाहब ने ज्योतिबा का ऋण माना है। एकात्म समाज निर्माण करने की इन दोनों की प्रेरणा एक समान थी। फिर भी यह मानना पड़ेगा कि दोनों के आसपास का संस्कारकारी वातावरण, सामाजिक समस्याओं के आकलन के लिए आवश्यक उपलब्ध सामग्री व व्यक्तित्व की बौद्धिक व मानसिक स्थिति में अंतर था। ज्योतिबा के सामाजिक कार्य की प्रेरणा आत्मिक बुद्धि में से निर्मित हुई थी, तो डॉ. आंबेडकर आत्मानुभूति में से कार्य करने के लिए प्रवृत्त हुए थे। आत्मिक बुद्धि कितनी भी संवेदनशील व व्यापक हो, तब भी अस्पृश्यता की प्रत्यक्ष दाहकता का केवल अनुमान ही किया जा सकता है, उसकी अनुभूति नहीं की जा सकती। दासता के बारे में आत्मौपम्य बुद्धि से प्राप्त लिंकन के अनुभव और मार्टिन लूथर किंग को प्राप्त वर्ण विद्वेष की प्रत्यक्ष अनुभूति में अंतर तो रहेगा ही।

बाबासाहब का बचपन परिवार के अत्यंत संस्कारी व धार्मिक वातावरण में

बीता। उनके घर में चलनेवाले रामायण, पांडव प्रताप, ज्ञानेश्वरी व अन्य संत वाङ्मय के नित्य पाठन तथा भजन के दैनंदिन प्रभाव से निर्मित होनेवाले धार्मिक पवित्र वातावरण का सविस्तार वर्णन दोनों चरित्र ग्रंथकारों चा.भ. खैरमोडे व धनंजय कीर ने किया है। बाबासाहब के पिताजी इस नियम के प्रति बड़े कठोर थे। रात के आठ बजते ही बाबासाहब की दोनों बहनों, बड़े भाई व बाबासाहब को देवघर में पहुँचना अनिवार्य था। बाबासाहब कहते थे, 'जब मेरी बहनें मीठे स्वर में पद गातीं, तब मुझे लगता था कि धर्म व धार्मिक शिक्षा मनुष्य के जीवन के लिए अत्यंत आवश्यक है। बहुत लोग कहते हैं कि मैं 'धर्महीन' हूँ; परंतु यह बात सही नहीं है...जो मेरे सान्निध्य में आए हैं, उन्हें मेरी धर्म विषयक श्रद्धा व प्रेम के बारे में मालूम है।'

काप-दापोली ग्राम की सेवानिवृत्त अस्पृश्य की बस्ती में अनेक पंथी लोग रहते थे, परंतु उनमें कबीरपंथियों की संख्या अधिक थी। कबीर ने जातिवाद पर कड़े प्रहार करते हुए समाज को दिलासा दिया कि 'जात पाँत पूछे ना कोई, हरि को भजै सो हरि का होई।' बाबासाहब के घर पर कबीर के दोहे नित्य कहे जाते थे। बाद में उनके पिताजी ने कबीरपंथ की दीक्षा भी ली। धनंजय कीर के अनुसार उनके घर का वातावरण 'संत को भोजन, अमृत का पान, करते कीर्तन सर्वदा...' का था। बाबासाहब ने अपने तीन गुरुओं में कबीर को स्थान दिया, उसका मूल कारण घर का वातावरण ही दिखाई देता है। उनके मुँह में सदा कबीर के दोहे रहा करते थे।

भजन-कीर्तन के प्रति प्रेम, रात को सोने के पूर्व व अन्य समय कबीर के दोहे गुनगुनाने की आदत उन्हें अपने पिताजी रामजी सूबेदार से प्राप्त संस्कारों के कारण थी। पिताजी के समान उनका भी संत वाङ्मय का अभ्यास गाढ़ा था। उन्होंने अपने समाचार-पत्र 'मूकनायक' के पहले अंक का प्रारंभ ही तुकाराम के एक अत्यंत अन्वयार्थात्मक अभंग (अब मानू क्यों भय, खोला मुँह होकर निःशंक। जग में गूँगे का कोई नहीं होता, शर्म करने से हित नहीं होता) से किया था। वे बहिष्कृत भारत के अग्रभाग पर व अन्य प्रकाशनों के प्रारंभ में, परिस्थिति से मेल खानेवाले व विषयानुरूप संतों के अभंग दिया करते थे। अपने भाषणों में भी संत वचनों का उपयोग करते थे। ऐसा संत ढूँढ़े से नहीं मिलेगा, जिसके वचनों को उन्होंने उद्धृत न किया हो।

ऐसे वातावरण और पिताजी के प्रेरक व्यक्तित्व के कारण धार्मिक समता का संदेश देनेवाले संतवचनों का गहरा संस्कार डॉ. बाबासाहब आंबेडकर के मन पर हुआ। घर पर ऐसे अच्छे संस्कार मिल रहे थे, परंतु बाहर निकलते ही अस्पृश्यता का तीव्र अहसास करानेवाले, उत्तरोत्तर अधिक विदारक अनुभव उन्हें बचपन से ही मिलने लगे। अस्पृश्यता का यह क्लेशकारी आत्मानुभव उनके जीवन को एक निश्चित

दिशा व उस तरफ ले जानेवाली बौद्धिक व मानसिक ऊर्जा देने में कारणभूत हुआ।

बचपन से मिली अस्पृश्यता की यातनाओं के बारे में उनके चरित्रकारों ने विस्तार से लिखा है। अस्पृश्यता का दंश उन्हें बचपन से ही अनुभव में आया। बाजार में माँ के साथ कपड़ा खरीदने जाते थे, तब दुकानदार दूर से ही कपड़ा दिखाता था। वे तब छोटे ही थे, जब उनके पिताजी नौकरी के निमित्त कोरेगाँव में रहते थे। एक बार पिताजी से मिलने कोरेगाँव गए। किसी कारणवश पिताजी उन्हें लेने स्टेशन पर न आ सके। रेल से उतरकर बैलगाड़ी से कोरेगाँव जाते समय का अनुभव बड़ा ही विदारक है। सारे भाइयों की दुर्दशा, अस्पृश्य मात्र होने के कारण किस प्रकार हुई, गरमी के मौसम में बिना पानी के प्यास के कारण किस प्रकार तड़पते रहना पड़ा, ये छोटे बच्चे दूसरे दिन अर्द्धमृत अवस्था में किस बुरी अवस्था में अपने गंतव्य तक पहुँच सके, इसका वर्णन भी चरित्रकारों ने किया है। धनंजय कीर लिखते हैं कि बाद में जब कभी उस हृदयद्रावक भयंकर घटना की बात आती, बाबासाहब का हृदय भर आता और बोलना कठिन हो जाता।

अपने शापित बालपन की स्मृतियों को बताते समय बाबासाहब कहते, 'मैं अस्पृश्य हूँ, इसलिए अस्पृश्य को मिलनेवाले अपमान व अप्रतिष्ठा की मुझे कल्पना है। उन्होंने बताया कि विद्यालय में पढ़ते समय मैं अपने क्रम के अनुसार बाकी विद्यार्थियों के साथ बैठ नहीं सकता था। एक कोने में अलग बैठा दिया जाता। जिस टाटपट्टी पर बैठता था, उसे विद्यालय का चपरासी हाथ तक नहीं लगाता था। प्यास लगने पर सवर्णों के बच्चे नल पर जाकर पानी पी सकते थे, उन्हें अध्यापक से अनुमति भर लेनी होती थी, लेकिन मेरी बात अलग थी। प्यास लगने पर नल को हाथ नहीं लगा सकता था। अध्यापक की अनुमति मात्र से काम नहीं चलता, चपरासी की उपस्थिति आवश्यक रहती; क्योंकि जब तक कोई सवर्ण नल चालू न कर दे, मैं पानी नहीं पी सकता था और वह काम अध्यापक के कहने पर केवल चपरासी ही करता था। घर पर कपड़े धोने का काम बहन को ही करना पड़ता। कपड़े धोने के लिए बाई रख सकते थे, हमारी स्थिति भी थी, परंतु अस्पृश्य होने के कारण कोई हमारे यहाँ काम करने को तैयार नहीं था। सिर के बाल बढ़ जाने पर ऐसी ही समस्या का सामना करना पड़ता; क्योंकि कोई नाई बाल काटने के लिए तैयार नहीं होता। इस कारण सतारा में रहते समय मेरी बहनों को यह काम करना पड़ता था। धीरे-धीरे वे इस काम में प्रवीण हो गई थीं। इस सबकी मुझे आदत सी पड़ गई थी, लेकिन अभी उल्लेख किए प्रवास के अनुभव का गहरा आघात लगा और मैं अस्पृश्यता के बारे में विचार करने के लिए प्रवृत्त हुआ। इसलिए इस घटना का मेरे जीवन में बहुत महत्त्व

है।' (भा.कृ. केलकर : 'भारतरत्न बाबासाहब आंबेडकर पृष्ठ 22')।

बाबासाहब ने स्पष्ट किया है कि मुंबई में आने के बाद भी अस्पृश्यता के कारण आनेवाले कटु अनुभवों में कोई विशेष अंतर नहीं आया।

'मुंबई के एल्फिंसन हाईस्कूल में पढ़ते समय बाकी विद्यार्थी मुझको अपने पास बैठने नहीं देते थे। पीछे की बेंच पर बैठना पड़ता था। एक बार की बात है, अध्यापक पढ़ा रहे थे। उन्होंने श्याम पट पर एक आकृति बनाई और उसके आधार पर सबसे प्रश्न पूछा। उत्तर देने के लिए केवल मैंने ही हाथ ऊपर उठाया। उन्होंने मुझे बुलाया और उत्तर श्यामपट पर लिखने के लिए कहा। मैं श्याम पट की ओर जाने लगा, तब बाकी विद्यार्थियों ने काफी हल्ला मचाया।'

एक विद्यार्थी बोला—'सर, उसे श्याम पट को न छूने दें।'

'क्यों?'

'सर, यह हरिजन है।'

'होने दो, वह विद्यार्थी है न।'

'उस श्याम पट के पीछे हमारे भोजन के डिब्बे रखे हैं। इसके श्याम पट को छूने से वे हमारे खाने के काम के नहीं रह जाएँगे।'

'तुम लोग अपने डिब्बे अलग रखो। यह श्याम पट पर लिखेगा।'

'मैंने श्यामपट पर लिखा, पर मेरे मन पर कभी न मिटनेवाला घाव हो गया।' (बाबासाहेबांची आत्मकथा: संपादक शंकरराव खरात, पृष्ठ 18)। भविष्य में इससे भी अधिक उद्विग्न करनेवाले अनुभव बाबासाहब को हुए। सयाजीराव गायकवाड द्वारा पढ़ने के लिए दिए अनुदान की शर्त के अनुसार वे बड़ोदा सरकार की नौकरी में रहे। विदेश में उच्च शिक्षा प्राप्त करने के बाद भी उनके पीछे का अस्पृश्यता का अपमानास्पद भोग समाप्त नहीं हुआ। उनके अधिकारी व कुछ चपरासी बार-बार उन्हें इस बात का अहसास कराते रहते थे कि वे अस्पृश्य हैं। उन लोगों ने शांति से नौकरी करना असंभव कर दिया। फाइलों को दूर से उन पर फेंका जाता, सबके लिए रखे पीने के पानी में से वे पानी नहीं पी सकते थे।

वे बड़ोदा में एक पारसी होस्टल में रहते थे। उसी पारसी समाज के एक समूह ने बड़ी मेहरबानीकर आठ घंटे की अवधि होस्टल छोड़ने के लिए दी; परंतु रात होते ही उनका सारा सामान बाहर फेंक दिया। 'इतने बड़े देश में मुझे रहने के लिए एक मकान तक नहीं मिल सकता'—इस दुःख से दुखित होकर वे होस्टल के सामने एक पेड़ के नीचे प्यास व भूख से व्याकुल अवस्था में रोते रहे।

'अस्पृश्य समाज के होकर तुम यहाँ रहे। तुमने हमारे होस्टल को भ्रष्ट कर

दिया' कहने का पारसी समाज का यह अमानुषिक कृत्य (अर्थात् हिंदू समाज में व्याप्त अस्पृश्यता की बाधा हिंदुओं के अलावा अन्य समाजों में भी व्याप्त थी) को बतानेवाला परिस्थितिजन्य भाष्य है। मुंबई वापस आने के बाद सिड्नहोम कॉलेज में प्राध्यापकी करते समय भी उन्हें इसी प्रकार के अनुभव हुए। प्राध्यापकों के लिए रखे पीने के पानी को आंबेडकर हाथ न लगाएँ, इसकी सावधानी वहाँ के गुजराती प्राध्यापक रखा करते थे। जब उन्होंने वकालत प्रारंभ की, तब इस बात का प्रयास किया जाता था कि कोई मुवक्किल मुकदमा लेकर उनके पास न जाए।

संस्कृत भाषा से उन्हें अत्यंत प्रेम था; परंतु अस्पृश्य होने के कारण उन्हें संस्कृत नहीं पढ़ाई गई। संस्कृत में पारंगत होने की उनकी बहुत इच्छा थी। आगे चलकर उन्होंने स्व-प्रयत्न से संस्कृत सीखी। संस्कृत के अपार ज्ञानभंडार व उत्कृष्ट साहित्य की उन्हें अच्छी जानकारी थी। धनंजय कीर लिखते हैं, 'बाबासाहब कई बार कहते थे कि संस्कृत भाषा का अभिमान होने के कारण मेरी हार्दिक अभिलाषा है कि वह मुझे अच्छी तरह आनी चाहिए; पर देखना यह है कि वह सुदिन कब आता है।' (डॉ. बाबासाहब आंबेडकर, पृष्ठ 22, परिशिष्ट 1)

'चवदार ताल' सत्याग्रह के बाद भी उन्हें इस प्रकार के अनुभव होते रहे। इस सत्याग्रह के कारण न्यायालय में चल रहे मुकदमे के संबंध में एक बार वे महाड जा रहे थे; लेकिन बाढ़ के कारण उन्हें मार्ग में ही रुक जाना पड़ा। आसपास अस्पृश्यों के मकान थे नहीं, इसलिए भरी बरसात में भीगते हुए, खाए-पिए बिना बाढ़ का पानी उतरने का इंतजार करना पड़ा। अस्पृश्य होने के कारण हिंदुओं ने भोजन तो दूर, पीने के लिए पानी तक नहीं दिया। अपमान से आहत मुंबई लौटे और स्वयं को अपने निवास कक्ष में बंद कर लिया। आँसुओं की धारा रुकने का नाम नहीं ले रही थी। ज्ञानदेव का अपमान होने पर वे भी इसी तरह दिन भर अपनी कुटिया में खिन्न होकर बैठे रहे थे। तब बहन मुक्ताबाई ने उनको सांत्वना दी थी, 'मेरे पर दया करो और द्वार खोलो ज्ञानदेव। जो संत होता है, उसको संसार की बातों को सहना चाहिए। तुम स्वयं का उद्धार करो और जग को भी तारो पर द्वार खोलो ज्ञानदेव।'

लोगों ने बहुत प्रयास किए, मगर बाबासाहब कक्ष का द्वार खोलने को तैयार नहीं थे। हारकर उनके सहयोगी रावबहादुर सी.के. बोले को बुला लाए। मुक्ताबाई के समान ही उन्होंने बाबासाहब को समझाया और शांत किया।

सन् 1929 में चालीस गाँव के कार्यकर्ताओं ने अधिवेशन आयोजित किया था। बाबासाहब उस अधिवेशन में गए थे। वहाँ भी उन्हें अत्यंत बुरा अनुभव हुआ।

चालीस गाँव के सारे हिंदू ताँगेवालों ने अस्पृश्यों के नेता को अपने ताँगे में बैठाने से इनकार कर दिया। आखिर में एक अस्पृश्य ने ताँगा हाँकने की तैयारी दिखाई,

किंतु उसने ताँगा कभी चलाया नहीं था। मार्ग में घोड़ा बिदक गया। परिणामस्वरूप वे दूर एक चट्टान पर जा गिरे। बुरी तरह घायल तो हुए ही, पैर की हड्डी भी टूटी।

उन्होंने लिखा है, '23 अक्तूबर, 1929 को जिस ताँगे से मैं प्रवास कर रहा था, उसके पलट जाने से बाहर फेंका गया। इस दुर्घटना के कारण दाएँ पैर की हड्डी टूट गई और दिसंबर के अंत तक बिस्तर पर पड़े रहना पड़ा।'

उनका चरित्र लिखनेवालों ने व्यक्तिगत स्तर पर हुए अनेक छोटे-बड़े अनुभव लिखे हैं। सामान्य समाज तो पीढ़ी-दर-पीढ़ी ऐसे अनुभवों को सहन करता आ रहा था। डॉ. आंबेडकर के व्यक्तित्व की महानता यही थी कि इन अनुभवों को भोगकर वे मन-ही-मन कुढ़ते नहीं बैठे। वैयक्तिक अनुभव से निर्मित उनकी उद्विग्नता का रूपांतर नवनिर्माण करने की सामाजिक इच्छा में हुआ। उनके कार्य के पीछे का मूल कारण व्यक्तिगत व सामाजिक अवमानना की आत्मानुभूति का उफान था। 'बहिष्कृत भारत' के 19 जुलाई, 1927 के अंक में अपने संपादकीय में उन्होंने लिखा है—

'यदि तिलक जैसे किसी व्यक्ति ने बहिष्कृत समाज में जन्म लिया होता और ब्रिटिश सत्ता के कारण हुए परिवर्तन के कारण उसे उच्च शिक्षा प्राप्त हुई होती, तो उसने 'स्वराज्य मेरा जन्म सिद्ध अधिकार है' की गर्जना करने के स्थान पर निश्चय ही 'अस्पृश्यता नष्टमूल करना मेरा कर्तव्य है' कहा होता। 'ये यथा मां प्रपद्यन्ते तांस्तथैव भजाम्यहम् ? गीता के इस प्रिय श्लोक के आधार पर धार्मिक व सामाजिक अधिकार प्राप्त करने के लिए 'बाप दिखा, नहीं तो श्राद्ध कर का खुला आह्वान उच्चवर्णियों को किया होता।'

यह सही है कि व्यक्ति के आसपास की परिस्थिति और आत्मानुभूति की प्रतिक्रिया प्रकट रूप में व्यक्त होती ही है।

अस्पृश्यता के इस दाहक वातावरण के बावजूद पिताजी के कारण बाबासाहब के मन पर धार्मिक संस्कार बालपन से ही हुए थे। इन संस्कारों के लिए व ज्ञान प्राप्त करने की इच्छा निर्माण करने के लिए उनके मन में अंत तक पिताजी के प्रति विनम्र व उत्कट कृतज्ञता का भाव था। वे कहते थे, 'मेरा मानना है कि मेरी अंग्रेजी वक्तृता व ग्रंथ लिखने का सारा श्रेय पिताजी को जाता है। अत्यधिक प्रेम करनेवाला ऐसा पिता बहुत कम लोगों को मिलता है। पिताजी को अंग्रेजी पढ़ाने का शौक था। मेरी ऐसी ख्याति है कि मैं अंग्रेजी अच्छी तरह बोलता व लिखता हूँ; लेकिन तौल-तौलकर योग्य शब्दों का उपयोग किस प्रकार करना चाहिए, यह जितना पिताजी ने सिखाया, उतना किसी अध्यापक ने भी नहीं सिखाया।' खैरमोडे के लिखे उनके चरित्र से यह पता चलता है कि उन्हें इस बात का खेद था कि उनके लिए पिताजी ने जितने कष्ट

उठाए व अनुशासन में रखने के लिए जो कठोरता बरती, उसका महत्त्व वे उस समय समझ नहीं सके। इसलिए किसी भी परीक्षा में द्वितीय स्थान तक प्राप्त नहीं कर सके।

बी.ए. की पढ़ाई गुरुवर्य कृ.अ. केलुस्कर के प्रयत्न से सयाजीराव गायकवाड महाराज से प्राप्त छात्रवृत्ति से हुई और बाबासाहब में समझदारी निर्माण हुई व वे अध्ययन में प्रवृत्त हुए। फारसी व अंग्रेजी भाषा की प्रथम दरजे की गुणवत्ता के कारण प्राध्यापक के.बी. इराणी व प्राध्यापक मैक्समूलर उनसे बहुत खुश रहते थे। इसी काल में पाठ्यक्रम के अतिरिक्त अन्य अध्ययन करने की ओर उनकी रुचि बढ़ी। इससे उनका बौद्धिक क्षितिज विस्तार पाता गया।

बी.ए. की उपाधि प्राप्त करने के पश्चात् गुरुवर्य कृ.अ. केलुस्कर के प्रयत्नों से बड़ोदा नरेश से छात्रवृत्ति मिली और आगे की पढ़ाई करने वे विदेश जा सके। ध्यान रखने की बात यह है कि विदेश जाने के पूर्व ही शिक्षा के द्वारा अपने पददलित समाज का उद्धार करने का विचार उनके मन में आ चुका था।

शंकरराव खरात द्वारा संपादित 'बाबासाहेबांची आत्मकथा' में सयाजीराव से मिलनेवाली छात्रवृत्ति के संदर्भ में हुआ उनका व बाबासाहब का प्रत्यक्ष संवाद उद्धृत है। सयाजीराव द्वारा यह पूछे जाने पर कि किस विषय की पढ़ाई करनेवाले हो और क्यों? बाबासाहब ने उत्तर दिया 'समाजशास्त्र, अर्थशास्त्र और विशेषकर पब्लिक फाइनेंस की पढ़ाई करने से मुझे अपने समाज की अवनत अवस्था सुधारने का मार्ग मिलेगा। उस मार्ग से समाज सुधार का कार्य करूँगा।'

उच्चशिक्षा के लिए न्यूयॉर्क पहुँचते ही अपने पिताजी के स्नेही श्री जमेदार को अंग्रेजी में लिखे पत्र में उन्होंने लिखा, 'हमें इस मान्यता को बदलना चाहिए कि माता-पिता जन्म देते हैं, कर्म नहीं। कुछ अंश में क्यों न हो, पर वे अपने लड़कों का भविष्य बना सकते हैं...यदि लड़कों की तरह लड़कियों को भी पढ़ाया गया, तो अपने पददलित समाज की प्रगति अधिक गति से हो सकेगी। शेक्सपियर ने कहा है कि आए हुए अवसर का उपयोग करना चाहिए, अन्यथा वह हाथ से फिसल जाता है व भविष्य की गीली बालू अपने भाग्य में रह जाती है।'

इसी दृष्टि से अमेरिका में बाबासाहब की कठोर ज्ञान तपस्या प्रारंभ हुई। मिलनेवाली छात्रवृत्ति में से पैसे बचाकर घर की जरूरत पूरी करने के लिए भेजने पड़ते थे। इसलिए केवल एक काफी, दो केक, एक प्लेट मांस अथवा मछली पर निर्वाह करते; लेकिन पढ़ाई 18-18 घंटे तक करते। उनके सहपाठियों ने बड़े अभिमान के साथ बताया कि जीवन में मिले इसी अवसर का पूरा लाभ उठाने के लिए बाबासाहब ने प्रत्येक क्षण पढ़ाई में लगाया।

प्रारंभ में कुछ समय तक अमेरिका की मोहमयी संस्कृति ने उन्हें आकर्षित किया; परंतु शीघ्र ही कठोर आत्मपरीक्षणकर समाजोद्धार के कर्तव्य को पूरा करने के लिए पढ़ाई की आवश्यकता के प्रति स्वयं को किस प्रकार सचेत किया, इसका वर्णन चरित्र ग्रंथकार खैरमोडे ने किया है। यह आत्मपरीक्षण उनका जीवन बदलनेवाला सिद्ध हुआ। उसके बाद उन्होंने कभी भी मोहमय संसार की ओर झाँका तक नहीं और फिर शुरू हुआ ज्ञान की अनन्य साधना का उग्र कठोर तप। तब मन में केवल एक ही विचार रह गया था कि 'अर्थशास्त्रादि विषयों का अध्ययन कर अपने समाज को विकसित करने के लिए उसका उपयोग करना। केवल उपाधि प्राप्त करना अपना जीवनोद्देश्य नहीं है।'

अमेरिका के शैक्षिक वातावरण में बाबासाहब में अपनी बुद्धि का आत्मप्रत्यय निर्माण हुआ। अपने आत्मनिवेदन में बाबासाहब कहते हैं—'ऐसा नहीं था कि मेरी बुद्धि मंद थी। या पढ़ने में रुचि नहीं थीं लेकिन अमेरिका जाने तक मेरे अनेक गुण सुप्तावस्था में थे। उनका विकास करने का कार्य प्रोफेसर सेलिग्मन व अन्य विद्वानों द्वारा हुआ।' प्रोफेसर सेलिग्मन ने ही बताया कि 'शोधकार्य किस प्रकार करना चाहिए, यह तुम्हें अपनी पढ़ाई से ही मालूम पड़ेगा। ऐसा कहकर अपनी स्वयं की शोधकार्य की पद्धति विकसित करने का उपदेश दिया।'

इस प्रकार से किए गए शोधकार्य की श्रेष्ठता 1916 में कोलंबिया विश्वविद्यालय में पढ़ते समय लिखे Caste in India निबंध से प्रमाणित होती है। उक्त निबंध के कुछ अंश The American journal of Sociology मासिक में World's Best Literature of The Month के अंतर्गत प्रकाशित हुए। यह कहना उचित ही होगा कि जीवन भर चलनेवाले बाबासाहब के समाजशास्त्रीय व सामाजिक चिंतन का यह प्रारंभ था।

उस समय लाला लाजपतराय अमेरिका में रह रहे थे। प्रोफेसर सेलिग्मन से चर्चा करते समय उन्होंने जो प्रशंसोद्गार व्यक्त किए, उस पर प्रोफेसर सेलिग्मन ने कहा, "यह विद्यार्थी केवल भारतीय विद्यार्थियों में ही नहीं, अमेरिकी विद्यार्थियों से भी श्रेष्ठ है। इस भेंट का उल्लेख चरित्रकारों ने किया है।

इस प्रशंसा के लिए बाबासाहब की अविचल ज्ञान-तपस्या कारणीभूत थी। पढ़ाई से ध्यान हटे, ऐसे किसी विचार अथवा उपक्रम को उन्होंने मन में टिकने नहीं दिया। लाला लाजपतराय ने उन्हें गदर अथवा क्रांतिकारी संगठन में शामिल करने का प्रयास किया। उस मोह को उन्होंने अपनी छात्रवृत्ति का कारण बताकर टाला। उन्होंने लाला लाजपतराय से कहा, 'आप स्पृश्य हिंदू···हम अस्पृश्यों को गुलाम रखकर स्वतंत्रता

प्राप्त करना चाहते हैं, लेकिन इसी कारण अस्पृश्य आपके आंदोलन में शामिल नहीं हो सकेंगे।' इससे स्पष्ट है कि मनाही के पीछे सामाजिक कारण भी था।

इंग्लैंड में रहते समय भारत मंत्री मांटेग्यू ने बाबासाहब को मुंबई विधानमंडल में शामिल करने की इच्छा जताई थी। उन्होंने उस प्रस्ताव को भी नकार दिया।

एक ओर स्वयं की बौद्धिक क्षमता के बारे में आत्मश्रद्धा, दूसरी ओर बड़े-बड़े विद्वानों को स्तंभित कर दे, ऐसी शैक्षिक उपाधियों की मालिका लेकर डॉ. आंबेडकर 1917 में भारत लौटे। उस समय भी अपनी शिक्षा के विषय में विनम्रता और उसके माध्यम से समाजोद्धार का समाज कार्य उनके मन में जाग्रत् था। रायबहादुर चिमनलाल सीतलवाड़ की अध्यक्षता में बाबासाहब का सम्मान करने की योजना बनाई गई। बाबासाहब ने यह कहते हुए सम्मान समारोह के लिए मना किया कि 'परमेश्वर की कृपा से पढ़ाई का अवसर मिला, इसलिए पढ़ सका। यदि दूसरों को इस प्रकार का अवसर मिला होता, तो वे भी सफल हुए होते। आप लोगों ने मेरे सम्मान के निमित्त जो धनराशि एकत्र की है, उसका उपयोग अस्पृश्य समाज के योग्य विद्यार्थियों को छात्रवृत्ति देने में करें। 'इसका एक कारण यह भी हो सकता है कि संकोच और संसार के श्रेष्ठ विश्वविद्यालय के बड़े-बड़े विद्वानों को देखकर उन्हें लगा हो कि मैं इस सम्मान का पात्र नहीं हूँ।

एक अन्य सबल कारण यह भी हो सकता है कि उन्हें अस्पृश्यों की ज्ञान लालसा के बारे में विश्वास हो। अपने पिताजी का आदर्श उदाहरण उनके सम्मुख था ही। एक स्थान पर उन्होंने कहा है—

'अस्पृश्यों की ज्ञान लालसा उल्लेखनीय है। यह कहने में अतिशयोक्ति नहीं होगी कि अस्पृश्यों में जो ग्रंथ-संग्रह हुआ, वह उनके हिसाब से अति विशाल था। श्रीधर स्वामी के ग्रंथ की हस्तलिखित प्रतियाँ तो अगणित मिलेंगी। मुकुंदराज, ज्ञानेश्वर, मुक्तेश्वर जैसे महाराष्ट्र के प्राचीन कवियों की हस्तलिखित प्रतियाँ मैंने अनेक अस्पृश्यों के संग्रह में देखी हैं। इतना ही नहीं, मुझे विश्वास है कि अस्पृश्यों के घरों पर कई दुर्लभ ग्रंथों की प्रतियाँ भी मिलेंगी।'

ऐसे दुर्लभ ग्रंथों में ज्ञानेश्वर महाराज का 'पंजीकरण' व राघव चिंतनघन कवि के 'ज्ञानसुधा' ग्रंथ का विशेष उल्लेख करते हुए बाबासाहब कहते हैं कि ज्ञान की यह लालसा उस समय के समाज (बाबासाहब के बचपन का) के लिए भूषणा-वह है, इसमें दो मत नहीं हो सकते। अस्पृश्यों की ज्ञानलालसा के विश्वास के कारण ही डॉ. आंबेडकर ने अपने जीवनकार्य में शिक्षा को प्राथमिकता दी।

डॉ. आंबेडकर ने इसके पश्चात् प्रत्येक विचार व कृति समाज के लिए ही

की; क्योंकि उनके मन में केवल अपने उद्धार की कल्पना नहीं थी। वे तो समाज का उद्धार चाहते थे। देखा जाए, तो 'आत्मनो मोक्षार्थ जगद्धिताय च' भी उनकी धारणा नहीं थी। अपने स्वयं के उद्धार का विचार होता तो उन्होंने अकेले ही धर्मांतरकर झंझट से मुक्ति पाई होती। उनका उद्देश्य तो संपूर्ण समाज को अस्पृश्यता के जाल से मुक्त कराने व हिंदूसमाज को एकात्म बनाने का था। 'बहिष्कृत हितकारिणी सभा' के कार्यकर्ता, सभा कार्यालय में उनके सामने झगड़ा करते थे, इसका उल्लेख चरित्रकार खैरमोड़े ने किया है। उसे देखकर बाबासाहब कहते कि इतना विद्याभ्यास किया, उससे प्राप्त ज्ञानशक्ति का उपयोग अपने परिवार या केवल अपनी जाति के लिए करने का विचार नहीं था, वह सारे अस्पृश्य समाज के लिए था। 'अस्पृश्यों की समस्या अर्थात् प्रचंड हिमालय है। इस हिमालय से टकराकर मैं अपना सिर फोड़ लेनेवाला हूँ। हो सकता है हिमालय न ढहे, पर मेरा रक्तरंजित माथा देखकर सात-करोड़ अस्पृश्य उस हिमालय को भूमिसात् करने के लिए तैयार हो जाएँगे। यह निश्चित है कि वे उसके लिए प्राणार्पण करने तक के लिए उद्यत रहेंगे।' जरूरत पड़ने पर अपना बलिदान देकर समाज का उद्धार करने की अपने देश की परंपरा के अनुरूप ही उनका जीवन था। ज़ब उन्होंने धर्मांतर करने की घोषणा की, तब कई लोगों ने प्रकट रूप से कुछ मुद्दे उठाए। पं. सातवलेकर ने अपने 'पुरुषार्थ' मासिक में कहा कि धर्मांतर से आंबेडकर स्वयं का बड़प्पन गँवा बैठेंगे। उसका उत्तर देते हुए आंबेडकर ने कहा, 'बुद्धिमत्ता व विद्वत्ता के कारण मेरे बड़प्पन को कोई धोखा नहीं है।' लेकिन अस्पृश्य रहने पर ही मेरा बड़प्पन रहेगा, यह सच हो, तो अपना बड़प्पन कायम रखने के लिए अस्पृश्यों को अस्पृश्य ही रहना चाहिए, यह विचार अत्यंत विलक्षण ही नहीं, पागलपन का है। मेरी भावना है कि मेरा बड़प्पन जाता हो तो जाए, परंतु हमारे लोग ऊपर आने चाहिए।' इसकी विस्तार से चर्चा करके द.न. गोखले ने बड़ी ही मार्मिकता से स्पष्ट किया है, 'अपनी विद्वत्ता का भरोसा, उस विषय का सार्थक अहंकार और अस्पृश्योद्धार के ईश्वरीय कार्य में अपना सर्वस्व विसर्जित करने की वृत्ति व कृति के कारण आंबेडकर, सावरकर व सुभाषचंद्र जैसे अखिल भारतीय नेताओं की मालिका में अलग 'पहचान रखते हैं।'

जिस उद्देश्य से बाबासाहब ने कठोर ज्ञान-साधना की थी, उसके अनुसार अपने समाज का नेतृत्व करने की प्रबल इच्छा उनके मन में थी। अपनी क्षमता पर उन्हें विश्वास था। प्रारंभ में समाज कार्य की उनकी कल्पना केवल शिक्षा के प्रसार व सरकारी नौकरियों में अस्पृश्यों को स्थान दिलाने तक सीमित थी।

श्री बुकर टी. वाशिंगटन के समान महात्मा फुले व डॉ. आंबेडकर ने दलितोद्धार

के कार्य में शिक्षा के महत्त्व को जाना था। बाबासाहब के एक गुरु महात्मा फुले के प्रथम चरित्रकार श्री पंढरीनाथ सीताराम पाटिल 'महात्मा ज्योतिराव फुले' ग्रंथ में लिखते हैं कि विविध ग्रंथों के अध्ययन के पश्चात् ज्योतिबा के ध्यान में आया कि हिंदू धर्म में वर्तमान में जिस प्रकार की अनीति व अन्याय समाया हुआ है और वह विकृत रूप में दिखाई दे रहा है, वैसा पहले नहीं था। हिंदू धर्म मूलत: शुद्ध स्वरूप में था यदि हिंदुस्तान व हिंदूधर्म में अनेक पंथ, जाति तथा ऊँच-नीच के भेद का पाखंड खड़ा न किया गया होता, तो 'सारे हिंदू एक हैं' की भावना से सब लोग एकता व प्रेम से रहते; तब हिंदूधर्म व हिंदुस्तान की ओर टेढ़ी नजरों से देखने का कोई साहस करता क्या? यदि हिंदूधर्म को जीवित रखना है, हिंदू राष्ट्र को स्वतंत्र करना है, तो देश के उन एक-तिहाई लोगों को शिक्षित करना होगा, जिन्हें अस्पृश्य माना जाता है और इसे करने का उन्होंने दृढ निश्चय किया।'

बाबासाहब का विचार भी ऐसा ही था। उच्चशिक्षा प्राप्त करने के लिए उन्होंने कितने कष्ट उठाए, यह पूर्व विवेचन में स्पष्ट किया ही है।

25 नवंबर, 1921 को लंदन से भेजे पत्र में उन्होंने अपनी पत्नी रमाबाई को लिखा, 'तुम्हारी पढ़ाई चल रही है, यह बहुत प्रसन्नता की बात है। पैसे की व्यवस्था करने का प्रयास कर रहा हूँ। मेरे पास पैसे नहीं हैं, इसलिए एक सीमित मात्रा में भोजन कर पा रहा हूँ। फिर भी आप लोगों की व्यवस्था कर रहा हूँ। पैसे भेजने में देर हुई और यदि तुम्हारे पास के पैसे समाप्त हो जाएँ, तो अपने अलंकार बेचकर खाओ। आने के बाद फिर बनवा दूँगा। यशवंत व मुकुंद की पढ़ाई कैसी चल रही है?' उनका आग्रह था कि पढ़ाई के लिए अपना पेट काटकर भी रहना पड़े, तो चलेगा, पर अपने समाज को उसे महत्त्व देना चाहिए।

लार्ड लिनलिथगो से चर्चा करते समय बाबासाहब ने कहा, 'आप नाराज न हों, तो एक प्रश्न करने की इच्छा है। सहमति मिलने पर उन्होंने पूछा, 'क्या आपको यह मान्य है कि मैं अकेला पाँच सौ पदवीधरों के बराबर हूँ?' लार्ड ने कहा, 'हाँ। मैं ऐसा मानता हूँ।' तब बाबासाहब ने उन्हें यह बताते हुए कि उन्होंने कितनी कठिनाई व कष्ट उठाकर अपनी पढ़ाई पूरी की है, कहा, 'मैंने इतनी योग्यता प्राप्त कर ली है कि किसी भी सरकारी पद पर बैठ सकता हूँ। हमारे समाज के कल्याण के लिए ऐसे लोगों की आवश्यकता है, जो शासन रूपी दुर्ग के सामरिक महत्त्व के स्थानों पर बैठकर शत्रु को पराजित कर सकें व हमारे गरीब लोगों की देखरेख कर सकें।' इस दृष्टि से उन्होंने दलित समाज के योग्य लड़कों व युवाओं को चुनकर, उनमें शिक्षा के प्रति रुचि निर्माणकर, उन्हें सक्रिय प्रोत्साहन देने के उपक्रम जीवनपर्यंत चलाए।

इस संदर्भ में दिनांक 22 अक्तूबर, 1924 को लिखा उनका पत्र बहुत ही सूचक है। उसमें लिखा, 'श्री चांगदेव खैरमोडे कॉलेज की फीस भरने में असमर्थ हैं। वे मेरे पास आए थे। ऐसे योग्य व उत्साही युवक की सहायता करना अस्पृश्य वर्ग के प्रत्येक समझदार व्यक्ति का कर्तव्य है। फीस की इतनी बड़ी राशि की व्यवस्था, इतने कम समय में कर पाना कठिन लग रहा है। मैं एक बात कहना चाहता हूँ कि मेरा सम्मान करने के निमित्त मुंबई के कुछ सज्जनों ने चंदा एकत्र किया है। उसका अभी तक किसी कार्य में विनियोग नहीं किया गया है। उस राशि से खैरमोडे की सहायता करनी चाहिए। मेरा सम्मान करने जैसे क्षुद्र काम में पैसा खर्च करने के स्थान पर समाज में उच्च शिक्षा प्राप्त व्यक्ति तैयार करने पर समाज को अधिक श्रेय मिलेगा।

बुकर टी. वाशिंगटन की ही तरह बाबासाहब ने शिक्षा-क्षेत्र का गहराई से विचार किया था। उस सर्वंकष विचार को ग्रंथरूप में एकत्र नहीं किया गया। शिक्षा एक व्यापक संकल्पना है। इस विषय में उनके विचार स्फुट लेखन, पत्र, संस्मरण, भाषण, प्रकट चिंतन, विधिमंडल में रखे विचार, विविध समितियों के लिए तैयार किए गए प्रतिवेदन, अपनी शिक्षा संस्थाओं के विद्यार्थी, शिक्षक, प्राध्यापक, प्राचार्य, पालक वर्ग से हुए संभाषण आदि में प्रकट हुए हैं। 'Educate, Organise, Agitate' इस त्रिसूत्र में पहला स्थान शिक्षा को है। उनकी सीख 'पढ़ो और पढ़ाओ' की थी। विद्या, प्रज्ञा, करुणा, शील व मित्रता के पंचतत्त्व के आधार पर प्रत्येक को अपना चरित्र निर्माण करना चाहिए। उनका कहना था कि ज्ञान का करुणा व मित्रता की भावना से जोड़ हो और सुशील होने के लिए निःस्वार्थ, न्यायप्रेमी व व्यापक मनोवृत्ति आत्मसात् करनी चाहिए। वे सुशील को शिक्षा से अधिक महत्त्व देते थे।

इसी कारण उनका शिक्षक की ज्ञानलालसा, विद्याव्यासंग, आत्मविश्वास, व्यथा, ध्येयवाद पर अधिक आग्रह था। उनका मानना था कि शिक्षक राष्ट्र का सारथी है। इसलिए शिक्षक बुद्धि से होशियार, वृत्ति से निरीक्षक व मर्मज्ञ होना चाहिए; क्योंकि शिक्षा के द्वारा मनुष्य का आत्मिक उन्नयन होता है और वह तभी हो सकेगा, जब शिक्षक योग्य होगा। वे कहते हैं, 'इसमें कोई संदेह नहीं कि शिक्षा का महत्त्व है, लेकिन शिक्षा के साथ ही मनुष्य का शील भी सुधारना चाहिए। शील के बिना शिक्षा का मूल्य शून्य है। ज्ञान तलवार की धार जैसा है। तलवार का सदुपयोग अथवा दुरुपयोग उसको पकड़नेवाले के शील पर अवलंबित है। वह उससे किसी का खून कर सकता है अथवा किसी की रक्षा कर सकता है। यदि पढ़ा-लिखा व्यक्ति शीलवान् होगा, तो वह अपने ज्ञान का उपयोग लोगों के कल्याण के लिए करेगा; परंतु यदि उसका शील अच्छा नहीं होगा, तो वह अपने ज्ञान से लोगों का अकल्याण

कर सकता है। इसलिए शील धर्म का महत्त्वपूर्ण अंग है। वे कहते हैं, 'विद्यालय में केवल बारहखड़ी पढ़ानी हो, तो बात अलग है; परंतु विद्यालय में बच्चों के मन को सुसंस्कारितकर समाज हितोपयोगी बनाना होता है। विद्यालय श्रेष्ठ नागरिक तैयार करने के कारखाने हैं अर्थात् कारखाने का फोरमैन जितना होशियार होगा, वहाँ से निकलनेवाला माल उतना ही उत्तम होगा। विद्यालय कोई हिंदू उपहारगृह नहीं हैं, जहाँ का रसोइया ब्राह्मण भर होना चाहिए, क्योंकि ब्राह्मण के हाथ का भोजन सबको चलता है; पर वर्तमान में ब्राह्मण से मिलनेवाली शिक्षा पर्याप्त नहीं हो सकती।' वे कहते थे कि शिक्षा व समाज के संबंध एक-दूसरे से गुँथे हुए हैं, इसलिए पारंपरिक शिक्षक मुझे मान्य नहीं हैं; क्योंकि इस शिक्षक ने स्वयं के दृष्टिकोण से शिक्षक विषयक कल्पना व शिक्षापीठ रूढ़ किए। जाति-निविष्ट व केंद्रीकरण के कारण शिक्षा का प्रवाह जम गया है। ब्राह्मण वर्ग से मिलनेवाली शिक्षा आधुनिक तत्त्वों से विसंवादी है। इसलिए उनका आग्रह शिक्षा के क्षेत्र में विकेंद्रीकरण का था।

विद्यालय में समबुद्धि, उदात्त विचार, निष्पक्ष व उदार हृदय के शिक्षक होने चाहिए। इस दृष्टि से उन्होंने अपने समाज के संदर्भ में भी शिक्षण संस्थाओं की रचना, शिक्षा नीति, शिक्षक, विद्यार्थी, प्राथमिक शिक्षक, प्राध्यापक-प्राचार्य की गुणवत्ता, शिक्षा संस्था के संचालकों का व्यवहार, सांगठनिक स्वरूप, विद्यार्थियों का दायित्व आदि के विषय में विस्तार से मार्गदर्शन किया। वे कहते थे, 'दलित वर्ग के महत्त्व का प्रश्न यह है कि उसे इस बात का अहसास करा देना कि किन कारणों से उनकी प्रगति बाधित होती है और उन्हें दूसरे का दास बनकर रहना पड़ता है। उनकी वह हीनताग्रंथि दूरकर; वर्तमान समाज प्रणाली के कारण उनकी जो लूट हुई है, इसका उनके स्वयं के और राष्ट्र की दृष्टि से अत्यधिक महत्त्व है। उच्चशिक्षा के प्रसार के अतिरिक्त अन्य किसी कार्य से यह साध्य नहीं होगा। हमारे सारे सामाजिक दुःख की यही एकमात्र औषधि है।'

शिक्षा के विषय में उनकी 'भूमिका यह थी कि स्वसमाज का मानसिक उन्नयन कर उसका आत्माभिमान जगाया जाए अर्थात् अस्पृश्य समाज को केवल साक्षर, सुशिक्षित करने तक उनकी दृष्टि मर्यादित नहीं थी। बाबासाहब कहते हैं, 'शिक्षा दुधारी शस्त्र है, इसलिए उसे चलाना खतरे भरा रहता है। चरित्रहीन व विनयहीन सुशिक्षित व्यक्ति पशु से अधिक खतरनाक होता है। यदि सुशिक्षित व्यक्ति की शिक्षा गरीब जनता के हित-विरोधी होगी, तो वह व्यक्ति समाज के लिए अभिशाप बन जाता है। ऐसे सुशिक्षितों को धिक्कार है। शिक्षा से चरित्र अधिक महत्त्व का है। युवकों की धर्मविरोधी प्रवृत्ति देखकर मुझे दुःख होता है। कुछ लोगों का मानना है कि धर्म

अफीम की गोली है, परंतु यह सत्य नहीं है। मेरे अंदर, जो अच्छे गुण हैं अथवा मेरी शिक्षा के कारण समाज का जो कुछ हित हुआ होगा, वह मेरे अंतर्मन की धार्मिक भावना के कारण ही है। मुझे धर्म चाहिए, पर धर्म के नाम पर चलनेवाला पाखंड नहीं।' इस दृष्टि से वे शिक्षा संस्थाओं के व्यवस्थापन की पूरी चिंता करते थे। 'पीपुल्स एज्युकेशन सोसायटी' इसका प्रत्यक्ष प्रमाण है। वे शिक्षा संस्थाओं के आर्थिक, शैक्षणिक व प्रशासनिक ब्योरे को बारीकी से देखते। उदाहरणार्थ—महाविद्यालय के प्राचार्य की नियुक्ति के विषय में दिनांक 22 मार्च, 1949 के पत्र में उन्होंने लिखा, 'महाविद्यालय का प्राचार्य किसे नियुक्त किया जाए, इसकी चिंता में हूँ। वेतन मात्र के लिए काम करनेवाला प्राचार्य, संस्था को अपना मानकर त्याग व आस्थापूर्वक कार्य नहीं करता। वह केवल स्वयं का विचार करता है। इसलिए योग्य प्राचार्य चाहिए।'

बाबासाहब ने शिक्षा का महत्त्व ध्यान में रखकर अपने समाज की शिक्षा व उसके द्वारा उनके सांस्कृतिक उन्नयन का प्रयत्न जीवनपर्यंत किया। लेकिन विदेश से उच्चशिक्षा प्राप्त करने के बावजूद बड़ोदा में नौकरी करते समय आए अस्पृश्यता के अनुभव, मुंबई के विधि महाविद्यालय में प्राध्यापकी के अनुभव, वकीली जीवन के अनुभव के पश्चात् उन्हें अहसास हुआ कि अस्पृश्यों की स्थिति केवल शिक्षा से नहीं बदलेगी। इसके साथ ही ब्राह्मणेतर उच्च वर्णों की अस्पृश्यों के प्रति ब्राह्मण्यग्रस्त मानसिकता, हिंदुत्वनिष्ठों की मर्यादा, कांग्रेस व अन्य उच्चवर्ण नेताओं की अस्पृश्यों के बारे में भूमिका तथा 1917 में सरकार द्वारा घोषित राजनीतिक सुधारों के प्रस्तावों के समग्र परिणामों में से उन्हें यह अहसास हुआ कि शिक्षा के साथ अपने अधिकारों के लिए अस्पृश्यों में युयुत्सु वृत्ति निर्माण करने की आवश्यकता है।

उनके भाषणों को देखने पर ध्यान में आएगा कि वे इसी दृष्टि से अपने अनुयायियों को संबोधित करते, उनका आत्माभिमान जाग्रत् करते। उन्हें विश्वास था कि उज्ज्वल, तेजस्वी व प्रेरणादायी पूर्वजों का स्मरण कराए बिना अस्पृश्य स्वाभिमानी नहीं बन सकेंगे, अपने तेजस्वी पथ पर आगे नहीं बढ़ सकेंगे। इसलिए वे लिखते हैं—

'अस्पृश्य, बलि दिए जानेवाले पशु के समान मेष राशि के नहीं हैं। इतिहास इस बात का गवाह है कि उनके पूर्वजों की राशि सिंह थी। ऐसा न होता, तो नागेवाडी के महजूर सेटी बिन नागनाक हरिजनों में इतना तेज कहाँ से आता। राजाराम के कथनानुसार उन्होंने अपने पाटिल पद की रक्षा के लिए किसी की सहायता लिये बिना अग्नि दिव्यकर मुगलों के अधिकार का वैराट गढ़ जीतकर फिर से मराठा साम्राज्य में सम्मिलित किया; पर ब्राह्मण्यग्रस्त ब्राह्मण सरदार उनको इस आधार पर अलग करने की शिकायत करने लगे कि भोजन की पंगत के समान ही युद्धवीरों की पंक्ति

में भी जातिभेद माना जाना चाहिए; किंतु उन्होंने हिरोजी पाटणकर जैसे सरदार से यह कहलवाकर कि 'जिसकी तलवार में धार, वह सरदार' सबके साथ रहने का सम्मान प्राप्त किया। खर्डे नामक स्थान पर हुए युद्ध में पठानों के चंगुल में फँसे परशुरामभाऊ के प्राण बचाने के लिए अप्रतिम शौर्य दिखाकर उन सरदारों की गरदनें झुका दीं, जो हरिजनों को तिरस्कार के योग्य मानते थे। कौन कह सकेगा कि वह शिदनाक हरिजन सिंह राशि का नहीं था? पावनखिंड में मुट्ठीभर सिपाहियों के सहारे बीजापुर की प्रचंड इसलामी सेना को धुआँ उड़ानेवाले बीजाप्रभु देशपांडे के समान ही रायनाक हरिजन ने रायगड़ पर मोरचेबंदी कर 14 दिन तक बहादुरी के साथ अंग्रेजों से युद्ध किया। किले की रक्षा करते हुए अपने प्राण देनेवाला वह रायनाक मेष राशि का था क्या? पेशवाई के अंतिम दिनों में उसकी रक्षा के लिए जिन्होंने अपना जीवन लगाया, जिनके नाम कोरेगाँव में जयस्तंभ पर लिखे गए हैं, उन वीरों की राशि सिंह के अतिरिक्त अन्य कोई हो सकती है क्या?' ('महाड येथील धर्मसंगर व अस्पृश्य लोकांची जवाबदारी : बहिष्कृत भारत, 20 मई, 1927)

1942 में नागपुर में हुए शेड्यूल्ड कास्ट फेडरेशन के अधिवेशन में लगभग 20 हजार अस्पृश्य महिलाएँ शामिल हुई थीं। उनके सामने भाषण करते हुए बाबासाहब ने कहा, 'समाज की प्रगति को उस समाज की महिलाओं की प्रगति से मापा जा सकता है। आप इतनी बड़ी संख्या में यहाँ आई हैं, अत: संदेह नहीं कि निश्चित ही अब अपना समाज प्रगति के मार्ग पर है। आप स्वच्छ रहें, दुर्गुणों से दूर रहें। अपने बच्चों को शिक्षित करें, उन्हें महत्त्वाकांक्षी बनाएँ। उनकी हीनताग्रंथि दूर करें। उनके विवाह की जल्दी न करें। स्वयं के पैरों पर खड़े होने तक विवाह के लिए दबाव न दें। उनकी सहयोगी बनें। मेरे सुझाव के अनुसार व्यवहार करने पर आप अपनी भी उन्नति करेंगी और अपने अस्पृश्य समाज को भी प्रगति के मार्ग पर ले जाएँगी। सद्‌गुणों के मार्ग से आप अपने पुरुषों का जीवन बदलें, ताकि आपके बच्चे ऐसे बन सकें, जिनकी खयाति तीनों लोकों में हो।'

बाबासाहब कहते हैं, 'आप स्वयं को अस्पृश्य न मानें। अपना घर साफ रखें। आप सबको पुराने व घिनौने रीति-रिवाजों को छोड़ देना चाहिए। आप जिस तरीके से साड़ी पहनती हैं, वह अस्पृश्य होने की गवाही देती है। पहचान के इस प्रमाण को दूर करना चाहिए। वरिष्ठ वर्ग की महिलाएँ जिस पद्धति से साड़ी पहनती हैं, आपको भी उस पद्धति से साड़ी पहनना प्रारंभ करना चाहिए। उसमें आपका कुछ खर्च नहीं होगा। उसी प्रकार गले में ढेर मालाएँ और हाथ में कोहनी तक लोहे या चाँदी के कड़े भी आपकी पहचान के लक्षण हैं। गले में एक माला का होना ही पर्याप्त है।

ऐसा नहीं है कि उससे पति की आयु बढ़ती है अथवा अपने शरीर की शोभा बढ़ती है। अलंकार की अपेक्षा कपड़ों का महत्त्व अधिक है। इसलिए अलंकार पर पैसा खर्च करने के स्थान पर कपड़े पर व्यय करें। अलंकार पहनना ही हो, तो स्वर्ण का पहनें अन्यथा न पहनें। स्वच्छता से रहने की चिंता करें। आप घर की लक्ष्मी हैं, घर में किसी प्रकार की अमंगल बात न हो, इसकी सावधानी आपको रखनी होगी। जो पति मरे जानवर का मांस घर पर लाए, उसे आप स्पष्ट कहें कि मेरे घर यह नहीं चलेगा। शराबी पति अथवा पुत्र को घर में प्रवेश न दें। उन्हें सही मार्ग पर लाने का प्रयत्न करें।'

महाड सत्याग्रह के समय अपने अनुयायियों को उपदेश देते हुए बाबासाहब ने जीवन के मर्म को स्पष्ट किया व आह्वान किया कि आवश्यकता पड़ने पर बलिदान देने की तैयारी रखनी चाहिए। उन्होंने कहा, 'जीवित रहने मात्र में पुरुषार्थ नहीं है। काकबलि खाकर कौए वर्षों तक जीवित रहते हैं, मगर कोई नहीं कहेगा कि उनके जीवित रहने में पुरुषार्थ है। मौत से भय या रोना किसलिए? नाशवान देह को शाश्वत वस्तु प्राप्त करने में खर्च करना चाहिए। उदाहरणार्थ—देश, सत्य, यश, इज्जत अथवा प्राणिमात्र की रक्षा के लिए अनेक प्रसंगों पर अनेक महापुरुषों ने कर्तव्य की अग्नि में अपने पंचप्राणों की आहुति दी है। महाभारत में वीरपत्नी विदुला ने अपने पुत्र को उपदेश दिया था, 'सड़ते हुए सौ वर्ष जीने की अपेक्षा कुछ समय के पराक्रमी जीवन की ज्योति जलाकर मृत्यु प्राप्त करना श्रेयस्कर है।' अब समय आ गया है कि अस्पृश्य माता अपने पुत्र को उसी भाँति उपदेश दे। असिधारा व्रत नहीं, केवल जेल जाने की तैयारी चाहिए।'

वे अपने अनुयायियों को ग्रीक पुराण की एक कथा बताया करते थे। उस कथा का डिमेटर नामक पात्र एक छोटे बच्चे की महान् शक्ति वृद्धिगत करने के लिए उसे आग पर रखता था। यह बताकर वे अस्पृश्य वर्ग को संदेश देते कि निरंतर कार्य करें, अग्निदिव्य करें। वे व्यक्ति धन्य हैं, जिन्हें इस बात की अनुभूति होती है कि जिस समाज में अपना जन्म हुआ है, उसके प्रति अपना कुछ कर्तव्य है।

गैरीबाल्डी ने अपने अनुयायियों से कहा था, 'I do not promise you ease, I do not promise you comfort. But I do promise you these : hardship, weariness and suffering. And with them, I promise you victory.'

दूसरे महायुद्ध के प्रारंभ में इंग्लैंड का प्रधानमंत्री बनने के पश्चात् चर्चिल ने भी अपने समाज से कहा था कि प्रधानमंत्री के रूप में मैं आपको रक्त, पसीना और आँसुओं के अतिरिक्त अन्य कुछ देने का आश्वासन नहीं दे सकता।

लगभग इन्हीं शब्दों में बाबासाहब अपने अनुयायियों को संबोधित किया करते थे, परंतु इसके साथ ही अनेक प्रकार से अपने कार्यकर्ताओं को विकसित करने का प्रयास करते थे। उन्होंने कभी समझाकर, कभी डाँटकर, कभी मनोबल स्थिर रखने के लिए साहस बँधाकर कार्यकर्ता तैयार किए।

सार्वजनिक जीवन में कार्य करनेवाले व्यक्ति का आधार कार्यकर्ता ही होता है। इन कार्यकर्ताओं को सँभालना पड़ता है। उनके सुख-दुःख में सहभागी होना चाहिए। गलती होने पर सावधानी से उसे सुधारना चाहिए। आवश्यक होने पर मृदु और जब जरूरत हो, तब कठोरता का व्यवहार करना चाहिए। मुख्यतः जीवनदृष्टि देकर कार्यकर्ता के रूप में विकास किस प्रकार हो सकता है, इसकी चिंता नेतृत्व करनेवाले व्यक्ति को करनी चाहिए। कार्यकर्ता की साज-सँभाल की दृष्टि से बाबासाहब का व्यवहार किस प्रकार का था, यह बतानेवाले कुछ पत्र श्री श्याम अत्रे ने प्रस्तुत किए हैं।

नासिक के श्री जाधव ने दलित समाज के निमित्त एक शैक्षणिक परिषद् का आयोजन किया और उसे समर्थन देने के लिए बाबासाहब को पत्र लिखा। उसका उत्तर देते हुए बाबासाहब ने लिखा, 'डिप्रेस्ड क्लास के शैक्षिक महत्त्व के विषय में मैं आपसे सहमत हूँ। उसके लिए सारे आवश्यक प्रयत्न किए जाने चाहिए, परंतु इसमें जो दो बातें अलक्षित रह जाती हैं, उन्हें आपके ध्यान में ला देना जरूरी है। अपने समाज के आंदोलन व शैक्षणिक कार्य का संबंध होना चाहिए, लेकिन आपके द्वारा आयोजित परिषद् का उद्देश्य अपने समाज के आंदोलन को हीन दृष्टि से देखने का लग रहा है। आपकी इस भूमिका से मैं सहमत नहीं हो सकता। मैं अपने समाज के संघर्ष को महत्त्व देता हूँ। मैं स्पष्ट कर देना चाहता हूँ कि यदि आपकी परिषद् का उद्देश्य मुंबई प्रांत की अमूल्य सेवा करनेवाले लोगों की टाँग खिंचाई का हो, तो अपने कार्य के संबंध में मेरे नाम का उपयोग न करें।'

6 नवंबर, 1947 को भाऊराव गायकवाड़ को उन्होंने लिखा, 'कार्यकर्ता के बारे में आपकी शिकायत सही है। अनेक कार्यकर्ता क्रियाशील तो हैं ही नहीं, वे स्वार्थी भी हैं; पर इसका यह मतलब नहीं कि राजनीतिक आंदोलन चलानेवाले आप व मेरे जैसे लोग राजनीति से निवृत्त हो जाएँ। विपरीत स्थिति को अनुकूल बनाना ही नेता होने की असली कसौटी है। मैंने जब कार्य प्रारंभ किया, तब इससे भी अधिक प्रतिकूलता थी।' बाबासाहब इस प्रकार कार्यकर्ता का नैतिक बल बनाए रखने का प्रयत्न करते।

अप्रैल, 1949 में बाबासाहब अपने एक कार्यकर्ता को लिखते हैं, 'मुझे लगता है कि आप मुंबई सरकार विरोधी झगड़े में न उलझें। अपने पास दूसरे अनेक कार्यक्रम हैं, उन्हें प्रारंभ करना अधिक महत्त्व का है। निरर्थक जेल जाकर सड़ते रहने का

कोई उपयोग नहीं। हमें विचारपूर्वक बोलना चाहिए व प्रत्येक कदम सावधानी से उठाना चाहिए।'

1946 के आम चुनाव में शेतकरी कामगरी फेडरेशन के सारे उम्मीदवार चुनाव हार गए। उस समय अपने कार्यकर्ताओं को लिखा, 'हम हार गए हैं; पर दुःखी होने का कोई कारण नहीं है। मुझे पराजय का दुःख कभी नहीं सताता। इस कठिन प्रसंग को सहन करना आसान बात नहीं है। पराजय पचाने का धैर्य हममें है। अपने दल का कार्य पहले की अपेक्षा अधिक गति व उत्साह से करना चाहिए।'

ऐसे ही एक प्रसंग पर सहयोगी कार्यकर्ता को लिखते हैं, 'आपके शांत बैठ जाने से मैं अस्वस्थ हूँ। पराजय लज्जा का कारण नहीं हो सकती। अपने दल ने अच्छा कार्य किया। विरोधियों को प्रचंड मत मिलने के कारण अपनी हार हुई है। हमें अपनी बिखरी हुई शक्ति एकत्र करनी चाहिए। पराजित सेना का सेनापति यही किया करता है।'

पुणे करार के पश्चात् महात्मा गांधी ने डॉ. आंबेडकर के सहयोग सें अस्पृश्यता नष्ट करने का कार्य करने के लिए 'अस्पृश्यता निवारण संघ' नामक संस्था स्थापित करने का निश्चय किया। उस समय बाबासाहब ने ठक्कर बाप्पा को अस्पृश्यता निवारण के लिए किए जानेवाले कार्यों का सूचना-पत्र भेजा था। उस पत्र का महत्त्व दो कारणों से है। एक तो बाबासाहब के बताए हुए कार्यक्रम की जानकारी मिले व दूसरा यह कि संघ का काम किस प्रकार चले, उसके कार्यकर्ता कैसे हों, इस विषय में दलित संगठन से मिले अनुभव के आधार पर किए चिंतन से निकले उनके विचारों की जानकरी हो। दलित वर्ग का कार्य करनेवाले व करने का विचार रखनेवालों को बाबासाहब के विचार 'कार्यकर्ता कैसा होना चाहिए' सदैव मार्गदर्शक रहेंगे। इस विषय में बाबासाहब लिखते हैं, 'यह स्पष्ट है कि अपने कार्यक्रम को व्यावहारिक रूप देने के लिए 'अस्पृश्यता निवारण संघ' को समाजसेवी कार्यकर्ताओं की एक सेना खड़ी करनी होगी। यह गलतफहमी होने की संभावना है कि कार्यकर्ताओं का चुनाव करना बड़ी सामान्य बात है, परंतु मेरा मत है कि कार्य के लिए कार्यकर्ता का चुनाव बड़े महत्त्व व जिम्मेदारी का विषय है। पैसे देने पर काम करनेवाले बहुत मिल जाते हैं; लेकिन इस कार्य के लिए ऐसे व्यक्तियों को लेने से काम नहीं चलेगा। यदि अस्पृश्योन्नति के कार्य के प्रति मन में पीड़ा व आस्थावाले व्यक्तियों की आवश्यकता है, तो क्यों न उनका चुनाव अस्पृश्यों में से ही किया जाए? इसका निर्णय करते समय संघ को इस पक्ष को ध्यान में रखना आवश्यक है। मेरा कहना यह नहीं है कि अस्पृश्योद्धार के निमित्त अपना स्वार्थ साधकर, स्वयं की जेब गरम करनेवाले लोग

अस्पृश्य समाज में नहीं हैं। निश्चित ही ऐसे लोग हैं; परंतु अस्पृश्योद्धार के कार्य के लिए अस्पृश्य समाज के कार्यकर्ता व समाज सेवकों की योजना की, तो यह कार्य उनके द्वारा स्वाभाविक रूप से आत्मीयता व प्रेम की भावना से होगा; क्योंकि इस कार्य के लिए प्रेम व आत्मीयता की भावना का होना अनिवार्य है।'' बाबासाहब की धारणा थी कि प्रेम व आत्मीयता की भावना धर्म की प्रेरणा के बिना संभव नहीं है। एक अन्य स्थान पर उन्होंने कार्यकर्ताओं से कहा, 'मनुष्य को सदैव स्वार्थ-सिद्धि ही नहीं, थोड़ा-बहुत परमार्थ भी करना चाहिए। इसी कारण मैं यह कार्य कर रहा हूँ। इसकी प्रेरणा मुझे धर्म ने दी है। यह मानना कि पेट भर गया कि सबकुछ हो गया, उचित नहीं है। पेट तो वेश्या भी भर लेती है। घर-परिवार सँभालें, पर समाज कार्य में सहयोग भी दें।''

उनके ध्यान में यह बात आ चुकी थी कि अस्पृश्यों को मनुष्य होने का सामान्य अधिकार सरलता से मिलने की संभावना नहीं है। इसलिए राजनीतिक सुधारों की पहली किस्त में अस्पृश्यों के अधिकार प्राप्त करने के लिए 'माण्टेग्यू चेम्सफोर्ड' के सुधारों के सुझाव पर लार्ड साऊथबरो की अध्यक्षता में गठित हुई 'फ्रैंञ्जाइज कमेटी 'के सामने उन्होंने अपने समाज के अधिकारों की माँग रखने की स्वीकृति राज्यपाल से प्राप्त की। अस्पृश्यों की उन्नति के लिए अनेक वर्षों से निरालसता सें कार्य करनेवाले कर्मवीर वि.रा. शिंदे को अस्पृश्यों के राजनीतिक अधिकारों के विषय में बात रखने के लिए बुलाया गया था; परंतु 'अस्पृश्यों की बात अस्पृश्य को ही रखनी चाहिए' के तर्क के आधार पर बाबासाहब ने राज्यपाल से निवेदनकर स्वयं के नाम की स्वीकृति ली। इस बात के पीछे उनकी भूमिका यह थी कि अस्पृश्यों का प्रतिनिधित्व अस्पृश्य ही कर सकता है। सुधारवादी उच्चवर्ण यह काम नहीं कर सकेगा। उनका यह विचार व मानसिकता बहुतांश में जीवन के अंत तक बनी रही।

27 जनवरी, 1919 को साउथबरो समिति को प्रस्तुत निवेदन में उनके संपूर्ण भावी सामाजिक व राजनीतिक कार्य की नींव के मूलभूत सूत्र दिखाई देते हैं। उन्होंने पश्चिमी लोकतांत्रिक राज्यपद्धति के माध्यम से जनता के प्रतिनिधित्व व राजनीतिक अधिकारों के संदर्भ में जाति-आधारित प्रतिनिधित्व, अस्पृश्यों को मताधिकार, स्वतंत्र मतदान संघ जैसे अनेक विषयों की चर्चा की, लेकिन यह करते समय भारतीय हिंदूसमाज की विशिष्ट रचना व समाज की वास्तविक स्थिति भी स्पष्ट की।

इसी वर्ष निकटस्थ मित्र दत्तोबा पवार के माध्यम से आंबेडकर का परिचय राजर्षि शाहू महाराज से हुआ। कोल्हापुर के शाहू महाराज ने युवा आंबेडकर को देखते ही कहा, यह व्यक्ति कुछ अलग ही है। इसका उल्लेख श्री दादासाहब

मल्हारराव शिर्के ने राजर्षि शाहू गौरव ग्रंथ में लिखे अपने लेख में किया है। उसमें वे लिखते हैं, ''हरिजन समाज के एक बालक के अमेरिका से एम.ए., पी-एच. डी. करके भारत लौटने की खबर समाचार-पत्र में पढ़कर महाराज आश्चर्यचकित हुए। इस आंग्लविद्याविभूषित व्यक्ति से मिलने की वे आतुरता से प्रतीक्षा करने लगे। उन्हें जानकारी मिली कि इस युवक का नाम डॉ. भीमराव रामजी आंबेडकर है और वह परल विभाग में रहता है। उन्होंने इस युवक को ढूँढ़ने के लिए अपने विश्वस्त व्यक्ति भेजे, पर उन्हें आंबेडकर का पता न मिल सका। महाराज स्वयं चार सहकारियों को साथ ले कार से परल के लिए रवाना हुए। उन्हें पता चला कि परल में 'सीमेंट' नामक बिल्डिंग में उनका निवास है। वे वहाँ पहुँचे और आंबेडकर के बारे में पूछताछ की। दूसरी मंजिल पर रहनेवाले आंबेडकर को उनके आने की सूचना दी गई। बाबासाहब दौड़ते हुए उनसे मिलने आए। महाराज को नमस्कार कर अत्यधिक नम्रतापूर्वक बाबासाहब ने पूछा, 'आपकी क्या आज्ञा है?' महाराज कार से नीचे उतरे और बाबासाहब को बड़ी आत्मीयतापूर्वक गले लगाया। उन्होंने कहा, 'अब मेरी चिंता दूर हुई। दलितों को नेता मिल गया।' आंबेडकर के नेत्रों से आँसू बहने लगे। गद्गद् अंतःकरण से वे सोचने लगे, 'मुझे मिलने के लिए स्वयं सीमेंट बिल्डिंग तक आनेवाले छत्रपति महाराज का हृदय कितना विशाल है! मैं उनके लिए क्या करूँ।' महाराज ने उन्हें बोलने का अवसर न देते हुए अपने साथ कार में बैठाया और मुंबई के अपने निवास स्थान पर ले गए।''

भा.कृ. केलकर ने लिखा है कि तरुण डॉ. आंबेडकर के दलित नेतृत्व को मिला यह आशीर्वाद भारत के सामाजिक इतिहास की सुनहरी स्मृति मानी जानी चाहिए।'

इस भेंट के विषय में धनंजय कीर द्वारा किया गया वर्णन कुछ अलग है, लेकिन यह उल्लेख उन्होंने भी किया है कि शाहू महाराज स्वयं घर ढूँढ़ते हुए डॉ. आंबेडकर से मिलने गए। इसका पहले उल्लेख किया है कि वे महाराष्ट्र में अस्पृश्योद्धार के लिए आस्थापूर्वक कार्य करनेवाले रियासतदार थे। उनकी रियासत के माणगाँव में ही अस्पृश्यों की पहली परिषद् का आयोजन हुआ था। उस समय अस्पृश्यों के वास्तविक प्रतिनिधि व नेता के रूप में बाबासाहब के नेतृत्व पर शाहू महाराज ने मुहर लगाई। उन्होंने यह कहते हुए बाबासाहब का गौरव किया, 'मेरे राज्य के बहिष्कृत प्रजाजनो! मैं इस बात के लिए आपका अभिनंदन करता हूँ कि आपने अपना वास्तविक प्रतिनिधि खोज लिया है। मुझे विश्वास है कि वे आपका उद्धार करेंगे। वे विद्वानों के भूषण हैं। आर्यसमाज, बुद्धसमाज अथवा ईसाई समाज ने उन्हें अपने आंदोलन में लिया होता, परंतु वे आपके उद्धार के लिए उनकी तरफ नहीं गए। इसके लिए आपको

उनका आभार मानना चाहिए। मैं भी मानता हूँ। मुझे विश्वास है कि एक दिन वे सारे हिंदुस्तान के नेता होंगे।'' मई, 1920 में राजर्षि शाहू महाराज की अध्यक्षता में नागपुर में अखिल भारतीय बहिष्कृत समाज की परिषद् संपन्न हुई थी। उस समय भी महाराज को बाबासाहब में नेतृत्त्व के गुण दिखाई दिए।

समाचार-पत्र प्रारंभ करने के लिए शाहू महाराज से मिली प्रेरणा व आर्थिक सहायता के कारण बाबासाहब का पहला पाक्षिक 'मूकनायक' 31 जनवरी, 1920 को शुरू हुआ। संपादक के नाते पांडुरंग नंदराम भटकर का नाम था, फिर भी पाक्षिक की पहचान बाबासाहब द्वारा शुरू किए गए आंदोलन के मुखपत्र के रूप में ही हुई। अस्पृश्यता निवारण का कार्य कितना कठिन था व उस समय के समाज तथा नेतृत्व की मानसिकता कितनी विचित्र थी, यहाँ उसका उल्लेख करना अनिवार्य है। दो वर्ष पूर्व मुंबई में हुई अस्पृश्यता निवारण परिषद् में लोकमान्य तिलक ने सार्वजनिक रूप से घोषणा की थी कि 'यदि स्वयं भगवान् अस्पृश्यता मानने लगे, तो मैं उसे भगवान् नहीं मानूँगा।' लेकिन तिलकजी के रहते हुए भी उनके समाचार-पत्र 'केसरी' ने 'मूकनायक' का विज्ञापन छापने से इनकार कर दिया। यद्यपि 'मूकनायक' उसके लिए आवश्यक भुगतान करने को तैयार था।

अस्पृश्यों के मानवीय, सामाजिक व राजनीतिक अधिकारों का अहसास निर्माण होने और उसके लिए प्रबोधन, संगठन तथा आवश्यकता पड़ने पर संघर्ष करने की तैयारी होने के बावजूद प्रारंभ के अनेक वर्षों तक बाबासाहब की भूमिका यही रही कि हम हिंदू समाज के अविभाज्य अंग हैं; क्योंकि उनकी धारणा थी कि अस्पृश्यता का प्रश्न संपूर्ण हिंदू समाज का प्रश्न है व उसके लिए उच्चवर्ण तथा अस्पृश्य दोनों को कंधे से कंधा मिलाकर काम करना चाहिए। इसी कारण अपना संस्थागत जीवन प्रारंभ करते समय 20 जुलाई, 1924 को उन्होंने जिस 'बहिष्कृत हितकारिणी सभा' की स्थापना की, उसकी रचना में तथाकथित उच्चवर्णीय समाज के लोगों को भी उचित स्थान दिया। सर चिमनलाल सीतलवाड़ इस संस्था के अध्यक्ष थे। मेयर निस्सिम, रुस्तमजी जिनवाला, जी.के. नरीमन, डॉक्टर वि.पा. चौहान, रेंगलर र.पु. परांजपे, बा.गं. खरे जैसे सामाजिक नेता सभा के उपाध्यक्ष थे। स्वयं आंबेडकर सभा के कार्यकारी अध्यक्ष थे। उस अवसर पर बोलते हुए बाबासाहब ने कहा, 'हम वरिष्ठ वर्ग से ऐसी प्रार्थना करते हैं कि वे अपना सर्वस्व राजनीति में न लगाते हुए बहिष्कृतों की उन्नति जैसे सामाजिक कार्य के सहकार्य करने में लगाएँ। अब यह सिद्ध हो चुका है कि पहले राजकीय, बाद में सामाजिक की मीमांसा नादानी है। सामाजिक प्रश्न इतने महत्त्व का है कि उसे एक तरफ रखने पर भी वह सामने आ खड़ा होता है।

सामाजिक व राजनीतिक प्रश्नों के बीच का भेद और खाई पाटने के लिए देश में हो रहे सामाजिक अन्याय को दूर करना महत्त्व का काम है और वह प्रत्येक भारतीयजन को अपना पवित्र कर्तव्य मानकर करना होगा। इसके अतिरिक्त अन्य कोई मार्ग नहीं है। अस्पृश्य समाज अखिल हिंदुस्तान की जनसंख्या के छठवें भाग के बराबर है। जब तक देश की जनसंख्या का इतना बड़ा भाग हीन-दीन अवस्था में पंगुवत् पड़ा है, तब तक देश की अवस्था ऐसी हीन-दीन स्थिति में रहेगी, इसमें कोई संदेह नहीं।'

इस धारणा के अनुसार बाबासाहब ने पीपुल्स एज्युकेशन सोसाइटी की स्थापना कर सिद्धार्थ महाविद्यालय प्रारंभ करने का निश्चय किया। उसके संस्थापक सदस्यों में एस.सी. जोशी, मो.वा. दोंदे, राजाराम भोले दौलतराव जाधव, सी.के. बोले, हिरजीभाई पटेल, बैरिस्टर समर्थ तथा वी.जी. राव को रखा। उस समय उन्होंने अपने अनुयायियों को उच्चवर्णों के सहयोग की आवश्यकता के महत्त्व को समझाया। बाद में भी श्रम मंत्रालय को पुनर्गठित करने की बात आई, तब उन्होंने उसकी जिम्मेदारी बड़े विश्वास के साथ श्री एस.सी. जोशी को सौंपी। बाबासाहब के जीवन में श्री चित्रे का स्थान सुप्रसिद्ध रहा। उन्हें यह बताने में कभी संकोच नहीं हुआ कि उनके कई व्यक्तिगत मित्र ब्राह्मण हैं। 14 जनवरी, 1946 को शोलापुर में दिए अपने भाषण में डॉ. वि.वि. मुले का उल्लेख बड़े ही भावनापूर्ण शब्दों में करते हुए उन्होंने कहा, 'डॉ. मुले के सहकार्य के कारण ही 20 वर्ष पूर्व मैंने सार्वजनिक जीवन में प्रवेश किया।'

मिलिंद महाविद्यालय के प्राध्यापक ठकार ने एक बार उनसे पूछा, 'बाबासाहब! आप ब्राह्मणों के विरुद्ध क्यों हैं?' बाबासाहब ने उत्तर दिया—'My boy, had I been against Brahmins and Hindus, you would not have been here. मेरी संस्था के शिक्षक बहुधा ब्राह्मण ही हैं। मेरा विरोध ब्राह्मण जाति से नहीं है, ब्राह्मण्य से है।' (परिशिष्ट 2)

जात-पाँत तोड़क मंडल के संस्थापक भाई परमानंद, गोकुलचंद नारंग, जमनादास मेहता, डॉ. मुंजे, डॉ. खरे समतानंद गद्रे, ल.ब. भोपटकर, भागोजी कीर, अप्पा कासार, स्वातंत्र्यवीर सावरकर व हिंदू महासभा के कई अन्य नेताओं से उनके आत्मीय संबंध थे।

अस्पृश्यता निवारण का कार्य हिंदू समाज को एकात्म व समर्थ बनाने का कार्य है, इसलिए यह राष्ट्रीय कार्य है। इस भूमिका के कारण ही उन्होंने 1934 तक के सार्वजनिक जीवन के सारे उपक्रम-प्रबोधन-संगठन, जहाँ जरूरी हुआ, वहाँ शांतिपूर्ण विधायी संघर्ष के माध्यम से चलाए। इसके पीछे की मूल भावना यही थी कि अस्पृश्य वर्ग हिंदूसमाज का अविभाज्य अंग है, इसलिए सामाजिक न्याय की दृष्टि से समान

नागरिकता, मनुष्य के रूप में जीवन जीने का सामान्य अधिकार मिलना ही चाहिए। प्रारंभ में 'मूकनायक' बाद में 'बहिष्कृत हितकारिणी सभा' ने केवल अस्पृश्यों के ही नहीं, उच्चवर्णों के प्रबोधन का कार्य भी किया। 'बहिष्कृत हितकारिणी सभा' की रचना में सर्वसमावेशक की भूमिका से मान्यवरों का पदाधिकारियों में समावेश करने का उल्लेख ऊपर किया ही है। महाड के धर्मयुद्ध के 'चवदार ताल' के पहले व दूसरे पर्व के बारे में शोधकर्ताओं ने विस्तृत जानकारी देकर मार्मिक चर्चा की है। यहाँ यह बात ध्यान देने की है कि 'चवदार ताल' का पानी पीने का कार्यक्रम हो जाने के पश्चात् 20 मार्च, 1927 को बिखरे हुए दलितों में से अनेक के सिर उच्चवर्णों की लाठियों से फूटे। उस समय सौ अच्छे लाठीबाज आंबेडकर की रक्षा कर रहे थे। वे उच्चवर्णों पर प्रत्याघात करने के लिए बाबासाहब की आज्ञा का इंतजार कर रहे थे। अपने असंख्य अनुयायी, अनेक निर्दोष लोगों की रक्तरञ्जित व घायल अवस्था देखकर भी उन्होंने अपने मन को शांत बनाए रखा व प्रत्याघात करने से रोका। गीता का उद्धरण देकर वे सत्याग्रह की निष्ठा का दावा करते थे। वह सत्याग्रही निष्ठा उनके व्यक्तित्व में पूरंपूर थी, यह स्पष्ट है।

दूसरी बात यह कि सर्वसमावेशक भूमिका लेने पर भी उन्हें इस बात की जरा भी संभावना नहीं दिखी कि ब्राह्मण व ब्राह्मणेतर वर्ग का हृदयपरिवर्तन होगा और वे सामाजिक न्याय की भावना से स्वत: अपने विशेषाधिकार छोड़कर अस्पृश्यों को समान अधिकार देंगे। महाड सत्याग्रह के दूसरे पर्व में दिसंबर अंत में हुई महाड परिषद् के अध्यक्ष के नाते बोलते हुए उन्होंने ब्राह्मणों की तुलना जापान के सरंजामदार सामुराई वर्ग से की और कहा कि सामुराई वर्ग में जो राष्ट्र प्रेम था, वह ब्राह्मण वर्ग में नहीं है। उन्होंने समानता के आधार पर राष्ट्रीय एकता स्थापित करने के लिए, जो स्वार्थत्याग किया, वैसा त्याग हमारे ब्राह्मण वर्ग द्वारा किए जाने की अपेक्षा नहीं की जा सकती'''और ब्राह्मणेतर वर्ग ब्राह्मणों के समान होने के स्थान पर अस्पृश्यों के मुकाबले अपने विशिष्ट अधिकार कायम रखने के प्रति अधिक चिंतित दिखाई देता है।'

ऐसी स्थिति में उक्त दोनों वर्गों का उपयोग न्याय व मानवीयता के अधिकार मिलने में न देखकर सत्याग्रह के मार्ग से विधायी संघर्षकर अपने अधिकार प्राप्त करने के लिए बाबासाहब ने सत्याग्रह का मार्ग अपनाया। ऐसी बात नहीं थी कि 'चवदार ताल' का पानी न मिलने के कारण अस्पृश्य वर्ग प्यासा था अथवा उसका कंठ सूख रहा था, परंतु हिंदू समाज का अविभाज्य घटक, एक हिंदूधर्मी घटक होने के कारण सार्वजनिक जलस्रोत से पानी पीने का स्वाभाविक समानाधिकार सिद्ध करने के लिए वह सत्याग्रह था। इसलिए बाबासाहब ने उस सत्याग्रह को

अस्पृश्यता नष्ट करने के लिए किए गए धर्मयुद्ध का पहला कदम कहा।

महाड सत्याग्रह के दूसरे पर्व की तैयारी हो ही रही थी कि अमरावती के कार्यकर्ताओं ने अंबादेवी के मंदिर में प्रवेश के लिए सत्याग्रह चलाया। उस निमित्त हुई परिषद् के लिए डॉ. आंबेडकर को अध्यक्ष चुना गया। बाबासाहब अपने आंदोलन के सहकारी देवराव नाईक, सी.ना. शिवतरकर, रा.दा. कांबली, दा.वि. प्रधान आदि नेताओं के साथ अमरावती पहुँचे। इंद्रभुवन नाट्यगृह में परिषद् प्रारंभ हुई। बैरिस्टर तिडके, डॉ. पंजाबराव देशमुख, चौबल वकील, गवई एम.एल.सी, केशवराव देशमुख, डॉ. पटवर्द्धन जैसे नेता भी उपस्थित थे। प्रारंभ में पंजाबराव देशमुख का भाषण हुआ। उसके पश्चात् बाबासाहब का विद्धत्तापूर्ण पर मुँहतोड़ भाषण हुआ।

'सांस्कृतिक दृष्टि से भी यह प्रश्न अत्यंत महत्त्व का है। हिंदुत्व पर जितना स्पृश्यों का अधिकार है, उतना ही अस्पृश्यों का भी है। हिंदुत्व की प्रतिष्ठा जितनी वसिष्ठ जैसे ब्राह्मणों, कृष्ण जैसे क्षत्रिय, हर्ष जैसे वैश्य, तुकाराम जैसे शुद्र ने की, उतनी ही वाल्मीकि, चोखामेला व रोहिदास जैसे अस्पृश्यों ने भी की है। हिंदुत्व की रक्षा करने के लिए हजारों अस्पृश्यों ने अपना जीवन दिया है। व्याध-गीता के अस्पृश्य द्रष्टा से लेकर खर्डा की लड़ाई के सिदनाक जैसे अस्पृश्यों ने हिंदुत्व के संरक्षण के लिए अपना सिर हथेली पर रखा। उनकी संख्या कम नहीं है। हिंदुत्व को स्पृश्य व अस्पृश्यों ने मिलकर बढ़ाया और उस पर संकट आने पर अपने जीवन की परवाह न करते हुए उसकी रक्षा की। हिंदुत्व के नाम पर खड़े किए गए मंदिर जितने स्पृश्यों के हैं, उतने ही अस्पृश्यों के भी हैं। उन पर जितना अधिकार स्पृश्यों का है, उतना ही अस्पृश्यों का भी है। एक बार अधिकार मान्य हो गया कि पुरानी प्रथा आड़े नहीं आती। कानून की दृष्टि से भी सार्वजनिक विषयों में व्यक्तिगत अधिकार किसी सनद से निर्माण नहीं होता, वह प्रत्येक को जन्मत: प्राप्त होता है। प्रथा न होने अथवा उसमें व्यवधान पड़ जाने से वह समाप्त नहीं होता। मंदिर या जलस्रोतों को लेकर प्रथा का हवाला देना निरी मूर्खता है।'

विशेष बात यह है कि लोकमान्य तिलक के सहयोगी गणेश श्रीकृष्ण तथा दादासाहब खापर्डे, जो वरिष्ठ विधिमंडल के सदस्य थे, वे अंबादेवी मंदिर समिति के अध्यक्ष भी थे। परिषद् का काम आंबेडकर की जयजयकार के साथ संपन्न हुआ।

हिंदूधर्म में सुधार करने की धारणा के कारण 'चवदार ताल' के विदारक अनुभव के बाद भी उन्होंने अस्पृश्यों को हिंदू धर्मांतर्गत मानवीयता व प्रतिष्ठा का स्थान दिलाने के लिए अनेक प्रयत्न किए। इस दृष्टि से उच्चवर्ण समाज के लोगों को साथ लेकर काम करने का प्रयास किया, किंतु उनके इन प्रयासों की विस्तृत जानकारी सामान्यत:

सबको नहीं है। उदाहरणार्थ—1928 के मार्च महीने में परल के दामोदर ठाकरसी हाल में 'समाज समता संघ' की ओर से हुए अंतर्जातीय सहभोज की जानकारी कितने लोगों को है? इसी दामोदर ठाकरसी हाल में 22 मार्च, 1928 को पालेय शास्त्री के पौरोहित्य में लगभग पाँच सौ हरिजनों का उपनयन संस्कार संपन्न हुआ। उस प्रसंग पर बाबासाहब के साथ डॉ. एम.वी. उदगावकर, जी.एन. सहस्त्रबुद्धे, जी.वी. नाईक व सीताराम एन. शिवतरकर उपस्थित थे। इसे जानने का कितने लोगों ने प्रयास किया? 25 दिसंबर, 1927 को महाड में हुई परिषद् में लोकमान्य तिलक के पुत्र ने शुभेच्छा संदेश भेजा था। परिषद् ने प्रस्ताव पारितकर सुझाव दिया था कि हिंदू पुरोहित बनने के लिए स्पर्द्धात्मक परीक्षा ली जाए व उसमें उत्तीर्ण होनेवालों को ही पुरोहित के रूप में काम करने का लाइसेंस दिया जाए। इस परिषद् में हुए बाबासाहब के अध्यक्षीय भाषण का इतिवृत्त देते हुए 'The Indian national Hearals' ने लिखा, 'हिंदुओं की एकता के महत्त्व का प्रतिपादन करते हुए बाबासाहब ने कहा, 'If we achieve success in our movement to unite all the Hindus in a single caste, we shall have rendered the greatest service to the Indian National in general and to the Hindu community in particular.' इन सारी घटनाओं से बाबासाहब का अखिल हिंदू दृष्टिकोण स्पष्ट होता है।

संस्कारपूर्वक समता का प्रसार करने के लिए सितंबर, 1927 में 'समाज समता संघ' नामक संस्था की स्थापना की गई। उसके कार्यकर्ता अस्पृश्य वर्ग के पुरुषों को यज्ञोपवीत अर्पण करते। वैदिक मंत्रों से हरिजनों के विवाह करते। संघ के सदस्य बारी-बारी से प्रत्येक के यहाँ भोजन करते। इस समता संघ ने दो-तीन साल में ही सामाजिक समता के कार्य की धूम मचा दी। इस कार्य में महाराष्ट्र के सुप्रसिद्ध नाटक व उपन्यासकार भा.वि. (मामा) वरेरकर ने भी अस्पृश्यों को यज्ञोपवीत देने का कार्य किया।

तिलकजी के सुपुत्र श्रीधरपंत तिलक बाबासाहब के मित्र थे। 'केसरी' समाचार-पत्र के भवन में ही संघ का कार्यालय था। समता संघ की स्थापना के समय श्रीधरपंत तिलक ने कहा, 'जाति व वर्णभेद के कारण समाज में जो असमानता उत्पन्न हुई है, उसे नष्ट किए बिना किसी भी प्रकार की प्रगति करना संभव नहीं है, इसे ध्यान में रखकर ही इस समाज की स्थापना की जा रही है।' इस अवसर पर डॉ. आंबेडकर ने कहा, 'तिलकजी के भवन में खड़े होकर मुझे उनकी निंदा नहीं करनी है। राजनीतिक मामलों में उन्होंने गजब का धैर्य दिखाया, परंतु सामाजिक प्रश्नों से अपने को बचाते रहे। जिसे स्वराज्य प्राप्त करने की वास्तविक चाह है, यदि वह सामाजिक प्रश्नों की

ओर दुर्लक्ष्य करता है, तो कार्य-सिद्धि नहीं हो सकेगी। अंग्रेजी राज्य में जो समानता हमें मिली है, यदि उतनी समानता मिलने की भी संभावना न हो, तो हमको स्वराज्य के लिए प्रयत्न क्यों करना चाहिए ? समता के बिना स्वतंत्रता निरर्थक है। हमारी ऐसी मान्यता बनी है कि हिंदू धर्म को चातुर्वर्ण्यप्रणीत असमानता मान्य है। हम मनुस्मृति व अन्य पुराणों के बिना भी हिंदू रह सकते हैं। हिंदू समाज हमारी गिनती पशु से भी हीन श्रेणी में करता है, फिर भी मैं अपने लोगों को धर्मांतरण करने के लिए नहीं कहता।'

श्रीधरपंत तिलक के सामाजिक विचार प्रगतिवादी थे। उनका मानना था कि 'हिंदू संगठन का अर्थ चातुर्वर्ण्य का विध्वंस है। ब्रिटिश नौकरशाही व पुरोहिताई क्षुद्र वृत्ति की हैं।' उन्होंने 1927 के गणेश उत्सव के समय 'केसरी' के न्यासियों के विरोध के बावजूद अस्पृश्य समाज के युवक राजभोज के श्रीकृष्ण मेला के कार्यक्रम गायकवाड़वाड़े में आयोजित किए। यह अस्पृश्य मेला जब वाड़े में प्रवेश कर रहा था, उस समय काफी धक्का-मुक्की की गई। श्रीधरपंत द्वारा दिखाए गए धैर्य व उनके प्रगतिशील विचारों का अभिमान रखनेवाले पुणे के अस्पृश्यों ने एक सभा कर उनका अभिनंदन किया।

इस सभा में श्रीधरपंत का स्फूर्तिदायक भाषण हुआ। अपने सुधारवादी विचारों को कृति देनेवाले इस कार्यकर्ता व विशाल हृदयवाले युवक का कुछ माह के भीतर ही अपना अंत करना बहुत ही दुर्भाग्यपूर्ण था। मृत्यु का आलिंगन करने के कुछ घंटे पूर्व श्रीधरपंत ने आंबेडकर को पत्र लिखकर सूचित किया, 'यह पत्र आपको प्राप्त होगा, तब तक इहलोक को रामराम कर लेने का समाचार आपको प्राप्त हो सकता है।' यह आशा प्रकट करते हुए कि महाराष्ट्र के युवक ठान लें, तो अस्पृश्यता निवारण का प्रश्न पाँच वर्ष में ही हल हो सकता है, वे लिखते हैं, 'अपने बहिष्कृत बंधुओं के कष्ट प्रत्यक्ष भगवान् श्रीकृष्ण के चरणारविंद में रखने के लिए मैं आगे जा रहा हूँ। आंबेडकर द्वारा अंगीकृत किए गए कार्य को परमेश्वर सफलता प्रदान करेगा, इसका मुझे विश्वास है।' शोकाकुल डॉ. आंबेडकर ने कहा, 'मेरे मित्र को अपने जीवन का ऐसा अंत नहीं करना था। अपने आंदोलन के एक आधार और निष्ठावान् कार्यकर्ता के चले जाने से बाबासाहब अत्यंत व्यथित थे। (परिशिष्ट 3)

संस्कारपूर्वक समता के प्रचार के अंतर्गत बाबासाहब इस बात के लिए प्रयत्नशील रहे कि सार्वजनिक गणेशोत्सव में अस्पृश्यों को प्रवेश मिले। 1929 में सार्वजनिक स्थान पर अस्पृश्यों का गणेश उत्सव करने को लेकर उन्होंने संघर्ष किया। दादर के गणेश उत्सव के अध्यक्ष ने अनुज्ञा नहीं दी। आंबेडकर, प्रबोधनकार ठाकरे और कई अन्य नेता वहाँ एकत्र हुए। अंततः सनातनियों को हार माननी पड़ी। दोपहर

तीन बने उन्होंने अनुकूलता दिखाई और विजयोत्साह के साथ अस्पृश्य हिंदुओं ने मंडप में प्रवेश किया।

13 अक्तूबर, 1929 को पुणे के पर्वती मंदिर पर सत्याग्रह हुआ। उसमें न.वि. गाडगिल जैसे उच्चवर्ण नेताओं को भी ईंट-पत्थर खाने पड़े। सत्याग्रह प्रारंभ होते ही मंदिर के दरवाजे सबके लिए बंद कर दिए गए।

पर्वती सत्याग्रह के समय उच्चवर्णों के अमानुषिक बरताव के विरोध में अनेक स्थानों पर विरोध सभाएँ हुईं। मुंबई की सभा में प्रबोधनकार ठाकरे, देवराव नाईक, शिवतरकर, प्रधान खांडके, कांबली, कडेकर आदि नेता व कार्यकर्ता उपस्थित थे। पुणे के मंदिर में प्रवेश के लिए हुआ सत्याग्रह, इस प्रकार का पहला सत्याग्रह नहीं था। सावरकर ने रत्नागिरि के विट्ठल मंदिर में अस्पृश्यों को प्रवेश का अधिकार दिलाने के लिए ऐसा ही आंदोलन किया था। कारवार के विट्ठल मंदिर, अमरावती के अंबादेवी मंदिर, खुलना के कपिलमुनि मंदिर व काली मंदिर जैसे अनेक स्थानों पर प्रवेश पाने के उद्देश्य से संघर्ष का उल्लेख चरित्रकारों ने किया है। सनातनियों द्वारा पर्वती का मंदिर सबके लिए बंद कर देने के कारण पुणे का सत्याग्रह वापस लेना पड़ा, तथापि इस मुद्दे पर फिर कभी संघर्ष करने का विचार आंबेडकर के मन से पूरी तरह नष्ट नहीं हुआ।

पर्वती सत्याग्रह में बाबासाहब का स्वयं प्रत्यक्ष सहभाग नहीं था, परंतु वहाँ हुई अमानुषिकता पर उनकी तीव्र प्रतिक्रिया 15 व 29 नवंबर के 'बहिष्कृत भारत' के अंक में व्यक्त हुई। उन्होंने चेतावनी भरे शब्दों में लिखा, 'आज तक अस्पृश्यों ने शस्त्रसंन्यासयुक्त सत्याग्रह किए हैं, मगर उच्चवर्ण हिंसक आक्रमण करते रहे, तो अस्पृश्य अपने जनतांत्रिक अधिकार प्रस्थापित करने के लिए ईंट-पत्थर की मार खाते चुप नहीं बैठेंगे। मनुष्यता भूलकर नि:शस्त्र व निरुपद्रवी सज्जनों से मार-पीट करनेवाले पाशवीवृत्ति के लोगों को मार्ग पर लाने के लिए प्रत्युत्तर की नीति अपना सकते हैं।' इसी अंक में उन्होंने स्पष्ट किया कि कम्युनिस्टों की अत्याचारी क्रांति का मार्ग हमें स्वीकार नहीं है। 'हमारा मार्ग झटपट क्रांति व अत्याचार का प्रवर्तक नहीं है।'

नासिक के कालाराम मंदिर में प्रवेश के निमित्त स्थानीय कार्यकर्ताओं द्वारा प्रारंभ किए गए सत्याग्रह में वे पूरी शक्ति व समर्थन से उतरे। एक बार मिलिंद महाविद्यालय के प्राध्यापकों से बोलते समय उन्होंने कहा, 'मैं तो नासिक के कालाराम के दर्शन के लिए सत्याग्रह करनेवाला आदमी हूँ! आप लोगों ने मुझे राम से दूर किया।'

नासिक के कालाराम मंदिर सत्याग्रह को वे सामाजिक समता संघर्ष के एक

साधन के रूप में देखते थे। इस सत्याग्रह के प्रारंभ में 2 मार्च, 1930 को अपने सत्याग्रही सहकारियों के सामने बोलते हुए उन्होंने कहा, 'अस्पृश्यता निवारण का प्रश्न विविधांगी, धार्मिक, सामाजिक, राजनीतिक व आर्थिक है। ऐसा नहीं है कि केवल मंदिर प्रवेश से वह पूरा हो जाएगा, पर यह सत्याग्रह उच्चवर्णीय हिंदू मानस का आह्वान करने के लिए है। 'हिंदू अपने जैसे आदमियों को 'आदमी' मानने को तैयार है या नहीं, इस दृष्टि से हम उच्चवर्णीय हिंदू मानस की परीक्षा ले रहे हैं।''

'हमें मालूम है कि मंदिर में पत्थर का भगवान् है। उसका दर्शन अथवा पूजन करने से हमारी समस्या दूर होनेवाली नहीं है। हम तो यह देख रहे हैं कि मंदिर प्रवेश से हिंदुओं के हृदय मंदिर में प्रवेश मिलता है क्या।' डॉ. आंबेडकर का विचार था कि मंदिर प्रवेश से अस्पृश्यों को हिंदूसमाज में समानता मिलने का मार्ग खुलेगा। पर इतने मात्र पर रुकने से काम नहीं होगा। उन्होंने आह्वान किया कि हिंदूसमाज का अविभाज्य एकात्म अंग बनने के पूर्व हिंदू धर्मशास्त्र व हिंदूसमाज की संपूर्ण पुनर्रचना करने का आग्रह अस्पृश्य समाज को करना चाहिए। सत्याग्रह करने के पीछे उनका हेतु अस्पृश्यों को अपने अधिकारों के बारे में जाग्रत् करने व उनका उत्साह निर्माण करने का था।

यह सत्याग्रह पर्व निरंतर पाँच वर्ष तक चला। शांतिपूर्ण तरीके से सत्याग्रह करने के बाद भी दलितों के सिर फूटे। स्वयं आंबेडकर को ईंट-पत्थर की मार खानी पड़ी। पाँच साल तक सत्याग्रह चलाने पर भी उच्चवर्णों के हृदय को पिघलता न देख तथा अपनी लोकशक्ति का अपव्यय देखकर बाबासाहब ने सत्याग्रह का आग्रह छोड़ने का आदेश 3 मार्च, 1934 के एक पत्र द्वारा दिया। उन्होंने लिखा कि अपना उद्देश्य हिंदूसमाज के एक अविभाज्य अंग के नाते संघर्ष करने व आंदोलन में उत्साह निर्माण करने का था और वह साध्य हुआ है।

हिदूसमाज के एक भाग के रूप में हिंदूसमाज में स्थान प्राप्त करने की उनकी इच्छा दुर्भाग्य से उच्चवर्ण हिंदुओं की मूर्खता के कारण पूरी नहीं हो सकती थी। उनकी इच्छा कितनी प्रबल थी, यह सत्याग्रह के पश्चात् हुई घटनाओं से प्रकट होता है।

नासिक के कालाराम मंदिर पर हुए सत्याग्रह के पश्चात् अपने समाजबांधवों को धैर्य रखने की सलाह देते हुए मार्च, 1935 में लिखे पत्र में बाबासाहब कहते हैं, 'नासिक के कोहिनूर समाचार-पत्र में खबर छपी है कि अस्पृश्यता से दुःखी होकर 400 अस्पृश्य, मुसलमान बननेवाले हैं। सत्याग्रह का कठोर व्रत करने पर भी स्पृश्य हिंदुओं को विरत होता न देख लोगों का धर्मांतरण की ओर प्रवृत्त होना स्वाभाविक है। नासिक जिले के अस्पृश्य भाई-बहनों से आग्रहपूर्ण निवेदन है कि उन्हें अपने मन

की स्थिरता को कायम रखते हुए कुछ दिन और इस बात की प्रतीक्षा करनी चाहिए कि अपने प्रयत्नों से हिंदूधर्म को उज्ज्वल स्वरूप प्राप्त होता है अथवा नहीं। यह विश्वासपूर्वक कह नहीं सकता कि अपने प्रयत्नों को सफलता मिलेगी ही; क्योंकि यह इस बात पर निर्भर है कि स्पृश्य जनता को लोकलाज व सद्धर्म की इच्छा है या नहीं।'

कुल मिलाकर इस बात की पर्याप्त चर्चा हो चुकी है कि दलित मुक्ति संग्राम में कालाराम मंदिर सत्याग्रह का क्या महत्त्व था। मंदिर सत्याग्रह उच्चवर्णों की न्यायबुद्धि; कांग्रेस व हिंदू महासभा जैसे राजनीतिक दलों के उच्चवर्ण हिंदू नेताओं की भूमिका; बाबासाहब का नेतृत्व व दलितों की प्रतिकार शक्ति; उसके साथ ही सवर्ण हिंदू नेतृत्व व धर्माचार्यों का हिंदूसमाज पर प्रभाव आदि विषयों पर प्रकाश डालनेवाला एक परिवर्तन पर्व था। य.दि. फडके ने अपनी 'आंबेडकरांची चलवल' पुस्तक में कहा है, 'मंदिर प्रवेश के लिए सत्याग्रह को कुछ कांग्रेसी नेताओं ने समर्थन दिया। शाब्दिक सहानुभूति व्यक्त की, परंतु सत्याग्रह में प्रत्यक्ष भाग लेने की दृष्टि से देखें, तो ब्राह्मणेतर पक्ष से कांग्रेस में गए मराठा जाति के 'सत्यशोधक नेता दिनकरराव जवलकर एकमात्र उज्ज्वल अपवाद थे। अन्य राजनीतिक दल सत्याग्रह में शामिल नहीं हुए। कुछ ने तो प्रखर विरोध किया। हमेशा ब्राह्मणों के वर्चस्व की तीव्र आलोचना करनेवाले ब्राह्मणेतर पक्ष के तथा सत्यशोधक आंदोलन के लोग भी सत्याग्रह को दूर से देखते रहे। सत्याग्रह के नेताओं को इस बात की तीव्र अनुभूति हुई कि दलित मुक्ति का संघर्ष अंततः दलितों को ही करना पड़ेगा।'

नासिक सत्याग्रह रोक देने का उद्‌देश्य उन्होंने 13 अक्तूबर, 1935 को येवला में हुई परिषद् में स्पष्ट किया, 'कालाराम मंदिर का सत्याग्रह वर्षानुवर्ष चलाने पर भी कोई परिणाम नहीं मिल पा रहा है। अपना समय, पैसा, शक्ति व्यर्थ गई। इस सत्याग्रह से यही सिद्ध हुआ कि पत्थरदिल हिंदुओं का हृदय पसीजना असंभव है। अब अन्य कोई विचार करने का समय आ गया है। जो धर्म अपने को समानता का दरजा दे, समान अधिकार दे और उचित व्यवहार करे, ऐसे किसी धर्म में जाने की आवश्यकता क्या आपको अनुभव नहीं होती?' स्वयं अपने बारे में उन्होंने कहा, 'दुर्दैव से मेरा जन्म अस्पृश्य जाति में हुआ है। यह मेरा अपराध नहीं है; पर यह निश्चित है कि मरते समय मैं हिंदू के रूप में नहीं मरूँगा।' इस परिषद् में धर्मांतर करने का प्रस्ताव पारित किया गया। रात में येवला में हुई सार्वजनिक सभा में दिए अपने भाषण में बाबासाहब ने धर्मांतर करने की घोषणा की। अपने भाषण के समर्थन में स्वयं का लिखा हुआ प्रस्ताव सभा के सामने रखा।

'अस्पृश्य माना हुआ वर्ग व स्पृश्य माने गए वर्ग में समता व संगठन करने के

उद्देश्य से सामर्थ्य न होते हुए भी व्यक्ति व धन की अपरिमित हानि सहनकर मुंबई के अस्पृश्य वर्ग ने महाड में चवदार ताल व नासिक में कालाराम मंदिर का सत्याग्रह किया। कालाराम मंदिर का सत्याग्रह तो छह वर्ष चला, परंतु स्पृश्य माने गए हिंदुओं का किंचित् भी मत परिवर्तन हुआ दिखाई नहीं दिया। इतना ही नहीं, स्पृश्य व अस्पृश्य दोनों के लिए बनाए गए संगठन व तज्जन्य हिंदू सामर्थ्य का इनकी दृष्टि में कोई मूल्य नहीं है। उनके प्रत्यक्ष व्यवहार से भी यही सिद्ध हुआ है। इसलिए अस्पृश्य वर्ग की यह परिषद् प्रस्ताव पारित करती है कि हिंदुओं के पैर पकड़ते रहने का कोई उपयोग न होने के कारण, अस्पृश्यों को अपनी शक्ति इस विषय में अकारण खर्च करने की कोई आवश्यकता नहीं है। अतः परिषद् का विचार है कि इसके लिए किए जानेवाले सत्याग्रह अब बंदकर, स्पृश्य माने गए वर्ग से अपने समाज को स्वतंत्र करें। हिंदुस्तान के अन्य समाजों में अपने समाज को सम्मान व समता का स्थान प्राप्त कराने की दृष्टि से अस्पृश्य वर्ग को एकनिष्ठा से प्रयत्न करना चाहिए।'

'अस्पृश्य समाज को नव-मनु का संदेश' नाम से इस प्रस्ताव को अगले दो वर्ष तक डॉ. आंबेडकर के 'जनता' पत्र में पहले पृष्ठ पर बड़े-बड़े अक्षरों में छापा जाता था।

पर्वतीय सत्याग्रह के पश्चात् 'बहिष्कृत भारत' में किए गए संकेत का पहले उल्लेख किया है, जिसमें उन्होंने कम्युनिस्टों की सशस्त्र व झटपट क्रांति का मार्ग स्वीकार न होने की बात कही थी। उन्होंने यह भी कहा था कि हिंदू समाज की परंपरा के प्राचीन समतावाद से प्रचलित हिंदू समाज को समताधिष्ठित करना है।

हिंदू समाज धर्माधिष्ठित है, इसलिए विषमता का मूल धर्म में है। इस विश्वास के कारण वे धर्म छोड़ने का मन बना रहे थे। उन्होंने साइमन कमीशन से माँग की थी कि अस्पृश्यों को हिंदुओं में समाविष्ट न कर स्वतंत्र स्थान देना चाहिए।

सन् 1930 में गोलमेज परिषद् के लिए अस्पृश्यों के प्रतिनिधि नियुक्त होने पर उन्होंने माँग की थी कि वहाँ होनेवाले कामकाज में हमें 'हिंदू प्रोटेस्टैंट' अथवा 'नान कंफर्मिस्ट हिंदू' कहा जाए। गोलमेज परिषद् की चर्चाओं में उनका कांग्रेस के एकमेव प्रतिनिधि महात्मा गांधी से इसी मुद्दे पर तीव्र मतभेद हुआ।

सन् 1935 तक के बाबासाहब के जीवन के घटनाक्रम को देखने पर ध्यान में आता है कि उनमें प्रारंभ से ही हिन्दू संस्कृति व हिंदू संस्कृति व हिंदू समाज की एकात्मता के भाव थे।

श्री चांगदेव खैरमोडे की पुस्तक की प्रस्तावना में द्वारका खैरमोडे कहती हैं, 'बाबासाहब अपने आंदोलन के प्रारंभ अर्थात् 1924 से सामाजिक समता के लिए

वह सबकुछ करने के लिए तैयार थे, जिससे हिंदू समाज एकात्म हो सके। ये प्रयास उन्होंने जीवनपर्यंत अव्याहत रूप से किए। हिंदू समाज के कल्याण के लिए आवश्यक एकात्मता के विचार व उसके लिए किए गए आंदोलनों को तत्कालीन समाज उनके जीवित रहते तक समझ ही नहीं सका।'

एक ओर तो हिंदू तत्त्वज्ञान की श्रेष्ठता व दूसरी ओर भ्रामक तथा कालबाह्य हुए हिंदू धर्मशास्त्र के अनुसार हिंदू समाज के व्यवहार का विदारक अंतर विवेकानंद को व्यथित करता था, उसी तरह उसने बाबासाहब को भी व्यथित किया। विवेकानंद ने कहा है, 'संसार में अन्य कोई समाज न होगा, जिसके पास इतना उदात्त तत्त्वज्ञान है; मगर इसके समान नीच समाज भी नहीं मिलेगा, जो अपने ही समाजबंधुओं के साथ इतना अमानुषिक व्यवहार करता हो।' केरल के अपने प्रवास में विवेकानंद ने कहा, 'देश का यह भाग एक पागलखाना है।'

हिंदू समाज व हिंदू धर्म के बारे में यह धारणा होने के कारण बाबासाहब ने महाड सत्याग्रह परिषद् में हिंदूमात्र के जन्मसिद्ध अधिकार के घोषणापत्र को प्रस्तुत कर उसे स्वीकृति दिलवाई। उस घोषणापत्र में कहा गया था, 'हिंदूमात्र के जन्मसिद्ध अधिकार हिंदू की आँखों के सामने रहे, इसलिए जगन्नियंता सर्वसाक्षी परमेश्वर को साक्षी रखकर व उसका आशीर्वाद लेकर यह सभा इस घोषणा-पत्र को सबकी जानकारी के लिए जारी कर रही है। समता का व्यक्तिगत व सामाजिक महत्त्व है। इसलिए स्पष्ट किया है कि समता के तत्त्व को बाधा पहुँचे, ऐसे किसी विचार या नीति को आश्रय नहीं मिलना चाहिए। इस घोषणा-पत्र की कुछ अन्य बातें इस प्रकार थीं—

'आम जनता सब प्रकार के अधिकार व सत्ता का उद्गमस्थल है। किसी भी व्यक्ति, समुदाय अथवा वर्ण के अधिकार शेष समाज ने न दिए हों, फिर उसका आधार राजनीतिक या धार्मिक कोई भी क्यों न हो, मान्यता के योग्य नहीं है। इसकी पुष्टि के लिए श्रुति-स्मृति-पुराण का आधार मानने को यह सभा तैयार नहीं।'

'व्यक्ति को अपने जन्मसिद्ध अधिकार के अनुसार जीवन जीने की पूरी स्वतंत्रता है। यदि किसी प्रकार की मर्यादा डालनी भी हो, तो वह इतनी ही हो सकती है कि दूसरे व्यक्ति को उसी प्रकार के जन्मसिद्ध अधिकार का उपभोग करने का अवसर मिल सके। उस मर्यादा को लोगों को स्वयं निश्चित करना चाहिए। धर्मशास्त्र अथवा अन्य किसी दूसरे आधार पर वह निश्चित नहीं की जा सकती। जाति-जाति में निर्मित की गई असमानता की व्यवस्था का यह सभा धिक्कार करती है।'

'जो बातें समाज के लिए विघातक हैं, उन पर कानूनन प्रतिबंध लगाया जाना चाहिए। जो कानूनन अनिवार्य न हो, उसे करने के लिए बाध्य नहीं किया जाना

चाहिए। इसलिए मार्ग पर चलने, सार्वजनिक जल व देवालय के उपयोग की किसी को भी मनाही न हो। इस सभा का मानना है कि इस प्रकार की मनाही करनेवाले लोग सुव्यवस्थित समाज रचना व कानून के दोषी हैं।'

'कानून का अर्थ किसी एक वर्ग के निश्चित किए बंधन नहीं हैं। यह बंधन निश्चित करने का अधिकार सारी प्रजा अथवा उसके प्रतिनिधियों को होना चाहिए। फिर वह कानून संरक्षण का हो अथवा प्रशासनिक हो, सबके लिए समान रूप से लागू हो। समाज रचना समानता की नींव पर खड़ी करने के लिए मान-सम्मान, अधिकार व व्यवसाय के विषय में जाति बाधक न हो। भेदाभेद केवल व्यक्ति के गुण के आधार पर हो सकता है, जन्म के आधार पर नहीं।'

इस सत्याग्रह परिषद् में श्री सहस्रबुद्धे ने मनुस्मृति के दहन का प्रस्ताव प्रस्तुत किया। उस प्रस्ताव के अनुसार रात 9 बजे एक अस्पृश्य बैरागी के हाथ मनुस्मृति की होली जलाई गई।

हिंदू मात्र के घोषणा-पत्र के संदर्भ में भा.कृ. केलकर ने कहा है, 'बाबासाहब हिंदुत्व को नकार नहीं रहे हैं। उनका नेतृत्व केवल समाज सुधारक अथवा सामाजिक चिंतक का नहीं है, वह हिंदू समाज रचना में न्याय व मानवीय संस्कृति का सुसंगत स्थान अधिकारपूर्वक माँगनेवाले जाग्रत् समाज घटकों का भी है। निर्भयता के साथ यह कहकर कि हिंदुत्व कालातीत हो गया है, दलितों पर अन्याय करनेवाला है; वे दलितों की सामाजिक अस्मिता जाग्रत् करते हैं, अपने संगठन की नींव भरते हैं। इसलिए उनका पत्र 'बहिष्कृत भारत' केवल दलितों की ही नहीं, अपितु उच्चवर्णों की भी आँखों में अंजन डालकर सामाजिक समता की युगप्रेरणा देनेवाला वैचारिक माध्यम था। मनुस्मृति के दहन से हलचल तो बहुत हुई, पर उसके पीछे उनका हेतु मूर्तिभंजन करने मात्र का नहीं था।'

धनंजय कीर ने लिखा है, 'ब्राह्मण धर्म के प्रमुख शत्रु माने गए। भास्करराव जाधव को भी यह कदम अत्यंत कठोर लगा। उनके विचार से मनुस्मृति की सारी बातें निंदनीय नहीं थीं। वर्तमान व भविष्य काल के महान् रूढ़िभंजक के रूप में प्रसिद्ध हुए बाबासाहब झूठे देवताओं को उनके पारंपरिक उच्च व पूज्य स्थान से नीचे खींच रहे थे। मार्टिन लूथर के पश्चात् अहंकारी परंपरावादियों पर इतना कठोर आघात अन्य किसी मूर्तिभंजक ने नहीं किया। इसलिए 27 दिसंबर, 1927 भारतीय इतिहास का संस्मरणीय दिन है। इसी दिन आंबेडकर ने पुराने 'स्मृति' ग्रंथों को जलाकर हिंदू समाज की पुनर्रचना के लिए उपयोगी नवीन स्मृति की माँग की। इसलिए महाड हिंदू मार्टिन लूथर का विटेनबर्ग है।'

'एक स्थान पर डॉ. आंबेडकर ने कहा है, 'यदि हम धर्मांतर के लिए आतुर होते व अस्पृश्यता से स्वयं को अथवा केवल वर्तमान पीढ़ी को मुक्त करना होता, तो यह काम हम पहले ही कर लेते; लेकिन हमारा प्रयास था कि हिंदूधर्म में ही रहें। अखिल बहिष्कृत वर्ग के बारे में विचार करने के कारण हम अपने प्रयास सतत चला रहे हैं तथापि किसी व्यक्तिविशेष अथवा वर्गविशेष की सहनशीलता की एक सीमा होती ही है। क्या आप यह चाहते हैं कि आप भले ही हमें लातें मारे, मगर हम यह कहें कि हम आपके ही धर्म में रहेंगे?

धर्म का अर्थ है—'यतोऽभ्युदयः निःश्रेयस्सिद्धि स धर्मः।' जिस कारण से अभ्युदय व मोक्ष प्राप्त होता है, वह धर्म है। अभ्युदय का अर्थ है, सांसारिक उत्कर्ष। यह धर्म का पहला साध्य है। अस्पृश्यता के कारण अभ्युदय का मार्ग बंद हो गया। स्वतंत्रता से रह नहीं सकते। गंदी बस्तियों में रहना पड़ता है। शिक्षा प्राप्त नहीं कर सकते। प्रतिष्ठित व्यवसाय कर नहीं सकते। तब अभ्युदय किस प्रकार होगा? निःश्रेयस् अर्थात् मोक्ष। वह मार्ग सबके लिए खुला हुआ है; पर वह किसने व कहाँ देखा है? धूर्त शास्त्रकारों ने लिख ही रखा है कि त्रिवर्णियों की सेवा-चाकरीकर शूद्र व अतिशूद्रों को सद्गति मिलेगी; पर यह मार्ग तो अस्पृश्यों की दासता का है। दासता व धर्म एक साथ रह नहीं सकते। यह जोड़ी बन ही नहीं सकती। हमने जिस कार्य को प्रारंभ किया है, वह स्वयं के उद्धार तक मर्यादित नहीं है, हिंदू धर्म के उद्धार के लिए है। यही वास्तविक राष्ट्रकार्य है।

पुणे करार के पश्चात् अस्पृश्यता निवारण संघ के संदर्भ में ठक्कर बाप्पा को एक पत्र में वे लिखते हैं, 'हिंदू समाज को समर्थ करना हो, तो चातुर्वर्ण्य व असमानता का उच्चाटन करके उसकी रचना एकवर्णत्व व समता के तत्त्व पर करनी होगी। अस्पृश्यता निवारण का मार्ग हिंदू समाज को समर्थ करने के मार्ग से भिन्न नहीं है। मैं निःसंदेह यह कह सकता हूँ कि अपना कार्य जितना स्वहित का है, उतना ही राष्ट्रहित का भी है।'

उनकी निश्चित धारणा होने के कारण कि हिंदू समाज में रहकर हिंदू समाज के परिवर्तन व उसके लिए किया जानेवाला अस्पृश्योद्धार का कार्य अखिल हिंदू समाज के सुधार का कार्य है; उन्होंने व श्रीनिवास ने गोलमेज परिषद् में प्रस्तुत निवेदन में अस्पृश्य वर्ग को अवर्ण हिंदू-प्रोटेस्टैंट हिंदू अथवा नान कंफर्मिस्ट हिंदू मानने की माँग की थी। इसका मुख्य कारण हिंदू धर्म के तत्त्वज्ञान की उदात्तता के विषय में उनका विश्वास था। हिंदू धर्म का तत्त्वज्ञान समता के लिए किस प्रकार पोषक है, यह स्पष्ट करते हुए एक स्थान पर वे कहते हैं, 'हिंदू धर्म का सिद्धांत,

ईसाई व इसलाम धर्म के सिद्धांत से कई गुना अधिक समता का पोषक है। बड़े या छोटे का कोई भेद करना इसमें संभव नहीं है। सब ईश्वर के रूप हैं। यह इस महान् धर्म का ओजस् तत्त्व है। समानता का साम्राज्य स्थापित करने के लिए इससे बड़ा दूसरा आधार क्या हो सकता है।'

बाबासाहब कहते हैं, 'ब्रह्म को सगुण, साकार मानना भूल है। मूलत: ऐसी कल्पना भी नहीं है। ब्रह्म तो एकत्व का संदेश देनेवाली सैद्धांतिक संकल्पना है। वह निर्गुण-निराकार है, सगुण-साकार नहीं।' बाबासाहब की धारणा थी कि ब्रह्म के सगुण-साकार रूप की बुद्ध ने निंदा की, पर निर्गुण-निराकार संकल्पना की प्रशंसा। इसमें अंतर्विरोध नहीं है। उनका कहना था कि ब्रह्मवाद के तीन महावाक्य हैं। एक, वह सर्वत्र विद्यमान है। दो, इसलिए मैं ब्रह्म ही हूँ। तीन, आप भी ब्रह्म हैं। यह सब एकजीवता अर्थात् समता व स्वतंत्रता के तत्त्व हैं।

उन्होंने ऐसा भी कहा है कि ब्रह्म अनाकलनीय होगा, परंतु लोकतंत्र के अधिष्ठान के रूप में ब्रह्मतत्त्व के समान अन्य कोई तत्त्व पोषक नहीं हो सकता।

उनका मत था कि तत्त्वज्ञान भले ही श्रेष्ठ है, परंतु हिंदू समाज जिस धर्मशास्त्र के आधार पर व्यवहार कर रहा है, वह धर्मशास्त्र हिंदूसमाज की एकात्मता के लिए बाधक है।

21 सितंबर, 1928 को 'बहिष्कृत भारत' के अपने संपादकीय 'हिंदूचे धर्मशास्त्र' में लिखा, 'यह बात इतनी विख्यात है कि हिंदू राष्ट्र अतिप्राचीन काल में उदय हुए राष्ट्रों में से एक है। इस तथ्य को फिर से किसी को याद दिलाने की आवश्यकता नहीं है। यह भी सत्य है कि उसके साथ के इजिप्ट, असीरिया, रोम, ग्रीस जैसे राष्ट्र नामशेष हो गए, परंतु हमें यह लगता है कि यह कहना आत्मश्लाघापूर्ण व विचारशून्यता का होगा कि इतने वर्षों तक जीवित रहने के कारण हिंदू राष्ट्र बलवान् है। यह निर्विवाद है कि हिंदूराष्ट्र के यशापयश की परंपरा का कारण उसका विधान रहा है और उसका विधान धर्मशास्त्रानुरूप है। इसलिए यह स्वाभाविक है कि उसका अध:पात धर्मशास्त्र के कारण ही हुआ है।'

उन्होंने धर्माधारित जाति-व्यवस्था की चर्चा 1916 में लिखे अपने निबंध 'Castes in India' 'में की थी। उसमें वे कहते हैं, 'Endogamy is the only characteristic of caste and when I say origin of caste, I mean the orign of the mechanism for endogamy.'

इसमें जातिभावना से पानी बंद करने का मार्मिक वर्णन हिंदू समाज-रचना के संदर्भ में किया है। 'बहिष्कृत भारत' में वे लिखते हैं, 'इतना ही नहीं, यह व्यवस्था

एक पर दूसरी और फिर उस पर तीसरी श्रेणी बनानेवाली है।'

जाति-व्यवस्था का विशद वर्णन करते हुए डॉ. आंबेडकर हिंदू समाज को अनेक मंजिला भवन होने की सार्थक उपमा देते हैं, जिसमें प्रत्येक जाति की अलग-अलग मंजिलें हैं, परंतु आश्चर्य की बात यह है कि भवन में कोई सीढ़ी नहीं है। इसलिए कोई नीचे से ऊपर नहीं जा सकता। व्यक्ति अपनी मंजिल पर जन्म लेता है और वहीं मर जाता है। निचली मंजिल का व्यक्ति कितनी भी योग्यता का हो, ऊपर नहीं जा सकता। उसी प्रकार ऊपरी मंजिल के नालायक व्यक्ति को निचली मंजिल पर ढकेले जाने का किसी को अधिकार नहीं है। इसका अर्थ यह है कि ऊँच-नीच की भावना गुणावगुण पर आधारित न होकर जन्म पर आधारित है। (बहिष्कृत भारत-संपादकीय, पृष्ठ 40)

'अस्पृश्य मूलचे कोण' ग्रंथ में वे कहते हैं, 'अस्पृश्यता के कार्य-कारण संबंध में मेरी उपपत्ति नई है। उसमें निम्नलिखित सिद्धांतों का समावेश किया हुआ है—

1. अस्पृश्य व सवर्ण हिंदुओं में वंशभेद नहीं है।
2. अस्पृश्यता का उदय होने के पूर्व हिंदू व अस्पृश्यों के बीच का मूल भेद टोलियों में संगठित हुए लोगों (Tribe men) व बाह्य आक्रमणों से परास्त हुए लोगों (Broken men) के स्वरूप का था। कालांतर में इधर-उधर बिखरे हुए इन पराजित लोगों को अस्पृश्य माना जाने लगा।
3. जिस प्रकार अस्पृश्यता वंशभेद का आधार नहीं है, उसी प्रकार व्यवसाय का आधार भी नहीं है।
4. अस्पृश्यता निर्माण होने के दो कारण हैं।
   (अ) ब्राह्मण बौद्धों का तिरस्कार किया करते थे, वैसा ही तिरस्कार व द्वेष इन पराजित लोगों का किया करते थे।
   (आ) अन्य लोगों ने गोमांस भक्षण का त्याग किया, परंतु इन पराजित लोगों ने गोमांस भक्षण चालू रखा।
5. अस्पृश्यता के उद्गम की खोज करते समय अस्पृश्य व चांडाल के अंतर को ध्यान में रखना चाहिए। सनातनी हिंदू लेखकों ने चांडाल व अस्पृश्य शब्दों को पर्यायवाची माना है, यह पूरी तरह गलत है। अस्पृश्य लोग चांडालों से अलग हैं।
6. चांडाल वर्ग धर्मसूत्र के काल में निर्माण हुआ। अस्पृश्य वर्ग का उसके बहुत बाद में, ईस्वी सन् 400 के लगभग निर्माण हुआ।

एकात्म समाजजीवन के लिए बाधक बननेवाले जातिबंधन के कारण अस्पृश्यों

की दरिद्रता व दु:ख के लिए जो बातें कारणीभूत हैं, उनमें समान अवसर का अभाव सबसे प्रमुख है। स्पृश्यों में घर कर बैठी अस्पृश्यता की भावना के कारण उन्हें समान अवसर नहीं मिल पाता। उनके लिए सारे व्यवसायों के द्वार खुले होने चाहिए। बाबासाहब का मत था कि विषमता के विरुद्ध लोकमत तैयार करने के उद्देश्य से स्थान-स्थान पर संस्थाएँ स्थापितकर इस लड़ाई को लड़ा जाना चाहिए। स्पृश्य व अस्पृश्य संवैधानिक बंधनों अथवा स्वतंत्र निर्वाचन क्षेत्र के स्थान पर संयुक्त निर्वाचन क्षेत्र का परस्पर बदल करने मात्र से वे एकात्म नहीं होंगे, एक साथ नहीं आएँगे। केवल प्रेम का बंधन ही उन्हें साथ ला सकता है; परंतु न्याय व समता को अंगीकार किए बिना प्रेम का प्रादुर्भाव नहीं होगा। 'जब उच्चवर्ण हिंदुओं को उनके विचार व आचार में क्रांति करने के लिए बाध्य किया जाएगा, तभी अस्पृश्यों का उद्धार होगा। उच्चवर्ण हिंदुओं के विचार में क्रांति होनी ही चाहिए, तभी इस सवाल का हल निकलेगा।' अस्पृश्य वर्ग को नागरिकता के सामान्य अधिकार दिलवाने के लिए उन्होंने अस्पृश्य समाज का आह्वान किया कि कुँए से पानी भरने, उनके बच्चों को विद्यालय में सबके साथ बिठाने, सार्वजनिक स्थान पर प्रवेश, बैलगाड़ी-ताँगा-नाव-मोटर जैसे वाहनों के निर्बाध उपयोग का अधिकार प्राप्त करने के लिए मुहिम शुरू करनी चाहिए।

इस जाति भावना के विषय में उनकी सर्वाधिक चिंता का कारण यह था कि इससे राष्ट्रीय एकात्मता के लिए अपेक्षित समाज व संगठन को बाधा पहुँचती है। हिंदू धर्म की भिन्न-भिन्न जातियों में पृथक्ता में स्वार्थरक्षण की वृत्ति इतनी अधिक है, जैसे कि प्रत्येक अपने आप में एक राष्ट्र ही है। समाज की एकात्मता के लिए सर्वाधिक आवश्यक बात है परस्पर आत्मीयता। प्रत्येक को लगना चाहिए कि किसी भी सामूहिक कार्य की सफलता उसकी अपनी सफलता है और असफलता उसकी असफलता। यही भावना व्यक्ति को राष्ट्रीय एकत्व से बाँधने के लिए कारणीभूत होती है, परंतु हिंदू समाज की जाति संस्था इसके ठीक विपरीत कार्य करती है, एक राष्ट्र होने से वंचित करती है, अस्मिता निर्माण करने में बाधा डालती है।

इस दृष्टि से हिंदू धर्म में सुधार करने के लिए बाबासाहब ने निम्न योजना रखी—

1. सारे हिंदुओं को मान्य हो, ऐसा कोई एक ग्रंथ हो। उसके अतिरिक्त जो वेद, शास्त्र, पुराण आदि हैं, उनको प्रामाणिक मानना छोड़ दिया जाए। उनके प्रचार पर कानूनन प्रतिबंध लगाया जाए।
2. पुरोहिताई का काम करने की छूट किसी भी जाति के व्यक्ति को मिलनी चाहिए। उसके लिए सरकारी स्तर पर परीक्षा ली जाए और परीक्षा में

> उत्तीर्ण होनेवाले को अनुमति-पत्र दिया जाए। जिसके पास सनद न हो, वह पुरोहिताई का कार्य नहीं कर सकेगा। पुरोहित सरकारी नौकर हो। पुरोहित ब्राह्मण जाति का ही होने की बाध्यता के कारण जातिभेद का स्वरूप बीभत्स हो गया है।

'ब्राह्मण्य' नष्ट हुए बिना जाति समाप्त नहीं होगी। वर्तमान हिंदूधर्म को इस प्रकार के नवीन तत्त्वज्ञान का आधार चाहिए, मगर नए तत्त्वज्ञान का पुराने शरीर में प्रवेश असंभव है। नए तत्त्वज्ञान के लिए शरीर भी नया चाहिए। आंबेडकर कहते हैं, 'इसी को मैं धर्मांतर कहता हूँ। यदि यह शब्द पसंद न आता हो, तो हिंदू धर्म का शास्त्रप्रणीत स्वरूप नष्ट होकर उसका नवजन्म होना चाहिए।' (मराठा-28.12. 1956, 'दलितांचे बाबा')

इस विचार के कारण उन्हें जहाँ-जहाँ विषमताधारक-विषमता पोषक शोषणकारी वृत्ति दिखाई दी, वहाँ-वहाँ उसका विरोध किया। इस वृत्ति निदर्शक रूप में वे ब्राह्मण्य शब्द का उपयोग करने लगे।

ब्राह्मणेतर पक्ष के नेता श्री जवलकर व जेधे ने महाड सत्याग्रह के लिए शर्त रखी थी कि सत्याग्रह में किसी ब्राह्मण का समावेश नहीं होना चाहिए। शेषराव मोरे ने इस विषय की चर्चा करते समय कहा—बाबासाहब का कहना था कि ऐसी शर्त रखने पर चातुर्वण्य व जातिभेद पर विश्वास रखनेवाले, परंतु अस्पृश्यता का उच्चाटन करने की इच्छा रखनेवाले लोग सत्याग्रह में भाग नहीं ले सकेंगे। इसलिए इस शर्त को स्वीकार नहीं कर सकेंगे। 1 जुलाई, 1927 के 'बहिष्कृत भारत' के संपादकीय में लिखा, 'हमारे द्वारा आयोजित सत्याग्रह में प्रत्येक व्यक्ति सहभागी हो सकता है। फिर वह व्यक्ति किसी भी समाज का हो।'

इस पर जवलकर व घोरपोड़े ने बाबासाहब को उपर्युक्त उत्तर दिया। उसमें उनकी परिवर्तित नीति का प्रतिबिंब दिखाई देता है। उन्होंने जवलकर को उत्तर देनेवाला संपादकीय 1 जुलाई को लिखा। जिसमें कहा, 'जन्मजात ऊँच-नीच की भावना ही ब्राह्मण्य की सही व्याख्या है। काफी अस्पृश्य, असंख्य ब्राह्मणेतर व अगणित ब्राह्मण, ज्ञानतः अथवा अज्ञानतः इस ब्राह्मण्य के उपासक हैं।' अस्पृश्यों को उनके कंधे पर बचे हुए दोनों के बोझ की कल्पना देकर, वे इस बोझ को उतार फेंकने का उपदेश करते। 'यदि ब्राह्मण नीचे उतरने को तैयार हो रहे हैं, तब क्या ब्राह्मणेतरों को नीचे उतरने की आत्मीयता नहीं दिखानी चाहिए? बाबासाहब कहते हैं कि हमारे ब्राह्मणेतर बंधुओं को इस दृष्टि से इसका जितना विचार करना चाहिए, लगता नहीं कि उतना किया है। मेरे विचार से यह अत्यधिक दुःख की बात है।' दुःख में सुख इतना

ही है कि ब्राह्मणेतर जवलकर व जेधे महाड सत्याग्रह में सहभागी होने को तैयार हैं। इस संपादकीय का शीर्षक ही 'दु:खात् सुख' था। उन दोनों को बाबासाहब कहते हैं, 'हम ब्राह्मणों के विरुद्ध नहीं हैं…हमारा विरोध ब्राह्मण्य से है…इसलिए ब्राह्मण्यग्रस्त ब्राह्मणेतर हमें दूर का लगता है व ब्राह्मण्यरहित ब्राह्मण नजदीक का। ऐसा लगता है कि ब्राह्मण्य शब्द का उपयोग उन्होंने 9 जुलाई, 1927 के संपादकीय से शुरू किया।

ब्राह्मण-ब्राह्मणेतर संबंधों की उनकी नीति 1925 के पश्चात् धीरे-धीरे बदली हुई लगती है। 1920 में वे ब्राह्मणेतर व बहिष्कृत वर्ग के प्रतिस्पर्द्धी व विरोधी के रूप में ब्राह्मणों की ओर देखते हैं। 1924 में मन में यह भावना होने पर भी सबका सहयोग लेकर चलने की नीति अपनाई। बाद में क्रमानुसार व अनुभव से ध्यान में आने लगा कि बहिष्कृत वर्ग पर अन्याय करनेवाले केवल ब्राह्मण ही नहीं हैं, ब्राह्मणेतर भी हैं। इस कारण इस काल में अन्याय करने की प्रवृत्ति को ब्राह्मण्य शब्द से संबोधित कर वे उसकी आलोचना करने लगे। किसी एक वर्ग को जिम्मेदार न मानकर वे उस प्रवृत्ति को जिम्मेदार मानने लगे।

ब्राह्मण-ब्राह्मणेतर विषय की उनकी नीति बदलने के लिए कुछ बातें कारणीभूत रही हैं। बाबासाहब ने अनुभव किया था कि मार्च, 1927 में महाड के चवदार ताल का पानी पीने के प्रसगं में जिन स्पृश्यों ने अस्पृश्यों के साथ मारपीट की थी, उसमें ब्राह्मणेतर ही अधिक थे। इस विषय में 22 अप्रैल, 1927 के बहिष्कृत भारत के संपादकीय में वे लिखते हैं, 'हिंदू धर्म पर कठिन प्रसंग आया हुआ है, परंतु इन श्रीमान् लोगों ने जिस अनुत्तरदायिता का व्यवहार किया है, उस बारे में हमें कहना है कि अब तक का अनुभव यह है कि इस प्रकार के दंगों में भाग लेनेवाले ब्राह्मणेतर ही अधिक होते हैं। महाड में यह प्रत्यक्ष देखने में आया है। उन्होंने वहाँ तो मारपीट की ही, उनके जातिभाई स्थान-स्थान पर अस्पृश्यों को परेशान कर रहे हैं। ये लोग इतने मूर्ख हैं कि मारपीट करने व महिलाओं को अपमानित करने में इन्हें कोई संकोच नहीं होता।' यह जानकारी देते हुए वे कहते हैं, 'असमानता का उच्चाटनकर समानता की नींव पर हिंदू समाज की रचना करने के लिए अवतार लिये हुए ब्राह्मणेतर पक्ष में समाविष्ट हुई जनता के हाथ से ऐसा नीच व्यवहार उस पक्ष के उज्ज्वल तत्त्वों को कलंकित करनेवाला है।'

'ब्राह्मणेतर नेताओं ने इस बारे में कुछ भी नहीं किया। सुनने में आया है कि ग्रामीण क्षेत्र के ब्राह्मणेतर लोग अस्पृश्यों के सत्याग्रह का जोरदार विरोध करने की तैयारी में हैं। इस समय ब्राह्मणेतर नेताओं को कुलाबा जिले के अपने जातिबांधवों को समझाने की आवश्यकता है। ब्राह्मणेतर पक्ष इसकी ओर दुर्लक्ष्य करेगा, तो होनेवाले

अनर्थ की जिम्मेदारी का ठीकरा उनके माथे पर फूटेगा। उनके प्रति अस्पृश्यों का मन कलुषित हुए बिना नहीं रहेगा।' अंत में वे कहते हैं, 'महाड सत्याग्रह हो रहा होगा, उस समय ब्राह्मणेतर तो ब्राह्मण्यविध्वंस होने की बात सुनकर घर बैठकर 'महात्मा फुले की जय' का नारा लगाएँगे और उनके अनुयायी महाड में 'हरहर महादेव' के नारे लगाकर ब्राह्मणों का संरक्षण करेंगे! महाड आनेवालों को ब्राह्मणेतर पक्ष का यह मजाक देखने को मिलेगा।' इससे यह स्पष्ट होता है कि महाड प्रसंग के पश्चात् ब्राह्मणेतरों के बारे में उनका अधिकाधिक भ्रम निवारण होने लगा।

24 सितंबर, 1944 को मद्रास में 'बुद्धिवादी समाज' नामक संस्था की सभा में बोलते हुए ब्राह्मणेतर पक्ष के अपकर्ष के कारणों को विशद करते हुए आंबेडकर ने कहा, 'ब्राह्मणेतरों के अनेक नेता दूसरे दरजे के ब्राह्मण बन गए हैं। उन्होंने ब्राह्मण धर्म का त्याग नहीं किया। जिस वर्ग का उन्होंने मजाक उड़ाया था, आज वे उन्हीं के तत्त्वों से चिपके हुए हैं। ब्राह्मणेतर पक्ष को अच्छे नेता, अच्छे संगठन व स्पष्ट विचारों की आवश्यकता है।'

एक अन्य स्थान पर उन्होंने कहा कि ब्राह्मणेतर आंदोलन ने ज्योतिबा के समतावादी तत्त्वज्ञान व कार्य की प्रेरणा को कालिमा लगाई है।

ब्राह्मणेतर समाज व ब्राह्मणेतर पक्ष के समान ही कांग्रेस व आगे चलकर महात्मा गांधी से भी उन्हें निराशा मिली। धीरे-धीरे यह कटुता मन में घर करती गई।

बाबासाहब जिसमें उपस्थित रहे, कांग्रेस का ऐसा पहला व आखिरी अधिवेशन था सन् 1918 का। सर्वप्रथम उसी अधिवेशन में अस्पृश्यता निवारण का प्रस्ताव लाया गया था। अस्पृश्यता निवारण के विषय में कांग्रेस की भूमिका इस प्रकार की थी, 'हम लोग लोकतंत्र के समर्थक हैं, इसलिए इस बात के लिए स्वतंत्र हैं कि अपने घर की चारदीवारी के भीतर कैसा भी व्यवहार करें। हम यह नहीं कहेंगे कि अस्पृश्यों को आप अपने घर में लें अथवा उनके घर जाएँ। व्यक्ति किसके साथ बैठकर भोजन करे, यह भी उसका व्यक्तिगत प्रश्न है। इसलिए आप उसके साथ भोजन करें अथवा उसे अपने साथ भोजन कराएँ, इसका भी आग्रह नहीं करेंगे। प्रत्येक को अपनी जाति व धर्म प्रिय होता है। अपनी जाति के बाहर विवाह करें, यह भी नहीं कहेंगे। आपके धर्म में, रीति-रिवाज में, घर में, कामकाज में किसी प्रकार का हस्तक्षेप करने की हमारी इच्छा नहीं है। हम इतना ही चाहते हैं कि अस्पृश्यता दूर हो।

यह स्पष्ट है कि इसके अथवा इसके जैसे प्रस्ताव इसलिए लाए गए थे, ताकि अस्पृश्यों का समर्थन कांग्रेस-मुसलिम लीग समझौते को मिल सके।

कलकत्ता में पारित कांग्रेस के इस प्रस्ताव के तीन मास पश्चात् अस्पृश्यों की

दृष्टि से महत्त्व की एक घटना हुई। वह घटना थी 19 मार्च, 1918 को मुंबई में अखिल भारतीय अस्पृश्यता निवारण परिषद् का आयोजन। इस परिषद् का अध्यक्ष पद बड़ोदा नरेश श्री सयाजीराव गायकवाड जैसे महान् व्यक्ति को दिया गया था। उस परिषद् में विट्ठलभाई पटेल, बैरिस्टर मुकुंदराव जयकर, बाबू बिपिनचंद्र पाल जैसे नामांकित नेता उपस्थित थे। कोल्हापुर के डॉ. कुर्तकोटी, द्वारिका के शंकराचार्य, रवींद्रनाथ टैगोर व महात्मा गांधी के संदेश परिषद् को प्राप्त हुए थे। स्वागत समिति के अध्यक्ष सर नारायणराव चंदावरकर ने कहा, 'यह परिषद् हमारे देशबांधवों की सद् विवेक-बुद्धि का आह्वान करने के लिए, उनकी विचारशक्ति और हृदय को जगाने के लिए बुलाई गई है। सारे भारतीयों से अस्पृश्यता को नष्ट करने का निवेदन करने के निमित्त आहूत की गई है।' परिषद् के अध्यक्ष बड़ोदा नरेश ने कहा, 'अस्पृश्यता मनुष्यनिर्मित है, ईश्वरनिर्मित नहीं...हमें अपने धर्म में व्यावहारिक सुधार करके अस्पृश्योद्धार का प्रश्न हल करना चाहिए।'

कर्मवीर वि.रा.शिंदे के संचालकत्व में दूसरे दिन उपस्थित रहकर लोकमान्य तिलक ने अपने प्रसिद्ध उद्‌गार कहे, 'यदि ईश्वर अस्पृश्यता मानने लगे, तो मैं उसे ईश्वर नहीं मानूँगा।' परिषद् के अंतिम दिन एक प्रतिज्ञा-पत्र निकाला गया, जिसमें इस बात की प्रतिज्ञा करनी थी कि 'वैयक्तिक जीवन में अस्पृश्यता नहीं मानेंगे।' लेकिन विशेष यह कि लोकमान्य तिलक ने इस प्रतिज्ञा-पत्र पर हस्ताक्षर नहीं किए।

डॉ. आंबेडकर ने इस परिषद् में भाग नहीं लिया था, क्योंकि उच्चवर्णों द्वारा चलाए जा रहे अस्पृश्योद्धार आंदोलन के प्रति वे सशंक रहा करते थे।

सन् 1920 के पश्चात् कांग्रेस में गांधीयुग का प्रारंभ हुआ। प्रारंभ में गांधीजी के प्रति बाबासाहब के मन में आदर की भावना थी।

एक स्थान पर बाबासाहब ने कहा कि महात्मा गांधी से पहले ऐसा दूसरा कोई राजनीतिक नहीं हुआ, जिसने यह कहा हो कि 'तनाव व भेद मिटाने के लिए, इस देश में चल रहे सामाजिक अन्याय को दूर करना अत्यंत महत्त्व का है और प्रत्येक हिंदीजन को उसे अपना पवित्र कर्तव्य मानकर करना चाहिए। गांधीजी व डॉ. आंबेडकर में एक-दूसरे के प्रति आदर की भावना थी, साथ ही जोरदार लड़ाई भी थी। गोलमेज परिषद् व पुणे समझौता के समय दो भूमिकाओं की भिन्नता व परस्पर विरोध स्पष्ट हो गया। प्राणिमात्र के प्रति दया के कारण उपकार करने की कर्ता की भूमिका को मानने के लिए डॉ. आंबेडकर तैयार नहीं थे। उनका कहना था कि मेरे उचित अधिकार मिलने चाहिए। फिर भी वे गांधी परिवार के जमनालाल बजाज के अस्पृश्यता निवारण कार्य की पूछताछ आस्थापूर्वक करते थे। (बहिष्कृत भारत के

स्फुट लेख, पृष्ठ 222) महात्माजी ने अस्पृश्य वर्ग की एक कन्या का पालन-पोषण अपने घर में अपनी बच्ची के समान किया था। इसका उल्लेख आंबेडकर ने किया है। (तथैव)। अगले कालखंड में अनेक कारणों से हिंदू महासभा को हिंदुओं की प्रतिनिधि संस्था होने की मान्यता नहीं मिल सकी और वह दर्जा कांग्रेस को मिला।

लगभग सभी विषयों में बाबासाहब के गांधीजी से मतभेद थे। विशेषत: वर्णाधिष्ठित समाज रचना के बारे में गांधीजी के विचारों के कारण बाबासाहब का विरोध अधिक तीव्र हुआ। बाबासाहब इस मत के थे कि उन्हें 'प्रोटेस्टैंट हिंदू' कहा जाए। उन्हें लगता था कि गांधीजी का 'हरिजन' शब्द अस्पृश्यों को आश्रित की भूमिका देता है। गांधीजी ने हरिजन सेवक संघ की स्थापना की थी। इसके बारे में बाबासाहब का मानना था कि इसकी स्थापना के पीछे शुद्ध आत्मीयता नहीं है। आत्मीयता है, पर उसके साथ ही राजनीतिक आकांक्षा भी है। उन्हें यह भी लगता है था कि हरिजन सेवक संघ की स्थापना का उद्देश्य यह सूचित करना था कि अस्पृश्यों का वास्तविक प्रतिनिधि मैं ही हो सकता हूँ, अन्य दूसरा कोई नहीं हो सकता। इसलिए उन्हें लगता था कि हरिजन सेवक संघ का वास्तविक उद्देश्य 'to kill the untouchables with kindness का था।' उनका निश्चित मत था कि गांधीजी की नीति से मूल समस्या का निराकरण नहीं होगा। वे कहते हैं, 'इस देश में दो हजार साल से अस्पृश्यता मानी जा रही है, इसका मुझे दु:ख है। जिस समय संसार में नानाविध विषमता, गुलामी का प्रचलन था, उस समय अपने देश में भी विषमता थी, यह मानने के लिए तैयार हो सकता हूँ। दो हजार वर्ष से मानी जा रही अस्पृश्यता एकाएक समाप्त नहीं होगी, इसके लिए पीढ़ी-दर-पीढ़ी संघर्ष करना होगा। मैं उस समय तक प्रतीक्षा करने को तैयार हूँ। मेरी कठिनाई इस देश के परंपरावादी अशिक्षित लोग नहीं है। दो हजार से जिस अस्पृश्यता का पालन किया जा रहा है, वह भी मेरे दु:ख का मुख्य कारण नहीं है। मेरी मुख्य कठिनाई यह है कि अस्पृश्यता के विरुद्ध आवाज उठानेवाला जो सुशिक्षित सुधारक है, वह प्रामाणिक नहीं है। जो सनातनी है, वह तो सनातनी है ही। उसका विचार परिवर्तन करने में पच्चीस साल लग सकते हैं, लेकिन उसका विचार परिवर्तन करानेवाला सुशिक्षित वर्ग प्रामाणिक नहीं है और यदि उसकी प्रामाणिकता विश्वास योग्य नहीं है, तब पचास या सौ नहीं, कितने भी वर्ष प्रतीक्षा की जाए, तब भी अस्पृश्यों को न्याय मिलने की संभावना नहीं है।'

उन्हें लगता था कि इस विषय में कांग्रेस की भूमिका अप्रामाणिक व हठवादिता की है और प्रतिनिधि संस्था के रूप में हिंदू कांग्रेस को ही मान्यता देते थे। हिंदू महासभा की भूमिका अत्यंत गौण थी। इस वस्तुस्थिति की बाबासाहब अनदेखी नहीं

कर सकते थे। गांधीजी के बारे में और उनके द्वारा प्रतिपादित रामराज्य की संकल्पना के कारण बाबासाहब के मन में कटुता थी। व्यावहारिक रूप से रामराज्य की संकल्पना गांधीवाद से एकरूप मानी गई थी। उस कारण उनके अंतर्मन में समीकरण ऐसा बन गया था कि गांधीवाद के विरोध का अर्थ रामराज्य का विरोध करना होगा। गांधीवादी समाजरचना के सामाजिक व व्यक्तिगत दोषों के दर्शन, उन्हें गांधीजी के रामराज्य व उनके आदर्श रामराज्य में होने लगे थे। व्यक्तिगत गुण-दोष की दृष्टि से गांधी के व्यक्तित्व व रामचंद्र के व्यक्तित्व में एकरूपता का आभास करना मानसिक साहचर्य के नियम के अनुसार था।

गांधीयुग में बाबासाहब की स्वीकार की नीति व वक्तव्यों की कटुता का मूल हिंदुत्व के विरोध में था और कांग्रेस के विरोध में इसका विश्लेषण करना उद्बोधक होगा। इस दृष्टि से उनकी पुस्तक 'What Congress and Gandhi have done to the Untouchables' पठनीय है।

बाबासाहब ने यह स्पष्ट किया है कि प्रचलित समाज रचना से उनका जो विरोध है, उसका संबंध हिंदूधर्म के मूल उदात्त तत्त्वों से नहीं है। उनका विरोध उस आचार्य समूह से है, जो एक ओर तो ऐसे तत्त्वों का उच्चार करते हैं और दूसरी ओर समाज में विषमता व दासता निर्माण करनेवाली व्यवस्था का समर्थन करते हैं। उसी तरह उस कालखंड में श्रेष्ठ नेता के रूप में मान्यता प्राप्त करनेवाले महात्मा गांधी की वर्णसंकल्पना से है।

वर्णसंकल्पना के विषय में बाबासाहब ने जो आवेशपूर्ण सार्वजनिक विरोध किया, वस्तुतः वह गांधीजी से था, हिंदुत्वनिष्ठों से नहीं था। उनका कहना था कि मूल वर्णसंकल्पना को स्वयं गांधीजी पूरी तरह समझ नहीं सके हैं। उनके द्वारा प्रतिपादित वर्णसंकल्पना मानवताविरोधी है। इस वाद के प्रवाह में बाबासाहब द्वारा किया वर्णसंकल्पना का विवेचन और हिंदुत्वनिष्ठों के विचार में जरा भी अंतर नहीं है। इस मुद्दे को स्पष्ट करने के लिए बाबासाहब द्वारा किए विवेचन को यहाँ यथावत् देना उपयुक्त होगा; क्योंकि भाषांतर करने पर उसमें कुछ कम-अधिक होने की शिकायत की जा सकती है। बाबासाहब कहते हैं, 'What is the nature of the Varna for which the Mahatma stands? Is it the Vedic conception as commonly understood and preached by Swami Dayanand Saraswati and his followers, the Arya Samajists? The essences of the Vedic conception of Varna is the pursuit of a calling which is appropriate to one's natural aptitude. The essence of the Mahatma's conception of Varna is the pursuit of ancestral calling irrespective of natural aptitude. What is the difference between caste and Varna as understood by the Mahatma? I find none. As defined by the Mahatma, 'Varna' Becomes merely a different name for Caste for the simple reason that it is the same, in essence-namely pursuit of ancestral calling. Far from making progress, the Mahatma has suffered retrogression. By Putting this interpretation upon the Vedic conception of Varna, he has really made ridiculous what was sublime. While I reject the Vedic Varnavyavastha as interpreted by Swami Dayanand and some others is a sensible and an inoffensive thing, It did not admit birth as a determining factor in fixing the place of an individual in society. It only recognised worth. The Mahatma's view of Varna not only make non-sence of the Vedic Varna , but it makes it an abominable thing. Varna and Caste are two very different concepts. Varna is based on the principle of each according to his worth, while caste is based on the principle of each according to his birth. The two are as distinct as chalk is from cheese. Infact there is an antithesis between the two. If the Mahatrma believes, as he does, in every on following his or her ancestral calling, then most certainly he is advocating the Caste sytem and that in calling it the Varna system, he is not only guilty of terminological inexactitude, but he is causing confusion worse confounded. I am sure that all his confusion is due to the fact that the Mahatma has no definite and clear conception as to that is Varna and what is caste and as to the necessity of either for the conservation of Hinduism that ever may be source of this confusion, the Mahatma must be told that he is deceiving himself and also deceiving the people by preaching caste under name of Varna. He is the most influential apologist of it and therefore the worst enemy of the Hindust? We are indeed witnesses to a great tragedy. In the fact of this tragedy all one can do is to lament and say, 'Such be the leaders of Hindus!''

यह कहना तो नादानीपूर्ण होगा कि इन दो भूमिकाओं में से कौन सी सही थी व कौन सी गलत। यह वर्गीकरण किया जा सकता है कि कौन सी गलत थी व कौन सी अधिक गलत। ऐसा वर्गीकरण भी किया जा सकता है, कौन सी सही थी

व कौन सी अधिक सही।

सिंहावलोकन करते समय यह ध्यान में आता है कि ये दोनों भूमिकाएँ समकालीनों को परस्परविरोधी लगती हों, पर वस्तुतः परस्पर पूरक सिद्ध हुईं।

श्री श्रीपाल सबनीस कहते हैं, 'प्राणिमात्र के प्रति दया की दृष्टि से संपूर्ण विश्व की ओर देखने की व्यापकता को ध्यान में रखकर अस्पृश्यों का उद्धार करने की मानवतावादी भूमिका युगपुरुष महात्मा गांधी ने स्वीकार की और इसी व्यापक मानवतावादी भूमिका से अस्पृश्यों के मन में मानवीय अधिकार के प्रति जागृति निर्माण करने के लिए संघर्ष करने की शास्त्रीय भूमिका डॉ. आंबेडकर ने ली। दोनों ही महापुरुष मानवतावाद से दूर नहीं थे। एक प्राणिमात्र के प्रति दया का उत्तराधिकार ले करुणा की वर्षा करता है, तो दूसरा दया की भीख अस्वीकारकर समता के मंत्र के आधार पर मानवीय मूल्यों के प्रकाश कण प्रदान करता है। एक सुधारवादी है, तो दूसरा क्रांतिवादी। महात्मा गांधी उदारमतवादी हैं, तो डॉ. आंबेडकर निर्णायक क्रांतिवादी (उगवतीचा सूर्य, पृष्ठ 47)''..क्रांतिवादी भूमिका अस्पृश्यों के मन में मानवीयता के बीजारोपण करते समय अन्याय के विरुद्ध प्रतिकार करने व विषमता के विरुद्ध संघर्ष करने की समझ उत्पन्न करती है तथा स्पृश्यों के मन में सनातनी जालों को जलाकर परंपरा के द्वार पर ठोकर मारती है। यह इस क्रांतिवादी भूमिका का सामर्थ्य है; परंतु हृदय के कोमल मानवीय स्पंदनों को जगाकर मानवीयता का भावनात्मक ज्वार उठाने के लिए महात्मा गांधी की भूमिका उपयुक्त ठहरती है। बहुसंख्य स्पृश्यों के मन में हजारों वर्ष से समाई पक्की, सनातनी, अमानुषिक, परंपरावादी रीति को नष्ट करने की प्रक्रिया अनेक दिशाओं से करने की आवश्यकता थी। इसमें कोई संदेह नहीं कि सनातनियों के मन को क्रांतिप्रवणता की ओर ले जाने की तैयारी करने की दृष्टि से महात्मा गांधी का अस्पृश्यता निवारण का कार्य, कुछ परिमाण में क्यों न हो, निश्चित ही उपयोगी रहा। यह कहना वस्तुस्थिति से मुँह मोड़ना होगा कि 'अस्पृश्यता हिंदूधर्म का कलंक है और इसे दूर किया जाना चाहिए।' इसकी उक्ति का परिणाम बहुसंख्य स्पृश्यों पर हुआ ही नहीं। डॉ. आंबेडकर का अस्पृश्यता निर्मूलन का स्वप्न साकार होने में स्पृश्यों की मानसिकता की जो बाधा थी, उसे दूर करने में महात्मा गांधी की भूमिका काफी सहायक सिद्ध हुई। इसका श्रेय महात्मा गांधी को देना ही पड़ेगा। यह ठीक है कि इसकी तुलना में बाबासाहब का महत्त्व अधिक है। महात्मा गांधी की आधी-अधूरी भूमिका को मान्य करना बाबासाहब के लिए संभव नहीं था, इसलिए दोनों में संघर्ष हुआ।

महापुरुषों की भूमिका का अर्थ निकालते समय निर्णायक व अंतिम सत्य की

अभिव्यक्ति का स्थान निश्चित करने पर भी मानवीय मूल्यों के संदर्भ में महामानवों के अहसास व प्रेरणा प्रकट करनेवाले, लेकिन तुलना में कम रहे गांधीजी की भूमिका का योगदान समाज को रहता ही है, इसका ध्यान विश्लेषकों और अभ्यासकर्ताओं को रखना चाहिए। (पृष्ठ 49)

गांधीजी ने भले ही यह न कहा हो कि 'मनुस्मृति को जलाओ, परंतु यह तो कहा ही कि समता के मार्ग में बाधक बने सारे स्मृति ग्रंथों को कपड़े में लपेटकर रख दो।' (भजन : कुरुंदकर नरहर, पृष्ठ 62) आगे चलकर उनकी भूमिका यह भी रही कि दलित मंत्री लिये बिना कांग्रेस को मंत्रिमंडल का गठन नहीं करना चाहिए। इस परिवर्तन के लिए प्रत्यक्ष अथवा अप्रत्यक्ष रीति से डॉ. आंबेडकर का क्रांतिकारी आंदोलन प्रभावी कारण रहा है। (उगवतीचा क्रांतिसूर्य, पृष्ठ 50)

जाने-माने विचारक नरहर कुरुंदकर लिखते हैं—'सवर्णों में उदारमतवाद को प्रभावी करने के कार्य को अखिल भारतीय स्तर पर करने का काम महात्मा गांधी ने किया है। यदि गांधीजी का कार्य नहीं होता तो जो आज का संविधान है, वह उस स्वरूप का नहीं बनता। गांधीजी क्रम से उदारमतवादी होते गए, समाजवादी होते गए। गांधीजी का महात्मापन परिपक्व था, इसे कोई नकार नहीं सकता। उनमें कुछ गुण सोने के होंगे तो कुछ सुनार के। भारतीय राजनीति व भारतीय लोकतंत्र की आवश्यकताओं ने गांधीजी को बदलने को मजबूर किया। सामाजिक समता के इस रण-संग्राम में उन्हें बदलने के लिए मजबूर करनेवाला सबसे प्रमुख प्रत्यक्ष अथवा अप्रत्यक्ष दबाव था बाबासाहब व उनके द्वारा चलाए गए आंदोलन के कारण उत्पन्न वातावरण का। (भजन : कुरुंदकर नरहर, पृष्ठ 63)

मधु लिमये अपने लेख 'महानगर' में कहते हैं, ''जातिव्यवस्था व वर्णव्यवस्था को लेकर बाबासाहब व महात्मागांधी में विवाद था, परंतु जीवन के अंतिम काल में इस विषय में गांधीजी के विचारों में मूलगामी परिवर्तन हुआ था। यह कहना पड़ेगा कि स्वयं को बदलने की गांधीजी की आश्चर्यकारक क्षमता का यह निदर्शक है और उतनी मात्रा में वह आंबेडकर की बौद्धिक विजय भी है। केवल अंतर्वर्णीय ही नहीं, बल्कि हरिजन व सवर्ण हिंदुओं के विवाह का वे समर्थन करने लगे। इतना ही नहीं, बल्कि जोर-जबरी अथवा अपने आप धर्मांतर न होनेवाला हो, तो इसे अंतर्धर्मीय विवाह पर भी उन्हें आपत्ति नहीं रही थी, 20 जुलाई, 1964 को हरिजन सेवक संघ के एक कार्यकर्त्ता द्वारा पूछे प्रश्न का उत्तर देते हुए गांधीजी ने कहा, 'मुझे ऐसा लगता है कि विचार निरंतर विकसित होते रहते हैं। आगे बढ़ते समय सबको उस वेग से बढ़ना संभव नहीं होता। यदि तुम्हारी लड़की अविवाहित हो और सात्विक धर्मभावना

से प्रेरित होकर तुम उसके लिए हरिजन वर ला सकते हो, तो मैं प्रसन्नतापूर्वक वधू-वर का अभिनंदन करूँगा।'

9 मई, 1945 को एक समाजसेवक को लिखे अपने पत्र में वे कहते हैं, ''विवाह उसी जाति में हो रहा हो, तो मुझसे आशीर्वाद मत माँगो। लड़की दूसरी जाति की होगी, तो मैं अवश्य आशीर्वाद दूँगा।'

ऐसे कई अन्य पत्र हैं, जिससे स्पष्ट होता है कि इस विषय में गांधीजी अपनी मूल भूमिका को छोड़कर, आंबेडकर की भूमिका पर आने लगे थे। आंबेडकर की इस विजय की ओर अधिक ध्यान नहीं दिया गया।

इस स्थान पर एक घटना का उल्लेख करना अप्रासंगिक न होगा। रविवार, दिनांक 7 अक्तूबर, 1945 को महाराष्ट्र में एक (नवले-करपे) अंतरजातीय विवाह हुआ। अनेक मान्यवरों ने वर-वधू को शुभाशीर्वाद भेजे। उनमें प्रमुख थे—महात्मा गांधी, स्वातंत्र्यवीर सावरकर, जगद्‌गुरु श्री शंकराचार्य, डॉ. कुर्तकोटी, श्री क्षात्र जगद्‌गुरु, श्री मा.सा. गोलवलकर (श्रीगुरुजी), अमृतलाल ठक्कर, भंसाली, किशोरीलाल मश्रूवाला, शं.वा.किर्लोस्कर इत्यादि।

डॉ. आंबेडकर, गांधीजी व प्रधानमंत्री मेक्डोनाल्ड की गोलमेज परिषद् की भूमिका, उसमें से निर्मित हुए गांधीजी के अनशन, गांधी-आंबेडकर चर्चा व पुणे करार की घटना सर्वविदित व बहुचर्चित हैं। अनेक अभ्यासकों ने उस पर काफी कुछ लिखा है। उसमें से धनंजय कीर का विवरण प्रामाणिक माने जाने योग्य है। इसलिए उसका अधिक विवरण देने की आवश्यकता नहीं है।

बाबासाहब ने इतना ही कहा, 'पुणे करार के समय गांधीजी ने जो प्रवृत्ति दिखाई, यदि वही गोलमेज परिषद् के समय दिखाई होती तो ऐसा दुर्धर प्रसंग उपस्थित ही न होता।'

बाद में 11 मई को पुणे में भाषण करते हुए उन्होंने कहा, 'वर्तमान वाद-विवाद की धुंध कुछ दिनों बाद छँट जाएगी तथा गोलमेज परिषद् के कार्य का भावी इतिहासकार निर्विवाद बुद्धि से विश्लेषण करेंगे, तब भावी पीढ़ियाँ मेरे द्वारा की गई राष्ट्रसेवा के लिए धन्योद्‌गार निकाले बिना न रह सकेंगी।' मुंबई वापिस लौटने पर डॉ. आंबेडकर को मानपत्र भेंट किया गया। उस अवसर पर बोलते हुए उन्होंने कहा, 'मैं मनुष्य हूँ। मुझमें त्रुटियाँ हो सकती हैं। पक्षपात हुआ होगा। इसके लिए क्षमा माँगता हूँ। कांग्रेसियों ने मुझे देशद्रोही कहा। मैं इस आक्षेप की जरा भी चिंता नहीं करता। मेरे बंधुओं की गुलामी से मुक्ति के उच्चध्येय का महात्मा कहलाए जानेवाले व्यक्ति द्वारा प्राणपण से विरोध होना, संसार की दृष्टि में चामत्कारिक बात है। हिंदुओं की

भावी पीढ़ी यही फैसला देगी कि मैंने राष्ट्र की सेवा जिम्मेदारी से की।' (परिशिष्ट 4) और यह सत्य भी है। (डॉ. आंबेडकरांचे अंतरंग, पृष्ठ 170)।

श्री सबनीस की पुस्तक की प्रस्तावना ज्येष्ठ समाजवादी नेता श्री ना.ग. गोरे ने लिखी है। उन्होंने लिखा है, 'स्वतंत्रता के लिए किए जा रहे कांग्रेस के विविध संघर्षों में आंबेडकर ने स्वयं व अपने शेतकरी कामगरी फेडरेशन सहित भाग लिया होता तो बहुत अच्छा होता। यदि ऐसा करना आंबेडकर के लिए संभव हुआ होता तो निस्संदेह सारे देशभक्त प्रसन्न हुए होते।' लेकिन यह संभावना व्यक्त करते समय श्री गोरे ने कुछ बातों का विचार नहीं किया।

आंबेडकर का ध्येय भी स्वतंत्रता प्राप्ति का था। अनेक परिषदों व मंचों से दिए अपने भाषणों में कहा भी कि दलितों को स्वयं के अधिकार प्राप्त करने का अवसर स्वराज्य में ही मिलेगा। उन्होंने अपने अनुयायियों से बार-बार कहा कि अंग्रेजों के राज्य में यह संभव नहीं है। संविधान सभा में दिए अपने भाषण में उन्होंने कहा, 'कई सदियों के बाद अपने को स्वतंत्रता मिली है, उसका रक्षण प्राणपण से करना चाहिए। अब अपने में कोई जयचंद न बने।' परंतु स्वराज्य प्राप्त करने के समय (Timing) को लेकर उनका विचार भिन्न था।

लोकहितवादी, आगरकर, महात्मा ज्योतिबा फुले जैसे सुधारक स्वराज्याकांक्षी थे ही। लोकमान्य तिलक ने प्रकट रूप से कहा कि आगरकर पक्के स्वराज्यवादी थे। मतभेद इस मुद्दे पर था कि समाज सुधार स्वराज्य के पहले अथवा बाद में। इन महानुभावों को ऐसा लगता था कि अंग्रेजी राज्य रहते सामाजिक विषमता पूर्णतः नष्ट हो जाए, उसके पश्चात् अंग्रेजी राज्य यहाँ से जाए। पहले स्वतंत्रता चाहनेवालों का विचार था कि अंग्रेजी राज्य तुरंत नष्ट होना चाहिए। फुले, आंबेडकर जैसे समाजसुधारकों को भय था कि ऐसा होने पर राजसत्ता के सूत्र उच्चवर्णियों के हाथ में आ जाएँगे। फिर पेशवाई आएगी व पहले की तरह सामाजिक विषमता आएगी। इतना ही नहीं, विषमता अधिक दृढ होकर बढ़ेगी।

डॉ. आंबेडकर के मन में अस्पृश्यों की दासता के लिए कारणीभूत हुई सनातन परंपरा के विषय में नाराजगी थी और उस परंपरा के अस्तित्व से निकली राष्ट्र की स्वतंत्रता की आस्था का तनाव था। नरहर कुरुंदकर लिखते हैं, 'अंग्रेजी राजसत्ता के कारण समता व स्वतंत्रता का अवसर मिला था, इसलिए उपकृतता की भावना थी, परंतु अंग्रेजों ने इस देश को गुलाम रखा था, इस कारण नाराजी भी है। ऐसी दोनों बातें उनके मन में हैं। एक देशभक्त दलित के मन के ऐसे सारे दबाव 'बहिष्कृत भारत' के संपादकीयों में व्यक्त भी हुए हैं।' (नरहर कुरुंदकर, भजन, पृष्ट 190)

श्री ना.ग.गोरे को लगता था कि उपर्युक्त भय महात्मा फुले, आगरकर, लोकहितवादी आदि के काल में समर्थनीय था। अब समय बदल गया है। महाराष्ट्र में ब्राह्मणों का वर्चस्व समाप्त हो गया है। इसलिए आंबेडकर को महात्मा फुले के समान ब्राह्मणों के बारे में शंका रखने का कोई कारण नहीं था।

दलितों की दृष्टि से देखें तो श्री गोरे कहते हैं, उस तरह की पूर्ण निःशंक, निर्भय होने की स्थिति महाराष्ट्र में नहीं है। जिस प्रकार का भय पहले ब्राह्मण वर्ग से था, अब उनका स्थान वतनदारों ने ले लिया है। महाड सत्याग्रह के समय से यह बात प्रकर्ष से सामने आई। दोनों (दलितों व ब्राह्मणों) वतनदारों का भय यानी ऐसी स्थिति अभी भी महाराष्ट्र में है।

महाराष्ट्र के बाहर कितने ही प्रांतों में दलितों की स्थिति भयावह है। दलितों पर अत्याचार करनेवाले वर्ग अलग-अलग स्थानों पर अलग-अलग हैं। आज भी उन पर अत्याचार हो रहे हैं। कहीं ठाकुरशाही है, कहीं यादवशाही, तो कहीं भूमिहार हैं। बिहार में तो जातियों के अंतर्गत विकसित सेनाएँ है, जो दलितों की सामूहिक हत्याएँ करती हैं। आए दिन इसके समाचार, समाचारपत्रों में पढ़ने को मिलते हैं।

श्री गोरे के जीवनकाल में भी ऐसी स्थिति थी। इसलिए स्पष्ट है कि दलितों को निर्भय होकर स्वतंत्रता संग्राम में हिस्सा लेने की परिस्थिति नहीं थी। ऐसा लगता है कि श्री गोरे ने गांधीजी की भूमिका व उनके परिणामों का विचार नहीं किया। गांधीजी की भूमिका थी कि 'अस्पृश्यों का प्रतिनिधित्व मैं ही कर सकता हूँ, अन्य कोई नहीं।' इसके दुष्परिणाम होना भी अपरिहार्य थे।

श्री गोरे की ख्याति है कि वे किसी भी विषय का सर्वकष व गहरा अध्ययन कर संतुलित बुद्धि से वक्तव्य देते हैं, यह सही भी है। संभव है कि प्रस्तावना शीघ्रता से तैयार करने के कारण उपर्युक्त पहलू उनकी दृष्टि में न आया हो। इसलिए ऊपर दिया गया उनका वक्तव्य एक अपवाद माना जाना चाहिए।

गांधीजी, कांग्रेस व डॉ. आंबेडकर के परस्पर संबंधों के बारे में श्रीपाल सबनीस द्वारा निकाले निष्कर्ष लक्षणीय हैं।

'समाज के इतिहास में किसी विशिष्ट समय में परस्पर विरोध में खड़े व्यक्ति व उनकी भूमिका कितनी भी लोकप्रिय हुई हो, लेकिन कुछ काल बीत जाने पर, उन पर दृष्टिपात करने पर अभ्यासकों का अनुभव यह रहा है कि उन दोनों के कार्य आश्चर्यजनकरूप से एक-दूसरे के पूरक थे। महात्मा गांधी व डॉ. आंबेडकर, जो एक-दूसरे के प्रतिस्पर्द्धी थे, परस्पर पूरक रहे। संपूर्ण समता प्राप्त करने के दोनों महापुरुषों के प्रयास परस्पर पूरक रहे।'

हिंदुत्वनिष्ठ नेता व गांधीजी के विषय में बाबासाहब की प्रतिक्रिया भिन्न रहती थी। निम्नलिखित उदाहरण उनके निरीक्षण की वस्तुस्थिति समझने के लिए पर्याप्त है—

दिनांक 19 सितंबर, 1932 के Times of India में बाबासाहब लिखते हैं, 'I am unable to understand the ground of histility of Mr. Gandhi to the communal award. He says that the communal award has separated the Depressed Classes from the Hindu community. On the other hand, Dr. Moonje, a much stronger protagonist of the Hindu cause and a militant advocate of its interests, takes a totally different view of the matter. In the speeches which he has been delivering since his arriaval from London, Dr. Moonje has been insisting that the communal award does not create any separation between the Depressed Classes and the Hindus, It is therefore suprising that Mr. Gandhi, who is a nationalist and not known to be a communalist, should read the Communal award, in so far as it relates to the Depressed Classes, in a manner quite contrary to that of a communalist like Dr. Moonje.''

हिंदू हित के लिए निरंतर प्रयत्नशील डॉ. मुंजे जैसे नेताओं को जातीय कह कर तिरस्कार करने और महात्मा गांधी की जयजयकार करनेवाले हिंदूसमाज की प्रवृत्ति के वैषम्य का प्रतिबिंब बाबासाहब के व्यंग्यात्मक वक्तव्य में दिखाई देता है। बाबासाहब के प्रति हिंदुत्वनिष्ठों की आत्मीयता समय-समय पर प्रकट हुई है। उदारहण के लिए 3 फरवरी, 1937 के Times of India के इस समाचार को देखें, "Vote for Dr. Ambedkar" is the gist of a two column article over the signature of Mr. N.C. Kelkar, Democratic leader in to days' Kesari.

उपर्युक्त घटनाओं से हिंदुत्वनिष्ठ, कांग्रेस व बाबासाहब के परस्पर के संबंधों का स्वरूप ध्यान में आ सकता है। 4 अगस्त, 1845 को पुणे में उन्होंने कहा—T' "The Congress has not been able to solve many vital problems such as the communal quiestion because its leaders refused to study politics."

डॉ. आंबेडकर की भूमिका थी कि अस्पृश्यता निवारण का कार्य हिंदूसमाज को एकात्म व समर्थ बनाने का है, इसलिए वह राष्ट्र कार्य है। इस कारण जहाँ-जहाँ उन्हें हिंदू हित को खतरा दिखाई दिया, वहाँ-वहाँ उन्होंने अपना विरोध स्पष्टरूप से व्यक्त किया। उन्होंने यह भी कहा कि मुसलमानों के तुष्टिकरण की कांग्रेस की नीति हिंदू हितों के विरुद्ध है, इसलिए वह घातक है। 1916 के लखनऊ समझौता

का उन्होंने विरोध किया था। नेहरू कमेटी ने जो योजना प्रस्तुत की थी, वह योजना मूलत: मुसलमानों की है, नेहरू कमेटी की नहीं; ऐसा आक्षेप लगाकर उसे सप्रमाण सिद्ध किया व नेहरू कमेटी की रिपोर्ट की निंदा की। 18 जनवरी, 1929 को बहिष्कृत भारत में 'नेहरू कमेटी योजना व हिंदुस्थानाचे भवितव्य' शीर्षक के अंतर्गत लिखे लेख में उन्होंने कहा, 'जो योजना हिंदुओं के लिए हानिकारक हो, वह किस काम की? ऐसा प्रश्नकर बाबासाहब लिखते हैं, 'अपने देशबंधुओं से निवेदन है कि नेहरू कमेटी योजना का हमने जो विश्लेषण किया है, उसका उन्हें पूरा विचार करना चाहिए। यह विश्लेषण हमने स्वार्थांध होकर नहीं किया है। इस कमेटी की योजना का विरोध हमने इसलिए भी नहीं किया है कि इसमें अस्पृश्यों को पैरों तले कुचला गया है। विरोध का कारण है उसका हिंदू विरोधी होना व हिंदुस्तान के लिए विपत्तिकारक होना। कुछ लोग इस योजना को धोखारहित मानकर इसका समर्थन कर रहे होंगे तो विरोध करनेवालों का मत होगा कि इसमें धोखा है। इन दोनों से हमें कुछ लेना-देना नहीं है, लेकिन इन दोनों वर्ग से अलग तीसरा ऐसा बड़ा वर्ग है, जो कुछ भी न जानते हुए इस योजना का समर्थन कर रहा है। इस वर्ग को समझाने के निमित्त हमारा यह प्रयास है। इस प्रयत्न को सफलता दिलाने के लिए आत्यंतिक स्पष्टीकरण देना अनिवार्य हो गया है। इस लेख की स्पष्टोक्ति देखकर कुछ लोग हमें दूषण देंगे। व्यवहार में कई बार सत्य को छिपा कर रखना लाभदायक होता है, पर वहीं कुछ प्रसंगों पर सत्य को प्रकट न करने जैसा बड़ा पाप नहीं होता। आज का प्रसंग दूसरे प्रकार का होने के कारण इतनी स्पष्टता से बताने की आवश्यकता है और तब, जब सर्वत्र इस नीति का अवलंबन किया गया हो कि 'भीख में प्राप्त वस्तु चलेगी, पर संकोच नहीं टूटना चाहिए', वहाँ किसी को तो सत्य निर्भीकता से जनता के सामने रखना चाहिए। हम जानते हैं कि हिंदू समाज का रोष हम पर है, ऐसे में मुसलमानों के रोष को भी आमंत्रित कर लेना उचित नहीं है लेकिन हमारी भावना है कि जिसमें हमारे देश का अकल्याण है, उसमें हमारा भी अकल्याण है। इसलिए हम यह जोखिम अपने सिर पर ले रहे हैं। लोग इसे समझेंगे और जनमत को योग्य दिशा मिलेगी, ऐसी हमें आशा है।'

इसी समय एक महत्त्व की घटना हुई। गोलमेज परिषद् में स्पृश्य हिंदुओं के विरोध में किए गए अपने भाषण का उपयोग, मुसलमानों के नेता अपने जातीय स्वार्थ के लिए कर लेते हैं और उच्चवर्ग हिंदुओं के प्रतिनिधि हिंदुओं की सत्य बात उचित ढंग से करते नहीं है, यह देखकर मुसलमानों के संदर्भ में हिंदुओं का पक्ष न्याय सिद्ध करने के लिए अनेक प्रकार की जानकारी देनेवाला प्रतिवेदन आंबेडकर ने ब्रिटिश

प्रधानमंत्री मेक्डोनाल्ड को गुप्तरूप से दिया। (धनंजयकीर, पृष्ट 198)

इसी दृष्टि से हिंदुत्वादियों व हिंदू-सभावालों को मुसलमानी धर्मांतर के धोखे के संदर्भ में बाबासाहब ने आह्वान किया था, 'कम-से-कम हिंदुओं में संगठन करने के लिए तो अस्पृश्यता निवारण व वर्णविहीन एकात्म हिंदू समाज का प्रयत्न करो।' इसी प्रकार इसलामी धर्म व इसलामी समाज की मानसिकता के संदर्भ में वे हिंदुस्तान व हिंदू समाज के हित का विचार करते थे। बहिष्कृत भारत के लेखों के अध्ययन से इन सब बातों का पता चलता है। इसके साथ ही सामाजिक समता, अभिसरण, एकात्मता की दृष्टि से इसलामी मजहब व सामाजिक मानसिकता की सीमा को बड़ी ही स्पष्टता से बताते थे।

इसलामी भ्रातृत्व के विषय में बाबासाहब कहते हैं, 'इसलामी भ्रातृत्व विश्वव्यापी भ्रातृत्व नहीं है। वह मुसलमानों का, मुसलमानों को लेकर ही है। उनमें एक बंधुत्व है, लेकिन उसका उपयोग उनकी एकता तक ही सीमित है। जो उसके बाहर हैं, उनके लिए उनमें घृणा व शत्रुत्व के अलावा अन्य कुछ नहीं है। इसलाम एक सच्चे मुसलमान को कभी भी भारत को अपनी मातृभूमि तथा हिंदू को अपने सगे के रूप में मान्यता नहीं दे सकता। मौलाना मोहम्मद अली एक महान् भारतीय व सच्चे मुसलमान थे, इसीलिए संभवत: उन्होंने स्वयं को भारत की अपेक्षा यरूशलम की भूमि में गाड़ा जाना पसंद किया।'

एक अन्य स्थान पर वे कहते हैं, 'सामाजिक क्रांति करनेवाले तुर्कस्थान के कमालपाशा के बारे में मुझे बहुत आदर व अपनापन लगता है, परंतु हिंदी मुसलमानों, मोहम्मद शौकत अली जैसे देशभक्त व राष्ट्रीय मुसलमानों को भी कमालपाशा व अमानुल्ला पसंद नहीं है; क्योंकि वे सुधारक हैं और भारतीय मुसलमानों की धार्मिक दृष्टि को समाज सुधार महापाप लगते हैं।'

15 जुलाई 1927 को 'बहिष्कृत भारत' में उन्होंने लिखा, 'मुसलमानी समाज में पर्दा-प्रथा के कारण स्त्री-पुरुषों में इतनी बड़ी खाई है कि माँ को अपने लड़के का व बहिन को अपने भाई का मुँह देखना असंभव है। हिंदुओं की अपेक्षा मुसलमानों के मन में महिलाओं के प्रति अत्यंत हीन भावना का वास रहता है।'

1940 में प्रकाशित अपने Thoughts of Pakistan ग्रंथ में बाबासाहब ने कहा है, 'वे हिंदुस्तान में रहते हैं, परंतु इसलामी विचारों के वशीभूत होने के कारण उनकी आँखें तुर्कस्थान या अफगानिस्तान की ओर लगी रहती हैं। हिंदुस्तान अपना है, इसका उन्हें अभिमान नहीं है और यहाँ रहनेवाले अपने निकटवर्ती हिंदू बंधुओं के प्रति, जिन्हें बिलकुल अपनापन नहीं है, ऐसे मुसलमान लोग मुसलमानी आक्रमण से

हिंदुस्तान की रक्षा करेंगे, ऐसा मानकर चलना खतरनाक है। हमें ऐसा ही लगता है...' मुसलमानों को सेना में स्थान देने के प्रश्न पर बाबासाहब पूछते हैं, 'Should these Musalmans be without and against or should be within and against?

'थाट्स ऑन पाकिस्तान' ग्रंथ हिंदू मन पर यह बात अंकित करने का प्रयास करता है कि भारत के संबंध में जिनकी निष्ठा संदेहास्पद है, वे मुसलमान हिंदुस्तान में रहकर शत्रुत्व करते रहें तब भी चलेगा। ऐसी सेना, जिसमें मुसलमानों का वर्चस्व न हो, देश की सुरक्षित सीमा से अच्छी है अर्थात् जैसे उनकी यह भावना थी कि हिंदू के हित में ही देश का हित है, उसी प्रकार उनके मन में यह भावना भी थी कि अस्पृश्य समाज को मुसलिम समाज में समता का व्यवहार व सामाजिक न्याय नहीं मिलेगा। इसी कारण पाकिस्तान बनने के पश्चात् उधर के दलित बंधुओं को उन्होंने कहा कि 'मैं पाकिस्तान में फँसे हुए दलित समाज से कहना चाहता हूँ कि उन्हें जो मिले, उस मार्ग व साधन से हिंदुस्तान आ जाना चाहिए। दूसरी एक बात और कहनी है कि पाकिस्तान अथवा हैदराबाद की निजामी रियासत के मुसलमानों अथवा मुसलिम लीग पर विश्वास रखने से दलित समाज का नाश होगा। दलित समाज में एक बुरी बात यह घर कर गई है कि वह यह मानने लगा है कि हिंदूसमाज हमारा तिरस्कार करता है, इस कारण मुसलमान अपना मित्र है, पर यह आदत अत्यंत घातक है। जिन्हें जोर-जबरदस्ती से पाकिस्तान अथवा हैदराबाद में इसलाम धर्म की दीक्षा दी गई है, उन्हें मैं यह आश्वासन देता हूँ कि धर्मांतर करने के पूर्व उन्हें जो व्यवहार मिलता था, उसी प्रकार की बंधुत्व की भावना का व्यवहार अपने धर्म में वापस लौटने पर मिलेगा। हिंदुओं ने उन्हें कितना भी कष्ट दिया, तब भी अपना मन कलुषित नहीं करना चाहिए। हैदराबाद के दलित वर्ग को निजाम, जो प्रत्यक्ष में हिंदुस्तान का शत्रु है, का पक्ष लेकर अपने समाज के मुँह पर कालिख नहीं पोतनी चाहिए।'

"The Muslims and the Muslim League, charged as they are wtih the passion to make the muslims a governing class as quickly as possible will never give consideration to the claims of the scheduled Castes. This I speak from experience."

अस्पृश्यता निवारण का कार्य हिंदू समाज को एकात्म व समथ करने का कार्य है व अस्पृश्य वर्ग हिंदू समाज का एक अविभाज्य अंग है, इसलिए यह राष्ट्रकार्य है। इस भूमिका से उन्होंने मुसलिम मानसिकता के बारे में सवर्ण हिंदू समाज व अपने अस्पृश्य बंधुओं को समय-समय पर सतर्क किया।

कांग्रेस की तरह ही कुछ हिंदुत्ववादियों व हिंदू महासभा के बारे में उनके मन

में नाराजगी थी; लेकिन उनका कारण अलग था। हिंदुओं के संगठन के एक साधन के रूप में हिंदुत्ववादी अस्पृश्यता निवारण चाहते थे। उनकी भूमिका मानवीयता के लिए कलंक होने के कारण अस्पृश्यता नष्ट करने की नहीं थी। उनकी दृष्टि में हिंदुओं का संगठन प्राथमिक महत्त्व का था। वैसे तो रत्नागिरि में अपनी जिलाबंदी के काल में व उसके पश्चात् भी सावरकर द्वारा पतितपावन मंदिर की स्थापना, सहभोजन के कार्यक्रम, विज्ञाननिष्ठा से गोवंश का संरक्षण आदि के उपक्रम बाबासाहब के विचार व कार्य के पूरक थे। जीवनचरित्र लिखनेवालों ने भी सावरकर के इस संबंध में किए गए कार्य, डॉ. आंबेडकर के कार्य के निकट कैसे थे, इसके बारे में काफी ज़ानकारी दी है। उनके एक-दूसरे के विषय में क्या विचार थे, उनका भी उल्लेख किया है। उदाहरणार्थ—23 जनवरी, 1924 को सावरकर की प्रेरणा से रत्नागिरि में हिंदू महासभा की स्थापना हुई। उसके निमित्त हुई सभा में पारित तीन प्रस्तावों में से एक अस्पृश्यता निवारण आंदोलन चलाने के संबंध में था। श्रीपाल सबनीस कहते हैं, "अर्थात बाबासाहब की 'बहिष्कृत हितकारिणी सभा' की स्थापना के पहले सावरकर अस्पृश्यता निवारण के कार्य में मन:पूर्वक शामिल हुए थे। 13 अगस्त, 1924 को रक्षाबंधन के दिन अपने जन्म स्थान भगूर में अस्पृश्य समाज ने उनका भव्य सम्मान किया। अस्पृश्य बहनों ने उनकी आरती उतारी। स्वातंत्र्यवीर सावरकर ने एक अस्पृश्य बंधु को राखी बाँधी और बाद में सबने एक-दूसरे को राखी बाँधकर भेदभाव दूरकर एक होने की प्रतिज्ञा की।"

4 सितंबर, 1924 को नासिक की भंगी बस्ती में हुए गणेशोत्सव में सावरकर ने कहा, "अस्पृश्यता नष्ट हुई है, इसे मैं देख सकूँगा। मेरी मृत्यु के पश्चात् शव ले जानेवालों में ब्राह्मणों समवेत व्यापारी, धेड, डोम भी हों। इन लोगों के द्वारा दहन किए जाने पर ही मेरी आत्मा को शांति मिलेगी।" 9 अप्रैल, 1927 को सावरकर का पहला नाटक 'उ:शाप' रंगभूमि पर मंचित हुआ। इस नाटक का विषय दलित वर्ग का उद्धार व अस्पृश्यता निवारण था।

गांधीजी-आंबेडकर का मंदिर प्रवेश को लेकर विवाद चल रहा था, उसी समय रत्नागिरि के पेठ किले में भागोजी सेठ कीर द्वारा बनवाए नए मंदिर का उद्घाटन करने के लिए सावरकर ने आंबेडकर को आग्रहपूर्ण निमंत्रण भेजा। आंबेडकर ने इस निमंत्रण पत्र का उत्तर देते हुए लिखा, 'पूर्व नियोजित कार्य के कारण मेरा आना संभव नहीं है; पर आप समाज सुधार के क्षेत्र में कार्य कर रहे हैं, उस विषय में अनुकूल अभिप्राय देने का अवसर मिल गया है। अस्पृश्यता नष्ट होने मात्र से अस्पृश्य वर्ग हिंदूसमाज का अभिन्न अंग नहीं बन पाएगा। चातुर्वर्ण्य का उच्चाटन होना चाहिए।

यह कहते हुए मुझे अत्यधिक प्रसन्नता हो रही है कि आप उन गिने-चुने लोगों में से एक हैं, जिन्हें इसकी आवश्यकता अनुभव हुई है।'

जाति-व्यवस्था समाप्तकर हिंदूसमाज को एकात्म करने का ध्येय जिस काल में डॉ. आंबेडकर का था, उसी काल में स्वातंत्र्यवीर सावरकर का भी था। सावरकर का कार्यक्रम सौम्यतम था, पर अस्पृश्यता निवारण के कार्य को उनका समर्थन था। ये यारी घटनएँ स्वातंत्र्यवीर सावरकर के अस्पृश्यता निवारण के कार्य की प्रारंभावस्था पर प्रकाश डालनेवाली है, मगर स्वातंत्र्यवीर सावरकर के उस समय के कार्य के बारे में 'बहिष्कृत भारत' के डॉ. आंबेडकर के लेखों में गौरवपूर्ण उल्लेख नहीं मिलता। सावरकर की भूमिका अखिल हिंदू समाज को एकात्म करने की थी। उस निमित्त उन्हें अस्पृश्यता निवारण की आवश्यकता अनुभव होती थी। इसीलिए उनका मत था कि सार्वजनिक प्याऊ व मंदिर मुक्त होने चाहिए। वैसे ही सहभोज से लेकर बेटीबंदी का व्यवहार समाप्त करने तक के सारे कार्यक्रमों को उनका समर्थन था। इस संबंध के बाद के काल में कुछ प्रमाण में आंबेडकर ने सहानुभूति व्यक्त की, फिर भी उसका उल्लेख 'बहिष्कृत भारत' में नहीं मिलता।

इसका कारण यह था कि अन्य कट्टर लोगों की ही तरह बाबासाहब का स्वातंत्र्यवीर सावरकर से एक मुद्दे पर मतभेद था। सावरकर का विज्ञाननिष्ठ बुद्धिवाद, समाज को गुलाम बनानेवाले परंपरागत अभिमान को छोड़ने को तैयार नहीं था, परंतु प्रगतिवादियों को तो विषम परंपराओं के धिक्कार की आवश्यकता थी। सावरकर की इस भूमिका की ऊपरी विसंगति को बताते हुए नरहर कुरुंदकर कहते हैं, 'सावरकर ईश्वर को नहीं मानते होंगे, पर मनुस्मृति दहन की उनकी तैयारी नहीं थी।'

सावरकर को हिंदू समाज के संगठन के लिए अस्पृश्यता निवारण की आवश्यकता अनुभव होती थी। वे उसका महत्त्व समता अथवा मानवीय अधिकारों के संदर्भ में नहीं मानते थे। उनकी दृष्टि में हिंदू संगठन व सामर्थ्य अधिक महत्त्व का था और उसके लिए वे अस्पृश्यता को नष्ट करना चाहते थे। बाबासाहब का मत था कि जातिभेद अशास्त्रीय व अमानुषिक हैं, इसलिए नष्ट होने चाहिए। इसके परिणामस्वरूप स्वाभाविकत: हिंदू संगठन हो जाएगा।

हरिजनों के सैनिकीकरण के जो प्रयत्न बाबासाहब ने चलाए थे, उस विषय में वीर सावरकर का मत था कि 'मुझे पूरा विश्वास है कि आंबेडकर के योग्य मार्गदर्शन में हरिजन बंधुओं क्रे सैनिकी गुणों को नयी चमक मिलेगी और उनकी लड़ाकू शक्ति का उपयोग सांघिक शक्ति बढ़ाने में होगा।' हिंदुस्तान को एक संघर्षशील राष्ट्र बनाने के लिए सावरकर प्रयत्नशील थे।

सावरकर ने तो महाराज्यपाल को तार भेजकर आग्रह किया था कि आंबेडकर को आपको अपने कार्यकारी मंडल में लेना चाहिए। धनंजय कीर ने स्वातंत्र्यवीर सावरकर व डॉ. आंबेडकर की घनिष्ठता के विषय में विस्तारपूर्वक लिखा है। लेकिन वस्तुस्थिति यह है कि डॉ. आंबेडकर ने कभी भी सावरकर के बारे में 'बहिष्कृत भारत' में विशेष कुछ नहीं लिखा।

इस संदर्भ में श्री. म. माटे ने अपने निंबंध 'अस्पृश्यांचे भीमपुरुष डॉ. आंबेडकर' में कहा है, 'अस्पृश्यों की स्थिति सुधारने के लिए आंबेडकर के पहले और आंबेडकर के जीवित रहते अनेक छोटे-बड़े स्पृश्य व्यक्तियों ने जी-तोड़ काम किया था और वह भी सर्वथा निरपेक्ष भाव से।'

जिस प्रकार ज्योतिबा फुले, शिंदे, महात्मा गांधी, वीर सावरकर जैसी बड़ी हस्तियाँ इस काम में जुटी थीं, वैसे ही उनसे कम सम्मानीय योग्यता के कितने ही लोगों ने अपने जीवन का उत्तमोत्तम समय इस कार्य में लगाया था, परंतु डॉ. आंबेडकर ने किसी का गौरवपूर्ण उल्लेख किया हो, ऐसा कम-से-कम मेरे पढ़ने में तो नहीं आया। यदि मैं गलत हूँ तो अपनी बात वापस लेने को तैयार हूँ; लेकिन आंबेडकर को इन लोगों के प्रयासों की जानकारी नहीं थी अथवा उनका प्रयास जानने की रसिकता नहीं थी, ऐसा कहना ठीक नहीं होगा। फिर उन्होंने इसका उल्लेख क्यों नहीं किया? इसका एक ही कारण है। 'उनमें से कोई अपना नहीं है। उनको अपने लिए काम करके अपने को उपकृत करना चाहिए, इसका एक सूक्ष्म अभिमान सच्चे, कर्तृत्वान् व बुद्धिमान् व्यक्ति में होता ही है।' श्री श्रीपाल सबनीस कहते हैं कि माटे के विवेचन में तथ्यांश है।

स्वयं श्री म.माटे के अस्पृश्यता निवारण के कार्य के विषय में बाबासाहब ने जो उल्लेख किया, वह काफी कटुतापूर्ण है। 'स्वधर्मकार' ने अपना अभिप्राय दिया था कि माटे ने अपना जीवन अस्पृश्योद्धार के लिए व्यतीत किया है। इस अभिप्राय पर बाबासाहब का सात्विक क्रोध प्रकट हुआ था। बाबासाहब ने कहा, "माटे ने किस अस्पृश्य के साथ रोटी अथवा बेटी का व्यवहार कर दिखाया है? (बहिष्कृत भारतातील स्फुट लेख, पृष्ठ 57)

सावरकर के कार्य के बारे में जिस प्रकार आंबेडकर नें अनुकूलता से नहीं लिखा, उसी प्रकार अनेक हिंदू महासभा के नेता व अन्य हिंदूनिष्ठों के प्रति उनके मन में जैसा ऊपर बताया है, उस तरह की नाराजगी व कुछ रोष का भाव रहता था।

हिंदू संगठन को वे अत्यधिक महत्त्व का मानते थे। उनका कहना था कि यह

सर्वाधिक त्वरा व महत्त्व का कार्य है और हिंदू महासभा यह कार्य करती नहीं है, यह उनके रोष का कारण था।

3 जून, 1927 को 'बहिष्कृत भारत' के संपादकीय में डॉ. आंबेडकर ने हिंदू महासभा की स्थापना कब व क्यों हुई, के विषय में लिखा है—कांग्रेस में जिस प्रकार पुराने लोगों की सामाजिक परिषद् है, उसी प्रकार नयों की हिंदू महासभा है। प्रारंभ की हिंदू महासभा की ओर से हुए अपेक्षाभंग के बारे में वे कहते हैं, 'उसके माध्यम से हिंदू समाज के पुनर्गठन का कार्य यशस्वी रीति से पूरा होगा, ऐसा सबको लगता था, किंतु सामाजिक सुधार का ऐसा कोई कार्य अथवा उपक्रम इस संस्था के द्वारा नहीं हुआ। उसकी कार्यक्षमता शब्दों के पार की नहीं है। यह आरोप हमारा नहीं है। स्वामी श्रद्धानंद, हिंदू महासभा से त्यागपत्र देने का यही कारण बताते हैं।

हिंदू महासभा के उन नेताओं को वे ढोंगी कहते थे, जिनका कहना था कि चातुर्वर्ण्य व जातिवाद पर हमला किए बिना हम संपूर्ण समाज का संगठन करेंगे। उन लोगों का मानना था कि हिंदू संगठन का कार्य पूर्ण हो जाने पर शुद्धि-आंदोलन की आवश्यकता ही नहीं रहेगी, लेकिन यदि हिंदुओं का पूर्ण संगठन न हुआ तो शुद्धि-आंदोलन यशस्वी नहीं होगा। बाबासाहब का कहना था कि, 'जब तक जाति है, तब तक हिंदूधर्म, मिशनरी धर्म नहीं हो सकेगा और तब 'शुद्धि' (परधर्म में गए हिंदुओं को वापिस हिंदू धर्म में लाना) की बात करना ही गलत है, वह निष्फल रहेगी। जब तक जाति कायम है, तब तक 'संगठन' असंभव है और जब तक 'संगठन' नहीं होगा, तब तक हिंदू समाज दुर्बल व अवनत रहेगा। सद्हेतु से किए जा रहे 'संगठन' के प्रयत्न को जातिव्यवस्था ने असंभव बना दिया है। हिंदुओं में हिंदुत्व की भावना नहीं है, याद है तो केवल जाति की।'

बाबासाहब ने कहा है, ''मुझे शुद्धि आंदोलन के नेताओं के प्रति सहानुभूति होने पर भी यह कहने की आवश्यकता महसूस होती है कि उन्होंने आंदोलन के सामने उपस्थित होनेवाली समस्याओं का विचार नहीं किया है। केवल संख्या बढ़ने से समाज सामर्थ्यशाली नहीं होता, वह तो सामाजिक एकता होने से होता है।'

बाबासाहब ने दुःख प्रकट करते हुए कहा, 'शुद्धि किए हुए लोगों को हिंदू समाज की किस जाति में लेना चाहिए, यह मुख्य समस्या होने के कारण अन्य धर्मियों को हिंदू समाज में लेना कठिन हो जाने से हिंदू धर्म का मिशनरी स्वरूप नष्ट हो गया है।'

उन लोगों का कहना है कि हिंदूसमाज प्रबल बनना चाहिए; परंतु वह समाज

एकरस होने पर ही हो सकेगा, केवल संख्या बढ़ाने से नहीं। हिंदुओं को चातुर्वर्ण्य नष्टकर समाज को एकवर्णीय करना चाहिए।

शेषराव मोरे ने हिंदू महासभा की शुद्धीकरण मुहिम की हिंदू संगठनों के संदर्भ में विस्तृत चर्चा की है। वे कहते हैं, श्री सोहनलाल शास्त्री को बाबासाहब ने कहा, 'किसी आर्यसमाजी नेता को मेरे पास लाओ। मैं उसे समझाऊँगा कि अब ऐसा समय आ गया है कि मुसलमानों को हिंदुओं में समाविष्ट कर लेना चाहिए। वे भी मुक्त होंगे और हिंदुओं की संख्या भी बढ़ेगी।' इसलिए इस बात को ठीक ढंग से समझ लेना चाहिए कि बाबासाहब शुद्धि का विरोध क्यों करते थे? शेषराव मोरे ने यह चर्चा हिंदू संगठन 'ध्येय' व 'नीति' इन दो दृष्टियों से की है।

'हिंदू संगठनों की ओर दो भूमिकाओं से देखा जा सकता है। एक दृष्टि से हिंदू संगठन साध्य होता है। जब ऐसा कहा जाता है कि एकवर्णी व समताधिष्ठित समाज अर्थात् हिंदू संगठन, तब वह ध्येय की दृष्टि से होता है। इस दृष्टिकोण से हिंदू संगठन, बाबासाहब की ध्येयसृष्टि के आदर्श समाज का भाग बनता है। ध्येयात्मक सामाजिक विचारों का हिस्सा बनता है। दूसरी दृष्टि से देखने पर हिंदू संगठन सामाजिक विचारशैली का भाग है। कम-से-कम हिंदू संगठन के लिए ही सुधार करो का आह्वान अथवा युक्तिवाद किया जाता है, तब हिंदू संगठन सामाजिक विचारशैली का भाग बनता है। एकवर्णी समाज निर्माण करने के लिए उपयोग में आनेवाला एक साधन बनता है। तब समाज सुधार के उद्देश्य के निमित्त हिंदू संगठन के आह्वान का नीति के रूप में उपयोग किया जाता है। आपने सुधार नहीं किए तो आपका समाज जीवनसंग्राम में टिक नहीं सकेगा, आप नष्ट हो जाओगे। समाज के अन्यायग्रस्त लोग आपको छोड़ जाएँगे। धर्मांतर कर आपके शत्रु के साथ जा मिलेंगे, इसलिए आप सुधार करो व संगठित हो, इस प्रकार का युक्तिवाद नीति का ही भाग होता है। बाबासाहब के विचार से स्पष्ट होता है कि उन्हें उपर्युक्त दोनों दृष्टियों से युक्त हिंदू संगठन की अभिलाषा थी।'

1935 में धर्मांतर की घोषणा करने के पश्चात् उनसे इस बात की अपेक्षा नहीं की जा सकती थी कि वे हिंदू संगठन का समर्थन करेंगे। ऐसी अपेक्षा उनकी धर्मांतर की घोषणा से विसंगत होती, तथापि हिंदू समाज की दृष्टि से हिंदू संगठन का महत्त्व मूलभूत व अबाधित है, वह धर्मांतर की घोषणा पर अवलंबित नहीं है। हिंदू संगठन के संदर्भ में धर्मांतर की घोषणा का अर्थ इतना ही था कि अब बाबासाहब हिंदू संगठन का समर्थन नहीं करेंगे, लेकिन यदि अन्य कोई बाबासाहब को अभिप्रेत हिंदू संगठन का समर्थन करता तो बाबासाहब उसका विरोध करते क्या? जब तक प्रत्यक्ष धर्मांतर

की बात नहीं थी, तब तक अस्पृश्य वर्ग हिंदू समाज का एक अंग रहने और ऐसे हिंदू संगठन में उसका हित समाविष्ट होने के कारण बाबासाहब का विरोध होना असंभव था और प्रत्यक्ष धर्मांतर के पश्चात् अपने से अलग समाज को संगठन करने का न्यायत: अधिकार होने के कारण उसका विरोध करने का प्रश्न ही नहीं था। इसलिए धर्मांतर की घोषणा के बाद 1936 में लिखे भाषण-प्रबंध 'जातिसंस्थेचे उच्चाटन' में उन्होंने हिंदू संगठन का कार्य, उत्तम कार्य होने की प्रशस्ति की।

उन्हें लगता है कि मुसलमानों से संरक्षण के लिए ही क्यों न हो, पर हिंदुओं को अपना संगठन करना चाहिए। शेषराव मोरे कहते हैं कि आज के प्रगतिवादियों की तरह उन्हें नहीं लगता था कि ऐसा करना धर्मांधता, जातीयता अथवा अराष्ट्रीयता है। उनकी तो शिकायत ही यही थी कि ऐसा संगठन हिंदू महासभा करती नहीं है। उनकी शिकायत में गांभीर्य था, पीड़ा थी, उसमें उपहास अथवा राजनीति नहीं थी।

'यदि कोई एक जाति अवनत रहती है, तो उसका नुकसान अन्य जातियों को हुए बिना नहीं रहेगा। समाज एक नौका है। नौका में बैठकर प्रवास करनेवाला कोई यात्री अपने विनाशक स्वभाव के कारण यदि अन्य यात्रियों को नुकसान पहुँचाने के लिए नौका में छेद करता है तो सारे यात्रियों के साथ आगे या पीछे उसे भी जलसमाधि लेनी पड़ती है। उसी प्रकार एक जाति का नुकसान करने पर, नुकसान करनेवाली जाति का भी अप्रत्यक्ष नुकसान होता है। इसीलिए स्वहित साधने के लिए समाचार-पत्रों को अन्यों का नुकसान करने की पढ़तमूर्खता नहीं करनी चाहिए।'

उन्होंने हिंदू समाज को गंभीर संकेत किया कि 'एक दिन ऐसा आएगा, जिस दिन हिंदुओं को अपने समाज या जाति का कुछ भी बचा पाना संभव नहीं होगा और वह दिन दूर नहीं है।''

धर्मांतरण की घोषणा के पश्चात् भी हिंदुओं को संगठन करने का उपदेश देते हुए बाबासाहब ने कहा, 'अंतत: सारी जिम्मेदारी आपकी ही है। मैंने धर्मांतर करने का निश्चय किया है। मैं आपके धर्म से बाहर हो गया हूँ, फिर भी आपकी सारी हलचलों का सक्रिय सहानुभूति से निरीक्षण करता रहूँगा व आवश्यकता पड़ने पर सहायता भी करता रहूँगा।'' निम्नलिखित विचारों के साथ उन्होंने अपना भाषण पूर्ण किया।

'हिंदू संगठन राष्ट्रीय कार्य है। वह स्वराज्य से भी अधिक महत्त्व का है। स्वराज्य का संरक्षण नहीं किया, तो क्या उपयोग? स्वराज्य के रक्षण से भी स्वराज्य हिंदुओं का संरक्षण करना अधिक महत्त्व का है। हिंदुओं में सामर्थ्य नहीं होगा तो स्वराज्य का रूपांतर दासता में हो जाएगा। तब मेरी राम राम! आपको यश प्राप्त हो, इस निमित्त मेरी शुभेच्छा।'

यह नहीं भूलना चाहिए कि धर्मांतरण का निश्चय कर लेने के बाद भी बाबासाहब ने हिंदुओं को एकरस होने, दोष निर्मूलन करके अंतर्गत सामर्थ्य बढ़ाने, हिंदू संगठन करने, संरक्षण के लिए सामर्थ्य बढ़ाने का हितोपदेश किया। शेषराव मोरे कहते हैं कि प्रगतिवादियों को यह समझ लेना चाहिए कि धर्मांतरण के बाद भी उन्होंने कहा है कि हिंदू संगठन राष्ट्रीय कार्य है।

अस्पृश्यता निवारण का एकात्म हिंदू समाज निर्माण करने के कार्य में हिंदुत्वनिष्ठ व हिंदू महासभा के नेताओं से सहायता मिलने की संभावना न देख बाबासाहब निराश हो गए थे।

गोलमेज सम्मेलन के संदर्भ में लंदन गई संयुक्त समिति की अनौपचारिक परिषद् की जो जानकारी धनंजय कीर ने दी है, उसके अनुसार उस बैठक में डॉ. आंबेडकर ने कहा, 'निराशाजनक स्थिति में होने के कारण मैंने स्वतंत्र चुनाव क्षेत्र की माँग की। स्पृश्य हिंदुओं के अमानुषिक व्यवहार के कारण मुझे घोर निराशा हुई। हिंदुओं ने अपनी समाजपद्धति समान करने के लिए प्रयत्न किए तो उस कार्य में अस्पृश्य वर्ग मनोभाव से सहायता करेगा।'

बाबासाहब को राष्ट्रीय स्वयंसेवक संघ के बारे में पूरी जानकारी थी। सन् 1935 में पुणे में लगे महाराष्ट्र के पहले संघ शिक्षा वर्ग को देखने वे गए थे। उस समय उनकी भेंट पूजनीय डॉ. हेडगेवार से भी हुई थी। वे अपने व्यवसाय के निमित्त दापोली गए थे, तब वहाँ की संघशाखा पर गए और खुलेपन से स्वयंसेवकों से चर्चा की। महात्मा गांधी की हत्या के पश्चात् सरकार के द्वेषवश संघ पर प्रतिबंध लगाया था, उसे उठाने के लिए बाबासाहब, सरदार पटेल व श्यामाप्रसाद मुखर्जी ने प्रयत्न किए थे। जुलाई 1949 में संघ पर लगा प्रतिबंध हटने के बाद उनके द्वारा किए गए प्रयासों के लिए उनका आभार मानने के निमित्त सितंबर 1949 में श्री गुरुजी उनसे दिल्ली में मिले थे।

सन् 1939 में पुणे में लगे संघ शिक्षा वर्ग में योजनानुसार शाम के कार्यक्रम में बाबासाहब आए। डॉ. हेडगेवार भी वहाँ थे। लगभग सवा पाँच सौ पूर्ण गणवेशधारी स्वयंसेवक संघस्थान पर थे। बाबासाहब ने डॉ. हेडगेवार से पूछा, 'इनमें अस्पृश्य कितने हैं?' डॉ. हेडगेवार ने कहा, चलो, घूम कर देखते हैं।' बाबासाहब बोले, 'इनमें अस्पृश्य तो कोई दिख नहीं रहा।' डॉ. हेडगेवार ने कहा, 'आप पूछ लें।' बाबासाहब ने पूछा, 'आप में से जो अस्पृश्य हों, वे एक कदम आगे आ जाएँ।' उस पंक्ति में से एक भी स्वयंसेवक आगे नहीं आया। बाबासाहब ने कहा, 'यह देखिए।' इस पर डॉ. हेडगेवार ने कहा, 'हमारे यहाँ यह बताया ही नहीं जाता कि आप अस्पृश्य हैं। आप

अपनी अभिप्रेत जाति का नाम लेकर उनसे पूछें।' तब बाबासाहब ने स्वयंसेवकों से प्रश्न किया, 'इस वर्ग में कोई हरिजन, मांग, चमार हो तो एक कदम आगे आए।' ऐसा करने पर कई स्वयंसेवकों ने कदम आगे बढ़ाया। उनकी संख्या सौ से उपर थी।

मिलिंद महाविद्यालय के प्राध्यापक ठकार से उनकी नियुक्ति के समय बाबासाहब ने पूछा, 'इसके पूर्व आप क्या काम करते थे?' ठकार ने बताया, 'मैं नासिक में एक महाविद्यालय में प्राध्यापक था।' यह पूछने पर कि फिर वह छोड़ा क्यों, ठकार ने बताया, 'संघ के सत्याग्रह में भाग लेने के कारण मेरी नौकरी गई।' यह सुनकर बाबासाहब ने ठकार की पीठ थपथपाई और कहा, 'शाबाश! तुम्हारा चुनाव कर मैंने ठीक ही किया।'

1953 के जून माह में मा. मोरोपंत पिंगले, बालासाहब साठे व प्राध्यापक ठकार औरंगजेब में बाबासाहब से मिले थे। उस समय उन्होंने संघ के बारे में विस्तृत जानकारी (शाखा कितनी है, उपस्थिति कितनी रहती है) पूछी। जानकारी प्राप्तकर बाबासाहब ने मोरोपंत से कहा, 'मैं आपके संघ शिक्षा वर्ग में गया था। उस समय आपकी जो शक्ति थी, वह इतने वर्षों में तीव्र गति से बढ़ी हुई दिखती नहीं। प्रगति का वेग कम है। मेरा समाज इतने वर्षों तक प्रतीक्षा नहीं कर सकेगा।'

हिंदू संगठन की दृष्टि से संघ का महत्त्व वे जानते थे। वे यह बात समझ रहे थे कि वर्ग संकल्पना के विषय में अनेक हिंदुत्ववादियों की तरह ही संघ की धारणा भी बाबासाहब के विचारों से मेल खानेवाली है, परंतु उन्हें दुःख इस बात का था कि जो हिंदुत्वनिष्ठ नेता बाबासाहब के अनुकूल थे, उनका सनातनी समूह पर पर्याप्त प्रभाव नहीं था और जिनका प्रभाव सनातनी समाज पर था, उनकी भूमिका बाबासाहब के अनुकूल नहीं थी। ऐसे नेताओं के विचार-परिवर्तन का उनका प्रयत्न असफल रहा था। आगे चलकर श्री गुरुजी के प्रयत्नों से उडुपी में सारे धर्माचार्यों का सम्मेलन हुआ। 12 दिसंबर, 1969 को उक्त सम्मेलन के अंतर्गत विश्व हिंदू परिषद् की विद्वत्त सभा में सारे धर्माचार्यों ने घोषणा की कि 'अस्पृश्यता धर्मसम्मत नहीं है।' 'न हिंदू पतितो भवेत्।' हिंदवः सहोदरा सर्वे' का स्पष्ट निर्णय दिया। यह देखने के लिए यदि बाबासाहब जीवित होते तो निश्चित ही उन्हें प्रसन्नता हुई होती।

धर्मांतरण करने के कुछ दिन पूर्व मैंने उनसे पूछा था, ''इतिहास काल में कुछ अत्याचार हुए हैं, यह ठीक है। हम कुछ तरुण लोग, जो कुछ गुण-दोष होंगे, उनका प्रायश्चित करके समाज की रचना नए प्रकार से करने का प्रयत्न कर रहे हैं, यह आपकी जानकारी में है क्या?' 'You mean RSS'? उन्हें मालूम था कि मैं संघ का प्रचारक हूँ। उन्होंने कहा, 'Do You think I have not given thought to this matter?' मैंने कहा, 'आपके विषय में हम यह कैसे कह सकते हैं? आपने सब बातों का विचार किया है।'

फिर उन्होंने पूछा, 'संघ की स्थापना कब हुई, कितने वर्ष हो गए?' मैंने बताया, '1982 में संघ की स्थापना हुई। अब 27-28 वर्ष हो गए हैं।' उन्होंने कहा, 'मुझे मालूम है, लेकिन एक बात बताओ। तुम लोगों की संख्या कितनी है?'' मैंने उत्तर दिया, 'मैं बता नहीं सकता।' वे बोले, 'प्रेस कॉन्फ्रेंस जैसे जवाब मत दो। निश्चित जवाब दो।' 'मुझे सचमुच मालूम नहीं है।' मैंने फिर से कहा, 'ऐसा मान लेते हैं कि आप लोगों की संख्या 27-28 लाख होगी। इतने लोगों को एकत्र करने के लिए तुमको 27-28 वर्ष लगे। इस हिसाब से सारे समाज को एकत्र करने में कितने वर्ष लगेंगे?'' मैं कुछ बोलना चाहता था। तभी उन्होंने कहा, ''तुम कुछ कहो मत। मुझे मालूम है कि अंकगणितीय व रेखागणितीय विकास एक समान नहीं होता, लेकिन एक मेढक कितना भी फूले, तो बैल नहीं हो सकेगा। इसमें बहुत वर्ष लगेंगे। क्या तब तक परिस्थिति प्रतीक्षा करेगी? मैं क्या चुपचाप बैठा रहूँगा? मेरे सामने सवाल यह है कि अब तक दलित, पीड़ित, शोषित रहा है। उसमें जो नवजागृति आ रही है, उसमें एक चिढ़, आवेश होना स्वाभाविक है और इस प्रकार का जो समाज होता है, वह कम्युनिज्म का भक्ष्य बन जाता है। It is cannon fodder for Communism. (कम्युनिज्म का बम-गोला बनता है) मैं नहीं चाहता कि शैड्यूल्ड कास्ट समाज कम्युनिज्म का आहार बने। इस कारण राष्ट्र की दृष्टि से यह जरूरी है कि उसे कोई न कोई दिशा देनी चाहिए। तुम संघवाले राष्ट्र की दृष्टि से प्रयत्न कर रहे हो, परंतु एक बात ध्यान में रखो Between Scheduled Castes and Communism, Ambedkar is the barrier और between Caste Hindus and Communism Golwalkar (क्योंकि वे ब्राह्मण है) is the barrier.' उन्होंने कहा, (क्यों, ठीक है कि नहीं? इसलिए मरने से पूर्व यदि उन्हें दिशा न दे सका, तो कम्युनिज्म की ओर जानेवाला एक बड़ा वर्ग तैयार हो जाएगा। उन्हें फिर से अपने राष्ट्र प्रवाह में शामिल करना तुम लोगों को जमेगा नहीं; क्योंकि आप लोग जो कह रहे हैं, वह सही है या गलत, उचित है या अनुचित, यह प्रश्न ही नहीं है। तुम उच्चवर्णीय कह रहे हो, इसलिए मेरा समाज आपकी बात सुनेगा नहीं। इस कारण मरने के पूर्व मुझे यह व्यवस्था करनी है।''

हिंदूधर्म में सुधार व हिंदूसमाज की एकात्मता बनाए रखने के सारे प्रयत्न करने पर भी हिंदूधर्मीय ब्राह्मण व ब्राह्मणेतर उच्चवर्ण, गांधीजी व कांग्रेस, हिंदू महासभा व अन्य हिंदुत्ववादी तथा इसी प्रकार अन्य सवर्ण सुधारवादियों के बारे में भ्रम-निवारण

का भाव निर्माण करनेवाला अनुभव बाबासाहब को 1935 तक उनके सामाजिक, धार्मिक, राजनीतिक कार्यों में आता रहा, इसलिए मजबूर होकर 1935 में उन्हें धर्मांतर करने की घोषणा करनी पड़ी, यह बात उपर्युक्त सारे घटनाक्रम से ध्यान में आती है।

यद्यपि धर्मांतर की घोषणा 1935 में की, परंतु प्रत्यक्ष धर्मांतरण 1956 में अपने जीवन के उत्तरकाल में किया, यह बात रेखांकित करनेवाली है। इस 20–21 वर्ष की कालावधि में उनके क्रांतिकार्य के अनेक पहलू उजागर होते गए; लेकिन इन सब विविधांगी कार्यों से भारत के उज्ज्वल भविष्य में अस्पृश्य समाज को सम्मानपूर्वक योगदान के लिए समान अवसर दिलाने का प्रयास था। फिर वह कार्य राजनीतिक क्षेत्र का हो, उनका आर्थिक चिंतन व उपक्रम हो अथवा संविधान–निर्माण का विराट् कार्य हो। यह भी सही है कि 1935 में उनके द्वारा की गई धर्मांतरण की घोषणा के कारण हिंदू समाज के पुनर्गठन के क्रांतिकार्य में एक निर्णायक मोड़ आया। इसलिए 1935 बाबासाहब के जीवन के नए पर्व की शुरुआत है और इसी रूप में इसे ध्यान में रखना होगा।

बाबासाहब के जीवन के अंत तक उनके राष्ट्रकार्य और हिंदुपुनर्रचना में उनका जो योगदान है, वह भुलाया नहीं जाएगा। बाबासाहब का सपना एक और एकात्म हिंदू समाज का था। वे जातिविहीन हिंदू समाज की रचना चाहते थे। जीवन के अंत में उन्होंने धर्म परिर्वतन किया तो भी भारतभूमि और हिंदू धर्म की कोख में जनमा बौध धर्म अपनाया था। उनका इस देश के प्रति जो समर्पण भाव था, उसे देश शताब्दीयों तक याद रखेगा।

□

सयाजीराव ने प्रतिभा को पहचाना

—किशोर मकवाणा

वड़ोदरा के महाराजा सयाजीराव गायकवाड और कोल्हापुर के महाराज शाहूजी सामाजिक समता और समरसता के प्रखर हिमायती थे। इसलिए उन्होंने अपनी रियासतों में अछूतों के लिए अनेक कल्याणकारी योजनाएँ शुरू की। यही नहीं डॉ. बाबा साहेब आंबेडकर की विराट् प्रतिभा को पुरस्कृत करने और उन्हें आगे बढ़ाने में इन दोनों महाराजाओं ने उन्हें भरपूर मदद की।

दयानंद सरस्वती ने 1863 से 1883 तक समाज सुधार का आंदोलन चलाकर आर्य समाज द्वारा धर्म और समाज के लिए अनेक महत्त्वपूर्ण कार्य किया। देश के लोगों को स्वावलंबी बनाया। उनके विचारों से तत्कालीन राष्ट्रीय नेता तिलक, लालालाजपत राय, गोखले, महाराजा सयाजी राव गायकवाड़, छत्रपति शाहू महाराज (कोल्हापुर), स्वामी श्रद्धानंद सहित अनेक लोग प्रभावित हुए। अछूतों के लिए उनकी प्रवृति बड़े पैमाने पर थी। वड़ोदरा के महाराजा सयाजीराव गायकवाड ने (1863-1939) अछूतों के लिए अलग छात्रालय की शुरुआत की। इसमें अमृतसर के आर्य समाजी पंडित आत्माराम बेदी जातिवादियों के विरोधों के बीच अडिग रहकर अछूतोद्धार की प्रवृत्ति करते थे। इसके परिणास्वरुप अछूतों में शिक्षा और संस्कार बढ़ गया था। आचार-विचार में भी परिवर्तन आया। संगठन शक्ति का भी विकास हुआ। अस्पृश्यता के कारण आयी हताशा समाप्त हो गई। हिम्मत और निर्भयता का संचार हुआ।

गुजरात में सयाजी राव गायकवाड ने अछूतों की प्रगति के लिए सर्वप्रथम शुरुआत की। वे अपने शासनकाल (1863-1939) तक अछूतों के प्रति अपने व्यवहार के लिए अन्य गायकवाड राजाओं के शासन की तुलना में अलग थे।

महाराजा सयाजीराव गायकवाड तृतीय शासन करनेवाले 14वें शासक थे। जब अछूतों के उद्धार का कोई नाम नहीं लेने की हिम्मत नहीं कर सकता था, तब वड़ोदरा राज्य ने अछूतों के उद्धार की शुरुआत की। वे समाज के पिछड़ों की प्रगति के लिए मशहूर हैं।

महाराजा सयाजी राव गायकवाड केवल महल में रहकर ही शासन नहीं करते थे। वे स्वयं को राजा नहीं, अपितु प्रजा का अगुआ मानते थे। इन्हीं विचारों के कारण उनके शासन में प्रजा सुखी-संपन्न थी। उन्होंने समरस एवं समतामय समाज के निर्माण का पुरुषार्थ किया। वे गाँवों में घूमते थे। सामान्य लोगों से भेंट करते। उनके सुख-दुःख को जानने का प्रयास करते, और उनके कल्याण के लिए प्रशासन को आदेश देते। वह अपनी उपस्थिति में ग्रामीण क्षेत्रों में अधिसूचना दीवारों पर लगवाते थे कि यदि किसी व्यक्ति को काम में अड़चन आ रही हो अथवा प्रशासनिक अधिकारी काम न कर रहे हों तो वे महाराज से संपर्क करें अथवा जिस अधिकारी द्वारा कार्य होना है, उसकी सूचनाएँ उस पर लिखवाएँ, जिससे काम का निपटारा हो। उस समय वड़ोदरा स्टेट में अस्पृश्यों की संख्या 10.2 प्रतिशत थी।

अस्पृश्य छात्रों के लिए 14 अंत्यज पाठशालाएँ और छात्राओं के लिए एक सहित कुल 15 पाठशालाएँ शुरू की। साथ-ही-साथ चार अंत्यज छात्रालयों की शुरुआत की। यह संख्या 1896 में 20 हो गई थी। प्रांतों के मुख्य शहरों में सभी सुविधाएँ निःशुल्क थी। उन्होंने विसनगर में दो अंत्यज पाठशालाएँ शुरू की, 24 अक्तूबर, 1904 में छात्रों के लिए तथा 08 अक्तूबर, 1906 में छात्राओं के लिए।

अंत्यजों में शिक्षा-दीक्षा के विकास के लिए सयाजी राव ने पंजाब से आर्य समाज के पंडित आत्माराम अमृतसरी को लाए थे। यह 1907-08 की रिपोर्ट में कहा गया है कि महाराजा सयाजी राव ने उस वर्ष अछूत लड़के और लड़कियों के लिए छात्रालय और पाठशालाएँ पुनः शुरू करवाई। इसके अतिरिक्त छुआछूत को समाप्त करने की असीम इच्छा रखनेवाले पंडित आत्माराम अमृतसरी को राज्य की अछूत पाठशालाओं के अधीक्षक के तौर पर नियुक्ति की। महाराजा द्वारा जिम्मेदारी सौंपने के बाद पंडित आत्मारामजी अछूतों में शिक्षा के लिए पूरी ताकत से काम करने लगे। आत्मारामजी अस्पृश्यों को केवल शिक्षा ही नहीं, उसके साथ-साथ स्काउट एवं व्यायाम के प्रशिक्षण पर भी ध्यान देने लगे। वे अस्पृश्यों में आत्मविश्वास बढ़ाने के लिए प्रयास करते। गांधीवादी अस्पृश्य नेता मूलदास वैश्य और डॉ. आंबेडकर के अनुयायी कहे जानेवाले तुलसीदास आचार्य तथा वी.टी. परमार

जैसे अनेक नेताओं की शिक्षा-दीक्षा वड़ोदरा के अस्पृश्य छात्रालय में आत्मारामजी के मार्गदर्शन में हुआ था। मूलदास वैश्य लिखते हैं कि 'पंडित आत्माराजी तथा उनकी पत्नी यशोदा माँ-बाप की तरह उन्हें प्यार करते थे।' डॉ. बाबा साहेब आंबेडकर पहली बार नौकरी करने के लिए 1913 में वड़ोदरा आए तब वे आत्मारामजी के आश्रम (कारेलीबाग) में रहते थे। आत्मारामजी अपनी जिंदगी के अंतिम क्षणों तक अस्पृश्यों में शिक्षा स्तर बढ़ाने और स्वाभिमान के लिए निष्ठा से काम करते रहे। उनकी अस्पृश्योद्धार की प्रवृति से खुश होकर महाराजा ने उन्हें राज्यमित्र का पुरस्कार दिया था। जब 72 वर्ष की आयु में उनका निधन हुआ, तब गांधीजी ने वर्धा से भेजे गए संदेश में कहा था : वड़ोदरा राज्य में अस्पृश्यता निवारण में राज्यमित्र पंडित आत्मारामजी का सहयोग कीमती और ऐतिहासिक है। उनके निधन से हिंदुस्तान को महानसुधारक की कमी हुई है।

उल्लेखनीय है कि 1905 -06 में 22 अस्पृश्य पाठशालाएँ और 1923 छात्र थे। इस दौरान राज्य में प्राथमिक शिक्षा निःशुल्क और अनिवार्य थी। इससे अस्पृश्य छात्रालयों की संख्या 247 हुई। वहीं छात्रों की संख्या़ 9,269 हो गई। वड़ोदरा में 1911-12 में वड़ोदरा मध्यवर्ती पुस्तकालय में अस्पृश्य वर्ग के लोगों को अखबार और किताबें सार्वजनिक तौर पर पढ़ने की छूट दी गई थी।

महाराज ने 1904 में प्रतिनिधिक के नाम से एक कानून मंडल का गठन किया था। उस समय मंडल में 17 सदस्य थे, उसके बाद उसमें वृद्धि कर 1927 तक 26 सदस्य कर दिए गए। उसमें चार गैर सरकारी सदस्य थे, एक गायकवाड परिवार से तथा सरकार, व्यापारी एवं अस्पृश्य वर्ग से एक-एक प्रतिनिधि का प्रावधान किया गया था। अन्य प्रतिनिधियों को चुनने का काम जनता को चुनाव द्वारा सौंपा गया।

पूना में 26 सितंबर, 1909 को आयोजित डिस्प्रेस्ड क्लासिस मिशन द्वारा आयोजित इनाम वितरण समारोह में अछूत समाज के उत्थान के लिए अपनी निष्ठा व्यक्त करते हुए सयाजीराव ने कहा कि तुम्हें जानकारी देते हुए खुशी है कि आज हमारे राज्य में 336 अस्पृश्य पाठशालाएँ संचालित हैं, जिसमें लगभग 10,000 लड़के-लड़कियाँ पढ़ाई कर रहे हैं। इस संख्या में वृद्धि हो रही है। इसके अतिरिक्त अस्पृश्य के लिए मैंने चार छात्रालय शुरू किए हैं। मुझे दुःख के साथ कहना पड़ रहा है कि आज भी बहुत़ से हिंदू ऐसे हैं, जिन्हें इस दलित कौम के लिए काम करने का विचार अच्छा नहीं लगता। इसलिए मुझे क्रिश्चियन एवं मुसलमान शिक्षकों का उपयोग करना पड़ता है। मैं आप से कहूँगा कि मुझे खुद तुम्हें 'डिप्रेस्ड'

अर्थात् दलित कहना उचित नहीं लगता। समारोह में चांभार जाति के एक छात्र ने बेहतर भाषण दिया। इस भाषण से महाराजा बहुत ही प्रभावित हुए। वही लड़का शिवतरकर, जो आगे चलकर डॉ. बाबासाहेब आंबेडरकर का सेक्रेटरी बना और शिवतरकर ने 'बहिष्कृत भारत' का संपादन किया था।

'बुद्धि प्रकाश' (अप्रैल 1913, पृष्ठ 126) में लिखा है कि 'गायकवाड के राज्य में आज 300 अस्पृश्य पाठशालाएँ हैं।' उनकी एक अतिसुंदर पाठशाला वड़ोदरा के निकट है। उसमें 50 अस्पृश्य लड़के पढ़ रहे हैं। उनके कपड़े स्वच्छ होते हैं। किसी भी प्रकार की फीस नहीं ली जाती। बुद्धि प्रकाश ने इसके लिखने के बाद उच्चवर्ण की मानसिकता का भी उल्लेख करते हुए लिखा है, 'अपने इस अस्पृश्य वर्ग के बारे में लोग कहते हैं कि तुम्हें इन चमार-भंगियों की उन्नति कर कहाँ ले जाना हैं? यदि उन्हें कलेक्टर या तहसीलदार बनाना है।' उस समय की गुजरात की सामाजिक अव्यवस्था का विवरण गायकवाड स्टेट के डॉक्टर सुमंत मेहता ने 1903 में हुई एक घटना का उल्लेख अपनी आत्मकथा (पृष्ठ 111) में लिखा है। यह घटना तत्कालीन सामाजिक स्थिति को समझने में उपयोगी होगी। उन्होंने लिखा है, 'हमारे दवाखाना में रिवाज था कि अंत्यज बैठक के नीचे खड़े रहे।' उनका केस पुलिस अथवा कोई दयालु मरीज मेरे पास तक लाएँ। हम उनसे पूछते कि क्या हुआ है और उनके बयान के अनुसार दवाई लिख देते। उनके और हमारे बीच 20 फुट की दूरी रहती। मेरे जैसे इंग्लैंड से आए व्यक्ति के लिए यह व्यवस्था असहनीय थी। मेरे साथ वाले दोनों डॉक्टर पारसी थे। उन्हें मैंने उनसे कह दिया कि मैं इन लोगों को अंदर बुलाऊँगा। उन्होंने कहा कि बहुत झगड़ा होगा। तब मैं बाहर बैठक पर जाकर उन्हें देखने लगा। इससे सवर्ण हिंदू चिढ़ गए और कितने ही चले गए। उस दिन से मैं अंत्यजों का सहायक माना गया। समय-समय पर मैंने एक कौम को मदद की है। अस्पृश्यों के उद्धारक वड़ोदरा के महाराजा को भी दलितों के उद्धार की प्रवृत्ति में समस्याओं का सामना करना पड़ा।

महाराजा ने 1919 में वड़ोदरा मे बालवीर प्रकल्प शुरू किया। वह राज्य स्तरीय बन गया। हिज हायनेस दी महाराज ब्वाय स्काउट्स में समाज के प्रत्येक वर्ग के बालक को उसमें प्रवेश दिया गया। उसमें अस्पृश्य बालकों को भी प्रवेश दिया गया। प्रारंभिक वर्ष में इस प्रवृत्ति को विशेष प्रोत्साहन नहीं मिला। परंतु महाराजा निराश हुए बिना इस काम को आगे बढ़ाते रहे। वे जाति और धर्म के भेदभाव को पनपने से पहले उसे उखाड़ फेंकने के लिए सतत प्रयत्न करते रहे। वे प्रत्येक बाल

के साथ हस्तधुन के आग्रही थे। राजा स्वयं ऊँच-नीच या जाति का भेदभाव नहीं रखते थे। उनका आग्रह रहता कि बालक इसे देखे।

बहुत से स्थानों पर सवर्णों का विरोध होने के बाद भी वे अस्पृश्यों के सम्मेलन में उपस्थित रहते। महाराजा ने नात-जाति को प्रोत्साहन देनेवाली, ऊँच-नीच के भेदभाव को बढ़ानेवाली पुराणोक्त धर्म विधि बंद करवाया। सभी विधि मंत्रों का मराठी में अनुवाद करवाकर राजभवन में वेदोक्त रूप से विधि करवाई। उसका अर्थ समझाने का प्रावधान किया और उसके लिए कानून बनाया। उसका अर्थ मातृभाषा में अनूदित करने का प्रावधान किया। यह रुढिवादी ब्राह्मणों को स्वीकार नहीं था। उन्हें हटा दिया। नए ब्राह्मणों की नियुक्ति की ओर उपाध्यायगिरी की अनुमति देने का नियम बनाया। वहीं इस उपाध्यायगिरी की परीक्षा में किसी भी जाति के व्यक्ति को बैठने के लिए कानून बनाया। इस प्रकार जातिवाद की विकृति समाप्त की। सामाजिक समता स्थापित करने के लिए स्थायी प्रयास किया। उन्होंने ऊँच-नीच के जन्मजात हीन विचारों को गलत साबित किया। उस समय यह बहुत बड़ा साहस था।

पाटण के पश्ननाभ मेला में (कार्तिक वदी पंचमी को आयोजित मेले में) अंत्यजों का दर्शन करने देने के लिए कुंभार तथा गोला जाति के लोगों द्वारा विरोध किया गया था। महाराजा ने इसका विरोध कर अस्पृश्यों को दर्शन करवाया।

महाराजा ने मुंबई इलाके के सुप्रसिद्ध अस्पृश्योद्धारक डिप्रेस्ड क्लास मिशन सोसाइटी ऑफ इंडिया के संस्थापक मराणवीर विट्ठल रामजी शिंदे को (1873-1944) 1908 में आमंत्रित कर वड़ोदरा बुलाया। महाराजा शिक्षा प्रचार-प्रसार के साथ-साथ अपने राज्य में संचालित अस्पृश्यों द्वार प्रवृत्ति पर निगरानी रखते। इसके लिए उन्होंने महाराष्ट्र के सुप्रसिद्ध अस्पृश्योद्धारक विट्ठल रामजी शिंदे के पास राज्य की अंत्यज पाठशालाओं का विवरण तैयार करवाया। विट्ठल रामजी शिंदे ने 1906 में मुंबई में 'डिप्रेड क्लासिस मिशन' की स्थापना की थी। अस्पृश्यता विरोधी प्रचार के लिए अच्छे वक्ताओं को बुलाकर सार्वजनिक कार्यक्रमों का आयोजन करते। वीर विट्ठलरामजी शिंदे की उपस्थिति में 1907 में महाराजा ने वड़ोदरा शहर में न्याय मंदिर में अस्पृश्यता के विरोध में विशाल सभा का आयोजन किया। विट्ठल रामजी शिंदे ने महाराजा के आदेश से तैयार अस्पृश्योद्धार पुस्तक की हजारों प्रतियाँ आवंटित की। इस पुस्तक का नाम 'बहिष्कृत भारत' था। आगे चलकर डॉ. बाबा साहेब आंबेडकर ने भी इसी नाम से पत्रिका भी निकाली।

महाराजा ने मैट्रिक से आगे की पढ़ाई के इच्छुक अस्पृश्य विद्यार्थियों को

मासिक 25 रुपए छात्रवृत्ति देने की घोषणा की। डॉ. बाबा साहेब आंबेडकर की अस्पृश्योद्धार प्रवृत्ति में शामिल और बाद में 'मूलनायक' का संपादन करनेवाले युवक भटकर उस समय मैट्रिक पास हुए थे। उन्हें कॉलेज की पढ़ाई के लिए महाराजा की ओर से 25 रुपए छात्रवृत्ति दी गई थी।

—डॉ. बाबासाहब आंबेडकर बंबई के एल्फिंस्टन महाविद्यालय में शिक्षा ग्रहण कर रहे थे। बीमारी की वजह से डॉ. बाबासाहब का एक साल बरबाद हुआ था। डॉ. बाबासाहब की इंटर आर्ट्स की परीक्षा उत्तीर्ण होने तक भीमराव के पिताजी रामजी सूबेदार ने पुत्र की शिक्षा का बोझ बड़ी मुश्किल से सँभाला था। शिक्षा का यह व्यय वे नहीं सँभाल सकते हैं यह देखकर कृष्णजी केलुसकर ने सर नारायण चंद्रावरकर की मध्यस्थता से बड़ौदा नरेश सयाजी राव गायकवाड से उनके बंबई आवास में भेंट की थी। अस्पृश्यों को प्रोत्साहनार्थ सहायता देने की, जो घोषणा बंबई नगर भवन की सभा में बड़ौदा नरेश ने की थी, उसकी याद दिलाकर कृष्णजी केलुसकर ने भीमराव को उनके सम्मुख खड़ा किया। महाराज सयाजी राव गायकवाड ने जो प्रश्न पूछे उनके उत्तर भीमराव ने संतोषकारक दिए। अपनी रियासत की माहावार पच्चीस रुपए की छात्रवृत्ति उन्हें देना स्वीकार किया था।

उसी तरह डॉ. बाबा साहेब आंबेडकर को भी दादा केलुसकर महाराजा सयाजीराव गायकवाड के पास ले गए और 25 रुपए शर्ती छात्रवृत्ति मिली। इसी के परिणामस्वरूप डॉ. बाबा साहेब आंबेडकर ग्रेज्युएट हुए। इस प्रकार एक अर्थ में डॉ. बाबा साहेब के रूप में अस्पृश्योद्धार की प्रवृत्ति को परोक्ष तौर पर शुरू करने का कार्य महाराजा द्वारा हुआ, कहा जा सकता है।

डॉ. बाबासाहब आंबेडकर विदेश की श्रेष्ठ यूनिवर्सिटी से उच्चतम डिग्री प्राप्त कर स्वदेश लौटे थे और बड़ौदा रियासत से हुई पर वह नौकरी करने दुबारा बड़ौदा आए, तब उनके साथ जो अपमानपूर्ण व्यवहार हुआ, उसने उनके जीवन की दिशा ही बदल दी।

सितंबर महीने के दूसरे सप्ताह में डॉ. बाबासाहब आंबेडकर अपने बड़े बंधु के साथ बड़ौदा आए। स्थानक पर आंबेडकर से मिलकर उनकी पूरी व्यवस्था की जाने की अनुज्ञा श्री सयाजीराव गायकवाड ने की थी। लेकिन अस्पृश्य के स्वागत के लिए कौन जाता? इसलिए अपने निवास और भोजन की व्यवस्था आंबेडकर को खुद ही करनी पड़ी। यह खबर बड़ौदा रियासत की कचहरी में पहले ही फैल गई थी कि एक महार युवक बड़ौदा के सचिवालय में नौकरी करनेवाला है। किसी

भी धर्मशाला में डॉ. बाबासाहब आंबेडकर को सहारा नहीं मिल रहा था। आखिर उनको एक पारसी धर्मशाला में जगह मिली। वहाँ अपना नाम बदलकर वे छुपकर रहने लगे। महाराज के मन में डॉ. बाबासाहब आंबेडकर को वित्तमंत्री बनाने की इच्छा थी, परंतु उन्हें विभिन्न विभागों में काम करने का अनुभव न होने से महाराज के सेना सचिव पद पर उनकी नियुक्ति हुई।

डॉ. बाबासाहब आंबेडकर के जन्म से अस्पृश्य होने के कारण सचिवालय में उनके अधिकारियों ने और उनके अधीनस्थ सेवकों ने उन्हें वहाँ शांति से काम नहीं करने दिया। नौकर वर्ग में से कोई भी उन्हें सहयोग नहीं देता था। वे कागज और संचिकाएँ डॉ. बाबासाहब आंबेडकर के पास दूर से ही पटक देते थे। डॉ. आंबेडकर के बाहर निकलते समय वे चटाई तक लपेट देते थे। उन्हें कार्यालय में लिपिकों को रखा पीने का पानी तक नहीं मिलता था। इस अमानुषी और असह्य परिस्थिति के कारण आंबेडकर सार्वजनिक ग्रंथालय में जाकर बैठते थे। यह अपमानजनक परिस्थिति मानो कम ही थी कि एक भयंकर घटना ने हमेशा के लिए बड़ौदा छोड़ने पर मजबूर कर दिया। डॉ.आंबेडकर जिस पारसी आवास-गृह में रहते थे, वहाँ एक दिन क्रोध से आग बबूला पारसियों का एक झुंड हाथ में लाठियाँ लेकर आ पहुँचा। उस क्रुद्ध भीड़ के एक व्यक्ति ने उनसे पूछा, 'तुम कौन हो ?' तुरंत डॉ. आंबेडकर ने उत्तर दिया, 'मैं हिंदू हूँ।' उस पर उस व्यक्ति ने कहा, 'तुम कौन हो यह हम जानते हैं। तुमने हमारे समाज के वसतिगृह को भ्रष्ट किया है। तुम इसी समय यहाँ से बाहर जाओ।' आंबेडकर ने अपनी सारी शक्ति इकट्ठा करके उनसे कहा, 'आठ घंटे बाद मैं यहाँ से चला जाऊँगा।' महाराज मैसूर जाने की जल्दी में होंगे। उन्होंने इस संबंध में दीवान से मिलने के लिए आंबेडकर से कहा। दीवान ने इस मामले पर बिल्कुल ध्यान नहीं दिया। नगर में कोई भी हिंदू या मुसिलम आंबेडकर को आश्रय देने के लिए तैयार नहीं था। आखिर भूख और प्यास से व्याकुल आंबेडकर एक पेड़ के तले बैठकर फफककर रो पड़े। ऊपर आसमान और नीचे जमीन, यही उनका सहारा था। उस सचिवालय के सुशिक्षित मूढ़ों की अपेक्षा ज्ञान और विचार से अनेक गुना श्रेष्ठ उस पंडितवर को मालूम हो चुका था कि अस्पृश्य कितना भी विद्वान् और अर्हता-प्राप्त क्यो न हो, अस्पृश्य ही रहता है। स्पृश्य हिंदुओं की अमानुषी रुढियाँ, उनका अज्ञान और उनके निर्दय आचरणों को कठोरता कम नहीं हो रही है, यह देखकर उन्हें बहुत अफसोस हुआ।

वे उद्विग्न मनःस्थिति में बंबई वापस लौटे। कृष्णजी केलुसकर ने महाराज

को पत्र लिखकर कुछ प्रयास किए। लेकिन उस समय सयाजीराव महाराज के बड़े भाई आनंदराव गायकवाड का देहावसान हुआ था। महाराजा सयाजीराव के दीवान मनुभाई ने इस मामले में कुछ भी नहीं किया, यह बड़ी दु:खद घटना है। शायद विधाता को भी ये मंजूर था, क्योंकि राष्ट्र को एक महानायक का इंतजार था।

मुंबई में 19 मार्च, 1918 को अखिल भारतीय अस्पृश्यता निवारण परिषद् महाराजा सयाजीराव गायकवाड की अध्यक्षता में आयोजित की गई। इस परिषद् में बैरिस्टर विट्ठल भाई पटेल, बिपिन चंद्रपाल और मुकुंद राव जयकर जैसे सुप्रसिद्ध नेता उपस्थित थे। परिषद् के कर्ताधर्ता वीर विट्ठल रामजी शिंदे थे। इस परिषद् में महाराजा ने कहा था, 'अस्पृश्यता मनुष्य निर्मित है देव निर्मित नहीं है।' अज्ञान मूलक जानकारी या जाति गत अहंकार जादा समय तक नहीं टिक सकता। हमें अपने धर्म में व्यवहारिक सुधार कर अस्पृश्यता की समस्या से मुक्ति प्राप्त करनी चाहिए।

केवल दो अस्पृश्य पाठशालाओं के द्वारा 1883 में अस्पृश्यता के उद्धार की शुरुआत करने वाले महाराजा सयाजीराव के सहयोग से वड़ोदरा राज्य में 1931-32 में वह वृक्ष बन गई। अब लगभग 70 पाठशालाओं में अस्पृश्यता निवारण की शिक्षा दी जा रहीं थी। यहाँ वडोदरा, पाटण, अमरेली और महुवा में अस्पृश्य छात्रालय चलाई जा रहीं थी। इसमें सैकड़ों छात्र पढ़ाई कर रहे थे। इस वर्ग के 247 व्यक्ति शिक्षा विभाग में नौकरी करते थे।

महाराजा ने 1935-36 में राज्य के विविध जिलों का दौर कर अस्पृश्यता समाप्त करने के लिए अभियान चलाया। अखबारों मे सरकारी विज्ञापनों का अभियान चलाया कि 'अंत्यजन पढ़ाई करें तुम्हें बड़ा पद दिलाया जाएगा।'

महाराजा ने बहुत से ग्रेज्युएट अस्पृश्य युवकों को पढ़ाई के लिए विदेश भेजने का निर्णय किया। इसमें श्री मणिलाल परमार, (सोजित्रा), पुरुषोत्तम गो. परमार कोढवाला (मेहसाणा), राघवजी थोभणजी लेउवा (अमरैली) वगैरह मुख्य थे। दरियापुर मे मणिलाल परमार तथा पुरुषोत्तम परमार का 'दरियापुर नव युवक मंडल' द्वारा भव्य सम्मान किया गया।

ये गुजराती अस्पृश्य युवक महाराजा की आर्थिक सहायता से विदेश अभ्यास हेतु गए उनमें से डॉ. भीमराव आंबेडकर भी थे।

—डॉ. बाबासाहब के घर के हालात उच्च शिक्षा प्राप्त करने के अनुकूल नहीं थे। बाबासाहब ने बड़ौदा रियासत में कुछ दिनों तक नौकरी की, मगर वहाँ उनका मन नहीं लगा! अछूत होने के कारण उनके साथ कचहरी के नौकर-चाकर बड़ा

अपमानास्पद व्यवहार किया करते थे। पिताजी की मृत्यु के बाद एक दिन मुंबई में सयाजीराव गायकवाड से उनकी भेंट हुई। महाराज से मिलकर बड़ौदा में नौकरी और निवास की हो रही असुविधाओं की उन्हें जानकारी देने के लिए बाबासाहब गए थे। उन्होंने अपनी सारी मुश्किलों से सयाजीराव को अवगत कराया, मगर इस बारे में महाराज कुछ भी नहीं बोले। उनके दिमाग में कोई दूसरा ही विषय घूम रहा था।

महाराजा ने डॉ. बाबासाहब से जो सवाल पूछे वह उनका भाग्य बदलनेवाले थे। महाराज सयाजी राव गायकवाड ने डॉ. बाबासाहब से पूछा, "तुम्हें किस विषय का अध्ययन करने की इच्छा है?"

भीमराव बोले, "समाजशास्त्र, अर्थशास्त्र और खास तौर से पब्लिक फायनेंस।"

महाराज : "यह विषय पढ़कर तुम आगे क्या करनेवाले हो?"

भीमराव : इस विषय को पढ़ने के बाद मुझे यह राह दिखेगी कि मेरे समाज की इस दुर्दशा को कैसे सुधारा जा सकता है और तब मैं समाज सुधार का काम करूँगा।

महाराज (हँसकर) : "मगर तुम तो हमारी नौकरी करनेवाले हो न फिर तुम अध्ययन, नौकरी और समाज-सेवा आदि सारे काम कैसे पूरे कर सकोगे?

भीमराव : "महाराज ने यदि मुझे अवसर दिए तो ये सारे काम बहुत व्यवस्थित रूप से पूरे कर सकूँगा।"

महाराज : "मैं वही विचार कर रहा हूँ। तुम्हें अमेरिका भेजने के लिए मैं सोच रहा हूँ। तुम जाओगे क्या?"

भीमराव : "हाँ महाराज।"

महाराज : "तो फिर जाओ। शिक्षाधिकारी के समक्ष तुम विदेश में अध्ययन हेतु छात्रवृत्ति के लिए आवेदन करो, और फिर मुझे सूचना दो।"

भीमराव महाराज के पास नौकरी के लिए गए थे। मगर महाराज ने उन्हें उच्च शिक्षा के लिए छात्रवृत्ति देकर अमेरिका भेज दिया। बाद का घटनाक्रम तो यही कहता है कि सयाजी महाराज गायकवाड की यह कृति केवल भीमराव ही नहीं, बल्कि सारे अश्पृश्य समाज का भविष्य बदल डालनेवाली कृति सिद्ध हो गई। इतिहास को बदलनेवाली घटनाएँ बड़े सामान्य से प्रसंगों के जरिए घटित हो जाती हैं। ऐसे प्रसंगों का माध्यम बने हुए व्यक्ति को इस बात का जरा भी अहसास नहीं होता कि वह कोई लोक-विलक्षण काम कर रहा है। बाबासाहब सयाजी राव गायकवाड की आर्थिक सहायता से अमरीका की कोलंबिया यूनिवर्सिटी में प्रवेश लिया।

महाराजा सयाजी राव ने अस्पृश्य वर्ग के सर्वांगीण विकास पर ध्यान केंद्रित

किया था। उन्होंने बुनकर व्यवसाय को भी प्रोत्साहित किया। गृह उद्योग मंडलियों में प्रशिक्षण दिया जाता था। इस दौरान 1938 तक इस प्रकार के 10 केंद्र चलाए जा रहे थे।

वड़ोदरा राज्य में अछूत वर्ग के लोगों में सहकारी प्रवृत्ति की शुरुआत हुई थी। यहाँ 1938-39 में बुनकर, चमार की 72 सहकारी संस्थाएँ थी, जिसमें 1362 सदस्य और 48904 रुपए जमा थे। भंगी भाइयों की भी 27 संस्थाएँ थी, जिसमें 641 सदस्य और 45872 रुपए जमा थे। अछूत वर्ग के जो लोग खेती करते थे उन्हें भी बिक्री संस्थाओं में पशुपालन, बुनाई, कताई इत्यादि ग्रामोधोग से संबंधित संस्थाओं में शामिल किया जाता और उसका लाभ भी दिया जाता। महाराजा सयाजीराव ने 1907 में 5.50 लाख रुपए की उदार सहायता की। इसमें से अछूत वर्ग सहित सभी जातियों के लिए पीने के पानी के लिए कुआँ बनाने की योजना बनाई गई थी। राज्य में 1931 में अछूत वर्ग के लिए 1324 कुआँ था। इसमें से 1103 बुनकर-चमार कौम के लिए, 221 वाल्मीकि भाइयों के लिए था। महाराजा ने आदेश जारी किया कि नई चौपाल, नया कुआँ, नया तालाब वगैरह की योजनाएँ शुरू की जाए तो उसमें अछूत वर्ग को पानी भरने से रोका न जाए। इस प्रकार की विशे, शर्त रखी जाती थी। राज्य में 1930 से ऐसा नियम बनाया गया कि प्रांत पंचायतों में अछूत वर्ग के एक सदस्य को भी नियुक्त किया जाए।

इस दौरान 12 जुलाई, 1938 को अध्यादेश जारी कर कहा गया कि "सरकारी या स्थानीय संस्थाओं के सभी सार्वजनिक मकान में अछूत वर्ग के लोगों को उच्च वर्ग के हिंदुओं की तरह ही प्रवेश दिया जाए। सरकारी कुआँ, तालाब वगैरह का उपयोग करने का उच्च वर्ग के हिंदुओं के समान कही उन्हें भी अधिकार है और अस्पृश्यों के इस अधिकार में यदि उच्च वर्ग के हिंदुओं द्वारा विघ्न डाला जाएगा तो गायकवाड सरकार काररवाई करेगी।"

पूरे भारत में 1931-32 में अछूतों द्वारा मंदिर में प्रवेश के लिए आंदोलन चलाया जा रहा था। महाराजा सयाजी राव गायकवाड इससे भी आगे निकल गए थे। सरकारी गजेट अक्तूबर 1932 के अनुसार सरकारी देवालय दर्शन और पूजा के लिए अछूतों के लिए खोल दिए गए हैं और यह इससे पूर्व किए गए आदेशों का पुनरावर्तन है। प्रवर्तमान (1930-32) मंदिर प्रवेश का आंदोलन शुरू होने से पूर्व महाराजा ने केवल अध्यादेश ही जारी नहीं किया, परंतु उस पर अमल भी किया। दलितों के लिए खंडेराव मंदिर खोल दिया गया।

उस समय के कबीर पंथ के सुप्रसिद्ध साधू महंत मीणदास गरीब दास गुरु महंत श्री भगवान् दास को उनके दरबार में सम्मानित कर दरबारी के तौर पर स्थान दिया था। वहीं मीठादास महंत को अस्पृश्य पाठशालाओं का 'जाँच अधिकारी' के तौर पर नियुक्त किया। ऐसा कर महाराजा ने अस्पृश्य समाज के सम्मान और स्वाभिमान में वृद्धि की। इसी महंत मीठादास के पुत्र लक्ष्मीप्रसाद महंत ने आगे चलकर वड़ोदरा में बाबासाहेब के आंदोलन को वेग दिया और बाबासाहेब स्थापित शिड्यूल्ड कास्ट फेडरेशन के वड़ोदरा जिले के अध्यक्ष का स्थान भी ग्रहण किया।

जेम्स फॉर्बस के अनुसार वडोदरा राज्य सुंदरतम प्रदेश था। उसी प्रकार अस्पृश्यता निवारण के बारे में भी वड़ोदरा राज्य सुंदरतम और नमूना रूप राज्य था। महाराजा के अस्पृश्योद्धार के कार्यों से प्रभावित होकर 1921 में मुंबई की आर्य समाज की सर्वोच्च संस्था-परोपकारी सभा ने महाराजा को 'पतित पावन' का पदक अर्पण कर सम्मानित किया था।

अस्पृश्योद्धार के कार्यों द्वारा महाराजा की कीर्ति चारों तरफ फैल गई थी। महाराजा सयाजी राव को विलक्षण दृष्टि, विकासोन्मुख नीति और विविधलक्षी परोपकारी प्रगतिशील कृति के कारण वडोदरा राज्य के अस्पृश्यों का आर्थिक, सामाजिक, शैक्षणिक, धार्मिक और राजनीतिक सर्वांगीण विकास होने लगा था। आदर्श और जागृति के स्तंभ समान राजा ने अपने कार्यों द्वारा अन्य राज्यों को प्रेरणा एवं मार्गदर्शन दिया। महाराजा सयाजी राव गायकवाड की अछूतोंद्धार के श्रेष्ठ कार्यों की सराहना करते हुए गांधीजी ने कहा, "वड़ोदरा नरेश श्रीमंत गायकवाड सरकार ने हरिजनों के प्रति जो व्यवहार किया उसके लिए तथा अस्पृश्यता, स्पर्शास्पर्श के भेदभाव को राज्य द्वारा समाप्त किया, इसके लिए उन्हें अभिनंदन" (अगस्त 1937)।

इस प्रकार गुजरात में महाराजा सयाजीराव की सदनिष्ठा से बीसवीं शताब्दी के प्रारंभ में ही अस्पृश्यों में गौरव के साथ शिक्षा का प्रसार होने लगा था। नागजी भाई आर्य ने लिखा है, "पंडितजी के आगमन के बाद छात्रालयों एवं पाठशालाओं का कार्य केवल व्यवस्थित ही नहीं, अपितु गाँवों में अस्पृश्य लोगों में प्रचार प्रवृत्ति भी तेज हुई।" 1910 के बाद महाराजा सयाजीराव ने गायकवाड स्टेट के अलग-अलग विभागों में अस्पृश्यों को नौकरी दी। इसमें शिक्षा विभाग में 20, मिलिटरी में 19, नगरपालिका में 10, पुलिस विभाग में 7 सर्वे में 3 बगीचा विभाग में -2 और एक पानी विभाग में। महाराजा ने 1917 में वड़ोदरा की 'गरोडा (अनुसूचित जातियों के ब्राह्मण) संस्कृत पाठशाला' के लिए तुलसीदास आचार्य की अध्यापक के रूप में

नियुक्ति की। महाराजा सयाजीराव ने समाज के कुचले हुए वर्ग के सर्वांगीण विकास में जो काम किया वह अद्वितीय है। अस्पृश्य समाज सभी प्रकार के अधिकारों से वंचित था। उस समय महाराजा ने अस्पृश्य समाज का साथ देकर उन्हें आगे लाने का प्रचंड पुरुषार्थ किया। उच्च वर्ग की अनेक चुनौतियों एवं अवरोधों के बीच अडिग अटल रहकर अस्पृश्योंद्धार का कार्य करते रहे। महाराजा सयाजी राव की मदद न मिली होती तो डॉ. बाबासाहेब आंबेडकर जैसे उद्दारक समाज को मिले होते या नहीं यह एक प्रश्न है।

वड़ोदरा के महाराजा ने ग्रेज्युएट आंबेडकर की वड़ोदरा स्टेट की विधानसभा के सदस्य के तौर पर 24 अप्रैल, 1913 को नियुक्त किया था। यह जगह पेटलाद के शिवलाल जेराम के अवसान से खाली हुई थी। परंतु पिता की गंभीर बीमारी का तार मिलते ही मुंबई वापस आ गए। डॉ. बाबासाहेब आंबेडकर ने अपनी पी-एच. डी. का महानिंबध 'ध इवोल्युशन आफ प्रोविंशियल फाइनैंस इन ब्रिटिश इंडिया' महाराजा सयाजीराव गायकवाड को अर्पण करते हुए एक प्रकार अर्पण पंक्ति प्रस्तुत की : 'atokan of my gratitude to his help in the matter of my education'.

1930 में सायमन क्रमीशन की सिफारिश के अनुसार भारतीय लोगों की माँग पर विचार करने के लिए भारत के विभिन्न दलों के नेताओं को ब्रिटिश सरकार ने गोलमेजी परिषद् के लिए आमंत्रित किया था। भारत के अन्य नेताओं के साथ डॉ. बाबासाहब को भी अस्पृश्यों के नेता के रूप में आमंत्रित किया गया था। 12 नवंबर, 1930 को गोलमेजी का प्रारंभ हुआ था। इस परिषद् में बाबासाह बने अपनी बुद्धिशक्ति से, अपनी देशभक्ति से, करोड़ों अस्पृश्यों की संवेदना व्यक्त करके सबका ध्यान आकर्षित किया था। बाबासाहब के भीम पराक्रम से सबसे अधिक खुश थे बड़ौदा के महाराजा सयाजीराव गायकवाड़। डॉ. बाबासाहब आंबेडकर जिस तरह से राष्ट्रनायक के रूप में उभर रहे थे यह देख महाराजा सयाजीराव गर्व की अनुभूति कर रहे थे। उन्होंने स्वयं यह दृश्य अपनी आँखों से देखा था। डॉ. आंबेडकर के जीवनीकार धनंजय कीर लिखते हैं : "परिषद् का और एक बड़ा व्यक्ति आंबेडकर के उस भीम पराक्रम से उन पर असीम खुश हुआ। उस व्यक्ति के नेत्र आनंदाश्रुओं से भर गए। संतोष, कौतुक और कृतार्थता से उनका दिल भर आया।" अपने राज वैभवशैली निवासस्थान (लंदन) की ओर लौटते ही उन्होंने अपनी रानी से कहा, "हमारे सारे प्रयास और पैसा दोनों का उचित उपयोग

हुआ। आज एक महत्त्वपूर्ण कार्य की सफलता दिखाई पड़ी। यश का लाभ हुआ। डॉ. आंबेडकर की इस सफलता के लिए सयाजीराव गायकवाड ने अपने चुने हुए मित्रों को एक बड़ी दावत दी। यह थी नियति की बड़ी रोमांचकारी रीति, जब अनेक वर्षों के अंतराल के बाद इस नरेश की ओर से नरवीर की भावना को उमड़ाने वाली एक घटना में भेट संभव हुई।''

बाबासाहब के अंत:करण में हंमेशा महाराजा सयाजीराव गायकवाड के प्रति आदर का भाव रहा था।

महाराजा सयाजीराव की 6 फरवरी, 1939 में जब मृत्यु हुई तब श्रद्धांजलि अर्पित करते हुए बाबासाहेब आंबेडकर ने अत्यंत भावनामय शब्दों में कहा था : ''श्री सयाजीराव महाराज का निधन मेरे लिए व्यक्तिगत तथा बहुत बड़ी हानि है। मैं उनका उपकार कभी भूल नहीं सकता। उन्होने मुझे जो शिक्षा दी, उसके फलस्वरूप आज मुझे योग्यता प्राप्त हुई है। उनका अस्पृश्य समाज पर बहुत बड़े उपकार हैं। अस्पृश्य समाज के लिए अन्य किसी ने उनकी तरह काम नहीं किया। यह सद्‌गुण अन्य राजाओं में बहुत कम है। वह बहुत बड़े सुधारक थे। बड़ौदा संस्थान में सामाजिक सुधार के कानून बनाए गए। यूरोप तथा अमरीका जैसे सुधरे हुए राष्ट्रों से भी कहीं अधिक प्रगतिशील कानून बड़ौदा रियासत के थे। उन्होंने सामाजिक गंदी कुरीतियों का अध्ययन कर, उनके दोष दूर करने में महत्त्वपूर्ण भूमिका अदा की थी। प्रजा के कल्याण हेतु जितने सारे प्रयत्न उन्होंने किए, उतने प्रयत्न किसी दूसरे संस्थानिकों ने नहीं किया। वे राष्ट्रवादी होकर देशभक्त थे। यह सद्‌गुण संस्थानिकों में कम ही दिखाई देता है। कई बातों में उन्होंने ब्रिटिशों के समक्ष आदर्श प्रस्तुत किया। महाराज अंग्रेजों के दबाव में कभी नहीं आए। सामाजिक सुधारों का नेता अब नहीं रहा है। अछूतों का हितेच्छी चला गया है। रियासतने अपना भविष्यदृष्टा खो दिया है।'' (जनता सामयिक : 11 फरवरी, 1939 डॉ. बाबासाहेब की यह श्रद्धांजलि बिल्कुल सत्य है।

डॉ. बाबासाहब आंबेडकर दूसरी गोलमेजी परिषद् में जाने के लिए एस.एस. मुलतान जहाज से निकले। जहाज भारत की सीमा से कोसों दूर था, मगर तब भी डॉ. बाबासाहब ने महाराजा सयाजीराव गायकवाड को याद किया था। उन्होंने जहाज से ही 'जनता' पत्रिका को एक पत्र (1931) लिखा। पत्र में डॉ. बाबासाहब लिखते हैं : ''हिंदुस्तान के एक अस्पृश्य महार का लड़का आगे चलकर गोलमेजी परिषद् में बैठेगा तथा राष्ट्र के भविष्य का निर्माण करते समय प्रमुख रूप से भाग

लेगा। क्या किसी को भी इस बात पर विश्वास बैठा होगा। कल्पना की उड़ान भी कमजोर पड़ जाए?…दूसरों को जाने दे, किंतु बड़ौदा के महाराज की उदारता के परिणामस्वरूप मैं जब उच्च शिक्षा के लिए न्यूयॉर्क (अमेरिका) जाने को निकला तब मेरा उद्देश्य भविष्य में विद्यार्जन कर स्वयं का हित साधने तक सीमित था। किंतु अल्पावधि में ही मेरी गूँगी पददलित जनता के सुख–दुःख में समरस होकर मेरा जीवन सार्वजनिक तथा महत्त्वपूर्ण बनेगा, इसकी मुझे सपने में भी कल्पना नहीं थी।

□

जीवन संगीनी रमाबाई एक तपस्विनी

—अनीता परमार

त्याग, तपस्या की पूर्व शर्त है। कोई पत्नी अपने पति की इच्छा-प्रगति व कार्य की सफलता के लिए समर्पित भाव से जब त्याग की परंपरा का सृजन करती है और अपना पूरा जीवन एक तपस्या करते हुए बिताती है, तब उनका मूल्यांकन किसी तपस्विनी से कम नहीं हो सकता है और ऐसी ही एक तपस्विनी थीं श्रीमती रमाबाई भीमराव आंबेडकर।

भीमराव लगभग चौदह वर्ष की आयु के थे, तब उनके जीवन में रमाबाई का प्रवेश हुआ। अपने सभी भाइयों में भीमराव सबसे गोरे, मजबूत देहवाले, सुंदर, प्रतिभाशाली और सबसे छोटे थे। पिता सूबेदार रामजी सकपाल के मन में भीमराव के प्रति विशेष अनुराग था। आनंदराव के विवाह के बाद पिताजी यह चाहते थे कि अब भीमराव का भी विवाह हो जाए। उनकी इच्छा थी कि भीमराव की पत्नी अत्यंत सुंदर, सुशील, गुणवान और समझदार हो। उन्होंने दो लड़कियाँ देख रखी थीं और उनके माता-पिता से बातचीत भी कर चुके थे। इसी दौरान उन्होंने रमाबाई को देखा। देखते ही उन्होंने रमाबाई के साथ भीमराव का विवाह करने का निश्चय कर लिया। इसके कारण उन्हें जाति की पंचायत में दंड भी भरना पड़ा।

दाभोल के निकट वलंग नामक गाँव के निवासी भीखू धात्रे भीखू वलंगकर के रूप में जाने जाते थे। उन्हें तीन बेटियाँ मीराबाई, रामीबाई, गोराबाई और बेटा शंकर सहित चार संतानें थीं। पत्नी का निधन हो चुका था। मजदूरीकर वे अपना गुजारा चलाते थे, घर-बच्चों की जिम्मेदारी और काली मजदूरी के कारण उन्हें सीने में दर्द रहने लगा और भीखू वलंगकर का भी निधन हो गया। छोटे-अनाथ बच्चों की जिम्मेदारी गोविंद पुरंदर ने उठा ली। मुंबई में भायखला के पास रह रहे इन बच्चों में 1897 में जनमी रामी की आयु लगभग नौ वर्ष की थी, तब उन्होंने रामी का

विवाह भीमराव के साथ तय किया था। वर्ष 1906 में अप्रैल महीने में भायखला मार्केट के पास स्थित चाली में गंगाराम मेलमकर के यहाँ रामी और भीमराव का विवाह आनंद व उत्साहपूर्वक संपन्न हुआ। विवाह के बाद रामीबाई रमाबाई के रूप में पहचानी जाने लगीं।

रमाबाई स्वभाव से शांत और समझदार थीं, परंतु अनपढ़ थीं। भीमराव को इस बात का कोई भी रंज नहीं था। भीमराव ने रमाबाई को पढ़ाने की कोशिश की। रमाबाई परंपरागत विचारधारावाली थीं। वे मानती थीं कि बड़ों का आदर करना, पति की सेवा करना और गृहस्थी सँभालना ही महिलाओं का कर्तव्य है। इसलिए उन्होंने पढ़ाई में कोई दिलचस्पी नहीं ली, परंतु जरूरत के मुताबिक पढ़ना-लिखना सीख लिया।

रमाबाई, बाबासाहब को बहुत आदर के साथ 'साहब' कहतीं, तो बाबासाहब रमाबाई को प्रेम से 'रामू' कहकर बुलाते। बाबासाहब को और विद्याभ्यास की तीव्र लगन लगी थी। इसलिए शादी के बाद भी उन्होंने अपने अध्ययन को प्राथमिकता दी। अपने विद्याभ्यास में ही रचे-बसे रहते। सन् 1912 में उनके बड़े बेटे यशवंत का जन्म हुआ। रमाबाई को बच्चे बहुत ही प्रिय थे। वे चाहती थीं कि बच्चों से उनका घर हरा-भरा रहे। सन् 1913 में बाबासाहब ने न्यूयॉर्क की कोलंबिया यूनिवर्सिटी में प्रवेश प्राप्त किया और विलायत गए, परंतु आर्थिक किल्लत के कारण पढ़ाई अधूरी छोड़ स्वदेश लौट आए। उनके स्वदेशागमन पर रमाबाई के आनंद का पार नहीं था। उन्हें मन में लगा कि अब संसार-सुख के उनके तमाम सपने साकार होंगे। उनके दुःख के दिन पूरे हो गए। उनका पति अब अच्छी नौकरीकर खूब कमाएगा और सब सुख-शांति से रहेंगे।

भारत लौटकर बाबासाहब वड़ोदरा स्टेट की नौकरी करने लगे, परंतु विपत्तियों के कारण वह नौकरी छोड़कर सिडनहाम कॉलेज में प्राध्यापक के रूप में जुड़े। अपने पति को गृहस्थ जीवन में स्थायी होते देख रमाबाई हर्षित हो उठीं। बाबासाहब ने पहला वेतन रमाबाई के हाथ में दिया, तो रमाबाई ने बच्चों, ननद और घर के सभी सदस्यों के लिए नए कपड़े तथा आवश्यक चीज वस्तुएँ खरीदीं। नौकरी मिलने के बाद 'डबक चॉल' में 'इंप्रूवमेंट ट्रस्ट की चॉल' के कमरा संख्या 42 में थोड़ी अच्छी जगह रहने गए। अपने पहले वेतन की दशा देखकर बाबासाहब को चिंता हुई कि इस वेतन में अभ्यास पूरा करने के लिए विदेश जाने के पैसे भी बचाने हैं और यदि यूँ ही खर्च होगा, तो विदेश नहीं जा सकेंगे। यह सोचकर उन्होंने रमाबाई को खर्च में कमी करने की हिदायत देते हुए कहा कि अभी विदेश में उनका अध्ययन बाकी है और उसे पूरा करने उन्हें विदेश जाना है। नौकरी अस्थायी है और विदेश अभ्यास के

लिए पैसे जमा करने के लिए ही नौकरी कर रहे हैं। बाबासाहब की यह बात सुनकर रमाबाई को लगा कि उनकी आशा धूमिल हो गई। उन्होंने बाबासाहब से कहा, 'ज्यादा पढ़ाई करके क्या करना है ? अब पढ़ाई का भूत निकालो। इन चार सौ-पाँच सौ रुपयों में संतुष्ट होकर संसार में ध्यान देना ही उचित है।' परंतु बाबासाहब के मन में पढ़ाई की तीव्र लगन थी, पढ़ाई के सामने उन्हें गृहस्थ जीवन तुच्छ लगता था। इसलिए वे विदेश जाने के लिए प्रतिबद्ध थे। रमाबाई की सुखी घर-संसार की एक स्त्री-सहज इच्छा थी। उन्हें मन में हमेशा लगता कि अन्य महिलाओं के पति की तरह बाबासाहब भी पत्नी व बच्चों की तरफ ध्यान दें। इसलिए बाबासाहब को किताबों के बीच देख अकसर चिढ़ जातीं। दोनों के बीच वाद-विवाद और झगड़े भी होते, फिर भी अध्ययन के समय बाबासाहब को खलल न पहुँचे, उसका भी रमाबाई बहुत ध्यान रखतीं। बच्चों को खेलने भेज देतीं और आवाज न करने का कड़ा निर्देश देतीं। अभ्यास करते वक्त बाबासाहब कमरे को भीतर से बंद कर लेते। उनके खाने-पीने का रमाबाई बहुत ध्यान रखतीं। भोजन के लिए कई बार बुलाने के बावजूद वे नहीं आते और पूरी रात पढ़ा करते, तो उनके साथ रमाबाई भी पूरी रात भूखी रहतीं। ऐसा कई बार होता, फिर भी पति के न खाने तक स्वयं नहीं खाऊँगी के व्रत का उन्होंने जीवन के अंतिम क्षणों तक पालन किया।

बाबासाहब दृढनिश्चयी थे। रमाबाई यह अच्छी तरह जानती थीं। रमाबाई को विश्वास था कि बाबासाहब विदेश जाकर अधूरी पढ़ाई पूरी करके ही दम लेंगे। इसीलिए अब वे घर में मितव्ययिता के साथ खर्च करके चलातीं, तो बाबा भी उन्हें घर खर्च के लिए पचास रुपए ही देते। रमाबाई वैसे तो अशिक्षित थीं, परंतु हिसाब की पक्की थीं। इसलिए उन्होंने ज्यादा खर्च न हो, इसके लिए अलग ही तरीका अपनाया था। वे डेढ़-डेढ़ रुपए की 30 पोटलियाँ बनातीं अर्थात् दैनिक खर्च के लिए डेढ़ रुपया और जो पाँच रुपए बचते, उसे आकस्मिक खर्च के लिए रख छोड़तीं। बहुत ही जरूरत पड़े, तभी इन पैसों का उपयोग करतीं। एक तरफ बाबासाहब पर उनके अध्ययन को लेकर गुस्सा था, तो दूसरी तरफ उनके ही अध्ययन के लिए पैसे भी बचातीं और ऊपर से अभिमान भी करतीं कि उनके जैसी अनपढ़ महिला को बाबासाहब जैसे विद्वान् व बुद्धिशाली पति मिले हैं।

मितव्ययिता के अंतर्गत जब रमाबाई छान थापने के लिए दो मील पैदल चलकर दूर के गाँव से गोबर सिर पर उठाकर घर आतीं, तब आस-पास की औरतें उनका मजाक उड़ातीं और कहतीं कि बैरिस्टर की पत्नी होकर भी गोबर उठाकर लाती है और पति की इज्जत धूल में मिलाती है। अपने पति की आबरू की जरा भी परवाह नहीं है। इसके अलावा बाबासाहब को भी यह अनुचित लगता था।

उन्होंने रमाबाई को इतनी दूर से इस तरह सिर पर गोबर उठाकर लाने के विरुद्ध कई बार टोका, परंतु रमाबाई उनकी बात को अनसुना कर देतीं। वे कहतीं कि मुझे रोज का खर्च डेढ़ रुपए से ज्यादा बढ़ाना नहीं है। शहर के मुकाबले गाँव में सस्ता गोबर मिलता है। इसलिए मैं गाँव से लाती हूँ और अपने घर के काम करने में शर्म कैसी? इस प्रकार अपने काम को सही ठहराकर निश्चित खर्च में ही घर चलातीं। इस प्रकार पतिपरायण रमाबाई ने अपने पति के विदेश जाने के मनोरथ को पूर्ण करने में मितव्ययिता करके करीब सात हजार रुपए इकट्ठा किए थे।

पैसों की व्यवस्था हो जाने पर बाबासाहब अधूरी पढ़ाई पूरी करने के लिए पुन: विदेश रवाना हो गए। बाबासाहब जो थोड़ी-बहुत बचत छोड़कर गए थे, वह कुछ ही समय में खर्च हो गई। मुंबई जैसे बड़े शहर में गुजारा चलाना कठिन पड़ता। बालाराव अलग रहते। आनंदराव के साथ रहते, परंतु उनका वेतन कम पड़ता और तबीयत भी अच्छी नहीं रहती थी। इसलिए नौकरी में महीने के दस दिन भी हाजिरी नहीं भर पाते और ऊपर से दवाई का खर्च होने से पैसों की किल्लत का सामना करना पड़ता। इसमें भी आनंदराव का निधन होने पर हालात और अधिक दारुण बन गए। रमाबाई की बहन गोराबाई तथा भाई शंकर के अलावा जेठानी लक्ष्मीबाई व भतीजा मुकुंद भी उनके साथ रहते तथा उनका अपना बेटा यशवंत भी तो था।

इतने सारे लोगों का गुजारा करना मुश्किल हो गया। अत: रमाबाई, गोराबाई और लक्ष्मीबाई ठेठ वर्ली छाने थोपने के लिए जातीं और थोड़ा-बहुत कमा कर लातीं, तो भाई शंकर भी मजदूरी पर जाता। शाम को गिनकर बाजरी की चार रोटियाँ बनतीं। इनमें शंकर, यशवंत और मुकुंद को एक-एक रोटी तथा शेष एक रोटी रमाबाई, गोराबाई और लक्ष्मीबाई आपस में बाँट लेतीं तथा प्याज के साथ खा लेतीं, क्योंकि सब्जी के पैसे लाएँ कहाँ से? फिर भी रसोई के लिए ईंधन की समस्या तो खड़ी ही रहती। इसलिए नन्हे यशवंत को लेकर पोयबावाडी, दादर व ठेठ माहिम तक लकड़ी लेने जाते और इतनी दूर से लकड़ी की गठरी सिर पर ढोकर लाते। कई बार लौटते हुए अँधेरा भी हो जाता। चिंता भी होती, परंतु उज्ज्वल भविष्य की आशा से रमाबाई अपने दु:ख-दर्द हँसते मुख से सहन किए जातीं और अतिशय कठिन मुश्किल दिन गुजारतीं।

सन् 1913 से 1920 के सात वर्षों के सांसारिक जीवन में रमाबाई और बाबासाहब चार बेटों—यशवंत, रमेश, गंगाधर और राजरत्न तथा बेटी इंदु सहित पाँच संतानों के माता-पिता बने थे। सबसे बड़ा बेटा यशवंत बचपन से ही बहुत बीमार रहता, परंतु शेष संतानों की तो एक के बाद एक बाल मृत्यु ही हो गई। इसमें भी राजरत्न की मृत्यु से उन्हें बहुत ही गहरा आघात लगा था।

जब बाबासाहब विदेश में थे, तब नन्हा गंगाधर बहुत बीमार हो गया। रमाबाई ने काफी उपचार कराया। फिर भी वह ठीक नहीं हुआ, तो रमाबाई का धैर्य टूट गया और उन्होंने बाबासाहब को न चाहते हुए भी पत्र लिखकर घर की दारुण परिस्थिति तथा गंगाधर की गंभीर बीमारी की तमाम जानकारी दी, परंतु विदेश में बाबासाहब भी बहुत तंग हालत में रह रहे थे। मुश्किल से एक जून का भोजन भी आधा-अधूरा खाते और बहुत ही किफायत से रहते, परंतु रमाबाई का पत्र पढ़कर उन्होंने कुछ पैसे भेजकर धीरज करने का आश्वासन दिया और जरूरत पड़ने पर गहने बेचकर उपचार कराने की सलाह देते हुए कहा कि वे जब स्वदेश लौटेंगे, तब तमाम गहने पुन: बनवा देंगे।

अंतत: गंगाधर की बीमारी के कारण मौत हो गई।

'मैं माँ के रूप में अपनी जिम्मेदारी न निभा सकी···अब साहब को क्या जवाब दूँगी?' यह सोचकर माँ रमाबाई आक्रोश के साथ संताप करती रहीं। उस समय कार्यकर्ताओं ने चंदा इकट्ठाकर दो सौ रुपए रमाबाई को दिए। रमाबाई ने स्पष्ट शब्दों में कहा, 'इस तरह चंदा जुटाकर पैसे लेना; न साहब को अच्छा लगेगा और न मुझे···इन पैसों से डी.सी. मिशन हॉस्टल के विद्यार्थियों को पूरनपूरी खिला दो। उन्हें यह भोजन कराने की मेरी बहुत इच्छा थी, जो बाबासाहब ने पूरी नहीं की थी। बाबासाहब ने उन्हे मांस-मच्छी का भोजन कराया था।'

इस प्रकार रमाबाई की दारुण परिस्थिति देखकर अनेक सगे-संबंधियों-रिश्तेदारों-प्रियजनों-मित्रों ने उन्हें मदद करने का आह्वान किया, परंतु स्वाभिमानी रमाबाई ने किसी की भी, किसी भी प्रकार की मदद स्वीकार नहीं की। इसके अलावा छत्रपति साहूजी महाराज रमाबाई को अपनी बहन मानते थे। फिर भी स्वाभिमानी रमाबाई ने कभी भी उनकी मदद लेने का विचार तक नहीं किया। बाबासाहब के बड़े भाई बालाराम अलग रहते थे। वे पुन: साथ रहने आ गए। इससे घर की स्थिति में थोड़ा सुधार आया। बाबासाहब जब स्वदेश लौटे, तब बालाराम ने सबके लिए नए कपड़े सिलवाए। उन्होंने रमाबाई को भी साड़ी खरीदने के लिए पैसे दिए, परंतु रमाबाई ने साड़ी नहीं खरीदते हुए बाबासाहब के लिए एक जोड़ी कपड़े, गद्दे-तकिए और खाने-बैठने के लिए पटिया खरीदने में सारे पैसे खर्च कर डाले। ऐसी थी रमाबाई की बाबासाहब के प्रति उत्कट प्रेमभक्ति।

अपने शोध-निबंध को स्वीकृति मिलने का समाचार बाबासाहब को मुंबई में मिला, तो वे खुशी-खुशी घर आए। घर में सभी को यह शुभ समाचार दिया। उस समय रमाबाई की तबीयत ठीक नहीं थी। वे बिस्तर में थीं, फिर भी उठ खड़ी हुईं। उसी हालत में पहने कपड़ों में शरीर पर पानी उड़ेला। कुल देवता की पूजा

की। नारियल चढ़ाकर मन्नत पूरी की। पति को कुमकुम तिलक किया। फिर धीरे से भोलेपन के भाव के साथ बाबासाहब से पूछा, 'अब तो कोई डिग्री लेना बाकी नहीं है न? डिग्री लेने के लिए फिर से विदेश तो नहीं जाना है न?' बाबासाहब उनका व्यंग्य समझ गए और हँसते-हँसते बोले, 'नहीं, अब कहीं नहीं जाना है।'

बाबासाहब को पुस्तकें खरीदने का बेहद शौक था। एक बार उन्होंने इंग्लैंड की कानून की किताबों का सेट 500 रुपए में खरीदा। स्वदेश लौटने के बाद एक दिन वे इन किताबों को तल्लीन होकर पढ़ने बैठ गए। खाने का समय हो गया, परंतु कई बार कहने के बावजूद खड़े नहीं हुए। थाली परोसने के बाद पाँच-छह बार कहा गया कि खा लीजिए, तो भी बाबासाहब ने सुना नहीं और फिर तंग आकर खिन्नता के साथ बोले, "क्या किच-किच करती है, यह बेशकीमती किताब मैंने 500 रुपए में खरीदी है। इतना पढ़ लेने दे, फिर खाता हूँ।" इस पर रमाबाई ने कहा, "साहब, पति को पत्नी-बच्चों व घर की ओर भी ध्यान देना चाहिए। ऐसा भी कहीं इस ग्रंथ में लिखा है? बस, इतना मुझे बता दीजिए, फिर आप पढ़िए।" रमाबाई की बात सुन कर बाबासाहब हँसने लगे। पुस्तक बंदकर खाने आए और बोले, "मैं घर में ध्यान नहीं देता। तुम्हारी यह रोज की फरियाद है। तो बोलो, अब मैं क्या करूँ?" रमाबाई ने जवाब दिया, "घर में सब्जी-मिर्च-नमक-मसाला-तेल सबकी जरूरत होती है, यह भी समझना चाहिए। बच्चों व पत्नी के साथ प्रेम से दो शब्द बोलने चाहिए, परंतु आपको तो अपनी पुस्तक और अपने आप से ही फुरसत नहीं मिलती।" दूसरे दिन बाबासाहब ढेरों सब्जियाँ और सूखी मछलियाँ ले आए। यह देखकर रमाबाई ने मजाक उड़ाया कि इतना सबकुछ एक दिन में नहीं खाया जाएगा और ज्यादा रखेंगे, तो बिगड़ जाएगा। बाबासाहब अपनी नासमझी पर हँसकर वहाँ से चले गए।

बाबासाहब ने एक बार सभी मित्रों को अपने गृह स्थान के बारे में बताया, तो सभी हँसने लगे, परंतु वे गंभीर होकर बोले, "मैं तो इस मामले में बिल्कुल अबोध ही हूँ। वह तो मेरी पत्नी और भाभी हैं, तो घर ठीक से चल रहा है।"

बाबासाहब को एक बार वकालत की प्रैक्टिस के बदले में 300 रुपए मिले। उसमें कुछ खर्च किए और बाकी के घर आकर रमाबाई को देते हुए बोले कि गिनो... रमाबाई ने 20-20 रुपए वाले ग्यारह बंडल बनाए, फिर बाबासाहब से कहा कि बीस रुपए के ग्यारह बंडल हैं। तो बाबासाहब ने नकली गुस्सा करते हुए कहा, 'लेकिन कुल कितने हैं?' तो रमाबाई ने हँसकर कहा, "मुझे क्या पता? वह तो तुम जानो... मुझे आपकी तरह थोड़े गिनना आता है, मैं तो अनपढ़ हूँ। आपकी तरह कहाँ पढ़ी-लिखी हूँ?" तो बाबासाहब ने कहा, "तुम अनपढ़ हो। यही मेरे लिए अच्छा है, अन्यथा तो तुमने मुझे परेशान कर दिया होता।"

महाड सत्याग्रह में महिलाएँ भाग लेंगी। यह बात सुनकर रमाबाई बाबासाहब से इस बारे में पूछताछ करने लगीं। बाबासाहब को मजाक सूझा। गंभीर होकर बोले, 'हाँ, मुंबई से कई महिलाए जा रही हैं। उनकी अगुवाई तुम्हें करनी है।' तब रमाबाई ने गंभीर जवाब दिया, "यह काम पुरुषों का है। महिलाएँ आएँगी, परंतु उन सबके लिए भोजन की व्यवस्था करना!!" तो बाबासाहब ने कहा, "वहाँ तो तीन-चार हजार लोग इकट्ठा होंगे। उन सबकी व्यवस्था तुम कर सकोगी।" रमाबाई गंभीर होकर बोलीं 'कितने लोग होंगे···मैं दिन-रात रसोई करूँगी।' इतना गंभीर जवाब मिलने की आशा बाबासाहब को नहीं थी। वे चुप हो गए, परंतु रमाबाई को लगा कि सचमुच बाबा उन्हें साथ ले जाएँगे। इस पर उन्होंने अपनी जेठानी को भी तैयार रहने का कहा। दोनों जनों ने ट्रंक भरकर तैयारी भी कर ली, परंतु बाबासाहब तो अकेले ही चले गए। तो रमाबाई उदास हो गई और रोने लगीं, 'मेरी तमाम इच्छाओं पर पानी फिर गया।'

सबसे छोटा बेटा राजरत्न बहुत तेजस्वी लगता था। वह बाबासाहब को अत्यंत प्रिय था। उसके पूर्व के बच्चों की बालमृत्यु हो जाने के कारण रमाबाई उसका विशेष ध्यान रखतीं। उसके गले व हाथ में अनेक काले धागे और ताबीज बाँधे थे। बाबासाहब को यह पसंद नहीं था, परंतु रमाबाई के संतोष के लिए वे कुछ कहते नहीं थे। बहुत ध्यान रखने के बावजूद जुलाई, 1926 में राजरत्न को डबल निमोनिया हो गया और 19 जुलाई को उसकी भी बालमृत्यु हो गई। माता-पिता के मन पर मानो वज्राघात हुआ। दोनों आघातित हो गए। रमाबाई मन से और देह से बहुत टूट गईं। उन्हें बच्चों की इच्छा थी, परंतु डॉक्टर ने क्षय रोग होने की आशंका व्यक्त की, तो रमाबाई और बाबासाहब को और गहरा सदमा पहुँचा और उनका दु:ख बढ़ गया। वे बीमार रहने लगीं। भोजन में भी अरुचि हो गई। मन-ही-मन दु:खी रहने लगीं कि वे अब बाबासाहब की कोई इच्छा पूर्ण नहीं कर सकतीं। देह हाड़-पिंजर समान हो गई। घर से ऑफिस टिफिन जाता, तो कई बार बाबासाहब बिना भोजन किए वापस लौटा देते, तो रमाबाई अपने मतानुसार पति के नहीं खाने पर स्वयं भी नहीं खातीं। इससे शरीर की हालत और बिगड़ी। बाबासाहब को यह पता चला, तो उन्होंने टिफिन खुद न खाकर दूसरों को खिलाना शुरू कर दिया। इस बात की जानकारी रमाबाई को हुई तो वे अधिक दु:खी हुईं। एक बार मार्च, 1927 में बाबासाहब को मलेरिया हुआ। वे घर न जाकर ऑफिस में रुक गए। अभ्यास में रत होने के कारण दवाई नहीं ली, जिसके कारण बुखार बढ़ गया, रमाबाई को पता चला तो उन्होंने बाबासाहब को घर बुलाने के लिए उनके भाई को भेजा। दूसरे लोगों को भी भेजा, परंतु बाबासाहब घर नहीं आए, तो रमाबाई स्वयं ही ऑफिस पहुँच गईं और बाबासाहब को घर आने के

लिए समझाने लगीं। सभी ऑफिस से बाहर निकल गए। वे खड़ी-खड़ी सिर दबाने लगीं। बाबासाहब उनपर चिढ़कर जोर से बोले, 'घर जा।' तो रोते-रोते ऑफिस से निकल गई और घर जाकर फूट-फूटकर रो पड़ी। दो दिन खाना नहीं खाया और बाबा को छाछ, मौसमी का रस भेजने लगीं। तब रमाबाई ने भी चावल और छाछ खाकर अपना उपवास छोड़ा। रमाबाई स्वयं से ज्यादा बाबासाहब की तबीयत का ध्यान रखतीं। बाबासाहब ने अपना जीवन सामाजिक कार्य के प्रति समर्पित कर दिया था। वे सभाओं, परिषदों और ऑफिस के काम में अत्यंत व्यस्त रहते। लोग उन्हें आराम भी नहीं करने देते। इससे रमाबाई लोगों पर चिढ़ जातीं। महाड सत्याग्रह के बाद रायगढ़ में बाबासाहब के जीवन पर संकट मँडराने लगा। इसके बाद रमाबाई को बाबासाहब की बहुत चिंता रहती। एक बार बाबासाहब एक परिषद् में जाने की तैयारी कर रहे थे, तभी रमाबाई अपना भी सामान बाँधकर तैयार हो गईं और बाबासाहब से बोलीं, ''घर रहकर आपकी चिंता करने की बजाय अब मैंने आपके साथ ही जाने का निश्चय कर लिया है।'' रमाबाई की दृढता देखकर वे भी दो घड़ी के लिए सोचने लगे। फिर रमाबाई को बहुत समझाया।

गोलमेज परिषद् में भाग लेने के लिए 4 अक्तूबर, 1930 शनिवार को वाइसराय ऑफ इंडिया नामक जहाज द्वारा डॉ. बाबासाहब लंदन जाने के लिए रवाना हुए। हजारों दलितों ने उन्हें आशा भरी विदाई दी। कांग्रेस ने गोलमेज परिषद् का बहिष्कार किया था। अतः भारत में स्थिति विस्फोटक थी। भय का महौल था। अतः सुरक्षा का ख्याल रखते हुए डॉ. आंबेडकर रमाबाई तथा परिवार को धारवाड के छात्रालय में छोड़कर गए। उस समय रमाबाई छात्रालय में विद्यार्थियों की देखभाल करतीं, रसोई का भी ध्यान रखतीं। एक बार छात्रालय के गृहपति बलवंत वाहले निराशा के साथ छात्रालय में आए और रसोईघर में जाकर फूट-फूटकर रो पड़े। रमाबाई ने कारण पूछा, तो पता चला कि पिछले तीन महीने से सरकारी सहायता नहीं मिली है। अब तक बड़ी मुश्किल से उधार लेकर रसोईघर चलाया जा रहा था और अनाज-किराने के व्यापारी को वायदाकर कामचलाऊ उधार माल लाते थे...परंतु अब उसने भी उधार में अनाज-किराना देने से साफ मना कर दिया है। अतः विद्यार्थियों को खाना क्या खिलाएँ, यह समस्या खड़ी हुई है...शायद अब आज विद्यार्थियों को भूखा भी रहना पड़े।

सेवाभावी बाबासाहब की साध्वी-त्यागमूर्ति समान पत्नी रमाबाई ने गृहपति वहाले को उलाहना देते हुए कहा, 'आपने मुझे पहले क्यों नहीं बताया?' इसके बाद तुरंत ही अपने हाथ की कलाई के सोने के कंगन निकालकर दिए और कहा, 'जाओ, ये चार कंगन गिरवी रखकर जरूरी सामान ले आओ।' गृहपति गद्‌गद हो गए। उनके

पास बोलने के लिए शब्द नहीं थे। वे कंगन गिरवी रखकर सामान ले आए और सभी विद्यार्थियों के साथ भोजन किया···धन्य हैं रमाबाई।

रमाबाई और बाबासाहब पूनम का उपवास करते। शाम को प्रार्थना-पूजा करने का नियम था। धीरे-धीरे बाबासाहब ने यह सब बंद किया, परंतु रमाबाई तो देवभक्त थीं। एक बार वे पंढरपुर विठोबा के दर्शन को गईं, परंतु अस्पृश्य होने के कारण उन्हें मंदिर में नहीं जाने दिया गया। इससे उन्हें विठोबा के दर्शन किए बगैर घर लौटना पड़ा। इससे दुःखी रमाबाई घर आकर बाबासाहब के समक्ष बहुत रोई। इस पर बाबासाहब ने उन्हें आश्वासन देते हुए कहा, "मैने तो तुझे पहले ही मना किया था। पंढरपुर जाने का कोई अर्थ नहीं है। जहाँ विठोबा के भक्तों को दूर रखा जाए, वहाँ देव हो सकते हैं? हम ऐसे तीर्थधाम का निर्माण करेंगे, जहाँ किसी को भी दूर न रखा जाए।"

राजरत्न की मृत्यु के सदमे और बाबासाहब की निरंतर चिंता के कारण रमाबाई की तबीयत बिगड़ने लगी। बाबासाहब ने बहुत इलाज कराया, परंतु कोई सुधार नहीं हुआ। धीरे-धीरे उन्होंने बिस्तर पकड़ लिया। मई, 1935 के अंतिम सप्ताह के दौरान रमाबाई की हालत चिंताजनक हो गई। उस समय बाबासाहब अपने मित्र के यहाँ वसई में हवा-पानी बदलने के लिए गए थे। वे 26 मई को मुंबई लौटे, तो पता चला कि रमाबाई उनके नाम का रटन कर रही हैं, तो उनकी धड़कनें बढ़ गईं। वे रमाबाई के सिर के पास बैठकर उनके सिर पर प्रेम से हाथ फेरने लगे। रमाबाई को शांति हुई। अपने अंतिम समय में उनके प्रिय पति उनके पास थे। इस बात का संतोष उनकी आँखों में झलकता था। दूसरे दिन अर्थात् 27 मई, 1935 को रमाबाई बाबासाहब के समक्ष मंद-मंद मुसकराई। बाबासाहब के स्मृति पटल पर अतीत की यादें ताजा होने लगीं और इस बात का तीव्र अहसास होने लगा कि वे रमाबाई को बहुत सुख नहीं दे सके। रमाबाई ने अपना दुर्बल हो चुका हाथ उठाने का विफल प्रयास कर बाबासाहब को समझाने की कोशिश की। धीरे-धीरे आँखें खोलकर बाबासाहब के समक्ष अनिमेष दृष्टि से देखती रहीं और फिर सदा के लिए अपनी आँखें बंद कर लीं।

दलितों की लाडली 'आई साहब' सदा के लिए अलविदा हो गईं। यह बात तेजी से फैल गई। समग्र दलित वर्ग शोक सागर में डूब गया। दलितों के विशाल समुदाय ने अपनी 'आई साहब' के अंतिम दर्शन के लिए मुंबई की ओर रुख किया।

पहाड़ की तरह अडिग रहनेवाले बाबासाहब टूट गए। फूट-फूटकर···जोर-जोर से रोने लगे। 'रामू तू मुझे अकेले छोड़कर चली गई···मैंने तुझे जीवन में कोई सुख नहीं दिया, जबकि तूने मेरे लिए सर्वस्व का त्याग किया।' किसी का भी आश्वासन कारगर नहीं साबित हुआ। वे फूट-फूटकर रोते ही रहे, अपनी जीवन

संगिनी रामू को कोई भी सुख न दे पाने का भारी अफसोस था। वे कहते, "भले लोग मुझे देव समान मानें, परंतु मेरे जैसा दुर्भाग्यशाली इनसान कोई नहीं होगा। मैं अपने परिवार को जरा भी सुख न दे सका।" रमाबाई बहुत धार्मिक-सात्विक वृत्ति की थीं। इस कारण बाबासाहब ने राजगृह से वरली के श्मशानगृह में एकमात्र पुत्र यशवंत के हाथ से संपूर्ण हिन्दू रीति-रिवाज के अनुसार अंतिम संस्कार करवाए। लगभग चालीस से पचास हजार लोगों ने श्मशान यात्रा में भाग लिया। स्वयं बाबासाहब ने मुंडन कराया। विरक्त-तेजस्वी संन्यासी समान दिखाई देनेवाले बाबासाहब बार-बार कहते रहे, "मुझे थोडी फुरसत मिले, तो मैं रामू और यशवंत को उपचार के लिए विलायत भेजूँगा।" रोगी समाज के उपचार के लिए बाबासाहब स्वयं करीब आठ बार इंग्लैंड हो आए, परंतु बाबासाहब की रात-दिन चिंता में डूबी रहने वाली अशक्त व बीमार हो चुकी रमाबाई तथा पुत्र यशवंत को एक भी बार विलायत नहीं भेज सके, जिसका उन्हें जीवन भर खेद रहा।

'बहिष्कृत भारत' के संपादन के समय उन्होंने अपनी वेदना व्यक्त करते हुए लिखा, 'एक रत्ती-पाई का फायदा लिये बिना एक साल तक 'बहिष्कृत भारत' का प्रकाशन जारी रखा।' जनजाग्रति की ज्योति प्रकटकर ऐसा करते हुए उन्होंने उनके संपादक ने अपने स्वास्थ्य, अपने मौज-शौक, अपने सुख का जरा भी विचार नहीं किया। आँखों को दीये की बाती बनाया। इतना ही नहीं, बल्कि संपादक जब विदेश थे, तब रात-दिन अपना नाम रटन करनेवाली, ध्यान रखने वाली, परिवार पोषनेवाली, उनका विकट परिस्थिति में साथ देनेवाली, उनके वार अपने शरीर पर झेलनेवाली (रमाबाई ने) को कभी पीछे मुड़कर नहीं देखा। ऐसी अन्नपूर्णा, ममत्वशील, सुशील, पूजनीय साध्वी पत्नी के सहवास के लिए आधे घंटे का भी समय भी मैं न दे सका। ममता के दो शब्द भी नहीं बोल सका। वास्तव में महान् विभूति के जीवन की ऐसी ही करुणता होती है।

रमाबाई की मृत्यु से बाबासाहब के जीवन में शून्यता व्याप्त हो गई। अपूरणीय क्षति हुई। वे भीषण आघात में चले गए। आर्थिक विडंबनाएँ तो थीं ही। सभी परिबल उन्हें वीतरागता की ओर ले गए और उन्होंने संन्यास स्वीकार करने पर विचार किया। इस प्रकार प्रत्येक सुख-दुःख में साथ रहनेवाली रमाबाई बाबासाहब को जीवन में बीच मझधार में छोड़ गईं। यह बाबासाहब के लिए असह्य साबित हुआ। इस प्रकार तपस्विनी की तरह जीवनजीने वाली रमाबाई पति प्रेम-सेवा-भक्ति तथा शालीन आचरण से अपनी अमिट छाप छोड़ गईं।

□

डॉ. बाबासाहेब और शाहूजी महाराज

—किशोर मकवाणा

वड़ोदरा की धरती पर अस्पृश्यता का भयानक डंक पाने के बाद डॉ. बाबा साहेब आंबेडकर ने हमेशा के लिए वड़ोदरा छोड़ दिया और मुंबई की सिडमहेम कॉमर्स कॉलेज में अर्थशास्त्र के प्रोफेसर के तौर पर नौकरी करने लगे। डॉ. बाबा साहेब आंबेडकर एक सफल एवं विद्वान् प्रोफेसर के तौर पर अपना प्रभुत्व छात्रों में फैला रहे थे, तो वहीं दूसरी ओर उन्होंने अस्पृश्य समाज की सेवा के लिए अपना जीवन समर्पित करने की तैयारियाँ भी शुरू कर दी थी। कोल्हापुर के सेवानिष्ठ कार्यकर्ता दत्तोबा संतराम पवार नामक युवक के प्रयत्नों के कारण कोल्हापुर के क्रांतिकारी महाराजा शाहूजी महाराज के साथ परिचय हुआ। युवक दत्तोबा बाबा साहेब और शाहूजी महाराज दोनों से अच्छी तरह से परिचित था। डॉ. बाबा साहेब के जीवन में वड़ोदरा के राजा सयाजीराव गायकवाड के बाद दूसरे एक महाराजा आए थे, जो उनके जीवन को अत्यधिक उज्ज्वल करनेवाले थे। डॉ. बाबासाहेब आंबेडकर और शाहूजी महाराज का मिलन एक ऐतिहासिक घटना थी। महाराजा पर आर्य समाज का प्रभाव था। इसलिए वे अस्पृश्यता के कट्टर विरोधी थे। शाहूजी महाराज का जन्म 26 जून, 1876 को हुआ था। वे 2 अप्रैल, 1894 के दिन केवल 20 वर्ष की आयु में राज गद्दी पर बैठे। उनका 1894 से 1922 तक का 26 वर्ष का कालखंड महाराष्ट्र में सामाजिक सुधार का 'सुवर्ण युग' कहा जाता है। उन्होंने समाज सुधार कर राजर्षि का पद प्राप्त किया था। शाहूजी महाराज सामाजिक समता एवं एकता के प्रबल हिमायती थे। अपने शासन काल में शाहूजी महाराज ने सदियों से चली आ रही कुरीति-रिवाजों की बेड़ियाँ तोड़ डाली। नात-जात , छुआछूत और अज्ञानता की जंजीरें तोड़कर कोल्हापुर के राज में भारत के लिए सामाजिक जीवन का नया आदर्श प्रस्थापित किया। केवल 47 वर्ष की

आयु में उनका अवसान हो गया, परंतु इतनी कम उम्र में भी उन्होंने कल्याणकारी कार्यों द्वारा अद्वितीय लोकप्रेम प्राप्त किया।

राजर्षि शाहूजी महाराज ने शासन की बागडोर सँभालने के शुरुआती दो-चार वर्ष तक राज्य का गहन अध्ययन किया। उसके बाद जनता की सुख-समृद्धि के लिए शासन का उपयोग कर देश के लिए आदर्श राज व्यवस्था प्रस्थापित की। राजर्षि शाहूजी महाराज के शासन में आने के समय की स्थिति पर एक नजर जरूरी है। उस समय समाज में घोर अज्ञानता और छुआछूत का बोलबाला थी। कथित उजले वर्ग के मुट्ठी भर पढ़े-लिखे लोग बड़े-बड़े पदों पर बैठ गए थे। तकरीबन 90 प्रतिशत लोग शिक्षा से वंचित थे। कुछ लोग धर्म के नाम पर सभी सुख-सुविधाएँ भोग रहे थे। अछूतों को सभी अधिकारों से वंचित कर दिया गया था। यहीं नहीं उनके निकट जाना भी पाप समझा जाने लगा था। राजर्षि शाहूजी महाराज को अपने राज्य में अछूतों की ऐसी दुर्दशा देखकर एहसास हुआ कि सभी एक ही ईश्वर की संतान हैं तो फिर भेदभाव क्यों, वेद की पढ़ाई या शास्त्रों के अध्ययन का अधिकार केवल ब्राज़्णों को ही क्यों? वेद के अध्ययन का अधिकार तो सभी को है, उन्होंने इस आशय की घोषणा की। शाहूजी महाराज ने अछूतों के लिए वेद के अध्ययन हेतु पाठशालाएँ शुरू की। शाहूजी महाराज ने 1896 में कोल्हापुर में अस्पृश्यों के लिए विद्यालयों के दरवाजे खोल दिए। अछूत छात्रों के लिए छात्रालय शुरू की। उन्होंने 15 अप्रैल, 1920 के दिन उदाजी मराठा छात्रालय का शिलान्यास करते हुए कहा कि 'कोल्हापुर की जनता ने छुआछूत समाप्त करने की प्रतिज्ञा ली है।' उन्होंने कोल्हापुर राज्य में अनिवार्य एवं नि:शुल्क शिक्षा के लिए अध्यादेश जारी किया। बालकों को पाठशालाओं में न भेजनेवालों पर जुर्माना शुरू किया। गाँव-गाँव में शिक्षकों की भरती शुरू की। लड़के और लड़कियों के बीच भेदभाव खत्म करने के लिए छात्रवृत्ति शुरू की। शाहूजी महाराज की इस प्रवृत्ति के कारण अनेक अस्पृश्य लड़के और लड़कियों ने पढ़ाई शुरू की। वेद और शास्त्रों का अध्ययन करने लगे।

शाहूजी महाराज छुआछूत माननेवालों के खिलाफ सख्त काररवाई करते थे। एक बार महाराजा के राज महल में नहाने के लिए बनाए गए कुंड को गंगाराम कांबले नामक अस्पृश्य ने भूल से छू लिया। इसे देखते ही महाराजा के सरदारों ने उसकी पिटाई की। महाराजा को इसकी जानकारी मिली। कांबले की पिटाई करनेवाले सरदार को राजदरबार में बुलाया गया। महाराजा से स्वयं सब के बीच कोड़े से उसकी पिटाई की। इस प्रकार जहाँ जरूरत होती, वहाँ महाराजा सख्त कदम उठाते फिर भी महाराजा का हृदय कोमलता से परिपूर्ण था। समाज में समरसता के लिए उन्होंने

विविध कार्यक्रमों की शुरुआत की। उनके बालकों के लिए पाठशालाएँ शुरू कीं। समाज के दीन-हीन शोषित-पीड़ित लोगों के उत्कर्ष के लिए एक सूत्री योजनाओं की शुरुआत की। समाज में फैली छुआछूत को खत्म करने के लिए अस्पृश्यों की प्रगति जरूरी है, उसके लिए शाहूजी महाराज ने राजधर्म का उपयोग किया।

शाहूजी महाराज ने अस्पृश्यता और ऊँच-नीच के भेदभाव को समाप्त करने के लिए अनेक रचनात्मक कार्य किए। उन्होंने कोल्हापुर शहर के मध्य में गंगाराम कांबले के लिए चाय की दुकान बनवा दी। शाहूजी महाराज खुद राजा होते हुए अपने दरबारियों और सरदारों को लेकर गंगाराम कांबले की चाय की दुकान पर जाते और चाय पीते। राजा के इस व्यवहार से दरबारी और सरदार भी वहाँ चाय पीने के लिए जाने लगे। राजा मानते थे कि छुआछूत की बीमारी को व्यवहार से ही समाप्त किया जा सकता है। उन्होंने स्पृश्य सामाज के लिए जाति सूचक एवं तिरस्कृत शब्दों का उल्लेख बंद करवाया। इसके बदले उन्होंने भंगी समाज के लिए 'पंडित' चमारों को 'सरदार' और महारों को 'पहलवान' जैसे नाम देकर सम्मानित किया। शाहूजी महाराज की पालखी निकलती तब वे अपने हाथियों के महावत के तौर पर महार को ही रखते। उनकी पुत्री राधाबाई के विवाह के अवसर पर बरात में महावत का कार्य महार लोगों को सौंपा गया था। शाहूजी महाराज मानते थे कि समाज को शक्तिशाली बनाने के लिए कमजोर वर्ग को बराबरी का दर्जा और समानता का व्यवहार कर उन्हें सभी क्षेत्र में अवसर प्रदान करना चाहिए। वे केवल विचार ही नहीं करते,अपितु उसे व्यवहार में भी लाते। इसी विचार के तहत उन्होंने 26 जुलाई, 1902 कोल्हापुर स्टेट के सभी क्षेत्र में नौकरी, व्यवसाय, राज्य प्रशासन एवं पढ़ाई में 50 प्रतिशत आरक्षण की घोषणा की। भारत में पहली बार आरक्षण प्रथा लागू कर अस्पृश्यों को आगे लाने का प्रोत्साहन देने वाले शाहू महाराज ही थे।

उस समय किसी ने आरक्षण की माँग नहीं की या महाराजा को वोटों की लालच भी नहीं थी या राजनीतिक मजबूरी नहीं थी फिर भी महाराजा ने इसकी पहल की। अस्पृश्यों के उज्जवल भविष्य के बारे में विचार किया। उनके अंत:करण में अस्पृश्य समाज के लिए कुछ कर गुजरने की भावना थी। शाहूजी महाराज चाहते थे कि अपृश्यों को आरक्षण देने से वे अन्य समाज के समान हो जाएँगे। आर्थिक तौर पर मजबूत होंगे तो उनमें आत्मविश्वास पैदा होगा। महाराजा शाहू ने 50 प्रतिशत आरक्षण घोषित करते समय कहा था : 'कमजोर जाति के लोग प्रगति कर औद्योगिक सामाजिक , शैक्षणिक और सरकारी नौकरी सहित विविध क्षेत्रों में अपनी जिम्मेदारी निभाए, यह जरूरी है। उनके लिए मैं यह व्यवस्था कर रहा हूँ।' पिछड़े लोगों को

इस प्रकार प्रोत्साहन देना , मैं अपना कर्तव्य समझता हूँ। शिक्षा से ही उनकी उन्नति में वेग आएगा। उनमें आत्मसम्मान और आत्म विश्वास बढ़ेगा। शाहूजी महाराज के इस निर्णय से वकालत एवं राज्य की नौकरियों में अस्पृश्यों को आरक्षण के साथ-साथ वकील के तौर पर सनद देने का निर्णय भी किया था। देश और समाज को शक्तिशाली बनाने के लिए इस प्रकार के प्रयत्न जरूरी हैं, महाराजा यह मानते थे। उनका दृढ विश्वास था कि छुआछूत व्यवहार से ही समाप्त होगा। शाहूजी ने नात-जात और छुआछूत के कारण ही भारत के पराजय की मिमांसा करते हुए कहा था, बहुजन समाज में सही ज्ञान के लोप होने के कारण देश को नुकसान हुआ। गुण कर्म के बदले वर्ण के आधार पर व्यक्ति का मूल्यांकन होने से हमारी अधोगति हुई। भेदभाव से द्वेष पैदा हुआ और देश की एकता नष्ट हो गई। इससे बाहरी दुश्मनों को लाभ हुआ।

समता, ममता, न्याय और बंधुता के आदर्श में बँधे हुए शाहूजी महाराजा और डॉ. बाबा साहेब को अपने जीवन कार्य में एक नया साथी मिला। खुद शुरू करना चाहिए। परंतु सामयिक के संचालन के लिए रुपयों की जरूरत थी। यों भी एक सामयिक चलाना आर्थिक तौर पर कठिन है। बाबा साहेब स्वयं इस बात को जानते थे। उन्होंने कहा कि किसी भी सामयिक को चलाने के लिए आर्थिक मजबूती अनिवार्य है। प्रोफेसर की नौकरी से इतने रुपये नहीं बचते थे कि सामयिक शुरू किया जा सके। ऐसे समय में शाहूजी महाराज ने उनकी सहायता की। उस समय 1919 में शाहूजी महाराज ने बाबा साहेब आंबेडकर को सामयिक शुरू करने के लिए ढाई हजार रुपए दिए और 31 जनवरी, 1920 को 'मूकनायक' मराठी भाषी पाक्षिक की शुरुआत हुई। 'मूकनायक' अस्पृश्य समाज के जागरण का वाहक बना। डॉ. बाबा साहेब मुंबई की सिडनहेम सरकारी कॉलेज में प्राध्यापक के तौर पर कार्यरत होने के कारण मूकनायक के संपादक की जिम्मेदारी पांडुरंग नंदराम भटकर नामक महार युवक को सौंपी। उन्होंने पूना के डी.सी. मिशन से मैट्रिक तक शिक्षा ग्रहण की थी। उनकी पत्नी ब्राह्मण जाति की थी। संपादक के तौर पर डॉ. बाबा साहेब का नाम नहीं छपता था, फिर भी अधिकांश तौर पर अध्ययन के लिए विषय-वस्तु वे ही तैयार करते थे। अस्पृश्यता निवारण का काम इतना कठिन था और उस जमाने में समाज और नेतृत्व करनेवालों की मानसिकता कितनी विचित्र थी कि उसका उल्लेख करना जरूरी है। दो वर्ष पहले ही मुंबई में आयोजित अस्पृश्यता निवारण परिषद् में लोकमान्य तिलक ने घोषणा की कि 'यदि भगवान् अस्पृश्यता में मानते होंगे तो ऐसे भगवान् को मानने के लिए मैं हरगिज तैयार नहीं हूँ।' परंतु

उसी तिलक द्वारा संचालित 'केसरी' दैनिक ने 'मूकनायक' पाक्षिक के रुपए लेकर भी विज्ञापन प्रकाशित करने से इनकार कर दिया। बाबा साहेब ने इस घटना का उल्लेख 'बहिष्कृत भारत' के 20 मई, 1927 के अंक में किया है।

डॉ. बाबा साहेब आंबेडकर एवं शाहूजी महाराज के बीच पहली बार मुलाकात हुई तब युवक डॉ. आंबेडकर को देखते ही महाराज कह उठे कि 'यह व्यक्ति अलग मिट्टी का है।' इसका उल्लेख दादा साहेब मल्हार राव शिर्के ने 'राजर्षि शाहू गौरव ग्रंथ में किया है। दादा साहेब अपने लेख में लिखते हैं' अपृश्य समाज का एक लड़का अमेरिका से एम.ए., पी-एचडी. तक पढ़कर भारत वापस आया है, यह समाचार पढ़कर शाहूजी महाराज को अत्यंत आनंद और आश्चर्य हुआ। ऐसे विद्वान् व्यक्ति से मिलने के लिए वे आतुर थे। उन्हें जानकारी मिली कि इस युवक का नाम डॉ. भीमराव रामजी आंबेडकर है और वह मुंबई-पटेल में रहता हैं। उन्होंने इस युवक का पता लगाने के लिए अपने विश्वसनीय व्यक्तियों को वहाँ भेजा। परंतु उन्हें डॉ. आंबेडकर का पता नहीं मिला फिर तो महाराजा स्वयं चार मित्रों के साथ पटेल क्षेत्र में आए। उन्हें जानकारी मिली कि पटेल में सीमेंट नामक मकान में वे रहते हैं। महाराज स्वयं वहाँ गए। उन्होंने डॉ. आबंडेकर के बारे में पूछताछ की। दूसरी मंजिल पर रह रहे डॉ. आंबेडकर को कोल्हापुर के महाराज मिलने के लिए आए हैं, तो वो दौड़ते हुए नीचे आए। महाराज को अत्यंत विनम्र भाव से प्रणाम किया। महाराज कार से नीचे उतरे। डॉ. बाबा साहेब ने पूछा, 'आपके क्या आदेश हैं?' महाराजा डॉ. भीमराव आंबेडकर को आत्मीयता से भेट पड़े। उन्होंने कहा अब हमारी चिंता खत्म हो गई है। अब दलितों को उनका नेता मिल गया है। डॉ. भीमराव की आँख से आँसू निकलने लगे। मुझसे मिलने के लिए खुद चलकर सीमेंट बिल्डिंग तक आनेवाले छत्रपति शाहूजी महाराज का हृदय इतना विशाल एवं संवेदना से परिपूर्ण है कि मैं आपकी क्या सेवा करूँ, महाराजा ने डॉ. आंबेडकर को बोलने का कोई मौका ही नहीं दिया। हाथ पकड़ अपनी गाड़ी में बैठा लिया और मुंबई में अपने निवास स्थान की ओर रवाना हो गए। इसी मुलाकात का वर्णन धनजंय कीरे ने जरा अलग तरीके से किया है। फिर भी उन्होंने यह तो लिखा है कि शाहू महाराज स्वयं घर ढूँढ़ते-ढूँढ़ते डॉ. आंबेडकर घर पहुँच गए थे।

'मूकनायक' मुंबई के गिरगाँव स्थित मनोरंजन प्रेस में छपता था। इसकी भाषा सरल होते हुए भी जोशीली, आक्रामक एवं स्पष्ट थी। 'मूकनायक' को दलित लोगों ने भी आर्थिक सहायता की थी। डॉ. बाबा साहेब 'मूकनायक' के प्रथम अंक में ही वह सामयिक क्यों शुरू हुआ उसके बारे में लिखा। हमारे बहिष्कृत समाज पर रहे

और भविष्य में होनेवाले अन्याय के खिलाफ उपाय खोज कर उनकी प्रगति के लिए सही मार्ग की सच्ची चर्चा के लिए सामयिक जैसा उत्तम एक भी माध्यम नहीं है।

डॉ. बाबा साहेब ने प्रथम अंक में ही पूरे हिंद समाज की एकता पर भार देते हुए लिखा है कि यदि किसी एक जाति की अधोगति होगी तो उसका प्रभाव अन्य जातियों पर पड़ने ही वाला है, क्योंकि मानव समाज एक नाव की तरह है। यदि उसका कोई यात्री दूसरी किसी जाति के नुकसान करने के लिए छेद करेगा तो पूरी नाव डूब जाएगी और छेद करनेवाला भी उसके साथ ही डूब जाएगा।

डॉ. बाबा साहेब ने 'मूकनायक' के प्रथम अंक में हिंदू ,समाज की जातिगत विषमता का विवरण दिया, इससे हुए नुकसान की ओर इशारा किया। उन्होंने लिखा, 'हिंदुस्थान एक ऐसा देश है, यह विषमता का पीहर।' हिंदू समाज एक चार मंजिला इमारत है और एक-एक मंजिल उसकी एक-एक जाति है। गौरतलब है कि बिल्डिंग में कोई सीढ़ी ही नहीं। एक मंजिल से दूसरी मंजिल में जाने के लिए कोई रास्ता ही नहीं है। जो जिस मंजिल में जन्म ले उसी में मृत्यु भी पाए। भूतल पर रहनेवाला व्यक्ति चाहे जितना लायक हो, फिर भी ऊपरी मंजिल पर प्रवेश नहीं कर सकता और ऊपरी मंजिल पर जन्म लेनेवाला व्यक्ति चाहे जितना भी नालायक हो फिर भी उसे निचली मंजिल पर धकेलने की किसी में हिम्मत नहीं होती। जड़-चेतन और सभी में ईश्वर होने की मान्यता रखनेवाला अपने ही स्वधर्मियों को अपवित्र मानता है। ब्राह्मणों की महत्त्वाकांक्षा ज्ञान को केवल एकत्र रखने में है। उसका प्रचार-प्रसार करने में नहीं। ब्राह्मण के अतिरिक्त वर्ग के पतन का कारण सत्ता और ज्ञान का अभाव है। वे पिछड़े ही रह गए। उनकी प्रगति नहीं हुई। युगों से चली आ रही दासता और दरिद्रता से बहिष्कृत वर्ग को मुक्त करने के लिए आकाश-पाताल को एक करना होगा। उनकी आँखों में ज्ञान का काजल लगाकर उन्हें उनकी हीन परिस्थिति से अवगत कराना होगा।

एक मायने में डॉ. बाबा साहेब आंबेडकर ने 'मूकनायक' सामयिक द्वारा अस्पृश्य समाज में वैचारिक क्रांति प्रज्ज्वलित किया। उनके शब्दों की ज्वाला अस्पृश्य समाज को जाग्रत् कर रही थी। सदियों से घोर निद्रा में सोया हुआ समाज मानो आलस त्यागकर जाग्रत् हो रहा था। 'मूकनायक' के जन्म से अस्पृश्य पत्रकारिता को नई और सही दिशा मिली। एक अर्थ में आत्मसम्मान और मानसिक जागरण के संग्राम का युग शुरू हआ।

डॉ. बाबा साहेब आंबेडकर ने एक ओर अस्पृश्य समाज में वैचारिक जागृति के लिए 'मूकनायक' सामयिक शुरू किया तो दूसरी और कोल्हापुर के शाहूजी

महाराज जैसे अस्पृश्य समाज के सच्चे हमदर्द मिले। हिंदू समाज की जाति व्यवस्था से डॉ. बाबा साहेब के दिल में दर्द था। वह पीड़ा शब्दों के सहारे कागज पर अंकित हो जाती थी। वे हिंदू समाज से प्रश्न करते जातिवादी भेदभाव की वजनी शिलाएँ सिरों पर रखकर जीर्ण-शीर्ण बने अस्पृश्य समाज से 'तुम खुद उठो' ऐसा कहना तुम्हें शोभा देता है। क्षत्रिय गौमांस बनानेवाले बरतन को तुम्हारे तालाब में धुलें तो आप अपवित्र नहीं होते, परंतु यदि अस्पृश्य आप के तालाब के पानी को छू भी ले तो आप अपवित्र हो जाते हैं। हिंदू डॉक्टर किसी भी जाति के मुर्दा को चीरे तो भ्रष्ट नहीं होते, परंतु अस्पृश्य की नाड़ी की जाँच करे तो भ्रष्ट हो जाता है। मुसलमान किसी महार के सिर पर सामान रखवाकर बिक्री करने निकले तो आप क्यों नहीं खरीदते, ऐसे अनेक सवाल करने के बाद डॉ. बाबा साहेब चेतावनी देते हुए लिखते हैं कि जब तक हिंदुस्तान से अस्पृश्यता समाप्त नहीं हो जाती तब तक उसकी सामाजिक एवं राजनीतिक प्रगति व्यर्थ जाएगी और हम खुद को दुनिया के अन्य राष्ट्रों की तुलना में एक कोने में पड़ा हुआ पाएँगे। उन्होंने अस्पृश्यों को भी खँगालते हुए लिखा कि 'उठो जागो और विद्यारूपी अमृत का आचमन करो और हो रहे अत्याचार का मुकाबला करो। आज से ही अपनी बहन-पुत्रियों को शिक्षित करने के काम में लग जाओ। शिक्षा ग्रहण कर लादे गए सभी बंधनों को तोड़ दो। 14 फरवरी, 1920 को प्रकाशित मूकनायक के अंक दो में 'स्वराज की तुलना सुराज्य के साथ नहीं' ढाई पृष्ठ के संपादकीय में बाबा साहेब ने भारत पर आक्रमणकारियों के हमले से आई ऐतिहासिक गुलामी का विस्तार से विवरण दिया।

डॉ. बाबा साहेब आंबेडकर द्वारा 'मूकनायक' के 28 अगस्त, 1920 के अंक में 'हास्यावलोकन' शीर्षक के अंतर्गत लिखा गया संपादकीय आज भी उतना ही प्रासंगिक है। डॉ. बाबा साहेब ने लिखा है, 'बहुत ही दुःख के साथ कहना पड़ रहा है कि हिंदुस्तान का एक पंचमाश और हिंदुओं का एक तिहाई हिस्सा बहिष्कृत होकर जी रहा है, फिर भी कोई उनका दुःख दर्द खत्म करने पर विचार क्यों नहीं करता' वही जो लोग सद्विवेक से उनके लिए काम करते हैं, वे ही उसका भी उपहास करते हैं।

डॉ. बाबा साहेब आंबेडकर धीरे-धीरे अस्पृश्य समाज के नेता के रूप में उभर रहे थे। ऐसे माहौल में 21 मार्च,1920 को कोल्हापुर राज के माण गाँव (कागल) में डॉ. बाबा साहेब की अध्यक्षता में दक्षिण महाराष्ट्र की पहली बहिष्कृत परिषद् आयोजित हुई। परिषद् में उत्साह उमंग था। परिषद् में हजारों की तादाद में अस्पृश्य उपस्थित थे। अब बाबा साहेब सर्वमान्य नेता कहे जाने लगे थे। ऐसे में इस परिषद्

में अतिथि के तौर पर उपस्थित कोल्हापुर के शाहूजी महाराज ने घोषणा की, "हमारे राज्य के बहिष्कृत प्रजाजन आप को सच्चा नेता मिल गया है। मैं आप सबको सहृदय अभिनंदन दे रहा हूँ। मुझे पूरा विश्वास है कि ये आपका उद्धार करेंगे। यही नहीं एक समय वे पूरे भारत के नेता होंगे, मेरी अंतरात्मा कह रही है।"

डॉ. बाबासाहब के बारे में महाराजा द्वारा की गई भविष्यवाणी आज पूर्ण रूप से सच हुई है। यह इतिहास सभी जानते हैं। डॉ. बाबा साहेब इस परिषद् के अध्यक्षीय भाषण के लिए खड़े हुए। भाषण की शुरुआत में ही डॉ. बाबा साहेब ने अस्पृश्यों के प्रति शाहूजी महाराज की सच्चे दिल की भावनाओं का दिल से स्वागत किया। उन्होंने कहा महाराजा शाहूजी जैसे सच्चे मित्र स्पृश्यों को आज तक नहीं मिले और भविष्य में मिलेंगे कि नहीं इस बारे में मुझे शंका हैं। उसके बाद डॉ. बाबा साहेब ने परिषद् में उपस्थित हजारों स्पृश्यों की वेदना को व्यक्त किया। बहिष्कृत वर्ग की स्थिति जन्म से ही अयोग्यता एवं अपवित्रता के कारण बहुत ही चिंताजनक है। अनेक वर्षों से खुद को अपवित्र एवं अयोग्य मानने के कारण नैतिक दृष्टि से उन्नति के जो मुख्य कारण होना चाहिए वह आत्मबल एवं स्वाभिमान पूर्ण रूप से खत्म हो गया है। उनमें लघुता ग्रंथि घर कर गई है। उसमें से बाहर आना पड़ेगा। उसके बिना उन्नति संभव नहीं है। अस्पृश्यता के साथ जुड़े सामाजिक, आर्थिक परिणामों के साथ-साथ डॉ. बाबा साहेब ने मानसिक परिणामों पर भी ध्यान केंद्रित किया। इन सभी बातों का सूक्ष्मता के साथ अवलोकन कर उन्होंने अस्पृश्यों को गुलामी से भी बदतर अस्पृश्यता, सामाजिक नैतिक और मानसिक हीनता से बाहर लाने का प्रयास किया।

डॉ. बाबा साहेब ने इस सम्मेलन में अस्पृश्यों की हालत और उसमें से उन्हें बाहर किस तरह लाया जा सकता है, उसकी जानकारी दी। उन्होंने कहा जिस हिंदू धर्म के साथ हमारा संबंध है, वह समाज को दो सिद्धांतों के आधार पर दो वर्ग में विभाजित करता है। पहले है—क्षमता और दूसरा है—शुद्धता और ये दोनों जन्मजात हैं।

(1) जन्म से ही शुद्ध और श्रेष्ठ लोगों को ब्राह्मण वर्ग में रखा गया।

(2) ब्राह्मणों से कुछ कम श्रेष्ठ और कम शुद्ध जैसे लोगों को गैर ब्राह्मण कहा गया।

(3) जन्म से ही अशुद्ध एवं निम्नतर माना जाता था, उन्हें अस्पृश्य कहा गया।

जन्म के आधार पर शुद्धता एवं श्रेष्ठता के अन्यायपूर्ण सिद्धांत पर आधारित इस प्रकार के विभाजन का तीनों वर्ग पर गहरा प्रभाव पड़ा। जन्म से ही मिली

श्रेष्ठता एवं पवित्रता सक्षम ब्राह्मणों के लिए भी वरदान साबित हुई तो दूसरी ओर गैर ब्राह्मणों को जन्म से ही अक्षम होने की मुश्किलों का सामना करना पड़ा। शिक्षा के अभाव का असर उनकी प्रगति पर भी पड़ा। दूसरी तरफ केवल जन्म से ही मिली अक्षमता के कारण हमारे अस्पृश्य वर्गों की स्थिति विचारणीय है।

अनेक पीढ़ियों से खुद को अक्षम एवं अपवित्र मानकर हमने अपनी 'आत्मशक्ति' और आत्मसम्मान खो दिया है। वास्तव में मानव के उत्थान के लिए ये दो मुख्य स्तंभ हैं। हिंदू धर्म के अनुसार हम सामाजिक जीवन में किसी अधिकार के हकदार नहीं है। हम पाठशाला में नहीं जा सकते। हम सड़क पर नहीं चल सकते। हम सब सभी के लिए निर्मित कुओं पर पानी नहीं भर सकते। हम सब वाहनों का उपयोग नहीं कर सकते। व्यापार, कार्य और कृषि आय के तीन मुख्य स्रोत हैं। परंतु ये तीनों हमारे लिए वर्जित हैं। स्पृश्यता के कारण कोई ग्राहक हमारे पास नहीं आता। अछूत होने के कारण सेना में भी हमारी संख्या कम होती जा रही है। यही स्थिति कृषि में भी है। हमारे पास कृषि काबिल जमीन नहीं है। ऐसे हालात में कोई समाज विकास ही नहीं कर सकता। प्रगति के लिए स्वाभाविक क्षमता एवं अनुकूल वातावरण जरूरी है। अस्पृश्य वर्ग में प्रतिभा की जरा भी कमी नहीं है। उनके विकास में एकमात्र अड़चन पिछड़ा सामाजिक वातावरण है। प्रगति के लिए हमें राजनीतिक तौर पर मजबूत होना पड़ेगा और उसके लिए हमें जाति आधारित राजनीतिक प्रतिनिधित्व की जरूरत है। केवल सत्य की ही विजय होती है, यह सिद्धांत खोखला है। सत्य को विजय दिलाने के लिए हमें आंदोलन करना पड़ेगा।

इस परिषद् में पारित प्रस्ताव अस्पृश्यों को सामाजिक गुलामी और मानसिक तौर पर मजबूत करने के लिए महत्त्वपूर्ण थे। मानवता के अधिकार, शिक्षा के प्रचार-प्रसार जैसी अनेक बाबतों के साथ मरे हुए जानवरों के मांस खाने को अपराध घोषित करने की माँग इस परिषद् में की गई। इसके अतिरिक्त कानून काउंसिल में अस्पृश्यों के प्रतिनिधियों का चुनाव उनकी जनसंख्या तथा जरूरत के आधार पर करने तथा अलग मतदाता संघ द्वारा चुनाव लड़ने की माँग भी की गई।

परिषद् के अंत में शाहूजी महाराज, उनके सरदारों, समाज के प्रतिष्ठत नेताओं के साथ डॉ. बाबा साहेब तथा अस्पृश्य कार्यकर्ताओं का समूह भोजन हुआ। शाहूजी महाराज तथा बाबा साहेब मानते थे कि वैचारिक जागृति के साथ इस प्रकार के समूह भोजन जैसे अनेक व्यवहार से अस्पृश्यता के रोग को मिटाया जा सकेगा और उसके बाद इसके लिए महाराष्ट्र में जगह-जगह छोटी-बड़ी परिषदों का आयोजन किया गया। डॉ. बाबा साहेब के सभी कार्यों में शाहूजी महाराज उनके साथ थे।

नागपुर में 31 मई और पहली जून 1920 के दौरान छत्रपति शाहूजी महाराज की अध्यक्षता में अखिल भारतीय बहिष्कृत परिषद् का प्रथम राष्ट्रीय सम्मेलन सम्पन्न हुआ। यह सम्मेलन निश्चित उद्देश्य के साथ आयोजित किया गया। महाराष्ट्र के मशहूर समाज सेवी और बहिष्कृत वर्ग मिशन के अध्यक्ष विट्ठल रामजी शिंदे ने अस्पृश्यों के हितों पर कुठाराघात करनेवाला काम किया। महर्षि विट्ठलजी रामजी शिंदे ने सरकार से माँग की कि 'विधानसभा में अस्पृश्य वर्ग के प्रतिनिधियों की नियुक्ति सरकार (राज्यपाल)' अथवा अस्पृश्य संस्था द्वारा नहीं, परंतु चुने हुए तथा कथित सवर्ण विधायकों द्वारा होनी चाहिए। इसके अतिरिक्त चुनाव में कक्षा चार उत्तीर्ण और वार्षिक 144 रुपए की आय वालों को ही वोट देने का अधिकार मिलना चाहिए। नागपुर का सम्मेलन शिंदे की माँग का विरोध करने के लिए आयोजित किया गया।

डॉ. बाबा साहेब के लिए अस्पृश्यों का हित ही जीने का एक मात्र उद्देश्य था। इसीलिए उन्होंने इस हित में विघ्न पैदा करनेवाले अपने हों या पराये, उनका डटकर मुकाबला करने का निर्णय किया था। एक अर्थ में यह सम्मेलन विरोध प्रदर्शित करने के लिए एक मजबूत मंच था। इस सम्मेलन में उनके प्रस्तावों का सख्त विरोध होगा, विट्ठलजी शिंदे को इसकी जानकारी थी। इसलिए उन्होंने अमरावती की अपनी संस्था के अग्रणी गणेशजी अक्काजी गवाई को लालच दी कि 'आप के वराड प्रांत के 50 छात्रों को मैं अपने छात्रालय में रखूँगा, परंतु किसी भी शर्त पर नागपुर परिषद् में मेरे खिलाफ जो प्रस्ताव पारित होनेवाला है, उसका विरोध करो और डॉ. बाबा साहेब आंबेडकर और शिव तरड़कर के अभियान को खत्म करो। शिंदे ने गणेश गवई के साथ बेलगाँव के नेता तापन्ना को भी नागपुर भेजा था।

सम्मेलन से पूर्व विषय-निदेशक समिति की बैठक संपन्न हुई, उसमें डॉ. बाबा साहेब एवं शिंदे के द्वारा भेजे गए दोनों आगेवान गणेश गवई एवं तापन्ना (अण्णा साहेब) के बीच नोकझोक हुई।

गणेश गवई ने षड्यंत्र किया कि डॉ. बाबा साहेब विषय विचार-विमर्श के लिए गणित समिति के अध्यक्ष बने, जिससे वे किसी भी प्रकार का प्रस्ताव प्रस्तुत करें तो उसका विरोध किया जा सके। परंतु युवक डॉ. बाबा साहेब भी अद्वितीय मर्मज्ञ थे। उन्होंने और उनके अनुयाइयों ने बड़ी होशियारी से तापन्ना को ही अध्यक्ष पद पर नियुक्त कर दिया। गवई और विट्ठल शिंदे की पूरी योजना ही उलट गई। डॉ. बाबा साहेब ने अध्यक्ष की अनुमति से परिषद् में उपस्थित लोगों को संबोधित किया। डॉ. बाबा साहेब ने कहा, "हम सब यहाँ एक विशेष उद्देश्य के लिए एकत्र

हुए हैं। बहिष्कृत वर्ग के विकास के लिए मार्ग प्रशस्त करना हमारा उद्‌देश्य है। इससे हमारे विकास के रास्ते में आनेवाला कोई भी व्यक्ति भले वह बहिष्कृत वर्ग का हो या उच्च जाति का तथा वर्तमान में हो या भूतकाल में, वह हमारे हितों के लिए खिलाफ काम करनेवाले संगठन का व्यक्ति हो तो हमें उसकी खिलाफत करनी चाहिए या नहीं। डॉ. बाबा साहेब के इन सवालों का प्रतिनिधियों समर्थन दिया। उपस्थित सभी प्रतिनिधियों ने घोषित किया कि कोई भी व्यक्ति या संगठन यदि अस्पृश्यों की प्रगति में अड़चन पैदा करेगा तो उसका सख्त विरोध किया जाएगा।''

इसके बाद डॉ. बाबा साहेब ने दूसरा सवाल पूछा तो क्या आप सबको यह मंजूर है, इस सवाल के साथ उन्होंने टाइम्स आफ इंडिया में प्रकाशित वह रिपोर्ट पढ़कर सुनाया, जिसमें लिखा था कि डिप्रेस्ड क्लास मिशन सोसाइटी के अध्यक्ष विट्ठल रामजी शिंदे ने मुंबई प्रांत की सरकार को ज्ञापन देकर माँग की है कि मुंबई विधान परिषद् में अस्पृश्यों के प्रतिनिधियों की नियुक्ति चुने हए सदस्यों द्वारा होनी चाहिए, सरकार या अस्पृश्य संस्थाओं द्वारा नहीं होनी चाहिए। डॉ. बाबा साहेब ने अखबार में छपे समाचार को पढ़कर सुनाने के बाद फिर पूछा, ''क्या आप सब इससे सहमत हैं उपस्थित सभी लोगों ने ना''ना''की गर्जना की।''

उसके बाद डॉ. बाबा साहेब ने शिंदे की उस माँग का भी विरोध किया, जिसमें कहा गया था कि चुनाव में उसी को वोट देने का अधिकार मिले, जो कक्षा चार पास हो और जिसकी वार्षिक आमदनी 144 रुपए हो। परिषद् में शिंदे की सभी माँगों का सख्त विरोध हुआ, क्योंकि शिंदे द्वारा प्रस्तावित सभी सुझावों से अस्पृश्यों का नुकसान होनेवाला था। डॉ. बाबा साहेब ने कहा कि यह तो सुरक्षा के लिए दिए गए शस्त्र की धार को खत्म करने के समान है। थाली परोसने के बाद खाने के लिए मना करने जैसी बात है। इससे जातिवाद को प्रोत्साहन मिलेगा। वहीं सवर्णों द्वारा नियुक्त प्रतिनिधि हमारी किस प्रकार की और कितनी समस्याओं को प्रस्तुत करेगा, यह बड़ा सवाल है।

डॉ. बाबा साहेब के प्रभावशाली भाषण से सम्मेलन सम्मोहित हो गया। डॉ. बाबा साहेब की ठोस हकीकतों से सभी इतने प्रभावित हुए कि विरोध करने आए गणेश गवाई भाषण करने के लिए खुद खड़े हो गए और शिंदे के प्रस्तावों का विरोध किया। आखिर में शिंदे की नीति-रीति की सख्त आलोचना कर, सर्व सम्मति से प्रस्ताव पारित कर कहा गया कि सरकार उनकी माँग के अनुसार निर्णय न करे।

युवक भीमराव की कूटनीति और रणनीति की यह प्रथम विजय थी। सार्वजनिक मंच पर सामाजिक जीवन में डॉ. बाबा साहेब की बुद्धिमता एवं राजनीतिक कुशलता

की प्रतीति हुई। नागपुर की सरजमीं पर एक प्रभावशाली नेतृत्व का नजारा हुआ। महर्षि विट्ठल शिंदे ने अस्पृश्यों के लिए बहुत अच्छे कार्य किए थे। परंतु उनकी इस बड़ी हिमालय जैसी भूलने उन्हें धरातल पर ला दिया। इस परिषद् के बाद डॉ. बाबा साहेब ने अस्पृश्य समाज की विविध उपजातियों को एक करने के लिए एड़ी चोटी की ताकत लगा दी। उसके बाद बाबा साहेब ने महारों की 18 उपजातियों के नेताओं के सहयोग से सामूहिक भोजन का आयोजन किया। डॉ. बाबा साहेब पूरे अस्पृश्य समाज का नेतृत्व करने के लिए सक्षम थे, परंतु अस्पृश्यों विभिन्न जाति-उपजातियों के आपसी पूर्वाग्रह-द्वेष सहित कई अड़चनें थीं, बाबा साहेब इसे जानते हुए भी इसकी शुरुआत की। अस्पृश्यों की इस प्रकार की प्रवृति उन्हें जीवन भर परेशान करती रही है।

डॉ. बाबा साहेब आंबेडकर समाज के प्रति समर्पण की भावना से सामाजिक कार्यों को आगे बढ़ा रहे थे। आर्थिक चिंता नहीं थी, क्योंकि उन्हें प्रध्यापक के तौर पर बेहतर वेतन मिल रहा था, परंतु उनकी ज्ञान पिपासा उन्हें चैन से बैठने नहीं देती थी। इंग्लैंड की धरती पर डी.एस.सी. और बैरिस्टर की पढ़ाई अधूरी छोड़कर आए थे। उसे पूरा करने के लिए उनका मन तड़पता रहता था। जीवन यापन की परेशानी नहीं थी, परंतु विदेश जाने के लिए काफी रुपयों की जरूरत थी। इसकी जानकारी होते हुए भी उन्होंने विदेश जाने की तैयारी शुरू की। परंतु इसके लिए रुपए की व्यवस्था सबसे कठिन काम था।

दूसरी ओर सीडम हेम कॉमर्स कॉलेज में प्राध्यापक के तौर पर शानदार नौकरी एवं आरामदायक जिंदगी गुजारने काबिल वेतन यह सब त्याग कर बाबा साहेब विदेश में पढ़ाई करने जाएँ, पत्नी यह सोच सकती है? रमा बाई की भी यही इच्छा थी कि पति आराम के साथ नौकरी करें, परिवार का पालन-पोषण करें और फिर भले न सामाजिक कार्य करे, परंतु रहें तो अपने ही पास। एक बार डॉ. बाबा साहेब ने पत्नी रमाबाई से बात की, और कहा कि "मुझे अधूरी पढ़ाई पूरी करने के लिए इंग्लैंड जाना है।"

बाबासाहब की बात सुन स्वाभाविक तौर पर रमाबाई नाराज होंगी, हुई भी सहीं। "चार सौ रुपए का वेतन आज से 100 वर्ष पूर्व अपने परिवार के लिए बहुत है। अब और नहीं पढ़ोगे तो भी चलेगा।" परिवार बड़ा था। बुडे ई, बहन, एक विधवा भाभी, उनके बच्चे सभी का भरण-पोषण बाबा साहेब कर रहे थे। इसलिए रमाबाई बड़ी मितव्यता से अपना घर चला रही थीं। रमाबाई स्वभाव से मृदुभाषी, मक्कम, दृढ, मनोबल, स्वाभिमानी और उतनी ही कर्तव्यपरायण, धार्मिक वृत्ति की

थीं। बाबासाहब ने उन्हें अक्षर ज्ञान दिया। वे बाबा साहेब की सफलता एवं दीर्घायु के लिए व्रत एवं पूजा अराधना करतीं। रमाबाई बाबा साहेब के स्वभाव एवं उनके जीवन लक्ष्य से अवगत थीं, फिर भी बाबा साहेब ने रमाबाई को समझाया—मैं केवल अपने ऐशोआराम या और अधिक वेतन वाली नौकरी के लिए पढ़ने नहीं जा रहा हूँ। सदियों से पीड़ित हमारे समाज के दुःख-दर्द को किस प्रकार समाप्त किया जाए, उसके लिए और अधिक पढ़ना चाहता हूँ। समझदार रमाबाई के लिए इतने शब्द ही काफी थे।

इंग्लैंड जाने की मानसिक तैयारी हो गई थी। प्रोफेसर के पद से इस्तीफा दे दिया। बचत थी, परंतु विदेश की जरूरत के अनुसार कम थी। इस अभाव के समय एक बार फिर शाहूजी महाराज और मित्र नवल ने मदद की। शाहूजी महाराज बाबा साहेब के घर आए और केवल आर्थिक मदद ही नहीं की, परंतु परिवार को अपने यहाँ भेजने का अनुरोध किया। छत्रपति शाहूजी महाराज रमाबाई को अपनी छोटी बहन मानते थे। शाहूजी महाराज ने रमाबाई, बालक, भाई, आनंदराव की विधवा पत्नी, बड़े भाई बाबाराव तथा बहनों को बाबासाहब आंबेडकर इंग्लैंड से वापस आएँ, तब तक कोल्हापुर भेजने का अनुरोध किया। बाबासाहब शाहूजी महाराज के अपने प्रति विशुद्ध प्रेम एवं अस्पृश्यों के प्रति सच्ची भावनाओं को अच्छी तरह जानते थे।

फिर भी प्रेमाग्रह के प्रति आभार मानते हुए विनयपूर्वक इनकार कर दिया। महाराज का बाबा साहेब के प्रति जो अहोभाव था, उससे पूरा परिवार भावविभोर था।

महाराज ने जाते-जाते बाबा साहेब के हाथ में सिफारिश पत्र दिया। लंदन निवासी अपने मित्र सर आल्फेडन पीज को पत्र लिखकर डॉ. बाबा साहेब को हर प्रकार से मदद की सिफारिश की थी। पत्र में शाहूजी महाराज ने लिखा था, इस पत्र द्वारा मेरे मित्र डॉ. बाबा साहेब आंबेडकर का परिचय करवा रहा हूँ। अस्पृश्य मानी जानेवाली महार जाति के डॉ. आंबेडकर कोलंबिया यूनिवर्सिटी से पी-एच.डी. हुए हैं। मुंबई के सिडनहेम कालेज में अर्थशास्त्र में प्रोफेसर हैं। वहाँ लंदन स्कूल ऑफ इकानोमिक्स ऐंड इंस कोर्ट में पढ़ाई के ले आ रहे हैं···आपकी अनुकूलता के अनुसार हर संभव मदद करने के लिए अनुरोध हैं। पत्र में सिफारिश के साथ-साथ शाहूजी महाराज ने भारत में जातिवाद की भयानकता का विवरण भी प्रस्तुत किया था।

डॉ. बाबा साहेब आंबेडकर 5 जून, 1920 को सिटी ऑफ एक्सिटर जहाज में इंग्लैंड जाने के लिए रवाना हुए, तब उन्हें यह मालूम नहीं था कि शाहूजी महाराज से अब कभी भेंट नहीं होगी। बाबा साहेब इंग्लैंड की धरती पर ज्ञानार्जन कर रहे थे, तब रुपयों की जरूरत पड़ी, उस समय तब शाहूजी महाराज ने मदद की। बाबा

साहेब 18–18 घंटे पढ़ाई कर रहे थे। लक्ष्य था, जितना जल्दी हो सके एम.एस.जी. बैरिस्टर एवं डी.एस.सी. की डिग्री प्राप्त करना। कठोर परिश्रम एवं मितव्ययता में दिन गुजर रहा था। विदेश की धरती पर पाउंड में खर्च होता था। इसलिए धन का अभाव स्वाभाविक है। ऐसे में विदेशी मुद्रा का भाव बढ़ गया। रुपए कम पड़ गए। ऐसी संकट की घड़ी में शाहूजी महाराज जैसे मित्र के अतिरिक्त और कौन मदद कर सकता था। डॉ. बाबा साहेब ने 200 डॉलर भेजने के लिए शाहूजी महाराज को पत्र लिखा। बाबा साहेब स्वाभिमानी तो थे ही उन्होंने मदद इस शर्त पर माँगी कि भारत आकर वे ब्याज सहित रकम वापस करेंगे। शाहूजी महाराज के अंत:करण में बाबा साहेब के लिए अनुराग था। शाहूजी महाराज यह भी जानते थे कि बाबा साहेब किस उद्देश्य से विदेश की भूमि पर कठोर ज्ञानार्जन कर रहे हैं। संवेदना से परिपूर्ण शाहूजी महाराज ने रुपए तो भेजे साथ में एक पत्र भी भेजा। महाराज ने लिखा—रुपए भेज रहा हूँ और भी चाहिए तो लिखना। तुम तो पूरे राष्ट्र के हित के लिए कार्य की शुरुआत कर रहे हो तब यह रकम मुझसे वापस कैसे माँगी जा सकती हैं। फिर तो ब्याज का सवाल ही कहाँ है, महाराज ने शायद कठिन काल में बाबा साहेब की सहायता न की होती तो उन्हें पढ़ाई अधूरी छोड़कर भारत वापस आना पड़ता।

शाहूजी महाराज प्रजा वत्सल राजा थे। वे सदियों से पीड़ित शोषित अन्याय और अत्याचारों के शिकार, अधिकारों से वंचित अस्पृश्यों के दु:ख और दर्द की अनुभूति करते, इसीलिए उन्होंने अपने राज्य में अस्पृश्यों के कल्याण की अनेक योजनाएँ शुरू की। महाराज शाहूजी को लग रहा था कि शताब्दियों के बाद भी अस्पृश्यों को अपना महानायक मिल गया है। यह एक ऐसा महानायक है, जो हजारों वर्षों से अन्याय सह रहे अस्पृश्यों को उसमें से बाहर निकालकर उन्हें उनका अधिकार दिलानेवाला था। डॉ. बाबा साहेब के व्यक्तित्व से शाहूजी महाराज परिचित हो गए थे। इसीलिए डॉ. बाबा साहेब के सार्वजनिक जीवन में नवसिखिया होते हुए भी भविष्यवाणी की कि एक समय यह युवक पूरे भारत वर्ष का नेता होगा। यह मेरी अंतरात्मा की आवाज है। उन्होंने डॉ. बाबा साहेब को आगे बढ़ने में हर संभव सहायता की। वैचारिक जागरण की जरूरत हो, तब शाहूजी महाराज उनके साथ थे। महाराज ने बाबा साहेब के संघर्षपूर्ण मार्ग को सरल किया। डॉ. बाबा साहेब को सच्चा मित्र माना। परंतु यह मित्रता केवल तीन वर्ष में खंडित हो गई। दोनों के बीच जनवरी 1919 में मुलाकात हुई और 1922 में शाहूजी महाराज बाबा साहेब से हमेशा के लिए दूर चले गए।

डॉ. बाबा इंग्लैंड में पढ़ाई कर रहे थे, उसी समय छह मई 1922 को केवल 47 वर्ष की आयु में दिल का दौर पड़ने से मुंबई में शाहूजी महाराज की मृत्यु हो गई। शाहूजी की मृत्यु से अस्पृश्य अकेले पड़ गए। यह समाचार सुनकर इंग्लैंड में बाबा साहेब को बहुत बड़ा सदमा लगा। उन्होंने संवेदना पत्र लिखा—मैंने एक सच्चा मित्र खो दिया है, और अस्पृश्यों ने महान् हितेच्छु, अपने कार्यों का समर्थक खो दिया है।

राजर्षि शाहूजी महाराज का सामाजिक सुधार का आंदोलन उनके जीवन के अंतिम क्षणों तक जारी था। शाहूजी महाराज केवल समाज सुधार करके ही नहीं रुके, परंतु अस्पृश्य समाज को आत्म निर्भर एवं स्वाभिमानी बनाने की दिशा में भी सार्थक शुरुआत की। उन्होंने नागपुर में 1920 में बहिष्कृत परिषद् में अपने भाषण में कहा था : तुम लोग अस्पृश्य नहीं। छुआछूत में माननेवालों लोगों की तुलना में आप लोग अत्यधिक बुद्धिमान, पराक्रमी, निःस्वार्थी, सुविचारी, एवं हिंदू राष्ट्र की इकाई हो, मैं आप को अस्पृश्य नहीं मानता। हम सब बराबरी वाले भाई हैं। हम सबका अधिकार एक है। इस विश्वास के साथ कार्य में लग जाना चाहिए।

महाराजा ने अपने राज में बेगारी करने पर प्रतिबंध लगा दिया था। उन्होंने उनके काम का वेतन देने का आदेश जारी किया। इससे राज्य के खजाने पर आर्थिक बोझ बढ़ने लगा। राजमंत्री ने महाराजा को इससे अवगत कराया तब महाराज ने कहा इस कार्य से मेरा खजाना खाली हो जाए तब भी मुझे इसकी परवाह नहीं है। मुझे मानव को मानवता से वंचित रखनेवाली सभी रुढियों को समाप्त करना है।

शाहूजी महाराज राज्य के सर्वेसर्वा , अधिकार संपन्न एवं अकूत धन-संपत्ति के स्वामी थे, फिर भी सादगी से रहते थे। राजा होते हुए भी रंक या अस्पृश्य के घर भोजन करने में जरा भी संकोच नहीं करते। राजर्षि शाहूजी महाराज का कार्य तत्कालीन हालात एवं मानसिकता के अनुसार तुलना करें तो 100 वर्ष के लिए विचार करनेवाले दृष्टा थे। उन्होंने वाणी व्यवहार और कार्यों से समाज में बंधुता एवं न्याय का बीजारोपण किया। समाज में समता-ममता की अनुभूति करवाया।

□

डॉ. आंबेडकर और ब्राह्मण

—किशोर मकवाणा

डॉ. बाबासाहब आंबेडकर के संस्कार-विचार और जीवन उच्च कोटि के थे। उनके विचारों और व्यवहार में नफरत और दुर्व्यवहार का कोई स्थान नहीं था। बाबासाहब के जीवन में पढ़ाई से लेकर अनेक आंदोलनों में भी महत्त्वपूर्ण सहयोग देनेवाले ब्राह्मण ही रहे हैं। इसीलिए उन्होंने बार-बार कहा है मैं बाह्मण विरोधी नहीं हूँ, मिथ्या ब्राह्मणवाद के अहंकार का विरोधी हूँ।

डॉ. बाबासाहब के कथित अनुयायियों के ब्राह्मण-विरोध की यह मानसिकता बाबासाहब के विचारों से अलग है और डॉ. बाबासाहब के जीवनदर्शन से उनका कोई सरोकार नहीं है, केवल ब्राह्मण एवं हिंदू धर्म के बारे में गाली गलौज और अपशब्द बोलना यही उनका एकमात्र मकसद है। बाबासाहब ने सदैव मिथ्या ब्राह्मणत्व का विरोध किया, पर कभी भी ब्राह्मणों का तिरस्कार करने के प्रयत्न उनके द्वारा नहीं हुए। यह डॉ. बाबासाहब के जीवन की अनेक घटनाओं से भी स्पष्ट होता है।

—बाबासाहब का उपनाम ही देख लें। 'आंबेडकर' का वास्तविक कुलनाम सकपाल था, पर रत्नागिरि जिले के आंबवडे ग्राम के नाम से उनके कुल ने 'आंबवडेकर' उपनाम रख लिया। एक छोटे आत्मचरितात्मक बयान में बाबासाहब ने अपने संस्मरण बताये हैं। उसमें उन्होंने लिखा है कि उनके विद्यालय में आंबेडकर नाम के एक ब्राह्मण शिक्षक थे। ये शिक्षक बाबासाहब को अपने साथ बैठाकर भोजन कराते थे। उन शिक्षक महोदय ने आंबवडे अर्थ अच्छा न होने के कारण इनका उपनाम बदल कर आंबेडकर किया और वही विद्यालय के रजिस्टर में भी लिखा। आंबेडकर गुरुजी को ऐसा लगा कि आंबावडेकर कुलनाम बोलने में ठीक नहीं। अतः एक दिन आंबेडकर गुरुजी ने भीम से कहा कि वह सरल-सुलभ

आंबेडकर नाम धारण करें। तुरंत ही स्कूल के कागजात में उन्होंने यह नाम दर्ज कर लिया। आंबेडकर गुरुजी को अपना नाम अमर करने की ऐसी बुद्धि प्राप्त हुई, वह उनका भाग्य ही कहना चाहिए। शिष्य के साथ-साथ गुरु भी अमर हो गए। आंबेडकर गुरुजी को अपने प्रिय शिष्य का बुढ़ापे में भी विस्मरण नहीं हुआ। आगे अस्पृश्यों के प्रतिनिधि के रूप में गोलमेज परिषद् के लिए डॉ. बाबासाहब आंबेडकर जब विलायत जाने के लिए निकले; तब शुभेच्छासूचक और अभिनंदनपरक एक पत्र उन्होंने अपने शिष्य को भेजा। वह पत्र एक अमूल्य धरोहर है; यह मानकर डॉ. बाबासाहब आंबेडकर ने उसे सुरक्षित रखा था। आंबेडकर गुरुजी एक बार बंबई में दामोदर सभागृह के पास स्थित आंबेडकर के कार्यालय में उनसे मिलने के लिए गए थे। तब महान् और ख्यातकीर्त उस शिष्य ने गद्गद होकर उन्हें नम्रता से प्रणाम किया। इतना ही नहीं, उन्हें श्रीफल और पोशाक देकर उनका यथोचित सम्मान भी किया।

बाबासाहब हाई स्कूल की दूसरी कक्षा (अब कक्षा 6) में थे, तब पेंडसे नामक ब्राह्मण शिक्षक पढ़ाते थे। वे बाबासाहब से बहुत स्नेहपूर्ण व्यवहार करते थे। एक दिन वर्षा हो रही थी। बाबासाहब विद्यालय पहुँचे, तब तक पूरी तरह से तरबतर हो चुके थे। पेंडसे ने भीम को बड़े प्रेम से पूछा, 'बारिश में भीगकर तू आ गया, छाता क्यों नहीं लाया?' यह पूछने पर भीम ने भोलेपन से उत्तर दिया कि, 'छाता एक ही था और वह भी भाई लेकर गया।' यह सुनकर पेंडसे ने अपने बच्चे के साथ भीम को अपने घर भेजा और स्नान के लिए गरम पानी देकर उसे एक सूखी लंगोटी देने के लिए कहा। उनका भीम पर बहुत प्रेम था। शिक्षक महोदय ने अपने लड़के के साथ इन्हें अपने घर भेजा। वहाँ पहले गरम पानी से नहाने की व्यवस्था की गई।

—इसी माध्यमिक स्कूल में पेंडसे के अलावा कृष्णाजी आंबेडकर नामक दूसरे एक ब्राह्मण अध्यापक थे। उनका भीम पर बहुत प्रेम था। उन दो ब्राह्मण अध्यापकों की वजह से भीम को ऐसा लगता था कि जैसे घर के बाहर सहानुभूति विहीन धधकते हुए रेगिस्तान में किंचित कहीं प्रेम की हरियाली भी है। बीच की छुट्टी में खेलते-कूदते, शरारत करते घर जाने को मिलता था, इसलिए भीम घर जाता था। एक दिन यह बात आंबेडकर-अध्यापक के ध्यान में आ गयी। उन्होंने बड़ी आत्मीयता से भीम को बुलाया और उस समय से वे उसकी अंजुली में ऊपर से सब्जी-रोटी रखने लगे। वह उनका नित्य नियम था। उस अपनेपन के झरने में सराबोर होकर भीम का अंग-अंग रोमांचित हो जाता था। प्यार से दी हुई उस सब्जी-रोटी का स्वाद उसे बहुत अच्छा लगता था। प्रौढ़ होने पर बाबासाहब को

उस घटना की याद आते ही उनका गला भर आता था। मानवता और ममता से परिपूर्ण आंबेडकर गुरुजी का सारा जीवन ही निराला था।

—मुंबई के एलफिंस्टन हाईस्कूल में एक बार की बात है, पेंडसे नामक ब्राह्मण शिक्षक पढ़ा रहे थे। उन्होंने श्याम पट पर एक आकृति बनाई और उसके आधार पर सबसे प्रश्न पूछा। उत्तर देने के लिए केवल भीमराव ने ही हाथ ऊपर उठाया। उन्होंने भीमराव को बुलाया और उत्तर श्यामपट पर लिखने के लिए कहा। भीमराव श्याम पट की ओर जाने लगा, तब बाकी विद्यार्थियों ने काफी हल्ला मचाया।

एक विद्यार्थी बोला, 'सर, उसे श्याम पट को न छूने दें।' शिक्षक ने पूछा, 'क्यों ?'

'सर, ये अस्पृश्य है।' 'हाँ, तो वह विद्यार्थी है न। उस श्याम पट के पीछे हमारे भोजन के डिब्बे रखे हैं। उसके श्याम पट को छूने से वे हमारे खाने के काम के नहीं रह जाएँगे।' ब्राह्मण शिक्षक ने विद्यार्थियों को मक्कमता से कहा, 'तुम लोग अपने डिब्बे अलग रखो। यह श्याम पट पर लिखेगा।' पेंडसे शिक्षक का भीमराव पर असीम प्रेम था। भारतीय मजदूर सभा के जनक (मराठी साहित्यकार वा.मू. जोशी के बड़े भाई) ब्राह्मण नारायण मल्हावराय जोशी। (1902-1906) में मुंबई के एलफिंस्टन हाईस्कूल में आंबेडकर के कक्षाचार्य (क्लास टीचर) थे। उन्होंने छात्र आंबेडकर को कक्षा की अंतिम पंक्ति से उठाकर प्रथम पंक्ति में बैठाया और उनसे गणित का सवाल ब्लैकबोर्ड पर हल करवाया।

—अस्पृश्यों के मानवीय, सामाजिक व राजनीतिक अधिकारों का अहसास निर्माण होने और उसके लिए प्रबोधन, संगठन तथा आवश्यकता पड़ने पर संघर्ष करने की तैयारी होने के बावजूद प्रारंभ के अनेक वर्षों तक बाबासाहब की भूमिका यही रही कि हम हिंदू समाज के अविभाज्य अंग हैं; क्योंकि उनकी धारणा थी कि अस्पृश्यता का प्रश्न संपूर्ण हिंदू समाज का प्रश्न है व उसके लिए उच्चवर्ण तथा अस्पृश्य दोनों को कंधे से कंधा मिलाकर काम करना चाहिए। इसी कारण अपना संस्थागत जीवन प्रारंभ करते समय 20 जुलाई, 1924 को उन्होंने जिस बहिष्कृत हितकारिणी सभा की स्थापना की, उसकी रचना में तथाकथित उच्चवर्णीय समाज के लोगों को भी उचित स्थान दिया। सर चिमनलाल सीतलवाड़ इस संस्था के अध्यक्ष (जो जाति से ब्राह्मण) थे। मेयर निस्सिम, रुस्तमजी जिनवाला, जी.के. नरीमन, डाक्टर वि.पा. चौहान, रेंग्लर र.पु. पराज्जपे, वा.गं. खरे जैसे सामाजिक नेता सभा के उपाध्यक्ष थे।

—बाबासाहब ने पीपुल्स एज्युकेशन सोसाइटी की स्थापना कर सिद्धार्थ

महाविद्यालय प्रारंभ करने का निश्चय किया। उसके संस्थापक सदस्यों में एस.सी. जोशी, मो.वा. दोंदे, राजाराम भोले, दौलतराव जाधव, सी.के. बोले, हिरजीभाई पटेल, बैरिस्टर समर्थ तथा वी.जी. राव को रखा। जो कि अधिकांश सदस्य ब्राह्मण जाति के थे। उस समय उन्होंने अपने अनुयायियों को उच्चवर्णों के सहयोग की आवश्यकता के महत्त्व को समझाया। बाद में भी श्रम मंत्रालय को पुनर्गठित के साथ श्री एस.सी. जोशी को सौंपी। बाबासाहब के जीवन में श्री चित्रे का स्थान सुप्रसिद्ध रहा। उन्हें यह बताने में कभी संकोच नहीं हुआ कि उनके कई व्यक्तिगत मित्र ब्राह्मण हैं। 14 जनवरी, 1946 को शोलापुर में दिए अपने भाषण में डॉ. वि.वि. मुले का उल्लेख बड़े ही भावनापूर्ण शब्दों में करते हुए उन्होंने कहा डा. मुले के सहकार्य के कारण ही 20 वर्ष पूर्व मैंने सार्वजनिक जीवन में प्रवेश किया।

—मिलिंद महाविद्यालय के प्राध्यापक ठकार से उनकी नियुक्ति के समय बाबासाहब ने पूछा, 'इसके पूर्व आप क्या काम करते थे?' ठकार ने बताया, 'मैं नासिक के एक महाविद्यालय में प्राध्यापक था।' यह पूछने पर कि फिर वह छोड़ा क्यों, ठकार ने बताया, 'संघ के नेतृत्व में हुए सत्याग्रह में भाग लेने के कारण मेरी नौकरी गई।' यह सुनकर बाबासाहब ने ठकार की पीठ थपथपाई और कहा, 'शाबाश! तुम्हारा चुनाव कर मैंने ठीक ही किया।' मिलिंद महाविद्यालय के प्राध्यापक ठकार ने एक बार उनसे पूछा, 'बाबासाहब! आप ब्राह्मणों के विरुद्ध क्यों हैं? बाबासाहब ने उत्तर दिया, My boy, had I been against Brahmins and Hindus, you would not have been here. मेरी संस्था के शिक्षक बहुधा ब्राह्मण ही हैं। मेरा विरोध ब्राह्मण जाति से नहीं है, ब्राह्मण्य से है।'

—जात-पाँत तोड़क मंडल के संस्थापक भाई परमानंद, गोकुलचंद नारंग, जमनादास मेहता, डॉ. मुझे, डा. खरे, समतानंद गद्रे, ल.व. भोपटकर, भागोजी कीर, अप्पा कासार, स्वातंत्र्यवीर सावरकर व हिंदू महासभा के कई अन्य नेताओं से उनके आत्मीय संबंध थे।

—महाड़ सत्याग्रह के दूसरे पर्व की तैयारी हो ही रही थी कि अमरावती के कार्यकर्ताओं ने अंबादेवी के मंदिर में प्रवेश के लिए सत्याग्रह चलाया। उस निमित्त हुई परिषद् के लिए डॉ. आंबेडकर को अध्यक्ष चुना गया। बाबासाहब अपने आंदोलन के सहकारी देवराव नाईक, सी.ना. शिवतरकर, रा.दा. कांबली, दा.वि. प्रधान आदि नेताओं के साथ अमरावती पहुँचे। इंद्रभुवन नाट्यगृह में परिषद् प्रारंभ हुई। बैरिस्टर तिडके, डॉ. पंजाबराव देशमुख, चौबल वकील, गवई एम.एल.सी., केशवराव देशमुख, डॉ. पट्टवर्द्धन जैसे नेता भी उपस्थित थे। प्रारंभ में पंजाबराव

देशमुख का भाषण हुआ। उसके पश्चात् बाबासाहब का विद्वत्तापूर्ण पर मुँहतोड़ भाषण हुआ।

—महार का कोई लड़का मैट्रिक उत्तीर्ण हो यह उस समय एक अभूतपूर्व घटना ही मानी जाती थी। इस उपलक्ष्य में एक समारोह आयोजित किया गया। उस समारोह का अध्यक्ष पद महाराष्ट्र के विख्यात कर्मठ समाज सुधारक सीताराम केशव बोले को दिया गया। उस सभा में बंबई के विल्सन हाईस्कूल के अध्यापक और विख्यात विचारक, प्रसिद्ध, मशहूर ग्रंथकार तथा निष्ठावान समाजसुधारक गुरुवर कृष्णाजी अर्जुन केलुसकर भी उपस्थित थे। वह ब्राह्मण जाति के थे। कृष्णाजी केलुसकर मुंबई के चर्नी रोड के उद्यान में संध्या के समय किताबों का पठन करते रहते थे। बाबासाहब चर्नी रोड गार्डन (अब स.का.पाटील उद्यान) में जाकर पढ़ाई करते थे। विल्सन हाई स्कूल के ब्राह्मण प्रधानाध्यापक कृष्णाजी अर्जुन केलुस्कर उस बाग में हमेशा जाते थे। बाबासाहब वहाँ भी तल्लीनता से पढ़ते थे, कृष्णाजी उनसे बहुत प्रभावित हुए। बाद में बाबासाहब ने बताया कि प्रधानाध्यापकजी से मिलना उनके लिए हर बार प्रेरणादायक रहता था। एक दिन नजदीक के बेंच पर उन्हें एक अत्यंत एकाग्रता से पढ़ रहा पैनी बुद्धिवाला लड़का दिखाई पड़ा। वह लड़का भीमराव था। कौतूहलवश उन्होंने भीमराव से जान-पहचान कर ली और उसे प्रोत्साहित किया। उन्हें भीमराव से लगाव हो गया। सहज ही भीमराव के सम्मान में आयोजित समारोह में उन्होंने दो शब्द कहे और उस समय अपना खुद का लिखा हुआ मराठी बुद्ध चरित्र उन्होंने भीमराव को उपहार के रूप में दिया।

—भीमराव को बुद्ध का प्रथम परिचय कराया कृष्णाजी ने उसी पुस्तक का पठन भविष्य में उनको बुद्ध की तरफ ले गया हो तो आश्चर्य नहीं...सभा समाप्त होनें पर गुरुवर केलुसकर ने भीमराव के पिताजी रामजीपंत से भीमराव के भावी शिक्षा-प्रबंध संबंधी पूछताछ की। उस समय उस रामजी सकपाल ने कहा, 'मेरी परिस्थिति कठिन है, यह सच है, फिर भी मैंने भीम को उच्च शिक्षा देने का संकल्प किया है।'

—भीमराव बंबई के एल्फिंस्टन महाविद्यालय में शिक्षा ग्रहण कर रहे थे। भीमराव की इंटर आर्ट्स की परीक्षा उत्तीर्ण होने तक रामजी सूबेदार ने भीमराव की शिक्षा का बोझ बड़ी मुश्किल से सँभाला। शिक्षा का यह व्यय वे नहीं सँभाल सकते हैं यह देखकर गुरुवर कृष्णाजी केलुसकर ने सर नारायण चंदावरकर की मध्यस्थता से बड़ौदा नरेश से उनके बंबई आवास में भेंट की। अस्पृश्यों के प्रोत्साहनार्थ सहायता देने की जो घोषणा बंबई नगर भवन की सभा में बड़ौदा नरेश ने की थी, उसकी याद

दिलाकर गुरुवर केलुसकर ने भीमराव को उनके सम्मुख खड़ा किया। महाराज ने जो प्रश्न पूछे उनके उत्तर भीमराव ने संतोषजनक दिए। अपनी सरकार की माहवार पच्चीस रुपए की छात्रवृत्ति उन्हें देना स्वीकार किया। बुद्ध चरित ग्रंथ भीमराव को उपहार में देकर केलुसकर ने भीमराव को समाज में फैली हुई ऊँच-नीचता के खिलाफ जाग्रत् होने का अनजाने में आह्वान किया। उनकी आवश्यक मनोदशा तैयार की। उन्होंने भीमराव के ज्ञान संपादन के पथ पर अपनी सहानुभूति का प्रकाश फैला दिया। खुद के बुद्धि-वैभव में वृद्धि करने का उन्हें एक अमूल्य मौका प्रदान किया। गुरुवर केलुसकर के जीवन की यह एक बड़ी संस्मरणीय विशेष घटना थी।

केलुस्कर चाहते थे कि बाबासाहब जैसे प्रतिभासंपन्न युवा बहुत पढ़ें और इसी कारण बाबासाहब को शिष्यवृत्ति मिले इसलिए वह स्वयं बड़ौदा आए। इसी कारण बाबासाहब को उच्च शिक्षा के लिए बड़ौदा महाराज से आर्थिक सहायता मिलना संभव हो सका।

—मैट्रिक से आगे अध्ययन के लिए बड़ौदा नरेश सयाजीराव की छात्रवृत्ति पाने हेतु मुंबई में बाबासाहब की महाराजा से मुलाकात करवानेवाले यांदे भी ब्राह्मण ही थे। गिरगाँव में उनका निर्णयसागर नामक एक प्रेस था। बड़ौदा राज्य का संपूर्ण साहित्य-गजेट आदि वहीं छपता था। इसी कारण वह महाराजा गायकवाड के घनिष्ठ संपर्क में थे। दादा केलुस्कर (भंडारी जाति) उनके साथ गए थे। बाबासाहब की महाराजा से जान-पहचान यांदे ने ही करवाई थी। विदेश में उच्च अध्ययन हेतु छात्रवृत्ति एवं आर्थिक सहायता के लिए दिनांक 4.6.1913 को बड़ौदा राज्य एवं भीमराव आंबेडकर के मध्य अनुबंध-पत्र दाखिल किया गया, जिसके लेखक एवं आंबेडकर की तरफ से जिम्मेदारी लेनेवाले त्रिभुवन जे. व्यास एवं ए.जी. जोशी ब्राह्मण ही थे।

—डॉ. बाबासाहब आंबेडकरने अस्पृश्य वर्ग की सामाजिक और राजनीतिक समस्याएँ सरकार के सम्मुख प्रस्तुत करने के लिए एक मध्यवर्ती संस्था स्थापित की जाए, इस संबंध में विचार-विमर्श करने के लिए आंबेडकर ने 9 मार्च, 1924 को सायंकाल चार बजे दामोदर ठाकरसी सभागृह, परेल, बंबई में एक सभा बुलाई। अस्पृश्य समाज के सभी नए-पुराने कार्यकर्ता और समाज सेवक इकट्ठे हुए। उस सभा के प्रस्तावानुसार 20 जुलाई, 1924 को बहिष्कृत हितकारणी सभा स्थापित की गई। उस संस्था को चलानेवाले नेताओं की इच्छा थी बहिष्कृत हितकारिणी सभा, न्यायमूर्ति रानडे की सार्वजनिक सभा के स्तर पर कार्यान्वित हो। उस सभा के उद्देश्य ये थे—अ. छात्रावास अथवा अन्य साधनों से बहिष्कृत समाज में शिक्षा का

प्रसार करना। बहिष्कृत समाज में उच्च संस्कृति की वृद्धि करने के लिए विभिन्न स्थलों पर पुस्तकालय, शैक्षिक कक्ष या स्वाध्याय केंद्र खोलना। बहिष्कृत समाज की आर्थिक स्थिति में सुधार लाने के लिए औद्योगिक और कृषि स्कूल चलाना।

इस बहिष्कृत हितकारिणी सभा के अध्यक्ष सर चिमनलाल हरिलाल सेतलवाड़ जो जाति के ब्राह्मण थे और सभी पदाधिकारी उच्च वर्ग के थे। मेयर निस्सीम जे.पी., रुस्तमजी जिनवाला सोलिसिटर, जी.के. नरीमन, डॉ. वि.पा. चौहान, डॉ. र.पु. परांजपे, बा.गं. खेर, सोलिसिटर उपाध्यक्ष थे। कार्यकारिणी समिति के अध्यक्ष स्वयं बाबासाहब आंबेडकर, कार्यवाहक सीताराम नामदेव शिवतरकर, कोषाध्यक्ष निवृत तुलसीदास जाधव थे। संस्था में सवर्ण हिंदुओं को सम्मिलित करने के कारण को स्पष्ट करते हुए पहली वार्षिक रिपोर्ट में लिखा गया है, जिस वर्ग के सुधार के लिए संस्थाएँ स्थापित करनी है, उस वर्ग के या उसी परिस्थिति से परेशान हुए लोगों के कार्यकर्ताओं के संस्था में आए बिना संस्था के ध्येय और उद्देश्य सफल नहीं हो सकते। यह स्वीकृत होने पर भी जिन्होंने यह संस्था स्थापित की है, उन्हें पक्का मालूम है कि उच्च वर्ग के धनिक और सहानुभूति रखनेवाले लोगों की सहायता के अभाव में अस्पृश्य वर्ग की उन्नति के भव्य कार्यक्रम की सार्थकता होना कदापि संभव नहीं। वैसा न करने का अर्थ होगा कि हमने ही स्वजनोद्धार के महान् कार्य का नुकसान किया है। इसलिए सिद्ध और साधक का मिलाप होकर इस राष्ट्रकार्य को सबकी मदद प्राप्त हो, वही उद्देश्य इस संस्था की स्थापना की नींव में है।

—सिड़नहैम कॉलेज में प्राचार्य पद की जगह रिक्त हुई थी। उस समय रघुनाथ पुरुषोत्तम परांजपे शिक्षामंत्री थे। डॉ. बाबासाहब आंबेडकर जैसे सर्वोच्च उपाधियाँ प्राप्त अनुभवी प्राध्यापक को वह पद मिले इस संबंध में गुरुवर केलुसकर ने शिक्षामंत्री परांजपे से महाबलेश्वर में भेंट की, लेकिन इस संबंध में कुछ भी नहीं कर सके। परांजपे एल्फिंस्टन कॉलेज में आंबेडकर को प्राध्यापक का पद दे सकेंगे, ऐसा उन्होंने बताया। जून 1925 से मार्च 1928 तक बाटलीबॉय एकाउटेंसी ट्रेनिंग इंस्टिट्यूट में अध्यापक का काम करते रहे।

—महाड़ के चवदार तालाब में पानी पीने के अधिकार को लेकर सत्याग्रह चल रहा था, तब ब्राह्मणेत्तर-दल के नेताओं, जेधे-जवलकर ने डॉ. बाबासाहब आंबेडकर को बताया कि महाड़ सत्याग्रह को ब्राह्मणेत्तर दल का पूरा समर्थन है। जेधे-जवलकरने इस संदर्भ में कुछ शर्ते रखी थी कि इस सत्याग्रह में ब्राह्मण जाति के कार्यकर्ताओं को सम्मिलित नहीं किया जाए। सत्याग्रह पूरी तरह से अहिंसक हो और महाड़ में बड़ी परिषद् आयोजित करने के बाद में ही सत्याग्रह का आरंभ

हो। ब्राह्मणों के सत्याग्रह में सम्मिलित न करने की जेधे-जवलकर की शर्त को पूरी तरह नकारते हुए डॉ. आंबेडकर ने स्पष्ट बताया कि, हमें यह शर्त मंजूर नहीं कि अस्पृश्योद्धार के आंदोलन से ब्राह्मण कार्यकर्ताओं को बाहर निकाला जाए। उन्होंने बताया कि, हम यह मानते हैं कि, ब्राह्मण लोग हमारे दुश्मन न होकर ब्राह्मणग्रस्त लोग हमारे दुश्मन है। ब्राह्मणरहित ब्राह्मण हमें नजदीक का लगता है। ब्राह्मणग्रस्त ब्राह्मणेतर हमें दूर का लगता है। हमारे सत्याग्रह में भाग लेने के लिए किसी भी व्यक्ति को पूरी स्वतंत्रता है। चाहे वह व्यक्ति किसी भी जाति का क्यों न हो। यह झगड़ा तथ्य के लिए है, किसी एक व्यक्ति या जाति के साथ नहीं। हम उनके आभारी रहेंगे, जो हमारे पवित्र कार्य में हमें सहायता करने के लिए तत्त्वनिष्ठा से आगे बढ़ेंगे।

—महाड़ सत्याग्रह के कारण चवदार ताल को ब्राह्मण अशुद्ध हुआ मानते, उस समय महाड़ के ही प्रमुख ब्राह्मण पी.पी. (बापूराव) जोशी बाबासाहब के प्रबल समर्थक थे। उच्चवर्णीय हिंदू तालाब को शुद्ध करना चाह रहे थे, परंतु उसके पूर्व ही बापूराव जोशी ने ताल में स्नान कर एक प्रकार से ब्राह्मण के कृत्य को चुनौती दी।

—महाड़ सत्याग्रह के समय में ब्राह्मण गंगाधर नीलकंठ सहस्रबुद्धे ने मनुस्मृति दहन का प्रस्ताव रखा और दिनांक 25.12.1927 को सायं 7 से 9 बजे तक दलित साधुओं के साथ मनुस्मृति की होली जलाई।

—महाड़ सत्याग्रह (कोलाबा जिला बहिष्कृत परिषद् दिनांक 19, 20 मार्च, 1927) में कार्यक्रम के अंत में डॉ. आंबेडकर के नेतृत्व में जुलूस निकालकर चवदार तालाब में प्रवेश करके पानी पीने का प्रस्ताव रखनेवाले आनंतराव विनायक चित्रे (1894-1959) कायस्थ थे, जिन्होंने आगे चलकर आंबेडकर के जनता साप्ताहिक के संपादक के रूप में वर्षों तक अपनी सेवाएँ दीं। चित्रजी ने 1928 में इंदौर में दलित विद्यार्थियों के लिए छात्रावास भी खोला।

—सार्वजनिक स्थानों पर दलितों के प्रवेश का प्रस्ताव प्रस्तुत करनेवाले सीताराम केशव बोले भंडारी भी ब्राह्मण थे।

—महाड़ चवदार तालाब सत्याग्रह 20 मार्च, 1927 को सफल हुआ। इससे आहत रूढ़िवादी सवर्णों ने अश्पृश्यों पर हमला कर दिया। कई लोग घायल हुए। डॉ. बाबासाहब आंबेडकर ने फौजदारी शिकायत दर्ज करवाई। 21 जून, 1927 को न्यायमूर्ति हुड साहब ने अपराधियों को सजा सुनाई। इस निर्णय से उत्साहित होकर डॉ. आंबेडकर ने अपने पत्र 'बहिष्कृत भारत' में दिनांक 25, 26 दिसंबर के लिए अगले कार्यक्रम की घोषणा कर दी, लेकिन रूढ़िवादी सवर्णो ने 12 दिसंबर, 1927 को महाड़ सेशन जज के कोर्ट में मुकदमा नं. 405/1927 दाखिल करके एक पक्षीय

स्थगन आदेश प्राप्त कर लिया।

—इस बीच दिनांक 9-10 दिसंबर, 1927 को बृहद महाराष्ट्र ब्राह्मण परिषद् की एक बैठक वेदशास्त्र पारंगत नारायण शास्त्री मारेठी के अध्यक्षता में अकोला में संपन्न हुई, जिसमें सैंकड़ों वेदशास्त्र पारंगत ब्राह्मणों ने भाग लिया। इस ब्राह्मण परिषद् ने सर्वसंमति से 10 प्रस्ताव पारित करके सामाजिक समता की जोरदार वकालत की। इसके अतिरिक्त प्रस्ताव 13 पारित करके यह घोषणा की, अस्पृश्यता शास्त्र आधारित नहीं है और मानव मात्र को वेद अध्ययन का अधिकार है, साथ ही पाठशाला, धर्मशाला, मंदिर, बावड़ी, कुँआ, तालाब आदि स्थानों पर सभी को प्रवेश करने का अधिकार है। किसी को अस्पृश्य नहीं मानना चाहिए।

—इस परिषद् के मुख्य संचालकों में पांडुरंग भास्कर शास्त्री पालेय ब्राह्मण जाति के थे। डॉ. बाबासाहब आंबेडकर को जो अपेक्षाएँ थीं, वे इस ब्राह्मण परिषद् ने प्रस्ताव द्वारा पारित की। महाड़ के रूढ़िवादी सवर्णों के मुकदमे के प्रत्युत्तर में डॉ. आंबेडकर ने पांडुरंग भास्कर शास्त्री पालये द्वारा लिखित पुस्तक में से उद्धृत श्लोकों को कोर्ट के समक्ष प्रस्तुत किया। डॉ. बाबासाहब ने इन श्लोकों द्वारा कोर्ट में स्पष्ट किया गया था कि अस्पृश्य के स्पर्श से पानी या कोई भी वस्तु अपवित्र नहीं हो जाती। शास्त्रीजी (पालेय) ने स्मृतियों के आधार पर सभी साक्ष्य जमा किए थे। अंत में निचली अदालत ने मुकदमा खारिज कर दिया।

—महाड़ सत्याग्रह केस (20 मार्च, 1927) दीवानी मुकदमा 405/1927 में शंकराचार्य डॉ. कृतकोटि ने डॉ. बाबासाहब आंबेडकर के पक्ष में गवाही दी। इस गवाही को नोट करनेवाले कोर्ट कमिश्नर भाई साहब मेहता भी ब्राह्मण थे। इस मुकदमे का न्याय निर्णय डॉ. आंबेडकर के पक्ष में हुआ और यह निर्णय देनेवाले न्यायमूर्ति वि.वि. पंडित भी ब्राह्मण थे। 10 वर्ष पश्चात् 17 मार्च, 1937 को हाईकोर्ट ने डॉ. आंबेडकर के पक्ष में अपना निर्णय दिया था।

—बाबासाहब ने अस्पृश्य महिलाओं को महाड़ सत्याग्रह के समय कहा था कि 'आपको अच्छी तरह स्वच्छ कपड़े पहनने चाहिए।' महाराष्ट्र में अस्पृश्य महिलाएँ- पुरुषों की धोती की तरह साड़ी बाँधकर पहनती थी। बाबासाहब को यह पसंद नहीं था। डॉ. आंबेडकर ने अपने बाह्मण मित्रों की पत्नियों को बुलाकर एक सम्मेलन में अच्छी तरह कपड़े कैसे पहने जाएँ उसका प्रशिक्षण दिलाया था।

—लोकमान्य तिलक के बेटे श्रीधरपंत तिलक की आंबेडकर के साथ अभिन्न मित्रता थी। वे डॉ. आंबेडकर के स्नेही और चहेते थे। उनके सामाजिक मत बहुत स्पष्ट थे। उनका मत था कि, हिंदू संगठन का अर्थ है चातुर्वर्ण्य का विध्वंस

करना। उन्होंने 1927 के गणपति महोत्सव में केसरी के ट्रस्टियों का विरोध न मानकर अस्पृश्य समाज के युवा कार्यकर्ता राजभोज के श्रीकृष्ण मेले के कार्यक्रम गायकवाड़-बाड़े में आयोजित किए। यह अश्पृश्य मेला जब बाड़े में प्रवेश कर रहा था, तब बहुत धक्का-मुक्की हुई। श्रीधरपंत द्वारा दिखाए गए धैर्य और अग्रगामी मतों के बारे में अभिमान रखनेवाले पुणे के अस्पृश्यों ने एक सभा बुलाकर उनका अभिनंदन किया। आंबेडकर के तेजस्वी विचार, कार्य तथा व्यक्तित्व से परिचित होकर युवा पीढ़ी समाज की सेवा करे और संगठन करे, इस उद्‌देश्य से अस्पृश्य समाज के कार्यकर्ताओं ने पुणे में अहल्याश्रम में एक विद्यार्थी-परिषद् का आयोजन किया। अस्पृश्य समाज के बुद्धिमान और कर्तृत्वशील सुशिक्षितों को आंबेडकर के संगठन में लाकर उन्हें कार्योन्मुख करना परिषद् का मुख्य उद्‌देश्य था। विद्यार्थी-परिषद् के सामने भाषण करते हुए आंबेडकर ने कहा, विद्यार्थी अपने कर्तव्य और जिम्मेदारी का निर्वाह कैसे करते हैं, इस पर ही समाज का भवितष्य निर्भर करता है। बहिष्कृत लोगों की सुशिक्षित स्त्रियाँ अपना शील और कर्तव्य सँभालकर समाज की उन्नति के लिए हाथ बटाएँ। इस सभा में श्रीधरपंत तिलक ने एक स्फूर्तिदायक भाषण किया।

—अपने सुधारवादी विचार कृति में लाने का प्रयास करनेवाले और बड़े दिल वाले श्रीधर पंतने कुछ महीनों बाद अपना अंत खुद कर लिया। मृत्यु का आलिंगन करने से कुछ घंटे पहले श्रीधरपंत ने डॉ. आंबेडकर को पत्र भेजकर बताया कि, 'यह पत्र आपके हाथ में पड़ने से पहले ही शायद मैंने मृत्युलोक की यात्रा को राम-राम किया है, ऐसा समाचार आपके कान में पड़ेगा', महाराष्ट्र की युवा पीढ़ी अगर ठान ले तो अस्पृश्यता निर्मूलन की समस्या केवल पाँच वर्षों में हल होगी, ऐसी आशा प्रकट करते हुए वे आगे लिखते है, मेरे बहिष्कृत भाइयों की शिकायतें प्रत्यक्ष भगवान श्रीकृष्ण की सेवा में अर्पित करने के लिए मैं आगे जा रहा हूँ। उन्होंने यह आशा व्यक्त की कि, डॉ. आंबेडकर ने जो कार्य हाथ में लिया है, उसमें परमात्मा उन्हें कामयाब करेगा, अश्रुसिक्त आँखों से डॉ. आंबेडकर ने यह उद्‌गार निकाले कि, हमारे मित्र को अपने जीवन का इस तरह दु:खद अंत नहीं करना चाहिए था। उन्हें इस बात का अफसोस हो रहा था कि हमारे आंदोलन का एक निष्ठावान कार्यकर्ता और एक बड़ा आधार टूट गया।

—सितंबर 1927 से आंबेडकर द्वारा अपने दोस्तों के साथ चलाए समाज समता संघ के कार्य संबंधी वाद की बहुत मिट्टी पलीद हो गई थी। इस संस्था के अध्यक्ष स्वयं बाबासाहब थे। कार्यकारिणी समिति के सदस्यों और पदाधिकारियों में दे.वि. नाईक, डॉ. भाईदरकर, भा.वि. प्रधान, द.वि. प्रधान, रा.दा. कवली, एस.एस.

गुप्ते आदि लोग प्रमुख थे। यह संघ का ध्येय था, सब लोग समान होते हैं। मनुष्य के विकास के लिए आवश्यक साधनों और अवसरों पर प्रत्येक मनुष्य का समान अधिकार है। यह समानता का अधिकार पवित्र, परादेय और अबाधित है।

—उनका यह अटल विश्वास था कि सामाजिक समता का तत्त्व समाज की स्थिरता के लिए कोनशिला की तरह महत्त्वपूर्ण है। नीति की मजबूत नींव पर समाज का निर्माण करना है, तो समाज के प्रत्येक घटक को धार्मिक, सामाजिक, राजनीतिक और आर्थिक क्षेत्र में समता का तत्त्व जारी करना जरूरी है। समाज समता संघ के अध्यक्ष और नेता के रूप में डॉ. आंबेडकर ने ब्राह्मण आचार्य प्रह्लाद केशव अत्रे के विवाह का बहिष्कृत भारतमें लेख लिखकर अभिनंदन किया। बाबासाहब ने 'बहिष्कृत भारत' में लिखा कि 'अंतरजातीय विवाह को आदर्श मानना चाहिए, समाज से सामाजिक विषमता को नष्ट करने के लिए ऐसे विवाह को प्रोत्साहन मिलना चाहिए।'

—समता संघ की पत्रिका समता के संपादक देवराम विष्णु नाइक गोवर्धन ब्राह्मण थे, जो आगे चलकर जनता साप्ताहिक के संपादक बने। नाइक बाबासाहब के विश्वास पात्र साथी थे।

—रत्नागिरी के जिला और सत्र न्यायालय में चल रहे हत्या के एक मुकदमे के निमित्त आंबेडकर को वहाँ सितंबर 1929 में जाना पड़ा। इस मौके का लाभ उठाते हुए वीर सावरकर ने रत्नागिरि के विट्ठल मंदिर में आंबेडकर भाषण करें, इसलिए नागरिकों के सैंकड़ों हस्ताक्षरों सहित एक आमंत्रण उन्हें भेज दिया। सावरकर के अनुयायियों ने इसी विट्ठल मंदिर में सामाजिक सुधार का सफलता के साथ संघर्ष किया था। इसलिए उस मंदिर को सामाजिक क्रांति संघर्ष के एक बड़े केंद्र के रूप में विशेष महत्त्व प्राप्त हुआ था। प्रतिक्रियावादी लोग सभाबंदी आदेश प्राप्त करने के लिए नगर दंडाधिकारी के पास पहुँचे। सारे शहर में इस प्रश्न पर चर्चा शुरू हुई, तथापि बीच में आंबेडकर को बंबई के किसी अत्यंत जरूरी काम के लिए तार प्राप्त होने से भारत-भू के दो महान् क्रांतिवीरों के एक ही व्यासपीठ पर अमूल्य भाषण सुनने के लिए सहज ही प्राप्त हुए मौके से रत्नागिरि की जनता वंचित हुई।

—शिवराम जानबा कांबले, पां.ना. राजभोज, श्री स. थोरात, लांडगे, विनायकराव भुरकेटे आदि पुणे के दलित वर्ग के नेताओं ने पुणे के वा.वि. साठे, देशदास रानडे, ग.ना. कानिटकर, केशवराव जेधे और न.वि. गाडगिल इन स्पृश्य नेताओं के साथ विचार विमर्श कर पुणे के प्रसिद्ध पर्वती के मंदिर के देवता की पूजा-अर्चना करने का अस्पृश्यों का अधिकार प्रस्थापित करने के लिए 13 अक्तूबर, 1929 को सत्याग्रह शुरू किया। मंदिर प्रवेश का नेतृत्व करनेवाले सभी उच्चवजाय थे। मंदिर-प्रवेश आंदोलन

के विरोधियों ने भयप्रद गर्जना कर सत्याग्रहियों पर पथराव किया। इस पत्थरबाजी से गाडगिल, रानडे और कुछ आर्यसमाजी कार्यकर्ताओं को मामूली जख्म हुए। राजभोज को तो भयंकर चोट लगने से अस्पताल में लाना पड़ा। लश्करी पलटन आ गई। लोग तितर-बितर हो गए। बड़ी मात्रा में होनेवाला रक्तपात टल गया। इस सभा में प्रबोधनकार ठाकरे, देवराव नाईक, शिवतरकर, प्रधान, खांड़के, कदली, कद्रेकर, इत्यादि नेता और कार्यकर्ता उपस्थित थे। पुणे का मंदिर-प्रवेश सत्याग्रह उस तरह का पहला ही सत्याग्रह नहीं था। सावरकर ने रत्नागिरि के विट्ठल मंदिर में अस्पृश्य हिंदुओं को प्रवेश दिलाने के उद्देश्य से इसी तरह का आंदोलन शुरू किया था। कारवार का विट्ठल मंदिर-प्रवेश, अमरावती का अंबादेवी मंदिर-प्रवेश, खुलना का कपिलमुनि काली मंदिर-प्रवेश इत्यादि अनेक जगह संघर्ष जारी थे।

—2 मार्च, 1930 को आंबेडकर ने दलित हिंदुओं की सामाजिक स्वतंत्रता के लिए नासिक में मंदिर प्रवेश का संघर्ष शुरू किया। समाज समता संघ के नेता देवराज नाईक, द.वि. प्रधान, कवली, सहस्रबुद्धे भी नासिक गए। बालासाहब खेर भी सत्याग्रही और सनातनी हिंदुओं में कुछ समझौता करने की दृष्टि से नासिक गए थे।

—महाबोधि सोसाइटी के अध्यक्ष (जो बौद्ध नहीं थे) एक बंगाली ब्राह्मण थे। वे एक कालिक सामयिक प्रकाशित किया करते थे। संसार भर के बौद्धों में उनका पाठक वर्ग था। लेकिन उस संस्था के अध्यक्ष ब्राह्मण होने के कारण बाबासाहब उस सामयिक में लेख देने के लिए उत्सुक नहीं थे, तथापि अधिक-से-अधिक लोगों को बुद्ध के बारे में अपने विचार मालूम हों, इस हेतु से उन्होंने 6500 शब्दों का एक लेख उस सामयिक को दिया। वह प्रसिद्ध लेख था दि बुद्ध एंड दि फ्यूचर आफ हिज रिलिजन (बुद्ध आणि त्याचा धर्माचे भवितव्य)। सोसाइटी के अधिकृत मुखपत्र महाबोधि के अप्रैल-मई 1950 के विशेषांक में यह लेख प्रकाशित हुआ।

हिंदू कोड बिल के मार्गदर्शक का केस करते समय बाबासाहब एक विचित्र स्थिति में फँस गए थे। उस समय उनका साथ देनेवाला कोई नहीं था। भारत के कायस्थ राष्ट्रपति ने इस बिल का विरोध किया। ऐसे समय दो ब्राह्मण सदस्य हृदयनाथ कुँजरू, न.वि. गाडगिल ने ही उस बिल में समर्थन में लोकसभा में जोरदार भाषण दिए थे। यही गाडगिल अस्पृश्यों के साथ पुणे के एक मंदिर में जबरन प्रवेश करने के प्रयास में गंभीर रूप से घायल हो गए थे।

नियम है कि उच्च न्यायालय के पीठासीन न्यायाधीश को विधि मंडल में काररवाई के लिए लंबित बिल का भाष्य नहीं करना चाहिए। इस नियम की अवहेलना कर न्यायमूर्ति प्र.बा. गजेंद्रगडकर (मुंबई उच्च न्यायालय) ने

हिंदू कोड बिल के समर्थन में भाषण दिए थे। पीपुल्स एजुकेशन सोसाइटी द्वारा स्थापित सिद्धार्थ महाविद्यालय का पहला प्राचार्य बनने का निवेदन बाबासाहब ने प्र.बा. गजेंद्रगडकर के बड़े भाई अश्वत्थाचार्य बालाचार्य गजेंद्रगडकर से किया। डॉ. बाबासाहब आंबेडकर द्वारा स्थापित पीपल्स एज्युकेशन सोसाइटी से संचालित सिद्धार्थ कॉलेज के प्रथम आचार्य भी बाबासाहब ने प्र.बा. गजेंद्रगडकर के बड़े भाई अश्वत्थाचार्य बालाचार्य गजेंद्रगडकर थे। डॉ. बाबासाहब उनकी प्रतिभा और विद्वत्ता से सुपरिचित थे, इसीलिए अनेक लोगों के विरोध के बावजूद जात-पात देखे बिना कॉलेज के प्रथम आचार्य के रूप में ब्राह्मणाचार्य गजेंद्रगडकर की नियुक्ति की। उन्होंने मुंबई के एलफिंस्टन महाविद्यालय से समयपूर्व सेवानिवृत्ति लेकर बाबासाहब के निवेदन को स्वीकार किया। बाबासाहब व.प्रा. गजेंद्रगडकर महाविद्यालय में पढ़ते समय सहपाठी थे। दोनों 1912 में बी.ए. की परीक्षा में एक साथ उत्तीर्ण हुए थे। (The Radical Humanist, August 2003; न्या. आर. ए. जहाँगीरदार मुंबई उच्च न्यायालय के भूतपूर्व न्यायाधीश थे। वे कुछ समय तक 'Radical Humanist' पत्रिका के संपादक थे) डॉ. बाबासाहब आंबेडकर द्वारा स्थापित सिद्धार्थ कॉलेज और मिलिंद कॉलेज में ज्यादातर प्रोफेसर ब्राह्मण जाति के ही थे।

—1945 में बाबासाहब डॉ. आंबेडकर को सर्वप्रथम सम्मान-पत्र से सम्मानित करनेवाले शोलापुर म्युनिसिपल के अध्यक्ष डॉ. वी.वी. मूले ब्राह्मण थे। सम्मान-पत्र के प्रत्युत्तर में डॉ. आंबेडकर ने कहा कि आज से 20 वर्ष पूर्व डॉ. वी.वी. मूले के सहयोग से ही समाज सेवा के कार्य में सक्रियता से जुड़ा हूँ।

—कमलकांत चित्र के भानजे मनोहर भीखाजी चिटनिस (1907-1983) जो मिलिंद कॉलेज, औरंगाबाद के प्रथम प्रिंसिपल एवं बाबासाहब के अत्यंत विश्वसनीय थे, वे भी ब्राह्मण थे।

—1948 में बाबासाहब डॉ. आंबेडकर ने शारदा कृष्णा राव कबीर नामक सारस्वत ब्राह्मण महिला के साथ पुनर्विवाह किया। महाराष्ट्रीय परंपरा के अनुसार विवाह पश्चात् डॉ. आंबेडकर ने उनका सविता नामकरण किया।

—बाबासाहब ने पुनर्विवाह के अवसर पर दिल्ली में विवाह रजिस्ट्रार के समक्ष डॉ. शारदा कबीर (वधू) के पक्ष में हस्ताक्षर करनेवाले डॉ. शारदा के भाई वसंत कबीर एवं कमलकांत चित्रे ब्राह्मण थे।

—'स्वतंत्र मजदूर संघ' के महामंत्री बैरिस्टर समर्थ कायस्थ थे। वकालत के व्यवसाय में बाबासाहब उन्हें अपने साथ रखते थे। वह 'म्युनिसिपल कामदार संघ' के उपाध्यक्ष भी थे।

स्वतंत्र भारत के प्रथम मंत्रिमंडल में डॉ. आंबेडकर को सम्मिलित करने के लिए आग्रह करनेवाले राजगोपालाचार्य (रामजी) भी ब्राह्मण थे।

—डॉ. आंबेड़कर ने दिनांक 1.9.1957 को राष्ट्रपति डॉ. राजेंद्र प्रसाद के हाथों मिलिंग महाविद्यालय औरंगाबाद का शिलान्यास करवाया। डॉ. राजेंद्र प्रसाद कायस्थ थे।

—बाबासाहब डॉ. आंबेडकर ने 1954 में भारतीय बौद्ध महासभा, नामक संस्था का रजिस्ट्रेशन कराया। इस बौद्ध संस्था में एक ट्रस्टी के रूप में बालकृष्ण राव कबीर (डॉ. शारदा कबीर के भाई एवं बाबासाहब के साले), को लिया गया, जो कि सारस्वत ब्राह्मण थे। भारतीय बौद्ध महासभा का प्रथम नाम भारतीय बौद्ध जनसंघ (1951) था। तत्पश्चात् भारतीय बौद्ध जनसमिति (1953) और अंत में भारतीय बौद्ध महासभा रखा गया। पूज्य बोधिसत्व बाबासाहब डॉ. आंबेडकर तथागत बुद्ध की शरण में गए ' बुद्धं शरणं गच्छामि ।' तथागत बुद्ध पूर्व में सिद्धार्थ थे, जिनकी प्रारंभिक शिक्षा आठ ब्राह्मणों कोंडम्य, राम, ध्वज, लक्ष्मण, सुयां, सुदत्र, भोज द्वारा संपन्न हुई। भगवान बुद्ध के प्रथम पाँच शिष्य पंचवर्गीय भिक्षु कौंडिन्य, वंप, महानाम, अश्वजित एवं भद्दीय भी ब्राह्मण ही थे। महाकारुणिक बुद्ध के भिक्षु संघ में 75 प्रतिशत ब्राह्मण थे। उनके प्रमुख शिष्य धम्म सेनापति सारिपुत्र (बुद्ध का दाहिना हाथ), महामोगल्लायन (बायाँ हाथ), महाकाश्मय (बायाँ कान) भी ब्राह्मण ही थे।

—बौद्ध धर्म का विदेशों में प्रचार करनेवाले प्रमुख रूप से ब्राह्मण ही थे। अंत में भगवान् बुद्ध की पवित्र अस्थियों के लिए जब आपस में कलह हुई, तब उसका समाधान करनेवाला शिक्षक द्रोण ब्राह्मण ही था।

—14 अक्तूबर, 1954 को विजया दशमी के दिन नागपुर में बाबासाहब आंबेडकर द्वारा बौद्ध धर्म की दीक्षा स्वीकार करनेवाले एडवोकेट अनंत रामचंद्र कुलकर्णी (मंत्री, बौद्ध समिति) और नागपुर सेशन जज न्यायमूर्ति भवानी शंकर नियोगी भी ब्राह्मण थे। कुलकर्णी 1940 से नागपुर में बौद्ध धर्म का प्रचार कर रहे थे। मध्यप्रदेश सरकार द्वारा गणित नियोगी कमीशन रिपोर्ट में इस बौद्ध कार्यकर्ता ने ईसाई धर्मांतरण के विरोध की सिफारिश की थी।

यह सब वृत्तांत प्रमाणित करती है कि शिक्षा, समाजसेवा व राजकार्यों तथा संघर्ष हर मौके पर ब्राह्मणों ने डॉ. आंबेडकर का पूरा साथ दिया, अब इसे हम बाबासाहब एवं ब्राह्मणों के बीच अंर्तसंबंध को महज संयोग कहें अथवा दैवीय इच्छा, किंतु भारत का सामाजिक व राजनीतिक इतिहास ऐसी सैकड़ों घटनाओं का गवाह है।

मगर, डॉ. बाबासाहब आंबेडकर के तथाकथित अनुयायियों ने डॉ. सविता

(माई साहब) के साथ किस प्रकार का व्यवहार किया, इसके बारे में रक्षित सोनवणे का वृत्तांत पढ़कर अत्यंत दुःख हुआ (इंडियन एक्सप्रेस, शुक्रवार, 30 मई, 2003)। बाबासाहब की ब्राह्मण पत्नी ने बाबासाहब के जीवन के अंतिम समय व अवस्वस्थता के काल में जिस निष्ठा से उन्हें सँभाला, उसकी ओर संपूर्ण दुर्लक्ष्य हुआ। उससे भी बुरी बात यह है कि उन्होंने जिस प्रकार से बाबासाहब की सेवा-शुश्रुषा व चिंता की थी, उसके बारे में बाबासाहब द्वारा की गई प्रशंसा को पोंछने का प्रयत्न उनके अनुयायियों ने किया।

बाबासाहब की मृत्यु के बाद जब उनका दि बुद्धा ऐंड हिज धम्म प्रकाशित हुआ, तब बाबासाहब द्वारा लिखी प्रस्तावना के बिना ही उसे प्रकाशित किया गया। 15 मार्च, 1656 को लिखी प्रस्तावना में उन्होंने अपनी पत्नी के पश्चात् उनकी विधवा पत्नी उनके अनुयायों के लिए अनचाहा मेहमान बन गई और प्रकाशक ने उस प्रस्तावना व उसके साथ ही बाबासाहब द्वारा अपनी पत्नी के बारे में व्यक्त कोमल अभिव्यक्ति को भी दबाकर रखा।

पंजाबी बौद्ध साहित्यकार भगवानदास ने 1980 में प्रकाशित अपने ग्रंथ रेअर प्रिफेसेस रिटेन बॉय डॉ. आंबेडकर (डॉ. आंबेडकरांनी लिहिलेल्या दुर्मिल प्रस्तावना) में उस प्रस्तावना का समावेश किया। तब ये सारी बातें ज्ञात हुई। प्रारंभिक काल के बाबासाहब के धार्मिक शोध, उनके ग्रंथ का मूलस्रोत और जिस परिस्थिति में वह ग्रंथ लिखा, इसका निवेदन बाबासाहब ने इस प्रस्तावना में किया है। श्री आर.आर. भोले (पीपुल्स एज्यूकेशन सोसाइटी के तत्कालीन अध्यक्ष) ने 1957 में पहली बार प्रकाशित हुए दि बुद्धा ऐंड हिज धम्म की अपनी प्रस्तावना (16 नवंबर, 1957) में इस मुद्दे का समावेश किया था, परंतु बाबासाहब द्वारा अपनी पत्नी सविता के बारे में लिखी बातों को हटा दिया था। वास्तव में तो बाबासाहब द्वारा लिखी प्रस्तावना का समावेश उनके स्वयं के ग्रंथ में न करना, उनकी स्मृति का अपमान था। बाबासाहब के निवेदन का सारांश, उनके द्वारा लिखी मूल प्रस्तावना का पर्याय कैसे हो सकता है? उसके बाद की आवृत्ति (1974) में भी न्यायमूर्ति आर.आर. भोले (वे उस समय मुंबई उच्चन्यायालय के न्यायमूर्ति थे) की लिखी प्रस्तावना में भी माई आंबेडकर के बारे में एक भी शब्द नहीं था। (आधार : आंबेडकर ऐंड बुद्धिज्म संघरक्षिता : विंधोर्स पब्लिकेशन 1986)।

अनुयायियों के ब्राह्मण-विरोध की यह वृत्ति बाबासाहब के विचारों से अलग है। □

संस्कृत से था असीम प्रेम

—चमू. कृष्ण शास्त्री

भीमराव आंबेडकर संस्कृत पढ़ना चाहते थे, परंतु अस्पृश्य होने के कारण किसी संस्कृतज्ञ ने आंबेडकर को संस्कृत पढ़ाने से मना कर दिया। यह विषय तो आंबेडकर के जीवन से संबद्ध पुस्तकों में लिखा मिल जाता है और यह विषय प्रचारित भी हुआ, परन्तु 'भारत की राजभाषा संस्कृत हो' इस प्रकार के प्रस्ताव को संविधान सभा में लानेवाले भी आंबेडकर ही थे। इस प्रस्ताव के लिए हस्ताक्षरकर्ताओं और उपस्थापकों में डॉ आंबेडकर अन्यतम थे। यह विषय तो कुछ वर्ष पहले ही प्रकाश में आया, परंतु अभी एक नया विषय भी सामने आया है।

जब संविधान सभा में राजभाषा के संबंध में चर्चा हो रही थी, तभी डॉ. आंबेडकर और पंडित लक्ष्मीकांत मैत्रा परस्पर संस्कृत में ही वार्त्तालाप कर रहे थे। यह समाचार 15 सितंबर,1941 के 'आज' नामक हिन्दी समाचार-पत्र में 'डॉ. आंबेडकर का संस्कृत में वार्त्तालाप' नाम से छपा था। इससे पहले प्रयाग से प्रकाशित 'दि लीडर' नामक अंग्रेजी समाचार-पत्र के मुख्यपृष्ठ पर 13 सितंबर, 1941 को जन्म से एक समाचार प्रकाशित हुआ था। दिल्ली के राष्ट्रीय अभिलेखागार में शताधिक वर्षों से संरक्षित पत्रिकाओं और समाचार-पत्रों को देखने से यह महत्त्वपूर्ण समाचार प्राप्त हुआ।

इन नूतन प्राप्त प्रमाणों से स्पष्ट होता है कि डॉ. आंबेडकर ने केवल संस्कृत को राजभाषा बनाने का समर्थन ही नहीं किया, अपितु वे संस्कृत जानते और बोलते भी थे। संविधान सभा में संस्कृत में वार्त्तालाप करने का उद्देश्य प्रायश: संस्कृत की व्यावहारिकता और संभाषणयोग्यता का प्रतिष्ठापन हो सकता है।

संविधान सभा में 'भारत की राजभाषा क्या हो!' इस चर्चा में 'हिंदी हो, अंग्रेजी हो या फिर संस्कृत' ये तीन वाद ही प्रमुख रूप से प्रचलित थे। कोई प्रादेशिक भाषा

राजभाषा हो, ऐसा वाद भी उस-उस प्रदेश से संबद्ध लोग कर रहे थे। हिंदी और अंग्रेजी भाषा के समर्थक अधिक थे। इसी कारण से मुंशी-आयंगर-सूत्र के अनुसार 'हिन्दी राजभाषा हो और अंग्रेजी पन्द्रह वर्षों तक राजभाषा के रूप में रहेगी' ऐसा विचार किया गया। अगस्त-सितंबर, 1949 में क्या-क्या हुआ, इस विषय में अभी और भी अध्ययन करने योग्य अनेक तथ्य हैं। 5 अगस्त, 1949 में कांग्रेस कार्यसमिति ने डॉ. राजेंद्र प्रसाद की अध्यक्षता में दो भाषाओं के शिक्षण का निर्णय लिया।

सितंबर, 1949 में भाषा-नीति को लेकर राष्ट्रनायकों के बीच बहुत चर्चा हुई। इंडियन शिड्यूल्ड कास्ट फेडरेशन की अखिल भारतीय कार्यकारी समिति की गोष्ठी में डॉ. आंबेडकर ने राजभाषा 'संस्कृत हो' यह प्रस्ताव पारित करने का महान् प्रयत्न किया, परंतु श्री बी.पी. मौर्य आदि युवा कार्यकर्ताओं ने उसका बहुत विरोध किया और सभा त्याग की भी घोषणा कर दी। इस कारण से डॉ. आंबेडकर ने अपना प्रस्ताव वापस ले लिया। उसके बाद उसी दिन शाम को पत्रकार गोष्ठी बुलाकर उन्होंने अपना विचार व्यक्त किया। संविधान सभा में कांग्रेस दल के सदस्यों ने भाषानीति के संदर्भ में 21, 22, 23, 24, 25 सितंबर,1949 को गोष्ठी की। अंत में 25 सितंबर को मुंशी-आयंगर सूत्र के संदर्भ में मतदान किया गया। पक्ष और विपक्ष में 77-77 बराबर मत प्राप्त हुए। 'हिंदुस्तान' पत्रिका में प्रकाशित तत्कालीन वार्त्ता के अनुसार मतदान के समय अध्यक्ष पद पर आसीन श्री सत्यनारायणन् ने अपना निर्णायक मत नहीं दिया।

अंत में यह निर्णय लिया गया कि संविधान सभा में यदि मतदान हो तो सभी अंत:साक्ष्य अनुसार मतदान करें। 16 सितंबर, 1949 के अंग्रेजी समाचार-पत्र ट्रिब्यून में संस्कृत के संदर्भ में ···विषय के रूप में संपादकीय भी छपा।

संविधान सभा में प्रो. निजामुद्दीन मोहम्मद संस्कृत-परक प्रस्ताव के उपस्थापक और प्रमुख थे। उन्होंने संविधान सभा में संस्कृत के पक्ष में भाषण भी दिया। प्रस्ताव के पक्ष में हस्ताक्षर करनेवालों में अनेक लोग तमिलनाडु प्रदेशवासी और दक्षिणवासी भी थे। उस समय तमिलनाडु संस्कृत के पक्ष में था।

उन दिनों संस्कृतज्ञों ने भी कुछ प्रयास किए। 25 सितंबर, 1949 को अंग्रेजी समाचार-पत्र दि स्टेट्समैन में प्रकाशित वार्त्ता के अनुसार डॉ. सारस्वत महोदय की अध्यक्षता में हुई संस्कृतज्ञों की अखिल भारतीय सभा में 'संस्कृत राजभाषा हो' यह अभियाचना की गई। इसी प्रकार वाराणसी में भी कुछ सम्मेलन हुए।

परंतु उस समय न तो संस्कृतज्ञों की कोई संगठित शक्ति थी और न ही संस्कृत संभाषण करनेवाले अधिक मात्रा में थे। इसी कारण से संस्कृत के बारे में

नेताओं के मन में कुछ और ही विचार थे तथा भय भी था। अंत में संविधान की आठवीं अनुसूची में संस्कृत की प्रविष्टि की गई, राजभाषा हिंदी के विकास हेतु प्रमुखतया संस्कृत से शब्द लिये जाएँगे, केंद्र सरकार के विविध विभागों, मंत्रालयों तथा संस्थानों में ध्येय वाक्य संस्कृत भाषा में हों। इस प्रकार से मानो सांत्वना पुरस्कार प्राप्त कराया गया।

जो कुछ हुआ, सो हुआ। आज फिर से, संस्कृत राजभाषा हो, यह अकरणीय अभियाचना ही होगी। यदि की भी जाएगी तो यह मूर्खता ही मानी जाएगी। हम सभी कार्यकर्ता इस कार्य को संस्कृत संभाषण और संस्कृत प्रचार के माध्यम से प्राप्त कर सकते हैं।

'डॉ. आंबेडकर संस्कृत में संभाषण करते थे'—इस वार्ता के प्रचार से समाज में कुछ तो विचारात्मक आंदोलन होगा।

(लेखक संस्कृत भारती के राष्ट्रीय संयोजक हैं।)

□

बाबासाहब का धर्मसंग्राम

—रमेश पतंगे

बाबासाहब का शरीर भले ही मृत हो गया हो, मगर विचारों से वे अमर हैं, लेकिन इसके बावजूद महापुरुषों के जीवन के घटना-प्रसंगों को पढ़ते समय जितना रस मिलता है, उतना महापुरुषों के विचार पढ़ते समय और उन्हें समझने की कोशिश करते समय नहीं मिलता। वैचारिक प्रतिपादन हमेशा ही नीरस होता है। महापुरुष के चरित्र की अपेक्षा उसका चरित्रात्मक उपन्यास लोगों को ज्यादा पसंद आता है। यह ध्यान में रखकर डॉ. बाबासाहब के विचार अधिक क्लिष्टता न लाते हुए मैं पाठकों के समक्ष रखने का प्रयास करनेवाला हूँ।

हमारे जैसे सामान्य आदमी के और महापुरुष के जीवन में एक प्रमुख अंतर होता है। महापुरुष अपने जीवन का ध्येय निश्चित करते हैं। इस जीवन-लक्ष्य को प्राप्त करने के लिए आवश्यक गुण-संपदा वे स्वयं के अंदर विकसित करते हैं। छत्रपति शिवाजी का जीवन ध्येय था, 'हिंदवी स्वराज्य की स्थापना।' रेहिडेश्वर में उन्होंने इसकी प्रतिज्ञा की। लोकमान्य तिलक का ध्येय स्वराज्य प्राप्त करना था और उन्होंने कहा था कि 'स्वराज्य मेरा जन्म सिद्ध अधिकार है और उसे मैं प्राप्त करके रहूँगा।'' स्वातंत्र्यवीर सावरकर ने भारतमाता को अंग्रेजों की दासता से मुक्त कराने की घोर प्रतिज्ञा की थी।

डॉ. बाबासाहब का भी ऐसा ही एक जीवन-लक्ष्य था। वे कहते हैं--

''अपने समाज की सर्वांगीण उन्नति के लिए मैं निश्चयपूर्वक और प्रामाणिकता से प्रयास करनेवाला हूँ। इसीलिए मैंने इतना विद्याध्ययन किया है। अपनी अर्जित की हुई इस ज्ञानशक्ति का उपयोग मैं केवल अपने परिवार या जाति के लिए ही नहीं करूँगा। संपूर्ण अस्पृश्य समाज के लिए मैं उसका उपयोग करनेवाला हूँ। अस्पृश्यों की समस्याएँ बड़ी विकट हैं। वे सभी समस्याएँ मैं नहीं सुलझा सकता,

मगर इन सवालों को दुनिया के चौराहे पर प्रस्तुत करके मैं उनकी ओर संसार का ध्यान आकृष्ट कर सकता हूँ। अस्पृश्यों की समस्या मानो एक प्रचंड हिमालय है। इस हिमालय से टकराकर मैं अपना सिर फोड़ लेने वाला हूँ। हिमालय भले ही धराशायी नहीं हुआ तो भी मेरा रक्तरंजित सिर देखकर सात करोड़ अस्पृश्य लोग इस हिमालय को भूमिसात करने के लिए एक पैर पर तैयार हो जाएँगे और इसके मंतव्य लिये अपने प्राण अर्पित कर देंगे।'

बाबासाहब के इस मंतव्य से यह ध्यान में आएगा कि उनका जीवन लक्ष्य व्यक्ति-निष्ठ नहीं, समाजनिष्ठ है। जीवनकार्य की शुरुआत में ही वे स्वयं को एक समूह-मन से जोड़ लेते हैं। अस्पृश्य समाज के सुख-दुःख, मान-अपमान, कष्ट-कठिनाइयाँ आदि सब मेरी अपनी हैं, ऐसी उनकी समरसता की मानसिकता है। उनके विचारों को समझते समय समरसता की इस मानसिकता को अच्छी तरह ध्यान में रखना पड़ेगा।

यह भी समझ लेना चाहिए कि हिंदू समाज व्यवस्था में 'अस्पृश्य' होने का क्या अर्थ है? हिंदू समाज में अस्पृश्य जाति में जन्मा व्यक्ति जन्मत: ही अपवित्र, अछूत होता है। उसे ज्ञान, संपत्ति आदि इकट्ठा करने का अधिकार नहीं है। समाज के बेहद गलीज काम उसने कराने चाहिए, ऐसा सामाजिक कानून होता है। जन्म से मृत्यु तक अवहेलना, दुःख और दरिद्रता की संगत में ही उसे उम्र काटनी पड़ती है। हिंदू समाज में पशु अछूत नहीं है, अहिंदू अछूत नहीं हैं, उन्हें भी मान-सम्मान है, लेकिन अस्पृश्यों के लिए केवल अपमान और अवहेलना है और कुछ भी नहीं। ऐसी अस्पृश्यता के खिलाफ बाबासाहब को मोरचा लेना था। 'मैं हिमालय से भिड़नेवाला हूँ।' उनका यह वाक्य केवल आलंकारिक नहीं, बल्कि वस्तुस्थिति का परिचायक है। अस्पृश्यता के खिलाफ लड़ाई एक साथ चार मोरचों पर लड़ी जाने वाली लड़ाई है।

धार्मिक मोरचा—अस्पृश्यता को हिंदू धर्म का भाग माना गया।

सामाजिक मोरचा—सामाजिक क्षेत्र में अस्पृश्यता को हिंदू समाज की जाति-व्यवस्था का हिस्सा बनाया गया।

राजनैतिक मोरचा—अस्पृश्यों को कोई भी नागरिक और राजनैतिक अधिकार नहीं थे। ये अधिकार राजनीतिक मोरचे पर लड़कर ही मिल सकते थे।

स्थापित तत्त्वों का चौथा मोरचा—समाज में स्थापित हो चुके लोगों का एक वर्ग होता है। वर्तमान व्यवस्था में उनके हितस्वार्थ गुँथे हुए होते हैं। ये लोग किसी भी परिवर्तन के लिए कभी भी तैयार नहीं होते।

इन चार मोरचों पर लड़ते हुए डॉ. बाबासाहब ने दो तरह का सामर्थ्य खड़ा किया है।

(1) वैचारिक सामर्थ्य

(2) जनशक्ति का सामर्थ्य

'अस्पृश्यता गलत है' केवल इतना कहने मात्र से काम नहीं चलता, तो वह गलत क्यों है? इसकी धार्मिक, सामाजिक और राजनीतिक मीमांसा करनी पड़ती है। बाबासाहब ने वह मीमांसा की है।

अस्पृश्यता जैसी कुप्रथा का हिंदू व्यक्ति पालन क्यों करता है, इसके पीछे शास्त्रीय कारण है क्या? कोई धर्मशास्त्रीय या समाजशास्त्रीय विचार है क्या? वस्तुत: इनमें से कोई भी कारण नहीं है।

बाबासाहब कहते हैं, "यह कारण भी कोई सही कारण नहीं है कि इस जाति के लोग अभक्ष्य भक्षण करते हैं, इसलिए उन्हें दूर रखा जाता है। इस जाति में ऐसे कितने ही लोग हैं, जो मांस-मदिरा को स्पर्श तक नहीं करते। फिर भी गोमांस भक्षक अस्पृश्यों की तरह उन्हें भी दूर रखा जाता है। इसके अतिरिक्त यदि यह कहा जाए कि स्पर्श भक्ष्याभक्ष्य पर आधारित है तो मुसलमानों जैसे अभक्ष्य अन्न खाने वाले लोगों को अछूत कहने की किसी हिंदू की हिम्मत नहीं होती, क्योंकि यह कहने के अलावा और कोई चारा नहीं है कि अस्पृश्यता स्पृश्य लोगों के मन की सनक है। चूँकि हम आपको अछूत समझते हैं, 'इसीलिए आप अस्पृश्य है।' स्पृश्य लोगों की इस मनमानी जिद के अलावा अस्पृश्यता का और कोई कारण दिखाई ही नहीं देता। अपने मन की इस लहर को स्पृश्य लोग रूढ़ि कहते हैं और उसे अस्पृश्यों पर जबरन लादने की कोशिश करते हैं।"स्पृश्य हिंदू मानते हैं कि अस्पृश्यता की रूढ़ि अपने धर्म का एक अंग है। हिंदू धर्म और अस्पृश्यता का क्या संबंध है? महाड़ के सत्याग्रह के दौरान डॉ. बाबासाहब ने इसकी विस्तार से पड़ताल की है। उस समय उनकी वैचारिक भूमिका किसी सनातनी हिंदू धर्मावलंबी अभिमानी व्यक्ति की भूमिका जैसी थी।

बाबासाहब को यह मान्य है कि धर्म मानवीय जीवन की एक प्रबल प्रेरणा है। धर्म यानी क्या, एक विशिष्ट उपासना पद्धति, एक विशिष्ट आचरण को धर्म समझा जाए क्या? डॉ. बाबासाहब धर्म की ऐसी व्याख्या नहीं करते।

"धारणाद्धर्म मित्याहु धर्मेण विधृता: प्रजा: ।
यस्माद्धाश्यते सर्वं त्रैलोक्यं सचराचरम्॥"

महाभारत की धर्म की यह व्याख्या उन्हें स्वीकार्य है। धर्म की इस व्याख्या का उन्होंने जीवन में कभी भी त्याग नहीं किया।

महाड़ के चवदार तालाब के सत्याग्रह को उन्होंने 'महाड़ का धर्मयुद्ध' कहा है। 19-20 मार्च, 1927 को महाड़ में कुलाबा जिला बहिष्कृत परिषद् का अधिवेशन संपन्न हुआ। इस अधिवेशन में चवदार तालाब जाकर पानी पीने का कार्यक्रम तय हुआ। तदनुसार 20 मार्च, 1927 को चवदार तालाब की सीढ़ियाँ उतरकर बाबासाहब ने तालाब का जल प्राशन किया। जवदार तालाब का पानी अस्पृश्यों द्वारा स्पर्श करके पीने के कारण महाड़ के सनातनी हिंदू खौल उठे और परिषद् के मंडप में घुसकर उन्होंने अस्पृश्य बंधुओं के साथ लाठियों से मारधाड़ की। इसके बाद पंचगव्यों से तालाब का शुद्धिकरण कर लिया।

बाबासाहब ने इस संग्राम का बड़ा तर्कसंगत वैचारिक प्रतिपादन किया है। हिंदू धर्मतत्वज्ञान का अभिमान और समग्र हिंदू समाज की चिंता उनके प्रतिपादन में दिखाई देती है। इस बारे में कि महाड़ के संग्राम को 'धर्मसंगर' क्यों कहा जाना चाहिए, बाबासाहब लिखते हैं, "(महाड़ की मारधाड़ को) दंग कहने के बजाय 'धर्मसंगर' कहना अधिक उपयुक्त होगा, ऐसा हमारा मत है।"

बाबासाहब ने यह भी कहा है कि "यह धर्मसंगर किसलिए? तो वह इसलिए कि अस्पृश्य हिंदू भी सवर्ण हिंदुओं जैसी ही समान योग्यता के अधिकारी हैं, यह तय करने का सवाल पानी प्रकरण के मूल में है।"

अस्पृश्य हिंदू और स्पृश्य हिंदू एक ही धर्म और एक व्यापक तत्वज्ञान स्वीकार करनेवाले लोग हैं, यह तथ्य सभी के मन पर अंकित करने के लिए उपरोक्त अग्रलेख में बाबासाहब लिखते हैं, "हिंदू धर्म का सिद्धांत ईसाई और मुसलिम धर्मों के सिद्धांतों की अपेक्षा कई गुना ज्यादा समता के तत्त्व का पोषक है। मनुष्य ईश्वर के पुत्र हैं। केवल यहीं न रुकते हुए वे ईश्वर के ही रूप हैं, ऐसा बड़ी निर्भीकता से हिंदू धर्म कहता है। जहाँ सारे ही लोग ईश्वर के ही रूप हैं, वहाँ किसी को उच्च और किसी को नीच कहने का भेदभाव संभव ही नहीं है, ऐसा इस महान् धर्म का ओजस्वी तत्त्व है। समानता के साम्राज्य की स्थापना के लिए इससे बड़ा आधार मिलना मुश्किल दिखाई देता है।"

हिंदू धर्म का यह श्रेष्ठ तत्त्वज्ञान आचरण के स्तर पर नहीं उतरा। हिंदू समाज आज भी जिस तरह श्रेष्ठ तत्त्वज्ञान का वारिस है, उसी तरह वह अत्यंत हीन सामाजिक आचरण का भी वारिस है।

बाबासाहब कहते हैं, "हिंदू धर्म के दो अंग हैं, एक तत्त्वज्ञान और दूसरा आचार। इसमें से तत्त्वज्ञान की दृष्टि से भले ही अस्पृश्य लोग स्पृश्य लोगों के समान हुए तो भी आचार की दृष्टि से वे केवल असमान नहीं, बल्कि अपवित्र हैं। इसलिए उनसे व्यवहार करना अधर्म है।"

धर्म का आचारात्मक भाग उसके तत्त्वज्ञानात्मक भाग से सुसंगत होना चाहिए। तत्त्व और व्यवहार का उत्तम मेल बैठाना चाहिए। संतों के चरित्र में हमें इस बात का प्रत्यक्ष उदाहरण दिखाई देता है कि तत्त्वज्ञान को व्यवहार में कैसे उतारा जाता है और सिद्धांतों पर कैसे जिया जाता है। ज्ञानदेव, तुकाराम आदि संतों ने सभी से समानता का व्यवहार किया। गोदावरी के तट पर धूप में तड़प रहे अस्पृश्य बालक को संत एकनाथ द्वारा अपने गले से लगाने की कथा प्रसिद्ध ही है। रोटी छीनकर कुत्ते द्वारा भागते समय इस उलझन में पड़कर कि 'घी के बगैर वह कैसे खाएगा?' उसके पीछे संत नामदेव द्वारा दौड़ने की कथा से भी हम सब परिचित हैं।

संतों का समता का उपदेश सामाजिक स्तरों पर आचरण में नहीं में नहीं उतारा जा सका। सामाजिक स्तर पर रूढ़ियों को तत्त्वज्ञान से बड़ा और बलवान मानकर ही लोक-व्यवहार चलता रहा। बाबासाहब का महाड़ का धर्म संगर धर्म के तत्त्वज्ञान को सामाजिक स्तर पर आचरण में उतारने के लिए था। इसीलिए यह कहना चाहिए कि संतों का अधूरा काम बाबासाहब ने महाड़ में पूर्ण करने का प्रयास किया।

बाबासाहब ने समाज को चेताया कि "यदि समाज का आचारात्मक धर्म समाज के विचारात्मक धर्म की खूंटी से बँधा हुआ न रहे तो वह समाज समुद्र में धकेल दिए गए किसी पाल-विहीन जहाज की तरह कहाँ बह जाएगा और किस चट्टान से टकरा जाएगा, इसका कोई भरोसा नहीं है।"

इसीलिए बाबासाहब का आग्रह था कि वेदों का तत्त्वज्ञान व्यवहार में उतारा जाना चाहिए। "वेदों का तत्त्वज्ञान आचरण में उतारने योग्य नहीं है, ऐसा कहने के बजाय उसे व्यवहार में उतारने का धैर्य कमजोर लोगों में नहीं है।" ऐसा बाबासाहब को लगता था, ऐसा धैर्य प्रदर्शितकर आचरण में जो आवश्यक हो, वह परिवर्तन किया जाना चाहिए, यह कहते हुए बाबासाहब आगे लिखते हैं—

"जब-जब भी धर्म के आचार उस धर्म के विचारों के विरोधी हों, तब-तब धार्मिक आचारों में फेरबदल करते हुए उन्हें धर्म के विचारों से सुसंगत बना लेना अत्यंत आवश्यक है। स्वयं लोकमान्य तिलक ने एक जगह कहा है, "आचरणात्मक हिंदू धर्म के जो उपरोक्त लक्षण हैं, उनके अतिरिक्त 'धारणात धर्मः यतोऽभ्युदय निःश्रेयस सिद्धिः स धर्मः' जैसे हिंदू धर्मशास्त्रज्ञों द्वारा स्वीकृत धर्म के अन्य तत्त्व भी हैं। आचार में तदनुकूल परिवर्तन करने का जो अधिकार हिंदू धर्म के शास्त्रकारों ने हिंदू धर्म के विद्वानों को दिया हुआ है और शास्त्रोक्त रीति से इस अधिकार का प्रयोग करके परंपरागत आचरण में विद्वान् लोग स्वयं के आचारण से जो परिवर्तन

करते हैं, वह लोगों में स्वीकार्य बनते हुए आगे चलकर परंपरागत धर्म का ही एक भाग बन जाता है।''

धर्म के आचार विभाग में बदलाव होने चाहिए। ये परिवर्तन समाज के प्रतिष्ठित अर्थात् जानकार लोगों द्वारा किए जाने होते हैं। महाड़ में धर्मसंगर के जरिए बाबासाहब ने हिंदू समाज के विद्वान् व्यक्तियों के समक्ष धर्म के आचार विभाग में परिवर्तन लाने की चुनौती खड़ी कर दी। यह चुनौती उस समय के जानकार लोगों ने स्वीकार नहीं की। इसके विपरीत उन्होंने जो नहीं करने चाहिए, वे सारे कृत्य किए।

महाड़ के धर्मसंग्राम में उस समय के विद्वान् हिंदुओं के आचार-धर्म में परिवर्तन लाने के बजाय तालाब का शुद्धिकरण कर लिया। इस बात से बाबासाहब को आत्यंति दुःख पहुँचा। उन्होंने कहा, ''अछूतों द्वारा पानी लेने के कारण यदि केवल कलह कहने तक ही उन्होंने इस बात को रोक लिया होता तो हमें इसका ज्यादा बुरा नहीं लगता। शुद्धिकरण समारोह करनेवाले इन पाजी व्यक्तियों ने अस्पृश्य लोंगों की बदनामी कर दी है।''

मनुस्मृति-दहन

महाड़ चवदार तालाब के सत्याग्रह के दौरान दि. 25.12.1927 को मनुस्मृति का दहन किया गया। मनुस्मृति हिंदू धर्मशास्त्र पर एक आधिकारिक ग्रंथ माना जाता है। मनुस्मृति के लेखक तथा उसके समय को लेकर मतैक्यता नहीं है। मनुस्मृति का निर्माता ब्राह्मण या क्षत्रिय राजा था, इस बारे में भी कोई एक मत नहीं है। कुछ विद्वानों के मतानुसार मनु एक क्षत्रिय राजा था। डॉ. केतकर के मतानुसार, ''यह ग्रंथकार कोई मगध देशीय ब्राह्मण था और उसका जन्म मगध देश में हुआ होगा।''

नरहर कुरुंदकर का मत है, ''मनुस्मृति का मनु स्वयंभू मनु है। वह ब्रह्मदेव का पुत्र और ऋषियों का गुरु एवं उपदेशक है। मनुस्मृति के अनुसार इस धर्मशास्त्र का प्रवर्तक ब्राह्मण है, यह कहना पड़ेगा।''

मनुस्मृति दहन का प्रस्ताव श्री गंगाधर नीलकंठ तथा बापूराव सहस्त्रबुद्धे ने रखा। 25 दिसंबर, 1927 को मनुस्मृति का दहन किया गया। मनुस्मृति के बारे में तर्क तीर्थ लक्ष्मणशास्त्री लिखते हैं—

''हिंदू समाज-रचना के तत्त्वों में बंधनों की मूलभूत कल्पना है। इस कारण मानवीय स्वतंत्रता के तत्त्वों का विचार उस रचना से विसंगत है। एक बार हिंदू समाज की इस रचना को मान लिया जाए, तो यह बात बड़ी सहजता से सिद्ध हो

जाती है कि अस्पृश्यता नामक संस्था उसी की स्वाभाविक तार्किक परिणति है।

मनुस्मृति हिंदुओं के धर्मशास्त्रों की पूरक केंद्र है। डॉ. आंबेडकर ने पहली बार मनुस्मृति जलाने का संदेश दिया। मर्मज्ञ विद्वान् होने के कारण ही दास्य संस्था के तत्त्वज्ञान का अधिष्ठान कौन सा है, इसका उन्हें अचूक पता चल गया और वह अधिष्ठान यानी मनुस्मृति है।'

"हिंदुओं के धर्म, संस्कृति, राजनीति, विधि और अध्यात्म के रहस्य मनुस्मृति में संचित हैं। उसमें अनेक सिद्धांत ऐसे हैं, जो मनुष्यमात्र के लिए शाश्वत काल तक उपयोगी रहेंगे, मगर मनुस्मृति का एक मुख्य भाग यानी प्रतिपाद्य विषय हिंदुओं की समाज-रचना है और अन्य सारे विचार इस विषय के अनुषंग के रूप में ही कहे गए हैं। इसलिए जिस व्यक्ति को उस रचना पर ही मूलाघात करना है, वह व्यक्ति शेष अन्य आनुषंगिक बातों का लिहाज नहीं कर सकता, और इसलिए मनुस्मृति पर डॉ. आंबेडकर का हमला जिस विषय की दिशा में है वही विषय मनुस्मृति का मुख्य अंश होने के कारण, वह हमला समर्थनीय ही बन जाता है। अस्पृश्यता की जड़ ही मनुस्मृति में है। शूद्रों की दासता और अस्पृश्यता के तीव्र, कठोर और भयानक बंधन मनुस्मृति में बताए गए हैं, अत: अस्पृश्य समाज और उनका नेता यदि मनुस्मृति जलाने के लिए प्रवृत्त हो गया तो वह समर्थनीय ही ठहराया जा सकता है।" अस्पृश्यता या अंत्यज व्यक्ति मूर्तिमान पातक है, ऐसा मनुस्मृति का सार है।

मनुस्मृति ने किस तरह सामाजिक विषमता और शूद्रों की दासता की बाकायदा व्यवस्था की है, यह निम्नांकित श्लोकों से पाठकों के ध्यान में आएगा—

(अध्याय-1, श्लोक नं. 11) उस महातेजस्वी परमात्मा ने उसे सृष्टि को उत्पन्न हुए वर्णों के लिए अलग-अलग कर्म बताए हैं।

(अध्याय-1, श्लोक 100) प्रभु ने शूद्रों के लिए त्रैवर्णिकों की सेवा ही कर्म बताया है।

(अध्याय-1, श्लोक 87) उत्पन्न हुए लोगों में ब्राह्मण धरती पर सबसे श्रेष्ठ हैं। उनके पास सभी प्राणियों की धर्मरक्षा का सामर्थ्य होता है।

(अध्याय 1, 2 श्लोक 99) पृथ्वी पर जो कोई भी धन है, वह ब्राह्मण का ही है। ब्रह्मा के मुख से उनकी उत्पत्ति होने के कारण (धन) उन्हीं की योग्यता का है।

(अध्याय-3, श्लोक 14) ब्राह्मण और क्षत्रिय स्व-वर्गों के अतिरिक्त निचले वर्ग की स्त्री से विवाह कर सकते हैं, लेकिन संकटकाल में भी उन्हें शूद्र स्त्री से विवाह नहीं करना चाहिए।

(अध्याय 3, श्लोक 17) शूद्र स्त्री के साथ शैया-गमन करनेवाला ब्राह्मण

अधोगति को प्राप्त होता है। शूत्र स्त्री से संतान उत्पन्न करनेवाला ब्राह्मण, ब्राह्मण कहलाने का भी पात्र नहीं रह जाता।

(अध्याय 8, श्लोक 20) जाति से ब्राह्मण होकर भी यदि वह ब्राह्मण वर्ण के काम न कर रहा हो, तो भी उसे राजा के धर्म प्रवक्ता के रूप में नियुक्त करना चाहिए।

(अध्याय 8, श्लोक 21) जिस राज्य में शूद्र धर्म विचार करते हैं, वह राज्य देखते-देखते दल-दल में फँसी गाय के समान दुःखी हो जाता है।

(अध्याय 8, श्लोक 123/124) स्वयंभू मनु कहता है कि त्रैवर्णिकों द्वारा झूठे साक्ष्य देने पर राजा को उन्हें दंड देकर देश से बाहर निकाल देना चाहिए। अन्यों को दस स्थानों पर दंड दिया जा सकता है, लेकिन ब्राह्मण अक्षत शरीर से ही देश से बाहर जाएगा।

(अध्याय 8, श्लोक 270, 271, 272, 279, 280, 281, 282, 286) इन श्लोकों में यह बताया गया है कि शूद्रों द्वारा द्विजातियों (ब्राह्मण, क्षत्रियों, वैश्य) से संबद्ध कोई अपराध किए जाने पर उन्हें कौन से दंड दिए जाएँ। ये दंड इस प्रकार हैं—गाली देने पर जीभ काटी जाए, नाम व जाति का उल्लेख करते हुए गाली देने पर लोहे की गर्म सलाखें मुँह में डाली जाएँ, उसके द्वारा गर्वपूर्वक धर्मोपदेश किए जाने पर उसके मुँह और कानों में गर्म तेल डाला जाए तथा जिस अंग से शूद्र ने द्विज को मारा होगा, वह अंग राजा द्वारा काट डाला जाए, आदि-आदि।

मनुस्मृति का दहन आज भी एक नाजुक विषय है। ग्रंथों का दहन मुसलिम आक्रांताओं की विध्वंसक प्रवृत्ति थी। वह एक ऐसी विकृति है कि अपने धर्मशास्त्रों में जो मान्य न हो, उसे जला दिया जाना चाहिए। डॉ. बाबासाहब के मन में ऐसी विकृति नहीं है। यह प्रतीकात्मक दहन है। मनुस्मृति सामाजिक विषमता, सामाजिक गुलामी का धर्मशास्त्रीय समर्थन करनेवाला ग्रंथ बन गया है। धर्मशास्त्रीय का अर्थ है कि यह ईश्वरीय अपरिवर्तनीय कायदे का ग्रंथ बन गया है। उस ग्रंथ के संबंध में इस भावना को बाबासाहब स्वीकार नहीं करते। ग्रंथ के तत्त्वज्ञान को भी वे मान्य नहीं करते। अपने इस नकार और विद्रोह को उन्होंने मनुस्मृति का दहन करके अभिव्यक्त किया।

मनुस्मृति दहन के संदर्भ में और भी कुछ बातों का विचार किया जाना चाहिए। हिंदू समाज की मानसिकता समझ लेने की दृष्टि से यह आवश्यक है। मनुस्मृति दहन का प्रस्ताव रखनेवाले श्री सहस्रबुद्धे कोंकणस्थ ब्राह्मण हैं। इसका अर्थ यह है कि बाबासाहब के समता के संघर्ष को ब्राह्मण वर्ण के विचारवान लोगों ने अपना

संघर्ष माना था। किसी भी सेमेटिक धर्म में उनका धर्मग्रंथ इस तरह जलाया नहीं जा सकता। किसी के द्वारा ऐसा प्रयत्न करने पर जो उत्पात मचेगा, उसकी कल्पना भी नहीं की जा सकती। मनुस्मृति दहन की कुछ अनुगूंज देश में उठी मगर वह सारी बौद्धिक अनुगूंज है। सर्वमान्य आदमी पर मनुस्मृति दहन का कोई भी परिणाम नहीं हुआ। मनुस्मृति ग्रंथ सर्वमान्य व्यक्ति द्वारा नित्य तो दूर, बल्कि कभी-कभार नैमित्तिक रूप से भी पढ़ा जानेवाला ग्रंथ नहीं है। इस कारण कुल मिलाकर सारे मामले में हिंदू व्यक्ति उदासीन ही रहता है।

मनुस्मृति के नियम-कायदे और शूद्रों के लिए बताए गए दंड अंग्रेजी शासन के कारण शासकीय स्तर पर कालबाह्य हो चुके थे। सामाजिक स्तर पर रूढ़ि और परंपरा के रूप में मनुस्मृति के अनेक नियमों का लोक-परंपरा से लोग पालन कर रहे थे। मनुस्मृति-दहन से सामाजिक पारंपरिकता को एक बड़ा धक्का दिया गया। सामाजिक सुधार की गति धीमी होती है, यह सच होने के बावजूद उस गति को दिया गया पहला धक्का बहुत बड़ा था। उस आघात के कारण अनिष्ठ कुप्रथाओं को तोड़ने के नए विचारों की तथा सामाजिक सुधारों की वेगवान प्रक्रिया सारे देश में शुरू हो गई। धार्मिक क्षेत्रों में भी खलबली मची और उस क्षेत्र में भी कालोचित धर्मचिंतन की प्रक्रिया शुरू हो गई। काल के आघात में हिंदू समाज दोषग्रस्त हो जाता है, मगर दोषमुक्त होने की एक आंतरिक शक्ति भी उसमें होती है। इसी कारण हिंदू समाज में गौतमबुद्ध, महावीर, गुरुनानक, कबीर, ज्ञानेश्वर, तुकाराम, राजा राम मोहनराय, महात्मा फुले जैसे महापुरुष जन्म लेते हैं। बहुधा उनके समकालीन लोग उनके कार्यों का पूरा आकलन नहीं कर पाते, मगर वे महापुरुष समाज-जीवन को शुद्ध करने का कार्य करते हैं। डॉ. बाबासाहब इसी परंपरा के महापुरुष हैं।

महाड़ का धर्मसंगर, बाबासाहब द्वारा शुरू किए धर्मसंगर का पहला और महत्त्वपूर्ण पड़ाव है। अस्पृश्यता को हिंदू धर्म का कलंक न मानकर बाबासाहब उसे अपनी नर देह का कलंक मानने लगे। आत्मोद्धार की यह प्रबल भावना इस धर्म संगर में प्रकट हुई है कि अस्पृश्यता अस्पृश्यों पर ही कलंक है और उसे साफ करने का कार्य अस्पृश्यों को ही करना है। महाड़ के धर्मसंगर में बाबासाहब ने अपना हिंदुत्व नकारा नहीं है। यहाँ यह खास तौर पर उल्लेखनीय है कि वेदों और गीता के प्रति उनके मन में श्रद्धा के भाव थे।

भगवद्गीता में ही उन्होंने महाड़ के संघर्ष की तात्विक भूमिका ली थी। इस बारे में वे कहते हैं (बहिष्कृत भारत, 27 नवंबर, 1927) "जहाँ लोक-संग्रह है, वहाँ सत्कार्य है, यह हमारी विचारधारा है। हमने उसे गीता से लिया है। सत्याग्रह

ही गीता का मुख्य प्रतिपाद्य विषय है। गीता ईश्वर द्वारा दिया हुआ उत्तर है। गीता का आधार लेने का कारण यह है कि यह धर्मग्रंथ अस्पृश्यों के साथ-साथ स्पृश्यों को भी मान्य है। हमारे अभिान का उद्देश्य लोकसंग्रह है।''

जीवन के उत्तरार्ध में बाबासाहब की यह भूमिका बदल गई। वे हिंदू धर्म के कठोर समालोचक बन गए। वेद और गीता को उन्होंने मूर्खता के तत्त्वज्ञान की संज्ञा दी। ऐसा उन्होंने क्यों कहा, इसका हम आगे विचार करेंगे, मगर इसके कारण हिंदुत्व की भूमिका के आधार पर किए गए महाड़ के सत्याग्रह का महत्त्व कम नहीं होता। बाबासाहब के अनेक भक्त और स्वयं को तटस्थ टीकाकार कहलानेवाले लोग हमारे जैसे लोगों के लेखन पर आरोप लगाया करते हैं। वह आरोप यह है कि हम लोग बाबासाहब के हिंदुत्व संबंधी केवल पूर्वार्ध के ही विचार बताते रहते हैं। आगे चलकर बाबासाहब ने इन सारे विचारों का त्याग कर दिया है। उन लोगों का कहना है कि बाद में बाबासाहब के विचार क्रमशः विकसित होते चले गए हैं।

विचारों की उत्क्रांति का सिद्धांत मेरे मन में जँचता नहीं है। इससे यह अर्थ निकलता है कि महाड़ धर्मसंगर शुरू करते समय बाबासाहब के विचार परिपक्व नहीं थे। इससे यह भी अर्थ निकलता है कि उनका हिंदू-धर्मशास्त्रों का अध्ययन आधा-अधूरा था। ये दोनों ही बातें सही नहीं हैं। महाड़ का धर्म संगर करते समय बाबासाहब ने अपना जीवन-लक्ष्य निश्चित किया हुआ है। यह जीवन-लक्ष्य प्राप्त करने के लिए विभिन्न मार्गों का अनुसरण करने का भी उन्होंने निश्चय किया है। महाड़ के धर्मसंगर और नासिक के कालाराम मंदिर का सत्याग्रह करते हुए उन्होंने एक मार्ग का प्रयोग किया था। हिंदू समाज के दुर्भाग्य से वह प्रयोग सशस्वी नहीं हो सका। जब उन्होंने दूसरे मार्ग का प्रयोग करना प्रारंभ किया तो अपनी हिंदू धर्माभिमानी भूमिका उन्होंने छोड़ दी। उन्हें ऐसा लगा कि यह भूमिका लेकर अस्पृश्यों को मुक्ति प्राप्त करा देना संभव नहीं है।

यदि यह मान लिया जाए कि महाड़ के धर्मसंगर के दौरान उनकी वैचारिक भूमिका अपरिपक्व थी तो महाड़ के सत्याग्रह को अधिक महत्त्व देने की कोई वजह नहीं है। इस संघर्ष की स्मृति जगाने का भी कोई कारण नहीं है, तथापि कोई ऐसा कहता नहीं है। महाड़ के सत्याग्रह का स्मरण का ही अर्थ हिंदू धर्म-सुधार का स्मरण और उस संदर्भ में बाबासाहब द्वारा रखे गए विचारों का स्मरण है।

श्री खैरमोडे ने चरित्र ग्रंथ खंड क्र. तीन में यह दर्शानेवाले दो रोचक उदाहरण दिए हैं कि महाड़ के धर्मसंगर के दौरान बाबासाहब के अनुयायियों की भावनाएँ

कैसी थीं। अस्पृश्य समाज के साधुओं की यह भावना बन गई थी कि महाड़ का धर्मसंग्राम अस्पृश्यता की गुलामी खत्म करनेवाला संघर्ष है और बाबासाहब एक अवतारी पुरुष हैं। "अछूतों के उद्धार के लिए भगवान ने भीमराव के रूप में अवतार लिया है, मगर यह अवतार किस देवता का है? इस सवाल पर खूब वाद-विवाद हुए।" आखिरकार इस विवाद का अंत यहाँ आकर हुआ कि बाबासाहब रुद्र के अवतार हैं, मगर चूँकि अस्पृश्य समाज में रुद्र का पूर्णावतार हो नहीं सकता, इसीलिए वे अर्धावतार हैं।

श्री खैरमोड़े ने दूसरा उदाहरण आत्माराम कांबले नामक एक साधु का दिया है। यह साधु जुलाई, 1927 में बाबासाहब से मिलने मुंबई आए। उन्होंने कहा, "भीमदेव मैं पिछले दिनों पंढरपुर गया तो भगवान् से बोला था, "बेटा विठ्ठल, मेरे भीमराव को महाड़ में यश दे, अन्यथा तुम्हारा सिर ही फोड़ दूँगा देख लेना।' तब उसने तुम्हें सफलता दी।'

अर्थात् इन दोनों ही उदाहरणों में डॉ. बाबासाहब ने साधुओं और बाबाओं की अच्छी खबर ली है। उन्होंने कहा, "इन कल्पनाओं द्वारा ही ब्राह्मणों ने हिंदू समाज का अध:पात कर दिया। ऐसे समाजशास्त्री विचार अपने लोगों में फैलने मत दीजिए।"

मंदिर सत्याग्रह

महाड़ का संघर्ष जिस तरह धर्मसंगर का एक अध्याय है, इसी तरह दूसरा अध्याय मंदिर सत्याग्रह का है। नासिक में स्थित कालाराम मंदिर प्रवेश का सत्याग्रह, पार्वती मंदिर सत्याग्रह और अमरावती के अंबादेवी मंदिर का सत्याग्रह जैसे सत्याग्रह जैसे ये तीन मोरचे बड़े महत्त्वपूर्ण हैं। अंत्यज बंधुओं ने 13 अक्तूबर, 1929 को पार्वती का मंदिर प्रवेश सत्याग्रह शुरू किया। उस दिन दशहरा था। रूढ़ियों की सीमाओं का उल्लंघन करने के लिए यह दिन बड़ा अच्छा था। यह सत्याग्रह सफल नहीं हुआ, अर्थात् स्पृश्य हिंदुओं ने अस्पृश्यों के लिए मंदिर प्रवेश को अस्वीकार कर दिया।

सत्याग्रहियों का पहला जत्था जब मंदिर के प्रवेशद्वार पर पहुँचा, तब मंदिर के विश्वस्त लोगों ने मंदिर अंदर से ताला लगाकर बंद कर लिया था और बाहर एक नोटिस लगा था, 'श्री देवदेवेश्वर के परिसर में महार, मांग, धेड़, चमार, भंगी आदि जातियों के अस्पृश्य हिंदू प्रवेश न करें। उन लोगों को महाद्वार के सामने की

सीढ़ियों से नीचे खड़े रहकर भगवान के दर्शन करने चाहिए। इसके विरुद्ध आचरण करने पर नियमानुसार कार्रवाई की जाएगी।''

पार्वती सत्याग्रह की एक और गलत बात थी और वह यानी निहत्थे और शांतिपूर्वक सत्याग्रह करनेवाले अपने ही धर्मबंधुओं पर सनातनी हिंदुओं द्वारा किया हुआ हमला। इस हमले से आर्यसमाजी साधु भी दूर नहीं रह सके। इस पूरे प्रकरण के बारे में बाबासाहब ने 25 नवंबर, 1929 के बहिष्कृत भारत में लिखा, ''पार्वती सत्याग्रह को विद्रोह कहने के स्तर तक जो लोग पहुँच सके हैं, उन्हें अस्पृश्यता निवारण की जोरदार हलचल भयंकर समाज क्रांति की हलचल दिखने लगे, यह स्वाभाविक ही है। इन टीकाकारों को सनातनियों की गुंडागर्दी नहीं दिखती। जिन्होंने पूरी तरह शांति से गंदी गालियों, डंडों के आघात और जूतों की वर्षा को चुपचाप सहन कर लिया, वे विद्रोही हैं, मगर जिन गुंडों ने सीधे-सादे लोगों पर अत्याचार किए, वे सद्गुणों की मूर्तियाँ हैं। यह अच्छा न्याय है। संतों की सीख ऐसी विपरीत न्याय-बुद्धि निर्मित करनेवाली होती है क्या, सत्याग्रही लोग मोहम्मद गजनी जैसा कुछ करने निकले थे क्या?

अमरावती के अंबादेवी मंदिर प्रवेश के सत्याग्रह का निर्णय 1927 के अगस्त माह में ही हो गया था। यह संघर्ष ही यशस्वी नहीं हुआ।

नासिक के कालाराम मंदिर प्रवेश का सत्याग्रह धर्मसंगर का एक बड़ा महत्त्वपूर्ण पड़ाव है। 1 मार्च, 1930 को डॉ. बाबासाहब के नेतृत्व में कालाराम मंदिर प्रवेश का सत्याग्रह करना निश्चित हुआ। पार्वती के सत्याग्रह में डॉ. बाबासाहब ने प्रत्यक्ष भाग नहीं लिया था। अमरावती के सत्याग्रह में उनका भाषण हुआ था, मगर नासिक के सत्याग्रह में उन्होंने प्रत्यक्ष भाग लिया था। 2 मार्च, 1930 से यह सत्याग्रह शुरू हुआ और 3 मार्च, 1934 तक चला। 3 मार्च, 1934 को सत्याग्रह बंद कर दिया गया।

नासिक के इस कालाराम मंदिर प्रवेश सत्याग्रह को भी सनातनी हिंदुओं ने सफल नहीं होने दिया। यहाँ भी सत्याग्रहियों के साथ मारपीट हुई। मंदिर के दरवाजे उनके लिए खोले नहीं गए। श्री रामचंद्रजी ने किसी समय सारे समाज का नेतृत्व किया, उन्हीं श्रीरामचंद्रजी को सनातनी हिंदुओं ने सामान्य आममियों के लिए अस्पृश्य बना दिया। जो आदिशक्ति सारे विश्व की जननी है, उसे भी उसके पुत्रों से विलग कर दिया। जो महादेव एक अर्थ से 'लोकदेव' हैं, उन्हें भी बंदी बनाकर रख लिया। आज इस सत्याग्रह के इतिहास को पढ़ते हुए बड़ा दुःख होता है। सनातनी और कर्मकांडी हिंदुओं के व्यवहार से मन व्यथित हो जाता है।

मंदिर-प्रवेश सत्याग्रह का सूक्ष्म विवरण यहाँ देने की आवश्यकता नहीं है। वह अब इतिहास बन चुका है। मंदिर प्रवेश सत्याग्रह करने की बाबासाहब की इच्छा हुई और वह सत्याग्रय यशस्वी नहीं हो संका, ये दो बातें ही हमारे मतानुसार महत्त्वपूर्ण हैं। मंदिर प्रवेश क्यों? इस बारे में बाबासाहब ने जो विचार रखे हैं, वे अत्यंत महत्त्वपूर्ण हैं। उन्हें समझना भी उतना ही महत्त्वपूर्ण है।

अमरावती की सभा में मंदिर प्रवेश के बारे में भूमिका प्रतिपादित करते हुए डॉ. बाबासाहब ने कहा, ''उपासना के अनेक प्रकार हैं। ऐसा नहीं है कि साकार की प्रत्यक्ष उपासना मंदिर में की जा सके, इसलिए अस्पृश्यों को मंदिरों में प्रवेश चाहिए। उन्हें यह सिद्ध करना है कि उनके प्रवेश से मंदिर भ्रष्ट नहीं होते या उनके स्पर्श से मूर्ति की पवित्रता कम नहीं हो जाती।''

हिंदुत्व जितनी स्पृश्यों की संपत्ति है, उतनी ही अस्पृश्यों की भी है। इस हिंदुत्व की प्राणप्रतिष्ठा जितनी वशिष्ठ जैसे ब्राह्मणों ने, श्री कृष्ण जैसे क्षत्रियों ने, हर्ष जैसे वैश्यों ने और तुकाराम जैसों ने की है, उतनी ही वाल्मीकि, चोखामेला और रविदास इत्यादि अस्पृश्यों ने की है। इस हिंदुत्व की रक्षा करने के लिए हजारों अछूतों ने अपना जीवन न्यौछावर किया है, हिंदुत्व के नाम पर बनाए गए मंदिर जितने सवर्णों के हैं, उतने ही अछूतों के भी हैं। उन पर जितना सवर्णों का है, उतना ही अछूतों का भी उत्तराधिकार है।''

सत्याग्रह के लिए नासिक के कालाराम मंदिर का चयन बाबासाहब ने क्यों किया होगा, इस बारे में श्री शंकरराव खरात ने बड़ा सुंदर भाष्य किया है। वे लिखते हैं, ''ऐसा कहा जाता है कि हिंदुओं के मंदिर हिंदुओं की आत्मा हैं। हिंदुओं के ग्रंथों और मंदिरों में हिंदुओं के प्राण होते हैं। मंदिर में प्रवेश मिलने के बाद हिंदुओं के हृदय में भी परिवर्तन आएगा और इससे अस्पृश्यता की समस्या के हल होने की दिशा में एक कदम और आगे बढ़ेगा, यही बाबासाहब समझते होंगे और इसलिए नासिक के कालाराम मंदिर का सत्याग्रह के स्थान के रूप में चयन किया गया।'' नासिक का चयन करने का एक और प्रमुख कारण यह था कि राम हिंदुओं के पूज्य देवता है। राम हिंदुओं के हृदय हैं। प्रत्येक हिंदू के दिन में राम के लिए स्थान है और इसीलिए इस चयन के पीछे मुख्य उद्‌देश्य यही रहा होगा कि रामचंद्रजी के मंदिर में प्रवेश-सत्याग्रह करना चाहिए ताकि इससे अन्य मंदिरों में प्रवेश का सवाल अपने आप हल हो जाएगा और उसी के साथ हिंदू-मानस में भी यथोचित बदलाव होगा।''

श्री शंकरराव खरात ने जो कहा है, उसके अनुसार रामचंद्रजी का स्थान

अद्वितीय है। दूरदर्शन पर रामायण धारावाहिक के प्रसारण के दौरान सड़कों पर सन्नाटा छा जाता था। सारे कामकाज रखकर लोग धारावाहिक देखा करते थे। राम के मंदिर में प्रवेश यानी करोड़ों हिंदुओं के हृदय में प्रवेश है और यह बात सत्य ही है; मगर ऐसा हो नहीं सका, यह हिंदू समाज का दुर्भाग्य है।

अस्पृश्यता निवारण के लिए बाबासाहब ने जो धर्मसंगर किया, उसमें सत्याग्रह के शस्त्र का उन्होंने उपयोग किया। सत्याग्रह की नैतिक भूमिका कौन सी है, क्यों करना चाहिए, किसने करना चाहिए, किसलिए करना चाहिए? इसका बड़ा तर्कपूर्ण विवरण 21 नवंबर 1927 के बहिष्कृत भारत के अग्रलेख में बाबासाहब ने दिया है। इस अग्रलेख का विचार-धन इतना मौलिक, शाश्वत और चिरनूतन है कि इसकी गणना मराठी भाषा के चुनिंदा पच्चीस अग्रलेखों में की जा सकती है। अग्रलेख के प्रारंभ में ही बाबासाहेब ने संस्कृत के दो सुभाषित दिए हैं।

''न जानपदिकं दु:खमेक: शोचितुमर्हसि।
अशोचन्प्रति कुर्वीत यदि पश्यदुपक्रमम्॥''

जो दु:ख सार्वजनिक है, उसका शोक मनाते बैठे रहना उचित नहीं है। उसके लिए रोते न बैठकर उसके प्रतिकार के लिए यदि हमें कोई उपाय सूझे तो वह (ज्ञानी पुरुषों को) अवश्य करना चाहिए।

''अपहाय निजं कर्म कृष्णकृष्णेति वादिन:।
ते हरेर्द्वैषिण: पाया धर्मार्थ जन्म यद्धरे:॥''

अपने कर्म छोड़कर केवल 'हरि-हरि' कहते हुए बैठे रहनेवाले लोग हरि के द्वेष्टा और पापी होते हैं, क्योंकि हरि का जन्म भी तो धर्म की रक्षा के लिए ही है।

ये दो सुभाषित उद्धृत करते हुए बाबासाहब का युक्तिवाद यह है, ''स्पृश्य और अस्पृश्य एक ही हिंदू धर्म के हैं तथा दोनों में यही भावनाएँ हैं कि पुरातन काल से हम एक ही धर्म के लोग हैं। इसलिए जो अधिकार सवर्ण हिंदुओं के हैं, वे ही अधिकार अस्पृश्य हिंदुओं को भी मिलने चाहिए।''

पुरानी परंपरा मंदिर में प्रवेश न करने की थी और नए चलन के अनुसार मंदिर में प्रवेश चाहिए था। ''पुरातन के लिए परंपरा होती है, मगर नए के लिए परंपरा नहीं होती। इसलिए 'मंदिर प्रवेश का अपना आग्रह 'सत्याग्रह' बनेगा क्या? ऐसा संदेह यदि अस्पृश्य समाज के मन में उत्पन्न हुआ तो वह मानवीय स्वभाव के अनुरूप ही होगा।' ऐसा कहते हुए बाबासाहब लिखते हैं, 'किसी भी कार्य में सफलता मिलेगी या नहीं' यह जितना साधन-सामग्री की मात्रा पर निर्भर है उतना ही वह कार्य के नैतिक स्वरूप पर भी निर्भर है।''

"कार्य के मूल में यदि सत्य होगा तो उसकी सफलता को लेकर चिंतित होने की कोई खास वजह नहीं रह जाती, क्योंकि अंततोगत्वा सत्य की हमेशा ही विजय होती है।"

अपने कार्य के मूल में सत्य कौन सा है, इसका विवेचन करते हुए बाबासाहब कहते हैं, "सत्याग्रह की सफलता हमेशा ही सत्याग्रही मनुष्य के आत्मबल पर निर्भर रहेगी। यह आत्मबल प्रकट होने के लिए उसमें यह भावना मौजूद रहनी चाहिए कि मैं जो कर रहा हूँ, वह सत्य है। हमारे मतानुसार संक्षेप में कहें तो जिस कार्य में लोकसंग्रह होता है, वह सद्कार्य है और इसके लिए किया गया आग्रह सत्याग्रह कहा जाना चाहिए।"

कोई कार्य लोकसंग्रह करनेवाला है या लोकविग्रह करनेवाला, इसे तय करने की कसौटी क्या होगी? भगवद्गीता का आधार लेते हुए बाबासाहब इस कसौटी के बारे में कहते हैं, "कर्ता के मन में यदि समभाव होगा तो उसके हाथों कभी लोकविग्रह होगा ही नहीं...जहाँ समभाव है, वहाँ लोकसंग्रह है, जहाँ लोकसंग्रह है, वहाँ सत्कार्य है और ऐसे कार्य के बारे में आग्रह सत्याग्रह है।"

यह कहते हुए कि सत्याग्रह ही गीता का मुख्य प्रतिपाद्य विषय है, अर्जुन के विषादयोग का संदर्भ देते हुए बाबासाहब ने यह कहा है कि वह मुख्य प्रतिपाद्य किस तरह बन गया है।

भगवद्गीता पर बाबासाहब का यह संक्षिप्त भाष्य बढ़ते हुए मन आनंदित होता जाता है और ऐसा लगने लगता है कि आगे भी डॉ. बाबासाहब के यही विचार बने रहते तो गीता रहस्य के समतुल्य एक अलौकिक और स्वतंत्र ग्रंथ हमें पढ़ने के लिए मिल सकता था, अस्तु।

अब बाबासाहब कह रहे हैं कि अस्पृश्यों का सत्याग्रह गीता की कसौटी पर कैसे खरा उतर रहा है। यह दर्शाते हुए कि इस सत्याग्रह से लोकसंग्रह कैसे होगा, बाबासाहब कहते हैं, "अस्पृश्यता के कारण केवल अस्पृश्यों का ही नुकसान नहीं हुआ है, बल्कि उनके साथ-साथ सवर्णों और उसी तरह सारे देश का भी अपरिमित नुकसान हुआ है। अस्पृश्य लोग अस्पृश्यता की गर्त से निकलें और उन्हें आत्मस्वातंत्र्य प्राप्त हो गया तो न केवल वे अपना स्वयं का विकास करेंगे, बल्कि अपने पराक्रम, बुद्धि और अध्यवसाय से देश की समृद्धि के कारण बनेंगे। इस दृष्टिकोण से देखा जाए तो अस्पृश्यता निवारण का आंदोलन केवल पतितोद्धार का आंदोलन न होकर सच्चे लोकसंग्रह का आंदोलन है।"

इसके बाद डॉ. बाबासाहब ने उतनी ही स्पष्टता से एक बड़ा विदारक सत्य

सामने रखा है। वह सत्य है कि जब तक व्यक्ति स्वयं को हिंदू कहलाता रहता है, तभी तक हिंदुओं का आचार धर्म उस व्यक्ति पर लागू होता है। उसी व्यक्ति के मुसलमान या ईसाई हो जाने पर पाप-पुण्य या छुआछूत के नियम लागू नहीं होते। ''एकाध अस्पृश्य यदि हिंदू धर्म में रह जाए तो उसे स्पृश्य हिंदुओं द्वारा हेय माना जाता है, परंतु वही व्यक्ति यदि मुसलमान या ईसाई बन गया, तो उससे वहीं हिंदू अपने समकक्ष समझकर व्यवहार करते हैं।''

इस विवेचन का विदारक सत्य कौन सा है? ''अस्पृश्यता और हिंदू धर्म का अत्यंत घनिष्ठ संबंध है। हिंदू धर्म का पालन किया जाए तो अस्पृश्यता बनी रहती है। हिंदू धर्म का त्याग करने पर अस्पृश्यता समाप्त हो जाती है।'' यही व्यावहारिक सत्य बाबासाहब सुना रहे हैं। हिंदू धर्मतत्त्वज्ञान और अस्पृश्यता का कोई संबंध नहीं है, परंतु आचार धर्म में अस्पृश्यता की कुप्रथा का बड़ा ही घनिष्ठ संबंध है।

इसी अग्रलेख में डॉ. बाबासाहब सभी को एक अप्रत्यक्ष संकेत देते हैं कि अपने शरीर से अस्पृशता का कलंक धो डालने के लिए भविष्य में क्या करना पड़ सकता है। 1956 के धर्मांतरण के बीज हमें उनके इस अग्रलेख में दिखाई पड़ते हैं।

''मंदिर में जाने का अस्पृश्यों का आग्रह किसलिए है, क्या केवल मंदिर में जाने से ही ईश्वर की उपासना हो सकती है? हिंदू धर्म में उपासना के अनेक प्रकार हैं। केवल नामोच्चार भी पर्याप्त होता है। यह होने के बावजूद उपासना का मार्ग एक के लिए खुला और दूसरे के लिए बंद क्यों होना चाहिए, अस्पृश्यों द्वारा उसे खोलने का आग्रह करना उचित नहीं होगा क्या?'' ऐसे अनेक प्रश्न बाबासाहब ने उठाए हैं।

यह कहते हुए कि अस्पृश्यों के मंदिर प्रवेश का प्रश्न समानता का प्रश्न है, बाबासाहब लिखते हैं, ''अस्पृश्यों को मंदिर में प्रवेश करके जो बात सिद्ध करनी है, वह यह कि उनके प्रवेश से देवालय भ्रष्ट नहीं होते अथवा मंदिर की मूर्ति को स्पर्श करने से उसकी पवित्रता कम नहीं हो जाती। केवल पानी के स्पर्श से ही भगवान् की पवित्रता ढल सकती है, हमारे स्पर्श से वह ढलेगी नहीं, क्योंकि हम पानी नहीं हैं, ऐसा स्पृश्यों का कहना है।'

'मंदिर स्पृश्यों ने बनाए हैं, इसलिए उन पर उन्हीं का अधिकार है।' ऐसा कहना भी न्याय संगत नहीं है, यह जोर देकर कहते हुए बाबासाहब ने लिखा है, ''हिंदुत्व जितनी सवर्णों की दौलत है, उतनी ही वह अस्पृश्यों की भी है। इस हिंदुत्व की रक्षा करने के लिए हजारों अस्पृश्यों ने अपना जीवन न्यौछावर किया

हुआ है। व्याध गीता के अस्पृश्य से लेकर खर्डे की लड़ाई के सिदनाक महार तक जिन अस्पृश्यों ने हिंदुत्व की रक्षार्थ अपने सिर हथेली पर रख लिये, उनकी संख्या कोई छोटी-मोटी नहीं है।

जिस हिंदुत्व की राशि को स्पृश्य और अस्पृश्य दोनों ने एक-एक मुट्ठी डालकर बढ़ाया और जिस पर खतरा आने की स्थिति में प्राणों की परवाह किए बगैर उसकी रक्षा की, उस हिंदुत्व के नाम से बनाए गए मंदिर जितने स्पृश्यों के हैं, उतने ही अस्पृश्यों के भी हैं। उनपर जितना उत्तराधिकार स्पृश्यों का है, उतना ही अस्पृश्यों का भी है। ऐसा कभी भी नहीं कहा जा सकेगा कि एक अधिकारी है और एक अनधिकारी है। अस्पृश्य लोग कोई दूसरे नहीं है। वे हिंदू ही हैं। हिंदू धर्म उनका है और वे हिंदू धर्म के हैं। केवल इतने ही आधार पर यह बात सबको स्वीकार करनी होगी कि हिंदू मंदिरों पर अस्पृश्यों का भी पैतृक अधिकार है।''

इसके बाद डॉ. बाबासाहब ने सत्याग्रह की हिंसा-अहिंसा की चर्चा करते हुए महात्मा गांधी के अहिंसा के तत्वज्ञान से अपनी मतभिन्नता को भी सामने रखा है।

यह कहकर कि अस्पृश्य को हिंदू समाज में पशुओं के मल-मूत्र से भी अधिक हीन माना गया है; ऐसा जीवन जीने की अपेक्षा महाभारत की विदुला के उपदेशों का बाबासाहब स्मरण कराते हैं, 'ये स्थिति जीने योग्य नहीं है। काकबली को खाकर तो कौए भी काफी साल तक जी लेते हैं।' विदुला कहती है, ''बिस्तर पर पड़े-पड़े छीजते रहने या सौ-सौ साल तक निरर्थक जीवन बिताने की अपेक्षा पल भर के लिए पराक्रम की ज्योति दिखाकर मर जाना ज्यादा ठीक है।'' महाभारत ने एक श्लोक को बाबासाहब उद्धृत करते हैं—

'एतावानेव पुरुषो यदमर्षी यदक्षमी।
क्षमावान्निरमर्षश्च नैव स्त्री न पुनः पुमान्॥'

'जिस पुरुष को क्रोध आता है और अपमान सहन नहीं करता' वही पुरुष कहलाएगा। जिस पुरुष को क्रोध नहीं आता, वह और नपुंसक एक जैसे ही हैं।

मंदिर प्रवेश के सत्याग्रह के विफल होने की संभावना का यह अंदाज लगाकर कि उससे किसकी हानि होगी, इस बारे में बाबासाहब कहते हैं—

''यदि सवर्णों ने यह निश्चिय ही कर लिया है कि वे अस्पृश्यों का बल देखेंगे ही तो ज्यादा-से-ज्यादा यह होगा कि सत्याग्रह असफल हो जाएगा, मगर ऐसा होने पर हानि किसी होगी? सवर्णों की।''

यह भरोसा होने पर कि सत्याग्रह करके भी हमें हिंदू धर्म में कोई आश्रय नहीं देता, जो अस्पृश्य लोग आज धक्के देने पर भी हिंदू धर्म से बाहर नहीं जाते, वे

ही लोग हिंदू धर्म को पत्थर का धर्म समझकर और यह विश्वास करके कि उसके सामने माथा फोड़ने से भी कुछ नहीं होगा, 'सवर्णों, आपका धर्म आपको मुबारक' अपने आप दूसरे धर्म में जाने के लिए तैयार हो जाएँगे।'

कुछ लोगों का यह मत था कि अपने ही लोगों के विरुद्ध सत्याग्रह नहीं करना चाहिए, क्योंकि इससे यादवी संघर्ष पैदा हो जाएगा। बाबासाहब पुनः गीता का संदर्भ देते हुए इस मत का खंडन करते हैं। श्रीकृष्ण का अर्जुन को यह उपदेश है कि राज्यप्राप्ति के लिए यादवी संघर्ष भी करना चाहिए। श्रीकृष्ण कहते हैं यह विनाशकारी रास्ता तुम्हें कैसे सूझ गया? यह नपुंसकता तुम्हें शोभा नहीं देती। यह दुर्बलता छोड़कर युद्ध के लिए खड़े रहो। पांडव राज्य के लिए लड़ रहे थे। अस्पृश्य लोग इनसानियत के लिए लड़ रहे हैं। मानवीयता के बिना तो अस्पृश्य लोग जीते जी मर गए हैं।

इस अग्रलेख का समापन बाबासाहब ने अस्पृश्य बंधुओं के पुरुषार्थ को चुनौती देते हुए किया है। यह प्रतिपादित करते हुए कि अस्पृश्यता की कुप्रथा सवर्ण हिंदुओं के दुराग्रह और अस्पृश्यों की स्वाभिमानहीनता के कारण ही चल रही है, बाबासाहब लिखते हैं, ''पिछली पीढ़ियों के हाथों जो नहीं हो सका, उस काम को करना इस पीढ़ी का कर्तव्य-कर्म है। इस कार्य के लिए यदि आज की पीढ़ी के लोग जागेंगे नहीं तो यही कहना होगा कि वे कुलवान नहीं, बल्कि कुलांगर हैं।''

अग्रलेख का सारांश यहाँ समाप्त हो जाता है। धर्मसंगर की वैचारिक भूमिका समझ लेने की दृष्टि से यह अग्रलेख महत्त्वपूर्ण है। इस अग्रलेख के एक-एक शब्द में हिंदुत्व के प्रति बाबासाहब का अभिमान प्रकट होता है। उसी प्रकार भविष्य की घटनाओं का संदर्भ भी उसमें मिलता है। अस्पृश्यता निवारण का एकमेव उद्देश्य सामने रखकर बाबासाहब साधनों की खोज कर रहे हैं। नासिक के कालाराम मंदिर का सत्याग्रह सन् 1934 में समाप्त कर दिया गया। इस सत्याग्रह की समाप्ति के साथ ही बाबासाहब इस निष्कर्ष पर पहुँचे, 'हिंदू धर्म में बने रहकर अस्पृश्यता खत्म नहीं होगी।' उनकी भूमिका में बहुत बड़ा परिवर्तन हो गया। 13-14 अक्तूबर, 1935 को येवला की परिषद् में बाबासाहब ने घोषणा की, ''मैं हिंदू के रूप में पैदा हुआ तो भी हिंदू के रूप में मरूँगा नहीं।''

श्री शंकरराव खरात ने 'डॉ. बाबासाहब आंबेडकर की आत्मकथा' नामक अपनी पुस्तक में पृष्ठ 95 पर लिखा है कि पूज्य श्री साने गुरुजी ने 1946-47 में मंदिर प्रवेश की हलचल शुरू की थी। पंढरपुर के विठ्ठल मंदिर में अस्पृश्यों को प्रवेश-मिलने के सवाल पर उन्होंने आमरण अनशन भी किया था। उस हलचल

के बारे में डॉ. बाबासाहब कहते हैं—

'हमें मंदिर प्रवेश की हलचल के बारे में कुछ भी महसूस नहीं होता।' अस्पृश्य लोग आपके मंदिर में न आएँ, ऐसा हजारों वर्षों से आपने इस मंदिर के दरवाजे पर लिखकर टाँग रखा था। यह ठीक है कि आज आप उसे हटा रहे हैं। तथापि हमारे लिए आपके द्वारा मंदिर खोल दिए जाने के बाद उस मंदिर में हमें आना चाहिए या नहीं, इसका हम विचार करेंगे। वह हमारी समस्या है। सच कहें तो आपके मंदिरों में आने की हमारी इच्छा नहीं है। आपकी हम पर जबरदस्ती क्यों रहे?''

यह स्पष्ट होने लगा था कि धीरे-धीरे डॉ. बाबासाहब के धर्मसंगर का अंत हिंदू धर्म के त्याग के रूप में होनेवाला है। येवला की उनकी घोषणा पर ऊपर उल्लेख हुआ है। येवला की घोषणा से पूर्व दो घटनाएँ घटी हैं। पहली यह कि 27 मई, 1935 को रमाबाई का निधन हुआ। इससे डॉ. बाबासाहब के मन पर दुःख का बड़ा आघात हुआ। इस दुःख के परिणाम का वर्णन पहले अध्याय में दिया हुआ है।

दूसरा प्रसंग श्री धनंजय कीर के चरित्र ग्रंथ में दिया गया है। महाड़ और नासिक के सत्याग्रह के समय सवर्ण हिंदुओं ने जो आचरण किया था, उससे उन्हें बड़ा दुःख हुआ था। इस संघर्ष के बाद उनके मन में यह विचार उठा कि उन्हें धर्मांतरण करना चाहिए। इसके लिए तात्कालिक कारण भी वैसा ही उत्पन्न हो गया था। चवदार तालाब का दावा न्यायालय में चल रहा था, उस समय वे एक बार महाड़ जा रहे थे। नदी में बाढ़ आ जाने से उन्हें रास्ते में ही रुकना पड़ा। बरसात के दिन थे। आसपास कहीं अस्पृश्यों के घर नहीं थे। उन्हें इस परिस्थिति में पानी उतरने तक भोजन-पानी के बगैर छटपटाते रहना पड़ा। अस्पृश्य होने के कारण सवर्ण हिंदुओं ने उन्हें भोजन-पानी दिया नहीं। मुंबई लौटते ही उन्होंने स्वयं को एक कमरे में बंद कर लिया और बिलख-बिलखकर रोते रहे।

ज्ञानदेव भी अपना अपमान होने के कारण ऐसे ही एक दिन कमरे का दरवाजा बंद कर खिन्न होकर बैठ गए। तब उनकी बहन मुक्ताबाई ने उन्हें समझाइश दी।

'मजवरी दया करा। ताटी उघड़ा ज्ञानेश्वरा॥
संत जेणे व्हावे। जग बोलणे सोसावे।
तुम्ही तरोनी विश्व तारा। ताटी उघड़ा ज्ञानेश्वरा।'

मगर सारे प्रयास करके भी आंबेडकर दरवाजा नहीं खोल रहे थे। अंततः उनके सहयोगियों ने रायबहादुर सी.के. बोले को बुला लिया। मुक्ताबाई द्वारा ज्ञानेश्वर महाराज से किए गए निवेदन की तरह रायबहादुर बोले ने भी ऐसी ही व्याकुलता से द्वार खोलने का अनुरोध किया। आंबेडकर को उन्होंने शांत किया।''

धर्मांतरण की घोषणा

13 अक्तूबर, 1935 की येवला की परिषद् की पार्श्वभूमि में महाड़ और मंदिर-प्रवेश सत्याग्रह है। येवला की परिषद् में अपने भाषण में बाबासाहब इन दोनों आंदोलनों का संदर्भ देते हुए कहते हैं—

"हमारे लिए सामान्य मानवीय अधिकार प्राप्त करने और हिंदू समाज में समानता का दर्जा प्राप्त करने में यह संघर्ष विफल साबित हुआ है। अब इस बारे में अंतिम निर्णय लेने का समय आ पहुँचा है। हम हिंदू समाज के घटक हैं, इसीलिए दुर्बलता और अवनति की यह अवस्था हमारे माथे आ पड़ी है। इसलिए क्या ऐसा आपको नहीं लगता कि जो धर्म हमें समान दर्जा दे, समान अधिकार दे और उचित व्यवहार दे, ऐसे किसी धर्म में चले जाना चाहिए? हिंदू धर्म से जुड़ा हुआ अपना संबंध तोड़ दीजिए। जहाँ शांति और स्वाभिमान मिले, ऐसे धर्म में जाइए। दुर्भाग्य से मैं अछूत जाति में जनमा हूँ तो यह कोई मेरा अपराध नहीं है, मगर मैं हिंदू के रूप में मरूँगा नहीं।"

येवला की परिषद् में तीन प्रस्ताव पारित हुए—

(1) समता और स्वतंत्रता प्राप्त करने के लिए धर्मांतरण आवश्यक है।

(2) यह परिषद् डॉ. आंबेडकर को यह विश्वास दिलाती है कि महार जाति सामूहिक धर्मांरण हेतु तैयार है।

(3) धर्मांतरण की दिशा में पहले कदम के रूप में हम हिंदू देवी-देवताओं की पूजा करना छोड़ देंगे, हिंदुओं के त्यौहार नहीं मनाएँगे और हिंदू धर्म के मंदिरों में प्रवेश नहीं करेंगे।

बाबासाहब की धर्मांतरण की घोषणा हिंदू समाज पर मानो कोई बम गिराने जैसी ही थी। हिंदू समाज से धर्मांतरित होकर लोगों के मुसलमान और ईसाई हो जाने के कारण हिंदू समाज का संख्याबल बड़ी मात्रा में कम हो रहा था। इस कारण जिन लोगों को हिंदू समाज के भविष्य की चिंता थी, ऐसे सभी लोगों का धर्मांतरण की घोषणा से व्यथित और चिंतातुर होना स्वाभाविक ही था। स्वातंत्र्यवीर सावरकर, महात्मा गांधी, मसूरकर महाराज आदि महान् व्यक्ति इस घोषणा से बेचैन हो गए थे।

भारत के संदर्भ में धर्मांतरण का कोई अच्छा अर्थ नहीं निकलता। भारत में धर्मपरिवर्तन का सही-सही अर्थ क्या है, धर्म परिवर्तन के कारण कौन-कौन से परिवर्तन होते हैं? हिंदू जब ईसाई या मुसलमान बन जाता है, तब—

- उसका नाम बदलता है।
- उसकी वेशभूषा बदलती है।

– उसके खान-पान में परिवर्तन होता है।
– उसके व्रत-उत्सव बदलते हैं।
– उसमें सांस्कृतिक परिवर्तन हो जाता है।
– उसके विचारों में बदलाव आते हैं।
– उसकी जीवन-पद्धति बदल जाती है।
– उसमें पृथक्‌ता की भावना पैदा हो जाती है।
– पृथकता की भावना से फूट उत्पन्न होती है।
– धर्मांतरित व्यक्ति; समाज; हिंदू समाज का शत्रु बन जाता है।

इस सारी क्रिया के लिए सावरकर ने एक ही वाक्य का प्रयोग किया है और वह है, ''धर्मांतरण यानी राष्ट्रांतरण।''

वास्तव में तो धर्म बदलने से राष्ट्रांतरण होना ही नहीं चाहिए। धर्म बदलने से बाप-दादा, पूर्वज नहीं बदल जाते। जीवनादर्श भी बदल जाने का कोई कारण नहीं है, तथापि भारत में इससे विपरीत ही घटता चला गया है। यहाँ का मुसलमान पूर्व का हिंदू ही है, यहाँ का ईसाई भी पहले का हिंदू ही है, मगर इनमें से कोई भी अब केवल नाम के लिए भी हिंदू नहीं रह गया है।

ईसाई समाज चर्च और मिशनरियों की सहायता से हिंदू समाज पर किस तरह आक्रमण करता है, यह आजकल हम अनुभव कर रहे हैं। पूर्वी भारत के अधिकांश प्रदेश अब ईसाई बहुल हो गए हैं और इन राज्यों में भारत से टूटकर अलग होने के हिंसक आंदोलन बहुत बड़ी मात्रा में चल रहे हैं, यह भी हम देख रहे हैं।

1935 में बाबासाहब ने धर्मांतरण की घोषणा की। वह काल भारतीय मुसलिम समाज के राजनीतिक आक्रमण का काल है। पाकिस्तान की माँग धीरे-धीरे फिर जोर पकड़ने लगी थी। मुसलमान यह भूलने के लिए तैयार नहीं थे कि वे किसी समय देश पर शासन किया करते थे। वे हिंदुओं के साथ समान राजनैतिक अधिकारों की माँग कर रहे थे। राजनीति में उन्हें 'नकाराधिकार' चाहिए था। अपना संख्या बल किस तरह से बढ़ सकता है, इसी बात के पीछे मुसलमान पड़े हुए थे।

धर्मांतरण के ये सारे अर्थ बाबासाहब समझ रहे थे। इसीलिए धर्मांतरण की एक स्पष्ट वैचारिक भूमिका उन्होंने तैयार की। 'हिंदू समाज से प्रतिशोध लेने के लिए धर्मांतरण' ऐसी उनकी भावना कभी भी नहीं रही थी। हिंदुत्व का त्याग करके हिंदुत्व से शत्रुता करनेवाला धर्म तत्त्वज्ञान स्वीकार करने की उनकी भूमिका नहीं थी। धर्म परिवर्तन के पीछे उनकी वैचारिक भूमिका समझने के लिए उनके कुछ लेखों में व्यक्त विचारों पर इस समय एक सरसरी नजर घुमा लेना उचित होगा।

28 दिसंबर, 1928 के बहिष्कृत भारत में 'हिंदू धर्मशास्त्र' शीर्षक से उनका एक प्रदीर्घ आलेख छपा है। इस लेख की ऐसी शुरुआत करते हुए, "विदेशी आक्रमणों से यह सबसे प्राचीन हिंदू समाज किस तरह घबरा गया है।" डॉ. बाबासाहब इस समाज को ग्रसित किए हुए रोग का निदान प्रस्तुत कर रहे हैं।

"हिंदू समाज का पहला रोग अर्थात 'अत्यंत घातक विवाह पद्धति।' बचपन में ही विवाह हो जाने के कारण देश की प्रजा अविकसित, अल्पायु, निस्तेज और निर्बल नहीं होगी तो और कैसी होगी? इस देश में चौकस बुद्धि के लोग उत्पन्न नहीं हुए, इसका कारण भी यह अनिष्टकारी विवाह पद्धति ही है।"

हिंदू समाज की बीमारी का दूसरा निदान यह है कि "जाति-भेद के कारण हिंदू समाज की स्थिति जर्जर हो गई है। जाति में जन्म, जाति में मृत्यु, जाति में भोजन और जाति में विवाह आदि के कारण सार्वजनिक कार्यों को जातिबाह्य होने से निषिद्ध माना जाता है।"

"इस जाति भेद के कारण हिंदू व्यक्ति एक-दूसरे से कटा-कटा सा रहता है। एक जाति को दूसरी जाति पराई लगती है। हिंदू जाति में एक दूसरे के प्रति इतना अविश्वास बढ़ गया है कि विदेशी राजा हो तो ही लोग संतुष्ट रहते हैं, मगर वहीं स्वदेशी राजा नियुक्त करने के लिए कोई भी तैयार नहीं हो सकता। राजा स्वदेशी हुआ तो भी उसकी कोई-न-कोई जाति तो रहती थी। अन्य जातियों को वह पराया और अविश्वसनीय लगता था।

डॉ. बाबासाहब आगे लिखते हैं, "जाति भेद के कारण हिंदू समाज की वृद्धि रुक गई है। कुछ लोग हिंदू समाज से त्रस्त होकर दूसरे धर्म में जा रहे हैं। ईसाई और मुसलिम समाज की आज जो वृद्धि होती हुई हमें दिखाई देती है, उसका कारण यही है कि हिंदुओं में से असंतुष्ट लोग उनमें जाकर मिल जाते हैं। दूसरे धर्म से हिंदू धर्म में आने के लिए अवसर नहीं है। सवाल यह अटक जाता है कि दूसरे धर्म के व्यक्ति को कौन-सी जाति में लिया जाए, क्योंकि जाति तो जन्म से प्राप्त होती है।"

हिंदू समाज के रोग का तीसरा निदान यह है कि स्त्री और शूद्रों को निम्न माना गया है। स्त्री और शूद्रों को निम्न मानने के कारण इस वर्ग के पुरुषार्थ में समाज भेद करने लगता है। अंततः वह गलित व हतवीर्य हो जाता है।

कर्तव्य का विकास होने के लिए विशेष प्रकार की परिस्थति की आवश्यकता होती है। बड़प्पन अर्जित करने की अच्छा निर्मित होने की जरूरत होती है। हिंदू समाज के ये रोग कुछ लोगों के ध्यान में आते हैं मगर उनके खिलाफ खड़े होने का साहस कोई नहीं करता है। "इसका कारण यह है कि बहुत से लोगों को यह

बात सही लगती है कि धर्मशास्त्रों की अनुज्ञा के अनुसार आचरण करते रहने के कारण ही हिंदू समाज आज तक टिका हुआ है। यदि हिंदू समाज धर्मशास्त्रों के विरुद्ध आचरण करने लगा तो उसके साथ के दूसरे समाज जिस तरह पतनोन्मुख हो गए, वैसे ही वह भी पतनशील हो जाएगा।'' इस कारण धर्मशास्त्रों के खिलाफ कोई विद्रोह नहीं करता।

इस लेख में बाबासाहब ने 'हिंदू राष्ट्र' संकल्पना का उच्चार किया है। वे लिखते हैं, ''अत्यंत प्राचीन काल में जिन राष्ट्रों का उदय हुआ, उनमें हिंदू राष्ट्र भी एक है। यह तथ्य इतना सुप्रसिद्ध है कि उसका किसी को स्मरण कराने की कोई वजह नहीं है। इसकी समकालीन इजिप्ट, अल्जीरिया, यूनान और रोम आदि संस्कृतियाँ मिट गईं, यह बात एकदम सही है, मगर चूँकि हिंदू राष्ट्र इतने दिनों से निरंतर कायम रहा है, इसलिए वह बलवान है, यह कहना हमें लगता है कि आत्मश्रद्धा और विचार-शून्यता का लक्षण है। हिंदू समाज इतने वर्षों तक यदि जीवित रहा है तो वह केवल गुलामों के राष्ट्र के रूप में ही जीवित रहा है। हमें उसे जीने में शर्म आती है।''

यह हिंदू राष्ट्र गुलाम क्यों हुआ? हिंदू राष्ट्र की अपयश परंपरा का कारण उसके विपरीत संविधान में है। जिस तरह उसका संविधान धर्मशास्त्र के अनुरूप है, उसी अर्थ में हिंदू राष्ट्र का उसके धर्मशास्त्रों के कारण अध:पतन हुआ है, यह अपने आप सिद्ध हो जाता है।' इन धर्मशास्त्रों ने जाति-जातियों के विवाह संबंधी नियम निश्चित किए हैं। रोटी-बंदी या बेटी बंदी को धर्माज्ञा माना गया है। बाबासाहब ने नेपोलियन, मैकडोनाल्ड आदि के उदाहरण देकर कहते हुए कि शूद्र वर्ग बड़े-बड़े अधिकारों के स्थान पर जाकर बैठा है, इस बात पर खेद व्यक्त किया है कि हमारे देश में स्त्री व शूद्रों के सामान्य 'ऊकार' कहने का भी अधिकार नहीं है।

मुंबई में 31 मई, 1936 को महारों का सम्मेलन यह विचार करने के लिए बुलाया गया कि धर्मांतरण क्यों किया जाए? इस सम्मेलन में इसी विषय पर डॉ. बाबासाहब का एक लंबा भाषण हुआ। तार्किकता, विरोधी विचारों का तर्कसम्मत खंडन, वैचारिक प्रगल्भता, आग्रहपूर्ण प्रतिपादन और अस्पृश्यों के प्रति करुणा आदि गुणों से यह भाषण ओत-प्रोत है। यह भाषण बाबासाहब के ऐतिहासिक भाषणों में से एक है।

इस भाषण में वे अपने बंधुओं से कहते हैं, ''धर्मांतरण कोई बच्चों का खेल नहीं है। यह कोई मौज-मजे का विषय नहीं, बल्कि यह व्यक्ति के जीवन की सफलता का सवाल है। यह कहते हुए कि धर्मांतरण के सवाल का 'सामाजिक

धार्मिक और तार्किक दृष्टि से विचार किया जाना चाहिए', बाबासाहब ने इस प्रदीर्घ भाषण में इसी दृष्टि से विचार किया भी है।

ऐहिक कारणों को बताते हुए कि अस्पृश्यता सही मायनों में क्या है तथा 'अस्पृश्य और सवर्णों के बीच वर्ग संघर्ष किस तरह का है, बाबासाहब ने उच्च वर्ग का एक कथन स्पष्ट किया कि, ''यह कलह नित्य त्रिकालाबाधित है, क्योंकि अस्पृश्यता सनातन धर्म का भाग है।'' उनका प्रतिपादन है कि अस्पृश्यतया से मुक्ति पाने के लिए धर्मांतरण आवश्यक है।

अस्पृश्यता से छुटकारा पाने के लिए केवल अस्पृश्य समाज का सामर्थ्य पर्याप्त नहीं है, क्योंकि उनके पास 'मनुष्य बल, धनबल और मनोबल भी नहीं है। सामर्थ्य अर्जित करने के लिए उन्हें बाहरी सहायता की आवश्यकता है।' उनका यह तर्क था कि धर्म परिवर्तन करने से अन्य समाजों का सामर्थ्य भी उन्हें प्राप्त होगा।

धर्म के आध्यात्मिक और तात्विक कारणों की मीमांसा करते समय उन्होंने धर्म की यह व्याख्या स्वीकार की है कि 'धर्म वह है जिससे सारी प्रजा की धारणा होती है।' प्रजा की धारणा करनेवाले बंधन कौन से होने चाहिए, समाज संगठन का अंतिम उद्‌देश्य क्या हो, इस बात की चर्चा करते हुए वे यह स्पष्ट करते हैं, 'व्यक्ति का विकास ही धर्म का अंतिम उद्‌देश्य होता है और समाज की धारणा करना धर्म का अंतिम उद्‌देश्य नहीं हो सकता।' वे यह कठोर मत भी प्रतिपादित करते हैं कि हिंदू धर्म की वर्णाश्रम व्यवस्था में व्यक्ति की प्रधानता न होकर जाति की प्रधानता है और एक वर्ग को बौद्धिक गुलामी में रखनेवाली यह रचना है। हिंदू धर्म में रहते हुए अस्पृश्यों को सहानुभूति, समता व स्वतंत्रता आदि किसी भी चीज का लाभ प्राप्त नहीं होगा। अस्पृश्यों के असीम दुःखों के प्रति हिंदू समाज से कोई भी सहानुभूति नहीं दर्शाता। उन्हें समानता का व्यवहार मिलना भी संभव नहीं है, क्योंकि 'अस्पृश्यों का स्पर्श' भी अपवित्र समझा जाता है। उन्हें आजीविका के साधन तलाशने, नौकरियों पर अधिकार जताने की भी स्वतंत्रता नहीं है। बाबासाहब ने कहा कि सहानुभूति, समता और स्वतंत्रता के लिए धर्मांतरण के अतिरिक्त और कोई विकल्प नहीं है।

धर्मांतरण पर अनेक आरोपों का भी उन्होंने इसी भाषण में खंडन किया है। अन्य धर्मों में भी जातीयता है, जातिभेद समाप्त करने के प्रयत्न जारी हैं, आदि आरोपों का निबटारा करते हुए वे कहते हैं, ''हिंदू समाज में सुधार लाना हमारा ध्येय नहीं है। यह हमारा कार्य नहीं है। अपनी स्वतंत्रता अर्जित करना ही हमारा ध्येय है।''

हर तरह से वैचारिक प्रतिपादन करने के बाद अंत में वे अपने बंधुओं से कहते

हैं, ''मैं कहता हूँ, इसलिए धर्म परिवर्तन करना चाहिए, ऐसी भावना के वशीभूत होकर कोई काम मत कीजिए। यदि आप की बुद्धि को यह जँचता हो तो ही उसकी हामी भरिए। यदि आपने मेरे साथ नहीं आने का निश्चय किया तो भी मुझे उससे दुःख नहीं होगा''मैं गौतम बुद्ध के शब्दों का आश्रय लेकर आप से कहता हूँ, 'आप स्वयं अपने आधार बनिए। स्वयं की बुद्धि की शरण में जाइए। अन्य किसी का भी उपदेश मत सुनिए। सत्य का आधार लीजिए। सत्य की शरण में जाइए।''

धर्मांतरण की भूमिका रखनेवाले इस भाषण की मुख्य विशेषताएँ इस प्रकार हैं—

- इस भाषण में हिंदू धर्म के प्रति नाराजगी व्यक्त हुई है, मगर कहीं भी धर्म-ध्वंसक की भूमिका नहीं है।
- धर्म की उनकी व्याख्या उपासना पद्धति या कर्मकांड से जुड़ी हुई नहीं है।
- उन्होंने यह चिंता व्यक्त की है कि इस व्याख्या और तत्त्वज्ञान के अनुरूप धर्म का आचारात्मक भाग बचा नहीं है।
- ईसाई या मुसलमान हो जाओ, ऐसा कोई संदेश वे नहीं देते। भगवान् गौतम बुद्ध के उदाहरण से ही वे भाषण का अंत करते हैं।

इसका अर्थ यही है कि उन्होंने 'हिंदू' शब्द का त्याग करने का निर्णय लिया था। 'धर्म' के त्याग की कल्पना उनके मन में नहीं थी। समाज की धारणा करने वाला धर्म उन्हें चाहिए था और वह प्रचलित 'हिंदू' धर्म नहीं हो सकता, ऐसा उन्हें लगता था। उन्होंने यह माना कि व्यक्ति ही समाज-संगठन का ध्येय होना चाहिए और व्यक्ति-विकास के लिए समता, स्वतंत्रता और बंधुता की भी उतनी ही आवश्यकता है। यह सब प्राप्त करने के लिए ही 'धर्म' के साथ 'हिंदू' की जगह 'बौद्ध' शब्द उन्हें प्रिय होगा, ऐसे संकेत भी इस भाषण में मिलते हैं।

इस भाषण से इस बात की भी तीव्रता से अनुभूति हुए बगैर नहीं रहती कि बाबासाहब इस बात को लेकर बेहद सतर्क हैं कि उनका धर्मांतरण राष्ट्रांतरण न बन जाए। वे जानते हैं कि धर्म-परिवर्तन किया तो वे जिस धर्म में जाएँगे, उस धर्म के अनुयायियों का संख्या बल उन्हें मिल जाएगा। ऐसा संख्याबल मुसलमान या ईसाई बनने पर ही प्राप्त होनेवाला था, मगर इन दो धर्मों में जाने का कोई स्पष्ट संदेश वे अपने अनुयायियों को नहीं देते।

बाबासाहब द्वारा धर्म परिवर्तन की घोषणा किए जाने के बाद ईसाइयों और मुसलमानों के मुँह में पानी आ गया। ईसाइयों और मुसलमानों ने भी प्रयास किए कि डॉ. बाबासाहब उनके धर्म को स्वीकार कर लें।

''अस्पृश्यों द्वारा धर्मांतरण की उत्सुकता दर्शाने के बाद उन्हें अपने धर्म में लेने के लिए पहली और प्रकट हलचल ईसाइयों ने की। अस्पृश्यों को अपने धर्म में समाविष्ट करने के लिए जो भारी खर्च करना पड़ता था, उसकी व्यवस्था हिंदुस्तान, अमेरिका और इंग्लैंड में उनके धर्म प्रचारक करने लगे। लंदन में मि. गाडफ्रे नामक एक धर्मप्रचारक ने पहले ही सप्ताह में हजारों पौंड इकट्ठा कर लिये।

गाडफ्रे ने 'दि अनटचेबल्स क्वेस्ट' नामक पुस्तक प्रकाशित की। उसने ईसाई मिशनरियों से आह्वान किया कि यदि उन्होंने 'डॉ. बाबासाहब के आंदोलन का उपयोग कर लिया तो लाखों अस्पृश्य ईसाई धर्म स्वीकार कर लेंगे।'

इसी काल में अनेक ईसाई पादरी और मुसलिम मुल्ला-मौलवी डॉ. बाबासाहब से मिल रहे थे। सिख धर्म के प्रमुख भी डॉ. बाबासाहब से मिल रहे थे। कौन सा धर्म स्वीकार किया जाए, इस बारे में डॉ. बाबासाहब का कोई दृढ़ निर्णय हुआ नहीं था।

ऐसी भी खबरें आने लगीं कि 'बाबासाहब इसलाम धर्म को स्वीकार करेंगे।' 14 जनवरी, 1936 को टाइम्स ऑफ इंडिया में ऐसी खबर प्रकाशित भी हो गई। 14 जनवरी को गुलाम भीक नाइरांगा, डॉ. दुर्रानी, मौलवी झकेरिया आदि लोगों ने बाबासाहब से भेंट करके उन्हें इसलाम स्वीकार करने का आग्रह किया था।

मुसलमान बन जाने का डॉ. बाबासाहब का जरा भी विचार नहीं था। यह जरूर सच था कि यदा-कदा वे मुसलमान हो जाने की धमकियाँ देते रहते थे। 15 मार्च, 1929 के 'बहिष्कृत भारत' में छपे लेख में 'हिंदू धर्म छोड़कर इसलाम स्वीकारें' ऐसे संकेत पढ़ने को मिलते हैं। ''आपको धर्म परिवर्तन ही करना हो तो मुसलमान हो जाइए। इसलाम धर्म में सभी को आत्मसात करने की क्षमता है। आप यदि मुसलमान बन गए तो 'भाई-भाई' कहते हुए हिंदू आपको गले लगाने के लिए तैयार हो जाएँगे।'' ये सारे कथन बाबासाहब के ही कथन हैं।

मगर क्या सचमुच वे दिल से मुसलमान होना चाहते थे, क्या उन्हें यह लगता था कि सभी अस्पृश्यों को इसलाम स्वीकार करना चाहिए? ऐसा बिल्कुल नहीं है। मुसलिम धर्म स्वीकारने की बाबासाहब की धमकी उनके संघर्ष का एक दबाव-यंत्र थी। मुसलिम समाज का भय दिखाकर वे हिंदू समाज को सीधी राह पर लाना चाहते थे। मन से तो वे कट्टर इसलाम-विरोधी ही थे। 18 जनवरी, 1929 को 'नेहरू कमेटी की योजना और हिंदुस्तान का भविष्य' इस शीर्षक से उनका एक अग्रलेख 'बहिष्कृत भारत' में प्रकाशित हुआ है। श्री मोतीलाल नेहरू ने भारत के भावी संविधान का एक मसौदा प्रस्तुत किया। कांग्रेस के प्रचार तंत्र के जरिए जोर-शोर से यह बताई जा रही थी कि नेहरू कमेटी का मसौदा कितना अच्छा है। इसी

काल में बाबासाहब ने यह स्पष्ट विवेचन किया है कि नेहरू कमेटी की योजना देश के लिए किस तरह घातक है। बाबासाहब लिखते हैं—

'जो कोई भी व्यक्ति एशिया के नक्शे को देखेगा, उसे यह ध्यान में आ जाएगा कि किस तरह यह देश दो पाटों के बीच फँस गया है। एक ओर चीन व जापान जैसी भिन्न संस्कृतियों के राष्ट्रों का फंदा है तो दूसरी ओर तुर्की, पर्शिया और अफगानिस्तान जैसे तीन मुस्लिम राष्ट्रों का फंदा पड़ा हुआ है। इन दोनों के बीच फँसे हुए इस देश को बड़ी सतर्कता से रहना चाहिए, ऐसा हमें लगता है...इन परिस्थितियों में चीन व जापान में से किसी ने यदि हमला किया तो...उनके हमले का सब लोग एकजुटता से सामना करेंगे, मगर स्वाधीन हो चुके हिंदुस्तान पर यदि तुर्की, पर्शिया या अफगानिस्तान जैसे तीन मुसलिम राष्ट्रों में से कसी एक ने भी हमला किया तो क्या कोई इस बात की आश्वस्ति दे सकता है कि इस हमले का सब लोग एकजुटता से सामना करेंगे? हम तो यह आश्वस्ति नहीं दे सकते।

'इस देश में हिंदू और मुसलमान, ये दो समाज नहीं, बल्कि दो राष्ट्र रह रहे हैं। हिंदी मुसलमानों का मुसलिम संस्कृति के राष्ट्रों की ओर झुकाव होना बिल्कुल स्वाभाविक है। उनके पैर भले ही हिंदुस्तान में हों' मगर उनकी नजरें तुर्की और अफगानिस्तान की ओर ही लगी हुई हैं। भारत अपना देश है, ऐसा जिन्हें अभिमान नहीं है और यहाँ के निकटवर्ती हिंदू बंधुओं के प्रति जिनमें जरा भी अपनापन नहीं है, ऐसे मुसलमान मुसलिम हमलों में हिंदुस्तान की रक्षा करने के लिए तैयार होंगे, यह मानकर चलना जोखिम भरा है, ऐसा हमें लगता है।

''मुसलमान स्वतंत्र हो चुके भारत के द्वारपाल हैं। शत्रुओं को उन्होंने रोके रखा तो ठीक है, मगर यदि उन्होंने शत्रु की सहायता की या वे तटस्थ बने रहे, तो आधा रास्ता तय कर चुकने तक शत्रु को कोई भी रोक नहीं सकेगा। घर के ही लोगों की सहायता से अंदर आया हुआ शत्रु घर करके ही रहने लगेगा और उसे बाहर निकालना असंभव है, इस बात का सभी हिंदुओं द्वारा ध्यान रखा जाना आवश्यक है।''

अंत में बाबासाहब लिखते हैं, ''नेहरू कमेटी की छानबीन हमने स्वार्थ से अँधे होकर नहीं की है। नेहरू कमेटी की योजना का हमने जो विरोध किया है, वह इसलिए नहीं कि कमेटी ने अस्पृश्यों के प्रति तिरस्कारयुक्त व्यवहार किया है, बल्कि हमने विरोध इसलिए किया है, क्योंकि उससे हिंदुओं को खतरा है और हिंदुस्तान पर अनिष्ट आया है...''

हिंदू समाज का हम पर रोष है ही, उसमें मुसलिम समाज का भी रोष मिल जाना ठीक नहीं है, मगर इस भावना से कि जिसमें हमारे देश का अकल्याण है,

उसमें हमारा भी अकल्याण है, हमने यह जोखिम अपने सिर पर ले लिया है।

बाबासाहब के धर्मांतरण के इशारे की ओर देश के सभी वरिष्ठ लोगों ने बड़ी गंभीरता से ध्यान दिया था। महात्मा गांधी अस्पृश्यों के धर्मांतरण के खिलाफ थे। धर्म परिवर्तन अस्पृश्यता समाप्त करने का मार्ग नहीं है, ऐसा महात्मा गांधी, स्वातंत्र्यवीर सावरकर, पं. मदनमोहन मालवीय, डॉ. कुर्तकोटी, वंदनीय मसूरकर महाराज आदि लोगों का मत था। इनमें से हरेक व्यक्ति ने अपने-अपने ढंग से और अपनी-अपनी विचार पद्धति के अनुसार धर्मांतरण रोकने का प्रयास किया।

डॉ. मुंजे ने डॉ. बाबासाहब से मिलकर, उनसे पत्रव्यवहारकर उनका एक पत्र प्राप्त करके इस संदर्भ में बड़ा बहुमूल्य काम किया है। डॉ. मुजे का यह आग्रह था कि बाबासाहब इसलाम या ईसाई धर्म न स्वीकार करते हुए सिख धर्म स्वीकार करें। कुछ समय तक डॉ. बाबासाहब भी सिख धर्म स्वीकार करने के प्रति अनुकूल थे।

18 जून, 1936 को डॉ. बाबासाहब का एक लिखित निवेदन डॉ. मुंजे ने प्रकाशित किया। इस पत्रक में बाबासाहब ने मुसलिम, ईसाई और सिख धर्म स्वीकारने पर होनेवाले नफे-नुकसान पर विचार व्यक्त किए हैं। मुसलमान या ईसाई बनने पर भरपूर राजनैतिक और आर्थिक लाभ होते हुए सिख धर्म क्यों स्वीकार जाए?

''हिंदू हितों की दृष्टि से इनमें से कौन सा धर्म अपनाया जाए, मुसलिम, ईसाई या सिख? खुले तौर से कहा जाए तो सिख धर्म ही सबसे उत्तम धर्म है। अस्पृश्य यदि इसलाम या ईसाई धर्म स्वीकारते हैं तो वे हिंदू धर्म की कक्षा से बाहर चले जाते हैं। इतना ही नहीं, बल्कि वे हिंदू संस्कृति से बाहर हो जाते हैं। इसके विपरीत यदि वे सिख हो जाते हैं तो वे हिंदू संस्कृति में बने रहते हैं। हिंदुओं का यह कोई छोटा-मोटा फायदा नहीं है।''

''अस्पृश्यों के धर्मांतरण से मोटे तौर से देश पर क्या परिणाम होंगे, यह ध्यान दिए जाने योग्य है। यदि वे इसलाम या ईसाई धर्म में गए तो वे अराष्ट्रीय हो जाएँगे। यदि वे मुसलमान हो गए तो मुसलमानों की संख्या दुगुनी हो जाएगी। इससे मुसलमानों का वर्चस्व बढ़ेगा। वे यदि ईसाई हो गए तो ईसाइयों की संख्या पाँच-छह करोड़ हो जाएगी। तब इस देश पर ब्रिटिश सत्ता का शिकंजा और कस जाएगा।''

आगे चलकर डॉ. बाबासाहब को सिख धर्म का आकर्षण नहीं रहा। सिख धर्म का अध्ययन करने के लिए उन्होंने पंजाब में एक शिष्टमंडल भेजा था। सिख धर्म-गुरुओं से उनका संवाद भी हुआ था। उनकी यह शर्त थी कि नव-सिखों को केश और पगड़ी नहीं रखनी चाहिए। बाद में बाबासाहब ने सिख धर्म का विचार

छोड़ दिया। सिखों की जातीयता, अस्पृश्यता-पालन, धार्मिक कठोरता से वे सहमत नहीं होंगे, शायद इसी कारण सिखों के प्रति उनका प्रेम कम हो गया होगा।

13 अक्तूबर, 1935 को उन्होंने धर्म परिवर्तन की घोषणा की और 14 अक्तूबर, 1956 को उन्होंने धर्मांतरण किया। इक्कीस वर्षों तक वे रुके रहे थे। प्रारंभ से ही उनका बौद्ध धर्म की ओर झुकाव था। मैट्रिक की परीक्षा उत्तीर्ण होने पर श्री केलुस्कर की पुस्तक "गौतम बुद्ध का चरित्र" उन्हें भेंट में मिली थी। यह भी नियति का एक संकेत हो सकता है।

मुंबई में उनके घर का नाम 'राजगृह' रखा गया था। यह बिंबिसार की राजधानी का नाम था। गौतमबुद्ध के चरित्र और बौद्ध धर्म के तत्त्वज्ञान का उनका अध्ययन इसी समय से प्रारंभ हुआ। 1941 में उन्होंने अस्पृश्यों को बुद्ध जयंती मनाने का निर्देश दिया था। 1946 में उन्हीं के प्रयासों से सिद्धार्थ कॉलेज शुरू हुआ। 'शूद्रों का धर्म बौद्ध ही था, ब्राह्मणों ने षड्यंत्र रचकर बौद्ध धर्म का पतन किया' इत्यादि मत इसी काल के हैं।

14 अक्तूबर, 1956 को नागपुर में एक भव्य समारोह में अपने अनुयायियों सहित उन्होंने बौद्ध धम्म की दीक्षा ली। धर्मांतरण के लिए उन्होंने नागपुर का ही चयन क्यों किया? नागपुर हिंदुत्ववादी राष्ट्रीय स्वंयसेवक संघ की स्थापना-भूमि है। नागपुर में संघ का प्रभाव भी काफी अच्छा है। क्या राष्ट्रीय स्वयंसवेक संघ को चिढ़ाने के लिए जानबूझकर नागपुर को चुना गया? संघ से चरम सीमा तक द्वेष करनेवाले प्रगतिवादियों की एक पूरी फौज महाराष्ट्र में है। यदि सचमुच ऐसा होता तो इनमें से अनेक लोगों को अत्यधिक खुशी होती, लेकिन बाबासाहब ने वैसा अवसर ही नहीं रहने दिया।

मूलत: बाबासाहब के 'धर्मसंगर' में राष्ट्रीय स्वयंसेवक संघ और संघ की भूमिका का कोई खास महत्त्व नहीं है। डॉ. बाबासाहब का धर्मसंगर हिंदू समाज की सनातनी प्रवृत्ति से था और उस काल में इस प्रवृत्ति का प्रतिनिधित्व महात्मा गांधी के पास था। उनका सारा संघर्ष अर्थात् राजनीतिक, सामाजिक व धार्मिक संघर्ष प्रमुखता से महात्मा गांधी से ही हुआ है। सनातनी हिंदू विचारधारा ही इस संघर्ष का केंद्र-बिंदु थी। गांधीजी कहते थे—अस्पृश्यता हिंदू धर्म पर कलंक है, बाबासाहब कहते थे, 'अस्पृश्यता हमारे देह पर कलंक है।' गांधी कहते थे कि, "प्रत्येक व्यक्ति के कर्तव्य कौन से है तथा व्यवसाय कौन सा है, यह तय करने वाली वर्ण व्यवस्था मुझे मान्य है" तो बाबासाहब ने वर्ण-व्यवस्था को नकार दिया। वेदों, उपनिषदों और पुराणों पर महात्मा गांधी का विश्वास था। बाबासाहब ने इन

सबको नकार दिया। गांधीजी ने अस्पृश्यों को 'हरिजन' की संज्ञा दी। बाबासाहब ने उसे अस्वीकार कर दिया। नागपुर में बाबासाहब का भाषण हुआ। भाषण की शुरुआत इस प्रकार है—

"बहुत से लोग मुझसे यह प्रश्न पूछते हैं कि इस कार्य के लिए आपने नागपुर शहर क्यों तय किया, किसी और जगह यह कार्य क्यों नहीं किया? कुछ लोग यह कहते हैं कि आर.एस.एस. की राष्ट्रीय स्वयंसेवक संघ की बड़ी फौज नागपुर में होने के कारण उनके सीने पर चढ़ने के लिए हमने इस शहर में यह सभा की है। यह जरा भी सच नहीं है। इस उद्देश्य से नागपुर में यह कार्य नहीं किया है। हमारा कार्य इतना बड़ा है कि उम्र का एक-एक मिनट भी कम पड़ता है। अपनी नाक खुजाकर दूसरे के लिए अपशकुन करने का मेरे पास समय नहीं है।"

इसके बाद बाबासाहब ने यह स्पष्ट किया है कि उन्होंने नागपुर का चयन क्यों किया? उनके कथनानुसार, 'नागपुर 'नाग' लोगों की भूमि है। 'नाग' लोग गौतम बुद्ध के अनुयायी हैं और उन्होंने सारे भारत में गौतम बुद्ध का उपदेश पहुँचाया। इसीलिए नागपुर का चयन किया है व 'आर.एस.एस. का कारण तो मेरे मन को छू भी नहीं पाया है।'

धर्मांतरण के लिए नागपुर का चयन क्यों किया, यह जिस तरह महत्त्व का सवाल है, उसी तरह यह भी उतने ही महत्त्व का सवाल है कि धर्म परिवर्तन करके हिंदू धर्म से प्रतिशोध लेने की उनकी मानसिकता थी क्या? इस बारे में बाबासाहब कहते हैं, "यदि मेरे मन में कोई द्वेष होता या प्रतिशोध की भावना होती तो पाँच वर्षों के अंदर ही मैं इस देश का कबाड़ा कर देता। जो धर्म इस देश की प्राचीन संस्कृति को धक्का पहुँचाए या अराष्ट्रीय बना दे, वह धर्म मैं कभी भी स्वीकार नहीं करूँगा, क्योंकि इस देश के इतिहास में विध्वंसक के रूप में स्वयं का नाम दर्ज कराने की मेरी इच्छा नहीं है।"

13 अक्तूबर, 1956 को नागपुर में डॉ. बाबासाहब ने कहा, "एक बार गांधीजी से अस्पृश्यता के सवाल पर चर्चा करते समय मैंने कहा था कि अस्पृश्यता के मसले पर आपसे मतभेद होने के बावजूद जब भी समय आएगा, तब मैं इस देश को कम-से-कम धक्का पहुँचानेवाला मार्ग ही स्वीकार करूँगा। इसलिए बौद्ध धर्म स्वीकार करके मैं इस देश का अधिकाधिक हित साध रहा हूँ, क्योंकि बौद्ध धर्म भारतीय संस्कृति का ही एक भाग है। मैंने यह सावधनी रखी है कि इस देश की संस्कृति व इतिहास की परंपरा को धक्का न पहुँचे।"

बौद्ध धर्म स्वीकार करके बाबासाहब को क्या साधना था, यह उनके उपरोक्त

दो उद्धरणों से स्पष्ट होता है। भारतीय राष्ट्रवाद के संदर्भ में डॉ. बाबासाहब द्वारा बौद्ध धर्म का स्वीकार एक असाधारण घटना है और इसलिए इस घटना का महत्त्व राष्ट्रवाद के संदर्भ में भी समझ लेने योग्य है।

इसी भूमि के धर्म को स्वीकार करके बाबासाहब ने यह ध्यान रखा है कि राष्ट्रवाद की दो कसौटियों का उल्लंघन न हो जाए। 'यह देश मेरा है', ऐसी अनुभूति होने के लिए उस देश को धर्मभूमि और पुण्यभूमि भी होना होता है। गौतम बुद्ध का जन्म यहीं हुआ। गौतम बुद्ध ने ज्ञान साधना यहीं की है। उन्हें पूर्णज्ञान भी यहीं हुआ। गौतम बुद्ध का पहला 'धम्मचक्र परिवर्तन' यहीं घटित हुआ। गौतम बुद्ध की मृत्यु भी यहीं हुई।

कोई युगप्रवर्तक महापुरुष जिस स्थान पर जन्म लेता है, जहाँ वह ज्ञानप्राप्ति करता है, आगे चलकर जिन-जिन स्थानों पर वह जाता है और जहाँ उसका निर्वाण होता है, ऐसे सारे स्थान पवित्र हो जाते हैं। पीढ़ी-दर-पीढ़ी लोग उन स्थानों पर जाते रहते हैं। उस माटी को पवित्र मानते हैं। इसे ही हम भूमि-निष्ठा कहते हैं।

बाबासाहब ने यह देखा कि उनके अनुयायियों की भूमिनिष्ठा भारत ही रहनी चाहिए। इस भूमि के प्रति उनके मन में अपरंपार श्रद्धा भाव होना चाहिए। यह हमारी धर्मभूमि, पुण्यभूमि है, ऐसा भाव उनके मन में सदैव रहना चाहिए। बौद्ध धर्म का स्वीकार करने के कारण ये सारी बातें अपने आप हो गई हैं।

भारतीय संस्कृति के प्रति बाबासाहब को बहुत बड़ी आस्था थी। कोलंबिया विश्वविद्यालय में प्रस्तुत अपने शोध प्रबंध, 'भारत की जातियाँ' में वे लिखते हैं कि भारत में असंख्य जातियाँ हुईं तो भी उनमें गहरी सांस्कृतिक एकता है। अपने हाथों इस सांस्कृतिक एकता को धक्का न पहुँचे, डॉ. बाबासाहब ने बौद्ध धर्म स्वीकार करके इसकी चिंता की है।

"भारतीय संस्कृति के कुछ महान् तत्त्व हैं। सारी चराचर सृष्टि में चैतन्य का दर्शन। सत्य एक ही है, मगर उसकी पहचान अलग-अलग नामों से होती है। प्रत्येक मनुष्य में उस चिरंतन सत्य का अंश होता है, इसलिए मनुष्य स्वयं एक अपार शक्ति का भंडार है। शाश्वत सुख विषयोपभोग में न होकर, दूसरों से समरस होने में है।" आदि प्रकारों से इस संस्कृति के तत्त्व बताए जा सकते हैं।

बौद्ध धर्म स्वीकार करके डॉ. बाबासाहब ने सत्य की खोज करने की, उसे अभिव्यक्त करने की श्रेष्ठ भारतीय परंपरा का पालन किया है। 'मैं कहता हूँ वही सत्य है और बाकी सारे पंथ झूठे हैं।' यह सेमिटिक धर्म का मूलभूत सिद्धांत है। भारतीय धर्म-तत्त्वज्ञ ऐसा नहीं कहते। इसके विपरीत वे कहते हैं, "सत्य मुझे इस

मार्ग से प्राप्त हुआ है। आपने प्रयत्न किए तो वह आपको भी मिल सकता है। मैं कहता हूँ, इसलिए इस पर विश्वास मत कीजिए। उसकी अनुभूति लीजिए।'' बाबासाहब ने इससे अलग कुछ भी नहीं कहा है।

ढाई हजार वर्षों की परंपरावाला धर्म स्वीकार करके डॉ. बाबासाहब ने अपने अनुयायियों को ढाई हजार वर्षों की समृद्ध विरासत प्रदान की। जब कोई हिंदू, ईसाई या मुसलमान हो जाता है तो उसकी नाल को परंपरा से तोड़ दिया जाता है। उसकी पीढ़ी से उसका नया जीवन शुरू होता है। उसके जीवन में भयावह सांस्कृतिक शून्य पैदा हो जाता है। कोई समाज लंबे समय तक सांस्कृतिक शून्य में जीवित नहीं रह सकता।

समाज-जीवन निरंतर बहनेवाले नदी के प्रवाह के समान होता है। कोई नदी हजारों वर्षों से बहती रहती है, इसका यह अर्थ नहीं होता कि हजार साल पहले उसमें जो जल था, वही आज भी है। निरंतर नया पानी आता रहता है। पुराना सागर में मिल जाता है। समाज का प्रवाही होना भी ऐसा ही होता है। एक पीढ़ी से दूसरी पीढ़ी के पास पारंपरिक विरासत जाती रहती है। प्रत्येक व्यक्ति के मन में सहजता से इस बात का अभिमान पैदा होता है कि सामाजिक दृष्टि से हमारी उम्र हजारों वर्षों की है।

व्यक्तिगत उत्कर्ष करना जिस तरह जीने की प्रेरणा होती है, उसी तरह प्रेरणा हजारों वर्षों के इस सातत्य को टिकाए रखने की भी होती है। यह प्रेरणा ही व्यक्ति को देश, धर्म व संस्कृति के लिए लड़ने का बल प्रदान करती है। परंपरा से रिश्ते तोड़ा हुआ समाज भूमि के लिए और परंपरा की रक्षा के लिए कभी लड़ नहीं सकता। बौद्ध धर्म की विरासत देकर डॉ. बाबासाहब ने समाज को ढाई हजार वर्षों का सांस्कृतिक सातत्य दिया है।

एक और महान् कार्य डॉ. बाबासाहब ने किया है और वह अर्थात् यह कि सारे समाज के सम्मुख एक बड़ा सांस्कृतिक ध्येयवाद उन्होंने रखा है। भारतीय संस्कृति का सारे विश्व में प्रसार हुआ है, ऐसा हम कहते हैं। सारी दुनिया में जैसे वैदिक धर्म गया, वैसे ही बौद्ध धर्म भी गया। श्रीलंका, बर्मा, वियतनाम, चीन, कंबोडिया, जापान आदि सारे देश बौद्ध हो गए हैं। इन सभी देशों पर भारतीय संस्कृति की छाप पड़ी हुई है। यह काम हमारे पूर्वजों अर्थात् बौद्ध प्रचारकों ने किया।

'सारे विश्व को बौद्धमय बनाएँगे' ऐसा एक सांस्कृतिक ध्येयवाद डॉ. बाबासाहब ने सारे समाज के समक्ष रखा है। जिस तरह प्रत्येक व्यक्ति का एक जीवन ध्येय होता है, उसी तरह प्रत्येक देश का भी एक जीवन-ध्येय होता है। अमेरिका को लगता है

कि दुनिया में प्रजातंत्र की स्थापना करना अपना ध्येय है। उदारमतवाद इंग्लैंड का राष्ट्रीय ध्येय है। भारत का जीवन ध्येय है विचारों के समन्वय के आधार पर विश्व में शांति निर्माण करना। बौद्ध धर्म ऐसा ही धर्म है, जो इस जीवन ध्येय से सुसंगत है।

कुछ लोग यह कहते हैं कि बौद्ध धर्म स्वीकार करके बाबासाहब ने इस देश पर बहुत बड़े उपकार किए हैं। यह जँचने लायक बात नहीं है। उपकार-कर्ता की भावना बाबासाहब के मन में कभी भी नहीं थी। उनके मन में कर्तव्यपालन की भावना थी। जन्मभूमि का एक वरिष्ठ सुपुत्र जिस तरह से कर्तव्यपालन करेगा, वैसा ही बाबासाहब ने किया है और उसे उसी रूप में समझ लेना बहुत आवश्यक है।

एक और बात का स्पष्टीकरण यहाँ आवश्यक है। अनेक लोग ऐसा प्रतिपादन करते रहते हैं कि बौद्ध धर्म हिंदू धर्म का ही एक भाग है। धार्मिक तत्त्वज्ञान के आधार पर इसमें तथ्यांश कितना है, इसका विचार किया जा सकता है। स्वयं बाबासाहब ने गौतम बुद्ध पर एक अपूर्ण लेख में यह कहा है कि गौतम बुद्ध महान् हिंदू धर्म सुधारक थे। (खंड-4)

कोलंबो की बौद्ध धर्म परिषद में उनका भाषण हुआ था। इसमें उन्होंने कहा, ''हिंदू धर्म तीन अवस्थाओं से गुजरा है। वैदिक धर्म, ब्राह्मण धर्म और हिंदू धर्म। हिंदू धर्म की दूसरी अवस्था के दौरान ही बौद्ध धर्म का उद्‌य हुआ। ब्राह्मण जाति ने असमानता का प्रचार किया। बौद्ध धर्म ने समानता सिखाई। यह कहना सच नहीं है कि शंकराचार्य के उदय के बाद भारत से बौद्ध धर्म नष्ट हो गया। इसके बाद वह अनेक वर्षों तक चलता रहा था। सत्य तो यह है कि शंकराचार्य और उनके गुरु, दोनों ही बौद्धधर्मीय थे।''

17 सितंबर, 1950 को वरली के बौद्ध मंदिर में उनका एक भाषण हुआ। इसमें उन्होंने कहा, ''एक हजार वर्षों पूर्व प्रचलित हिंदू धर्म बौद्ध धर्म जैसा ही था। वह प्रचलित हिंदू धर्म और कुछ न होकर बौद्ध धर्म ही था, मगर मुसलमानों के हमलों के कारण और कुछ अन्य कारणों से उसकी पवित्रता नष्ट हो गई और उसमें मिलावट हो गई।''

भले ही बाबासाहब ने यह कहा हो कि एक हजार वर्ष पूर्व मूलतः हिंदू धर्म और बौद्ध धर्म एक जैसे ही थे, मगर फिर भी आज के हिंदू धर्म व शुदध बौद्ध धर्म में वे फर्क करते हैं और यह कहते हैं कि आज के हिंदू धर्म की अपेक्षा बौद्ध धर्म ही श्रेष्ठ है। बौद्ध धर्म नीति पर अधिष्ठित है, इसी प्रकार बुद्ध मार्गदाता हैं। इसके विपरीत श्रीकृष्ण कहते हैं—मैं ईश्वर का पुत्र हूँ। मोहम्मद पैगंबर ने कहा—मैं देवों का दूत हूँ। बुद्ध के अतिरिक्त सभी धर्मसंस्थापकों ने मोक्षदाता की भूमिका ली

और स्वयं के स्खलनशील होने की गवाही दी, मगर बुद्ध ने अपने पास मार्गदर्शक की भूमिका ही रखी।

बुद्ध का धर्म अर्थात् नीति। बौद्ध धर्म में ईश्वर का स्थान नीति ने ले लिया है। 'धर्म शब्द का क्रांतिकारी अर्थ बुद्ध ने विचारार्थ प्रस्तुत किया। ब्राह्मणों के मतानुसार धर्म यानी यज्ञ और ईश्वर को दी हुई आहुति है। कर्म के एवज में बुद्ध ने नीति को धर्म का नवनीत माना। हिंदू धर्म का सामाजिक तत्त्व असमानता है तो बौद्ध धर्म समता के लिए खड़ा है।''

संक्षेप में, बाबासाहब यह कहते हैं कि बौद्ध धर्म पहले हिंदू धर्म का भाग था और यह भी कहते हैं कि अब वह वैसा नहीं है। इन दोनों बातों का अर्थ यह है कि बौद्ध धर्म के आधार हिंदू धर्म को पूर्वकालीन शुद्धता पुनः प्राप्त करा देने का उनका मानस था। आज उन पर यह आरोपित करने का कोई अर्थ नहीं है कि 'बौद्ध धर्म हिंदू धर्म का ही अंग है।' क्योंकि 'आज का हिंदू धर्म' उन्हें जरा भी मान्य नहीं है। जानबूझकर उन्होंने 'हिंदुत्व' शब्द का त्याग किया है, मगर यह त्याग ईसाई या मुसलमान हो जाने जैसा विध्वंसक त्याग नहीं है, बल्कि 'हिंदूपन' के बारे में ममत्व की भावना से निर्मित होनेवाला त्याग है, ऐसा माना जाना चाहिए।

हिंदू कोड बिल

बाबासाहब के धर्मसंगर का एक अत्यंत महत्त्वपूर्ण रणक्षेत्र था हिंदू कोड बिल। इस हिंदू कोड बिल के बारे में प्रधानमंत्री नेहरू को उन्होंने लिखा था, ''आपको पता है कि हिंदू कोड बिल के बारे में मेरी भावनाएँ बड़ी तीव्र हैं। अपने गिरते हुए स्वास्थ्य की भी मैं परवाह नहीं करता, क्योंकि बिल मंजूर होना ज्यादा महत्त्वपूर्ण है।'' इस बिल के प्रति डॉ. बाबासाहब की भावनाएँ इतनी तीव्र थीं। रात-दिन जागते हुए अपार कष्ट उठाकर उन्होंने यह बिल तैयार किया था, मगर मूलतः यह बिल जिस रूप में था, उस पर सहमति नहीं बन सकी। बाद में नाराज होकर बाबासाहब ने मंत्रिमंडल से से इस्तीफा दे दिया। हिंदू धर्म त्यागने का उनका निर्णय हो जाने के बाद हिंदू कोड बिल के प्रति वे इतने संवेदनशील क्यों हुए?

हिंदू कानून का इतिहास बहुत प्राचीन है। स्त्रियों के अधिकार, संपत्ति के अधिकार, पैतृक अधिकार, विवाह संबंधी कानून, व्यक्ति के जीवन को स्पर्श करनेवाले अनेक कायदे हिंदू समाज में हजारों वर्षों से प्रचलित हैं। कौटिल्य के अर्थशास्त्र, याज्ञवल्क्य स्मृति, पराशर-स्मृति, मनुस्मृति आदि विविध स्मृतियों में

हिंदू सामाजिक जीवन-विषयक कानून समाविष्ट हुए हैं। वेद और उपनिषदों को 'श्रुति' माना जाता है। सभी स्मृतिकार यह कहते हैं कि उनके कायदों का उद्‌गम 'श्रुति' में है। श्रुति अर्थात् वेद और उपनिषद्।

यह सब होने के बावजूद समस्त हिंदुओं को मान्य हो सके, ऐसा 'समृति' का कोई एक कानून सारे देश में अस्तित्व में नहीं था। हरेक जाति और जमात की जाति पंचायतें होती थीं। ये जाति पंचायतें रूढ़ि, परंपरा और कुलाचार पर आधारित न्याय-निर्णय किया करती थीं। अनेक जाति-पंचायतें तलाक को मान्यता देती हैं। बंगाल में जीमूतवाहन की दायभाग पद्धति प्रचलित थी। विज्ञानेश्वर ने जो संहिता तैयार की, उसे मिताक्षर कहा जाता है। इन दोनों पद्धतियों में हिंदू कुटुंब पद्धति की संपत्ति के विषय में तथा वह संपत्ति उत्तराधिकार से किसे दी जाए, इस बारे में नियम बताए गए हैं। मिताक्षर पद्धति के अनुसार पिता को यदि पैतृक संपत्ति मिली हो तो उसके पुत्रों का उसमें जन्मत: अधिकार होता है। पैतृक संपत्ति को पिता अपने पुत्रों की सहमति के बगैर बेच नहीं सकता, हस्तांतरित नहीं कर सकता या किसी अन्य उपयोग में नहीं ला सकता।

इस अधिकार दायभाग पद्धति के अनुसार पिता की संपत्ति में पुत्रों को जन्मत: कोई अधिकार नहीं है। पिता की मृत्यु के बाद ही मिलता है। मिताक्षर पद्धति लगभग समूचे देश में चल रही थी, मगर दायभाग पद्धति सिर्फ बंगाल में प्रचलित थी।

सभी हिंदुओं के लिए एक समान संहिता न होने से न्यायदान में बड़ी बाधाएँ खड़ी हो जाती थीं, उसी तरह परंपरा से आए हुए हिंदू कानून में स्त्रियों को न्यायपूर्ण व्यवहार नहीं दिया गया था। वेदकालीन स्त्री-जीवन अत्यंत उन्नत था। स्त्रियों को उपनयन का अधिकार था, उन्हें वेदमंत्र सिखाए जाते थे, गुरुकुल में रह कर वे वेदों का अध्ययन किया करती थीं। सुलभा, गार्गी, मैत्रेयी आदि वेदशास्त्र-संपन्न स्त्रियाँ भारतीय इतिहास में प्रसिद्ध हैं। कौटिल्य ने भी स्त्रियों के अनेक अधिकार मान्य किए थे। उन्होंने एक-पतित्व का समर्थन किया था। कौटिल्य के काल में विधवाओं के पुनर्विवाह पर पाबंदी नहीं थी।

स्त्रियों के अधिकारों का संकुचन मनुस्मृति प्रचलित होने के बाद ही हुआ। मनु के मतानुसार विवाह में स्त्री और पुरुष का ऐक्य था। एक कारण एक बार विवाह होने के बाद विवाह तोड़ा नहीं जा सकता। मनु ने तलाक की अनुमति नहीं दी। मनु के नियमानुसार विवाह के बाद पत्नी पर पति का जीवन पर्यंत संपूर्ण अधिकार होता है। स्त्री को संपत्ति का पूर्ण अधिकार नहीं दिया गया है। मनु ने स्त्रियों से वेदाध्ययन का अधिकार वापस ले लिया। स्त्री को हमेशा पिता अथवा पति की आज्ञा में रहना

चाहिए। मुसलिम आक्रमणों के अफरा-तफरी के काल में स्त्री-स्वातंत्र्य पर कठोर बंधन आ गए। मुसलिम हमलावरों का लक्ष्य हिंदू स्त्रियाँ होती थीं। स्त्रियों की रक्षा करनेवाली प्रबल राजसत्ता भी बची नहीं। इस कारण बाल-विवाह होने लगे व स्त्रियों के संचार-स्वातंत्र्य पर बड़ी मात्रा में बंधन आ गए।

अंग्रेजी राज्य यहाँ स्थिर हो जाने के बाद सामाजिक प्रबोधन का पर्व शुरू हुआ। हिंदू कानूनों की त्रुटियाँ समाज सुधारकों के ध्यान में आने लगीं। वैधानिक दृष्टि से भी सभी हिंदुओं के लिए एक समान कानून निर्मित करने की आवश्यकता विधिवेत्ताओं को महसूस होने लगी। विवाह और उत्तराधिकार संबंधी कानूनों में बदलाव की माँग उठने लगी। अंग्रेजी सरकार ने हिंदू कानूनों का एकत्रीकरण करने के मसले पर विचार करने के लिए सन् 1941 में श्री बी.एन. राव की अध्यक्षता में एक समिति नियुक्त की। इस समिति ने सारे देश में घूमकर अनेक लोगों से चर्चा करके हिंदूकोड बिल का मसौदा तैयार किया और केंद्रीय विधि बोर्ड के समक्ष प्रस्तुत किया, मगर यह विधेयक उस समय स्वीकृत नहीं हो सका। दूसरे महायुद्ध 1947 के सत्ता हस्तांतरण और देश के विभाजन आदि कारणों से यह विधेयक वैसा ही पड़ा रहा।

श्री बी.एन. राव द्वारा तैयार किए गए हिंदूकोड बिल पर इसके सार्वजनिक चर्चा हेतु आते ही कठोर हमले हुए हैं। बाबासाहब द्वारा यह बिल अपने हाथों में लेने से पूर्व ही ये हमले हुए हैं, यह ध्यान में रखना चाहिए। संवत् 1865 ईसवी सन् 1944 में श्री अप्रबुद्ध (भारतीय सांस्कृतिक विद्यापीठ के कुलपति अण्णासाहब पालेकर, नागपुर) द्वारा लिखित पुस्तक 'हिंदू कोड बिलाचे कृष्ण कारस्थान' (हिंदू कोड बिल का काला कारनामा) प्रकाशित हुई है। इसकी प्रस्तावना में हिंदू कोड बिल के विषय में श्री अप्रबुद्ध कहते हैं, ''असेंबली में आया हुआ हिंदू कोड बिल यानी गरीबी में आटा गीला है, यह फिर इससे भी अधिक सटीक दृष्टांत देना हो तो सनातनियों की गरदन के आसपास अचानक लिपटा हुआ बादलों का रूमाल है।'' ''सनातनियों का 'सनातनीपन' नष्ट करने के लिए ही हिंदू कोड बिल का पांसा फेंका गया है, इस बिल के पीछे 'सनातनियों की बलि चढ़ाने व एक प्रकार की प्रतिशोध की भावना' है, हमारी समाज रचना आदर्शवत थी व यूरोपियन लोगों के कदम पड़ने तक सब कुछ ठीकठाक चल रहा था, ''हिंदू कोड बिल की अन्वेषण पद्धति ही न्याय के खिलाफ है; बहुजन समाज की धारणा न्याय के अनुकूल नहीं है, हिंदू धर्म और हिंदू संस्कृति की अचल प्रतिष्ठा जिस स्थिर नींव पर हुई है, वह नींव ही हिंदू कोड बिल के कारण उखड़नेवाली है। ऐसे कोड से राष्ट्रीय एकता

होना संभव नहीं है, कोड का उद्देश्य स्त्रियों की खुशामद करके राष्ट्र को स्त्रैण बनाना है।'' आदि शब्दों में उन्होंने पुस्तक में हिंदू कोड बिल का विरोध किया है।

भारत के विधि मंत्री बनने के बाद हिंदू कोड बिल को संविधान-सभा से मंजूर करा लेने का दायित्व बाबासाहब के कंधों पर आ गया। हिंदू कोड बिल को शीघ्रातिशीघ्र स्वीकृत करवा लेने की इच्छा और संकल्प पंडित नेहरू का भी था। उस समय पंडित नेहरू ने ये उद्‌गार व्यक्त किए थे कि हिंदू कोड बिल को स्वीकृत करा लेने के लिए सरकार वचनबद्ध है।

इस बिल के बारे में श्री खैरमोड़े लिखते हैं, ''विधि मंत्री के रूप में हिंदू कोड को विधि-सम्मत भाषा में अलंकृत करने का काम बाबासाहब डॉ. आंबेडकर के पास आया था। यह काम वे बड़ी चिंता और प्रमाणिकता से कर रहे थे। उन दिनों उनकी सेहत खराब हो चली थी, फिर भी वे हमेशा की तरह अपनी विशाल कार्यपिपासु वृत्ति से अन्य कामों के बोझ तले भी बड़ा परिश्रम करते थे। हिंदू कानून संर्वागसुंदर बने, इसके लिए वे हरेक बिंदु ठीक तरह से जाँच करके बार-बार लिखते रहते थे। बहुत ज्यादा परिश्रम करके उन्होंने यह बिल तैयार किया।

डॉ. बाबासाहब द्वारा प्रस्तुत हिंदू कोड बिल के पाँच भाग थे। विवाह, तलाक, उत्तराधिकार, निर्वाह और दत्तक संबंधी कानून इस विधेयक में प्रस्तुत किए गए थे। हिंदू कोड बिल द्वारा हिंदू स्त्री को तलाक का अधिकार बहाल कर दिया गया था।

पैतृक अधिकारों के संदर्भ में सभी हिंदुओं के लिए दायभाग पद्धति का सुझाव दिया गया था। दायभाग पद्धति के अनुसार पुत्रों की तरह पुत्रियों को भी संपत्ति में उत्तराधिकार प्राप्त हुआ था। पत्नी यदि पति से अलग रह रही हो तो उसका पति से निर्वाह भत्ता माँगने का अधिकार मान्य किया गया था। हिंदू पुरुषों का पहली पत्नी से जीवित रहते दूसरी पत्नी से विवाह करना प्रतिबंधित कर दिया गया।

हिंदू कोड बिल का यह मसौदा प्रकाशित होने बाद उस पर घनघोर टीका-टिप्पणी हुई। बहुपत्नीत्व पर लगाए गए प्रतिबंध, लड़कों की बराबरी से लड़कियों को दिया गया संपत्ति का अधिकार आदि कारणों से पुरातनपंथी खौल उठे। राष्ट्रपति डॉ. राजेंद्र प्रसाद प्रसाद ने हिंदू कोड बिल का प्रखर विरोध किया। संसद् में बिल पर चर्चा के दौरान ही राष्ट्रपति ने पंडित नेहरू को पत्र लिखा। वे कहते हैं, ''हिंदू कोड बिल क्यों पारित नहीं किया जाना चाहिए, इस विषय में मेरी आपत्तियाँ मूलभूत स्वरूप की हैं। वर्तमान संसद् को मौलिक स्वरूप के सुधारवादी बिल स्वीकार करने का अधिकार नहीं है। संसद् द्वारा उसे पारित किया जाने के बाद उसके गुण-दोष परखकर उसे स्वीकृति देने का अधिकार मेरे पास है। राष्ट्रपति ने पंडित नेहरू को

एक तरह की धमकी ही दे दी कि यदि हिंदू कोड बिल मंजूर हो गया तो राष्ट्रपति के रूप में मैं उस पर हस्ताक्षर नहीं करूँगा।

कांची कामकोटि पीठ के शंकराचार्य ने भी हिंदू कोड बिल का विरोध करनेवाला एक पत्रक निकाला। उन्होंने कहा, 'यह बिल हिंदुओं की धार्मिक भावनाओं में हस्तक्षेप करनेवाला और भावी हिंदू पीढ़ियों के कल्याण की दृष्टि से बाधक है। इसके कारण हिंदू परिवार व्यवस्था ढह जाएगी और धर्मतत्त्व मिट्टी के मोल हो जाएँगे।'' स्वामी करपात्रीजी अपने साक्षात्कार में कहते हैं, 'धर्म के मामले में वैदिक शास्त्रज्ञों के खिलाफ जनता और आधुनिक विद्या-विशारदों के विचार प्रामाणिक नहीं हो सकते। सनातन परमात्मा ने सनातन कल्याण के लिए अपने विश्वस्त, सहज, अकृत्रिम वेदों से जो सनातन मार्ग दिखाया है, वह भारतीय हिंदुओं का सनातन धर्म है। उसी के आधार पर उनका धार्मिक व सामाजिक जीवन चलता है। सनातन वेद तथा वेदों के अनुसार आर्य धर्मग्रंथ ही हिंदुओं का कानून है। उसमें फेरबदल करने का अधिकार राम व कृष्ण इत्यादि अवतारों तथा मनु, वशिष्ठ, विश्वामित्र इत्यादि ऋषियों को भी नहीं है, फिर वर्तमान संविधान समिति उसमें परिवर्तन कैसे कर सकती है?

सनातनी वर्ग द्वारा हिंदू कोड बिल का विरोध बढ़ता चला गया, और ऐसे में वर्ष 1952 में पहले आम चुनाव होनेवाले थे। जनविरोध मोल लेकर चुनावों का समाना करना कांग्रेस के लिए संभव नहीं था। इसलिए इस विधेयक को इसके मूल स्वरूप में स्वीकार न करते हुए इसके अलग-अलग हिस्से बना दिए गए। बाबासाहब बिल को इसके मूल स्वरूप में मंजूर कराना चाहते थे। पं. नेहरू और कांग्रेस पार्टी इसके लिए सहमत नहीं थी। अंततः यह समूचा विधेयक दिनांक 25 सितंबर, 1951 को वापस ले लिया गया। इस सारे प्रकरण से बाबासाहब को गहरा दुःख पहुँचा और उनके मुँह से उदगार निकले, ''It was killed and burried unwept and unsung,'' 25 सितंबर, 1951 को उन्होंने मंत्रिमंडल से त्यागपत्र दिया। इस्तीफा देते हुए वे बोले, ''आखिकार मेरे इस्तीफा देने का जो कारण है, वह मैं बताता हूँ और वह यानी हिंदू कोड बिल के बारे में इस सरकार की टालमटोल और लापरवाही। केवल हिंदू कोड बिल के लिए ही मैं मंत्रिमंडल में रहा। कुछ लोगों को मेरा यह कृत्य गलत लगेगा, मगर मेरा दृष्टिकोण अलग था। संसद् में हिंदू कोड बिल अत्यंत महत्त्वपूर्ण घटना थी। संसद् में इससे पूर्व आए हुए या इसके बाद आनेवाले किसी भी बिल की बराबरी इस हिंदू कोड बिल के साथ नहीं की जा सकती, ऐसा इसका महत्त्व है। इससे आपको यह अंदाज होगा कि मैं हिंदू

कोड बिल को इतना महत्त्व क्यों देता हूँ। इसलिए तीव्र मतभेद होने के बावजूद मैं मंत्रिमंडल में बना रहा।''

डॉ. बाबासाहब का यह मत था कि हिंदू कोड बिल भारत के संविधान से सौ गुना अधिक उपयुक्त है। इस बिल के कारण हिंदू सामाजिक जीवन में क्रांतिकारी परिवर्तन होंगे। भारतीय संविधान के स्वातंत्र्य और समता के तत्त्वों का सामाजिक स्तर पर क्रियान्वयन होगा, ऐसा उन्हें लगता था। हिंदू कोड बिल जैसा था, उसी स्वरूप में यदि स्वीकृत हो जाता तो सही मायनों में नए स्मृतिकार के रूप में बाबासाहब का नाम इतिहास में अजर-अमर हो जाता। याज्ञवल्क्य, मनु, मेधातिथि, विज्ञानेश्वर, जीमूतवाहन, देवल इत्यादि महान् स्मृतिकार भारत में हो गए हैं। हिंदू कोड बिल यदि स्वीकृत हो जाता तो उन्हीं लोगों की परंपरा में बाबासाहब जाकर बैठ गए होते। सनातनी हिंदुओं ने बाबासाहब का यह अधिकार नकार दिया। पं. नेहरू जैसे प्रगतिशील प्रधानमंत्री को भी सनातनी शक्ति के समक्ष विनत होना पड़ा। हिंदू कोड बिल पर उसके मूल स्वरूप में सहमति न होने की फाँस बाबासाहब को अपने सारे शेष जीवन में चुभती रही। यह बिल क्यों पराजित हुआ, इसकी मीमांसा भारत के मुख्य न्यायाधीश श्री प्र.वा. गजेंद्रगड़कर ने अलग प्रकार से की है। उनका कहना है, ''हिंदू कोड बिल के मूलभूत तत्त्वों के प्रति जनता को जाग्रत् करने का प्रगतिशील विचारधारा के लोगों ने कोई खास प्रयत्न नहीं किया। धर्मनिर्णय मंडल का एक अपवाद छोड़ दिया जाए तो मुझे ऐसा लगता है कि समूचे भारत में हिंदू कोड बिल के अनुकूल कोई बौद्धिक चर्चा लगभग हुई ही नहीं। उसी का परिणाम है कि हिंदू कोड बिल, केवल बिल ही बना रहा और उसका कानून में रूपांतरण हो नहीं सका।

हिंदू कोड बिल के बारे में जो चर्चाएँ हुई हैं, वे अत्यंत महत्त्वपूर्ण हैं। इस कोड बिल के जरिए बाबासाहब ने 'हिंदू' शब्द की व्याख्या की है। यह कानून किन-किन पर लागू होगा, इस बारे में बाबासाहब ने कहा, ''सिखों, बौद्धों और जैनों का हिंदुओं में समावेश किया है। इसका अर्थ इतना ही है कि उन्होंने प्रचलित कानूनी व्यवस्था स्वीकार की हुई है। महात्मा गौतम बुद्ध ने स्वतंत्र न्याय व्यवस्था प्रतिपादित नहीं की। महावीर के जैन धर्मत्तत्व अलग हैं, मगर उन्होंने भी नई न्यायव्यवस्था प्रस्तुत नहीं की। इसलिए सिखों, जैनों और बौद्धों ने हिंदू लॉ का ही पालन किया है। हिंदू लॉ और सिखों, जैनों और बौद्धों पर हिंदू कोड बिल का लागू होना एक ऐतिहासिक विकासक्रम है।''

'हिंदू' शब्द की यह वैधानिक व्याख्या महत्त्वपूर्ण है। स्वातंत्र्यवीर सावरकर ने हिंदुओं की यह भौगोलिक व सांस्कृतिक व्याख्या की है कि जिनकी पितृ-भू

और पुण्य-भू भारत है, वे सभी हिंदू होते हैं। बाबासाहब की व्याख्या के अंतर्गत आनेवाले सिख, बौद्ध, जैन 'पुण्यभू-पितृ-भू के अर्थ से हिंदू ही हैं। कानून इन सभी का समान पद्धति से नियमन करता है। समान वंश परंपरा और इतिहास के कारण यह समानता निर्मित होती है। डॉ. बाबासाहब के मन में निश्चय ही संपूर्ण समाज की मूलभूत एकता मौजूद थी। दुर्भाग्य से उनके इस भव्य दर्शन का आकलन तत्कालीन बुद्धिवादी हिंदुओं से हो नहीं पाया, इस बात का खेद हुए बगैर नहीं रह सकता।

हिंदू कोड बिल पर उसके विरोधियों का एक बड़ा आरोप यह था कि यह क्रांतिकारी और उग्र है तथा हिंदू धर्म शास्त्रों पर आधारित नहीं है। यह आरोप डॉ. बाबासाहब को मान्य नहीं था। हिंदू कोड बिल तैयार करते समय उन्होंने हिंदू धर्मशास्त्रों का कसकर अध्ययन किया था। इस आरोप के बारे में वे कहते हैं, "जहाँ तक सनातनियों का संबंध है, वहाँ तक मुझे कहना है कि प्रत्येक सुधार के लिए किसी-न-किसी शास्त्र में आधार मिल जाना संभव है। इसलिए यह बिल क्रांतिकारी और उग्र है और ऐसा कहना पूरी तरह गलत है। एक छोटी सी नाव से मैं किनारे-किनारे प्रवास कर रहा हूँ, क्योंकि मुझे सनातनी लोगों की बड़ी संख्या के साथ रहना है।"

बाबासाहब मनुस्मृति के कटु आलोचक माने जाते हैं। पाठकों को आश्चर्य होगा कि हिंदू कोड बिल के सुधारों का समर्थन करते समय डॉ. बाबासाहब ने मनुस्मृति का आधार लिया है। वे कहते हैं, "मिताक्षर पद्धति का यानी पिता की पैतृक संपत्ति में पुत्र के अधिकार पर हम विचार करते हैं। मनु के बारे में विचार करते हैं। (मिताक्षर पद्धति संयुक्त संपत्ति की अनुमति देती है।) मनु संयुक्त संपत्ति को अनुमति देते हैं क्या? मनुस्मृति पढ़कर आपको आश्चर्य होगा कि उसने इसका तीव्र निषेध किया है। उसके कारण बड़े प्रभावी हैं। हिंदुओं का संपत्ति-विषयक पैतृक अधिकार का कानून यज्ञ करने के अधिकार पर अधिष्ठित है। सिद्धांत यह है कि संपत्ति की जो भी कोई आवश्यकता होती है, वह केवल यज्ञ करने के लिए ही होती है। इसीलिए बाद में संपत्ति पर स्त्रियों का अधिकार नष्ट हो गया, क्योंकि उन्हें वेदाध्ययन की ही मनाही कर दी गई। यज्ञ में यज्ञमंत्र कहने के लिए वेद आवश्यक थे। जो वेदपठन के लिए अपात्र है, वह संपत्ति रखने के लिए भी अपात्र है। इसी कारण इस क्षेत्र में गूंगों, बहरों और स्त्रियों को बेदखल कर दिया गया। आर्यों को एक ही धर्म पता था और वह यानी यज्ञ। जितने यज्ञ अधिक, उतना धर्म का प्रसार अधिक, उतना ही समाज का भला अधिक और देश का कल्याण अधिक। लेकिन मनु तर्क देते हैं कि परिवार संयुक्त हो तो यज्ञ कम हो जाते हैं। एक परिवार में एक यज्ञ हो गया तो धर्म

के उद्देश्य की पूर्ति हो जाती है, लेकिन दस परिवार बन जाएँ और वे अलग-अलग रहें तो दस अलग-अलग यज्ञ करने पड़ते हैं, जिसके कारण परिवार, देश व धर्म का अधिक कल्याण होता है। आप सनातनी लोगों का मनुस्मृति पर विश्वास है या नहीं? यदि मनु पर आपका विश्वास होगा तो वे तो यह कहते हैं। यदि मेरे सनातनी मित्रों ने उनके मनु को ध्यानपूर्वक पढ़ा तो उन्हें ध्यान में आएगा कि कोड का यह भाग परिपूर्ण कोड है और उसे मनु के कोड की मान्यता है।''

बाबासाहब ने जिस तरह मनु का हवाला दिया है, उसी तरह कौटिल्य के अर्थशास्त्र और पराशर-स्मृति का भी हवाला दिया है। वे कहते हैं, ''एक पत्नीत्व का नियम लीजिए। मैं कौटिल्य के अर्थशास्त्र का हवाला दूँगा। कौटिल्य के अर्थशास्त्र में एक पत्नीत्व का नियम यह है कि विशिष्ट परिस्थिति का अपवाद छोड़कर पुरुष को दूसरी पत्नी नहीं रखनी चाहिए। ये विशिष्ट शर्तें इस प्रकार थीं—

1. सात वर्षों तक संतति न होना। कौटिल्य सही थे या गलत, यह मैं नहीं कह सकता, क्योंकि मुझे यह पता नहीं है कि इसमें क्या उन्होंने केवल स्त्री को ही दोषी माना था अथवा नहीं?

2. दूसरे विवाह के समय पहली पत्नी का निर्वाह भत्ता अमानत के रूप में रखना—

किसी भी आदमी के लिए यह शर्त पालना बड़ा कठिन था। कौटिल्य के अर्थशास्त्र के अनुसार इसी शर्त पर व्यक्ति दूसरा विवाह कर सकता है। तलाक का प्रश्न लीजिए। पराशर-स्मृति में यह मान्य किया जाता है कि स्त्री दूसरा विवाह कर सकती है। इस बारे में कोई विवाद हो नहीं सकता। जिन शर्तों पर स्त्री दूसरा विवाह कर सकती थी, वे शर्तें ऐसी थीं—

1. पति नपुंसक हो।

2. वह लापता हो गया हो और उसका पता-ठिकाना न हो।

3. वह मर गया हो।

इसमें कोई शक नहीं कि पराशर-स्मृति भी उतनी ही प्रामाणिक है। बिल तलाक के कारणों को बढ़ाता है, यह सच है। वह महारोग व पागलपन जैसे कारणों को भी उसमें बढ़ाता है, मगर वह मामूली फेरबदल है। विशिष्ट परिस्थितियों में शास्त्र तलाक की अनुमति देते हैं, इस मुख्य मुद्दे पर विवाद नहीं हो सकता।

इस कोड के निमित्त से डॉ. बाबासाहब ने समान नागरिक कानून की भी चर्चा की है। हिंदू कोड बिल को मात देने के लिए सनातनियों ने हिंदू कोड बिल

के एवज में समान नागरिक कानून बनाने की माँग की थी। केवल हिदुओं के ही कानून में परिवर्तन क्यों हो? मुसलमान, ईसाई और पारसियों के भी कानूनों में परिवर्तन करके समान नागरिक कानून क्यों नहीं बनाया जाता? इस मुद्दे का डॉ. बाबासाहब ने बड़ा तर्कपूर्ण उत्तर दिया है। उनका कहना था, ''मान लीजिए कि संपूर्ण भारत में लागू हो सकनेवाला एक धर्मातीत समान नागरिक कानून हमें तैयार करना है और मैं पूरी तरह इस मत का हूँ कि विवाह, तलाक, संपत्ति या जनता के भौतिक अधिकारों से संबंधित किसी भी बात से जुड़े कानून का धर्म से कोई भी संबंध नहीं होना चाहिए, तो उसका तरीका क्या होना चाहिए, ऐसी नागरिक संहिता बनाने के लिए प्रारंभ किस तरह करना चाहिए? हिंदू लॉ, मुसलिम लॉ, पारसी लॉ और ईसाई लॉ आदि सबके होते हुए समान नागरिक कानून बनाने का एक ही तरीका हो सकता है और वह यानी ऐसा समान समच्छेदक ढूँढ़ निकालना, जिसकी व्याप्ति सबसे ज्यादा हो और वहीं से नागरिक कानून की शुरुआत होनी चाहिए। नागरिक कानून बनाना ही चाहिए, यह भूमिका एक बार स्वीकार कर ली तो फिर नागरिक कानून का अधिष्ठान व्यापकतम समान समच्छेदक ही हो सकता है। फिर पहला काम है हिंदू कानून को निश्चित, एकात्म और प्राप्य बनाना। मेरे हाथों में हिंदू कोड होगा तो ही मैं मुसलमान मित्र के पास जाकर कह सकता हूँ कि यह हमारी व्यवस्था है और यह तुम्हारी। हिंदू कोड और मुसलिम लॉ के बीच का कोई मध्य मार्ग है क्या, ये समान मुद्दे हम कैसे सुलझा सकते हैं? मेरे पास ऐसा कुछ रहे बगैर कि जिसका मैं निश्चित और समान होना बता सकूँ, समान नागरिक कानून की दिशा में एक इंच भी आगे नहीं बढ़ सकता।

''इसलिए हिंदू लॉ का संहिताकरण इतना आवश्यक प्राथमिक कदम है कि उसे बढ़ाए बगैर समान नागरिक कानून का लक्ष्य प्राप्त नहीं किया जा सकता। समान नागरिक कानून बनाना हमारा उद्‍देश्य है। नए संविधान ने यह स्पष्ट मार्गदर्शन किया है कि भारत सरकार सारे देश के लिए एक समान नागरिक कानून बनाने का प्रयत्न करे। जो कोई भी सरकार संविधान के निश्चित मार्गदर्शन के अमल में चूकेगी, वह गिरेगी। मुझे इस बात में कोई संदेह नहीं है कि समान नागरिक कानून का विरोध करनेवाली किसी भी सरकार पर आरोप लगाने के लिए एक शक्तिशाली अधिष्ठान मिलेगा।''

बाबासाहब के तर्कवाद का अर्थ यही है कि बहुसंख्यक हिंदू समाज में सबसे पहले सुधार होने चाहिए। ऐसे सुधार होने पर अपने आप मुसलिम, ईसाई और पारसी

समाज पर उनके परिणाम होंगे। राष्ट्रीय स्वयंसेवक संघ के तृतीय सरसंघचालक श्री बालासाहब देवरस कहते थे, "हिंदू समाज इस देश की रीढ़ की हड्डी जैसा है। यदि वह सुधर जाए तो देश सुधर जाएगा।" बाबासाहब कानूनी भाषा में यही बात कह रहे थे। जाति प्रथा उन्मूलन के बारे में भी उनकी यही दलील थी।

हिंदू कोड बिल रद्द हो गया। उसके चार अलग-अलग हिस्से कर दिए गए और चारों को स्वतंत्र कानून बनाया गया। 1952 के बाद के काल में केंद्र सरकार द्वारा पहले के हिंदू कोड बिल के मसौदे में से 1. दि हिंदू मैरेज एक्ट-1955, 2. दि हिंदू सक्सेशन एक्ट 1956 (जून), 3. दि हिंदू मायनारिटी एंड गार्जियनशिप एक्ट 1956 (अगस्त) और 4. दि हिंदू एडॉप्शन एंड मेंटेनेंस एक्ट-1956 (दिसंबर), ऐसे चार कानून बनाए गए। आंबेडकर द्वारा विधिमंत्री के रूप में इस्तीफा देने के बाद के समय में बने हुए ये कानून हैं। पहले कानून में हिंदू शब्द की व्याख्या हिंदू, बौद्ध, जैन व सिख के रूप में की गई है। स्त्री और पुरुष को समान उत्तराधिकार दिया गया है।

□

संविधान के शिल्पकार

—नचिकेता कुमार

1946 का वर्ष··· बाबासाहब मुंबई लौटे थे। मुंबई दल के अनेक कार्यवाहक और अन्य सदस्यों ने जो कुछ घटित हुआ, उस संबंध में पूरा वृत्त उन्हें निवेदित किया। जून के पहले सप्ताह में उन्होंने अपने दल की कार्यकारिणी की बैठक दादर के 'राजगृह' में बुलाई। 16 मई को प्रकाशित हुई ब्रिटिश प्रतिनिधिमंडल की योजना को कार्यकारिणी ने हानिकर मानकर उसका धिक्कार किया। कार्यकारिणी ने यह भी घोषित किया कि अगर उस योजना द्वारा दलित वर्ग के प्रति किया गया अन्याय दूर नहीं किया तो अस्पृश्य वर्ग सीधे प्रतिरोध का मार्ग स्वीकार करेगा। कांग्रेस के गुंडों ने अस्पृश्य वर्ग के लोगों पर हमला किया और उस दंगे में आंबेडकर का मुद्रणालय जला दिया, इसलिए कार्यकारिणी ने दूसरा एक प्रस्ताव पारित करके उस कृत्य का विरोध किया। अनंतर आंबेडकर दिल्ली वापस गए। महाराज्यपाल 'कामचलाऊ सरकार' बनाने में व्यस्त थे। इसलिए कार्यकारिणी के सदस्यों ने जून, 1946 के तीसरे सप्ताह में उनसे विदा ली। यह बताने की जरूरत ही नहीं कि आंबेडकर ने कर्तृत्वशाली, सक्षम और ध्येयनिष्ठ मजदूर मंत्री के रूप में नाम कमाया था। वे केंद्रीय सरकार के गृहनिर्माण विभाग का काम देख रहे थे। हिंदुस्तान के अन्य हवाई अड्डे उनके ही कार्यकाल में बनाए गए। उनकी कार्यक्षमता देखकर उस समय के भारत के सेनापति ने अचरत व्यक्त किया।

नवभारत की माँग करनेवाले आंबेडकर ने नवभारत निर्मिति के शुभ कार्य का श्रीगणेश किया था। उन्होंने डॉ. खोसला की सलाह से 'दामोदर योजना' बनाई थी। उन्होंने उसकी एक छोटी प्रतिमा बना ली थी, लेकिन सिंधुसागर और बंगाल के उपसागर को जोड़ने की उनकी इच्छा अधूरी रही। हिंद महासागर से मिलनेवाली किसी बड़ी नदी से जोड़ने की उनकी भव्य योजना थी।

बाहरी राजनीतिक क्षेत्र में अनिश्चित वातावरण के रहते हुए शैक्षिक क्षेत्र में आंबेडकर का एक महान् स्वप्न कामयाब हुआ। वह स्वप्न सफल कराने के लिए उन्होंने 13 सितंबर, 1945 से प्रयास जारी रखे थे। राजनीति की धक्का-मुक्की, दौरों और मेल-मिलापों की भीड़ में भी उन्होंने उस स्वप्न को सफल बनाने के लिए प्रचंड और निरंतर प्रयास जारी रखे थे। वह स्वप्न यानी निम्न-मध्यवर्गीयों में और विशेषतया दलित वर्ग में उच्च शिक्षा का प्रचार करने के उद्देश्य से आधुनिक सामग्री और उत्कृष्ट शिक्षक वर्ग से स्पंन्न एक महाविद्यालय शुरू करना था। उन्होंने 'पीपल्स एजूकेशन सोसाइटी' शिक्षा संस्थान स्थापितकर उसके आधिपत्य में 20 जून, 1946 को सिद्धार्थ महाविद्यालय शुरू किया। आवश्यक चंदा इकट्ठा करने के बारे में मित्रों और हितैषियों द्वारा व्यक्त किया गया भय झूठ साबित हुआ। चंदा इकट्ठा करने में उन्हें सफलता प्राप्त हुई। उनके व्यक्तित्व के कारण कर्तृत्वशाली और कर्तव्यतत्पर नौकर वर्ग संस्था की ओर आकृष्ट हुआ। भगवान् गौतम बुद्ध के जो अनेक नाम हैं, उनमें से सिद्धार्थ एक प्रसिद्ध नाम है। उसी नाम से उन्होंने अपना महाविद्यालय शुरू किया।

25 जून को जब आंबेडकर मुंबई वापस लौटे, तब 'बॉम्बे सेंट्रल' स्टेशन पर उनका भव्य सत्कार किया गया। उस समय उन्होंने कहा, 'अस्पृश्य वर्ग न्याय और मानवीय अधिकारों के लिए संघर्ष करे। अपने अधिकारों के खिलाफ जो कुचक्र और षड्यंत्र चल रहे हैं, उन्हें तितर-बितर करने के लिए वे अपने प्राणों की बाजी लगाकर संघर्ष करे।'' यह आह्वान उन्होंने बड़े आवेश के साथ किया। इसी समय आंबेडकर को इस बात की बहुत जरूरत महसूस हो रही थी कि अपने अधिकारों के लिए अस्पृश्यों को प्रयास करने चाहिए, उनका संकल्प राज्यकर्ताओं को मालूम होना चाहिए, क्योंकि उन्हें लगता था कि, अगर स्वतंत्र भारत पुनः अतीतकालीन परंपरा की ओर मुड़ गया तो अपना दलित वर्ग फिर से भूख-कंगाल हो जाएगा। वह पूरी तरह से अलक्षित हो जाएगा। सरकारी नौकरियों और समाज से उनको पुनः उखाड़ा जाएगा।

29 जून को 'कामचलाऊ सरकार' जाहिर हुई। अन्य बातें तय करने के लिए महाराज्यपाल को बताकर ब्रिटिश प्रतिनिधिमंडल लंदन वापस लौट गया।

कांग्रेस की अखिल भारतीय समिति की मुंबई में होनेवाली बैठक का विरोध कर दलित वर्ग ने अपने संघर्ष का प्रारंभ किया। कांग्रेस समिति के मंडप के सामने दलित वर्ग के नेताओं और कार्यकर्ताओं ने प्रदर्शन किए। कांग्रेस दल अस्पृश्यों के अधिकार और प्रतिनिधित्व के संबंध में क्या तय करनेवाला है, इसका प्रदर्शनकारियों

ने स्पष्टीकरण माँगा। राजभोज ने पुणे में गांधीजी से मिलकर उन्हें बताया कि कांग्रेस दल के हरिजन नेता दलित वर्ग के सच्चे प्रतिनिधि नहीं हैं। मुंबई विधानसभा का वर्षाकालीन अधिवेशन 15 जुलाई को शुरू हुआ। उस दिन आंबेडकर के अनुयायियों ने पुणे सत्याग्रह का प्रारंभ किया।

दलित वर्ग की ओर से प्रतिनिधित्व करने और शिकायतें प्रस्तुत करने का अधिकार कांग्रेस द्वारा हथिया लिये जाने से उनका यह संघर्ष कांग्रेस के खिलाफ था। स्वयंसेवकों के जत्थे पुणे में जमा होने लगे। सभाएँ और जुलूस निकालने के लिए जिला दंडाधिकारी ने रोक लगाई थी, उसे तोड़कर उन्होंने सत्याग्रह शुरू किया। पुणे की विधानसभा के सदन के सामने एक के बाद एक अनेक स्वयंसेवकों के जत्थे गिरफ्तार किए गए। जब संघर्ष शुरू हुआ, तब आंबेडकर बंबई में थे। पुणे जाने से पहले 17 जुलाई को उन्होंने पत्रकारों से मुलाकात की। ब्रिटिश प्रतिनिधिमंडल की योजना के खिलाफ उन्होंने सत्याग्रह शुरू किया था। उन्होंने घोषणा की कि यद्यपि सेनापति को संग्राम में भाग लेने की जरूरत नहीं तो भी समय आने पर हम भी संग्राम में हिस्सा लेकर कारावास भोगेंगे। आंबेडकर के संग्राम का अन्य दल के कुछ नेताओं ने समर्थन किया। किंतु गांधीजी के हरिजन सेवा संघ के कार्यवाहक ने धमकी दी कि अगर आंबेडकर ने संग्राम वापस नहीं लिया तो हम प्रतिसत्याग्रह करेंगे। आंबेडकर के दल ने कानपुर और लखनऊ में उसी समय संग्राम शुरू किया।

प्रांतीय विधानसभाओं ने संविधान समिति के लिए प्रतिनिधियों का चुनाव किया। ब्रिटिश प्रतिनिधिमंडल के योजनानुसार संविधान समिति दिल्ली में आयोजित की जानेवाली थी। कांग्रेस दल ने अपने सदस्यों को चुना। उनमें से अनेक सदस्यों को इसलिए नहीं चुना गया था, क्योंकि उन्हें संविधान विज्ञान का ज्ञान था, बल्कि इसलिए चुना गया था, क्योंकि उन्होंने कांग्रेस के संघर्ष में कारावास भोगा था। मुंबई विधानसभा में आंबेडकर के दल के सदस्य नहीं थे, इसलिए बंगाल विधानसभा के दलित वर्ग के प्रतिनिधियों ने संविधान समिति के लिए आंबेडकर का नाम सूचित किया। वहाँ मुसलिम लीग के समर्थन से वे चुने गए। जो बात दलांधता के कारण कांग्रेस ने नहीं की, वह महत्त्वपूर्ण बात मुसलिम लीग ने कृतज्ञता से या कहिए स्वार्थबुद्धि से की। अपनी सामान्यतया लड़ाकू जिंदगी में खुद का सामर्थ्य, कर्तृत्व और प्रभाव दिखाने का उचित समय आते ही; तत्त्व से वंचित न होकर पैदा हुई परिस्थिति पर मात करने का मौका आंबेडकर व्यर्थ नहीं गँवाते थे। कोई महान् कार्य करने के लिए जो दुश्मन के साथ संधि कर लेते हैं, उन्हें संधिवेत्ता कहते हैं। आंबेडकर वैसे ही व्यक्ति थे। उनकी राजनीतिक दृष्टि सतेज थी और विवेकबुद्धि अचूक।

19 जुलाई, 1946 को मुंबई प्रांत के मुख्यमंत्री खेर ने अपने गांधीधर्म से इमान रखकर घोषणा की कि हमें यह मालूम नहीं कि दलित वर्ग का यह संग्राम किसलिए छेड़ा गया है। अपनी व्यंग्यात्मक शैली में उन्होंने कहा, ''यह मालूम नहीं पड़ता कि ब्रिटिश प्रतिनिधिमंडल ने उनकी माँगें स्वीकार नहीं की इसलिए प्रतिनिधिमंडल के खिलाफ उनका यह संग्राम शुरू हुआ है या आंबेडकर और उनके दल की पिछले चुनाव में जो पराजय हुई है, उसके कारण यह संग्राम शुरू हुआ है या विफलता की साधारण भावना से।''

सभी आरोपों और धमकियों का उत्तर देते समय, पत्रकारों को 24 जुलाई को दी गई मुलाकात में आंबेडकर ने कहा, ''ब्रिटिशों ने हिंदुस्तान छोड़ देना तय किया है। सत्ता स्पृश्य हिंदुओं और मुसलमानों के हाथ में आनेवाली है। इसलिए हम कांग्रेस से पूछ रहे हैं कि आप इस छह करोड़ दलित समाज को नए संविधान के अनुसार कौन से अधिकार देनेवाले हैं, उनकी रूपरेखा स्पष्ट करें। अस्पृश्यों के न्याय अधिकार प्राप्त कर लेने के लिए सारे हिंदुस्तान में संग्राम शुरू होगा। पुणे में उस संग्राम की यह केवल नांदी स्तर से चल रही है। पुणे का यह संग्राम बहुत उच्च नैतिक स्तर से चल रहा है। सभी स्वयंसेवकों ने अहिंसा की जिस प्रवृत्ति का पालन किया है, वह अपने को सत्याग्रह शास्त्र के 'प्राचार्य' समझनेवाले गांधीजी को भी आदर्श लगेगा।' पुणे करार का उल्लेख करते हुए उन्होंने कहा, ''वह करार रद्द होना चाहिए। इस करार की वजह से दलित वर्ग के सच्चे प्रतिनिधि नहीं चुने जा सकते। इससे अस्पृश्य वर्ग का मतदान का अधिकार मानो अपहृत कर लिया गया है। यदि नैतिक मार्ग विफल हुआ तो दलित वर्ग अपना विरोध दर्ज करने का अन्य मार्ग ढूँढ़ लेगा।'' पुणे की एक सार्वजनिक सभा में उन्होंने कहा कि अपने अनुयायियों को इस संग्राम में सफलता पानी चाहिए। कांग्रेस के हरिजन नेता आंबेडकर के झगड़े से उद्भुत लाभ उठाते थे, लेकिन कांग्रेस के आदेश देते ही आंबेडकर के आंदोलन पर कृतघ्नता से टूट पड़ते थे। वे दलितों की माँगों का विरोध करनेवालों को हमेशा समर्थन देते थे।

आंबेडकर के इस संग्राम के बारे में बोलते हुए गांधीजी ने अपने 'हरिजन'[1] साप्ताहिक में कहा, 'आंबेडकर द्वारा घटित दिखावटी सत्याग्रह में सत्याग्रह का मजाक उड़ाया गया है। यद्यपि उनके साधन अहिंसक है, फिर भी उनके कारण स्पष्ट नहीं है।' सत्याग्रह एक पखवाड़े तक निरंतर चला। उसके दबाव से विधानसभा पुणे अधिवेशन बंद करना पड़ा। कांग्रेस नेताओं को आंबेडकर के साथ समझौता करने की जरूरत महसूस होने लगी। इसलिए मुंबई प्रांतीय कांग्रेस के नेता स.का.

पाटील 27 जुलाई को सिद्धार्थ महाविद्यालय जाकर अंबेडकर से मिले। वहाँ से वे दोनों नारायण मल्हार जोशी को लेकर सरदार वल्लभभाई पटेल से मिले। पुणे सत्याग्रह और संविधान समिति के प्रतिनिधित्व के बारे में लगभग एक घंटा उनकी चर्चा हुई। यह दिखाई देता है कि उस चर्चा में समझौता नहीं हो सका। अन्यथा 8 अगस्त को वर्धा में हुई कांग्रेस की अखिल भारतीय समिति की बैठक के सम्मुख भाऊराव गायकवाड और पा.न. राजभोज जैसे नेता प्रदर्शन न करते।

अनंतर थोड़े ही दिनों में आंबेडकर ने सरादार पटेल को पत्र लिखकर सूचित किया, ''मैं स्वयं किसी भी व्यक्ति को देश से बड़ा नहीं मानता, चाहे वह व्यक्ति कितना भी बड़ा क्यों न हो। कोई व्यक्ति कांग्रेस दल का अनुयायी न होते हुए भी बड़ा राष्ट्रप्रेमी हो सकता है।'' आंबेडकर ने उस पत्र में जोर देकर यह कहा था कि वे कांग्रेस के किसी भी नेता की अपेक्षा महान् देशभक्त हैं।

24 अगस्त को महाराज्यपाल के अस्थायी मंत्रिमंडल के मंत्रियों के नाम घोषित किए गए। उसमें नेहरू, पटेल, आजाद, राजगोपालाचारी और शरदचंद्र बसु के साथ बिहार प्रांत के दलित समाज के नेता जगजीवनराम का नाम भी प्रसिद्ध हुआ। मुसलिम लीग ने सहयोग करने से इनकार किया। इसलिए मंत्रिमंडल में अन्य मुसलमान नेता चुने गए। उनमें से एक को एक सिरफिरे मुसलमान ने घायल किया।

24 अगस्त को आंबेडकर पुणे में थे। उनके दल की कार्यकारिणी समिति राजनीति का सिंहावलोकन कर रही थी। महाराज्यपाल की घोषणा से आंबेडकर और उनके दल को घोर निराशा हुई। अस्पृश्य वर्ग को केंद्रीय सरकार के नए मंत्रिमंडल में पर्याप्त प्रतिनिधित्व न दिए जाने से उन्होंने बहुत तीव्र नापसंदगी व्यक्त की। मंत्रिमंडल की सूची में जगजीवनराम का नाम देखकर कार्यकारिणी आश्चर्यचकित हो गई, क्योंकि महाराज्यपाल की कार्यकारिणी समिति में अस्पृश्य वर्ग को ज्यादा सीटें दिलवाने के लिए जब आंबेडकर ने ब्रिटिश प्रधानमंत्री को तार भेजा था, तब जगजीवनराम ने उन्हें समर्थन दिया था। शैड्यूल कास्ट फेडरेशन ने एक प्रस्ताव पारित करके जगजीवनराम से अनुरोध किया कि वे कार्यकारिणी समिति में पद स्वीकार न करें। नई सरकार आदर की पात्र न होने से ब्रिटिश सरकार द्वारा दी गई सम्मानित उपाधियों का त्याग किया जाए, ऐसा कार्यकारिणी ने दलितों को आदेश दिया। सितंबर के पहले सप्ताह में दलित संघ ने कानपुर में संग्राम शुरू किया। थोड़े ही समय में वह तीव्रतर हुआ और आठ हजार स्वयंसेवक गिरफ्तार किए गए।

आंबेडकर ने यह जान लिया कि इसके आगे विरोध-पत्रों और प्रदर्शनों से काम नहीं चलेगा। उससे होनेवाली फलनिष्पत्ति सीमित होती है। इसलिए स्वयं

ब्रिटेन जाकर आखिरी प्रयास करके कुछ परिवर्तन लाने की संभावना को देखने के लिए वे कराची मार्ग से 15 अक्तूबर को लंदन के लिए निकले। कराची में समाचारपत्रों के प्रतिनिधियों ने उनसे भेंट की। तब उन्होंने उनसे कहा कि वे लंदन जा रहे हैं किंतु उन्होंने अपने सफर के प्रयोजन के बारे में कुछ बोलने से इनकार कर दिया। लंदन पहुँचने पर वहाँ के पत्रकारों से उन्होंने कहा, 'मजदूर मंत्रिमंडल ने दलित वर्ग से विश्वासघात किया है।' दिल्ली के मंत्रिमंडल में मुसलिम लीग ने 2 अक्तूबर से प्रवेश किया था। उस संबंध में मत पूछने पर उन्होंने साफ कहा, ''एक देश का राज्य कारोबार दो राष्ट्र चला रहे हैं। हिंदुस्तान में गृहकलह शुरू हो गई है। हिंदुस्तान में 1935 के कानून के अनुसार राज्य का कारोबार शुरू कर, दस साल बाद अखंड हिंदुस्तान का राज्य हिंदुस्तान के दलों को सौंप दिया जाए।'' ऐसा उन्होंने ब्रिटिश सरकार को सुझाया।

लंदन में अपना निवेदन मुद्रित करके उन्होंने हर एक दल के नेता से भेंट की। 'अस्पृश्यों को इसलाम धर्म स्वीकारने के लिए आपने सूचित किया है या नहीं ?'—रॉयटर के प्रतिनिधि द्वारा ऐसा पूछने पर उन्होंने कहा, 'नहीं, नहीं, वैसी सलाह मैंने उन्हें नहीं दी।'

अस्पृश्य समाज की स्थिति त्रिशंकु जैसी हो गई। त्रिशंकु की भाँति अस्पृश्य समाज को ब्रिटिश देवताओं ने नीचे धकेल दिया। अब आंबेडकर विश्वामित्र की भाँति उनका उद्धार करने के लिए प्रयास कर रहे थे, किंतु उस दारुण निराशा का मुकाबला करते-करते वे बहुत परेशान हो गए। उन्हें यह डर लगा कि पूरी आयु में किया गया कार्य कहीं अब व्यर्थ तो नहीं जो जाएगा ? उन्हें एक ही समस्या निरंतर सता रही थी कि दलित वर्ग को मंत्रिमंडल और विधानसभाओं में उचित मात्रा में प्रतिनिधित्व मिलेगा या नहीं। उस हेतु को सफल करवा लेने के लिए वे जान की बाजी लगाकर परिश्रम कर रहे थे। उन्होंने यह कबूल किया कि वे निराश हो गए हैं। उनके मित्रों को उनके गिर हुए स्वास्थ्य की चिंता लग रही थी। एक घटना से उन पर हुए आघात का जोर कम हुआ था। आंबेडकर के दल के जोगेंद्र मंडल को मुसलिम लीग ने अपने साथ अस्थायी मंत्रिमंडल में लिया। अब दलित वर्ग को एक ही जगह दो जगहें अस्थायी मंत्रिमंडल में प्राप्त हुई।

31 अक्तूबर को राजनीतिक दृष्टि से हिंदुस्तान से संलग्न इंग्लैंड के राजनीतिक व्यक्तियों के साथ आंबेडकर ने चर्चा की। ब्रिटेन के प्रधानमंत्री ऐटली और भारतमंत्री दोनों के साथ उन्होंने चर्चा की। एक समय के भारतमंत्री लॉर्ड टेंपलवुड यानी पूर्वकालीन सर सैम्युअल होअर के साथ उन्होंने विचार-विनिमय किया। लोकसभा

के हुजूर दल की भारत समिति की एक बैठक उन्होंने आयोजित की। उस बैठक में मजदूर दल के लोकसभा के सदस्य उपस्थित थे। समाचार-पत्रों ने उनको आँकड़ेवार जानकारी दी। सारी बातें उनके सम्मुख प्रस्तुत कीं। यथार्थ परिस्थिति का कथन किया, तथापि मुँहदेखी ऊपरी हमदर्दी दिखाने के अतिरिक्त उनसे कुछ भी नहीं हुआ। आंबेडकर के भाषण में मजदूर दल के सदस्यों ने बीच-बीच में बारीकी से सवाल पूछकर रुकावट डाली। उससे यह दिखाई देता है कि उनका सुर अलग दिशा से बह रहा था। जातीय समस्या फिर उकेरने की उनकी इच्छा नहीं थी। उन्होंने आंबेडकर को यह सलाह दी कि परिवर्तित परिस्थिति के साथ मिल-जुल कर संविधान समिति में कुछ करना संभव हो तो किया जाए। इस तरह निरुत्साही और निराश मन:स्थिति में उन्हें भारत लौटना पड़ा।

मुंबई आने पर आंबेडकर ने ग्लोब समाचार-पत्र संस्था को दी गई एक मुलाकात में कहा, "यह आशा करना व्यर्थ है कि अस्पृश्य समाज हिंदू समाज में एकरूप होगा। अंतरजातीय विवाह और एकत्रित खानपान के सही तत्त्व पर वह समाज एकरूप होने के लिए राजी है, किंतु उस समस्या का दूसरा पक्ष यह है कि अगर अस्पृश्य वर्ग का सामाजिक स्तर स्पृश्य हिंदुओं की बराबरी का हुआ तो हिंदू समाज के साथ एकरूप होना उसे सुगम होगा।" उन्होंने धुँधली आशा व्यक्त की कि कालानुरूप हिंदू समाज शायद सुधरेगा और अस्पृश्य वर्ग उसके साथ एकरूप होगा, तथापि तब तक अस्पृश्य समाज जैसा है, वैसा ही अलग रहे, क्योंकि एक समाज से दूसरे समाज में मनुष्यों को लेकर बिठाना, यह बात उतनी आसान नहीं है। अस्पृश्य समाज ईसाई धर्म स्वीकार करे, इस रे. लिविंगस्टन की सूचना का उल्लेख करते हुए उन्होंने कहा, 'ईसाई और ईसाई-इतर समाजों में धर्म एक आनुवंशिक तथ्य माना जाता है। ईसाई अपने बाप के वतन की भाँति ही उसके धर्म का उत्तराधिकार लेता है। ईसाई धर्म की दूसरे धर्म के साथ तुलना करने का विचार उसके मन को कभी संस्पर्श नहीं करता। ईसाई धर्म के आध्यात्मिक मूल्यों के बारे में वह अपना खुद का मत नहीं बनाता।'

इसी समय आंबेडकर का लिखा हुआ 'शूद्र पहले कौन थे?' (हु वर दि शूद्राज?) ग्रंथ प्रकाशित हुआ। वह ग्रंथ महात्मा ज्योतिराव फुले को अर्पित किया गया है। आंबेडकर की धारणा थी कि महात्मा फुले भारत के महान् समाजसुधारकों में से एक थे। ग्रंथ बड़ा विद्वत्तापूर्ण है। उससे ग्रंथकार की असीम अध्ययनशीलता और अनुसंधान की कल्पना की जा सकती है। एक के बाद एक सबूतों की श्रृंखला बनाकर हर एक मुद्दे की सूक्ष्म मीमांसा करने की ग्रंथकार की निपुणता अप्रतिम है।

ग्रंथ का प्रतिपाद्य विषय यह है कि शूद्र पहले क्षत्रिय थे। पुराने जमाने में उन्हें दास या दस्यु कहा जाता था। सूर्यवंशी लोगों में से वह एक समाज था। उनका ब्राह्मणों के साथ संघर्ष होने से समाज में उनका दर्जा घट गया, क्योंकि ब्राह्मणों ने उनका उपनयन संस्कार करने से इनकार कर दिया। इसलिए उन्हें चौथे वर्ण का नाम दिया गया। उससे पहले ब्राह्मण, क्षत्रिय और वैश्य ऐसे तीन ही वर्ण थे।

नवंबर के तीसरे सप्ताह में अस्थायी मंत्रिमंडल के विधिमंत्री जोगेंद्र मंडल मुंबई आए। उन्होंने मुलाकात में पत्रकारों के पास ये उद्‌गार निकाले, 'आंबेडकर ने लंदन में जो प्रयास किए, उन्हें देखकर हमें संतोष हुआ। अस्थायी मंत्रिमंडल के हमारे प्रवेश को आंबेडकर का पूरा समर्थन है।'

9 दिसंबर को डॉ. सच्चिदानंद सिंह की अध्यक्षता में संविधान समिति की बैठक आयोजित की गई। उनकी उस पद पर अस्थायी नियुक्ति हुई थी। मुसलिम लीग के नेताओं ने संविधान समिति का बहिष्कार किया था। संविधान समिति ने डॉ. राजेंद्र प्रसाद को अध्यक्ष के रूप में चुना। कामकाज के बारे में नियम बनाने के लिए एक समिति नियुक्त की गई। पंडित जवाहरलाल नेहरू ने संविधान समिति के उद्‌देश्य और साध्य करनेवाला प्रस्ताव 13 दिसंबर को एक अभूतपूर्व भाषण करके प्रस्तुत किया। साधारणतया नेहरू एक अच्छे वक्ता और साथ-ही-साथ एक स्वप्नदर्शी तथा प्रगाढ़ ध्येयवादी नेता थे। राष्ट्र के दिव्य जीवन के समय और अपने जीवन की अलौकिक घटनाओं के समय नेहरूजी की प्रतिभा और प्रज्ञा ने कल्पना के विश्व में गरुड़ जैसी तेज और ऊँची उड़न मार दी। उन्होंने अब भारत के स्वतंत्र, सार्वभौम लोकतंत्र बनने की घोषणा की। राजर्षि टंडन ने परिणामकारी भाषण कर नेहरूजी के प्रस्ताव का समर्थन किया। भारत के एक महान् विधिज्ञ डॉ. मुकुंदराव जयकर ने अपने शांतिप्रिय और मध्यम प्रवृत्ति को शोभा देनेवाला एक संशोधन नेहरूजी के प्रस्ताव पर सुझाया। उन्होंने सूचित किया कि मुसलिम लीग और भारतीय रियासतदारों के प्रतिनिधियों के संविधान समिति में आने तक इस उद्‌देश्य और साध्य का प्रस्ताव पारित न किया जाए। यह संशोधन उन्होंने मुसलिम लीग के सामने लोटने की कांग्रेस और नेहरूजी की प्रवृत्ति का अनुसरण करके सूचित किया होगा। कांग्रेस और सरकार इन दोनों में समझौता करने का कार्य कुछ मौकों पर डॉ. जयकर ने किया था, किंतु इस समय उनका पैंतरा गलत साबित हुआ। समय को शोभा न देने वाला भाषण अपमानकारी बन जाता है। जयकर का वह शांतिपूर्व कब का इतिहास हो गया था, किंतु समय संविधान समिति के कोने-कोने में निषेध रूप से खड़ा था। मोहक और विख्यात वक्ता जयकर की

मृदु और सुमधुर वाणी संविधान समिति में पुन: नहीं सुनाई पड़ी।

सरदार पटेल ने जयकर की सूचना पर कड़ा हमला किया। एम.आर. मसानी ने खुद को लोकतंत्र समाजवादी मानकर नेहरू के प्रस्ताव का समर्थन किया। फ्रैंक एंथनी ने प्रस्ताव का पवित्र ध्येय स्वीकार करते हुए भी कानून और तंत्र की दृष्टि से जयकर की सूचना का समर्थन किया। हिंदूमहासभा के डॉ. श्यामाप्रसाद मुखर्जी ने कहा कि प्रस्ताव आगे धकेलने में कोई अर्थ नहीं। उन्होंने यह भय व्यक्त किया कि वैसा करने से लीग को बाहर रखकर उन्नति में रुकावट डालने को प्रेरणा देना जैसा होगा।

इतने में संविधान समिति के अध्यक्ष ने अचानक एक सदस्य का नाम पुकारकर उन्हें बोलने के लिए कहा। तुरंत ही एक बड़े मस्तकवाला, मजबूत ठुड्डीवाला, लंबवर्तुलाकार, गंभीर और तेजस्वी सूरतवाला और उत्कृष्ट पोशाक परिधान किया हुआ हट्टा-कट्टा व्यक्ति जयकर की सूचना का समर्थन करने के लिए खड़ा हुआ। वह व्यक्ति डॉ. आंबेडकर थे। वे कांग्रेस के कट्टर विरोधी थे। उन्होंने कांग्रेस की मतप्रणाली की और नेताओं की जाहिर तथा खासगी रूप में अनेक बार खिल्ली उड़ाई थी। अनायास ही संविधान समिति के सभी सदस्यों की निगाहें उस वक्ता की ओर खिंच गई। आंबेडकर ने सभी सदस्यों की ओर एक बार अपनी निगाह घुमाई। हर एक सदस्य को लगा कि जयकर के प्रस्ताव का समर्थनकर जयकर के साथ ही आंबेडकर भी अपना मान-सम्मान गँवा देंगे। कांग्रेस के नेता राष्ट्र के कर्तुमकर्तुमन्यथा कर्तुमशक्ति के प्रतीक थे। उनके खिलाफ बोलना यानी खुद के लौकिक जीवन की इतिश्री कर लेने जैसा था। कांग्रेस के सदस्य अपने कट्टर दुश्मन को पानी पिलाने के लिए आतुर थे।

आंबेडकर को यह ज्ञात था कि राष्ट्र के महान् नेता उनके इर्द-गिर्द बैठे थे। उनके विरोधियों ने उनके बारे में अनेक बातें सुनी थीं। प्रत्यक्ष भाषण सुनने का वह उनका पहला ही मौका था। आंबेडकर ने गंभीर स्वर और वक्तृत्व भाषा में बड़े आत्मविश्वास के साथ अपने भाषण की शुरुआत की। उन्होंने कहा, 'पंडित नेहरू जी के प्रस्ताव का पहला भाग निर्विवाद है। संविधान समिति का उद्देश्य और साध्य व्यक्त करनेवाला उनके प्रस्ताव का वह भाग यद्यपि पांडित्यप्रचुर और अपने अधिकारों का प्रतिपादन कर रहा हो और आज जिन पर अन्याय हो रहा है; उन्हें उनका निराकरण कैसे किया जाए, यह वह नहीं बता रहा हो तो भी वह निश्चय ही वादग्रस्त नहीं है।''

कांग्रेस दल के सदस्य स्तब्ध हो गए। सभागृह की मन:स्थिति पहचानकर

बाबासाहब ने तुरंत मुद्दे को हाथ में लिया। उन्होंने कहा, ''मुझे यह मालूम है कि आज हम राजनीतिक, सामाजिक और आर्थिक दृष्टि से विभाजित हैं। हमने विरोधी छावनियाँ बनाई हैं और मैं भी शायद युद्ध की छावनी बना रही एक जमात का नेता हूँ, लेकिन ऐसा होते हुए भी मेरा पूरा विश्वास है कि परिस्थिति और समय के आते ही, अपनी एकता में कोई भी बात रुकावट नहीं डाल सकेगी। मेरे मन में इस संबंध में संदेह नहीं है कि यद्यपि जातियाँ और पंथ अनेक हैं; फिर भी हम एक-राष्ट्र बनेंगे। यद्यपि मुसलिम लीग हिंदुस्तान का विभाजन करने के लिए आंदोलन कर रही है, फिर भी किसी एक दिन उनके दिल पर प्रकाश पड़ने पर उन्हें ऐसा लगने लगेगा कि अखंड हिंदुस्तान सबके लिए अधिक हितकारी है, ऐसा कहने में मुझे संदेह नहीं लगता।''

केंद्रीय बलवती सत्ता को दुर्बल करने के लिए कांग्रेस नेताओं द्वारा ही सम्मति दिए जाने के बारे में आंबेडकर ने कांग्रेस नेताओं को दोष दिया। उन्होंने कहा, ''सदन को इस तरह का प्रस्ताव पारित करने का अधिकार है या नहीं यह मेरी समस्या नहीं। वैसा अधिकार इस सदन को होगा भी।'' अपने तेजस्वी नेत्रों से निहारते हुए उन्होंने आगे कहा, ''मैं आपसे सवाल करता हूँ कि क्या वैसा करना दूरदर्शिता है, क्या वैसा करना अकलमंदी है? सत्ता अलग बात है और अकलमंदी और दूरदर्शिता अलग बात है। कांग्रेस सदस्य सुलह कराने का फिर प्रयास करें। राष्ट्र का भविष्य तय करते समय नेता, व्यक्ति या राजनीतिक दल की प्रतिष्ठा को महत्त्व नहीं देना चाहिए।'' आंबेडकर के इस आस्थापूर्ण आह्वान का असर संसद् के दिल पर धीरे-धीरे पड़ रहा था।

भाषण के अंत में आंबेडकर ने आस्थापूर्वक कहा, 'यह समस्या तीन तरीकों से हल की जा सकती है। पहला तरीका यह कि एक दल हमेशा के लिए दूसरे दल की शरण में जाए। दूसरा तरीका यह कि संधि के बारे में विचार-विमर्श करके संधि करना। तीसरा तरीका युद्ध का है। मैं यह स्वीकार करता हूँ कि युद्ध की कल्पना ही मुझे थर्रा देती है। यह युद्ध मुसलमानों के खिलाफ या उससे भी अधिक बुरा यानी ब्रिटिश और मुसलमान इन दोनों के खिलाफ होने की संभावना है।'' उन्होंने इशारा किया और अमेरिका के साथ समझौता करो कहनेवाले बर्क के भाषण का एक परिच्छेद उद्धृत करके अपने जोशीले भाषण में उन्होंने कहा, ''अगर आपको यह लगता है कि यह समस्या युद्ध से हल होगी या मुसलमानों को जीतकर उन्हें नापसंद संविधान की शरण में जाने के लिए विवश करेंगे तो यह देश मुसलमानों को जीतने के लिए हमेशा युद्ध में व्यस्त रहेगा। बर्क के कहने के अनुसार सत्ता प्रदान

करना एक बार आसान है, किंतु अक्लमंदी देना मुश्किल है। अपने साथ देश के सभी वर्गों को ले जाने और अंत में एकता का मार्ग स्वीकार करने की हममें ताकत और अक्लमंदी है, यह अपने बर्ताव से हम प्रत्येक में लाएँ।''

आंबेडकर का यह भाषण आस्था से इतना परिपूरित था, उसका संविधान समिति पर अच्छा असर पड़ा। उनके भाषण के समय कांग्रेस सदस्यों ने बीच-बीच में उन्हें तालियों का साथ दिया। डॉ. जयकर के भाषण का विषय वही होते हुए भी उस भाषण से सदस्यों के मन में चिढ़ हुई। आंबेडकर के प्रभावी वक्तृत्व से उनके मन में सहयोग की भावना निर्माण हुई और जो हाथ उन्हें मारने के लिए उठे थे, वे ही हाथ अब तालियाँ बजाकर आंबेडकर का अभिनंदन करने लगे। आंबेडकर के लोमहर्षक जीवन का वह एक संस्मरणीय समर-प्रसंग और दिन था। निंदक के रूप में गिने गए आंबेडकर अब संविधान समिति के सलाहकार बने। उनका उपहास करनेवाले लोग अब उनके मित्र बन गए थे। उन्होंने कांग्रेस सदस्यों को पूरी तरह से मोहित कर दिया था। वक्ता के जीवन को मोड़ देनेवाले और सभा को जीतनेवाले इस तरह के भाषण पिछले समय में शायद ही हुए होंगे। उस नेहरू-प्रस्ताव की चर्चा कुछ समय के लिए स्थापित कर दी गई। आखिर 20 जनवरी, 1947 को वह प्रस्ताव पारित कर दिया गया।

हाल ही में स्थापित पीपल्स एजूकेशन सोसाइटी का कामकाज ठीक तौर से जमाने के लिए आंबेडकर तुरंत मुंबई वापस लौटे। उनके अनुयायियों और कांग्रेस के भेदिए लोगों के बीच का मनमुटाव अभी भी कम नहीं हुआ था। जनवरी के पूर्वार्ध में देवरुखकर नामक मुंबई के दलित वर्ग के एक नेता को कोई हथियार भोंककर मार डाला गया। सिद्धार्थ महाविद्यालय में आंबेडकर से किसी ने कहा, 'राजगृह' के इर्द-गिर्द गुंडे चक्कर लगा रहे हैं, इसलिए आप वहाँ जाकर अपने प्राण खतरे में न डालें। तुरंत ही आंबेडकर उन पर गुस्से से चिल्लाकर बोले, ''बेटे, भतीजे और प्राणों से प्रिय मेरे ग्रंथालय को खतरे में डालकर केवल अपने प्राण बचाने के लिए वहाँ न जाने की बुझदिली मैं नहीं करूँगा। मुझे वहाँ मृत्यु आ गई तो भी कोई परवाह नहीं।'' उस बड़े खतरे को स्वीकार करके आंबेडकर तुरंत 'राजगृह' में रहने के लिए गए। 27 फरवरी, 1947 को देवलाली के लश्करी न्यायालय के सम्मुख कुछ सैनिक आरोपियों के अभियोग में बचाव का भाषण किया। उस अभियोग में बैरिस्टर म.बा. समर्थ गं.ज. माने और पुं.तु. बोराले ने आंबेडकर की सहायता की।

बीच में ब्रिटिश सरकार ने घोषणा कि जून, 1948 तक ब्रिटिश भारत की सत्ता किसी भी तरह की एक केंद्रीय सरकार बनाकर उसको सौंप देगी या प्रांतीय

सरकार को सौंप देगी। मुसलमानों का पक्ष लेने में अपने इकलौते एक नेत्र का अधिक-से-अधिक उपयोग करनेवाले महाराज्यपाल लॉर्ड वेवेल को ब्रिटिश मजदूर मंत्रिमंडल ने वापस बुला लिया।

संविधान समिति की अहरन पर होनेवाले संविधान की रूपरेखा कैसी हो, इस संबंध में अपने विचार साफ बताने का यही समय है, यह समय की गति और कदम जाननेवाले आंबेडकर ने जान लिया। उन्होंने संविधान की एक रूपरेखा बनाई। उसमें उन्होंने माँग की कि जहाँ अस्पृश्य समाज के लिए आरक्षित सीटें रखी होंगी, वहीं सिर्फ अलग मतदाता संघ हो, अन्यत्र संयुक्त निर्वाचक मंडल हों।

उन्होंने वह संविधान 'राज्य और अल्पसंख्यक' (स्टेट्स एंड मायनारिटीज़) शीर्षक से प्रकाशित किया। वह संविधान उन्होंने भारतीय संघराज्य के लिए बनाया था। उसके अत्यंत दिलचस्प और उद्‌बोधक होने से डॉ. आंबेडकर की राजनीतिक विचारधारा के रूप में उसका सारांश नीचे दिया है—

आंबेडकर के मत में लोकतंत्र यानी मुख्यतया एक सामाजिक संरचना है। उसमें दो बातें पूरी तरह से साफ अभिप्रेत हैं। पहली बात यानी मनोवृत्ति। यह मनोवृत्ति समाज के अन्य घटकों की ओर समता और आदन के साथ देखने की होनी चाहिए। दूसरी बात यानी सामाजिक संरचना में कड़े बंधन न हों अन्यथा लोकतंत्र अधूरा साबित होगा। अलगाव और एकाकीपन लोकतंत्र से असंगत हैं; क्योंकि उनकी परिणति विशेष अधिकार होनेवाले और कोई भी अधिकार न होनेवाले मुट्‌ठी भर सत्ताधारी और असहाय तथा बहुत से सत्ताहीन इस दशा में होती है। इस तरह की सामाजिक संरचना लोकतंत्र से असंगत होती है।[2]

लोकतांत्रिक समाज व्यवस्था को हर एक नागरिक के फुरसत के जीवन की हामी भरनी चाहिए। इसलिए लोकतंत्र संवर्धक समाज व्यवस्था की घोषणा 'यंत्र, अधिकाधिक यंत्र और सुधार' इस प्रकार होनी चाहिए। आंबेडकर यंत्रयुग का स्वागत करते हैं। यह बात स्वीकार करनी चाहिए कि यंत्र और आधुनिक सुधार से अनेक दुःख पैदा हुए हैं, किंतु उनके खिलाफ यह समर्थन नहीं हो सकता। उन दुःखों को सदोष समाज संरचना कारणभूत है, क्योंकि उस समाज संरचना में खासगी संपत्ति का वैयक्तिक लाभ के लिए इस्तेमाल करना अत्यंत पवित्र माना जाता है। यदि यंत्र संरचना और सुधार से प्रत्येक व्यक्ति का लाभ नहीं हुआ तो उन दोनों को धिक्कार करना, यह कोई उपाय नहीं। समाज संरचना में यह परिवर्तन लाने की जरूरत है कि यंत्र रचना और सुधार, दोनों से होनेवाले लाभ मुट्‌ठीभर व्यक्तियों को न मिलते हुए सबको मिलें।

प्राणिमात्र के जगत में मनुष्य का विशेष महत्त्व है। पशु जीवन का अंतिम साध्य यानी उनकी शारीरिक वासनाओं की तृप्ति है। मनुष्य द्वारा अपना मन पूरी तरह से सुसंस्कृत किए बिना जीवन का ध्येय सफल नहीं हो सकता। संक्षेप में, मनुष्य और पशु के बीच का अंतर संस्कृति है। इसलिए मानव समाज का ध्येय मनुष्य को सुसंस्कृत जीवन बिताने के लिए सक्षम करना होना चाहिए। उसी का अर्थ यह कि मानवीय मन का संस्कृतिकरण करना है; शारीरिक वासनातृप्ति नहीं। सुसंस्कृत जीवन व्यतीत करने के लिए मनुष्य को फुरसत मिलनी चाहिए, साथ ही मनुष्य की जरूरतें पूरी करने के लिए आवश्यक वस्तुओं का निर्माण करने के साधन खोजे बिना उसके परिश्रम कम नहीं होंगे और उसे विश्राम के क्षण प्राप्त होना संभव नहीं। यंत्र द्वारा[3] मनुष्य की जगह लिये बिना यह संभव नहीं। इसलिए आंबेडकर ने यंत्र का द्वेष करनेवाले गांधीवाद का विरोध किया। उनका यह ठोस मत था कि अगर गांधीवाद स्वीकार किया तो यह समझना चाहिए कि साधारण मनुष्य का विनाश होगा ही; क्योंकि गांधीवाद को आर्थिक समानता के बारे में बिल्कुल आस्था नहीं है।

हर समय 'इति मार्क्स और एंगल्स' घोषणा करनेवाले ग्रंथनिष्ठ मार्क्सवादियों पर आंबेडकर को गुस्सा आता था। आंबेडकर को नई कल्पनाएँ, नए दृष्टिकोण भाते थे, किंतु उनका कहना था कि कलम की एक फटकार से कोई भी ध्येय की प्रत्यक्ष सृष्टि निर्माण नहीं कर सकता। समाज निरंतर प्रयोगशील मन:स्थिति में रहना चाहिए। मार्क्सवाद[4] जीवन के निम्न स्तर की तृप्ति करनेवाला है। वह पथप्रदर्शक है, संप्रदाय नहीं। रूसी साम्यवाद एक ढकोसला[5] है, यह उन्होंने कहा था।

राज्यशासित समाजवाद पर उनका विश्वास था। राज्यशासित समाजवाद (स्टेट सोशलिज्म) देश के शीघ्र औद्योगीकरण के लिए आवश्यक है। व्यक्तिगत औद्योगिक साहस वे नहीं कर सकते। अगर वैसा हो भी गया तो जिस तरह यूरोप में व्यक्तिगत पूँजीवाद ने आर्थिक असमानता पैदा की, उस तरह की असमानता यहाँ पैदा होगी। भारतीयों को यह खतरा ध्यान में रखना चाहिए। भूमि एकत्रीकरण या काश्तकारी कानून से छह करोड़ अस्पृश्यों का कुछ भी कल्याण नहीं होगा; क्योंकि वे भूमिहीन हैं। सिर्फ सामूहिक खेती ही उन्हें हितकारी होगी।

मूलभूत उद्योग धंधे सरकार की मालिकी के होने चाहिए, यह कहकर उन्होंने कहा, ''बीमा योजना सरकार के ही अधिकार में होनी चाहिए। खेती का उद्योग सरकारी होना जरूरी है। भूमि सरकार की मालिकी की होगी और वह जाति-पाँति निरपेक्ष बुद्धि से गाँववालों को पट्टे पर दी जाएगी। ऐसा कार्यान्वित होने पर यह होगा कि कोई जमींदार नहीं, कोई काश्तकार नहीं, कोई भूमिहीन नहीं।''

इसके लिए आंबेडकर को संविधान राज्यशासित समाजवाद स्थापित करना था, क्योंकि कानून से या मंत्रिमंडल के आदेश से इन मूलगामी तत्त्वों में कोई फर्क नहीं होगा। राज्यशासित समाजवाद लोकतंत्र संवर्धक साधनों से प्रत्यक्ष कृति में लाना चाहिए। लोकतंत्र पद्धति ही स्वतंत्र समाज के लिए उचित है। इसी पद्धति से तिहरा प्रयोजन सफल होगा अर्थात् समाजवाद की स्थापना होगी, संसदीय पद्धति चालू रहेगी और तानाशाही टल जाएगी।

अगर लोकतंत्र 'सब मानव समान और मूल्य भी समान' तत्त्व का पालन करेगा, तो संविधान के नियमों से केवल रचना का स्वरूप और आकार कैसे हो, यह करके नहीं चलेगा समाज की आर्थिक रचना का स्वरूप और आकार तय करना जरूरी है।

तथापि आंबेडकर का मत भारतीय समाजवादियों के मतों से मिलता-जुलता नहीं है। उन्होंने भारतीय समाजवादियों का ध्यान सामाजिक समस्याओं की ओर आकृष्ट करने का प्रयास किया। उन्होंने कहा, ''केवल आर्थिक प्रयोग़जन से ही मनुष्य प्रेरित होता है, ऐसा बात नहीं। आर्थिक सत्ता की विश्व की एकमात्र सत्ता है, यह मानवसमाज के इतिहास का छात्र स्वीकार नहीं करेगा। इस देश के इतिहास ने असंदिग्ध रूप से यह साबित किया है कि धर्म भी एक शक्ति का उत्पत्ति स्थान है।'' नमूने के तौर पर उन्होंने रोमन साम्राज्य के निम्नवर्गीय लोगों (प्लेबियनस) का उदाहरण दिया। आर्थिक लाभ के लिए उन्होंने अपने धर्म का परित्याग नहीं किया। अपने धर्म के लिए वे अंत तक लड़ते रहे।

यद्यपि यूरोपियन समाज की सद्यकालीन अवस्था में संपत्ति सत्ता का प्रभावी उत्पत्ति स्थान दिखाई देता है तो भी हिंदुस्तान में भी वही महसूस होगा या अतीत में भी यूरोप में उसी तरह ही घटित हुआ होगा, इस तरह की संभ्रामक कल्पना भारतीय समाजवादी अपने दिल में संजोए हुए हैं। उन्होंने यह डटकर कहा कि धर्म, सामाजिक दर्जा और संपत्ति; तीनों ही सत्ता के उत्पत्ति स्थान हैं।

आंबेडकर को समाजवादियों का यह कहना स्वीकार नहीं था कि संपत्ति का समान बँटवारा होने से सच्चा सुधार होगा और वही सुधार सर्वप्रथम होना चाहिए। समाजवादियों से उनका यह सवाल है कि क्या सामाजिक संरचना में परिवर्तन लाए बिना समाज में आर्थिक समता व्यवहृत हो सकेगी? ''अगर समाजवादियों को अपनी पसंद के मुहावरे की तोते की तरह रट नहीं लगानी है और समाजवाद प्रत्यक्ष कृति में लाना है तो उनको यह ध्यान में रखना चाहिए कि समाज सुधार की समस्या मूलभूत समस्या है और उसका हल किए बिना उन्हें कोई गति नहीं

है। क्रांति के बाद उन्हें जाति व्यवस्था की समस्या का दखल लेना पड़ेगा। अगर वे क्रांति पूर्वकाल में उस समस्या का दखल नहीं लेंगे तो उन्हें क्रांति के बाद वह लेना ही पड़ेगा।''

संदिग्ध ब्रिटिश रवैया, मुसलमानों द्वारा किए गए अत्याचार और समयोचित कर्तृत्व दिखाने में अक्षम कांग्रेस नेताओं के कारण हिंदू-मुसलमान गृहकलह में अपना अधिक विनाश न हो, इसलिए हिंदू सावधानी बरतने लगे। उन्होंने पंजाब और बंगाल के विभाजन की माँग की। इस संबंध में दिल्ली में दी हुई एक मुलाकात में डॉ. आंबेडकर ने कहा, ''जो अस्पृश्य स्थानांतरण करेंगे, उनका पुनर्उपनिवेश करने के लिए स्पृश्य हिंदू क्या करनेवाले है, यह मुझे मालूम होना चाहिए।''

संविधान संमिति का तीसरा अधिवेशन अप्रैल, 1947 में संपन्न हुआ। उसमें सलाहकार समिति और मूलभूत अधिकार समिति के दो प्रतिवेदन स्वीकृत किए गए।

29 अप्रैल, 1947 को संविधान समिति ने सारे विश्व को गरजकर बताया कि अस्पृश्यता की रूढ़ि बंद हो गई है। किसी भी स्वरूप में वह अब शेष नहीं रहेगी। अस्पृश्यता के कारण मनुष्य पर दुर्बलता लादी गई तो वह गुनाह माना जाएगा। संविधान समिति के सम्मुख वह विधान प्रस्तुत करने का सौभाग्य सरदार पटेल को प्राप्त हुआ। हिंदुस्तान के इतिहास में स्वर्णाक्षरों में लिखे जाने योग्य था वह दिन। उस दिन राज्यकर्ताओं ने अस्पृश्य का कलंक धो डालने का राष्ट्र का संकल्प व्यक्त किया। विश्व के समाचार-पत्रों ने 'अस्पृश्यों की स्वतंत्र्यता', 'अस्पृश्यों की अस्पृश्यता को निर्वासित करनेवाली ऐतिहासिक घटना', 'मानवीय स्वतंत्रता की एक विजय' इस तरह उस घटना का वर्णन किया। 'न्यूयॉर्क टाइम्स' समाचार-पत्र ने कहा, 'अनेक युगों से लगा हुआ यह कलंक धो डालने की उनकी प्रगति की तुलना नीग्रों की हुई मुक्ति के साथ ही की जा सकती है।' 'न्यूज क्रॉनिकल' लंदन के समाचार-पत्र ने इस घटना का यह वर्णन किया किया, ''यह कार्य इतिहास के चरम महान् कार्यों में से एक है' 'न्यूयॉर्क हेरॉल्ड' ने इस प्रस्ताव का वर्णन इस तरह किया, 'अस्पृश्यता विनष्ट करने का प्रस्ताव यानी दूसरे विश्वयुद्ध के उपरांत विश्व में दिखाई देनेवाली एक सरसब्ज और उज्ज्वल किरणों की तेज रोशनी है।'

इस महत्कार्य के बारे में सारे विश्व ने गांधीजी पर स्तुतिसुमनों की वर्षा की। ऊपरी तौर से यह दिखाई दे रहा था कि कांग्रेस दल ही अस्पृश्यता उन्मूलन की घोषणा कर रहा है और महात्मा गांधी कांग्रेस के अनभिषिक्त राजा है। विदेश के समाचार-पत्रों ने आंबेडकर का उल्लेख ही नहीं किया। सच कहा जाए तो उनके नैतिक दबाव से भारत राष्ट्र यह महत् कृत्य करने के लिए उद्यत हुआ। श्रीकृष्ण के

नाम को हटाकर महाभारत का वर्णन जैसी घटना ही उन विदेशी समाचार-पत्रों से घटित हुई थी। आंबेडकर के बारे में ऐसा अन्याय हुआ; तो महात्मा फुले, स्वामी दयानंद, स्वामी श्रद्धानंद और वीर सावरकर के अस्पृश्यता निवारण कार्य के महान् कर्तृत्व विशेष बहादुरी का उल्लेख होकर उन्हें न्याय कैसे मिलेगा?

महाराज्यपाल लॉर्ड माउंटबेटन ने परिसिथति का अध्ययन कर लंदन प्रयाण किया। 3 जून, 1947 को वे वापस लौटे। उन्होंने नई योजना जाहिर की। उस योजना के अनुसार दो केंद्रीय राज्यशासनतंत्र, दो संविधान समितियों की नियुक्ति करना और सिल्हट एवं सीमाप्रांत में सर्वमत लेना-इस तरह की व्यवस्था करनी थी। सिल्हट और सीमा प्रांत में लिया जाने वाला सर्वमत उस निर्णय के मुताबिक था कि वहाँ के लोग पाकिस्तान या भारत में से किस राज्य में सम्मिलित होना चाहते हैं। गांधीजी और नेहरू ने अपनी पूरी शक्ति लगाकर कांग्रेस की अखिल भारतीय समिति को देश के विभाजन की अनुमति देने के लिए विवश किया। गांधीजी में स्थित सत्यशोधक, उनमें स्थित राजनीतिक व्यक्ति की बलि चढ़ गया और उन्होंने हिंदुस्तान की एकता के ताबूत में आखिरी कील ठोक दी। जिन गांधीजी ने पाकिस्तान पाप है, साफ-साफ झूठ है, कहकर विभाजनवादियों से गंभीरता के साथ कहा था, "पहले मेरे टुकड़े करो और बाद में देश का विभाजन करो, उन गांधीजी में स्थित सत्यशोधक का इस तरह दुःखदायी अंत हुआ। भारतीय समाजवादी पक्ष के नेताओं ने कौरव-सभा के पांडवों की भाँति गर्दन झुका ली। उनकी यह तटस्थ प्रवृत्ति विभाजन के गुनाह के लिए एक तरह से परिपोषक और प्रोत्साहन देनेवाली थी। हिंदू सभा ने खूब अकांडतांडव किया, लेकिन यह खोखला साबित हुआ।

इसी समय त्रावणकोर और निजाम की हैदराबाद रियासतों ने ये घोषणाएँ कीं कि भारत के 15 अगस्त, 1947 को उपनिवेशी राज्य बनने पर हम स्वतंत्र होंगे। उनके इस पैंतरे का उल्लेख करके आंबेडकर ने उन्हें अपना सार्वभौमत्व भारतीय संघराज्य में विलीन करने की सलाह दी। उन्होंने कहा कि स्वतंत्र होकर राष्ट्र संघ से सुरक्षा और स्वीकृति प्राप्त करने की उनके द्वारा की जानेवाली आशा यानी खुद के मनोराज्य में व्यर्थ विचरण करना है।

जुलाई के पहले सप्ताह में ब्रिटिश लोकसभा में प्रस्तुत किए गए भारत विधेयक (इंडया बिल) संबंधी अपना मत व्यक्त करते हुए आंबेडकर ने कहा, "ब्रिटिश सरकार और निजाम के बीच हुआ करार खत्म हो जाने से वराड़ प्रांत निजाम के अधीन हो जाएगा।" उनका यह मत संविधानशास्त्र पर आधारित था, या ब्रिटिश सरकार और निजाम के बीच हुए करार में उस तरह की शर्त थी, इस

संबंध में उस समय बहुत लोगों को कुछ ज्ञात नहीं हुआ।

आंबेडकर 3 जुलाई, 1947 को मुंबई वापस लौटे। वे संविधान समिति की 'ध्वज समिति' के सदस्य थे। उस समय राष्ट्रध्वज का स्वरूप क्या हो, इस संबंध में सर्वत्र चर्चा चल रही थी। इस संबंध में कुछ महाराष्ट्रीय नेताओं और मुंबई प्रांतीय हिंदू सभा के कार्यकर्ताओं ने उनसे उनके निवासस्थान पर भेंट की। उस समय ध्वज का रंग भगवा हो, ऐसी सूचना करनेवाले अनंतराव गद्रे, प्रबोधनकार ठाकरे और गावड़े को डॉ. आंबेडकर ने यह अभिवचन दिया कि अगर प्रतिष्ठित गुट से आंदोलन होकर इस संबंध में प्रभावी लोकमत निर्माण हुआ, तो हम ध्वज का रंग भगवा हो, इस सूचना का ध्वज समिति में समर्थन करेंगे। 10 जुलाई को जब आंबेडकर दिल्ली जाने के लिए निकले, तब सांताक्रूज हवाई अड्डे पर बंबई प्रांतिक हिंदू सभा के नेताओं और कुछ मराठा नेताओं ने आंबेडकर को हवाई जहाज में बैठते समय एक भगवा ध्वज अर्पित किया। भगवा ध्वज के बारे में अगर आंदोलन हुआ तो हम उसका समर्थन करेंगे, ऐसा उन्होंने उन्हें अभिवचन दिया। उस समय हिंदू महासभा के नेता रावबहादुर सी.के. बोले, अनंतराव गद्रे से आंबेडकर ने विनोद से कहा, 'एक महार लड़के से संविधान समिति पर भगवा ध्वज फहराने की इच्छा आप कर रहे हैं न?''

संविधान समिति ने 22 जुलाई को तय किया कि अशोकचक्रांकित तिरंगा झंडा राष्ट्रध्वज हो। यह कहते हैं कि आंबेडकर ने भगवा ध्वज की सूचना की ओर से ध्वज समिति समक्ष के चार शब्द कहे, किंतु संबंधित नेताओं द्वारा भगवा ध्वज के लिए विशेष आंदोलन न करने से आंबेडकर ने अशोकचक्रांकित ध्वज स्वीकार कर लेने के लिए अपनी प्रतिष्ठा इस्तेमाल की। ध्वज समिति के अध्यक्ष डॉ. राजेंद्र प्रसाद को वीर सावरकर ने साग्रह तार भेजा था कि चरखे की जगह ध्वज पर चक्र हो। राष्ट्रध्वज पर अशोकचक्र का स्वीकार और चरखे का धिक्कार हुआ देखकर महात्मा गांधीजी को बड़ा दु:ख हुआ। उन्होंने ताव में कहा, 'अगर ध्वज का मूलभूत स्वरूप बदलकर उससे खादी और चरखा गायब हो जाएँगे तो इस ध्वज को मैं प्रणाम भी नहीं करूँगा।' अवतारकार्य के खत्म होते ही पराजय अटल होती है।

सीमामंडल के कार्य की ओर भारतीय सरकार का ध्यान आकृष्ट करने के लिए नई दिल्ली से आंबेडकर ने एक पत्र निकालकर भारत सरकार को इशारा किया, ''अगर मेरा डर सच निकला और सीमामंडल द्वारा तय की गई सरहद अगर प्राकृतिक नहीं रही तो भारत सरकार को उसकी रक्षा करना बहुत मुश्किल होगा। उससे देश की सुरक्षा को बड़ा खतरा पैदा हो जाएगा, इसलिए देर होने पर भी रक्षा

विभाग सचेत होकर समय निकल जाने से पहले अपना कर्तव्य निभाएगा, ऐसी मुझे आशा है।' महाराष्ट्रीय देशभक्त की दृष्टि से निहित यह कठोर यथार्थवाद और कूटनीतिज्ञ की जागृति आंबेडकर की राष्ट्रभक्ति में पूरी तरह से दिखाई देती है। तथापि, अपने ग्रंथ 'पाकिस्तान संबंधी विचार' में उन्होंने यह मुद्दा प्रस्तुत किया कि, 'भौगोलिक परिस्थिति आधुनिक विश्व के तंत्र में परिणामकारी साबित नहीं होती।' उन्होंने अपना वह मत परिवर्तित करके राष्ट्र को समयानुसार इशारा किया।

ब्रिटिश लोकसभा ने भारत की स्वतंत्रता का प्रस्ताव 15 जुलाई को स्वीकृत किया। अब संविधान समिति सार्वभौम बनी। प्रारंभ में वह समूचे देश की थी। अब सिर्फ वह खंडित भारत की हो गई। बंगाल का विभाजन हुआ। तिलक कालीन बंगाली हिंदुओं ने ब्रिटिशों द्वारा किया गया बंगाल का विभाजन रद्द किया, लेकिन गांधीकालीन हिंदुओं ने शरण में जाकर बंगाल के विभाजन की याचना की। बंगाल के विभाजन से संविधान समिति के सदस्यों की कुछ जगहें कम हो गई। उनमें आंबेडकर एक थे, किंतु डॉ. जयकर के इस्तीफा देने से रिक्त हुई जगह के लिए बंबई विधानसभा के कांग्रेस दल ने संविधान समिति पर आंबेडकर को चुन लिया।

जुलाई के अंतिम सप्ताह तक भारत के पहले मंत्रिमंडल के संभाव्य मंत्रियों के नाम प्रकाशित होने लगे। इस सूची में मद्रास के मुनि स्वामी पिल्लै का नाम समाचारपत्रों में दिखाई देने लगा। फिर भी आंबेडकर के नाम की सुगबुगाहट जून महीने से समाचारपत्रों को होने लगी थी, ऐसा दिखाई देता है। उस समय आंबेडकर दिल्ली में ही थे। उनकी नियति के धागे बुनने का काम पूरे रंग में आ गया था। कांग्रेस श्रेष्ठियों में आंबेडकर की नियुक्ति के बारे में दूरध्वनि पर बातें हुईं। उन बातों पर प्राथमिक निर्णय लिये जाने के बाद पंडित नेहरूजी ने अपने सचिवालय में आंबेडकर को बुलाकर उनसे पूछा, "क्या आप स्वतंत्र भारत के लिए मंत्रिमंडल में विधिमंत्री पद स्वीकार करने के लिए राजी होंगे?" नेहरू जी ने उन्हें यह भी आश्वासन दिया कि अंत में उनके जिम्मे नियोजन या विकास विभाग दिया जाएगा। आंबेडकर ने स्वीकृति दी। पंडित नेहरूजी ने भी उसे अनुमति दी। ब्रिटिशों से सत्ता का उत्तराधिकार लेने वाले कांग्रेस कांग्रेस नेताओं ने आंबेडकर के साथ मेल-मिलाप की इच्छा व्यक्त की। वे आंबेडकर के गुणों की कद्र करने की मनोदशा में थे। अभी तक उन्होंने आंबेडकर की भीमशक्ति का राष्ट्रकार्य के लिए उपयोग करने में ध्यान ही नहीं दिया था। अब स्वतंत्रता की स्थिरता और वृद्धि के लिए उनके सद्गुणों का उपयोग करना उन्होंने तय किया। स्वयं आंबेडकर भी कांग्रेस के साथ की दुश्मनी भूल गए। कांग्रेस नेताओं द्वारा मैत्री के लिए आगे बढ़ाए हुए हाथ को

उन्होंने स्वीकार किया। हिंदू महासभा के नेता डॉ. श्यामाप्रसाद मुकर्जी को भी भारत के प्रथम मंत्रिमंडल में कांग्रेस नेताओं ने लिया।

3 अगस्त को भारत के मंत्रिमंडल के मंत्रियों के नाम प्रसिद्ध हुए। उनमें डॉ. आंबेडकर का नाम झलका। उस दिन वे मुंबई में थे। उन्होंने चेंबूर में मुंबई नगरपालिका मजदूर संघ की ओर से एक सभा में भाषण दिया। उस समय उनकी संकल्पित इमारत निधि के लिए दो हजार रुपयों का चंदा दिया गया। यह इमारत निधि वे 1932 से इकट्ठा कर रहे थे। आंबेडकर का नाम नवभारत के प्रथम विधिमंत्री के रूप में जाहिर होते ही उनके मित्र और चेहेते अभिमान से ओतप्रोत हो गए। उन सबने आनंद से सराबोर होकर उनका अभिनंदन किया। समाचार-पत्रों ने भी उनका अभिनंदन करके उनके प्रति सुयश की इच्छा व्यक्त की। सचमुच, धूल से निकलकर धुरंधरों की पंक्ति में जाकर बैठने की आंबेडकर ने जो बहादुरी की, वह अभूतपूर्व ही थी। भारत के केंद्रीय मंत्रिमंडल में एक अस्पृश्य हिंदू द्वारा इतना लोकप्रिय पद हासिल किए जाने का भारतीय इतिहास का यह पहला ही उदाहरण है। जिन्होंने आंबेडकर को 'ब्रिटिशों के पिट्ठू' के रूप में धिक्कार किया था, उनके उन्हीं अतीतकालीन कांग्रेस विरोधियों ने अब उनका कूटनीतिज्ञ के रूप में जयघोष किया। मुंबई के वकीलों की संस्था ने 6 अगस्त को स्वतंत्र भारत के पहले मंत्रिमंडल के मंत्री के रूप में उनका सत्कार किया। आंबेडकर ने वकीलों के कार्यक्षेत्र की दूसरी तरफ छलाँग मारी थी।

मानवजाति के इतिहास का 15 अगस्त, 1947 का स्वर्णदिन उदित हुआ। उस दिन भारत स्वतंत्र हुआ। मानवजाति का 1/5 हिस्सा गुलामी से मुक्त हुआ। भारतीय स्वतंत्रता के रूप में एशिया में एक प्रचंड शक्ति पैदा हुई, किंतु उस स्वतंत्रता के सुख-समारोह को एक ओर से कलंक लगा था; क्योंकि भारत का विभाजन होकर उस रक्तरंजित कोख से धर्म आधारित मुसलिम राष्ट्र पैदा हुआ।

यह घटना घटित होते-न-होते आंबेडकर वैभव की और एक सीढ़ी ऊपर चढ़ गए। 29 अगस्त को संविधान का प्रारूप बनाने के लिए एक प्रारूप समिति नियुक्तकर उसका अध्यक्ष पद डॉ. बाबासाहब को प्रदान किया। क्या संयोग है, देखिए। आंबेडकर को विद्यार्थी-दशा में स्पृश्य हिंदुओं ने गाड़ी से नीचे धकेल दिया था। पाठशाला में उन्हें कोने में बिठाया था। प्रोफेसर बनने पर उनका अपमान किया था। निवासस्थानों, उपहारगृहों, केशवकर्तनालयों और देवालयों से उन्हें भगा दिया था। एक तिरस्कृत महार के रूप में उन्हें जलील किया था। ब्रिटिश पिट्ठू के रूप में उनकी मानहानि की थी। उन्हें पाषाणहृदयी शैतान कहा था। महात्मागांधी के निंदक

के रूप में उनका धिक्कार किया था। महाराज्यपाल के मंत्रिमंडल के जब्त मंत्री के रूप में उनकी आलोचना की थी। वही डॉ. बाबासाहेब आंबेडकर स्वतंत्र भारत के पहले विधिमंत्री बने। इतना ही नहीं, भारत की नई मनुस्मति के निर्माता, आधुनिक मनु के रूप में वे कीर्तिशिखर पर आरूढ़ हुए। भारत की इच्छाओं, आकांक्षाओं और उद्देश्यों को साकार करने के लिए उन्हें स्मृतिकार महामुनि मनु की जगह प्रतिष्ठित किया। यह घटना यानी भारत के इतिहास का एक महान् चमत्कार है। सचमुच यह विधिघटना तर्कातीत है कि भारत ने अनेक युगों से अपनी अस्पृश्यता के पाप का कलंक धोने के लिए अपना नया मनु, नया स्मृतिकार, अनेक शतकों से इनसानियत से वंचित, सत्वहीन किए हुए समाज से चुना! यह कहना पड़ता है कि जिसने बीस साल पहले मनुस्मृति को जलाया था, उसी विद्रोही को अपनी नई स्मृति रचने के लिए आवाहन किया जाना, स्पृश्य हिंदुओं का नियति द्वारा लिया गया प्रतिशोध ही था। शायद यह भी होगा कि कालचक्र का फेरा पूरा होनेवाला था।

यद्यपि आंबेडकर विधिमंत्री बने, तो भी उन्होंने सिद्धार्थ महाविद्यालय के विकास की ओर अपना ध्यान केंद्रित कर रखा था। वह महाविद्यालय उनका बेहद प्यार बच्चा ही था। उस महाविद्यालय की वक्तृत्व शाखा का उद्घाटन उन्होंने 25 सितंबर, 1947 को किया। उन्होंने विद्यार्थी संसदीय संस्था का भी उद्घाटन किया। अपने विचारप्रवर्तक भाषण में उन्होंने यौवन से परिपूरित छात्रों को वक्तृत्वकला प्राप्त करने के बारे में उपदेश किया। उन्होंने उस कला का महत्त्व उनके हृदय पर अंकित किया। संसदीय संस्था में सभागृह को अपने सौम्य या तीक्ष्ण, तर्कशुद्ध और जानकारी से युक्त भाषण से जो सदस्य प्रभावित कर सकता है, वही सदस्य सफल हो सकता है। वह शक्ति प्राप्त कर लेने के लिए विद्यार्थियों को हर तरह से साधना करनी चाहिए। उन्हें अपने हृदय विशाल बनाने चाहिए। उन्हें अपनी दृष्टि व्यापक करनी चाहिए। लोगों को जो समस्याएँ सताती हैं, उनको हल करने के सामर्थ्य और विचारशक्ति का उन्हें विकास करना चाहिए। उन्होंने अपने भाषण के अंत में संसद् के कामकाज के अनेक पहलुओं का विवेचन किया। अंत में उन्होंने कहा, ''सरकार यानी निश्चयात्मक निर्णय। समझौते की प्रवृत्ति से बर्ताव करनेवाली सरकार, सरकार नहीं होती; क्योंकि समझौते की ओर प्रवृत्ति होनेवाली सरकार का जो निर्णय बाहर निकलता है, वह ठीक से न मछली होती है, पंछी।''

1 सितंबर को मुंबई नगरपालिका के कांग्रेस दल ने पंडित नेहरू, सरदार पटेल, डॉ. राजेंद्र प्रसाद और मौलाना आजाद को सम्मानपत्र अर्पित करने के लिए एक प्रस्ताव रखा। विरोधी दल के सदस्यों ने भारत के नए मंत्रिमंडल के आंबेडकर,

गाडगिल और भाभा सहित सभी मंत्रियों को सम्मानपत्र देने की सूचना दी, किंतु मुंबई कांग्रेस के उस जमाने के अधिपति स.का. पाटिल ने उनको उत्तर दिया, 'नेहरू, राजेंद्र प्रसाद और आज के अलौकिक श्रेणी के नेता होने से उन्हें अलग सम्मानपत्र देना उचित है।' मुंबई नगर के कांग्रेस नेताओं का आंबेडकर के बारे में पूर्वग्रह अभी तक दूर नहीं हुआ था। वे उन्हें अपने राजनीतिक श्रेष्ठियों की पंक्ति में बिठाने के लिए तैयार नहीं थे। पूर्वग्रह का ठंडा होना या भूल जाना मुश्किल होता है। स्वार्थ या मूर्खता पर आधारित विभूतिपूजा हमेशा अंधी ही होती है। तद्नंतर कुछ दिन बाद मुंबई महापालिका ने आंबेडकर को सम्मानपत्र देने का प्रस्ताव पारित किया। तथापि आंबेडकर ने उस समय के महापौर के पत्र की ओर बिलकुल ध्यान नहीं दिया। सचमुच क्षमा हमेशा श्रेयस्कर नहीं होती, यही सही है।

अक्तूबर के पहले सप्ताह में आंबेडकर ने दलित वर्ग के युवकों के सामने मुंबई में भाषण किया। अपने उपदेशपरक भाषण में उन्होंने कहा, ''स्वातंत्र्य इतना यकायक आ गया कि अब हम आगे कौन सा रुख अपनाएँ, इस संबंध में मेरे मस्तिष्क में इस समय कोई भी कल्पना स्पष्ट नहीं है। शेड्यूल कास्ट्स फेडरेशन की सुरक्षा और संवर्धन करो। किसी भी हालत में वह अबाधित रहे, इसलिए सबको उसकी ओर ध्यान देना चाहिए।

बीच में हिंदुस्तान के विभाजन के भयंकर नतीजे दिखाई पड़े। सारे देश को भयंकर सदमा पहुँचा। बाबासाहब ने कमलाकांत चित्रे को लिखे हुए एक पत्र में उस दंगल का उल्लेख करते हुए कहा, ''वह दंगे न होकर एक विद्रोह था। दिल्ली की जनसंख्या की तुलना में भी मृतकों की और जख्मी लोगों की संख्या प्रचंड है। पिछले कुछ दिन दिल्ली के दैनिक जीवन में गतिरोध उत्पन्न हुआ है।'' गृहकलह और उसके साथ होनेवाले हत्याकांड को टालने के लिए आंबेडकर ने एक योजना सुझाई थी कि हिंदुस्तान से मुसलमानों और पाकिस्तान से हिंदुओं का स्थलांतर किया जाए। लिंकन की भाँति वीर सावरकर ने कहा, गृहकलह का मुकाबला करने के लिए देश तैयार रहे, देश का अखंडत्व न छोड़ा जाए, किंतु जिस कांग्रेस दल के नेताओं के हाथ में देश की भवितव्यता आ पड़ी थी, उन्होंने देश का विभाजन तो स्वीकार किया ही, इसके अतिरिक्त कत्लों को भी स्वीकार किया। पाकिस्तान की कल्पना पाकिस्तान जाहिर होने के दिन तक जिस प्रकार उन्हें वह चार गुंडों की माँग है, ऐसा लगा, उसी तरह की अदूरदर्शिता से उन्होंने इन दो जमातियों के स्थलांतरण का धर्मनिरपेक्षता के दुराग्रह से कड़ा विरोध किया। स्थलांतरण की कल्पना की उन्होंने अवहेलना भी की। उनके इस अनाड़ीपन और दगाबाजी से पाकिस्तान के हिंदुओं

की दीनता और दुःख से ज्यादा भरमार हुई। इस प्रकार आंबेडकर की भविष्यवाणी और डर दोनों पूरी तरह से सच्चे सिद्ध हुए। वे उस योजना के तत्ववेत्ता ठहरे।

इस कत्ले-आम में लाखों लोगों को अपने घर-बारों से वंचित होना पड़ा। दो लाख लोगों की मारकाट हुई। शैतानों ने बच्चों को अमानुषता से बरबाद किया। उन्मत्त नरपशुओं ने स्त्रियों की इज्जत लूटकर अप्रतिष्ठा की। स्त्रियों का अपहरण किया गया। उन्हें जबरदस्ती इसलाम धर्म की दीक्षा दी गई। रास्ते सिरों और धड़ों से लथपथ हो गए। मरणोन्मुख पुरुषों, बच्चों और स्त्रियों की वेदनाओं से रास्ते भयावह दिखाई देते थे। अस्पृश्यों के हिंदू होने से उनकी भी तकदीर में यह दुःख भुगतने का समय आ गया। जोगेंद्र मंडल पाकिस्तान के विधि और मजदूर मंत्री थे। जोगेंद्र मंडल ने यह फतवा निकाला कि पाकिस्तान के अस्पृश्य लोग जिन्ना को अपने संरक्षणकर्ता के रूप में मानें। उन्होंने निर्लज्जता से यह सलाह भी दी थी कि अस्पृश्य अपनी कलाई पर इसलाम धर्म की मित्रता की निशानी के रूप में एक बिल्ला लगाएँ, किंतु जोगेंद्र मंडल का वह सुख-स्वप्न अब हवा हो गया था। पाकिस्तान में घटित घटनाओं को देखकर उनका दिल अब टूट गया था। आंबेडकर भी बहुत क्रोधित हुए। उन्होंने एक पत्रक निकालकर पाकिस्तान सरकार का विरोध किया। आंबेडकर ने शिकायत की कि पाकिस्तान सरकार दलित समाज को हिंदुस्तान आने के लिए अनुमति नहीं देती और वहाँ उन्हें जबरदस्ती इसलाम धर्म की दीक्षा दी जाती है। उन्होंने अपने पत्रक में यह भी कहा कि मुसलमानों की संख्या बढ़ जाए, इसलिए निजाम की हैदराबाद रियासत में भी दलित समाज को इसलामी धर्म की दीक्षा दी जा रही है। इसलिए आंबेडकर ने अपने लोगों को उपदेश किया, "मैं उन्हें कहना चाहता हूँ कि पाकिस्तान में चक्कर में फँसा हुआ दलित समाज हर उपलब्ध मार्ग और साधन से हिंदुस्तान आ जाए। मुझे दूसरी एक बात यह कहनी है कि पाकिस्तान या निजाम के हैदराबाद रियासत के मुसलमानों पर या मुसलिम लीग पर भरोसा करने से दलित समाज का विनाश होगा। दलित वर्ग हिंदू समाज से नफरत करता है, इसलिए मुसलमान हमारे मित्र हैं, यह मानते हैं, यह मानने की बुरी आदत उन्हें लग गई है, जो अत्यंत गलत हैं।"

पाकिस्तान और हैदराबाद के दलित समाज को उन्होंने सलाह दी कि केवल अपने प्राण बचाने के उद्देश्य से इसलाम धर्म की दीक्षा की बलि न चढ़ें। जिन दलित लोगों को जबरदस्ती पाकिस्तान या हैदराबाद में इसलाम धर्म की दीक्षा दी गई थी, उन लोगों को उन्होंने आश्वासन दिया कि उनके यहाँ आने पर उन्हें स्वीकृत करके धर्मांतरण होने से पहले उनके साथ जिस तरह का बर्ताव किया जाता था,

उसी तरह का बंधुभाव का बर्ताव उनके साथ किया जाएगा। यद्यपि हिंदुओं ने उन्हें कितना भी सताया, तो भी वे अपना मन कलुषित न करें। हैदराबाद के दलित वर्ग निजाम, जो साफ तौर पर हिंदुस्तान का दुश्मन है, का पक्ष लेकर अपने समाज के मुँह को कालिख न लगाएँ। उन्होंने अस्पृश्य वर्ग को यह इशारा किया। भारत के प्रधानमंत्री नेहरूजी से उन्होंने यह माँग की कि पाकिस्तान के दलित वर्ग के लोगों को हिंदुस्तान में लाने का भारत सरकार तुरंत प्रबंध करे। निजाम की हैदराबाद रियासत के खिलाफ जब दो साल बाद भारत सरकार ने पुलिस कार्रवाई की, तब आंबेडकर ने उस कार्रवाई के प्रमुख गृहमंत्री सरदार पटेल का जोरदार समर्थन किया।

आंबेडकर के हृदय के सच्चे दर्शन करानेवाले उस पत्रक की वजह से देश के सभी समाचारपत्रों ने उन पर स्तुतिसुमनों की वर्षा की। उनके दिल में निहित यह भावना देखकर अनेक लोगों ने उन्हें धन्यवाद दिए। मद्रास के 'हिंदू' दैनिक ने तो इस संबंध में आनंद व्यक्त किया कि आंबेडकर को अब ऐसा नहीं लगता कि अतीतकाल में हिंदुओं द्वारा बुरा बर्ताव किए जाने के कारण अस्पृश्य हिंदू धर्म का त्याग करें। उस समाचारपत्र ने आगे यह भी कहा कि उपर्युक्त विचार से अपने पूर्वजों के धर्म के बारे में अस्पृश्यों को कितनी आत्मीयता है और जबरदस्ती हिंदू धर्म से अलग करने के प्रयास किए जाने पर भी वे हिंदू समाज से कैसे चिपक रहे हैं, यह दिखाई देता है। इसी समय मुंबई के कांग्रेस मंत्रिमंडल ने अस्पृश्यों के मंदिर प्रवेश के बारे में हो रहे सामाजिक अन्याय को दूर करने के लिए बड़ी पहल की थी। उनके द्वारा सितंबर 1947 को मंदिर प्रवेश कानून मंजूर करा लेने से और जनता के आंदोलन से पंढरपुर के विठोबा के, आलंदी के ज्ञानेश्वर के देवालय भी हरिजनों के लिए खोल दिए गए। नासिक के कालेराम के देवालय में प्रवेश पाने के लिए आंबेडकर ने सत्याग्रह किया था, वह देवालय भी दलित समाज के लिए खोल दिया गया। कार्तिक महीने की एकादशी को पंढरपुर के विठुराया बंधमुक्त हुए। उसका काफी श्रेय साने गुरुजी को है। उस समय के बंबई के हरिजन मंत्री तपासे ने कार्तिक महीने की एकादशी के सुमुहूर्त पर 11 नवंबर, 1947 को पंढरपुर के विठोबा-मंदिर में प्रवेश किया। विठोबा, ज्ञानेश्वर और राम सच्चे अर्थ में पतितपावन सिद्ध हुए, जिसके लिए दलित समाज ने पंद्रह साल लगातार संघर्ष जारी रखा था, वह संघर्ष अब सफल हुआ था। मंदिर प्रवेश के इस आंदोलन और कानून ने हिंदू समाज पर लगे हुए उस कलंक को पूरी तरह से धो डाला। वातावरण शुद्ध हो गया। भारत नए युग के आगमन को शोभित हो, इस तरह कदम बढ़ा रहा था।

उसी समय संविधान समिति विधानसभा के रूप में कार्य करने लगी। उस

समय की स्वास्थ्य मंत्री राजकुमारी अमृत कुँवर ने अपने एक भाषण में यह कुबूल किया कि यद्यपि लगभग हर एक राज्य में अस्पृश्यों की कमजोरी को कम करने की दृष्टि से कानून मंजूर किए जा रहे हैं, फिर भी उनका पालन करने की अपेक्षा उनको तोड़ने के ही ज्यादा उदाहरण दिखाई देते हैं। मंत्री अमृत कुँवर का यह सत्य कथन दर्ज करने लायक है। इसी दरमियान डॉ. आंबेडकर ने प्रोफेसर पी. लक्ष्मी नरसू के 'बुद्ध धर्म का निचोड़' (इसेन्स ऑफ बुद्धिज्म) शीर्षक अंग्रेजी ग्रंथ के प्रकाशन में आंबेडकर ने कहा है कि अब तक प्रसिद्ध हुए बौद्ध धर्म के सभी ग्रंथों में प्रोफेसर नरसू का ग्रंथ सरस है। उसका विवेचन खूब मजेदार है। उसकी शैली सुंदर और गुणसंपन्न है। इस तरह आंबेडकर ने अपना अभिमत व्यक्त करके प्रोफेसर नरसू की यह प्रशंसा की है कि वे बड़े मूर्तिभंजक और समाज सुधारक थे।

संविधान बनाने के महत्कार्य में आंबेडकर अब पूरी तरह से निमग्न हो गए थे। उन पर राष्ट्र द्वारा सौंपा गया, वह महत्कार्य अपनी सारी शक्ति केंद्रीभूत करके, अपने गिर रहे स्वास्थ्य की चिंता न करके, उसका सारा दायित्व खुद पर लेकर उसे पूरा करने के लिए वे जी-जान से मेहनत कर रहे थे। संविधान बनाने के लिए आंबेडकर ने कितना परिश्रम किया, उसे कैसे पूरा किया और उन्हें संविधान का शिल्पी क्यों कहते हैं, यह जान लेना है तो संविधान का प्रारूप तैयार करने के लिए नियुक्त की हुई लेखन समिति के एक सदस्य टी. कृष्णाम्माचारी ने संविधान समिति में 5 नवंबर, 1948 को जो भाषण किया, उससे स्पष्ट होगा। सदन का ध्यान आकृष्टकर कृष्णाम्माचारी ने कहा, "सदन को शायद यह मालूम हुआ होगा कि आपके चुने हुए सात सदस्यों में से एक ने इस्तीफा दे दिया, उसकी जगह रिक्त ही रही। एक सदस्य की मृत्यु हुई। उसकी जगह भी रिक्त ही रही। एक अमेरिका गए। उनकी भी जगह वैसी ही खाली रही। चौथे सदस्य रियासतदारों-संबंधी कामकाज में व्यस्त रहे। इसलिए वे सदस्य होकर भी नहीं के बराबर थे। दो-एक सदस्य दिल्ली से दूरी पर थे। उनका स्वास्थ्य बिगड़ने से वे भी उपस्थित नहीं रह सके। आखिर यह हुआ कि संविधान बनाने का सारा बोझ अकेले डॉ. आंबेडकर पर ही पड़ा। इस स्थिति में उन्होंने जिस पद्धति से वह काम पूरा किया, उसके लिए वे निःसंदेह आदर के पात्र हैं। मैं निश्चय के साथ आपको यह बताना चाहता हूँ कि आंबेडकर ने इस प्रकार की अनेक कठिनाइयों से भी मार्ग निकालकर यह कार्य पूरा किया, जिसके लिए हम उनके हमेशा ऋणी रहेंगे।" कृष्णाम्माचारी द्वारा संविधान समिति के सम्मुख खड़ा किया गया यह चित्र और एक बात बताने पर पूरा होगा। वह बात यानी संविधान का प्रारूप तैयार करने के

लिए नियुक्त की गई प्रारूप समिति की बैठक के लिए अनेक बार आंबेडकर और उनके कार्यवाहक सिर्फ ये दोनों ही उपस्थित रहते थे। इस तरह यह ऐतिहासिक कार्य डॉ. आंबेडकर पूरा कर रहे थे।

जनवरी, 1948 के मध्य में आंबेडकर मुंबई आए। अपने मुकाम में 'धोबी तालाब नाइट स्कूल' की वक्तृत्व प्रतियोगिता के पारितोषिक वितरण समारोह के लिए वे उपस्थित रहे। वह समारोह सिद्धार्थ महाविद्यालय में संपन्न हुआ। अपने भाषण में उन्होंने लड़कों से कहा कि वक्तृत्वकला परिश्रम से प्राप्त हो सकती है। अपने आगे के जीवन में महान् वक्ता के रूप में प्रसिद्ध हुए गोपाल कृष्ण गोखले अपने पहले भाषण के समय सभा में घबराकर कैसे झट से नीचे बैठे गए, यह याद उन्होंने उन बच्चों को बताई। फिरोजशाह मेहता ने वक्तृत्वकला कैसे संपादित की, इस संबंध में रसीला वर्णन किया। मेहता ने एक कमरा शीशों से सज्जित किया था। उस कमरे में मेहता ने इस बात की तालीम की थी कि बोलते समय उनके हाव-भाव और हाथ के इशारे कैसे होते हैं। इतना ही नहीं, वे इस बात का भी खयाल रखते थे कि उनकी पोशाक आकर्षक और व्यक्तित्व प्रभावी कैसे हो। यह आंबेडकर ने छात्रों के दिल पर अंकित किया। अंत में उन्होंने कहा, 'चर्चिल जैसा महान् वक्ता भी बिना तैयारी के भाषण नहीं करता।'

देश के विभाजन से पैदा हुए दुःख के आघात भारत पर हो रहे थे। पंडित जवाहरलाल नेहरू ने कबूल किया कि राष्ट्र को खून और आँसू की बाढ़ से अपना मार्ग निकालना पड़ रहा है। यह दिखाई दे रहा था कि गांधीवाद से लोगों का विश्वास उठ रहा था। गांधीवाद पर कांग्रेस दल के नेताओं की श्रद्धा पूरी तरह से ठंडी पड़ गई थी। राजर्षि टंडन ने एक सभा में कहा, "गांधी का विशुद्ध अहिंसावाद का तत्त्व देश के विभाजन के लिए प्रचुर मात्रा में कारणीभूत हुआ है।" स्वातंत्र्य का सबेरा होने के पूर्व एक दिन पहले कलकत्ता में लोगों ने गांधीजी पर पथराव किया था। इस स्थिति में 13 जनवरी, 1948 को शुरू हुए गांधीजी के अनशन से तो परिस्थिति बेहद बिगड़ गई। दिल्ली के निर्वासित व्याप्त की हुई मसजिदें खाली करके मुसलमानों के उपयोग के लिए उन्हें पुनः दे दें; इसके लिए और अन्य उद्देश्य से गांधीजी ने यह अनशन शुरू किया था और इसका नतीजा यह हुआ कि भारत सरकार को पाकिस्तान को 55 करोड़ रुपए देने के लिए मजबूर होना पड़ा। सरकार पटेल सहित सभी प्रमुख नेताओं ने इसके पहले यह घोषणा की थी कि हम पाकिस्तान को ये पैसे नहीं देंगे।

सभी ओर घोर निराशा, शोरगुल और हाहाकार मचा था। तभी नाथूराम गोडसे

ने दिल्ली में 30 जनवरी, 1948 को गांधीजी की गोली मारकर हत्या कर दी। मानव के इतिहास में एक महापुरुष के रूप में गिने जानेवाले गांधीजी का इतना भयंकर रीति से हुआ अंत देखकर सारा विश्व दु:ख से विह्वल हो गया। किंतु फूल जैसे कोमल और पत्थर जैसे कठोर आंबेडकर का दिल इस भयंकर घटना से विचलित नहीं हुआ। ऊपर उल्लखित राष्ट्र की भयंकर स्थिति और अतीतकालीन कटु यादों से आंबेडकर के हृदय में गांधीजी के प्रति पड़ी गाँठ दूर नहीं हुई थी। गांधीजी की हत्या के बारे में उन्होंने जाहिर रीति से एक शब्द भी प्रकट नहीं किया। गांधीजी कि अंतिमयात्रा में कुछ समय शामिल होकर वे वापस लौटे और अपने अध्ययन-कक्ष में जाकर बैठे गए। उन्हें ऐसा लगा होगा कि भारतीय लोकतंत्र के श्वासोच्छवास में अवरोध निर्माण करनेवाले गांधीजी के प्रचंड व्यक्तित्व की रुकावट दूर होने से अब श्वासप्रवाह बिना रुकावट के बहने लगेगा। ज्यूलियस सीजर के निधन की खबर सुनकर सिसरो ने उद्गार निकाले थे, 'अच्छा हुआ! अब स्वतंत्रता का सबेरा उदित हुआ है!' यह कहा जाता है कि गांधीजी की हत्या के दिन आंबेडकर को सिसरो के इस उद्गार की याद आई थी।

फरवरी, 1948 के पहले सप्ताह में आंबेडकर ने संविधान की कच्ची रूपरेखा समिति के अध्यक्ष डॉ. राजेंद्र प्रसाद को प्रस्तुत की। जनमत जानने के लिए वह कच्ची रूपरेखा देश के सम्मुख रखी गई। संविधान के उपोद्घात में 'जनतंत्र' शब्द के बदले में 'राज्य' शब्द उन्हें सूचित करना था। उन्हें वैसा सुधार सुझाना था। 'जनतंत्र' राज्य-पद्धति से भारत और ब्रिटिश राष्ट्रकुल के बीच का संबंध अपने आप तुरंत टूट जाता है। आंबेडकर को ऐसा लगता था कि यह घटित न हो। राज्य शब्द अधिक तटस्थ है और वह आयरलैंड और दक्षिण अफ्रीका के संविधानों में स्वीकृत किया गया है, लेकिन देश के ज्यादातर नेताओं और समाचार-पत्रों को वह कल्पना रास नहीं आई।

संविधान की कच्ची रूपरेखा पूरी करने के बाद आंबेडकर को विश्राम की जरूरत महसूस होने लगी। इलाज के लिए वे मुंबई आए। बुढ़ापे में अपनी देखभाल करनेवाले व्यक्ति का उन्हें साथ चाहिए था। जिस अस्पताल में वे विश्राम कर रहे थे, उसी में कुमारी शारदा कबीर नाम की महिला डॉक्टर काम कर रही थीं। अगस्त, 1947 से वे अपने स्वास्थ्य के बारे में चिंतातुर हो गए थे। उनका स्वास्थ्य तेजी से गिर रहा था। उन्होंने अगस्त, 1947 के एक पत्र में लिखा था कि पिछले पंद्रह दिनों से उन्हें बिलकुल नींद नहीं आई थी। रात होने पर उन्हें बहुत डर लगता था। कुछ दिनों से उनकी मज्जातंतु की बीमारी रात में शुरू होती थी। उन्हें कराहते-खाँसते

हुए सारी रात बितानी पड़ती थी। उन दिनों में इन्सुलिन लेते थे। होम्योपैथिक की औषधियाँ भी लेते थे, लेकिन उन पर किसी भी औषधि का उचित असर नहीं पड़ता था। उन्होंने कहा, "जो अच्छा नहीं होता, उसे सहना मैं अब सीख रहा हूँ।" अगस्त, 1947 में मुंबई के डॉक्टर क्या कहते हैं, इस संबंध में उन्होंने उस पत्र में पूछताछ की।

जनवरी, 1948 में लिखे हुए एक पत्र में उन्होंने यह कहानी बताई है कि उनके पैरों में वेदना बड़े सवेरे शुरू होकर दिनभर चालू रहती है। अनंतर एक महीने बाद कमलाकांत चित्रे को लिखे हुए पत्र में उन्होंने कहा, "मेरा स्वास्थ्य यकायक गिर गया है और बीमारी ने फिर से सिर उठाया है। चार दिनों से नींद नहीं आई। पैरों में होनेवाली वेदना तो असह्य होने लगती है। रातभर जागरण करके नौकरों को मेरी सेवा करनी पड़ी। दिल्ली के दो प्रतिष्ठित डॉक्टरों ने मेरी जाँच की। उनका यह मत है कि अगर पैरों में होनेवाली वेदना तुरंत नहीं रुकी, तो वे वेदनाएँ हमेशा ही रहेंगी और कभी अच्छी नहीं होंगी। मेरे स्वास्थ्य की देखभाल करने के लिए किसी व्यक्ति की जरूरत है, आपकी इस सूचना पर मैं अब पहले से अधिक आस्था से विचार कर रहा हूँ। मेरे देखने में उतना सुयोग्य जोड़ अन्य कोई नहीं है। सही या गलत, जो हो, मैंने यह फैसला किया है। इस संबंध में अगर आपको कुछ बताना है, तो बताइएगा।"

नासिक के भाऊराव गायकवाड को भी उन्होंने अपने मनोनीत विवाह के बारे में जानकारी दी। उसमें उन्होंने कहा, 'पहली पत्नी के निधन के उपरांत पुनः विवाह न करने का मैंने निर्णय किया था।' किंतु अब दूसरा विवाह करने का मैंने निर्णय किया है। जो सुगृहिणी होकर वैद्यकशास्त्र में प्रवीण है, ऐसी पत्नी की मुझे जरूरत है। दलित समाज में इस तरह की स्त्री मिलना असंभव होने से मैंने एक सारस्वत महिला को चुना है।[2] उन्होंने कमलाकांत चित्रे को एक पत्र में लिखा, "मुझे यह बताने में बड़ा अफसोत होता है कि मेरा एक सहयोगी, मेरे लड़के यशवंत और मेरी मनोनीत पत्नी डॉ. कबीर, दोनों के दिल एक-दूसरे के प्रति कलुषित कर रहा है।' उन्होंने आगे लिखा है, "मुझे इस बात का डर है कि विवाह आगे बढ़ाया जाए तो उसके बारे में लोगों में दिन-ब-दिन ज्यादा बुरी चर्चा होगी और दुष्ट लोग मेरी बदनामी करने के लिए एक बड़ी संधि प्राप्त कर लेंगे। इसलिए मैंने 15 अप्रैल को विवाहबद्ध होना तय किया है।" विवाह समारोह में चित्रे उपस्थित रहे, ऐसा अनुरोध करके आंबेडकर अपने पत्र में आगे कहते हैं, "मुझे ऐसा नहीं लगता कि यह बात करने में मैं कोई नैतिक गुनाह कर रहा हूँ। शिकायत करने के लिए मैंने

किसी को भी कोई जगह नहीं रखी है; यशवंत को भी नहीं। उसे मैंने आज तक लगभग 30 हजार रुपए दिए हैं और कम-से-कम 80 हजार रुपए मूल्य का एक मकान भी दिया है। मेरा विश्वास है कि किसी भी पिता को अपने बेटे के लिए जो करना संभव होगा, उससे भी ज्यादा मैंने अपने बेटे के लिए किया है।'' विवाह तय होने पर डॉ. कु. शारदा कबीर हवाई जहाज से नई दिल्ली पहुँची। 15 अप्रैल, 1948 की सुबह आंबेडकर के दिल्ली के हार्डिज एवेन्यू निवास-स्थान पर उनका आंबेडकर के साथ विवाह संपन्न हुआ। दो दिन पहले आंबेडकर ने 56 साल पूरे करके 57 वें साल में पदार्पण किया था। विवाह के समय कुछ थोड़े चुनिंदा मित्र उपस्थित थे। विवाह के प्रीत्यर्थ आंबेडकर ने दोपहर उनको दावत भी दी। 'न्यूयॉर्क टाइम्स' ने कहा कि किसी रिसायतदार की किसी साधारण महिला के साथ विवाह करने में जो विशिष्टता है, उससे आंबेडकर के इस विवाह की विशिष्टता अधिक है।

पिछले चार वर्षों से आंबेडकर के मन में यह विचार चल रहा था कि वे अपने लड़के को किसी धंधे में लगाएँ। लड़के की भवितव्यता की समस्या उन्हें काफी सता रही थी। इस उद्देश्य से उन्होंने मुंबई के नवल भथेना नाम के अपने पारसी मित्र को पत्र लिखकर यह सूचित किया था कि उनके लड़के और भतीजे को सम्मान के साथ आजीविका के साधन के रूप में कोई धंधा शुरू करवा दिया जाए और उस संबंधी एक योजना बनाकर उनके पास भेजी जाए। ''यदि यह घटित होगा तो मुझे शांति से मृत्यु प्राप्त होगी। जिस तरह बाप अपने बेटे के हित के लिए प्रयास करता है, उस तरह तुम मेरे बेटे के लिए प्रयासकर कुछ ऐसा धंधा सिखा दो, जो निरंतर चलता रहे।'' तदनुसार कुछ दिनों में भथेना ने उनके लड़के और भतीजे को एक धंधा शुरू करवा दिया, लेकिन उस धंधे में विफलता प्राप्त होने से आंबेडकर का पितृहृदय निराशा से पूरी तरह झुलस गया।

आंबेडकर की सालगिरह इस साल भी बड़े ठाठ-बाट से संपन्न हुई। मुंबई के मुख्यमंत्री बालासाहेब खेर ने उनके गुणगौरवपरक एक भाषण किया। उस सालगिरह के निमित्त हुई सभा में खेर ने ये उदगार निकाले, ''आंबेडकर देश के राजनीतिक नेताओं में एक बड़े महान् विद्वान् हैं। केवल अस्पृश्य समाज के नेता न होकर वे अखिल भारत के एक नेता हैं।'' मुंबई की शिवड़ी में बाबासाहब की सालगिरह के निमित्त हुई सभा में स.का. पाटील का भाषण हुआ। उन्होंने कहा, ''आंबेडकर एक महान् समाजसेवक हैं और उनकी शक्ति प्रचंड है। आंबेडकर भावी संविधान के एक महान् शिल्पी हैं। उनमें विद्यमान गुण इतने अधिक हैं कि भारत की केंद्रीय सरकार वे अकेले चला सकते हैं।'' पाटीलजी ने यह प्रार्थना की कि राष्ट्र के कार्य

के लिए भारत के इस महान् सुपुत्र को परमात्मा और पच्चीस साल आयु दें। मुंबई के 'नेशनल स्टैंडर्ड' समाचार-पत्र ने कहा, ''आंबेडकर की सुधारवाद की कल्पना इतनी भव्य है कि इस कल्पना से हिंदुओं के पुनर्जीवन का सारा-का-सारा क्षेत्र व्याप्त हो गया है।'' आंबेडकर को अलौकिक राजनीतिक बुद्धिमत्ता की देन ही प्राप्त हुई है। उनका ध्येयवाद समाज का अन्याय दूर करने के लिए और दलितों का उद्धार करने के लिए निरापद हुआ है। विधिमंत्री के रूप में वे अपने सहयोगियों के लिए बड़ी विश्वासार्ह शक्ति लगते हैं।''

अप्रैल, 1948 के अंतिम सप्ताह में आंबेडकर ने उत्तर प्रदेश दलित वर्ग की परिषद् में भाषण किया। तब उन्होंने कहा, ''राजनीतिक सत्ता ही समाज की उन्नति की कुँजी है। इसलिए दलित समाज अपनी संघटना निर्माण करे और बलवान तीसरा दल स्थापितकर राजनीतिक सत्ता पर काबिज हो। ऐसा करते समय कांग्रेस और समाजवादी इन दो राजनीतिक दलों में सत्ता का संतुलन निर्माण करने से ही उनका कल्याण होगा।

''मैं केंद्रीय सरकार से जा मिला हूँ; कांग्रेस दल से नहीं। कांग्रेस दल आग में झुलस रहा एक मकान है। दो-एक वर्षों में उस दल का विनाश हो जाए, तो मुझे कोई अचरज नहीं होगा। यदि मैं कांग्रेस में गया तो उसी तरह अखंड रहूँगा, जिस तरह पानी में पत्थर अखंड रहता है, किंतु आप यदि कांग्रेस में गए तो ढेले की भाँति गल जाएँगे। इसलिए आप अपनी संघटना अलिप्त और अखंड रखें।'' आंबेड़कर के इस भाषण से सहज ही कांग्रेस के नेता क्रोधित हुए। इस संबंध में कमलाकांत चित्रे को लिखे हुए एक पत्र में आंबेडकर कहते हैं, ''मेरे भाषण से यहाँ काफी हलचल मच गई है। सरदार पटेल और पंडित नेहरू का मेरे साथ बड़ा जोरदार वाद-विवाद हुआ। मैंने उनसे यह कहा कि अगर मेरी वजह से उनके लिए विपत्ति की स्थिति निर्मित हो रही है तो मैं स्वेच्छा से इस्तीफा देने के लिए राज़ी हूँ। इस बात का अच्छा-बुरा निर्णय थोड़े दिनों में ही होगा।'' तथापि उन्हें दिल्ली से एक पत्रक प्रकाशित किया और यह जाहिर किया कि मेरे ऐन वक्त पर किए गए भाषण को विकृत किया गया है। ''मैं मंत्रिमंडल में सहयोगी बना; क्योंकि मंत्रिमंडल में शामिल होने के लिए मुझे जो आमंत्रण दिया गया था, वह बिना शर्त था। मैं मंत्रिमंडल में इस विचार से शामिल हुआ कि मंत्रिमंडल में प्रवेश कर मैं दलितों का कुछ कल्याण कर सकूँगा। केवल विरोध के लिए विरोध करना, इस तत्त्व का मुझे तिरस्कार है'', यह भी उस पत्रक में उन्होंने कहा है, किंतु यह दिखाई देता है कि 1948 तक यह समस्या खत्म नहीं हुई थी, क्योंकि आंबेडकर ने

उस समय के एक पत्र में यह कहा है , ''राजनीतिक घटनाएँ पुनः सिर उठा रही हैं और इसी कारण मंत्रिमंडल कब गिरेगा, इसका पता नहीं। इसलिए मैंने अपनी मुंबई-भेंट स्थगित की है।''

बड़ौदा के ग.म. जाधव के साथ आंबेडकर ने इसी दरमियान युद्धशास्त्र विषय पर चर्चा की। कुछ साल पहले 'भारतीय सेना' शीर्षक ग्रंथ लिखने की आंबेडकर की इच्छा थी। इस विषय में उनकी बड़ी दिलचस्पी थी। जाधव का इस विषय का व्यासंग भी जबरदस्त था। उनके पास इस शास्त्र का और भारत की सुरक्षा समस्या संबंधी बड़ा विशाल ग्रंथ-भंडार भी था। आंबेडकर की यह इच्छा थी कि अपने सिद्धार्थ महाविद्यालय में युद्धशास्त्र की शिक्षा देने के लिए एक कक्षा शुरू की जाए और उन छात्रों को पढ़ाने के लिए जाधव को प्राध्यापक पद पर नियुक्त किया जाए। युद्धशास्त्र की शिक्षा के बारे में आंबेडकर के मन में इतनी लगन थी कि कमलाकांत चित्रे को लिखे हुए एक पत्र में उन्होंने कहा, ''युद्धशास्त्र शिक्षा अपनी एक शैक्षिक विशेषता मानकर हमारे महाविद्यालय को वह विषय शुरू करना चाहिए। इससे देश की बड़ी सेवा होगी। इतना ही नहीं, दलित समाज का भी बड़ा हित होगा।' किंतु आंबेडकर का यह प्रयास सफल नहीं हुआ। तथापि उस विषय से संबंधित कुछ किताबें उन्होंने सिद्धार्थ महाविद्यालय के लिए जाधव से खरीदीं। इसी दरमियान भारत सरकार ने भाषावार प्रांत रचना की माँग पर विचार करने के लिए एक मंडल नियुक्त किया। महाराष्ट्र की ओर से जिन्होंने उस मंडल के सम्मुख गवाही पेश की, उनमें आंबेडकर एक प्रमुख थे। अपनी व्यासंगपूर्ण विशेषता से भरपूर एक निवेदन तैयारकर उसे उन्होंने धार-समिति के सम्मुख प्रस्तुत किया।

14 अक्तूबर, 1948 को धार-मंडल को प्रस्तुत किए हुए निवेदन में उन्होंने कहा, ''भाषायी प्रांत रचना लोकतंत्र के लिए आवश्यक तथ्य निर्माण करती है। उदाहरणार्थ—भाषावार प्रांत रचना सामाजिक एकसंघता निर्माण करके उसे सम्मिश्र प्रांतों के लोकतंत्र की अपेक्षा वहाँ के लोकतंत्र को अधिक कार्यक्षम बनाती है। भाषायी राज्य निर्माण करने में कोई खतरा नहीं। खतरा है तो भाषायी राज्य निर्माण करके हर एक राज्य की दफ्तरी भाषा प्रांतीय भाषा करने में ही। किसी प्रांत की भाषा के राज्यभाषा बनने पर प्रांतीय राष्ट्रवाद निर्माण होगा। यदि प्रांतीय राज्य की दफ्तरी भाषा प्रांतीय ही रहेगी तो प्रत्येक प्रांत की संस्कृति, अलग स्पष्ट आकार की ठोस और मजबूत होगी। उस कारण से हिंदुस्तान के एकसंघ रहने के बजाय जिस तरह यूरोप के टुकड़े हुए, उसी तरह उसके टुकड़े होंगे।'' इसलिए उनका यह मत था कि सभी राज्यों में हिंदी राष्ट्रभाषा राज्य व्यवहार की भाषा के रूप में

स्वीकृत की जाए। महाराष्ट्र राज्य एकसंघ, यह अपना मत व्यक्त करते हुए उन्होंने आगे कहा, ''यह महाराष्ट्र आर्थिक दृष्टि से बलवान होगा। इतना ही नहीं, क्षेत्र जनसंख्या और आय की दृष्टि से भी बलवान होगा।'' उन्होंने और कहा, ''महाराष्ट्र और मुंबई एक-दूसरे पर निर्भर हैं वे दोनों एक और अविकल है और बाइबल की भाषा में कहना हो तो मुंबई और महाराष्ट्र का समन्वय परमात्मा ने ही किया है। इस संदर्भ में किसी मध्यस्थ की नियुक्ति करना यानी विवाह विषयक समस्या मध्यस्थ के सम्मुख ले जाना है। मुंबई समूचे भारत की एक बड़ी पैढ़ है, इसलिए तत्संबंधी महाराष्ट्र के अधिकार से इनकार नहीं करना चाहिए। हर एक बंदरगाह जिस विभाग में होता है, उस विभाग की अपेक्षा वह प्रदेश की ज्यादा सेवा करता है। कलकत्ता में बंगाली लोग अल्पसंख्यक हैं और वहाँ के उद्योग-धंधे गैर बंगाली लोगों के कब्जे में हैं, इसलिए क्या कलकत्ता बंगाल से अलग किया जा सकता है ? बिहार की कोयले की खानें बिहार की हैं या उन खानों के, जो मालिक गुजराती, काठियावाड़ी और यूरोपियन हैं, उनकी हैं ? मुंबई के उद्योगधंधे महाराष्ट्र के श्रमिकों के श्रम पर मुख्यतया यूरोपियन लोगों ने शुरू किए हैं। महाराष्ट्रीय लोगों को किसी दुष्ट हेतु ने नहीं पछाड़ा है। वह व्यापारी जमात नहीं है। अन्य जमातों की भाँति महाराष्ट्रीय लोगों को पैसे का लालच नहीं और यह उनका सबसे बड़ा सद्‌गुण है, ऐसा जिन्हें लगता है, उनमें से एक मैं हूँ। धन महाराष्ट्रीय लोगों का कभी भी देवता नहीं था। वह उनकी संस्कृति का भी गुणधर्म नहीं अन्यथा उन्होंने महाराष्ट्र के बाहर से आनेवाले अन्य समाजों को उद्योगधंधे की ठेकेदारी हासिल करने का मौका नहीं दिया होता।''

अक्तूबर, 1948 में आंबेडकर का 'अस्पृश्य' (दि अनटचेबल) अंग्रेजी ग्रंथ प्रकाशित हुआ। अपने प्रकांड व्यासंग और बुद्धिमत्ता से उन्होंने उस ग्रंथ में यह कहा है कि अस्पृश्य पहले पराजित लोग थे और उनके बौद्ध धर्म तथा गोमांस खाना न छोड़ने से उन्हें अस्पृश्य माना गया। उनके मतानुसार अस्पृश्यता का उद्‌गम ईसवी सन् 400 के दरमियान हुआ होगा। उन्होंने अपनी प्रचंड विद्वत्ता से यह साबित किया कि बौद्ध धर्म और ब्राह्मण धर्म में श्रेष्ठता के लिए जो संघर्ष हुआ, उससे अस्पृश्यता पैदा हुई। अपने पाठकों से आंबेडकर कहते हैं कि बौद्ध धर्म के उद्‌गम से विनष्ट हुई अपनी इज्जत और अपनी सत्ता पुन: प्राप्त करने के लिए ब्राह्मणों ने गोमांस छोड़ दिया और बौद्ध धर्म के मार्ग और रीतिरिवाजों को स्वीकार किया।

कर्नल अल्कॉट ने अपने 'द पुअर पॅरिया' ग्रंथ में और बाबू नागेंद्रनाथ बसु ने अपने 'आधुनिक बौद्ध और उसके उड़ीसा के अनुयायी' ग्रंथ में यह मत पहले ही

प्रस्तुत किया था कि अस्पृश्य बौद्ध थे। उन्होंने यह भी बताया है कि हिंदू धर्म के पुनरुज्जीवन में शामिल होने से जिन बौद्धधर्मी लोगों ने इनकार किया, वे अस्पृश्य ठहरे।

आंबेडकर के इस ग्रंथ से यह स्पष्ट होता है कि आंबेडकर-लेखन में डॉ. जॉन्सन की भाँति भाषा प्रभाव और विचारशक्ति ये दो प्रभावी गुण होकर उनकी कलम प्रभुत्व प्रतिपादन करनेवाली थी। उनके लेखन में एक तरह की सुगंधित सादगी और सरलता थी। उनकी शैली पानीदार, तर्कप्रधान और न्यायनिष्ठुर थी। कुछ बार वह प्रकृति से गंभीर होकर भी कुछ ऐसे आवेश से वक्तृत्व की चरमसीमा तक पहुँचती थी कि उस शैली की शाल के अंदर लुकीछिपी उनकी वकालत गायब हो जाती थी। आंबेडकर की शैली और मुहावरे वक्रोक्तिपूर्ण वाक्यों और मधुर सुवचनों से सुशोभित हुए थे। उनका ज्ञान प्रचंड, सर्वसंग्राहक, गहरा और ज्ञानकोश की भाँति व्यापक था। उनकी विद्वत्ता बोधगम्य थी। उनके विचार प्रक्षोभक थे। उनका लेखन लेखकों और विचारकों के लिए था। फिर भी यह सच है कि उन्होंने अपनी कलम कलाकार के रूप में इस्तेमाल न करके एक महान् विचारक के रूप में इस्तेमाल की है। उन्होंने अपनी ख्याति के लिए ग्रंथ नहीं लिखे; बल्कि बड़ी समस्याएँ हल करने के लिए लिखे। इसलिए कुछ आलोचकों के मतानुसार इतिहासकार आंबेडकर का लेखन कुछ कठोर ही था। आंबेडकर के इतिहासकार पर आंबेडकर का प्रेषित यह प्रभाव डालता था। सिर्फ विरोधियों के मुद्दों की पराजय करने से आंबेडकर को संतोष नहीं होता था। अपने विरोधी के चक्कर खाकर गिर जाने तक वे उस पर वार करते थे। वह अपरिहार्य था, क्योंकि शस्त्रक्रिया के समय रक्तस्राव अटल होता है।

भारतीय संविधान का कच्चा प्रारूप लोगों के सम्मुख छह महीने रखने के बाद 4 नवंबर, 1948 को आंबेडकर ने वह प्रारूप संविधान समिति के सम्मुख विचार-विनिमय के लिए रखा। उसमें 315 अनुच्छेद और 8 परिशिष्ट थे। 'यह एक अति विस्तृत दस्तावेज बन गया है।' इस तरह उस प्रारूप का वर्णन करके उन्होंने अपने आकर्षक, रोमांचक और शैलीदार भाषण में नियोजित संविधान की विशेषताएँ बताईं। आंबेडकर का भाषण सुनते समय पूरी संविधान समिति चित्र की भाँति तटस्थ हो गई। संविधान की की गई आलोचकों की आलोचना का उत्तर देते हुए उन्होंने कहा, 'वह आलोचना, आलोचकों की गलतफहमियों और संविधान के अनुच्छेदों के प्रति उनके अधूरे ज्ञान पर आधारित थी।' सविधान समिति के दृष्टिपथ में कौन सा राज्य है, इस संबंध में विवेचन करते हुए उन्होंने कहा, "अमेरिकी पद्धति के राज्यकारोबार को अध्यक्षीय पद्धति का शासन कहते हैं। उस अध्यक्षीय पद्धति के अनुसार राष्ट्राध्यक्ष मुख्य कार्यकारिणी का प्रमुख होता है। अपने नियोजित संविधान

के अनुसार अध्यक्ष का दर्जा इंग्लिश संविधान की भाँति है। वह राज्य का प्रमुख तो होता ही है, किंतु वह कार्यकारिणी का प्रमुख नहीं होता, वह राष्ट्र का प्रतिनिधि होता है; किंतु राष्ट्र का राज्यकारोबार नहीं करता।''

मंत्रिमंडल के बारे में उन्होंने कहा, ''अमेरिकी मुख्य कार्यकारिणी पर लोकतंत्रप्रधान कार्यकारिणी समिति का अस्तित्व निर्भर नहीं रहता। ब्रिटिश राज्य पद्धति के अनुसार कार्यकारिणी समिति लोकतंत्रनिष्ठ होती है; क्योंकि उसका अस्तित्व ब्रिटिश लोकसभा के वोटों पर निर्भर करता है। यद्यपि अमेरिकी लोकसभा की कार्यकारिणी समिति लोकनियुक्त नहीं होती, फिर भी अपनी कार्यकारिणी समिति के कार्य के दायित्व से वह इनकार नहीं कर सकती। सहज ही इस कार्यकारिणी समिति का झुकाव अमेरिकी लोकसभा के प्रति कम-से-कम जिम्मेदार होने का होता है। इसके विपरीत, लोकतंत्रनिष्ठ कार्यकारिणी समिति की प्रवृत्ति लोकसभा के ज्यादा-से-ज्यादा जिम्मेदार रहने में होती है। नियोजित राज्य पद्धति के अनुसार ज्यादा-से-ज्यादा जिम्मेदारी का तत्त्व पसंद किया गया है।'' संविधान की विशेषताओं का निर्देश करते हुए उन्होंने कहा, ''यद्यपि नियोजित संविधान दोहरी राज्यव्यवस्था का है, फिर भी सारे हिंदुस्तान में एक ही नागरिकता है। न्याय समिति एक संघ है। संविधानात्मक कानून संबंधी जब मतभेद निर्माण होंगे, तब उससे संबंधित अधिकार उस न्याय समिति का ही रहेगा और उपाय भी वही न्याय समिति सुझाएगी। दीवानी कानून या दंडनीतिपरक कानून सारे हिंदुस्तान के लिए समान ही है। अखिल भारतीय स्तर पर नौकरी करनेवाले अधिकारी समान हैं। इसके विपरीत अमेरिकी संघराज्य के संविधान के अनुसार अमेरिकी संघराज्य की, तो दूसरी वैयक्तिक राज्य की होती है। वहाँ एक संघ की न्याय समिति होती है, तो दूसरी राज्य की न्याय समिति। वहाँ संघराज्य का नौकर वर्ग और वैयक्तिक राज्य का नौकर वर्ग, इस तरह दो अलग भेद होते हैं। लोकतंत्र राज्यपद्धति स्वीकार करने के उपरांत अमेरिकी संविधान बनाने के लिए मुक्त होता है। इसके विपरीत भारत का संविधान और उसके घटक राज्यों का संविधान एक ही होकर उससे कोई बाहर नहीं जा सकता। संविधान की कक्षा में ही दोनों को भी रहना चाहिए।'' संविधान लचीला नहीं, यह कहनेवाले आलोचकों को उत्तर देते हुए उन्होंने कहा, ''राज्यों को सौंपे गए विषयों पर शांति के समय कानून बनाने का अधिकार लोकसभा को देकर और संविधान में सुधार करने का प्रबंध कर वह दोष दूर करने का प्रयास किया गया है। इसलिए संविधान की मुख्य विशेषता यह है कि वह एक लचीला संघराज्य है।''

संविधान में विशेष कुछ नवीनता नहीं है, यह आरोप लगानेवाले आलोचकों

से उन्होंने कहा, 'पहला संविधान लिखे जाने के बाद अब लगभग सौ साल बीत चुके हैं। उसके बाद अनेक राष्ट्रों ने अपने संविधान शब्दांकित किए हैं। यह बहुत पहले तय किया गया है कि संविधान की सीमा या कक्षा क्या हो। साथ ही संविधान के मूलगामी तत्त्व कौन से हों, यह भी सारे विश्व में अब स्वीकार किया जा चुका है। ये बातें स्वीकृत करने पर यह कहने की जरूरत नहीं कि सभी संविधानों में राज्यकारोबार की मुख्य व्यवस्थाएँ समान ही हैं। इतने आधुनिक काल में बनाए गए इस संविधान में अगर कुछ नई बातें होंगी भी तो उस संविधान के दोष दूर करने के लिए और देश की जरूरतें पूरी करने के लिए किए जानेवाले सुधार ही होंगे। इस संविधान में भारत सरकार के 1935 के कानून का काफी इस्तेमाल किया गया है। इस संबंध में कमी मानने का कोई भी कारण नहीं। अगर किसी से कुछ लेने के लिए उपयुक्त हो, तो उसे लेने में लज्जा महसूस करने का कोई कारण नहीं।''

ग्राम राज्य संबंधी दी गई सूचनाओं के बारे में अपने विचार स्पष्ट करके आंबेडकर ने कहा, ''ग्राम यानी उस भाग का एक स्थानीय वाद का घेरा है; अज्ञान की, संकुचित मन की और जातिवाद की वह गुफा है। इसलिए संविधान ने ग्राम को घटक न मानते हुए व्यक्ति को घटक माना है, जिससे मुझे प्रसन्नता होती है।'' अपने भाषण के अंत में उन्होंने कहा, ''यह संविधान प्रत्यक्ष कार्यान्वित करने योग्य है। यह लचीला है और शांति तथा शुद्ध के समय देश की एकता बनाए रखने के लिए वह अत्यंत समर्थ और सक्षम है।''

''सचमुच, इस नए संविधान के अनुसार बातें अच्छी तरह से नहीं चलेंगी तो उसका हमारे संविधान का दोष न होकर मनुष्य जाति की अधमता ही होगी, ऐसा मुझे कहना पड़ेगा।'' यह निर्णय देकर उन्होंने संविधान, संविधान-समिति के सम्मुख विचार-विमर्श के लिए प्रस्तुत किया।

आंबेडकर का संविधान संबंधी भाषण सुनकर सारी संविधान-समिति उल्लसित हुई। एक के बाद एक वक्ता ने उनके मधुर, स्पष्ट और प्रभावी भाष्य के लिए तथा अनन्य साधारण विश्लेषण पद्धति के लिए उन्हें धन्यवाद दिए। प्रो. के.टी. शाह, पंडित लक्ष्मीकांत मित्र और संविधान प्रारूप समिति के सदस्य टी. टी. कृष्णाम्माचारी ने उनका तहेदिल से अभिनंदन किया। पंजाबराव देशमुख ने आंबेडकर का संविधान का भाष्य मनोहारी और उत्कृष्ट हुआ, कहकर आनंद व्यक्त किया और कहा कि यदि आंबेडकर को संविधान लिखने के लिए छूट मिली होती तो शायद यह संविधान अलग तरह का बनता। काजी सय्यद कमरुद्दीन ने आंबेडकर का अभिनंदन किया और यह ठोस मत व्यक्त किया कि आंबेडकर को

भावी पीढ़ियाँ संविधान के महान् शिल्पी के रूप में पहचानेंगी।

संविधान के अनुच्छेदों पर काफी चर्चा करके एक के बाद एक स्वीकृत किए गए। 20 नवंबर, 1948 को संविधान का ग्यारहवाँ अनुच्छेद स्वीकृत किया गया और भारत को लगा हुआ अस्पृश्यता का कलंक बड़े जयघोष के बीच धो डाला गया। 18 दिसंबर, 1948 को आंबेडकर मुंबई आए और उन्होंने शेड्यूल्ड कास्ट फेडरेशन के कार्यकर्ताओं और नेताओं के समूह के सामने भाषण किया। मनमाड़ में 15 जनवरी, 1949 को उन्हें थैली अर्पित की गई। उस समय भाषण करते हुए उन्होंने कहा, 'दलित समाज के लोग किसान और मजदूर के राज्य में भारत में सच्चा समाजवाद स्थापित करेंगे।' अपने श्रोताओं के मन पर उन्होंने यह अंकित करने का प्रयास किया कि किसी भी समाज की प्रवृत्ति इस बात पर निर्भर करती है कि वह समाज शिक्षा के क्षेत्र में कितना अग्रसर होता है।

तद्नंतर उन्होंने कुछ दिन के लिए हैदराबाद में मुकाम किया। उन्हें औरंगाबाद में एक महाविद्यालय शुरू करना था। वहाँ वे उस संबंध में कुछ यत्न कर रहे थे। उस मुकाम में उन्होंने अजंता की गुफाएँ देखीं। जनवरी के तीसरे सप्ताह में अपने दल की सभा में उपस्थित रहकर वे दिल्ली वापस लौटे। मार्च और मई, 1949 में वे दो बार मुंबई आए। मुंबई में होनेवाले ये दौड़ते मेल-मिलाप उनके पीपल्स एज्यूकेशन सोसाइटी के कामकाज के निमित्त तथा वैद्यकी सलाह लेने के लिए होते थे।

26 मई को संविधान समिति ने अपने काम की पुनः शुरुआत की और 10 जून को अपना काम स्थगित किया। 7 जुलाई को आंबेडकर मुंबई आए। इसी समय मुंबई नगरपालिका मजदूर संघ द्वारा चलाई गई हड़ताल में आपातकालीन परिस्थिति पैदा हो गई थी। आंबेडकर के उस मजदूर संघ के अध्यक्ष होने से वे कठिन समस्या में उलझ गए। उन्होंने उस हड़ताल को खत्म करने की इच्छा व्यक्त की। उन्हें यह बताया गया कि 'आप मजदूर संघ से इस्तीफा दें या मंत्रिमंडल की जगह ही छोड़ दें।' मजदूर संघ के नेताओं ने बाबासाहब आंबेडकर से यह अनुरोध किया कि वे मंत्रिमंडल की जगह का इस्तीफा न दें; क्योंकि उनका यह विश्वास था कि उनका मंत्रिमंडल में निहित अस्तित्व दलित वर्ग के लिए अधिक हितकारी था।[3]

30 जुलाई, 1948 से 17 अक्तूबर, 1948 तक संविधान समिति का अधिवेशन चल रहा था। बीच में सितंबर महीने में एक पखवाड़े की छुट्टी होने पर आंबेडकर ने श्रीनगर में थोड़ा विश्राम लिया और 3 अक्तूबर को वे दिल्ली वापस लौटे। स्वास्थ्य बिगड़ जाने पर भी आंबेडकर संविधान-समिति का काम दृढ़ निश्चय से पूरा कर रहे थे। वे संविधान-समिति के सम्मुख प्रायः प्रत्येक अनुच्छेद प्रस्तुत करते

थे। उसका विवचेन करते थे। शंकाओं का निराकरण करते थे। इस अधिवेशन में आंबेडकर ने संविधान का दूसरा वाचन पूरा किया।

सितंबर में राष्ट्रीय स्वयंसेवक संघ के प्रमुख माधवराव गोलवलकर उनसे नई दिल्ली में मिले। नवंबर के पहले सप्ताह में आंबेडकर इलाज के लिए मुंबई आए और 10 नवंबर को तुरंत दिल्ली वापस लौटे। यह सच है कि महत्कार्य की पूर्ति अपरिमित और अनवरत परिश्रम से होती है।

14 नवंबर से संविधान समिति ने संविधान के तीसरे वाचन का कार्य आरंभ किया। उस दिन आंबेडकर ने संविधान समिति के सदस्यों से कहा, ''संविधान समिति की पसंद के अनुसार संविधान मंजूर किया जाए।'' उन्होंने वैसा प्रस्ताव प्रस्तुत किया। यह आंबेडकर का भाषण होगा, इस अपेक्षा से संविधान समिति के कुछ सदस्यों ने उनका जयघोष किया, तथापि आंबेडकर ने यह तय किया कि उनसे पहले संविधान समिति के अन्य सदस्य संविधान संबंधी अपने मत प्रतिपादित करें। मुनि स्वामी पिल्लै ने कहा, ''हरिजन समाज ने अब तक नंदनार जैसा श्रेष्ठ भक्त निर्माण किया, तिरुपन्नलवार जैसे महान् वैष्णव साधु पैदा किया, तिरुवलूवर जैसे महान् दार्शनिक को जन्म दिया और अब तो उस समाज ने आंबेडकर जैसे पुरुष को जन्म देकर विश्व को दिखा दिया है कि दलित समाज भी सर्वोच्च शिखर पर पहुँच सकता है और विश्व की सेवा कर सकता है।'' सदस्यों की सदिच्छा का सम्मान करके आंबेडकर ने संविधान बनाया, इसलिए उपसभापति ने उनका हार्दिक अभिनंदन किया। पंडित ठाकुरदास भार्गव ने आंबेडकर को कांग्रेस दल में प्रवेश करने के लिए और अखिल राष्ट्र का नेता होने के लिए आह्वान किया; क्योंकि कांग्रेसजनों के हृदय में उनका निश्चित स्थान निर्माण हुआ है, ऐसा उन्होंने कहा।

ऐसा बिल्कुल नहीं कि सभी सदस्यों को संविधान पसंद आया था। कुछ सदस्यों ने दोष निकाले ही। एक सदस्य ने कहा, 'इस संविधान ने प्रांतों को नगरपालिकाओं की अवस्था में पहुँचा दिया है। इसलिए यह संविधान रद्दी है।' दूसरे एक ने यह दुःख व्यक्त किया कि गांधीजी की विकेंद्रीकरण की अच्छी कल्पना का संविधानकर्त्ता ने अनादर किया है। तीसरे एक सदस्य ने कहा कि संविधान ने गोहत्याबंदी के बारे में कुछ प्रबंध नहीं किया, इसलिए बुरा लगता है। कुछ लोगों के मतानुसार भारतीय संविधान विश्व के संविधानों की खिचड़ी थी और इसलिए वह वकीलों का स्वर्ग बनेगी। कुछ लोगों का यह कहना था कि यद्यपि संविधान एक उत्कृष्ट दस्तावेज बना हुआ है तो भी वह गांधीजी की सामाजिक और आर्थिक दृष्टि का ध्येयवाद कृति में नहीं लाता। ये सब तरह के आक्षेप और आरोप आंबेडकर को

अपेक्षित थे। अपने प्रास्ताविक भाषण में उन्होंने उनके उत्तर भी दिए थे।

इन अनेक भाषणों में से एक भाषण का यहाँ उल्लेख किया जाना चाहिए। एम. सादुल्ला संविधान प्रारूप समिति के सदस्य थे। उन्होंने सभागृह को बताया कि संविधान का प्रारूप बनाने के लिए नियुक्त प्रारूप समिति पूरी तरह से स्वतंत्र नहीं थी। उसके मार्ग में अनेक तरह की कठिनाइयाँ थीं। इसलिए लोकतंत्र के तत्त्व की बाधक अनेक बातों का उस समिति को अंतर्भाव करना पड़ा। क्योंकि उस समिति पर अन्य वरिष्ठ शक्तियों का नियंत्रण था।

25 नवंबर, 1949 को संविधान समिति के प्रचंड जयघोष में वाद-विवाद का उत्तर देने के लिए संविधान के प्रमुख शिल्पी डॉ. आंबेडकर भाषण करने के लिए खड़े हुए। ''मैं संविधापन समिति में दलित वर्ग का हित करने के लिए आया हूँ। संविधान समिति ने मेरा चुनाव संविधान लिखने के लिए नियुक्त प्रारूप समिति पर किया, यह देखकर मुझे अचरज ही हुआ। इसलिए मैं संविधान समित का बड़ा ऋणी हूँ, साथ ही संविधान का प्रारूप बनानेवाली प्रारूप समिति ने मुझ पर इतना बड़ा विश्वास रखकर मुझे अपने एक साधन के रूप में इस्तेमालकर राष्ट्र की सेवा करने का जो मौका दिया, उस संबंध में मैं उस समिति का ऋणी हूँ।' संविधान लेखन कार्य में जिन्होंने सहयोग किया, उन से बी.एन.राव और प्रारूप समिति के आलादि कृष्णस्वामी अय्यर, संविधान समिति के कार्यालय के लेखक एस.एन. मुखर्जी और अन्य सचिव वर्ग और कामत, देशमुख, सक्सेना, शाह, पंडित, ठाकुरदास, सिध्वा तथा कुँरू ने संविधान समिति के काम में उत्साह दिखाकर उसमें रंग लाया। इसलिए उनके भी उन्होंने मनःपूर्वक आभार माने।

संविधान के गुणविशेष के बारे में उन्होंने कहा, ''संविधान में बुने गए तत्त्व विद्यमान पीढ़ी के मत हैं और मेरा यह विधान शायद अतिरंजित लगे तो यह स्वीकार किया जाए कि यह मत सदन का है। संविधान कितना भी अच्छा या बुरा हो तो भी वह अच्छा है या बुरा है, यह आखिर में राज्यकर्त्ताओं के संविधान के इस्तेमाल करने पर ही निर्भर होगा।' राष्ट्र की भवितव्यता का सोच-विचारकर उन्होंने चिंता व्यक्त की और कहा, ''मेरे दिल को बड़ा दुःख होता है, वह इस बात की वजह से कि भारत को इससे पहले अपनी स्वतंत्रता गँवाने की बारी एक ही बार आ गई हो, ऐसा नहीं, किंतु भारत की जनता के खुद के ही विश्वासघात से देशद्रोह करने से ही उसे स्वतंत्रता गँवानी पड़ी। जब मुहम्मदबिन कासिम ने सिंध पर हमला किया, तब राजा दाहर के सेनापति ने मुहम्मदबिन कासिम के मुनीम से रिश्वत लेकर अपने राजा की ओर से लड़ने से साफ इनकार किया। मोहम्मद गोरी को हिंदुस्तान पर

हमला करने का आमंत्रण देकर पृथ्वीराज के खिलाफ लड़ने का आमंत्रण देनेवाला पुरुष जयचंद था। उसने मोहम्मद गोरी को सोलंकी राज्य की और अपनी सहायता देने का वचन दिया था। जब शिवाजी महाराज हिंदुओं की स्वतंत्रता के लिए युद्ध कर रहे थे, तब अन्य मराठा सरदार और राजपूत मुगल बादशाह की ओर से लड़ रहे थे। जब सिख राज्यकर्त्ताओं के खिलाफ ब्रिटिश लड़ रहे थे, तब उनके सेनापति चुप बैठे थे। सिखों की स्वतंत्रता की रक्षा करने के लिए उन्होंने बिल्कुल प्रयास नहीं किए। 1857 में हिंदुस्तान के बड़े भाग ने ब्रिटिशों के खिलाफ स्वतंत्रता युद्ध पुकारा, तब सिख लोग शांति से प्रेक्षक वृत्ति से देखते रहे।''

''क्या इतिहास की पुनरावृत्ति होगी?'' यह सभागृह से पूछकर उन्होंने कहा, ''हिंदू लोगों के जातिभेद और पंथभेद जैसे पुराने दुश्मनों में एक-दूसरे के खिलाफ नए दल का और उद्गम हो रहा है, इस अहसाय से मेरी चिंता दुगुनी हो गई है।'' इसलिए भारतीय जनता को आंबेडकर ने यह इशारा किया कि अगर उन्होंने अपने दल का मत राष्ट्रहित की अपेक्षा श्रेष्ठ माना तो भारतीयों की स्वतंत्रता दूसरी बार खतरे में पड़ जाएगी और वह स्थायी रूप से नष्ट हो जाएगी। अत: खून की आखिरी बूँद शरीर में होने तक आपको अपनी स्वतंत्रता के लिए लड़ने की जिद पकड़नी चाहिए। ये अमूल्य बोल सुनकर सदन ने आंबेडकर का बड़ा जयघोष किया। तत्पश्चात् आंबेडकर किस मार्ग से लोकतंत्र का समर्थन किया जाए, इस विचार की ओर मुड़े। उन्होंने कहा, ''लोगों को पहली बात यह करनी चाहिए कि अपने सामाजिक और आर्थिक उद्देश्य सफल बनाते समय संविधानात्मक साधनों का मार्ग स्वीकार करना चाहिए। असहयोग, कानूनभंग और सत्याग्रह के मार्ग वे छोड़ दें; क्योंकि संविधानबाह्य मार्ग यानी केवल अराजकता का व्याकरण है।''

''स्वतंत्रता को दूसरा खतरा लोगों की विभूतिपूजा से पैदा हुआ है।' यह कहकर उन्होंने जॉन स्टुअर्ट मिल नामक ब्रिटिश दार्शनिक के मत की सदन को याद दिलाई। उस ब्रिटिश दार्शनिक ने लोकतंत्र के संरक्षकों को यह इशारा किया है कि कोई व्यक्ति कितना भी महान् हो तो भी उसके चरणों में वे अपनी स्वतंत्रता अर्पित न करें या अपनी संस्था का विनाश करने के लिए वह सक्षम हो सके, इतनी बड़ी सत्ता उसको न सौंपें। देश में प्रचलित निर्बुद्ध और अंधी विभूतिपूजा के खिलाफ आंबेडकर ने इशारा करते हुए कहा, ''जिन महान् व्यक्तियों ने आजीवन राष्ट्र की सेवा की, उनके प्रति कृतज्ञता रखने में कोई हर्ज नहीं, किंतु उस कृतज्ञता की भी कुछ सीमा होती है। आयरिश देशभक्त ओकानेल के कथन के अनुसार अपनी

आत्मप्रतिष्ठा की बलि देकर कोई भी पुरुष कृतज्ञ नहीं रह सकता; कोई भी नारी अपना सतीत्व भंग करवाकर कृतज्ञ नहीं रह सकती और अपनी-अपनी स्वतंत्रता की बलि देकर कोई भी राष्ट्र कृतज्ञ नहीं रह सकता। अन्य किसी भी देश की अपेक्षा भारत में यह सावधानी बरतना अत्यंत आवश्यक है; क्योंकि भारत की राजनीति में विभूतिपूजा का इतना जबरदस्त असर पड़ता है कि वैसा असर विश्व के किसी भी अन्य देश की राजनीति पर नहीं पड़ता। हो सकता है, धर्म में भक्ति आत्मा की मुक्ति का मार्ग दिखा सकती हो, किंतु राजनीति में भक्ति या विभूतिपूजा अधोगति का या अंत में तानाशाही का निश्चित मार्ग है, यह ध्यान में रखें।''

''भारतीय लोकतंत्र की रक्षा करते समय भारतीयों को तीसरी बात यह करनी चाहिए कि वे राजनीतिक लोकतंत्र से संतुष्ट न रहें। उनको राजनीतिक लोकतंत्र का सामाजिक और आर्थिक लोकतंत्र में रूपांतरण करना चाहिए। अगर राजनीतिक लोकतंत्र सामाजिक लोकतंत्र की ओर अधिष्ठित नहीं किया गया, तो वह टिक ही नहीं सकता; क्योंकि सामाजिक, लोकतंत्र स्वतंत्रता, समता और बंधुभाव को जीवन के तत्त्वों के रूप में पहचानता है। स्वतंत्रता, समता और बंधुभाव एक अखंड और अभंग त्रिमूर्ति हैं। अगर सामाजिक समता न होगी तो स्वतंत्रता का अर्थ मुट्ठी भर लोगों का आम जनता पर राज्य करना होगा। अगर समता स्वतंत्रताविरहित होगी तो वह व्यक्ति के जीवन की स्वयंप्रेरणा नष्ट करेगी। अगर बंधुभाव न होगा तो स्वतंत्रता और समता की वृद्धि सहजता से नहीं होगी। भारतीय जनता को एक बात स्वीकार करनी चाहिए कि भारतीय समाज में दो बातों का अभाव है। ये दो बातें हैं, 'सामाजिक समता और आर्थिक समता।'

अपने आवेशयुक्त भाषण में देश को खतरे की सूचना देते हुए आंबेडकर ने कहा, ''26 जनवरी, 1950 को हमें राजनीतिक समता प्राप्त होगी, किंतु सामाजिक और आर्थिक जीवन में असमानता रहेगी। अगर यह विसंगति यथासंभव तुरंत दूर करने का प्रयास हमने नहीं किया, तो जिन्हें विषमता की आँच लगी हुई है, वे लोग संविधान समिति द्वारा बड़े परिश्रम से बनाए इस राजनीतिक लोकतंत्र की मीनार मिट्टी में मिलाए बिना नहीं रहेंगे।'' आखिर में उन्होंने भारतीयों का यह आह्वान किया कि जिस जातिभेद की वजह से सामाजिक जीवन में अलग-अलग गुट बन गए हैं और जाति-जाति में विद्वेष और दुश्मनी पैदा हुई है, उस जातिभेद को त्यागकर भारतीय सामाजिक और मानसिक अर्थ में एक राष्ट्र बनाएँ। आंबेडकर का चालीस मिनट चला यह मीठा, धारावाही तथा भविष्यवाणी से युक्त ऐतिहासिक भाषण सुनते समय सारी संविधान समिति मगन हो गई थी। बीच-बीच में वह

आंबेडकर का जयघोष कर रही थी। आंबेडकर के उस भाषण का यह वर्णन किया गया कि आंबेडकर का वह भाषण यानी हिंदुस्तान की विद्यमान राजनीतिक परिस्थिति का ज्यों-का-त्यों और यथार्थ चित्र है।

दूसरे दिन भारतीय समाचारपत्रों ने बड़े हर्ष और नाज से आंबेडकर का भाषण प्रकाशितकर उनकी दूरदर्शिता और अक्लमंदी के उपेदश के लिए उन पर स्तुतिसुमनों की वर्षा की।

संविधान समिति ने 26 नवंबर को संविधान को स्वीकार किया। अपने समापन के भाषण में संविधान समिति के अध्यक्ष डॉ. राजेंद्र प्रसाद ने कहा, ''मैं इस कुरसी में बैठकर संविधान समिति के कार्य का हर दिन निरीक्षण करता आया हूँ। संविधान समिति की प्रारूप समिति के सदस्यों ने कितने उत्साह, हिम्मत तथा निष्ठा से कार्य पूरा किया है, उसकी सही समझ अन्य किसी भी अपेक्षा मुझे ज्यादा है। विशेषतया उस प्रारूप-समिति के अध्यक्ष डॉ. आंबेडकर ने अपने स्वास्थ्य की परवाह न करते हुए वह कार्य पूरा किया है। संविधान बनाने की प्रारूप-समिति पर और उसके अध्यक्ष पर आंबेडकर की नियुक्ति करने का जो निर्णय किया, उतना अचूक अन्य कोई निर्णय संविधान-समिति ने नहीं किया। आंबेडकर ने अपनी नियुक्ति की यथार्थता साबित कर दी। इतना ही नहीं, उन्होंने जो कार्य किया, उसमें उन्होंने एक तरह की तेजस्विता ला दी।'' सदन में बीच-बीच में तालियों की गूँज हो रही थी।

एक गांधीवादी साप्ताहिक ने डॉ. आंबेडकर की तुलना बुद्धभक्त उपालि के साथ की। बुद्ध के महानिर्वाण के उपरांत तीन महीनों के बाद इकट्ठा हुई बुद्ध महासभा ने विनयपिटक लिखने का कार्य इस उपालि को सौंपा था। उपालि जन्म से नाई और ज्ञान से बृहस्पति थे! 'दैवायत्तं कुले जन्म मदायत्तं तु पौरुषम्'—यह सत्य इन दो महानुभावों ने सार्थक किया।

संदर्भ—

1. The Free Press Journal, 28 November, 1947
2. शंकराव खरात, डॉ. बाबासाहेब आंबेडकरांची पत्रे।
3. Statement by the Secretary of the II Indian Municipal Workers' Fedration.

□

इस्तीफा के पत्र में डॉ. बाबासाहब आंबेडकर की पीड़ा...

—नचिकेता कुमार

डॉ. बाबासाहब आंबेडकर का जन्मदिवस आता और चला जाता है। परंतु असली आंबेडकर तो अब प्रतिमा में ही जड़ दिया गया है, मानो उनके विचारों पर भी उनकी मृत्यु के बाद परदा डाल दिया गया है। यदि कोई परदा हटाने की कोशिश करे तो उसके नाम पर राजनीतिक खिचड़ी पकाने के लिए मुट्ठी भर लोग मैदान में आ जाते हैं। परिणामस्वरूप डॉ. बाबासाहब द्वारा राष्ट्र के निर्माण में किए गए कार्य के बारे में किसी को जानकारी ही नहीं है। उनकी जल और बिजली की समस्या के निराकरण के लिए प्रदत्त अमूल्य सुझावों के बारे में किसी ने 70 वर्ष के बाद भी कोई संज्ञान नहीं लिया। यहाँ तक कि उनकी पीड़ा को भी समझने की किसी ने कोशिश ही नहीं की। डॉ. बाबासाहब आंबेडकर ने 10 अक्तूबर, 1951 को पंडित नेहरू के मंत्रिमंडल से कानून मंत्री के पद से इस्तीफा दे दिया। प्रचार ऐसा किया जाता है कि उन्होंने हिंदू कोड विधेयक संसद् में पारित नहीं होने के खिलाफ इस्तीफा दिया। परंतु डॉ. बाबासाहब आंबेडकर ने इस्तीफा क्यों दिया, इस बारे में इस्तीफा देनेवाले पाँच कारणों वाला पत्र पढ़ें तो पता चलेगा कि इस्तीफा देने का मूल कारण मंत्रिमंडल में उनकी सतत अवगणना और अपमान तथा अनुसूचित जाति पर हो रहा कारण ही अभिभूत है। डॉ. बाबासाहब आंबेडकर ने इस्तीफा के पत्र में पाँचवाँ और आखिरी कारण हिंदू कोड बिल दिया है। प्रचार केवल आखिरी कारण का ही होता है। अगले चार कारण की तो कोई चर्चा ही नहीं करता।

डॉ. बाबासाहब आंबेडकर ने 10 अक्तूबर को कानून मंत्री के पद से इस्तीफा

दिया। तब उस समय इस्तीफा क्यों दिया, यह बताने की प्रणाली लोकतंत्र में है। वह अपना बयान लोकसभा में दे सकता है। परंतु डॉ. बाबासाहब आंबेडकर ने इस्तीफा दिया, तब उन्हें यह बयान लोकसभा में देने से प्रधानमंत्री जवाहरलाल नेहरू ने मना कर दिया था। हालाँकि डॉ. बाबासाहब आंबेडकर इस राजनीति को समझ रहे थे। उन्होंने लोकसभा के बाहर पत्रकार परिषद् आयोजित कर इसका कारण और वेदना से अवगत करवाया। इस्तीफा देने के पाँच कारणों वाला पत्र पढ़ने जैसा है, जिसमें डॉ. बाबासाहब आंबेडकर ने विदेश नीति, कश्मीर, पाकिस्तान जैसे सवाल पर दृष्टि कितनी स्पष्ट थी अवगत हो जाता है। परंतु यहाँ तो उस पत्र के केवल दो कारणों के कुछ अंश देखें तो डॉ. बाबासाहब आंबेडकर ने पत्र में अपनी प्रतिभा की तुलना में बिल्कुल मामूली मंत्रालय देने का कारण बताते हुए इस्तीफा के पत्र में लिखा है—

वर्षों तक वायसरॉय की कार्यकारिणी समिति में सदस्य रहने के कारण मैं पहले से ही यह मानता हूँ कि कानून मंत्री का पद संपूर्ण तौर पर शुष्क होता है। इस पद से भारत के नव निर्माण की नीति तैयार करने में किसी भी प्रकार का कोई मौका नहीं मिलता। हम इसे पुराने वकील अर्थात् वृद्ध वकीलों के समय व्यतीत करने के लिए ही मानते थे, जब प्रधानमंत्री ने मुझे कानून मंत्री के पद का प्रस्ताव मेरे सामने प्रस्तुत किया, तब मैंने उनसे कहा था कि मेरी शिक्षा और मेरे अनुभव के कारण और एक वकील होने के कारण सरकार में अन्य कोई भी मंत्रालय सँभालने की क्षमता मुझमें है, उस समय प्रधानमंत्री मेरे साथ सहमत हुए और कहा कि कानून मंत्रालय के अतिरिक्त वे जो तैयार करना चाहते हैं, वह निर्माण विभाग भी मुझे सौंपा जाएगा। परंतु दुर्भाग्यवश योजना निर्माण विभाग बहुत बाद में अस्तित्व में आया और हुआ यों कि जब अस्तित्व में आया, तब प्रधानमंत्री मुझे दिया गया आश्वासन ही भूल गए थे। मैं कानून मंत्री था, तब तक अनेक मंत्रियों के मंत्रालय में अनेक बार परिवर्तन हो गया, आज एक मंत्रालय एक मंत्री के पास है तो कल वह अन्य मंत्री को सौंप दिया गया था, मैं भी विचार कर रहा था कि शायद मुझे भी इस मंत्रालय से किसी अन्य मंत्रालय के योग्य माना जाएगा, परंतु मेरी ओर तो कभी किसी की ऩजर ही नहीं गई। कितने ही मंत्रियों को तो अलग-अलग दो-दो तीन-तीन मंत्रालय सौंपे गए, उन पर कार्यभार बढ़ने के बाद भी मेरे जैसे जो अधिक काम की आशा कर रहे थे, वहीं-के-वहीं रह गए। कभी-कभी कोई इक्का-दुक्का मंत्री विदेश के दौरे पर जाता था, तब भी उनकी अनुपस्थिति में उनका मंत्रालय सँभालने के लिए भी मुझे योग्य नहीं समझा गया। जब आर्थिक बाबतों संबंधी विवाद करने के लिए

समिति का गठन किया गया, उसमें मुझे लिया जाएगा, मुझे ऐसी आशा थी। क्योंकि मैं मूलभूत रूप से अर्थशास्त्र का विद्यार्थी हूँ, फिर मुझे उसमें नहीं लिया गया। जब प्रधानमंत्री विदेश के दौरे से वापस आए और उन्होंने अपने मंत्रिमंडल का पुनर्गठन किया, तब भी वे मुझे भूल गए।

डॉ. बाबासाहब आंबेडकर के पत्र में अनुसूचित समाज पर हो रहे अत्याचार और उसके लिए दिए गए आश्वासन को केंद्र सरकार साफ तौर पर भूल गई थी। इसकी व्यथा भी पत्र में लिखी है।

संविधान में अनुसूचित जातियों के लिए जो कुछ भी सुरक्षा व्यवस्था करने का वादा किया गया था, उसे यह सरकार धोकर पी गई है और उसकी अवगणना करती है। संविधान में अस्पृश्य जातियों में सुरक्षा की जो व्यवस्था की गई थी, उससे मैं संतुष्ट नहीं था, उसे प्रभावी बनाने के लिए सरकार कदम उठाएगी, मुझे ऐसी आशा थी। परंतु आज भी अस्पृश्य जाति की स्थिति क्या है ? मेरी जानकारी के अनुसार, जिस प्रकार के हालात पहले थे, उसी प्रकार के हालात आज भी हैं। पहले जैसा ही अन्याय, अत्याचार, शोषण, भेदभाव वगैरह हो रहा था, वैसे ही आज भी होता है। इसके कारण उनकी दशा अत्यंत खराब हुई है। मैं ऐसे तो अनेक उदाहरण दे सकता हूँ, क्योंकि दिल्ली और आसपास के लोग मेरे पास आकर स्पृश्य हिंदुओं द्वारा उन पर हो रहे अत्याचारों की करुण कहानी मुझे सुनाते है। उन्होंने तो यह भी कहा है कि उन्हें स्पृश्यों के जुल्म के खिलाफ पुलिस में शिकायत दर्ज करने के बाद भी पुलिस उनकी किसी भी प्रकार की मदद नहीं की। सवाल यह खड़ा होता है कि भारत के अस्पृश्यों की जो दुर्दशा है, उसकी तुलना करने के लिए विश्व में कोई और उदाहरण नहीं मिल सकता। भारत में अस्पृश्यों को किसी भी प्रकार की सुविधा क्यों नहीं दी जाती ? सरकार मुसलमानों की सुरक्षा की बहुत ज्यादा चिंता क्यों कर रही है ? हमें इन दोनों के बारे में तुलना करनी चाहिए। हमारे प्रधानमंत्री हर दम मुसलमानों की ही चिंता करने में व्यस्त रहते हैं। डां. बाबासाहब आंबेडकर के इस्तीफे का पत्र तो बहुत बड़ा है। परंतु पत्र पढ़ने जैसा है। पत्र में नेहरू सरकार की विदेश नीति कितनी विफल है, यह भी बताया गया है, तो वहीं पंडित नेहरू को डॉ. बाबासाहब आंबेडकर की प्रतिभा से कितनी हद तक जलन और पूर्वग्रह होगा, इसका भी पत्र में उल्लेख है।

□

बाबासाहब : बुद्धम् शरणम् गच्छामि

—तथागत मिश्रा

हिंदू समाज के अधिकांश घटकों के सामाजिक पुनर्गठन के विषय में विषण्ण करनेवाले अनुभव के कारण बाबासाहब का जो भ्रमनिरास हुआ, उसकी पृष्ठभूमि में उन्होंने धर्मांतरण करने का निर्णय लिया। यद्यपि धर्मांतरण की घोषणा 1935 में की थी, फिर भी उन्होंने 20-21 वर्ष तक हिंदू समाज के हृदय परिवर्तन की प्रतीक्षा की और प्रबोधन, संगठन, संघर्ष जैसे विविध मार्गों से सब क्षेत्रों में कार्य करके अस्पृश्यों को हिंदू समाज के एक सम्माननीय घटक के रूप में सम्मान दिलाने का अथक प्रयास करते रहे। अंततः सफलता न मिलने के कारण स्वयं के समाज को एक निर्णायक व विधायक दिशा देने के लिए उन्होंने 14 अक्तूबर, 1956 को अपने लाखों अनुयायियों के साथ बौद्धधम्म की दीक्षा ली व हिंदू धर्म का त्याग करने की घोषणा की।

देखा जाए तो अत्युच्च उपाधियाँ लेने के बावजूद उन्हें अस्पृश्यता का दाहक अनुभव मिलता रहा था। उसका एकमात्र कारण था हिंदू धर्म के अंतर्गत अस्पृश्य मानी गई एक जाति में उनका जन्म होना। इस वास्तविकता ने अध्ययनशील; पर संवेदनशील बाबासाहब को धर्मांतरण करने के लिए मजबूर किया। धर्मांतरण का विचार काफी समय से उनके मन में था, पर उन्होंने उसे टालने की भरसक कोशिश की। बार्शी में दिया गया उनका भाषण 'ज्ञानप्रकाश' के 24 मई व 7 जून, 1924 के अंक में 'देशांतर, नामांतर कि धर्मांतर', शीर्षक से छापा गया था, इसका उल्लेख डॉ. भालचंद्र फडके ने 1989 में प्रकाशित अपनी पुस्तक 'डॉ. आंबेडकरांचे समाजचिंतन' की प्रस्तावना में किया है। इसलिए यह कहा जा सकता है कि धर्मांतरण का विचार बाबासाहब के मन में कई वर्षों से घर किए हुआ था।

परंतु बाबासाहब के मन में केवल अपनी स्वयं की मुक्ति का अथवा केवल

अस्पृश्य समाज की मुक्ति का विचार नहीं था। उनका उद्देश्य तो अखिल हिंदू समाज में परिवर्तन लाने का था। उन्होंने धर्मांतरण के विषय में अपने विचार सन् 1935 तक विभिन्न दृष्टिकोण से सबके सामने रखे थे।

'बहिष्कृत भारत' के स्फुट लेख 'अस्पृश्य आणि धर्मांतर' में वे कहते हैं, ''धर्मांतरण करने से हम डरते नहीं हैं। केवल अस्पृश्यों का सवाल होता तो धर्मांतरण तुरंत किया जा सकता था; मगर अस्पृश्यों को केवल इतना ही काम नहीं करना है। उन्हें ब्राह्मणी धर्म पद्धति व तज्जन्य भेदप्रिय मनोवृत्ति नष्ट करनी है। हिंदू व अन्य धर्मों की प्रामाण्यता को नकारते हुए समता, स्वतंत्रता व बंधुता से सुसंगत हिंदू धर्म का नया संगठन खड़ा करना है।''

इसलिए 'बहिष्कृत भारत' में प्रकाशित लेख 'अस्पृश्यता व सत्याग्रहाची सिद्धी' के बाबासाहब के विचार को सार्थक ही कहना पड़ेगा। उसमें उन्होंने कहा कि 'अस्पृश्यता निवारण का सरल उपाय (धर्मांतरण न करते हुए) परधर्म स्वीकार कर हिंदू धर्म का क्षय करने के स्थान पर उसमें ही रहते हुए अपनी संपूर्ण शक्ति लगाकर अपनी मनुष्यता प्राप्त करने का उन्होंने निश्चय किया है।' इससे यह स्पष्ट है कि उनके द्वारा किया जा रहा कार्य स्वयं के उद्धार का न होकर हिंदू धर्म के उद्धार का था।

मगर चवदार ताल के सत्याग्रह के अनुभव के बाद बाबासाहब को विश्वास हो गया था कि अस्पृश्यता का कलंक हिंदू धर्म का कलंक नहीं है, वह तो केवल अस्पृश्यों का कलंक है और अपने को ही धोना होगा। 'बहिष्कृत भारत' के 22 अप्रैल, 1927 के लेख में उन्होंने कहा, ''अस्पृश्यता हिंदू धर्म का कलंक न होकर, हमारी नरदेह पर लगा कलंक है। हम मानते थे कि यह कलंक हिंदू धर्म पर लगा हुआ है, इसलिए अब तक यह काम आप पर सौंपा था। यह कलंक केवल हम पर लगा हुआ है, इसलिए उसे धोने के पवित्र कार्य को अब हम ही करेंगे।

''आप लोगों ने तालाब को शुद्ध करके हमारी अपवित्रता को सिद्ध करने का महाड में नीचतम कार्य किया है। लगे तो और करें, पर आपके मुँह से यह स्वीकार कराए बिना हम शांत नहीं बैठेंगे कि हम पवित्र हैं। इस कार्य की सिद्धि के लिए हमारे में से कुछ लोगों को आत्मयज्ञ करना पड़ा, तो भी हमें अफसोस नहीं।

''यदि ईश्वरी संकेत होता है कि आपके द्वारा धर्म पर लगाए गए कलंक को हमें अपने रक्त से धोना है, तो हम अपने को भाग्यवान् समझेंगे और इस भावना से अब निर्भय हो गए हैं कि ऐसे पवित्र कार्य का हमें दूत बनना है।''

उसी समय 24 नवंबर, 1927 को 'बहिष्कृत भारत' में अस्पृश्यों के संभावित

धर्मांतरण का गर्भित संकेत भी दिया था। उन्होंने कहा, ''यह स्पष्ट हो जाने पर कि सत्याग्रह करने पर भी स्पृश्य हिंदू समाज हमें उचित स्थान नहीं दे रहा है; वे अस्पृश्य लोग, जो धकेल दिए जाने पर भी आज हिंदू धर्म छोड़ नहीं रहे हैं; वे ही लोग विश्वास हो जाने पर कि हिंदू धर्म पत्थर का धर्म है और उसके सामने सिर फोड़ने पर भी वह कुछ नहीं देगा; यह कह कर कि 'स्पृश्यो! यह लो अपना हिंदू धर्म!' अपने आप परधर्म में जाने को तैयार हो जाएँगे।''

एक अन्य लेख में उन्होंने कहा, ''स्पृश्यों ने हठवादिता कायम रखी, तो धर्मांतरण करने के अलावा अन्य कोई मार्ग शेष नहीं रहेगा। तब परधर्म स्वीकारकर हम अपने उचित अधिकार प्राप्त करेंगे।'' उसी काल में अमरावती, रत्नागिरि इत्यादि स्थानों पर अस्पृश्यों का आंदोलन मंदिर में प्रवेश हेतु चल रहा था। तब एक सुझाव यह भी आया था कि अस्पृश्यों के लिए अलग से मंदिर होने चाहिए। उस विषय में अपनी भूमिका डॉ. आंबेडकर ने 'बहिष्कृत भारत' के 3 जून, 1927 के अंक में स्पष्ट की थी। उससे स्पष्ट होता है कि उन्होंने यह सब क्यों किया था। वे कहते हैं, ''जो अस्पृश्य लोग मंदिर में जाने के लिए आंदोलन कर रहे हैं, वे यह केवल इसलिए नहीं कर रहे हैं कि देवदर्शन के बिना वे बैचेन हैं। अस्पृश्यों का मंदिर में प्रवेश का आंदोलन तो स्पृश्य हिंदुओं से बराबरी का अधिकार प्राप्त करने के लिए है।''

फरवरी 1934 के एक पत्रक में वे स्पष्ट रूप से कहते हैं, ''चातुर्वर्ण्य का सिद्धांत नष्ट होने की संभावना न हो, तो अस्पृश्य लोग मंदिर प्रवेश के आंदोलन के साथ ही हिंदू धर्म का भी त्याग करेंगे।''

नासिक के कालेराम मंदिर में प्रवेश के लिए किए गए सत्याग्रह के संदर्भ में भी पर्याप्त चर्चा पहले की जा चुकी है।

उन्हें मजबूर होकर, जिस कारण धर्मांतरण करने की घोषणा करनी पड़ी थी, उसी कारण से हिंदू समाज में परिवर्तन व पुनर्गठन करने के बारे में उनके विचार काफी प्रमाण में बदले हुए दिखाई देते हैं।

31 मई, 1936 को मुंबई में दिए अपने भाषण में बाबासाहब ने कहा था, ''किसी को इस गलफहमी में नहीं रहना चाहिए कि हिंदू समाज में सुधार करना अस्पृश्यता निवारण आंदोलन का मुख्य हेतु है। इसका हेतु अस्पृश्यों को सामाजिक स्वतंत्रता प्राप्त करा देना है और यह स्पष्ट है कि यह स्वतंत्रता धर्मांतरण के बिना प्राप्त नहीं होगी।''

इसी विचार को उन्होंने अपने भाषण में अत्यंत विस्तार व पूर्णता से व्यक्त किया था। 'अस्पृश्यों के पास संख्याबल व धनबल का न होना, उनके साथ

होनेवाले व्यवहार का एकमात्र कारण नहीं है। मुसलमान अल्पसंख्यक हैं, पर उन पर अत्याचार नहीं होते। अस्पृश्यों के पास संख्याबल, धनबल के अलावा मनोबल का भी अभाव है। सैंकड़ों साल तक परतंत्र रहने के कारण उनमें प्रतिकार करने के लिए आवश्यक साहस व आत्मविश्वास का अभाव निर्माण हो गया है।'

'यदि धर्मांतरण करके अपने को स्वतंत्रता मिल सकती है, तो हिंदू धर्म में सुधार करने की जिम्मेदारी हम लोगों को अपने पर क्यों लेनी चाहिए व उनके लिए अपने सामर्थ्य व धन की आहुति क्यों देनी चाहिए?'

'धर्मांतरण का मार्ग अस्पृश्य लोगों के लिए तो सुख का है ही, वह सवर्ण हिंदुओं के लिए भी सुखदायी होगा और तब मंदिर प्रवेश, सहभोजन, सहविवाह जैसे सामाजिक अधिकार प्राप्त करने के निमित्त संघर्ष करने का कारण ही नहीं रहेगा; क्योंकि तब यह अधिकार ही नहीं रहेगा और उसकी आवश्यकता भी नहीं रहेगी।'

इसी भाषण में उन्होंने स्पष्ट किया कि उन्होंने धर्मांतरण करने का निश्चय कर लिया है। उनका धर्मांतरण किसी ऐहिक लाभ के लिए नहीं है। वह अस्पृश्य रहकर प्राप्त नहीं सकता, ऐसी कोई बात उनके स्वयं के बारे में नहीं है। उनके धर्मांतरण के मूल में आध्यात्मिक भावना के अतिरिक्त अन्य कोई भावना नहीं है, पर मेरे अनुयायियों को केवल आध्यात्मिक व ऐहिक लाभ के लिए धर्मांतरण करना पड़ रहा है।

उन्होंने धर्मांतरण का आह्वान करते हुए कहा, "मेरे इस निर्णय से अनुयायियों में फूट नहीं पड़नी चाहिए। उन लोगों को मेरे साथ धर्मांतरण करना चाहिए, परंतु भावनाविवश न होते हुए विचारपूर्वक और यदि उनकी बुद्धि को उचित लगता हो तो ही धर्मांतरण करना चाहिए। भावी पीढ़ी का भविष्य उनके अपने निर्णय पर निर्भर है। भगवान् बुद्ध ने आखिरी समय में महापरिनिर्वाण के पहले अपने शिष्य आनंद को 'स्वयं' की बुद्धि की शरण जाने, सत्य की शरण जाने' का उपदेश दिया था। उस उपदेश को विस्तार के साथ बताते हुए बाबासाहब ने कहा, "भगवान् बुद्ध के इस उपेदश को आप लोगों ने इस प्रसंग पर ध्यान में रखा, तो आपका निर्णय गलत नहीं होगा।"

बाबासाहब के इस भाषण से अनेक बातें स्पष्ट होती हैं। पहली यह कि धर्मांतरण 'मनुष्य' के रूप में प्राप्त होनेवाले अधिकारों को दिलाने के लिए है। दूसरी यह कि धर्मांरण अपने अनुयायियों के अभ्युदय-निःश्रेयस के लिए है तथा तीसरी यह कि धर्मांतरण सामूहिक रूप से हो और अनुयायी स्वयं अपनी बुद्धि के अनुसार निर्णयकर धर्मांतरण करने के विचार को स्वीकार करें।

इस सभा में डॉ. आंबेडकर ने कहा कि वे किसी ऐहिक लाभ के लिए धर्मांतरण नहीं कर रहे हैं। उनकी प्रेरणा आध्यात्मिक है। उन्हें मानवीय जीवन में धर्म की आवश्यकता का महत्त्व मालूम था। इसके लिए घर के धार्मिक वातावरण के कारण बचपन में हुए संस्कार तो कारणीभूत थे ही, साथ ही बड़े होने पर समाजशास्त्र के अध्ययन से उनके चिंतनशील मन को यह बात पट गई थी कि मानवीय समाज, मानवीय संस्कृति के लिए धर्म अत्यंत प्रभावी प्रेरणा है। उनके इस कथन का उल्लेख पहले आ चुका है, ''मैं धर्मभीरु नहीं हूँ। जो लोग मेरे संपर्क में आते हैं, उन्हें मालूम है कि धर्म के प्रति मेरे मन में कितनी श्रद्धा व प्रेम है।'' अर्थात् उनकी धर्मकल्पना किसी विशिष्ट उपासना-पद्धति के स्थान पर मनुष्य के परस्पर व्यवहार, बंधुता व नीतिसूत्र की आध्यात्मिक प्रेरणा से जुड़ी हुई थी। एक स्थान पर उन्होंने कहा है, ''कुछ लोगों को लगता है कि समाज को धर्म की आवश्यकता नहीं है। मैं उनके इस मत से सहमत नहीं हूँ। मेरा मत है कि समाजजीवन का व्यवहार धर्म की नींव पर अधिष्ठित होना ही चाहिए।'' अर्थात् वह धर्म सद्धर्म होना चाहिए। देश के सार्वजनिक जीवन में धर्म के महत्त्व को उन्होंने आचार्य अत्रे के चित्रपट 'महात्मा फुले' के प्रसारण के प्रसंग पर 6 फरवरी, 1954 को रेखांकित किया था। उन्होंने कहा था, ''आज देश में चरित्र का अभाव है और जिस देश में नीतिमत्ता नहीं है, उस देश का भविष्य अंधकारमय होता है। फिर आपके प्रधान नेहरू हों या मोरारजी भाई, आपका भविष्य अंधकारपूर्ण ही रहेगा। देश के मंत्री देश का उद्धार नहीं कर सकते हैं। जिसे धर्म का तत्त्व अच्छी तरह समझ में आ गया है, वही देश का उद्धार कर सकेगा। महात्मा फुले ऐसे ही धर्मसुधारक थे। धर्म के तत्त्व विद्या, प्रज्ञा, करुणा, शील और मैत्री के अनुसार प्रत्येक को अपना चरित्र बनाना चाहिए। ऐसे विद्याधारी को मैं कसाई समझता हूँ, जिसमें करुणा का अभाव है। करुणा का अर्थ है आदमी से प्रेम करना। आदमी को तो इससे भी आगे जाना चाहिए।''

उनकी धारणा थी कि ऐसे बंधुभाव, शील, प्रज्ञा को प्रेरणा देने का सामर्थ्य हिंदू धर्म खो बेठा है, इस कारण मजदूर होकर हमें धर्मांतरण का मार्ग अपना पड़ा।

''हिंदू समाज मनुस्मृतिप्रणीत धर्म पर आधारित है, इसलिए हमें नहीं लगता कि हिंदू समाज में व्याप्त सामाजिक विषमता को दूर किया जा सकेगा। विषमता को दूर करके अधिक विशाल व न्याय्य नींव पर आधारित हिंदू समाज अपना पुनर्गठन करेगा, इस विषय में मैं निराश हूँ।''

प्राचार्य म. मि. चिटणीस ने बाबासाहब से लिये साक्षात्कार को 'बाबांचे स्मरण' नाम से लिखा है। उसमें उन्होंने बाबासाहब की धर्म की आवश्यकता संबंधी भूमिका

स्पष्ट की है। बाबासाहब का मानना था कि एशिया खंड में धर्म अभी भी महत्त्वपूर्ण तत्त्व है। धर्म नया विचार प्रसारित करने का एक साधन है। धर्म शब्द को भातृभाव के अर्थ में व्यवहार में लाया है, धर्म का पयार्यवाची शब्द बंधुता ही है। एक माँ के पेट से जन्म लेनेवाले बालक जिस प्रकार नैसर्गिक रूप से अपनत्व की अनुभूति करते हैं, वही अनुभूति समाज का मूलतत्त्व बननी चाहिए। 3 अक्तूबर, 1954 को आकाशवाणी का जो भाषण था, उसमें भी उन्होंने बंधुता अथवा मानवता को धर्म का दूसरा नाम कहा।

स्वाभाविक ही ऐसे धर्म की अस्पृश्यों व पददलितों को अधिक आवश्यकता है। वे कहते हैं—''संसार में धर्म की आवश्यकता सर्वप्रथम निचले स्तर के लोगों को अनुभव हुई। रोमन व इटालियनो में गरीब लोगों ने ही सबसे पहले ईसाई धर्म को स्वीकार किया था।'' बाबासाहब का कहना था कि सब प्रकार विपन्नावस्था में ही नीतिमान रखने का सामर्थ्य धर्म में ही है। स्वयं भूखे या अधपेट रहकर भी सुग्रास भोजन के डिब्बे उसके मालिक को पहुँचाने का काम मुंबई के डिब्बेवाले अबाध रूप से कर रहे हैं। किसी का डिब्बा खोलकर उसमें से भोजन करने की इच्छा डिब्बेवालों को नहीं होगी, क्योंकि उनमें धर्मभावना होती है। 'धर्म दुराचरण पर नियंत्रण रखता है। उदाहरण के लिए मैं आपको आपकी भाषा में एक बात बताता हूँ। बैलगाड़ी के दो पहिए, दो बैल, गाड़ी व हाँकनेवाला होता है। गाड़ी अच्छी चले, इसके लिए चिकनाई (ग्रीस) डाली जाती है और पहिया न निकले कील ठोक दी जाती है। यह सब होने पर ही गाड़ी को बैल खींच सकते हैं। उसी प्रकार मनुष्य के पापी व दुराचारी आचरण को धर्म का बंधन हुए बिना काम चल नहीं सकेगा।''

बाबासाहब भौतिक व आर्थिक प्रगति का महत्त्व पूरी तरह से जानते थे। ये दोनों बातें मनुष्य जीवन के लिए परमावश्यक हैं, पर इसके साथ ही आग्रहपूर्वक प्रतिपादन करते थे कि 'केवल अर्थ से अनर्थ होगा। अर्थ में धर्म होना ही चाहिए।''

यहाँ एक बात का उल्लेख करना उचित प्रतीत होता है कि निधर्मीवाद के एक कट्टर समर्थक व पश्चिमी शिक्षा के प्रभाव से धार्मिकता का जीवन भर विरोध करनेवाले पं. नेहरू का रुझान जीवन के अंतिम काल में धार्मिक विचारों की ओर होने लगा था। मृत्यु के दो दिन पूर्व देहरादून के सर्किट हाउस से श्रीमन्नारायण की पुस्तक के लिए भेजे अपने लेख में वे लिखते हैं, 'भारत में कृषि उद्योग व अन्य उद्योगों का उत्पादन बढ़ाकर अधिक लाभ प्राप्त करने के लिए अपने को अत्याधुनिक तंत्रविज्ञान की सहायता लेना अत्यंत महत्त्व का है, पर ऐसी सहायता लेते समय व्यक्ति की गुणवत्ता व धर्मसंकल्पना जैसे आधारभूत तत्त्व साध्य करना

अपना मूलभूत हेतु है, यह नहीं भूलना चाहिए।'

अपनी पुस्तक 'टाक विद नेहरू' में नार्मन कसिंस ने धर्म के मानवतावादी, वैज्ञानिक व सर्वात्मक स्वरूप के बारे में पं. नेहरू के विचारों को विस्तार से दिया है।

एक अन्य स्थान पर पं. नेहरू ने कहा हैं, ''देश की भौतिक समृद्धि प्राप्त करने के प्रयास में मानवीय प्रकृति के आध्यात्मिक अंश की ओर हम लोगों ने बिल्कुल ध्यान नहीं दिया। इसलिए व्यक्ति व राष्ट्र को जीवनध्येय देने के लिए, जिसके लिए जीवन जीना है व प्रसंग आने पर जिसके लिए प्राण तक देने की तैयारी के उद्देश्य को उनके सामने रखने के लिए, जीवन के तत्त्वज्ञान को पुनः अंगीकार करना होगा। अपने चिंतन को हमें आध्यात्मिक आधार देना होगा। हम कल्याणकारी राज्य, लोकतंत्र, समाजवाद आदि के बारे में बोलते हैं, परंतु उससे स्पष्ट व निःसंदिग्ध अर्थबोध नहीं होता। लोकतंत्र व समाजवाद विशिष्ट उद्देश्यों को प्राप्त करने के साधन मात्र हैं, अंतिम उद्देश्य नहीं।''

जैसे ही डॉ. आंबेडकर ने धर्मांतरण करने की घोषणा की और उनके सिख, ईसाई अथवा इसलाम धर्म में जाने की संभावना दिखाई दी, भारतीय समाज में हलचल का निर्माण हुआ। इस विषय में धनंजय कीर, खैरमोड़े आदि चरित्रकारों ने विस्तृत जानकारी दी है। आगा खाँ, हैदराबाद के निजाम आदि के प्रस्तुत किए गए लोभ, यूरोपीयन मिशनरियों द्वारा किया गया आह्वान, सिख नेताओं का उनके यहाँ आना-जाना, इन सब लोगों ने उन्हें अपनी ओर खींचने के लिए प्रयत्न किए, उसी प्रकार हिंदू महासभा द्वारा उनको थामकर रखने के प्रयास, गांधीजी व अन्य हिंदू तत्त्ववेत्ताओं की प्रतिक्रिया आदि के अभ्यासकों ने पर्याप्त संदर्भ प्रस्तुत किए हैं। इस विषय में सबसे महत्त्वपूर्ण बात यह है कि बाबासाहब द्वारा धर्मांतरण की घोषणा किए जाने के पश्चात् कुछ ही दिनों में मैसूर सरकार ने एक राजाज्ञा प्रसारित-कर अस्पृश्यों को दशहरे के दिन दरबार में होनेवाले उत्सव में भाग लेने की स्वीकृति दी। मैसूर सरकार के इतिहास में यह अभूतपूर्व घटना थी। लगभग उसी समय त्रावणकोर सरकार ने अपने अधिकार के लगभग 1600 मंदिरों को एक घोषणा के माध्यम से अस्पृश्यों के लिए मुक्त किया। यह कहना उचित होगा कि इस घोषणा के कारण भारत व हिंदू धर्म के इतिहास में एक नए पर्व की शुरुआत हुई।

फिर भी हिंदू धर्म धारित हिंदू समाज रचना के मूलभूत स्वरूप में परिवर्तन कर जातिभेद के कारण निर्माण हुई विषमता के स्थान पर समता की नींव पर हिंदू समाज खड़ा करने का बाबासाहब का जो आग्रह था; चातुर्वर्ण्य, अस्पृश्यता आदि

को समाज व्यवहार के सारे अंगों से पूरी तरह नष्ट करने का उनका लक्ष्य था, उसे संपूर्ण प्रतिसाद किसी ने भी नहीं किया। केवल सावरकर ने अपनी जिलाबंदी के काल में रत्नागिरि में अनेक उपक्रमों के द्वारा उसे साधने का प्रयत्न किया था, मगर सावरकर का उदाहरण अपवादात्मक ही था।

इस वस्तुस्थिति से बाबासाहब अप्रसन्न थे। 1936 में जब पुणे में मातंग समाज की ओर से शंकराचार्य डॉ. कुर्तकोटी का सम्मान व पाद्यपूजा हुई, तब उनकी नाराजी अकल्पितरूप से व्यक्त हुई। खैरमोड़े ने उस संदर्भ में जो जानकारी दी है, उससे लगता है कि उसके बाद हुई एक सभा में उन्होंने घोषणा की थी कि यदि उनकी एक शर्त स्वीकार की जाती है, तो वे हिंदूधर्म में रह सकते हैं। वह शर्त जानने के लिए जब पुणे के कुछ सवर्ण नेता उनके पास गए, तब उन्होंने कहा, ''मातंग समाज के नेता श्री सकट को मातंग समाज का शंकराचार्य मानकर सौ चितपावन ब्राह्मण परिवार सार्वजनिक रूप से उनकी पाद्यपूजा करें। ऐसा करने पर ही मैं अपनी शर्त प्रकट करूँगा।'' उनकी इस कृति में प्रतिष्ठित हिंदू नेताओं के हिंदू धर्म को सुधारने के प्रयत्न का जैसा विदारक उपहास था, वैसे ही सकट जैसे अस्पृश्य नेता का ब्राह्मणों के आश्रय में रहने व उनके मानसिक दासत्व को लेकर नाराजी भी थी।

इस संदर्भ में धनंजय कीर का वर्णन इससे कुछ भिन्न है। येवला से वापिस आने के पश्चात् विश्राम के लिए दो दिन डॉ. आंबेडकर वसई गए थे। तब मसूरकर महाराज उनसे मिले व कहा कि हिंदू समाज का हृदयपरिवर्तन करने के लिए उन्हें कुछ और समय देना चाहिए। बाबासाहब द्वारा धर्म परिवर्तन करने से हिंदू समाज का अपरिमित नुकसान होगा। बाबासाहब ने विषण्ण मन से इसे स्वीकार भी किया; लेकिन उन्होंने साफ शब्दों में यह भी कहा कि नुकसान टालने की जिम्मेदारी हिंदू समाज की है। मसूरकर महाराज के निवेदन कि धर्मांतरण का प्रश्न कुछ समय के लिए टाल देना चाहिए, के जवाब में व्यंग्य करते हुए बाबासाहब ने कहा, ''हम दस वर्ष तक आपके हृदयपरिवर्तन का इंतजार कर सकते हैं; लेकिन इस अवधि में उस अस्पृश्य नेता श्री के.के. सकट, जो 'केसरी' के विचार से एक आदर्श हिंदू है, को कम-से-कम एक वर्ष एक शंकराचार्य की गद्दी पर बैठाया जाए और सामाजिक समता मान्य होने व हृदयपरिवर्तन के प्रमाणस्वरूप उनके चरणों में सौ ब्राह्मण परिवारों को माथा टेकना चाहिए।' उन्होंने यह भी कहा कि इसे भी स्पष्ट किया जाना चाहिए कि हिंदू किसे कहा जाए। धनंजय कीर के वर्णन में भी मातंग समाज द्वारा शंकराचार्य की पाद्यपूजा का उल्लेख है। एक बात निश्चित है

कि हिंदू समाज की हानि को लेकर बाबासाहब चिंतित थे। धर्मांतरण का निर्णय उन्होंने प्रसन्नता से नहीं लिया था।

कुछ दिनों बाद नासिक में श्री रा.ग. प्रधान के नेतृत्व में आए प्रतिनिधिमंडल से बात करते समय उन्होंने कहा, "धर्मांतरण पाँच वर्ष पश्चात् होनेवाला है। इस अवधि में हिंदुओं ने अपनी कृति से अस्पृश्यता निवारण के विषय में कुछ ठोस कार्य करके दिखाया, तो धर्मांतरण की बात पर पुनः विचार किया जा सकता है।"

शेषराव मोरे लिखते हैं कि बाबासाहब का कहना था, "हिंदू धर्म को उन्नत अवस्था में लाकर उसे मानव धर्म का रूप देने के निमित्त अवतार लिये हम (अस्पृश्य) देवदूत हैं, ऐसा मानने में भी कोई हर्ज नहीं है।" मोरे का कहना है कि यदि धर्मांतरण मन:पूर्वक करना होता, तो बाबासाहब ने ऐसे विचार प्रकट न किए होते।

उनके कई वक्तव्यों से यह साफ है कि उन्होंने धर्मांतरण का निर्णय हिंदुओं की मूर्खता व हठवादिता से उत्पन्न हुई निराशा के कारण लिया था। यद्यपि विषमतामूलक हिंदू धर्म के कारण उनके मन में नाराजगी थी, तथापि अंत तक देश की संस्कृति, स्वदेशी परंपरा, इतिहास के बारे में उत्कट आत्मीयता बनी रही। संभवतः इसी कारण 1936 में उन्होंने भारत में जन्म लिये, यहाँ की संस्कृति में रचे-बचे सिख धर्म को स्वीकार करने का लगभग निश्चय कर लिया था। 18 जून, 1936 को डॉ. मुंजे की बाबासाहब से भेंट हुई थी। उसके बाद 22 जून को डॉ. मुंजे बाबासाहब के धर्मांतरण के निर्णय को हिंदू नेताओं का समर्थन दिलाने के लिए मुंबई रवाना हुए। उनके धर्मांतरण को समर्थन देनेवाले हिंदू महासभा के नेताओं में बैरिस्टर जयकर, सेठ जुगलकिशोर बिड़ला, विजय राघवाचारियर व राजा नरेंद्रनाथ जैसे लोग थे। इस विषय में निकाले अपने पत्रक के अंत में बाबासाहब ने बड़ी ही भावोत्कटता से कहा, "अस्पृश्य वर्ग द्वारा सिख धर्म की दीक्षा लेने की योजना को श्री शंकराचार्य सहित अनेक विख्यात हिंदू नेताओं ने अपना समर्थन दिया है। उन्होंने वह योजना मेरे सामने रखी और मैंने उसे स्वीकार किया है; क्योंकि मेरा मानना है कि हिंदू समाज के भविष्य के लिए कुछ अंश में क्यों न हो, मैं भी जवाबदार हूँ। इसलिए मैंने यह पर्याय स्वीकार किया है।" (यह बात अलग है कि आगे चलकर धर्मांतरण की यह योजना स्थगित कर दी गई।)

नासिक में श्री प्रधान के नेतृत्व में आए प्रतिनिधिमंडल के सामने उन्होंने स्पष्टरूप से कहा था कि मैं सिख धर्म स्वीकार करने के विचार में हूँ, साथ ही इस निश्चय को भी प्रकट किया था, 'मैं मुसलमान धर्म स्वीकार नहीं करूँगा।'

इसलाम, मुसलिम समाज व भारत के मुसलमानों के संबंध में समय-समय पर उनके द्वारा व्यक्त विचारों का उल्लेख पहले के विवेचन में आ चुका है, इसलिए उसकी पुनरुक्ति की आवश्यकता नहीं है।

एक स्थान पर उन्होंने कहा है, "अस्पृश्यों के धर्मांतरण के कारण सर्वसाधारणरूप से देश पर क्या परिणाम होंगे, यह ध्यान में रखना चाहिए। यदि ये लोग मुसलमान अथवा ईसाई धर्म में जाते हैं, तो अस्पृश्य लोग अराष्ट्रीय हो जाएँगे। यदि वे मुसलमान होते हैं तो मुसलमानों की संख्या दुगुनी हो जाएगी व तब मुसलमानों का वर्चस्व बढ़ जाएगा। यदि ये लोग ईसाई होते हैं तो ईसाइयों की संख्या 4-6 करोड़ हो जाएगी और उससे देश पर ब्रिटिश सत्ता की पकड़ मजबूत होने में सहायता होगी।"

उत्कट स्वदेशभक्ति, देशप्रेम व इस देश की प्राचीन संस्कृति के प्रति परमादर होने के कारण उन्होंने समाज को अराष्ट्रीय बनानेवाले अन्य किसी बाह्य देश-धर्म का विचार नहीं किया। (संत श्री गाडगे महाराज ने बाबासाहब से कहा था कि तुम्हें धर्मांतरण करना हो तो करो, पर मुसलमान व ईसाई धर्म में न जाना।)

एक बात और भी थी कि धर्मांतरण का उनका उद्देश्य समताधिष्ठित समाज था, मगर इस दृष्टि से ईसाई अथवा इसलामी समाज उपयोगी नहीं थे। दोनों ही समाजों में ऊँच-नीच का भाव विद्यमान है। उनका अनुभव था कि जो अस्पृश्य धर्मपरिवर्तनकर इन समाजों में सम्मिलित हुए थे, उन्हें पहले की ही तरह विषमता का व्यवहार मिलता था। उन्होंने ईसाइयों के बारे में भी प्रश्न किया कि क्या उनमें सामाजिक समता है? उसका उत्तर स्वयं देते हुए उन्होंने कहा, "ईसाई धर्म ग्रहण करने से उनके आंदोलन का उद्देश्य साध्य नहीं होगा। अस्पृश्य समाज को ब्राह्मणी धर्मपद्धति व तज्जन्य भेदप्रिय मनोवृत्ति नष्ट करना है। ईसाई हो जाने से यह पद्धति व मनोवृत्ति नष्ट नहीं होगी। जो ईसाई हुए हैं, उनमें ब्राह्मण ईसाई, मराठा ईसाई, अन्य ब्राह्मणेत्तर ईसाई, महार, मांग, भंगी ईसाई जैसे भेद कायम हैं। हिंदू समाज की तरह ईसाई समाज भी जातिग्रस्त है।" तात्पर्य यह कि दोनों ही धर्मों में धर्मांतरितों की मनोधारणा में परिवर्तन नहीं हुआ।

इस संदर्भ में धनंजय कीर लिखते हैं, 'उनके मन की भावना की प्रतिध्वनि प्रकट करनेवाले उनके संस्मरणीय शब्दों को किसी को भूलना नहीं चाहिए। यदि मन में द्वेष होता व बदला लेने की भावना होती, तो पाँच वर्ष में ही मैंने इस देश का सत्यानाश कर दिया होता।' हिंदू संस्कृति को न छोड़ने की उनकी सावधानी रही। उन्होंने कहा, 'जो धर्म देश की प्राचीन संस्कृति को खतरा उत्पन्न करेगा अथवा

अस्पृश्यों को अराष्ट्रीय बनाएगा, ऐसे धर्म को मैं कभी स्वीकार नहीं करूँगा; क्योंकि इस देश के इतिहास में मैं अपना उल्लेख विध्वंसक के नाते करवाने का इच्छुक नहीं हूँ।' उनके ये तेजस्वी विचार यही सिद्ध करते हैं कि आंबेडकर का धर्म इस देश की संस्कृति, इतिहास व परंपरा से विसंगत नहीं हो सकता।

11 जनवरी, 1950 को मुंबई में हुए अपने सम्मान समारोह में बोलते हुए उन्होंने कहा, "यह कहकर पिछले 20 वर्षों से मेरी निंदा की जा रही है कि मैं ब्रिटिशों का बगलबच्चा हूँ, मुसलमानों की ओर मेरा झुकाव है। अब मुझे यह लगता है कि संविधान निर्माण के मेरे कार्य को देखकर हिंदू मुझे अच्छी तरह जानेंगे व यह अनुभव करेंगे कि मेरे ऊपर लगाए गए आरोप किस कदर झूठे थे।" दूसरे एक अन्य प्रसंग पर बाबासाहब ने कहा, "मेरी आलोचना में यह कहा जाता है कि मैं हिंदू धर्म का शत्रु हूँ, विध्वंसक हूँ, लेकिन एक दिन ऐसा आएगा, जब लोग यह अनुभव करेंगे कि मैं हिंदू समाज का उपकारकर्त्ता हूँ और तब वे मुझे धन्यवाद देंगे।"

धर्मांतरण करने के लिए बौद्ध धर्म को चुनने के पीछे उनका यही विचार था। उसे उन्होंने बारंबार प्रकार भी किया है। उदाहरणार्थ, "मैं एक बार अस्पृश्यों के बारे में गांधीजी से चर्चा कर रहा था, तब उन्होंने कहा था कि अस्पृश्यता के सवाल पर मेरे आपसे मतभेद हैं। फिर भी जब अवसर आएगा, तब मैं उस मार्ग को स्वीकार करूँगा, जिससे इस देश को कम-से-कम धक्का लगे। इसलिए बौद्ध धर्म स्वीकारकर मैं इस देश का अधिकतम हित साध रहा हूँ; क्योंकि बौद्ध धर्म भारतीय संस्कृति का ही एक भाग है। मैंने इस बात की सावधानी रखी है कि इस देश की संस्कृति व इतिहास की परंपरा को धक्का न लगे।" इसी संदर्भ में उन्होंने कहा, "स्पृश्य हिंदुओं से कुछ मुद्दों पर मेरा झगड़ा है। पर अपने देश की स्वतंत्रता की रक्षा के लिए मैं अपने प्राण अर्पण करने में पीछे नहीं रहूँगा।" इन सब बातों से यह स्पष्ट है कि उन्होंने बहुत विचारपूर्वक बौद्ध धर्म स्वीकार किया था।

भगवान् बुद्ध के चरित व जीवनकार्य से उनका परिचय शालीय शिक्षा के समय ही आ चुका था। जब वे मैट्रिक उत्तीर्ण हुए, तब उनका सम्मान किया गया था। उस अवसर पर गुरुवर्य केलुसकर ने स्वयं लिखे बुद्धचरित को उन्हें पुरस्कार में दिया था। बाबासाहब ने स्वयं स्वीकार किया है कि उन्हें पहले ही से बौद्ध धर्म अत्यंत प्रिय था। परदेश में विद्याध्ययन करते समय उन्होंने बौद्ध धर्म का पर्याप्त अध्ययन किया था। तभी विषमता आधारित हिंदू धर्म व समता का समर्थन करनेवाले बौद्ध धर्म का अंतर उनके ध्यान में आ चुका था।

जब उनके मन में धर्मांतरण का विचार आया, तब वे यह विचार करने लगे

कि किस धर्म में जाना चाहिए। भारत के बाहर जन्मे धर्मों के बारे में उनके विचार पहले से ही स्पष्ट थे। सिख संप्रदाय स्वीकार करने के बारे में उन्होंने कुछ समय तक गंभीरता से विचार किया था। श्री खैरमोड़े ने लिखा है कि अप्रैल, 1936 में अमृतसर के गुरुद्वारे में सिखों की सभा हुई थी, उसमें बाबासाहब आपादस्पद सिख वेशभूषा में उपस्थित रहे थे, पर प्रत्यक्ष में धर्मपरिवर्तन की बात आई, तब उन्होंने सिख धर्म को क्यों नहीं चुना, इस विषय में चरितकारों ने अलग-अलग कारण बताए हैं। शेषराव मोरे द्वारा बताया कारण विशेष महत्त्व का है। वह यह कि पंजाब के एक नेता सरदार किसनसिंह के एक पत्र से उनके ध्यान में यह बात आई कि सिख समाज में भी जाति व्यवस्था है व उसके कारण विषमता का व्यवहार होता है।

ऐसी स्थिति में भारतभूमि में जनमे व प्रारंभ से ही जिसके बारे में उनके मन में आकर्षण था, वह बौद्ध धर्म ही शेष बचा था, जिसे स्वीकार किया जा सकता था। प्राचार्य चिटणीस ने स्पष्ट किया है कि बाबासाहब को भारतीयत्व का अभिमान था। यह उनके द्वारा चलाए गए 'भारतभूषण प्रेस', 'बहिष्कृत भारत', 'प्रबुद्ध भारत' आदि के नामों से ही साफ प्रकट होता है। इसलिए जब उन्होंने खोज की कि ऐसा कुछ भारतीय है क्या, जिसे स्वीकार किया जा सके, तब उन्हें लगा कि भगवान् बुद्ध का धर्म ही प्रेरक हो सकता है।

बाबासाहब के धर्मांतरण के पश्चात् सावरकर ने कहा था, "आंबेडकर का पंथांतर, हिंदू धर्म में विश्वासपूर्वक ली गई छलाँग है। बौद्ध आंबेडकर, हिंदू आंबेडकर ही है। आंबेडकर ने एक अवैदिक, पर हिंदुत्व की परिधि में बैठनेवाला भारतीय पंथ स्वीकार किया है। इसलिए यह धर्मांतरण नहीं है, मगर यह भी सही है कि धर्म अथवा पंथ बदलने मात्र से अस्पृश्यों के प्रश्न हल नहीं होंगे।"

महास्थविर चंद्रमणि व अन्य भिक्षुओं ने धर्मांरण के समय जो पत्रक प्रकाशित किए थे, उसमें उन्होंने कहा था कि हिंदू धर्म व बौद्ध धर्म एक वृक्ष की ही दो शाखाएँ हैं।

बाबासाहब की बौद्धशरणता का दूसरा कारण उनकी बुद्धिवादी वैज्ञानिक मनोरचना में दिखाई देता है। 'डॉ. आंबेडकरांचे समाज चिंतन' (डॉ. आंबेडकर का समाजचिंतन) नामक पुस्तक में डॉ. भालचंद्र फडके ने 'बौद्ध धर्म मला प्रिय का?' (मुझे बौद्ध धर्म प्रिय क्यों है?) शीर्षक के अंतर्गत इस विषय में समय-समय पर बाबासाहब द्वारा व्यक्त विचारों को संकलित किया है। आंबेडकर के विचार से बुद्ध को अन्य से अलग करनेवाला पहला मुद्दा है उनका आत्म-परित्याग। ईसा मसीह का कहना था कि वे भगवान् के पुत्र हैं। मोहम्मद पैगंबर ने एक कदम आगे

बढ़कर दावा किया था कि वे पृथ्वी पर भगवान् के दूत हैं। भगवान् बुद्ध ने इनसे बढ़कर दावा किया कि वे ही परमेश्वर हैं। बुद्ध ने झूठे आत्मविश्वास से स्वयं को यह प्रतिष्ठा नहीं दी थी। वे मानव के पुत्र के रूप में जनमे और अंत तक मनुष्य ही रहे। कृष्ण ने 'मोक्षदाता' की भूमिका स्वीकार की, तो बुद्ध 'मार्गदाता' की भूमिका पर संतुष्ट रहे। भगवान् बुद्ध ने 'देवदूत, देवपुत्र अथवा ईश्वरावतार की भूमिका स्वीकार नहीं की; सत्यदर्शन का एकाधिकार स्वयं के पास नहीं रखा; तो 'अप्प दीपो भव' की सीख देकर देवता के स्थान पर नैतिक आचरण की स्थापना की थी। उनकी यह विशेषता बाबासाहब के विचारमानस को अधिक भायी।

इस संबंध में डॉ. भालचंद्र फडके के संकलन का प्रमुख भाग निम्नलिखित है—

"भगवान् बुद्ध ने कहा है, 'किसी बात को केवल इसलिए सत्य नहीं मान लेना चाहिए, क्योंकि उसे मैंने कहा है। वह बात आपकी विचारशक्ति व तर्कशक्ति को उचित लगने पर ही स्वीकार करें अन्यथा निस्संकोच छोड़ सकते हैं।' डॉ. आंबेडकर का भी यही कहना था। उनका मानना था कि प्रत्येक मनुष्य को विचार-स्वतंत्रता है, उसे उसका उपयोग सत्य के अनुसंधान में करना चाहिए। सत्य के अनुसंधान का मार्ग अत्यंत विकट है। सबको विवेकशक्ति व आसद्विवेक बुद्धि उपलब्ध है, उसका उपयोगकर सत्य का अनुसंधान किया जा सकता है।"

देवदूतों के सत्यदर्शन के एकाधिकार के दावे के कारण विभूतिपूजा निर्माण होती है। डॉ. आंबेडकर की विज्ञाननिष्ठ, विवेकवादी प्रवृत्ति को लगता था कि 'विभूतिपूजा व्यक्ति व समाज के निर्दोष विकास के लिए घातक है।' उनकी तो धर्मनिष्ठा भी विज्ञाननिष्ठ थी।

विभूतिपूजा के प्रति प्रतिकूल भाव उनके मन में इतना प्रबल था कि वे यह भी पसंद नहीं करते थो कि उनके अनुयायी उनकी ओर विभूतिपूजा की दृष्टि से देखें। उन्होंने समय-समय पर इसे स्पष्ट भी किया था। ऐसे विचार होने के कारण ही बुद्धि के निर्णय का अनुसरण करने का संदेश देनेवाले भगवान् बुद्ध के धर्म के प्रति उनका आकर्षण होना स्वाभाविक था। उनकी प्रवृत्ति मूलतः धार्मिक थी, फिर भी पश्चिमी समाजविज्ञान व पश्चिमी समाजजीवन के प्रत्यक्ष अनुभव के संस्कार से उनका विचारमानस लोकसत्तात्मक प्रवृत्ति का बना था। नरहर कुरुंदकर के अनुसार बौद्ध धर्म को स्वीकारकर बाबासाहब अपने धर्मनिष्ठ मन को समता आंदोलन का आधार देते और राष्ट्रवाद को हानि न पहुँचाते हुए कार्य करने की अपनी इच्छा पूरी करते थे।

अब तक के विवेचन से स्पष्ट हो चुका है कि उन्होंने अनुभव किया था कि

अन्य सारे धार्मिक समाज विषमता पर आधारित हैं अथवा संकुचित सांप्रदायिकता समता का अवलंबन करनेवाले व असहिष्णु हैं। वे समझ चुके थे कि अखिल मानव समूह में विषमता-आधारित समाज अपरिहार्य हो चुका है। फिर भी हिंदू धर्म की विषमता तो केवल तात्त्विक व जन्म लेने मात्र से निर्माण हुए व्यावहारिक धर्म का आधार थी। इस कारण उनकी दृष्टि में बौद्ध धर्म हिंदू धर्म का पर्याय मात्र नहीं था, बल्कि विश्व में आज तक प्रस्थापित हुए व प्रचलित सारे धर्मों का पर्याय था। 13 अप्रैल, 1947 को बाबासाहब के 55वें जन्मदिवस के उपलक्ष्य में प्रकाशित नवयुग साप्ताहिक के विशेषांक में बाबासाहब ने अपने लेख 'माझे तत्त्वज्ञान आणि माझा संदेश' में कहा कि उनका सामाजिक तत्त्वज्ञान निश्चित रूप से स्वंतंत्रता, समता व बंधुता जैसे तीन शब्दों में गूँथा जा सकता है। उन्होंने अपना तत्त्वज्ञान न तो फ्रांस की राज्यक्रांति से उधार लिया था और न ही उसकी जड़ें राजनीति शास्त्र में थीं। उसका मूल तो धर्म था, जिसे उन्होंने अपने गुरु भगवान् बुद्ध के संदेश से ग्रहण किया था।"[1]

1935 में धर्मांतरण की घोषणा करते समय उनका विचार हिंदूधर्म को त्यागने मात्र का था; क्योंकि धर्मांतरण भावनावश होकर अथवा आनन-फानन में नहीं करना था। इसलिए 1935 से 1956 के काल में उन्होंने खुले मन से इस बात का चिंतन व शोध किया कि अपने समाज के लिए सामाजिक व ऐहिक मुक्ति तथा आध्यात्मिक समाधान देनेवाला धर्म कौन सा हो सकता है। 'डॉ. आंबेडकर आणि त्यांचा धम्म' पुस्तक में प्रभाकर वैद्य कहते हैं कि इन बीस वर्षों के उनके प्रवास को एक धर्मयात्री की धार्मिक यात्रा करना उचित होगा। इस कालखंड में और विशेषत: 1951 तक उन्होंने अनेक बौद्ध भिक्खुओं से चर्चा की। इटालियन भिक्खु सालाडोर से भी प्रदीर्घ चर्चा की। बौद्ध धर्म की ओर उनका झुकाव निरंतर बढ़ता रहा। मद्रास की रैशनलिस्ट एसोसिएशन में उन्होंने 1944 में 'बौद्ध धर्म आणि ब्राह्मणीधर्म' विषय पर दिए अपने भाषण में 'बुद्ध यानी बुद्धिवादी' प्रमेय को स्पष्ट किया। 1947 में 'हू वर दि शूद्राज' ग्रंथ में उन्होंने बताया कि बुद्ध मूलत: शूद्र थे। जनवरी, 1950 में उन्होंने बुद्ध जयंती को सार्वजनिक रूप से मनाया। महाबोधि सोसाइटी के मुखपत्र में 1950 में उन्होंने एक लेख के द्वारा बौद्ध धर्म के बारे में अपने आकलन को व्यक्त किया। प्रचलित भिक्खु संघ में समाजसेवा के अभाव को लेकर उन्होंने खेद प्रकट किया तथा संकेत दिया कि आधुनिक मूल्यों के आधार पर प्रमाणभूत ग्रंथों की रचना की जानी चाहिए। 5 मई, 1950 को 'जनता' समाचार-पत्र में उन्होंने बौद्ध धर्म के प्रति अपने झुकाव को अधिकृत रूप से घोषित किया। मई 1950 में

ही श्रीलंका में आयोजित बौद्ध धर्म परिषद् में वे निरीक्षक के नाते उपस्थित रहे। वहाँ के अस्पृश्यों को उन्होंने बौद्ध धर्म स्वीकार करने का संदेश दिया। जुलाई 1950 में वरली के बौद्ध मंदिर उद्घाटन समारोह के प्रसंग पर उन्होंने अपना शेष जीवन भगवान् बुद्ध की सेवा में समर्पित करने की घोषणा की। 1954 में विश्व बौद्ध परिषद् के तीसरे अधिवेशन के लिए बाबासाहब बर्मा की राजधानी रंगून गए। वहाँ उन्होंने बौद्ध धर्म के कार्य पर प्रचार के बारे में अपने अभ्यासपूर्ण विचार रखे, साथ ही बर्मा व श्रीलंका में आए अनुभव के आधार पर बौद्ध धर्म के ऊपरी तामझाम व समारोहप्रियता की दो-टूक आलोचना की। उन्होंने कहा कि इस सबमें व्यय करने के स्थान पर प्रत्यक्ष धर्मप्रचार पर अधिक व्यय किया जाना चाहिए। 1955 में भारतीय बौद्धजन सभा की मुंबई में स्थापना की। दीक्षा लेने के पश्चात् इस संस्था का नामकरण भारतीय बौद्ध महासभा किया गया। मई, 1956 में बी.बी. सी. से उनका बौद्ध धर्म पर प्रवचन प्रसारित हुआ।

इस कालखंड में उन्होंने बौद्ध धर्म का जो अभ्यास व चिंतन किया, उसकी अनेक पारंपरिक कल्पनाओं का जो नया सामाजिक अर्थ निकाला, कालप्रवाह के निर्माण हुई वे रूढ़ियाँ, जो उनके वैज्ञानिक बुद्धिवाद को न पटनेवाली थी, उनकी जो आलोचना की; उसके परिणामस्वरूप मार्च, 1956 में उनका 'दि बुद्धा एंड हिज धम्म' ग्रंथ प्रकाशित हुआ। प्रथमतः अपने मित्रों को देने के लिए उसकी केवल 50 प्रतियाँ 'दि बुद्धा एंड हिज गोस्पल' नाम से छापी गई थीं। बाद में उसमें दो नए अध्याय जोड़कर नए नाम से, पर बाबासाहब के महानिर्वाण के एक वर्ष पश्चात् प्रकाशित किया गया।

उक्त ग्रंथ व 1951 से 1956 के उनके भाषणों से यह ध्यान में आता है कि डॉ. आंबेडकर ने उस समय के प्रचलित बौद्ध धर्म को ज्यों-का-त्यों स्वीकार नहीं किया। उन्होंने बौद्ध धर्म तो स्वीकार किया, पर बुद्ध साहित्य में जो विविध प्रकार की कथा व चमत्कार बताए गए हैं, उनका उन्होंने धर्म तो स्वीकार किया, पर बुद्ध साहित्य में जो विविध प्रकार की कथा व चमत्कार बताए गए हैं, उनका उन्होंने विरोध किया और उन्हें अपने ग्रंथ में शामिल नहीं किया। सिद्धार्थ के गृहत्याग के संबंध में प्रचलित कथा उन्हें मान्य नहीं थी। भगवान् बुद्ध ने प्रव्रज्या क्यों स्वीकार की ? इसका पारंपरिक्र उत्तर यह दिया जाता है कि उन्होंने एक मृतदेह, एक रोगी व एक जरा-जर्जर मनुष्य देखा था, जिससे उनके मन में वैराग्य उत्पन्न हुआ। बाबासाहब का मत था कि गौतमबुद्ध ने आयु के 29वें वर्ष में प्रव्रज्या ग्रहण की थी। इसलिए यह कहना हास्यास्पद है कि उस समय तक उन्होंने उपर्युक्त दृश्य देखे ही नहीं थे। बाबासाहब

ने अश्वघोष रचित बुद्ध चरित को आधार माना। इस कारण ग्रंथ में कई अद्‌भुत व चामत्कारिक विचार पहले भाग में आए हैं, परंतु प्राचार्य चिटणीस ने एक साक्षात्कार में स्पष्ट किया है कि अपने अनुयायी, जो सामान्य: भावुक मनोवृत्ति के हैं और जो पांडवप्रताप जैसे पारंपरिक ग्रंथ पढ़ते रहे हैं, उनकी भक्तिभावना का समाधान करने के लिए बाबासाहब ने ऐसी कुछ बातें अपने ग्रंथ में समाविष्ट की हैं।

बाबासाहब के एक ज्येष्ठ अनुयायी भाऊराव गायकवाड ने सर्वप्रथम सिद्धार्थ द्वारा प्रव्रज्या अंगीकार करने के कारण को आक्षेपार्ह माना था। 1946-47 में सिद्धार्थ कॉलेज में हुए इस प्रसंग के बारे में प्राचार्य चिटणीस ने उल्लेख किया।

पर यह केवल ऐसे सामान्य अनुयायियों के लिए नहीं किया। बौद्धमत के मूल तत्त्वज्ञान का विश्लेषण करके अपने समाज को प्रेरणा देने की दृष्टि से ग्राह्यग्राह्यता के विवेक से किया था।

बौद्ध धर्म के मूल स्वरूप में चार आर्य सत्यों का समावेश है। पहला आर्य सत्य है—जन्म ही दुःख का कारण है। बाबासाहब का कहना है कि ये चार सत्य भगवान् बुद्ध द्वारा प्रतिपादित नहीं हैं। ये सूत्र तो बौद्ध धर्म के मूल पर ही आधारित करनेवाले हैं। यदि वह जीवन दुःखमय है, मृत्यु दुःखमय है व पुनर्जन्म भी दुःखमय है, तो यह सब समाप्त हो जाता है। बौद्ध धर्म को स्वीकार करनेवालों के मन में ये चार सत्य बाधा बनते हैं; क्योंकि ये चार सत्य मनुष्य की आशा ही नष्ट कर देते हैं। इनसे बुद्ध के आचारतत्त्व निराशावादी बनते हैं। इसीलिए उन्होंने अपने 'दि बुद्धा एंड हिज धम्म' ग्रंथ में इन चार आर्य सत्यों का समावेश नहीं किया।

धम्मपद से उद्धृत की गई गाथाओं के बारे में उल्लेखनीय बात यह है कि धम्मपद में समाविष्ट 1651 गाथाओं का स्पष्टीकरण बाबासाहब ने शब्दश: अनुकरण कर नहीं किया। अपनी स्वतंत्र पद्धति से किया है। उनका मानना था कि कुछ गाथाएँ बौद्ध तत्त्वज्ञान की विरोधी हैं व ब्राह्मणी तत्त्वज्ञान से प्रभावित हैं। डॉ. अज्ञात ने ऐसी तेरह गाथाओं का उल्लेख किया है। उनका भाषांतर करते समय बाबासाहब ने ब्राह्मणी तत्त्वज्ञान के प्रभाव के परिणाम को टाला है। देवता, परलोक, मृत्यु के पश्चात् परलोक का सुख, मृत्यु के पश्चात् पुण्य की सहायता, ऋषियों-मुनियों का बताया हुआ मार्ग आदि को अनुवाद में स्थान नहीं दिया। इस प्रकार धम्मपद उद्धृत करते समय कितने ही स्थानों पर उसके मूल भाव से अलग स्पष्टीकरण दिया है। यह भी संशोधन का एक विषय है।

नवंबर 1956 में बाबासाहब के काठमांडू के भाषण से एक बात विचारकों के ध्यान में आई कि फिर से एक बार मूल बौद्ध विचार का पुनर्स्थापना करके

उसे सुसंगठित करनेवाले किसी सेंट पाल की अथवा रूढ़िवादी, प्रस्थापितता व पुराणमतवाद के जाले साफ करनेवाले किसी मार्टिन लूथर किंग की आवश्यकता है। यह स्पष्ट है कि इन दोनों में से कोई एक भूमिका अथवा कालक्रम से दोनों भूमिका सशक्तरूप से निभाने की क्षमता बाबासाहब में समाहित थी; पर इस विषय में बाबासाहब बहुत विनम्र रहते थे।

विश्व के बौद्धमत के दो प्रमुख संप्रदाय हैं। एक है हीनयान और दूसरा है महायान; परंतु इन दोनों में से किसी को भी उन्होंने ज्यों-का-त्यों स्वीकार नहीं किया। इस विषय में श्री ग.त्र्य. माडखोलकर ने बाबासाहब से पूछा, "तब क्या आपके पंथ को भीमयान कहें?" उन्होंने हँसते हुए जवाब दिया, "चाहे तो इसे नवयान कहें। भले ही कोई इसे भीमयान कहे, पर में ऐसा नहीं कहूँगा। मैं अपने को भगवान् की बराबरी का नहीं मानता। मैं तो एक छोटा आदमी हूँ। मैंने संसार को नया विचार नहीं दिया है। मैं इतना ही मानता हूँ कि भगवान् बुद्ध द्वारा प्रवर्तित किया हुआ धर्मचक्र, जो पिछले हजार वर्ष से इस देश में रुका हुआ है, उसे पुनः प्रवर्तित करने का भाग्य मुझे मिला है।"

बाबासाहब ने भगवान् बुद्ध के उपदेशों से अपने कार्य के उपयोग की दृष्टि से स्वतंत्रता, समता व बंधुता की तत्त्वत्रयी निकाली थी। 'बहिष्कृत भारत' के एक संपादकीय में उन्होंने लिखा कि अस्पृश्यता निवारण की शुरुआत करनेवाले भगवान् बुद्ध ही थे। उन्हें भारतीय संस्कृति की धर्म की व्याख्या—'यतो अभ्युदयनिः श्रेयः ससिद्धिः स धर्मः' मान्य थी। उन्हें शिकायत इस बात की थी, कि अस्पृश्यों के अभ्युदय का कोई साधन हिंदू धर्म में नहीं दिया। उस दृष्टि से बुद्धप्रणीत करुणा व प्रज्ञा में बाबासाहब को अपने जीवनकार्य के अनुकूल सामाजिक आशय मिला। इसलिए उनकी धारणा थी कि अस्पृश्यों की आध्यात्मिक भूख शांत करने व ऐहिक उन्नति के लिए प्रेरणा देने का सामर्थ्य बुद्ध की करुणा व प्रज्ञा में ही है।

उनका विचार था कि धर्म (संप्रदाय) व्यक्तिगत होता है और धम्म सामाजिक है। बौद्ध धम्म में मनुष्य-मनुष्य के बीच के संबंधों का नियमन ही धर्म का आशय है। इसी कारण उन्होंने अपने व्यक्तिगत तत्त्वज्ञान में बंधुभाव को ही धर्म कहा। इसलिए उन्होंने स्पष्ट किया कि केवल स्वतंत्रता व समता का तत्त्व समाज की धारणा व विकास के लिए अपर्याप्त है। इस तत्त्व का योग्य व संतुलित नियंत्रण करनेवाली बंधुता ही धर्म का वास्तविक स्वरूप है।

उन्होंने बौद्ध धर्म के कुछ सूत्रों से अपने जीवनकार्य के लिए उपयुक्त तत्त्वज्ञान विकसित किया था। इसका प्रमाण 1956 में काठमांडू में 'बुद्ध अथवा मार्क्स' इस

विषय पर उनके भाषण में मिलता है।

बाबासाहब ने कहा कि 'त्रिपिटक' ग्रंथ का अध्ययन करने के बाद मुझे जो बातें ध्यान में आई हैं, वे क्रमानुसार इस प्रकार हैं—

1. धर्म स्वतंत्र समाज रचना के लिए आवश्यक है।
2. प्रत्येक धर्म सर्वांगीण हो, यह आवश्यक नहीं है।
3. धर्म को जीवन के बारे में ही बताना चाहिए। ईश्वर अथवा आत्मा, स्वर्ग अथवा पृथ्वी के बारे में अनुमान बताने की आवश्यकता नहीं है।
4. ईश्वर को धर्म का केंद्रबिंदु बनाना गलत है।
5. आत्मा की मुक्ति को धर्म का केंद्रबिंदु बनाना गलत है।
6. पशुहिंसा को धर्म का आधार गलत है।
7. वास्तविक धर्म मानव के अंतःकरण में होता है, शास्त्र में नहीं।
8. मानव व नीति धर्म के मध्यांग होते हैं। यदि ऐसा न हो, तो धर्म क्रूर जादू-टोना ही है।
9. नीति को जीवन का आदर्श होना पर्याप्त नहीं है। जिस अर्थ में ईश्वर का अस्तित्व नहीं है, उस अर्थ में नीति को जीवन का नियामक बनना चाहिए।
10. धर्म का कार्य संसार की पुनर्रचना करना व उसे सुखी करना, उसके आदि अंत को स्पष्ट करना नहीं।
11. संसार में असुख (दुःख) स्वार्थ के संघर्ष के कारण है। उससे मुक्ति प्राप्त करने का मार्ग अष्टांग मार्ग का अवलंबन है।
12. निजी संपत्ति रखने का अधिकार एक वर्ग को सत्ताधारी बनाता है तो एक वर्ग को दुःखी बनाता है।
13. दुःख का कारण दूरकर उसे समाप्त करना समाजहित के लिए आवश्यक है।
14. संपूर्ण मानवजाति समान है।
15. मनुष्य की पहचान उसके कर्तृत्व से होती है, जन्म से नहीं।
16. महत्त्व उच्चादर्श का है, उच्चजाति का नहीं।
17. मैत्री अथवा बंधुभाव को कभी भी नकारा नहीं जाना चाहिए। आप अपने शत्रु के भी ऋणी है।
18. प्रत्येक को ज्ञान प्राप्त करने का अधिकार है। जीवित रहने के लिए जितनी आवश्यकता अन्न की होती है, उतनी ही आवश्यकता ज्ञान की भी होती है।
19. शीलरहित ज्ञान खतरनाक है।

20. 'सर्वप्रमाण' कुछ भी नहीं है।
21. 'अचूक' कुछ भी नहीं है। प्रत्येक बात का विश्लेषण हो सकता है।
22. प्रत्येक बात को कार्यवाद का आधार है। (प्रत्येक घटना के लिए कोई-न-कोई कारण होता है।)
23. शाश्वत अथवा सनातन कुछ भी नहीं है। प्रत्येक वस्तु बदलनेवाली है। सनातन का अर्थ निरंतर होने से है।
24. युद्ध अयोग्य है, पर यदि वह सत्य व न्याय के लिए हो रहा हो, तो योग्य है।
25. विजेता का विजित के प्रति कर्तव्य होता है।

बाबासाहब बौद्ध धर्म के तत्त्वज्ञान को फिर से स्पष्ट करने की आवश्यकता मानते थे, वहीं बौद्ध संप्रदाय में जो अनिष्ट प्रथाएँ रूढ़ हो गई थीं, उनके प्रति अपनी नाराजी व्यक्त करते थे। दीक्षा प्रसंग की पूर्ण योजना करनेवाले बाबासाहब के एक सहकारी वामनराव गोडबोले ने अपनी पुस्तक में विविध देशों में बौद्ध धर्म के व्यर्थ कर्मकांड को दूरकर समानता लाने का बाबासाहब का आग्रह स्पष्ट किया है। बाबासाहब ने कहा है, "हमें अपने सारे धार्मिक संस्कार, एक प्रकार के बनाने चाहिए। इसीलिए मैंने भारतीय बौद्धजन समिति की स्थापना की है। वास्तव में उसका नाम था, 'दि बुद्धिस्ट सोसाइटी ऑफ इंडिया' (पर बाबासाहब उसे भारतीय बौद्धजन समिति कहा करते थे)। हमें यह कार्य संस्कारपूर्ण करना है, पर वह सारासार विचार करके करना चाहिए। उसकी बौद्धतत्त्वों से विसंगति नहीं होनी चाहिए। सबको इस बात का अहसास होना चाहिए कि यह समाज एक सुसंस्कृत समाज है। तिब्बत में जब कोई व्यक्ति मर जाता है तो उसकी जानकारी सबको नहीं होती है, पर गिद्धों को पता चल जाता है। जिस घर में व्यक्ति मरा होता है, उस घर के ऊपर गिद्ध चक्कर लगाने लगते हैं। यह इसलिए होता है, क्योंकि उस घर में लामा लोग जाते हैं। वे धर्म प्रसारक हैं, परंतु तंत्रज्ञान के समर्थक होने के कारण मृत शरीर के टुकड़े-टुकड़े करते हैं, उनको मसल करके गोले बनाते हैं और उन्हें आकाश की ओर फेंकते हैं। मृत व्यक्ति का मांस उन गिद्धों को खिलाया जाता है। इस कारण लोगों को मालूम होने के पहले ही गिद्ध इस बात को जान जाते हैं। यह प्रथा वहाँ चलती है, पर बौद्ध धर्म की दृष्टि से यह प्रथा शोभनीय है क्या? यदि अपने यहाँ भी इस प्रकार की पद्धति चलने लगी, तो एकरूपता नहीं रहेगी। यहाँ ऐसे प्रकार नहीं होने चाहिए।"

आगे उन्होंने कहा, "ब्रह्मदेश के लोग मृत शरीर को एक गाड़ी पर रखते हैं और आधे लोग आगे से व आधे लोग पीछे से धक्का देते हैं। इस प्रकार का खेल-खेलते हुए वे उसे ले जाते हैं। ये प्रथाएँ वहाँ पहले से रूढ़ हैं, पर अपने यहाँ इनका चलन नहीं होना चाहिए।"

उन्हें लगता था कि धम्म के पुनरुज्जीवन की दृष्टि से इस प्रकार की हीन मिलावट को शुद्ध सोने से अलग करना आवश्यक है। इस सबके लिए पूर्ण चर्चा करके संशोधन करने के निमित्त विश्व बौद्ध परिषद् आहूत करने की जरूरत है।

इस प्रकार अनेक वर्षों तक स्वयं को वैज्ञानिक बुद्धिवाद की कसौटी पर कस कर, अपने समाज को ही नहीं, तो अखिल मानव के आत्मिक समाधान व ऐहिक उत्कर्ष की प्रेरणा देनेवाले बौद्ध धर्म को बाबासाहब ने स्वीकार किया, अर्थात् पूर्ण भारतीय व अपने जीवनकार्य के लिए प्रेरक होने कारण ही उन्होंने उसे अंगीकार किया था। उनके मन में केवल अपनी मुक्ति का विचार नहीं था, संपूर्ण अस्पृश्य समाज के भविष्य का विचार था। इसी कारण प्रत्यक्ष दीक्षा विधि की संकल्पना का निर्माण उन्होंने ही किया था। बौद्ध धर्म में दीक्षा विधि की ऐसी कोई पारंपरिक कल्पना नहीं थी, पंरतु ऐसी स्वतंत्र दीक्षा विधि की आवश्यकता ऐतिहासिक कारणों से अनुभव होती थी। एक समय सारा भारत बौद्धमय हो गया था, बाद में शंकराचार्य ने बुद्धधर्म को पराजित करके सबको हिंदू बना लिया। यह कैसे संभव हुआ? विचार करने पर उन्हें उसका मुख्य कारण यह लगा कि भगवान् बुद्ध ने दीक्षा विधि की व्यवस्था नहीं रखी थी। इस कारण मन से बौद्ध हुए लोगों ने परंपरागत देवताओं, त्योहारों, रूढ़ि आदि का त्याग नहीं किया था। उन सबको अनुसरण वे पूर्व की भाँति करते रहे। इसलिए जब शंकराचार्य ने शास्त्रार्थकर विजय प्राप्त की, तब सहज रीति से बौद्ध लोग हिंदू बन गए। मुसलमानों को हिंदू बनाने की विधि तो देवल स्मृति में है, पर बौद्धों को हिंदू बनाने की कोई विधि नहीं है। फिर भी अधिकांश बौद्ध पुनः हिंदू बन गए थे।

ब्राह्मणों ने बुद्ध को विष्णु का नौवाँ अवतार मानकर उन्हें अपने देवघर में प्रवेश दे प्रविष्ट कर लिया। उन्होंने धर्मविधि में बुद्ध को समाविष्ट कर लिया। धार्मिक विधि करते समय विधि करने का संकल्प 'कलियुगे बुद्धावतारे गोदावर्याः दक्षिणतीरे' के उच्चारण के साथ किया जाता है। इसका अर्थ यह है कि उन्होंने बुद्ध को आत्मसात् कर लिया है।

बाबासाहब को लगता था कि यह सब बुद्ध के दीक्षा विधि की व्यवस्था न रखने के कारण हुआ। फिर से ऐसी परिस्थिति आ सकती है क्या, वे लोग मुझे

विष्णु का ग्यारहवाँ अवतार बना करके मेरा धर्म नष्ट करेंगे क्या? अपने अनुयायियों में बौद्ध धर्म का पूरा अभ्यासकर वैदिक पंडितों से शास्त्रार्थ कर सकनेवाले विद्वान् निर्माण न हुए तो पहले जैसी परिस्थिति फिर से निर्माण हो सकती है।

ऐसा कुछ घटित न हो, इसकी सावधानी के निमित्त उन्होंने दीक्षा विधि के समय 22 प्रतिज्ञा लेने की व्यवस्था की। उनका मानना था कि वे दिखने में भले ही कठोर हों, पर अन्य कोई उपाय नहीं है।

इस प्रकार प्रदीर्घ चिंतन के पश्चात् बाबासाहब ने 14 अक्तूबर, 1956 को नागपुर में दीक्षा विधि के लिए विशेषरूप से तैयार किए गए स्थान पर अपनी पत्नी माईसाहब के साथ भिक्खु चंद्रमणि से बौद्ध धर्म की दीक्षा ली। दीक्षा विधि की संपूर्ण योजना करनेवाले बाबासाहब के निकट सहकारी वामनराव गोडबोले ने इस प्रसंग का विस्तृत वर्णन अपनी पुस्तक में किया है।

'रविवार, 14 अक्तूबर—बाबासाहब व माईसाहब प्रातः से तैयार में लगे। दीक्षा के लिए बाबासाह नेक दिल्ली से मँगाया झक सफेद लंबा कोट, रेशमी सफेद कुरता व कोयम्बतूर से मँगवाई सफेद धोती धारण की। पैर में बिना फीते का जूता पहना। वस्त्र धारण करने में रत्तू व माईसाहब ने सहायता की।

बाबासाहब ने उस दिन सुबह श्याम होटल में मुझसे कहा, "गोडबोले! आज हिंदूधर्म से बौद्ध धर्म में जाने का दिन आया है। यह सब संभव हुआ है तो केवल पिताजी रामजी के कारण! मेरे पिताजी अत्यधिक धार्मिक वृत्ति के थे और उन्होंने बचपन से ही मुझे धार्मिक संस्कार दिए। आज भले ही मैं राजनेता हूँ, परंतु मेरा धार्मिक मानस पिताजी ने ही बनाया है। यदि उन्होंने मुझे इस प्रकार तैयार न किया होता, तो मैं यह दीक्षा नहीं ले पाता। इसलिए वहाँ तुम सबसे कहो कि सबको खड़े होकर उन्हें (पिता रामजी को) श्रद्धांजलि देनी चाहिए। तब मैं भी खड़ा हो जाऊँगा। सब लोग दो मिनट स्तब्ध खड़े रहेंगे।"

फिर बाबासाहब ने पूछा, "रामदास स्वामी के 'मनाचे श्लोक' मिलेंगे क्या?"

दीक्षा विधि प्रारंभ होने के पूर्व समिति के सचिव वामनराव गोडबोले ने उपस्थित जनसमुदाय को संबोधितकर कहा—"भाइयो और बहनो! आज अपने को जो दिन दिखने का भाग्य मिला है, वह बाबासाहब के पिता श्री रामजी आंबेडकर के कारण, क्योंकि बचपन से ही बाबासाहब का मानस धार्मिक बनाने में उनका महत्त्व का योगदान रहा। यदि उन्होंने बाबासाहब का मानस धार्मिक न बनाया होता, तो हमें आज का यह दिन देखने को न मिलता। इसलिए बाबासाहब की इच्छा है कि आज का यह दिन पिताजी को श्रद्धांजलि के रूप में माना जाए। हम सब लोग दो

मिनट स्तब्ध खड़े रहकर अंत:करणपूर्वक उन्हें भावपूर्ण श्रद्धांजलि अर्पण करेंगे।''

उसके पश्चात् संपूर्ण जनसमुदाय ने खड़े रहकर व दो मिनट का मौन रखकर श्री रामजी को मूक आदरांजलि समर्पित की।

तत्पश्चात् बाबासाहब व माईसाहब को भिक्खु चंद्रमणि ने दीक्षा दी।

धनंजय कीर ने उल्लेख किया है, ''जब बाबासाहब ने यह शपथ ली कि हिंदू धर्म के देवताओं का पूजन नहीं करेंगे और घोषणा की कि आज मैं हिंदू धर्म का त्याग करता हूँ। उस समय उनका कंठ भर आया था। कंठ से शब्द नहीं निकल पा रहे थे। शपथ विधि उन्होंने ही तैयार की थी। दीक्षा विधि के पश्चात् जनसमुदाय को संबोधित करते हुए उन्होंने कहा—

''भाइयो और बहनो!

हम दोनों ने आपके सामने पूज्य भिक्खु चंद्रमणि से बौद्ध धर्म का अनुग्रह लिया। भंते चंद्रमणि भारत के सबसे वयोवृद्ध भिक्खु हैं। हमारा अनुग्रह पाली भाषा में हुआ। अब जिन्हें मुझसे दीक्षा लेनी हो, वे हाथ जोड़कर खड़े रहें और मैं जिन प्रतिज्ञाओं का उच्चारण करूँगा, उन्हें ग्रहण करें।''

मंच के सामने बैठा अपार जनसमुदाय खड़ा हो गया। मंचस्थ लोग भी हाथ जोड़कर खड़े रहे।

उस समय बाबासाहब ने दीक्षार्थियों से 22 प्रतिज्ञाओं का उच्चारण करवाया। बाबासाहब एक प्रतिज्ञा बोलते, बाकी सब उसका अनुसरण करते। बाबासाहब की आवाज का एक साथ लाखों लोग अनुसरण कर रहे थे। लाखों लोगो की ध्वनि की प्रतिध्वनि से वातावरण गुंजायमान हो रहा था।

बाबासाहब व माईसाहब की दीक्षा विधि केवल 15 मिनट में संपन्न हुई। दीक्षा विधि के पश्चात् महाबोधि सोसाइटी ऑफ इंडिया के सेक्रेटरी श्री वली सिन्हा ने बाबासाहब व माईसाहब को धर्मचक्र प्रवर्तक मुद्रा (सारनाथ में जो मूर्ति है, उसकी प्रतिकृति) की बुद्ध प्रतिमा भेंट की।

दीक्षा विधि का पूरा कार्यक्रम दो घंटे तक चला।

बाद में बाबासाहब ने वली सिन्हा से कहा, ''13 अक्तूबर, 1935 को मैंने येवला में प्रथमत: धर्मांतरण करने की घोषणा की थी और कहा था कि मैं हिंदू के रूप में जनमा हूँ, किंतु हिंदू के नाते मरूँगा नहीं। मैंने यह भी कहा था कि जन्म मेरे हाथ में नहीं था। आपने मुझे पत्र द्वारा सुझाया था कि मैं अपने अनुयायियों के साथ बौद्ध धर्म ग्रहण करूँ। मैंने उस पत्र का उत्तर नहीं दिया था। धर्मांतरण के विषय में मुझे कई पत्र आए। हैदराबाद के निजाम ने भी पत्र लिखकर अपने समाज सहित

मुसलिम धर्म स्वीकार करने का निमंत्रण व आश्वासन दिया था कि आर्थिक व शैक्षिक क्षेत्र में जिस सहायता की आवश्यकता होगी, उसे वे यथासंभव पूरी करेंगे। मैंने उस पत्र का भी उत्तर नहीं दिया। इसके अतिरिक्त ईसाई व सिख भी आग्रह कर रहे थे कि मैं उनका धर्म ग्रहण करूँ।''

पहले से ही बौद्ध धर्म के प्रति मेरे मन में आकर्षण था, पर मुझे उसे सब लोगों के साथ बाँटना था। आज बीस वर्ष पश्चात क्यों न हो, मैं यशस्वी हुआ हूँ। शैक्षिक, राजनीतिक, मजदूर व अन्य क्षेत्रों में मैंने जो भी कार्य किया, उसका एक ही उद्देश्य था कि मैं मैग्नेटिक पर्सनलिटी समझा जाऊँ और लोग मेरी ओर आकर्षित हों। जब लोगों में जागृति निर्माण हो गई, तब मुझे लगा कि अब योग्य समय आ गया है, तब मैंने धर्मांतरण करने की घोषणा की। आज आपने देखा कि लाखों की संख्या में लोगों ने बौद्ध धर्म स्वीकार किया है। यदि यही कार्य मैंने उस समय किया होता तो उसे इतना प्रचंड समर्थन नहीं मिलता। यह साध्य करने के लिए जितनी शक्ति की आवश्यकता थी, उसे एकत्र करने के लिए मैं तब से प्रयत्न कर रहा था। इसलिए वली सिन्हाजी, बीस वर्ष पूर्व लिखे आपके पत्र का इसे उत्तर समझें। मेरे जीवन का यह अत्यंत महत्त्व का दिन है। इस जन्म में मुझे जो साध्य करना था, वह मैंने कर लिया। आज मेरा उपोसथ है। आज रात को भोजन नहीं करूँगा।''

वामनराव गोडबोले ने एक अन्य महत्त्व का उल्लेख भी किया है, ''मैंने रजिस्टर के कालम में बाबासाहब का क्रमांक, नाम, आयु, जाति, पता आदि लिखा। बाबासाहब ने उस पर हस्ताक्षर करते हुए लिखा, मैंने स्वेच्छा से बौद्ध धर्म की दीक्षा ली है। माईसाहब ने भी वैसा ही लिखकर हस्ताक्षर किए। उसके बाद आवले बाबू ने कहा, ''मेरा नाम भी लिखो।''

आवले बाबू ने मेरे सामने तीसरे नंबर पर अपना नाम आदि लिखकर हस्ताक्षर किए।

मैंने कहा, ''बाबा, अपने रजिस्टर से यह पता चलता है कि अनेक ईसाई व मुसलमानों ने भी दीक्षा ली है। पहले वे अपने समाज के ही होंगे। ऐसे लोगों ने समूहों में धर्मांतरण किया है। कई लोगों ने अपना पहले का धर्म ईसाई अथवा मुसलिम लिखा है। तब अपनी 22 प्रतिज्ञा में से 'मैं ब्रह्मा, विष्णु, महेश आदि को नहीं मानूँगा' का उनसे कोई संबंध नहीं है। इसलिए इसके स्थान पर 'मैं येशू अथवा मोहम्मद पैगंबर को नहीं मानूँगा' कहना चाहिए था। ईसाई व मुसलमानों का हिंदू देवताओं से क्या संबंध?''

बाबासाहब ने कहा, ''तुम सही कह रहे हो। यह मेरे ध्यान में नहीं आया था।

मुझे लगा था कि केवल अपने लोग ही दीक्षा लेंगे। ईसाई व मुसलमान भी दीक्षा लेंगे, इसकी कल्पना भी नहीं थी, पर यह बहुत अच्छा हुआ है, लेकिन इन लोगों के लिए अपने को प्रतिज्ञा में परिवर्तन करना होगा।''

अब तक के विवेचन से स्पष्ट हो गया है कि 1950-51 से ही बौद्ध धर्म स्वीकार करने के बारे में उन्होंने निश्चय कर लिया था; पर उन्हें पारंपरिक बौद्ध धर्म का युगसंगत व बुद्ध की वैज्ञानिक बुद्धिनिष्ठा पर आधारित स्वरूप अभिप्रेत था। इसलिए प्रत्यक्ष बौद्ध धर्म स्वीकार करने के पूर्व भारत में व अन्यत्र युगसंगत बौद्ध धर्म का प्रचार किस प्रकार करना चाहिए, इस विषय में उनके मन में योजना शुरू हो चुकी थी। उन्होंने उस दिशा में कदम बढ़ाने की शुरुआत भी कर दी थी। दिसंबर, 1954 में रंगून में हुई तीसरी विश्व बौद्ध परिषद् में बौद्ध धर्म के पुनरुज्जीवन की दृष्टि से भारत में किस प्रकार कदम उठाए गए हैं, इसका उल्लेख उन्होंने अपने भाषण में किया था। उन्होंने कहा था कि, ''हिंदुस्तान में सब दृष्टि से पूर्व तैयारी हो जाने के पश्चात् मैं भी बौद्ध धर्म का प्रचार करनेवाला हूँ। इस दृष्टि से अनुकूल होंगी, ऐसी धाराओं का अंतर्भाव संविधान में उनका निर्माण करते समय मैंने किया है। पाली भाषा के अध्ययन के लिए प्रोत्साहन देने की व्यवस्था कर रखी है। दिल्ली में राष्ट्रपति भवन के सम्मुख बौद्ध धर्मीय ग्रंथ का सुभाषित अंकित किया है। अशोक चक्र भारत के राष्ट्रीय ध्वज पर झलकता है। वह मेरा ही काम है। मेरे प्रयत्नों का ही परिणाम है कि भारत सरकार ने बुद्ध जयंती की छुट्टी घोषित की है। यह बातें अविरोध कर सका, इसका मुझे अभिमान है। लोकसभा में इन बातों को मनवाने के लिए मैंने इतना मधुर व परिणामकारक विवरण दिया कि वह सबको मान्य हुआ। बौद्ध धर्म परिषद् में उपस्थित अठारह देशों के प्रतिनिधियों में से ऐसी प्रगति अन्य किसी की नहीं है। इसके अतिरिक्त मुंबई व औरंगबाद में महाविद्यालयों की स्थापना की है, जहाँ बौद्ध धर्म के अध्ययन की सुविधा होगी।''

बाबासाहब की मान्यता थी कि बौद्ध धर्म के प्रचार के लिए तीन बातों की आवश्यकता है—

1. ईसाई धर्म का प्रामाणिक ग्रंथ बाइबिल है। लोगों के लिए वैसा ही बौद्ध धर्म का प्रमाण ग्रंथ तैयार करना।
2. भिक्खु संघ के संविधान, ध्येय व ध्येयसाधनों के मार्ग में आवश्यक परिवर्तन करना।
3. अखिल विश्व बुद्ध सेवा संघ की स्थापना करना।

इसमें से पहला काम 'दि बुद्धा एंड हिज गोस्पेल' ग्रंथ को निजी वितरण के

लिए तैयार किया। 'गोस्पेल' शब्द का प्रयोगकर वे उसे ईसाई धर्म के समान बौद्ध धर्म का प्रमाणग्रंथ बनाने की इच्छा रखते थे। बाद में इसी ग्रंथ की संशोधित आवृत्ति 'दि बुद्धा एंड हिज धम्म' नाम से प्रकाशित हुई।

प्रमाण ग्रंथ किस प्रकार का होना चाहिए, इस बारे में बाबासाहब ने अपनी कल्पना स्पष्ट की थी। उनका कहना था कि बौद्ध धर्म का ग्रंथ तैयार करना पहली आवश्यकता है। बौद्ध धर्म का वाङ्मय अथाह है। लोग अपने पास सहजता से रख सकते हैं, ऐसे बाइबिल, कुरान, गीता आदि सरलता से उपलब्ध हैं, इस कारण उस धर्म के लोगों को बड़ी सुविधा है। बौद्ध धर्म का ऐसा ग्रंथ न होने के कारण लोग असुविधा अनुभव करते हैं। हिंदी धम्मपद यह कमी पूरी नहीं करता। प्रत्येक धर्म, श्रद्धा की नींव पर खड़ा रहता है। विशिष्ट धर्म के कारण अथवा शुष्क विश्लेषण से सच्ची श्रद्धा निर्माण नहीं होती। कल्पनाशक्ति को आकर्षित कर सकें, ऐसी बातें श्रद्धा को बनाए रखती हैं। फिर ऐसी बातें दंतकथाओं अथवा पौराणिक कथाओं के माध्यम से लोगों के सामने रखी जाएँ। हिंदी धम्मपद की रचना इस आधार पर नहीं है। उसमें शुष्क धार्मिक विश्लेषण करके श्रद्धा निर्माण करने का प्रयास किया गया है। नए बौद्ध धर्म के बाइबिल की रचना करते समय उसमें बुद्ध का चरित, चीनी धम्मपद, बुद्ध के कुछ संवाद, जन्म-मृत्यु, विवाह व धर्म स्वीकार करते समय किए जानेवाले कुछ संस्कारों की सुंदर प्रस्तुति होनी चाहिए। ऐसा ग्रंथ तैयार करते समय भाषा की ओर दुर्लक्ष्य नहीं होना चाहिए। ग्रंथ की भाषा सहज, सरल और नारियल के पानी समान मधुर होनी चाहिए। ग्रंथ के वाचन से मनुष्य का मन चेते और उसकी विचारशक्ति जाग्रत हो। ग्रंथ की लेखनशैली सुबोध, सुगम, उत्तेजक व वाचक की नींद उड़ानेवाली हो।

बाबासाहब के ग्रंथ के अध्ययनकर्ताओं के अनुसार उनके ग्रंथ में बुद्धिवाद व धार्मिकता तथा विश्लेषण व श्रद्धा का सुंदर संगम है। अत्यंत सरल अंग्रेजी भाषा के इस ग्रंथ को पढ़ते समय बाइबिल की याद हो आती है। उन्होंने बुद्ध को जैसा अनुभव किया, उसे वैसा ही अपने ग्रंथ में उकेरा है।

बुद्ध की भिक्खु संघ की कल्पना एकदम अलग थी। बौद्ध धर्म का प्रत्यक्ष आचरण करनेवाले चलते-फिरते आदमी लोगों के सामने रहें, इस उद्देश्य से भिक्खु संघ की स्थापना की गई थी। बाबासाहब ने स्पष्ट किया है कि प्रारंभ में भिक्खु संघ विनयशील, निस्पृह, निःस्वार्थ, अपरिग्रही, लोकसेवा के लिए समर्पित विनयशील लोगों का था।

भगवान् बुद्ध अवतीर्ण हुए, उस समय हिंदूसमाज की स्थिति दयनीय थी। सनातन धर्म में प्रतिपादित गुणकर्मविभाग की व्यवस्था लगभग समाप्त हो चुकी थी। 'जन्मना जाति' तत्त्व को समाज ने स्वीकार किया हुआ था। 'नाट बाई वर्थ, बट बाई बर्थ' का विचार प्रत्यक्ष व्यवहार में था। उसमें से उत्पन्न हुई सामाजिक व आर्थिक विषमता के कारण समाज विघटन के कगार पर खड़ा था। समाज को सुखी व शोषणमुक्त करने की दृष्टि से बुद्ध ने अहिंसा जैसे श्रेष्ठ सिद्धांतों का प्रचार किया। उनका विचार था कि इस सिद्धांत को सब लोगों ने स्वीकार किया व उसके अनुसार आचरण किया, तो समाज शोषणमुक्त होगा।

लेकिन प्रत्यक्ष व्यवहार में अनुभव ऐसा आया कि उनके प्रभावी व्यक्तित्व के कारण समाज के बहुसंख्य लोगों ने उनके सिद्धांतों को जीवनमूल्य के रूप में स्वीकार तो कर लिया, पर उसके अनुसार आचरण करना उन्हें कठिन लगता था; क्योंकि अब तक की उनकी आदत अलग थी। इन सिद्धांतों को जीवनमूल्य के रूप में मान्यता देने में कोई कठिनाई नहीं थी, परंतु प्रत्यक्ष आचरण में उतारना कठिन था। उस कारण अंतर्विरोध निर्माण हुआ। सिद्धांत तो बौद्धमत के थे, पर आचरण उसके विपरीत था।

ऐसी स्थिति में भगवान् बुद्ध को अनुभव हुआ होगा कि संपूर्ण समाज आदर्श बने अथवा न बने, पर अपने सिद्धांतों का परिपूर्ण पालन करनेवाले लोगों को एकत्र करके उनका एक संघ बनाना चाहिए। ऐसे संघ में सम्मिलित होनेवाले लोगों की संख्या कितनी भी कम क्यों न हो, मगर प्रत्येक का आचरण आदर्श के अनुसार होना चाहिए। ऐसे आदर्श व्यक्तियों को वैदिक लोग ब्राह्मण कहते हैं। जैन श्रमण कहते हैं और बौद्ध भिक्खु कहते हैं। 'स ब्राह्मणः स भिक्षुः।' इस विचार से उन्होंने भिक्खु संघ निर्माण किया था और संघ के भिक्खुओं के लिए कठोर नियम बनाए थे।

बुद्ध का संबंध लिच्छवी गणराज्य से था। उसमें राजा शासक नहीं था। गण के प्रमुख का लोकतांत्रिक पद्धति से निर्वाचन होता था। यही व्यवस्था भगवान् बुद्ध ने भिक्खु संघ में लागू की व उसके लिए नियम भी बनाए। उन्हें अभिप्रेत था कि इन भिक्खुओं को समाज को विषमता व शोषण से मुक्त करना चाहिए। इसका स्वाभाविक परिणाम यह होगा कि प्रत्यक्ष अथवा अप्रत्यक्षरूप से प्रचलित दास-प्रथा नष्ट होगी। तत्कालीन समाज की यह आवश्यकता भी थी। इसी कारण बुद्ध का प्रभाव तेजी से बढ़ा भी।

उनके बढ़ते कार्य से प्रभावित हो अनेक तत्कालीन शासकों ने बौद्ध धर्म

स्वीकार किया व बौद्ध धर्म तथा बौद्ध भिक्खुओं को मान्यता प्रदानकर राज्याश्रय दिया। राज्याश्रय के कारण उस समय तक के भिक्खु व भिक्खु संघ का जो स्वरूप था, वह बदल गया। बड़े पैमाने पर दान व सहयोग मिलने लगा। धीरे-धीरे भिक्खु संघ का लोकतांत्रिक स्वरूप भी परिवर्तित होने लगा। भिक्खु व भिक्खु संघ का जो क्रांतिकारी स्वरूप था, वह नष्ट हो गया। संपत्ति के मोह के कारण अपरिग्रह व्रत नष्ट होने लगा। वासना प्रबल होने लगी। इन सब कारणों से भगवान् बुद्ध द्वारा उपदिष्ट जीवनमूल्यों का लोप होने लगा तथा भिक्खु संघ के मूल नियमों के पालन में शिथिलता आ गई। परिणामस्वरूप जिस प्रतिक्रांतिकारी समाज रचना को भगवान् बुद्ध नष्ट करना चाहते थे, उसके विपरीत शोषण की प्रक्रिया तेजी से बढ़ने लगी। आगे चलकर तो भिक्खु संघ सामंतवादियों का सहायक बन गया। यह साफ दिखाई देने लगा कि भिक्खु संघ के मूल स्वरूप व परिवर्तित स्वरूप में जमीन-आसमान का अंतर है। सामाजिक व आर्थिक शोषण का पुनरागमन हुआ। व्यक्ति व परमसत्य के मध्य दलाली करनेवाले पुन: अस्तित्व में आ गए। इस सबमें भिक्खु संघ सहायक सिद्ध हुआ।

इस अहसास के कारण बाबासाहब ने दीक्षाविधि में सबसे पहले किए जानेवाले उद्घोष 'संघम् शरणम् गच्छामि' का उच्चार करना स्वीकार नहीं किया। (इसका विस्तृत वर्णन वामनराव गोडबोले ने किया है।)

भारत में बौद्ध धर्म का प्रभाव नष्ट होने व भिक्खु संघ के अध:पतन का यह एक प्रमुख कारण था, वहीं बौद्ध पंडितों की शास्त्रार्थ करने की अक्षमता, आक्रामक मुसलमानों द्वारा बौद्धों व भिक्खुओं का भीषण नरसंहार तथा मूर्तिभंजन के साथ ही भिक्खु संघ की अवनति भी कारणीभूत हुई।

बाबासाहब ने कहा, ''इस दृष्टि से विचार करने पर यही दिखाई देता है कि वर्तमान भिक्खु संघ, भगवान् बुद्ध की सीख के अनुसार व्यवहार नहीं कर रहा है—यह त्रिवार सत्य है।' वे वर्तमान भिक्खु संघ को निष्प्राण मानते थे, क्योंकि वह लोकसेवा का अपना व्रत भूल गया है। यह बताते समय उन्होंने कहा कि रामकृष्ण मिशन व ईसाई मिशनरियों की सेवावृत्ति से बौद्ध भिक्खुओं को सीखना चाहिए।

प्राचीन काल में नालंदा, तक्षशिला जैसे विश्वविद्यालयों में ज्ञानसाधना कर भिक्खु लोग, भिक्खु पद की पूर्व तैयारी करते थे। बाबासाहब का मानना था कि शिक्षा के प्रसार का जितना महत्त्व है, उतना ही महत्त्व धर्म प्रसार के कार्य का भी है। उनका कहना था कि आनुवांशिकता से धर्म प्राप्त होने का समय अब समाप्त हो चुका है। अब समय विचारपूर्वक धर्म स्वीकार करने का है। आज बौद्ध धर्म

के प्रसार के लिए पर्याप्त अनुकूलता है। बौद्ध धर्म के प्रसार का अर्थ है मानवता की सेवा। इस कार्य के सफल होने के लिए विश्वास रखने की आवश्यकता है।

प्रारंभ में हिंदू धर्म में, हिंदू समाज में रहकर उसमें परिवर्तन करने का प्रयत्न; इसका होना संभव न देखकर बौद्ध धर्म को स्वीकार किया गया धर्मांतरण; यह करते समय प्रखर राष्ट्रनिष्ठा से भारतीय समाज की एकात्मता का विचार, आदि की चर्चा पूर्व में की जा चुकी है।

यह कहने में कोई संकोच नहीं है कि इस दृष्टि से उनके द्वारा किया गया धर्मांतरण हिंदू धर्म, हिंदू समाज का ही नहीं, बौद्ध धर्म का भी प्रबोधन करनेवाला था। उन्नीसवीं शताब्दी के प्रारंभ से ही अनेक विचारकों, तत्त्वज्ञानियों व नेताओं ने अपने-अपने विचार से समाज के पुन:प्रबोधन का प्रयास किया। बाबासाहब का धर्मांतरण भी भारतीय समाज के पुन:प्रबोधन का अत्यंत प्रभावी व परिणामकारी प्रयास था।

यह सर्वविदित है कि अंधकार युग से आधुनिक युग में प्रवेश का प्रारंभ यूरोप में नवजागरण से हुआ। यूरोप के नवजागरण का इतिहास में अत्यधिक महत्त्व है; क्योंकि उसके प्रत्यक्ष व अप्रत्यक्ष परिणाम विश्व भर में हुए। सन् 1857 के बाद हुए लगभग सभी भारतीयों-विचारकों को इस नवजागरण की जानकारी थी। नवजागरण से संबंधित वैज्ञानिकों व लेखकों[2] के सारे साहित्य उन्होंने देखा था। डॉ. आंबेडकर भी उसके अपवाद नहीं थे। उनके ग्रंथालय में नवजागरण से संबंधित ग्रंथों का समावेश था, लेकिन भारतीयत्व के सर्वांगीण अध्ययन के कारण इन सब लोगों के ध्यान में यह भी आया कि इस विषय में पश्चिम का अंधानुकरण करना उचित नहीं होगा। वहाँ की परिस्थिति व समस्याएँ भिन्न हैं, भारत की परिस्थिति व समस्याएँ भिन्न हैं। बाबासाहब को भारतीय नवजागरण अभिप्रेत था अर्थात् यूरोप के नवजागरण से जो लेने की जरूरत थी, वे उसे लेने को तैयार थे, पर उनका मानना था कि ऐसा करते समय भारत के वैशिष्ट्य पर आँच नहीं आनी चाहिए।

योगी अरविंद ने भी कहा है कि "The world carries the mind back to the turning-point of European culture to which it was first applied; that was not so much a reawakening as an overturn and reversal, seizure of Chiristinized Teutonic Europe by the old Greco-Latin Spirit and form with all the complex and momemntous result which came from it. That is certainly not a type of renaissance that is at all possible in India[...]"

..."It was certainly that (i.e. spirituality) which saved India always at every critical moment of ther destiny and it has been the starting-point too of her renaissance. Any other nation under the same pressure would have long ago perished soul and body' (Aurobindo in 'The renaissance in India')

भारत के सारे महान् आंदोलन नए आध्यात्मिक विचार व नई धार्मिक कृति में से प्रवर्तित हुए हैं।

हिंदू सदैव से जानते आए हैं कि इतिहास के बिना भविष्यशास्त्र निर्मूल है व भविष्यशास्त्र बिना इतिहास निष्फल है। हमारी परंपरा के कारण हम स्थितिवादी नहीं हैं, पर एक सावधानी भी रहती, जो हमें साहसी व प्रगमनशील बनाती है।

डॉ. राधाकृष्णन् कहते हैं, "Hinduism has ists periods of growth and decline and we are today in the midst of Hindu renaissance. The word renaissance is not used in the sence of a mere revival and antiquity; the eternal principles are reborn to be applied to a new life in new ways. There is growth of a new spirit like the one, which shattered the medieval order of the seventeenth century."

नवजागरण की संकल्पना के बारे में भारतीय व पश्चिमी दृष्टिकोण का अंतर अपरिहार्यरूप से दिखाई देता है। समाज सुधार की आवश्यकता सभी को होती हैं, परंतु इस सवाल की ओर देखने का भारतीय दृष्टिकोण पश्चिम दृष्टिकोण से बिलकुल भिन्न है। अपने प्रबंध 'Lessons for the India Renaissance' में श्री डी. बिशप ने इस भेद को 'dialectical' d 'non-dialecrical' की संज्ञा से स्पष्ट किया है। वैसे तो यह संपूर्ण प्रबंध ही अध्ययन करने योग्य है। इसमें दोनों दृष्टिकोणों का भेद बड़ी ही मार्मिकता से स्पष्ट किया गया है। उस भिन्न दृष्टिकोण के कारण राजनीतिक, सामाजिक, आर्थिक व धार्मिक समाजजीवन के अंगों में हुए प्रभाव को विस्तारपूर्वक व्याख्यायित किया है।

भारत में dialectics को 'परिणामीशास्त्र' कहा जाता है। तत्त्वज्ञान के क्षेत्र में इसका विकास भारत में हुआ व हेगेल यहाँ से इसे पश्चिम में ले गए। उन्हें संस्कृत आती नहीं थी, इस कारण वह भारत के परिणामीशास्त्र के विपर्यास के रूप प्रस्तुत हुआ। भारत में परिणामीशास्त्र की अंतिम परिणति ब्रह्मवाद non-dialectics में हुई है। ब्रह्मवाद में ब्रह्म की संकल्पना है। बाबासाहब कहते थे कि मैं ब्रह्म हूँ, तू भी ब्रह्म है, यह सब ब्रह्म है, का अहसास दिलानेवाले इस ब्रह्मवाद जितना कोई सशक्त आधार लोकतंत्र का नहीं हो सकता।

बाबासाहब के भारतीय पुन:प्रबोधन का आधार non-dialectics(निर्द्वंद्व) आध्यात्मिकता थी। पश्चिम की भाँति dialectics (द्वंद्वयुक्त) भौतिकवाद उन्हें मान्य नहीं था। सारे धर्म व पंथों के अध्ययन के पश्चात् वे इस निष्कर्ष पर पहुँचे थे कि निर्द्वंद्व आध्यात्मिकता बौद्ध धर्म से ही प्राप्त हो सकती है। संभवत: इसी कारण उन्होंने बौद्ध धर्म का आश्रम लिया।

उपर्युक्त अनेक संदर्भों से यह भी स्पष्ट होता है कि जीवनभर निधार्मिकता का नारा लगानेवाले पं. नेहरू से लेकर, अध्यात्म ही जीवन व जीवनसंक्रमण का आधार है, माननेवाले योगी अरविंद, डॉ. राधाकृष्णन् आदि अनेक विचारकों व तत्त्वज्ञों की यही धारणा थी कि भारतीय पुन:प्रबोधन के नवजागरण का आधार आध्यान्मिकता ही हो सकती है। पश्चिमी का पुन:प्रबोधन द्वंद्वात्मक भौतिकवाद (dialectical) पर आधारित था। भारतीय पुन:प्रबोधन निर्द्वंद्व आध्यात्मिक (non-dialectical) की जड़ में बसे आध्यात्मिक एकता की प्रेरणा से हुआ है। इसलिए निश्चित रूप से कहा जा सकता है कि धर्मांतरण के माध्यम से किए गए बाबासाहब के पुन:प्रबोधन का आधार आध्यात्मिकता ही था।

इसी कारण धनंजय कीर जैसे साक्षेपी चरितकार ने कहा है, 'हिंदू समाज का पहला पुनरुज्जीवन उपनिषदों ने किया। दूसरा पुनर्गठन भगवान् बुद्ध ने किया। आगे चलकर रामानुज, चक्रधर, रामानंद, कबीर, नान, चैतन्य, ज्ञानदेव जैसे संतों ने तीसरा परिवर्तन किया। अर्वाचीन काल में राजा राममोहनराय, महात्मा फुले, दयानंद सरस्वती, न्यायमूर्ति रानाडे के प्रयासों से प्रारंभ होकर स्वामी विवेकानंद, सावरकर, महात्मा गांधी ने अपनी-अपनी प्रेरणा के अनुसार चौथे परिवर्तन को गति दी और डॉ. आंबेडकर के आंदोलन से हिंदू समाज के पाँचवें पुनर्गठन की शुरुआत हुई।

संदर्भ—

1. डॉ. आंबेडकर ने यही विचार 3 अक्तूबर, 1954 को आकाशवाणी से प्रसारित भाषण 'माझे वैयक्तिक तत्त्वज्ञान' में व्यक्त किए थे.

□

महाप्रयाण

—नचिकेता कुमार

हृदय की अत्यंत उत्साही दशा में डॉ. बाबासाहब आंबेडकर ने अपने निकटवर्ती लोगों को धर्मांतरण के समय खींचे छायाचित्र दिखाए। उन्होंने उनसे इच्छा व्यक्त की कि अब वे दिल्ली, उत्तर प्रदेश और पंजाब के क्षेत्रों में धर्मांतरण का कार्य करा लेंगे। उनका जो-जो चहेता, उनसे मिलने आता था, उसे वे अपनी धर्मांतरण की हकीकत का रसयुक्त वर्णन बड़े उत्साहपूर्ण और गद्‌गद हृदय से बताते थे।

इसी दरमियान मुंबई के एल्फिंस्टन महाविद्यालय के प्राचार्य ने आंबेडकर को पत्र लिखकर अनुरोध किया कि महाविद्यालय के शतसंवत्सरीय समारोह के निमित्त प्रकाशित् होनेवाले स्मृतिग्रंथ के लिए आंबेडकर अपनी पसंद के किसी विषय पर एक लेख लिखें। आंबेडकर ने उस आमंत्रण को स्वीकारकर प्राचार्य के पास 'लोकतंत्र का मतलब और क्या उसका भारत में सफल होना संभव है ?' विषय पर भी भाषण करने की अपनी इच्छा प्रकट की। उन्होंने प्राचार्य को यह भी सूचित किया कि उन्हें यह भरोसा नहीं है कि उनकी दृष्टि कमजोर होने और उनका स्वास्थ्य ठीक न होने से वे भाषण कर सकेंगे। उपर्युक्त महाविद्यालय के लिए चंदा प्राप्त करने हेतु एक पत्रक निकाला जानेवाला था, उस पर आंबेडकर ने हस्ताक्षर किए, किंतु संलग्न पत्र में उन्होंने यह आशंका व्यक्त की कि क्या उनके हस्ताक्षर करने से चंदा प्राप्त करने में कुछ विशेष सहायता होगी ? आंबेडकर ने यह भी सूचित किया कि अगर एल्फिंस्टन महाविद्यालय महाविद्यालय के अधिकारी वर्ग की यह इच्छा होगी कि मैं समारोह में उपस्थित रहूँ तो मुझे खास उसके लिए मुंबई आना होगा।

देवप्रिय वालीसिंह के 25 अक्तूबर, 1956 के पत्र का उत्तर उन्होंने 30 अक्तूबर को देकर सूचित किया कि दीक्षा समारोह एक बहुत बड़ी घटना थी। धर्मांतरण के लिए अग्रसर हुआ जनसमूह भी अपेक्षातीत था। भगवान् बुद्ध की कृपा की कृपा से

सबकुछ ठीक हुआ। उसी पत्र में उन्होंने देवप्रिय वालीसिंह को लिखा, 'जो लोग मेरे कहने पर बौद्ध धर्म स्वीकार करेंगे और जिन्होंने बौद्ध धर्म स्वीकार किया है, उन लोगों को बौद्ध धर्म का ज्ञान प्रदान करने के लिए कुछ इंतजाम करने का विचार किया जाना चाहिए। मुझे ऐसा लगता है कि संघ को अपने दृष्टिकोण में कुछ सुधार करने की जरूरत है, साथ ही बौद्ध धर्मोपदेशक सिर्फ बैरागी बनने की अपेक्षा ईसाई धर्मोपदेशकों की भाँति समाजसेवा और समाजोपदेशक बनें।''

यद्यपि आंबेडकर का स्वास्थ्य ठीक नहीं था तो भी उनके निकटवर्ती लोगों ने बड़े उत्साह के साथ यह प्रयास और प्रबंध किया कि नेपाल के काठमांडू में होनेवाली विश्व बौद्ध भातृसंघ की परिषद् में आंबेडकर उपस्थित रहें। आंबेडकर के नेपाल-निवास का सारा इंतजाम कलाकत्ता के एम. ज्योति नामक व्यक्ति के जरिए किया गया। आंबेडकर के स्वास्थ्य की देखभाल करनेवाले और स्वास्थ्यरक्षा का इंतजाम करनेवाले मुंबई के डॉक्टर माधवराव मालवणकर को आंबेडकर के साथ नेपाल जाने के लिए खास निमंत्रित किया गया था। यात्रा में कुछ समय मिलने पर अपूर्ण ग्रंथ पूर्ण करने के उद्देश्य से आंबेडकर ने अपने हस्तलेख आपने साथ लेने का प्रबंध किया। वे पटना से काठमांडू जानेवाले थे। इतने में उनके सामने कुछ आर्थिक कठिनाइयाँ उपस्थित हुईं। बंबई के 'राजगृह' के कुछ भाग का विस्तार किया गया था। उसके लिए ठेकेदार के पैसे चुकाने थे। उस ठेकेदार ने मुंबई उच्च न्यायालय में आंबेडकर के खिलाफ मुकदमा दाखिल किया था। दिल्ली के अपने एक मित्र से आंबेडकर को कुछ रकम मिल गई। शेष रकम उन्होंने मुबई में प्राप्त की और कुल रुपए 40,000 न्यायालय में अदा किए। यह सारा इंतजाम करने के लिए डॉ. श्रीमती सविता आंबेडकर मुंबई आई थीं और फिर उनके दिल्ली वापस लौटने पर आंबेडकर और 14 नवंबर को हवाई जहाज से पटना से काठमांडू रवाना हुए। उन लोगों में औरंगाबाद के मिलिंद महाविद्यालय के प्रोफेसर म.भि. चिटनिस और बलवंत ह. वराले मौजूद थे।

बौद्ध भातृसंघ की यह चौथी विश्व परिषद् काठमांडू में संपन्न हुई। 15 नवंबर, 1956 को दोपहर सिंग दरबार गैलरी सभागृह में उस परिषद् का उद्घाटन राजा महेंद्र ने किया। उस दिन नेपाल के हिंदू राजा ने सार्वजनिक छुट्टी घोषित की थी। इतना ही नहीं, परधर्म के साथ अति उदारता का बर्ताव करना चाहिए, इस महान् परंपरा का खयाल रखकर श्रीशंकराचार्य की जीवनी पर आधारित हिंदुस्तान में बने चित्रपट को जनता को दिखाने के लिए उस दिन रोक लगा दी।

हिंदू धर्म के महान् नेता शंकराचार्य ने भारत में बौद्ध धर्म की पराजय की थी। यह आक्षेप लिया गया था कि उस चित्रपट में प्रस्तुत कुछ घटनाएँ बौद्ध विरोधी

हैं और राजा के इस पारंपरिक उदार दृष्टिकोण की मानो यह निष्पति है कि बौद्धों को हाल ही में दिया गया पशुपतिनाथ मंदिर-प्रवेश का अधिकार, काठमांडू के हिंदू पुरोहितों ने रद्द कर दिया। इस विचित्र निर्णय का समय और आंबेडकर की बौद्ध भिक्षुकों में उपस्थिति के समय, दोनों इकट्ठा जमकर आए, क्या यह अचरज नहीं ? उस परिषद् में डॉ. आंबेडकर ने कहा, ''बौद्ध धर्म विश्व का सबसे बड़ा धर्म है, क्योंकि वह केवल धर्म न होकर एक महान् सामाजिक सिद्धांत है, यह विश्व को जाहिर बताने के लिए मैं यहाँ आया हूँ।'' उस परिषद् के सभी प्रतिनिधियों ने उनका प्रचंड जयघोष किया।

डॉ. आंबेडकर के एक मास पहले किए गए धर्मांतरण की स्तुतिकर परिषद् के अध्यक्ष डॉ. मालालासेकर ने कहा, 'ऐसे पाँच लाख लोगों सहित आंबेडकर का किया गया धर्मांतरण सबसे बड़ा धर्मांतरण है।' 20 नवंबर, 1956 को आंबेडकर से बौद्ध धर्म में अहिंसा' विषय पर बोलने का आग्रह किया। उस विषय पर बोलते हुए आंबेडकर ने बौद्ध देशों के युवकों की भवितव्यता के बारे में चिंता व्यक्त की, क्योंकि उन युवकों को मार्क्स ही एकमात्र पूजनीय लगता था। उन्होंने कहा, ''बुद्ध और मार्क्स का ध्येय एक ही था। मार्क्स के मतानुसार व्यक्तिगत जायदाद ही दुःख का मूल है। उसकी परिणति शोषण, दुःख और गुलामी में होती है। बुद्ध को भी दुःख दूर करना था और बौद्ध साहित्य में दुःख शब्द का अर्थ व्यक्तिगत जायदाद किया गया है। बुद्ध का कहना यह था कि सब कुछ विनाश होनेवाला है, इसलिए जायदाद के लिए झगड़ने की जरूरत नहीं। बौद्ध भिक्षुओं को व्यक्तिगत जायदाद रखने की अनुज्ञा नहीं थी। बुद्ध ने अपने धर्म की नींव देव या आत्मा पर अधिष्ठित नहीं की थी। इसलिए खाजगी जायदाद के नकारने का तत्त्व सारे समाज के लिए चरितार्थ करने के मार्ग में बौद्ध धर्म रुकावट नहीं डालेगा।

'तथापि, बौद्ध धर्म और साम्यवाद के आपने-आपने उद्‌दिष्ट पूरा करने के मार्ग अलग-अलग हैं। व्यक्तिगत जायदाद का उन्मूलन करने का साम्यवाद का मार्ग अत्याचारी है। व्यक्तिगत जायदाद का उन्मूलन करने का बौद्ध धर्म का मार्ग अनत्याचारी है, लेकिन वह सबसे भरोसे का मार्ग है। मनुष्य के मन का तथा विश्व के मन का सुधार हुए बिना विश्व का सुधार नहीं होगा। मार्क्स का मार्ग हिंसा पर अधिष्ठित है। अगर रूस की तानाशाही असफल हुई तो राज्य की जायदाद हड़प करने के लिए रक्त-लांछित विद्रोह खड़े होंगे। इसके विपरीत बौद्ध धर्म की पद्धति तानाशाही पर अधिष्ठित है। इसलिए बुद्ध का मार्ग बहुत सुरक्षित और सशक्त मार्ग है। बौद्ध धर्म भिक्षु लोगों में धर्म प्रचार करने के लिए ईसाई धर्मोपदेशकों के मार्ग का अनुसरण करें।'' आंबेडकर का यह भाषण बहुत परिणामकारी हुआ। अध्यक्ष

पद नेपाल के महाराज महेंद्र ने विभूषित किया था।

जॉर्ज वॉशिंगटन ने कहा है कि ईश्वर और बाइबिल की सहायता के बिना विश्व पर नियंत्रण करना असंभव है। आंबेडकर के मतानुसार बुद्ध और उनके धर्म का अनुसरण किए बिना शांति और सुरक्षा का टिकना असंभव है।

आंबेडकर के खिलाफ मुंबई उच्च न्यायालय में दाखिल मुकदमा न्यायाधीश के सम्मुख आते ही उसे वकील के.जी. काले ने चलाया। काले ने जो तार भेजा था, वह रत्तू ने अपने साहब के लिए काठमांडू भेज दिया। आते समय आंबेडकर ने बनारस विश्वविद्यालय और काशी हिंदू विश्वविद्यालय में चुनौतीपूर्ण भाषण दिए। बुद्धि से विश्व को जीता जा सकता है; इस बात पर उनका बेहद विश्वास था। यद्यपि वे कहते थे, ''मैं श्रीशंकराचार्य नहीं हूँ; फिर भी श्रीशंकराचार्य ने जो कार्य हिंदू धर्म के लिए किया, वह कार्य हम बौद्ध धर्म के लिए करेंगे; यह जिजीविषा वे अपने दिल में रखते थे। उन्होंने बनारस विश्वविद्यालय के सभागृह में श्रीशंकराचार्य के तत्त्वज्ञान के 'ब्रह्म सत्यं जगत मिथ्या' सिद्धांत पर एक व्याख्यान दिया। अगर ब्रह्म सब जगह है और सारा जगत अपना है तो ब्राह्मण और अस्पृश्य समान है। किंतु शंकराचार्य ने अपना वह सिद्धांत सामाजिक व्यवस्था के लिए प्रयुक्त नहीं किया। उन्होंने अपने सिद्धांत वेदांत के स्तर तक ही रखे। अगर उन्होंने वह सिद्धांत समाज में प्रयुक्त किया होता और सामाजिक समता का प्रचार किया होता, तो उनका सिद्धांत भव्य बन जाता। वैसे ही 'जगत् मिथ्या है', उनकी यह गलत धारणा यद्यपि अलग रखी जाती, तो भी वह सिद्धांत विचार करने योग्य हो जाता। इसलिए आंबेडकर ने विद्यार्थियों से सवाल किया, ''क्या आप पुरुषसूक्त में प्रस्तुत असमानता के श्रेणीकरण का समर्थन करनेवाले हिंदूशास्त्रों का अनुसरण करेंगे या भारतीय संविधान में प्रतिपादित स्वतंत्रता, समता और बंधुता के तत्त्वों के पक्ष में खड़े रहेंगे और हिंदूशास्त्र में प्रस्तुत असमानता के श्रेणीकरण के तत्त्वों का खंडन करेंगे?''

मार्ग में आंबेडकर ने भारत के बौद्ध-धर्म के पवित्र स्थानों की दूसरी बार यात्रा की। वे कुशीनगर से वापस लौटे और 14 नवंबर, 1956 को हवाई जहाज से दिल्ली लौटे। हवाई अड्डे से निवास स्थान जाते समय उन्होंने अपने कुत्ते की तबीयत के बारे में रत्तू से पूछताछ की। कुछ दिन पहले ही उस कुत्ते को अस्पताल में दाखिल किया गया था। उन्होंने दूसरा सवाल मुंबई उच्च न्यायालय में चले दीवानी मुकदमे के बारे में किया। उसके बारे में रत्तू ने उन्हें जानकारी दी।

दिल्ली के निवास स्थान पहुँचने पर वे बहुत खिन्न, त्रस्त और उदास नजर आते थे। उन दिनों आंबेडकर की पत्नी के पिता कृष्णराव कबीर, भाई बालू कबीर और डॉक्टर माधवराव मालवणकर आंबेडकर के साथ ही उनके निवास स्थान पर

रहते थे। आंबेडकर के बहुत ही थक जाने से उन्होंने उस रात रत्तू को अपने घर रख लिया। 1 दिसंबर की सुबह आंबेडकर 7.15 बजे उठे। उन्होंने चाय पी और उन्हें थोड़ा आराम लगने लगा। उसी दिन सायंकाल वे मथुरा पथ पर लगी प्रदर्शनी देखने गए। वहाँ की बुद्धिस्ट आर्ट गैलरी देखकर वे बाहर आए। प्रदर्शनी के बाहर खड़ी अपनी मोटर में बैठे। उस समय एक चहेते ने उनसे पूछा कि अलग-अलग देशों में से आई बुद्ध की मूर्तियों में इतना बड़ा फर्क कैसे? उन मूर्तियों के अंग-प्रत्यंगों की गढ़न में ऐसा फर्क क्यों? तब उन्होंने जबाव दिया, ''बुद्ध के महानिर्वाण के बाद छह सौ वर्षों तक बुद्ध का चित्र किसी ने भी नहीं बनाया था या उनकी मूर्ति भी नहीं गढ़ी। तदनंतर किसी ने अपनी कल्पना के मुताबिक बुद्ध का पुतला बनाया। अनंतर अनेक देशों में उस देश की सौंदर्य की कल्पना के मुताबिक बुद्ध की मूर्तियाँ या पुतले बनाए गए।'' घर वापस लौटते समय वे कनॉट प्लेस में एक ग्रंथ विक्रेता की दुकान में गए। नए ग्रंथ देखे। उनमें से कुछ ग्रंथ घर भेजने के लिए कहा।

2 दिसंबर को अशोक विहार में दलाई-लामा के सम्मानार्थ आयोजित समारोह में आंबेडकर उपस्थित थे। उस समय दलाई-लामा बोध गया में मनाए जानेवाले बुद्ध महानिर्वाण के 2500 वें स्मृतिदिन समारोह में शरीक होने के लिए आए थे। सायंकाल अपने निवास स्थान के अहाते की हरियाली पर उन्होंने अपने कुछ भक्तों के साथ गपशप की और खाना भी वहीं खाया। रात को 10.30 बजे वे सो गए। थोड़े ही समय में आंबेडकर को गहरी नींद आ गई। 3 दिसंबर की शाम वे बहुत थके हुए दिखाई पड़े। उन्होंने हरियाली पर कुरसियाँ ला रखने के लिए नौकर को बताया। वहाँ सबके साथ आंबेडकर पत्नी, उनके पिता कृष्णराव कबीर और डॉक्टर माधवराव मालवणकर आदि के साथ बैठे थे।

अँधेरा होने पर बाबासाहब एक हाथ में लाठी लेकर और दूसरा रत्तू के कंधे पर रखकर अपने माली के स्वास्थ्य की पूछताछ करने गए। वह बूढ़ा माली तीन-चार दिन से बुखार में छटपटा रहा था। उसकी पत्नी उसके बिछौने के पास खड़ी थी। अगर मैं मर गया तो मेरी बूढ़ी पत्नी बेसहारा होकर सड़क पर आ जाएगी, इसलिए वह परेशान था। मालिक को देखते ही किंचित हँसकर उसने हाथ जोड़कर मालिक का स्वागत किया और रोने लगा। अपने मालिक की दयार्द्रता से वह गद्‌गद हो गया। उसने दीर्घ श्वास छोड़ा और सिसकियाँ लेते कहा, ''प्रत्यक्ष भगवान् ने ही मुझसे भेंट की है, लेकिन महाराज, अब मुझे जिंदा रहने की आशा नहीं रही। और मेरी पत्नी को…।'' वह आगे नहीं बोल सका। करुणाजनक भाव से वह सिसकियाँ लेने लगा। उसे दिलासा देते हुए बाबासाहब ने कहा, ''मत रो। हर आदमी कभी-न-कभी मरनेवाला है। मैं भी कभी-न-कभी मरनेवाला हूँ। धीरज रखो। मैं दवा

भेजता हूँ, वह ले लो। तुम अच्छे हो जाओगे।'' माली की झोपड़ी से बाहर निकलते हुए उन्होंने रत्तू से कहा, 'देखो, इस गरीब आदमी को मरने का डर लगता है। मैं नहीं डरता। मृत्यु किसी भी क्षण आ जाए।' पिछले दो वर्षों से मृत्यु आंबेडकर के इर्द-गिर्द मँडरा रही थी। क्या वह यह सुन रही थी ?

कुछ समय बाद आंबेडकर ने 14 दिसंबर के रेलवे-टिकटों का आरक्षण करने के बारे में पूछताछ करने के लिए रत्तू से कहा। 16 दिसंबर, 1956 को उन्हें अपने मुंबईवाले अनुयायियों को दीक्षा दिलाने का कार्य पूरा करना था। तदनंतर उन्होंने निजी ग्रंथालय से मार्क्स का 'डास कैपिटल' ग्रंथ लेकर 'बुद्ध और कार्ल मार्क्स' ग्रंथ के अंतिम अध्याय लिखकर टंकण-लेखन के लिए दिया। मंगलवार दिनांक 4 दिसंबर को आंबेडकर राज्यसभा में कुछ समय के लिए उपस्थित थे। राज्यसभा के सभागृह में कुछ सदस्यों के साथ उन्होंने औपचारिक चर्चा की। किसी को भी यह नहीं लगा कि आंबेडकर की राज्यसभा की यह आखिरी भेंट होगी। सायंकाल उन्होंने दो महत्त्वपूर्ण पत्र लिख लेने के लिए कहा। एक पत्र आचार्य प्र.के. अत्रे के लिए था और दूसरा श्री म.जोशी के लिए था। ये दोनों कांग्रेस के विरोधी दल के प्रमुख महाराष्ट्रीय नेता थे और संयुक्त महाराष्ट्र आंदोलन के अगाड़ी के नेता थे। आंबेडकर ने उन पत्रों में यह अनुरोध किया था कि वे दोनों आगामी रिपब्लिक पार्टी में शामिल हों। म.बा. समर्थ के भाई का बंगला मुंबई के मुकाम में अपने को रहने के लिए मिलेगा या नहीं, यह पूछने के लिए उन्होंने म.बा. समर्थ को लिखने के पत्र का मजमून बताया।

आंबेडकर और उनका परिवार 14 दिसंबर को मुंबई जानेवाला था, लेकिन उस कार्यक्रम में परिवर्तन किया गया। आंबेडकर की पत्नी के पिता, भाई और जाधव 4 दिसंबर की रात को दिल्ली से रेलगाड़ी से मुंबई के लिए निकले। रेलगाड़ी की यात्रा अपने स्वास्थ्य को सहन नहीं होगी, इसलिए आंबेडकर ने 14 दिसंबर को हवाई जहाज से मुंबई जाना तय किया। रत्तू ने टंकण-लेखन का काम रात डेढ़ बजे तक किया और वे आंबेडकर के निवासस्थान पर ही सो गए।

5 दिसंबर की सुबह रत्तू जल्दी जाग गए। उन्होंने देखा तो बाबासाहब सोए हुए थे। बाबासाहब सुबह 8.45 बजे जागे। रत्तू ने उनसे विदा ली और बाइसिकल से वे अपनी नौकरी पर गए। रास्ते में उन्होंने एक उपहारगृह में खाना खाया।

डॉ. मालवणकर के साथ डॉ. (श्रीमती) सविता आंबेडकर कुछ चीजें खरीदने के लिए दोपहर डेढ़ बजे बाजार गई थीं। आंबेडकर ने बहुत समय बाद दो-तीन बार घंटी बजाई। पत्नी के बारे में पूछताछ की, किंतु डॉक्टर (श्रीमती) सविताबाई वापस नहीं लौटी थीं। सुदामा गंगावने रसोइये ने दीया जलाया और वह उन्हें गुसलखाने

ले गया। आंबेडकर ने चाय पी। फिर उन्होंने घंटी बजाकर पत्नी आई या नहीं, इसके बारे में पूछताछ की। उनका चेहरा गुस्से से लाल हो गया। रत्तू सायंकाल 5.30 बजे आंबेडकर के यहाँ आ गए। उन्होंने रत्तू को टंकण-लेखन का काम दिया। इतने में डॉक्टर सविताबाई डॉक्टर माधवराव मालवणकर के साथ घर वापस लौटीं। सविताबाई ने सिर्फ अंदर झाँककर देखते ही आंबेडकर ने उन्हें गालियाँ देकर अपमानित किया। उन्होंने साहब को शांत करने के लिए रत्तू से अनुरोध किया।

रात आठ बजे बाबासाहब का गुस्सा उतर गया था। इतने में पहले तय किए अनुसार जैनों का प्रतिनिधिमंडल उनसे मिलने आया। आंबेडकर को एक बार ऐसा लगा कि वे दूसरे दिन उस जैन प्रतिनिधिमंडल से मिलें, किंतु अब वे आ ही गए थे; इसलिए उनका कहना आज ही सुन लेना उचित होगा; यह सोचकर उन्होंने उनसे भेंट की। तद्नंतर लगभग बीस मिनट बाद वे स्नानगृह जाकर आए। बाद में रत्तू के कंधे पर हाथ रखकर वे हॉल में प्रविष्ट हुए। वहाँ एक कोच पर वे आँखें बंदकर बड़ी मुश्किल से बैठ गए।

जैन नेता आदर के साथ उठ खड़े हुए। बाद में वे बैठे। कुछ क्षण निस्तब्धता फैल गई। जैन नेता तटस्थ होकर उनकी सूरत की ओर लगातार देख रहे थे। कुछ क्षण बाद उन्होंने अपनी नजर ऊपरकर उन नेताओं से, उनकी भेंट के उद्देश्य के बारे में पूछा। उन्होंने आंबेडकर के स्वास्थ्य के बारे में औपचारिक पूछताछ की। उस पर आंबेडकर ने उत्तर दिया, 'ठीक चलता है।' बाद में कुछ समय बौद्ध धर्म और जैन धर्म विषयक थोड़ी चर्चा हुई। उस चर्चा का उनके दिल पर कुछ असर दिखाई पड़ा। उन्होंने बाबासाहब के हाथ में 'जैन और बुद्ध' ग्रंथ की एक प्रति बड़े प्रेमादर के साथ रखी। दूसरे दिन सुबह उनका एक समारोह होनेवाला था। उन जैन नेताओं ने आंबेडकर से यह अनुरोध किया कि वे उस समारोह में उपस्थित रहकर उनके मुनियों के साथ कुछ मुद्दों पर चर्चा करें। 'स्वास्थ्य ठीक होगा तो हम उपस्थित रहेंगे'—बाबासाहब ने उत्तर दिया और भेंट के लिए आए हुए अंतिम लोगों ने उनसे विदा ली। आंबेडकर जैने नेताओं के साथ जब बात कर रहे थे, तभी उनके मेहमान डॉक्टर माधवराव मालवणकर रात के हवाई जहाज से मुंबई लौट गए।

नानकचंद रत्तू बाबासाहब के पाँव दबाने लगे। बाबासाहब ने अपने माथे पर तेल मलने के लिए रत्तू से कहा। रत्तू ने वैसा ही किया। बाबासाहब को थोड़ा अच्छा लगा। इतने में यकायक एक शांत आनंददायी मीठी आवाज सुनाई पड़ी। रत्तू जान गए कि यह आवाज बाबासाहब की है। वे आँखे बंद कर दाएँ हाथ की उँगलियों से सोफे के हाथ पर टेक लगाकर गाना गा रहे थे। धीरे-धीरे गाना साफ सुनाई पड़ने लगा। 'बुद्धं शरणं गच्छामि' पद की पंक्तियाँ साफ सुनाई पड़ने लगीं। उन्होंने

उस पसंदीदा गीत की तश्तरी रेडियोग्राम पर लगाने के लिए रत्तू को आज्ञा दी। उस तश्तरी के साथ ही वे गीत बड़ी तन्मयता से सुर-ताल में गाने लगे।

उसी समय सुदामा गंगावने रसोइये ने सूचना दी कि खाना तैयार है। बाबासाहब ने कहा, 'थोड़ा चावल ले आ और कुछ नहीं।' वे उस गाने की धुन में ही तल्लीन थे। रसोइये के दूसरी बार सूचना देने पर बाबासाहब भोजन कक्ष में जाने के लिए निकले। रत्तू के कंधे पर हाथ रखकर चलते हुए रसोईघर में प्रवेश करने से पहले, उन्होंने अलग-अलग अलमारियों से कुछ ग्रंथ निकलवाए। जिंदगी के उन महान् और सच्चे मित्रों की ओर फिर एक बार लालची दृष्टिक्षेपकर वे अंदर गए। उन्होंने रत्तू को माथा मलने के लिए कहा। रत्तू द्वारा दो-चार मिनट माथ मलने पर हाथ में सोटा लेकर कबीर का 'चलो कबीर तेरा भवसागर डेरा' पद गुनगुनाते हुए वे खड़े हुए और गुनगुनाते रसोईघर से लगे शयनकक्ष में प्रविष्ट हुए।

पंद्रह-बीस मिनट पहले अलमारी से निकाले ग्रंथ उन्होंने झाँककर देखे। उन्होंने वे ग्रंथ मेज पर वैसे ही रख दिए। वे अपने बिछौने पर पड़े रहे और रत्तू को धीरे-धीरे पैर दबाने के लिए कहा। अब रात के 11.15 बजे थे। पिछली रात रत्तू अपने घर नहीं गए थे। रत्तू के मन में यह विचार आया कि अब बाबासाहब को नींद आई है; अतः हम भी अपने घर हो आएँ। बाबासाहब का ध्यान आकृष्ट करने के लिए रत्तू ने मेज पर रखे हुए एक-दो ग्रंथ इधर से उधर रखे। बाबासाहब ने ऊपर देखा और तब रत्तू ने बाबासाहब से विदा ली। उन्होंने अपनी बाइसिकल बाहर निकाली। अब उन्हें भूख लगी थी। उन्हें इस बात की कसक लगी थी कि उनकी पत्नी घर में इंतजार कर रही होगी। रत्तू के बाइसिकल से अहाते के दरवाजे तक जाते-न-जाते ही सुदामा ने उन्हें पुकारा, "बाबासाहब आपको बुला रहे हैं।" बाबासाहब ने 'बुद्ध और उसका धम्म' ग्रंथ के उपोद्घात और प्रस्तावना की टंकणलिखित प्रतियाँ तथा आचार्य प्र. के. अत्रे, श्री म. जोशी और ब्रह्मदेश की सरकार को लिखे पत्रों की प्रतियाँ अलमारी से निकालकर मेज पर रखने को कहा, 'मैं रात में उपोद्घात और प्रस्तावना फिर पढ़कर देखूँगा। वे पत्र भी पढूँगा।' दूसरे दिन वे पत्र डाक से रवाना होनेवाले थे। सुदामा ने साहब की खाट के पास कॉफी से भरा थर्मस और मिठाई की तश्तरी रख दी। पिछले पाँच साल से बाबासाहब की जिंदगी का खयाल रखनेवाली उनकी डॉक्टर पत्नी या उनके नौकर को इस बात की बिलकुल जानकारी नहीं थी कि बाबासाहब की खाट के पीछे मृत्यु घात लगाकर बैठी थी।

6 दिसंबर, 1956 की सुबह डॉक्टर (श्रीमती) सविताबाई हमेशा की तरह उठीं। साढ़े छह बजे उन्होंने अपने पति की ओर देखा तो उन्हें दिखाई पड़ा कि

बाबासाहब का पाँव तकिए पर टिका हुआ था। बगीचे में एक चक्कर लगाकर वे हमेशा की तरह बाबासाहब को जगाने के लिए उनके पास गईं। उन्होंने उनको जगाने की कोशिश की; लेकिन उन्हें चिरनिद्रा लगी थी। अपने पतिदेव यह जगत छोड़कर विदा हुए हैं, यह ध्यान में आते ही उन्हें भयंकर सदमा पहुँचा। उन्होंने रत्तू को लाने के लिए गाड़ी भेज दी। रत्तू आ गए। रत्तू को देखते ही डॉक्टर सविताबाई ने सोफे पर दुःखावेग से गिरते-गिरते असहायता से कहा, 'रत्तू, बाबासाहब हमें छोड़कर चले गए।' रत्तू को वह दुःखद खबर असह्य हुई। अपनी काँपती आवाज में लड़खड़ाते हुए उन्होंने कहा, 'क्या ऽऽ बाबा ऽ साहब⋯।' वे दोनों बाबासाहब के शयनकक्ष में प्रविष्ट हुए। बाबासाहब की लाश में हृदय का फिर से स्पंदन शुरू करने की उन्होंने कोशिश की। उनके हाथ-पाँव दबाए; ऊपर-नीचे किए। सीने और पेट के बीच का परदा रगड़कर मुँह में एक चम्मच ब्रैंडी डाल दी, किंतु श्वासोच्छवास शुरू नहीं हुई। निद्रा में ही उनका प्राणांत हुआ था, आंबेडकर मधुमेह के विकास की वजह से मज्जातंतु की असहाय बीमारी से पीड़ित हो गए थे। उनकी हृदय-क्रिया पिछले दो साल से क्षीण हो रही थी। वह आज पूरी तरह से बंद पड़ गई।

डॉक्टर सविता आंबेडकर दुःख से जोर-जोर से रोईं। बाबासाहब की लाश पर घुटने के बल झुककर रत्तू ने दुःख किया। 'बाबासाहब मैं सेवा के लिए आया हूँ; मुझे काम दीजिए'—कहकर वे चिल्लाए। उस समय चिमनलाल शाह नामक कोई व्यक्ति आंबेडकर के आवास में रहते थे। वे योग और गूढ़शास्त्र के अभ्यासी थे। उनकी और आंबेडकर की अच्छी जान-पहचान थी।

दस साल पहले बाबासाहब ने कहा था, "जब तक दलित वर्ग की सेवा के लिए मेरे अस्तित्व की आवश्यकता होगी, तब तक मुझे आयु का लाभ होगा।" उनकी उसी प्रबल श्रद्धा के कारण सब तरह की भयंकर निराशा और शारीरिक अस्वास्थ्य से वे अनेक बार बाहर निकले थे। वे प्रार्थना करते थे कि अगर ज्यादा नहीं तो अपने कार्य के लिए जितनी आवश्यकता है, उतनी उम्र ईश्वर उन्हें प्रदान करें। उन्हें ऐसा लगता होगा कि महामानव अपने जीवित कार्य की समाप्ति के बाद देहविसर्जन करता है। उन्होंने अपने मुख्य सहयोगी भाऊराव गायकवाड को चार साल पहले ही यह सूचित किया था कि अब हम ज्यादा समय जिंदा नहीं रहेंगे; अत: आप अपने दिल की वैसी तैयारी करें।

नानकचंद रत्तू ने बाबासाहब के समीप के लोगों को यह दुःखद खबर बताई। केंद्रीय सरकार के मंत्रियों को भी यह खबर दी। दावानल की भाँति वह भयंकर खबर दिल्ली में फैल गई।

सब चहेते, सरकारी अधिकारी और भक्तजन 26 अलीपुर मार्ग की ओर दौड़

पड़े। बाबासाहब के अंतिम दर्शन के लिए एक घंटे में ही उनके निवासस्थान के बाहर लोगों की प्रचंड भीड़ इकट्ठा हो गई। बाबासाहब के निधन की खबर मुंबई के सहयोगियों और भक्तजनों को मुंबई के सिद्धार्थ महाविद्यालय में दूरध्वनि द्वारा सूचित की गई। दिल्ली के कार्यकर्ताओं को सूचित किया गया, 'रात के हवाई जहाज से लाश मुंबई लाई जाएगी।'

प्रधानमंत्री जवाहरलाल नेहरू आंबेडकर के निवास स्थान पर दौड़ते आए। आंबेडकर जब कानूनमंत्री थे, तब पंडित नेहरू विदेशी मेहमानों को उनका परिचय इन शब्दों में कराते थे, "आंबेडकर भारतीय मंत्रिमंडल के एक अनमोल रत्न हैं।" जब बाबासाहब उनसे संसद् सदन के हॉल में या कहीं समारोह में मिलते थे, तब वे उनके स्वास्थ्य की आस्थापूर्वक पूछताछ करते थे। नेहरूजी ने आंबेडकर के निवास स्थान पर आते ही बड़ी हमदर्दी से डॉक्टर सविताबाई से पूछताछ की। आंबेडकर के अनुयायियों से उन्होंने पूछताछ की, 'अंतिम यात्रा संबंधी किस तरह की व्यवस्था की जाए। आपकी क्या इच्छा है?' आंबेडकर के अंतिम दर्शन के लिए गृहमंत्री गोविंद वल्लभ पंत, संचारमंत्री जगजीवनराम और राज्यसभा के उपसभापति आदि आ गए। सब बातें ध्यान में रखकर जगजीवनराम ने बाबासाहब की लाश मुंबई ले जाने के लिए हवाज जहाज का प्रबंध किया। दोपहर आकाशवाणी पर वह खुबर सुनते ही लाखों भारतीयों के दिल दुःख से व्याकुल हो गए। आंबेडकर के निवास स्थान के बाहर हजारों लोगों की भीड़ लगी हुई थी। आसपास की बस्ती की ट्रैफिक बंद पड़ गई। एक बड़ी लॉरी में व्यासपीठ बनाकर उस पर बाबासाहब की लाश रख दी गई। और 'बाबासाहब अमर रहें' घोषणा से अंतिम यात्रा की शुरुआत उनके निवास स्थान से हुई। मार्ग पर दोनों तरफ हजारों लोग खड़े थे। लाश की लॉरी के आते ही वे लोग उस महापुरुष को प्रणाम करते थे। हवाई अड्डे के पास आने के लिए अंतिम यात्रा की शुरुआत उनके निवास स्थान से हुई। मार्ग पर दोनों तरफ हजारों लोग खड़े थे। लाश की लॉरी के आते ही वे लोग उस महापुरुष को प्रणाम करते थे। हवाई अड्डे के पास आने में अंतिम यात्रा को पाँच घंटे लगे। रात के नौ बज गए। नेहरू ने अपने एक विशेष दूत के माध्यम से लाश को पुष्पमाला अर्पित की। लोकसभा और राज्यसभा के सचिवों ने उस महान् संसदपटु को पुष्पमालाएँ अर्पित कीं। लोकसभा के अनेक सदस्यों, दिल्ली के प्रमुख वकीलों ने उस विख्यात विद्वान् राजनीतिज्ञ पुरुष को प्रणाम किए। हवाई जहाज दिल्ली से रात 9.30 बजे निकला। उसमें शंकरानंद शास्त्री, भिक्खु आनंद कौशल्यायन, डॉक्टर सविताबाई आंबेडकर, रत्तू, सुदामा और शंकरलाल शास्त्री और कुछ लोग थे। हवाई जहाज सांताक्रूज हवाई अड्डे पर बड़े सवेरे 3 बजे पहुँचा। वहाँ इकट्ठे हजारों लोग मौन

होकर उस महान् नेता की लाश दादर के बाबासाहब के पहले निवासस्थान पर ले गए। वहाँ लाखों शोकाकुल भक्तजन अपने रक्षणकर्ता के अंतिम दर्शन के लिए आठ-दस घंटे से छटपटा रहे थे। सारी मुंबापुरी उस दुःख सागर में डूब गई थी। 7 दिसंबर को बंबई के सभी कल-कारखाने, गोदियाँ, रेल कारखाने और कपड़ा मिले बंद रहीं। बंबई नगर-निगम के सफाई विभाग का नौकर वर्ग काम पर नहीं गया। स्कूल, महाविद्यालय, चित्रपटगृह बंद थे। नागपुर आदि विभिन्न शहरों में स्वयंस्फूर्त हड़ताल की गई। जुलूस निकले। अहमदाबाद की कपड़ा मिलें बंद की गईं। उस भयंकर दुःखद खबर से अनेक लोगों के हाथ-पाँव गल गए। कुछ लोग तो मूर्च्छित हो गए।

दोपहर अंतिम यात्रा संबंधी सारा इंतजाम पूरा हुआ। बाबासाहब की लाश फूलों और पुष्पमालाओं से युक्त एक लॉरी में रख दी गई। लाश के सिरहाने भगवान् बुद्ध की मूर्ति रखी गई। इर्द-गिर्द जलती हुई मोमबत्तियाँ रखी गईं। चारो कोनों में धूप रखा गया। दोपहर 1.30 बजे अंतिम यात्रा शुरू हुई। जिस पथ को अब आंबेडकर पथ कहते हैं, वह पहले का विन्सेंट पथ, पोयबावड़ी, एल्फिन्टस्टन पुल, सयानी पथ, गोखले पथ से अंतिम यात्रा दादर हिंदू श्मशान में आ गई। उत्तर मुंबई का सारा यायायात पाँच घंटे बंद पड़ गया था। उस महापुरुष के दर्शन के लिए इतने बड़े प्रशस्त मार्ग पर दोनों तरफ चींटियों की भाँति लोग भीड़ लगाकर खड़े थे। मकानों की छतें, पटारियाँ, पेड़ सब लोगों के रंग-बिरंगे कपड़ों से भर गए थे। आसपास के जिलों के सैकड़ों लोग खास गाड़ियाँ करके आए और उस दो मील लंबी अंतिम यात्रा में शरीक हुए। अंतिम यात्रा की लॉरी सामने जाते समय शोकाकुल लोगों ने उस लाश पर फूल और पुष्पमालाओं की वर्षा की। लाश के दर्शन जनता को अच्छी तरह से हों, इसलिए पुष्पमालाओं और फूलों का बढ़ जानेवाला ढेर हर चार-पाँच मिनट में हटाया जाता था। मुंबई के मंत्री और कांग्रेस नेताओं ने रास्ते में लाश को पुष्पमालाएँ अर्पित कीं।

इस तरह चार घंटे बाद मुंबई शहर की यादगारी में सबसे बड़ी अंतिम यात्रा दादर श्मशान-भूमि में प्रविष्ट हुई। सैकड़ों की संख्या में पुलिस श्मशान-भूमि में इंतजाम के लिए खड़ी थी। उच्च श्रेणी के पुलिस अधिकारी व्यक्तिगत रूप से व्यवस्था देख रहे थे। पाँच लाख से ज्यादा जनसमुदाय ने श्मशानभूमि में बौद्ध भिक्षुओं द्वारा की जा रही अंतिम संस्कार की विधियाँ देखीं। अपने दिवंगत नेता की अंतिम इच्छा पूरी करने के लिए उनकी लाश के सामने एक लाख से ज यादा अनुयायियों ने बौद्ध धर्म की दीक्षा ली। आंबेडकर के सुपुत्र यशवंतराव द्वारा सायंकाल 7.30 बजे चिता प्रज्ज्वलित करते ही वह जनसमूह दुःखसागर में डूब

गया। मुंबई शहर की पुलिस द्वारा मृत महान् नेता को आखिरी सलामी दी गई। इस तरह का सम्मान गैर-सरकारी व्यक्ति को मुंबई में पहली बार ही दिया गया।

चिता के पास बोलते समय भिक्खु आनंद कौशल्यायन ने कहा, ''डॉ. आंबेडकर एक महान् नेता थे। उन्होंने देश की सेवाकर निर्वाण प्राप्त कर लिया।'' मलाया और श्रीलंका के भिक्खुओं ने मृत बौद्ध नेता को श्रद्धांजलि अर्पित की। आचार्य प्र. के. अत्रे ने अपनी पहाड़ी आवाज में कहा, 'आंबेडकर ने दलितों के अधिकार के लिए त्याग और संघर्ष किया।' अत्रे का भाषण सुनकर उस जनसागर में फिर दुःख का ज्वार आ गया। शमशान के बाहर सागर के किनारे शोकाकुल दशा में खड़े रहे जनसागर के दुःख में सागर भी शरीक हुआ! अत्रे ने आगे कहा, ''आंबेडकर ने अन्याय, जुल्म और विषमता के खिलाफ संग्राम किया, उसे सुधारने का प्रयास किया।''

बंबई विधानसभा के सभापति सीलम, बंबई सरकार के मुख्य सचिव, डॉ. सविता आंबेडकर, मुकुंदराव आंबेडकर, रावबहादुर बोले, आंबेडकर के सहयोगी भाऊराव गायकवाड, रा.धों. भंडारे, बा.चं.कांबले, पुं. तु. बोराले और आंबेडकर के मित्र मो.वा. दोंदे आदि मान्यवर नेता और प्रतिष्ठित नागरिक श्मशान में उपस्थित थे। जिस दिन साची का आठ दिन का 2500वाँ बुद्ध जयंती उत्सव समाप्त हुआ, उसी 7 दिसंबर, 1956 को आंबेडकर की लाश आँखों से ओझल हुई, यह कितना विलक्षण विधि-विधान है!

समूचे राष्ट्र ने आंबेडकर के निधन पर शोक व्यक्त किया। सभी दलों ने उद्गार निकाले कि आंबेडकर के देहावासान से देश का एक महान् सुपुत्र गायब हो गया है। जिन्होंने पिछले तीस साल से ज्यादा समय तक राष्ट्र के कारोबार में हिम्मत से हिस्सा लेकर अनेक प्रकार का महत्त्वपूर्ण और प्रभावी कार्य किया, उस व्यक्ति को भारतीय राजनीति के पटल से काल ने छीन लिया है। उनकी मृत्यु से विश्व का लोकतंत्र दुर्बल हो गया। लोकतंत्र की विचारधारा का एक बड़ा हिमायती नष्ट हो गया। संविधान के प्रचंड कार्य और हिंदू संहिता संबंधी कार्यकर उन्होंने राष्ट्र की जो सेवा की, उसका स्मरण करते हुए प्रधानमंत्री जवाहरलाल नेहरू ने लोकसभा में कहा, ''हिंदू समाज की जुल्म करनेवाली सभी प्रवृत्तियों के खिलाफ विद्रोह करनेवाले व्यक्ति के रूप में आंबेडकर का प्रमुखतया स्मरण होगा। उन्होंने उन जुल्म करनेवाली प्रवृत्तियों का बड़ा विरोध किया, इसीलिए लोगों के दिल जाग्रत् हुए। यद्यपि वे एक बड़े विवादग्रस्त व्यक्ति थे, तो भी उन्होंने सरकारी कामकाज में बड़ा विधायक और महत्त्वपूर्ण कार्य किया। उन्होंने जिनके खिलाफ विद्रोह किया, उनके खिलाफ हर एक व्यक्ति को विद्रोह करना चाहिए।'' प्रधानमंत्री नेहरू, आंबेडकर को अलौकिक पुरुषों की मालिका में से एक पुरुष मानते थे, इसलिए उन्होंने उनके

सम्मानार्थ लोकसभा का कामकाज एक दिन के लिए बंद करने का अनुरोध किया।

वीर सावरकर ने कहा, 'आंबेडकर के निधन से भारत एक सच्चे महापुरुष से वंचित हुआ है।' उस समय के मुंबई सर्वोच्च न्यायालय के अस्थायी न्यायाधीश कोयाजी ने कहा, ''आंबेडकर ने ध्येयनिष्ठ जिंदगी बिताई। दलितों का उद्धार करना उनका जीवित कार्य था। उन्होंने दलितों के पक्ष का जोरदार समर्थन किया और कार्य अंतिम क्षण तक जारी रखा।'' भारत के राष्ट्रपति डॉ. राजेंद्रप्रसाद ने कहा, ''आंबेडकर हमारे संविधान के शिल्पी हैं और उनकी अनेक क्षेत्रों में की हुई सेवा और विशेषत: दलितों के उद्धार के लिए ही हुई सेवा बड़ी महनीय है।''

राजगोपालचारी ने कहा, ''आंबेडकर के गुस्से के दर्शन उनके तथाकथित बौद्ध धर्म की उनके द्वारा ली गई दीक्षा में होते हैं। दुर्भाग्य से उस कृति में बौद्ध धर्म की अनुकंपा और नीतिमत्ता के तत्त्वों की स्वीकृति की अपेक्षा हिंदू धर्म की दुश्मनी ही ज्यादा दिखाई पड़ी।'' आंबेडकर व्यक्तिश: बहुत प्रामाणिक मनुष्य थे, ऐसा वर्णन करते हुए राजाजी ने कहा, ''वे तीखी बुद्धि के कानूनदा थे और उनका दिल घमंडी और दुराराध्य था। उनकी विद्वत्ता प्रचंड थी, तथापि, अगर उचित मार्ग से पहले उनके साथ विचार-विमर्श किया जाता था, तो वे बहुत आत्मीय स्नेही बन जाते थे। ऐसे पुरुष को बीच-बीच में कार्य करने के बाद शांति मिली।''

समाचारपत्रों ने आंबेडकर का यह वर्णन किया कि वे अस्पृश्यों के हिम्मतवान, शूर, दुर्दम्य हिमायती थे। वे भारत के एक महान् सुपुत्र थे; एक प्रकांड पंडित, कानूनदा, विश्वविख्यात संविधानपटु और महान् संसदपटु थे। यह सब लोगों ने स्वीकार किया, किंतु उनमें से अनेक लोगों ने कहा कि आंबेडकर कटु, झगड़ालू और दुराराध्य बन गए थे। उनका यह मत था कि अस्पृश्यता का कलंक धो डालने के लिए भारत ने जो द्रुतगति से प्रगति की, उसकी ओर जान-बूझकर आंबेडकर ने अनाकानी की। आंबेडकर एक कर्तृत्ववान, बुद्धिमान और अठपहलू व्यक्ति थे। अलग परिस्थितियों में उन्होंने अपने समाज और देश की इससे भी ज्यदा सेवा की होती, यह मुंबई के 'टाइम्स ऑफ इंडिया' दैनिक ने मृत्युलेख में कहा।

अंबाला के 'ट्रिब्यून' दैनिक ने कहा, ''यह अपेक्षा करना व्यर्थ है कि अगर इस तरह का कार्य हाथ में लेनेवाले आंबेडकर कार्य करते समय बहुत कुछ अकेले पड़ गए तो उनकी जिंदगी को जो निराशा और विफलता ग्रस्त करती है, उसे व्यक्त करना वे टाल दें।' दिल्ली के 'हिंदुस्तान टाइम्स' दैनिक ने कहा, 'उनके द्वारा की हुई देश की महान् सेवा की याद रह जाएगी।' मुंबई के 'फ्री प्रेस जर्नल' दैनिक ने कहा, ''अन्याय के खिलाफ सात्त्विकता से झगड़नेवाले एक नेता के रूप में देश को आंबेडकर की याद चिरकाल तक रहेगी।''

आंबेडकर का कार्यकाल बुद्धिमत्ता और मनोनिग्रह का संघर्ष है, ऐसा वर्णन कर कलकत्ता के 'स्टेट्समैन' दैनिक ने कहा, "उनकी प्रकांड विद्वत्ता और विधिविज्ञान, अर्थशास्त्र, समाजशास्त्र, श्रमिक और राजनीति के विभिन्न शास्त्रों और क्षेत्रों के अनुभव ने उन्हें अलग परिस्थिति में और ठोस कार्य करने के लिए सक्षम किया होता।" आंबेडकर के अचरजकारी कार्यकाल का गौरवकर कलकत्ता के 'अमृत-बाजार पत्रिका' दैनिक ने कहा, "अन्याय पर आधारित और इन्सानियत के अधिकार नकारनेवाली समाज संरचना का विनाश करने का मानो आंबेडकर की लड़ाकू वृत्ति ने बीड़ा ही उठाया था। जिन महान् गुणों से वे देश के सुपुत्र बन गए थे, उन महान् गुणों कीं और महान् देशभक्ति की सारे देश-बांधवों को फिर एक बार उनकी मृत्यु ने याद दिलाई है।" 'न्यूयॉर्क टाइम्स' दैनिक ने कहा, "मुख्यतया अस्पृश्यों के हिमायती के रूप में आंबेडकर का नाम सारे विश्व को मालूम था। शायद जो मालूम नहीं था, वह यह कि उन्होंने अपने व्यक्तित्व की छाप भारत के कानूनी संरचना के बड़े अंश पर डाल दी है।" लंदन के 'टाइम्स' दैनिक ने कहा, "ब्रिटिश सत्ता की अंतिम कालावधि का, भारत की सामाजिक और राजनीतिक उत्क्रांति का जब इतिहास लिखा जाएगा, तब उसमें आंबेडकर के नाम का प्रमुखतया निःसंशय उल्लेख किया जाएगा। उम्दा व्यक्तित्ववाले चष्पाभूषित पुरुष के मुख पर संकल्प और धीरज रेखांकित किए गए थे, तथापि उनके आचरण और भाषण में उनके तीन महाद्वीपों में परिश्रमपूर्वक प्राप्त किए विद्याध्ययन का प्रत्यय नहीं दिखाई देता था, क्योंकि उन्होंने अपने ऊपर हुए संस्कारों का परिष्करण करने की कभी भी फिक्र नहीं की।" बर्मा के तत्कालीन प्रधानमंत्री ने भी एक समारोह के अध्यक्ष पद से अपना मत व्यक्त किया। उन्होंने कहा, "आंबेडकर एक विख्यात व्यक्ति थे। परिवर्तित प्रवाह और परिस्थिति जब राष्ट्र की सामाजिक संरचना और जीवन पर बड़ा असर डाल रही थी, उस समय उन्होंने हिंदुस्तान में बड़ा ऐतिहासिक कार्य किया। देश की सामाजिक जीवन-पद्धति में परिवर्तन होते समय उसे गति देनेवाले में से आंबेडकर एक है। लाखों लोगों की जीवन-पद्धति में उन्नति करने के लिए और सुख देने के लिए वह पद्धति सक्षम बनाई जा रही है।[1]

आंबेडकर की मृत्यु के बाद ग्यारहवें दिन उनके अनुयायियों ने दिल्ली में आयोजित एक बड़ी सभा में यह प्रस्ताव पेश किया कि इस बात की सरकार पूरी जाँच करे कि आंबेडकर की मृत्यु किस परिस्थिति में हुई। इस संदर्भ में एक प्रतिनिधिमंडल प्रधानमंत्री प्रधानमंत्री नेहरू, गृहमंत्री गोविंद वल्लभ पंत और राष्ट्रपति डॉ. राजेंद्र प्रसाद से मिला। उस समय यह माँग की गई कि आंबेडकर की मृत्यु के बारे में सरकार जाँच-पड़ताल करे। दिल्ली के पुलिस अधिकारियों के पास

यशवंतराव आंबेडकर ने इस तरह की शिकायत दाखिल की। तद्नुसार सरकार ने आंबेडकर की मृत्यु के बारे में जाँच-पड़ताल की। 26 नवंबर, 1957 को गृहमंत्री पंडित पंत ने लोकसभा में यह निवेदन किया कि दिल्ली के उपमहानिरीक्षक द्वारा (डेप्युटी इंस्पेटर जनरल ऑफ इंडिया) की गई जाँच के अनुसार डॉ. आंबेडकर की मृत्यु नैसर्गिक थी।

आंबेडकर में स्थित विधिज्ञ ने 'बुद्ध और उसका धम्म' ग्रंथ के लिए लिखे उपोद्‍घात में कृतज्ञता का एक ऋण स्वीकार किया था, जो विश्व को मालूम नहीं। उसमें आंबेडकर ने लिखा था, "पिछले पाँच वर्षों में मेरे स्वास्थ्य में अनेक बार उतार-चढ़ाव आए। एक बार मेरा स्वास्थ्य इतना बिगड़ गया कि डॉक्टरों ने मेरा वर्णन बुझते दीपक के रूप में किया। उस बुझते दीपक को प्रज्ज्वलित करने में मेरी पत्नी की वैद्यकीय शास्त्र की प्रवीणता जैसे कारणभूत हुई, वैसे ही मेरा इलाज कर रहे डॉक्टर मालवणकार भी कारणभूत हुए हैं। उनका मैं अत्यंत ऋणी हूँ। उन्होंने ही मुझे यह ग्रंथ पूर्ण करने में सक्षम किया है।" यह एक रहस्य है कि उनका लिखा हुआ उपोद्‍घात और विशेषतया उसमें से यह अंश उस ग्रंथ में क्यों नहीं छापा गया।

अपने काठमांडू के भाषण में आंबेडकर ने कहा था कि बौद्ध दर्शन में दुःख का अर्थ जायदाद होता है। लोकमान्य तिलक के निधन के उपरांत जिस प्रकार उनके वारिस अदालत में प्रविष्ट हुए, उस प्रकार हमारे वारिस अदालत जाकर सुशोभित नहीं करेंगे, ऐसा आंबेडकर कहते थे, किंतु दुर्भाग्य से उनकी आशा व्यर्थ गई। उनका पुत्र और पत्नी जायदाद का अपना-अपना हिस्सा प्राप्त करने के लिए अदालत में प्रविष्ट हुए। अदालत में आखिर उन्होंने समझौता कर लिया।

आंबेडकर के निधन के उपरांत थोड़े ही दिनों में उनके जीवन से संबद्ध कुछ घटनाएँ हुईं। अपने समयज्ञ, चतुर और संतुलित रुख के बारे में विख्यात महाराष्ट्र राज्य के पहले मुख्यमंत्री यशवंतराव चह्वाण ने लोकमत का आदरकर महाराष्ट्र में आंबेडकर जयंती की सार्वजनिक छुट्टी जाहिर की। नागपुर में जिस भूमि पर 14 अक्तूबर, 1956 को दीक्षा समारोह संपन्न हुआ था, उस भूमि में से ग्यारह एकड़ भूमि सरकार ने संबंधित बौद्ध संस्था को प्रदान की। दादर हिंदू श्मशान भूमि पर जहाँ आंबेडकर की लाश का अंतिम संस्कार हुआ था, वह छोटी सी भूमि भी सरकार ने बौद्ध संस्था को दे दी। मुंबई के दोनों मंत्रालयों के बीच डॉ. बाबासाहब की प्रतिमा भी खड़ी की गई।

आंबेडकर द्वारा स्थापित 'जनता की शिक्षण संस्था' (पी.ए.सो.) अपना कार्य निष्ठा से कर रही है। रा.रा. भोले, दौलतराव जाधव आदि बाबासाहब के सहयोगियों और संस्था के कार्यवाहक कृ.भि. उर्फ घनश्याम तलवटकर ने वह शिक्षा कार्य

उत्साह के साथ विकसित किया है।

आंबेडकर के पथप्रदर्शन के अनुसार रिपब्लिक पार्टी स्थापित की गई, किंतु रिपब्लिक पार्टी यानी शेड्यूल कास्ट्स फेडरेशन दल का केवल रूपांतरण ठहरा, इतना ही। महाराष्ट्र राज्य निर्मित होने पर उस दल में दो गुट पैदा हुए। एक गुट ने संयुक्त महाराष्ट्र के संघटन पर प्रभुत्व रखनेवाले लाल दल के साथ सहयोग किया, तो दूसरे ने जिस प्रजासमाजवादी दल के साथ बाबासाहब ने सहकार किया था, उसके साथ सहयोग किया। अन्य दल का एक ही नेता रिपब्लिक पार्टी में शामिल नहीं हुआ। उस पार्टी के नाम में परिवर्तन हुआ, इतना ही।

आंबेडकर के निधन के उपरांत उनका बृहत् अंग्रेजी ग्रंथ 'बुद्ध और उसका धम्म' प्रकाशित हुआ। उस ग्रंथ में आंबेडकर ने यह विशद किया है कि उन्होंने बौद्ध धर्म का कौन सा अर्थ लगाया है और बौद्ध धर्म का मतलब क्या है। वह ग्रंथ कुछ हद तक आत्मनिष्ठ और सरल है, एक आदर्श नमूना है। भाषा सुडौल एवं तेजस्वी है। वह एक भव्य भाष्य है। उसमें निहित बुद्धिवाद रसभीना है। बृहत् ग्रंथ में ग्रंथकार की विशेषता दिखाई पड़ती है। 'बुद्ध और उसका धम्म' सचमुच आंबेडकर के व्यक्तित्व का और बुद्ध के दर्शन का रसायन है, जिस प्रकार 'गीता-रहस्य' गीता और तिलक का रसायन है।

तथापि 'महाबोधि' नामक भारत के प्रसिद्ध बुद्धिस्ट मासिक ने अपना यह अभिप्राय दिया कि 'बुद्ध और उनका धम्म' एक भयंकर ग्रंथ है। कर्मसिद्धांत का आंबेडकर का विवेचन, अहिंसा संबंधी विचार और बौद्ध धर्म सामाजिक तत्त्व है, यह उनका मत बौद्ध धर्म का विशुद्ध विवेचन नहीं, यह नया मत है। ग्रंथ समीक्षक ने कहा, "सच कहा जाए तो यह ग्रंथ नवबौद्ध अपने मन में जो द्वेष और आक्रामक वृत्ति पालते और दर्शाते हैं, उनका विवेचन है।" उस ग्रंथ-समीक्षक ने आगे कहा, "आंबेडकर का बौद्ध धर्म द्वेष पर आधारित है और बुद्ध का धर्म करुणा पर अधिष्ठित है। ऐसा दिखाई देता है कि आंबेडकर के ग्रंथ में प्रयुक्त बुद्ध के शब्द कौन से हैं, इस संबंध में सतर्क रहना अधिक महत्त्वपूर्ण है।" उस समीक्षक ने आगे कहा, "इस ग्रंथ का नाम 'बुद्ध और उनका धम्म' न रखते हुए "आंबेडकर और उनका धम्म' रखना चाहिए, क्योंकि जो धर्म ही नहीं, उसे आंबेडकर ने धर्म के रूप में राजनीतिक और सामाजिक सुधार के हेतु उपदेशित किया है।"[2] रंगून 'लाइट ऑफ धम्म' मासिक ने अपना मत दिया, "यह ग्रंथ एक महामानव ने लिखा है, किंतु दुर्भाग्य यही कि यह ग्रंथ महान् नहीं है। भले ही ग्रंथकर्ता में अनेक सद्गुण हों, तो भी यह ग्रंथ लिखने के लिए ग्रंथकर्त्ता अपात्र है। आंबेडकर ने उस ग्रंथ के मूल सूत्रों में भी हस्तक्षेप किया है और जब बौद्ध धर्म के मत उन्हें अपने मन में

असुविधाजनक लगे, तो बौद्ध धर्म में निहित वे मत भिक्षुओं ने घुसेड़ दिए हैं, ऐसा कहकर ग्रंथकर्त्ता ने उनका धिक्कार किया है तथापि ग्रंथकर्त्ता एक महान् और अच्छा मनुष्य था। इस ग्रंथ की शोकांतिका यह है कि वह ग्रंथ महान् भी नहीं और अच्छा भी नहीं।''[3] इस तरह समीक्षकों ने अभिप्राय व्यक्त किए हैं।

यद्यपि समीक्षकों ने कुछ भी कहा हो, फिर भी आंबेडकर का बौद्ध धर्म भारत के बह्म समाज, सत्यशोधक समाज, आर्य समाज और प्रार्थना समाज की भाँति एक सुधारक संप्रदाय बनेगा। झेन (ध्यान) बौद्ध धर्म, बौद्ध धर्म का एक प्रकार है। 'नाट' पूजा करनेवाला बर्मा निवासी लोगों का बौद्ध धर्म निराला है। महायान बौद्ध धर्म और हीनयान बौद्ध धर्म ये पंथ हैं ही। आंबेडकर को प्रोटेस्टेंट हिंदू धर्म चाहिए था। आंबेडकर के बौद्ध धर्म को आप आंबेडकरयान कहें, या बौद्ध का नया करार कहें, वह इसी देश के नवबौद्ध के रूप में उदित होकर बुद्ध की पूजा करेगा और भारतीय हृदय की जड़ में बद्धमूल संस्कारों, रीति-रिवाजों और परंपराओं से ही चिपका रहेगा। जिस तरह कैथोलिक पंथ और प्रोस्टेस्टेंट पंथ ईसाई धर्म की शाखाएँ हैं, उस तरह हिंदू धर्म और बौद्ध धर्म एक ही वृक्ष की शाखाएँ हैं। इसलिए यह उचित होगा कि भारत में बुद्ध की पूजा करनेवाले लोग डॉ. रिस डेविड का मत ध्यान में रखें। 'गौतम हिंदू के रूप में पैदा हुए, हिंदू के रूप में जिंदा रहे और हिंदू के रूप में कालकवलित हुए। यद्यपि उसकी सीख दूरगामी असर डालनेवाली और अलग थी, प्रचलित धर्म का विनाश करेनवाली थी, फिर भी वह सभी दृष्टिकोणों से भारतीय ही थी। वह सभी हिंदुओं में श्रेष्ठ, समझदार और उत्कृष्ट हिंदू थे।''[4]

आंबेडकर को भारत नाम का एक तरह का आकर्षण लगता था। उस नाम में उन्हें अतिशय आनंद होता था। उन्होंने अपने एक पाक्षिक का नाम 'बहिष्कृत भारत' रखा था। उनके मुद्रणालय का नाम 'भारत भूषण प्रिंटिंग प्रेस' था। मंदिर प्रवेश का उनका संग्राम उनके आंतरिक संघर्ष के बारे में सबूत दे सकता है। एक बार आप लॉर्ड हैलिफैक्स के धर्मांतरण पर विश्वास करेंगे, किंतु आंबेडकर के धर्मांतरण पर कोई विश्वास नहीं करेगा। अगर धर्मांतरण का यह अर्थ किया गया कि धर्मांतरण यानी विदेश में पैदा हुए धर्म का स्वीकार करना तो आंबेडकर के धर्मांतरण को धर्मांतरण नहीं कहा जा सकता। गोलमेज परिषद् में आंबेडकर ने माँग की थी दलित वर्ग को प्रोटेस्टेट हिंदू या नॉन कन्फर्मिस्ट हिंदू कहिए। उनके मन में निहित भावनाओं की प्रतिध्वनि निर्माण करनेवाले उनके संस्मरणीय शब्द किसी को भी नहीं भूलने चाहिए, ''अगर मेरे मन में द्वेष होता और बदले की भावना होती तो पाँच साल के अंदर मैंने इस देश को बरबाद कर दिया होता'', हिंदू संस्कृति न छोड़ने के बारे में उनके द्वारा ली गई यह सावधानी या ''मैं उस धर्म को कभी भी स्वीकार

नहीं करूँगा, जो धर्म इस देश की प्राचीन संस्कृति को धोखा देगा या अस्पृश्यों को अराष्ट्रीय बनाएगा, क्योंकि इस देश के इतिहास में विध्वंसक के रूप में खुद का नाम दर्ज कर लेने की मेरी इच्छा नहीं।" आंबेडकर के ये असीम आस्थापूर्ण और तेजस्वी विचार यह साबित करते हैं कि आंबेडकर का धर्म इस देश की संस्कृति, इतिहास और परंपरा से विसंगत नहीं हो सकता। उनका धर्म और उनकी राजनीति का जोड़ अभेद्य था। इसीलिए आंबेडकर के आलोचक कहते हैं कि आंबेडकर द्वारा उपदेशित धर्म बौद्ध धर्म होकर आंबेडकर धर्म है और वह सत्य ही है। उनका धर्म आवश्यकता के अनुसार हत्या करने की आज्ञा देता है। भारतीयों को उनका यह अमर संदेश है कि उन्हें इस देश की स्वतंत्रता के लिए खून की आखिरी बूँद तक लड़ना चाहिए।

यह है आंबेडकर की रोमांचक जीवनगाथा! आंबेडकर की मृत्यु के उपरांत सारे भारत में शोक-सभाएँ हुईं, तो लोगों के दृष्टिपथ में उनका यह जीवन पट सरकने लगा। सब लोगों ने स्वीकार किया कि आंबेडकर मानव की प्रतिष्ठा के लिए लड़नेवाले एक योद्धा थे और वे पददलितों के रक्षणकर्त्ता थे। आंबेडकर का जीवन इतना मनोहारी, अलौकिक, अनेकविध और अद्‍भुत था कि इस देश के या विदेश के किसी भी मानव के साथ उनकी तुलना नहीं हो सकेगी। कूड़ेखाने में पैदा होना, अस्पृश्य के रूप में जिंदगी की शुरुआत करना, बचपन में कुष्ठरोगी की भाँति बहिष्कृत किया जाना और पूरी युवावस्था में समाज से झिड़काया जाना; केशकर्त्तनालयों, उपहारगृहों, वसतिगृहों, देवालयों, सरकारी कार्यालयों में हर समय अपमानित होकर गरदनियाँ पाना—यह उनके जीवन का बड़ा कटु अनुभव है। रिश्तेदारों के भोज के डिब्बे ले जाना, विश्वविख्यात विश्वविद्यालयों में पर्याप्त दाना-पानी के बिना तड़पते हुए अध्ययन करना, कभी हाथ में शास्त्र लेकर लड़ते-लड़ते जिंदगी की सीढ़ियाँ चढ़ना; साथ में परिवार का धन नहीं, राजनीति में राजनीतिक उत्तराधिकार का सहारा नहीं और फिर भी कट्टर राजनीतिक विरोध और विपत्तियों की परवाह ने करते हुए देश के प्रथम श्रेणी के लोगों में कीर्ति पाना; यह बात सचमुच की असाधारण और गौरवास्पद है। देश के विकास के सभी सोपानों और सभी योजनाओं में हिस्सा लेकर, मतदान-विचार विनिमय समितियों, अर्थशास्त्र समितियों और संविधान समिति पर कार्यकर सरकार की कार्य परिषद् में मजदूर-मंत्री होना, आजाद देश का प्रथम विधिमंत्री होना और आजाद देश के संविधान का प्रमुख शिल्पी बनना, ये बातें अनन्य साधारण ही है। विशेषता यह कि जिस देश ने उन्हें बचपन में पैरों तले रौंदा, उसी देश में यह घटना हुई, इसलिए वह अनन्य साधारण है। राष्ट्र के एक गुट को लगे हुए अस्पृश्यता के कलंक से उसे मुक्त करना,

युगों-युगों से उन पर लादी गई दासताओं की शृंखलाएँ तोड़ना, सचमुच मानवजाति के इतिहास का अतुलनीय कार्य है। इसलिए एक अस्पृश्य हिंदू का यह पुत्र इस प्राचीन देश के इतिहास में शिक्षाविद्, अर्थशास्त्र, ग्रंथकार, प्राध्यापक, विधिज्ञ नेता, देशभक्त, कानून बनानेवाला, दलितों का उद्धारकर्त्ता, साधारण जनता का हिमायती, समाजसंजीवक के रूप में पहचाना जाएगा।

आंबेडकर ने साप्ताहिक और पाक्षिक निकाले। उन्होंने अर्थशास्त्र, इतिहास और राजनीतिक पर ग्रंथ लिखे। उन्होंने आवासगृह और वाचनालय चलाए। वे एक विधि-महाविद्यालय के प्राचार्य थे। उन्होंने सैकड़ों सामाजिक और राजनीतिक परिषदों का अध्यक्ष पद विभूषित किया। सामान्य जनता का नेता होने के कारण उन्होंने सामाजिक, राजनीतिक और मजदूर आंदोलन किए। उन्होंने राजनीतिक दलों की स्थापना की। महाविद्यालय चलाए। उन्होंने कूटनीतिज्ञ की बुद्धिमानी, नेता के गुण, वीर की धीरजता, हुतात्मा की सहनशक्ति और विद्वान् की अध्ययनशीलता, यह गुणसंपदा अपने जीवन में दरशाई। उन्होंने अपने ज्ञान से, लोकतंत्रनिष्ठ वृत्ति से और मानवता की प्रतिष्ठा के प्रति अनुस्यूत प्रेम से बड़े-बड़े पदों पर अपनी धाक जमाई और उन्हें विभूषित भी किया। एक अस्पृश्य का पुत्र अपनी जिंदगी में इतनी बहुविध प्रतिष्ठा और विद्वत्ता प्राप्त करे, यह आधुनिक विश्व का एक महान् चमत्कार है।

श्रेष्ठ पुरुष जैसे रजवाड़े में पैदा हुए, वैसे वे झोपड़ियों में भी पैदा हुए। वे चमारों, दर्जियों, कसाइयों, राजगीरों और लुहारों में से भी पैदा हुए, किंतु आंबेडकर की अलौकिकता इसलिए अनन्य साधारण है कि वे धूल से शिखर की ओर पहुँचे। जिस परिवार में वे पैदा हुए, उस परिवार की सौ पीढ़ियों के साथ इस देश में कुत्ते-बिल्लियों से भी बुरा बर्ताव किया गया। उनका स्पर्श अमंगल माना जाता था। उनकी परछाई अपवित्र मानी जाती थी।

इसलिए आंबेडकर का नाम देश के इतिहास के साथ हमेशा संलग्न रहेगा, उनके ध्येयों में से अनेक ध्येयों का संविधान में समावेश हुआ है। उन्होंने मनु के खिलाफ विद्रोह किया और मनु को उसकी गद्दी से नीचे गिरा दिया। देश के इतिहास में इस विजय का कोई सानी नहीं। अस्पृश्य जाति की महत्त्वाकांक्षा, कर्तृत्व और स्वप्न के अतिरिक्त अनेक बातें आंबेडकर ने प्राप्त कीं। इस युग के प्रथम श्रेणी के अलौकिक पुरुषों में उनका स्थान है। आज तक विश्व में पददलितों के जो रक्षणकर्ता और हिमायती हो गए, मानवीय स्वतंत्रता के शिल्पी हो गए, उनमें उनका स्थान उज्ज्वल है। उन्होंने छह करोड़ लोगों की भवितव्यता को आकार दिया। उनकी भवितव्यता का उन्होंने निर्माण किया। उन्होंने अपने व्यक्तित्व की छाप अपने समय पर डाल दी। अपने देश के भविष्यकाल पर और मानवीय स्वतंत्रता के इतिहास में

उन्होंने अपना नाम अपनी वीरता से कुरेदकर लिखा है।

आंबेडकर की जिंदगी ने यह साबित किया कि पददलित जातियों के बीज में उत्कर्ष की शक्ति विनष्ट नहीं हुई है। उनमें निहित धीरज, पौरुष और सद्गुण जिंदा है, इसका यह बड़ा ठोस सबूत है। जो मनुष्य लगातार मेहनत, अध्ययनशीलता, तिलमिलाहट, लगन, अलौकिक धैर्य और स्वार्थत्याग के गुणों पर अपने व्यक्तित्व का विकास करने का निश्चय करता है, उसके मार्ग में वर्ग, जाति, विशेष अधिकार और अमीरी की रुकावट नहीं आ सकती। उनका जीवन पददलित मानवों को यह पाठ सिखाता है। व्यक्ति का विकास और कार्य विशिष्ट वर्ग की पूँजी है, जो वर्ग ऐसा मानता है, उस वर्ग के अहंकार पर उन्होंने निर्दयता से आघात किए हैं। हमें आंबेडकर जैसा पुरुष फिर नहीं दिखाई देगा, क्योंकि 'महापुरुष के पैदा होते ही उसका साँचा कुदरत तोड़ डालती है,' ऐसा एमर्सन का कथन है। उसका निचोड़ यही है।

आंबेडकर ने यह जबरदस्त प्रतिज्ञा की थी, 'तिरस्कृत गुलामी और अमानुषी अन्याय के गर्त में सड़ रहे जिस समाज में मैं पैदा हुआ हूँ, उस समाज की गुलामी नष्ट करने में मैं विफल हुआ, तो खुद पर गोली चला लूँगा।'' आजाद भारत के संविधान के अनुसार अस्पृश्यता का उन्मूलन हुआ है, वह प्रतिज्ञा पूरी हुई। उन्होंने ऐसा अभिवचन दिया था। उन्होंने अपने बोल सच किए।

इस तरह विश्वभूषण आंबेडकर की अलौकिक जिंदगी से भारत में ज्ञान का एक नया तीर्थ निर्माण हुआ है। भक्तों के लिए नई प्रेरणा देनेवाले एक केंद्र की निर्मिति हुई है। उस जिंदगी से एक नया देवता अवतरित हुआ है। इस मंदिरमय देश के उस देवता के मंदिर का वह अक्षय दीप विश्व के किसी भी कोने से प्रकाशमान दिखाई देगा। ज्ञान का एक नया विश्वविद्यालय उदित हुआ है। काव्य को एक नया स्फूर्तिस्थान प्राप्त हुआ है। मेले के लिए एक नया तीर्थ निर्माण हुआ है। साथ ही वाङ्मय को एक नया मौका मिला है। अमर कृति करनेवाले इसी तरह देवत्व प्राप्त करते हैं।

संदर्भ—

1. The Maha-Bodhi, January, 1958
2. The Maha-Bodhi, December, 1959
3. The Light of Dhamma, January, 1959
4. Davids, Dr. Rhys, Buddhism, P.P. 116-117

□

डॉ. आंबेडकर की जीवनयात्रा

1848 : रामजी मोलाजी सकपाल (डॉ. आंबेडकर के पिता) का जन्म हुआ।

1849 : मुंबई एल्फिन्स्टन कॉलेज के विद्यार्थियों और प्राध्यापकों की स्थापित स्टूडेंट्स लिटरेरी एंड साइंटिफिक सोसाइटी नामक संस्था ने मुंबई में आठ कन्या विद्यालयों की शुरुआत की। मुंबई की पहली कन्या पाठशाला मिशनरियों ने 1824 में शुरू की थी।

1851 : कावसजी दावर ने पहली कपड़े की मिल शुरू की। अस्पृश्यों को बुनाई विभाग में काम पर नहीं रखा जाता था। महात्मा जोतीबा फुले (1827–1891) ने लड़कियों के लिए दो पाठशालाएँ पूना में शुरू की।

1852 : महात्मा जोतीबा फुले ने पूना में अस्पृश्य बच्चों के लिए पहली पाठशाला शुरू की।

1854 : भीमाबाई धर्माजी मुरबाडकर (डॉ. आंबेडकर की माँ) का जन्म।

1855 : नवंबर में अहमदनगर में अस्पृश्य बच्चों के लिए पाठशाला शुरू की गई।

1856 : धारवाड के सरकारी स्कूल में प्रवेश न मिलने की शिकायत एक अस्पृश्य बच्चे की ओर से न्यायलय में दर्ज की गई।

1857 : मुंबई विश्वविद्यालय की शुरुआत हुई।

1858 : समस्त सरकारी स्कूलों में अस्पृश्य बच्चों को प्रवेश दिए जाने की अधिसूचना अंग्रेज सरकार ने जारी की।

1867 : रामजी मालोजी सकपाल का सूबेदार मेजर मुरबाडकर की बेटी भीमाबाई से विवाह संपन्न हुआ।

1868 : महात्मा फुले ने पूना स्थित अपने घर का कुआँ अस्पृश्यों के लिए खुला कर दिया।

1870 : गणेश वासुदेव जोशी (1828–1880) ने पूना में सार्वजनिक सभा की स्थापना

की। न्यायमूर्ति महादेव गोविंद रानाडे (1842-1901) उनके सहयोगी थे।

1873 : महात्मा जोतीबा फुले ने सत्यशोधक समाज की पूना में स्थापना की (24 सितंबर)।

1880 : महात्मा फुले के सहयोगी नारायण मेघाजी लोखंडे (1848-1897) ने मुंबई से मिल हैंड एसोसिएशन नामक गिरणी कामगारों का संगठन बनाया, देश में बना यह पहला मजदूर संगठन था।

1882 : महाराजा सयाजीराव गायकवाड (1863/1939) ने बड़ौदा में अस्पृश्य समाज के बच्चों के लिए स्कूलों की शुरुआत की।

1885 : इंडियन नेशनल कांग्रेस की स्थापना।

1888 : गोपालबाबा वलंगकर ने विटाल विध्वंसक नामक पुस्तक प्रकाशित की।

1890 : महात्मा जोतीबा फुले का पूना में निधन हो गया (28 नवंबर)।

गोपालबाबा वलंगकर ने दापोली (ज़ि. रत्नागिरी) में अनार्य दोष-परिहार समाज नामक संस्था की स्थापना की।

1891 : 14 अप्रैल को डॉ. भीमराव रामजी आंबेडकर का मध्यप्रांत के महू स्थिति सैनिक छावनी में जन्म हुआ। रामजी सकपाल और भीमाबाई की वे चौदहवीं संतान थे, उस समय सूबेदार रामजी महू स्थित सैनिक छावनी विद्यालय में शिक्षक के रूप में कार्यरत थे।

'महाबोधि' सोसाइटी के संस्थापक अनागरिक धर्मपाल (1864-1933) ने बोध गया में अंतरराष्ट्रीय बौद्ध परिषद् का आयोजन किया।

अनागरिक धर्मपाल ने महाबोधि अखबार की शुरुआत की।

1892 : हिंदुस्तान के सेनाप्रमुख लॉर्ड किचनर ने हुकुम दिया, 'हिंदुस्तानी सेना में अस्पृश्यों की नई भर्ती नहीं करनी है', 1895 से सेना में अस्पृश्यों की भर्ती बंद हो गई। सूबेदार रामजी सकपाल ने इस निर्णय का विरोध किया।

1894 : शाहू छत्रपति (1874-1922) कोल्हापुर की गद्दी पर आसीन हुए।

सूबेदार रामजी सकपाल 1894 में सेना से सेवानिवृत्त हुए, कुछ दिन दापोली में रहकर वे सपरिवार सातारा चले आए, परिवार का खर्च चलाने के लिए सूबेदार ने सतारा जिले के गोरेगाँव स्थित पब्लिक वर्क्स डिपार्टमेंट में अर्जी भेजकर स्टोर कीपर की नौकरी प्राप्त की। भीमराव का नाम सतारा की प्राथमिक पाठशाला में दर्ज किया गया।

1896 : भिकू धोत्रे-वणंदकर की कन्या रमाबाई का जन्म, जिनका बाद में डॉ. आंबेडकर के साथ विवाह हुआ। भीमाबाई का सतारा में निधन हो गया।

1898 : सूबेदार रामजी सकपाल ने जिजाबाई से दूसरा विवाह किया।

हिंदुस्तानी सेना का पुनर्गठन हुआ व मराठा, राजपूत, सिख, गोरखा, जाट रेजिमेंट्स का निर्माण हुआ, महार और चमार जातियों को अस्पृश्यता के कारण शामिल नहीं किया गया।

1900 : सरकारी सतारा हाईस्कूल (आज का प्रतापसिंह हाईस्कूल) में अंग्रेजी की पहली कक्षा में भीमराव का प्रवेश (7 नवंबर)। इसी स्कूल में कृष्णाजी केशव आंबेडकर (1855-1934) नामक शिक्षक ने भीमराव का 'आंबावडेकर' उपनाम बदलकर स्वत: का 'आंबेडकर' उपनाम दिया।

1902 : कोल्हापुर के शाहू छत्रपति ने रियासत की नौकरियों में पिछड़े हुए वर्गों के लिए 50 प्रतिशत आरक्षण की घोषणा की।

1903 : शिवराम जानबा कांबले (1874-1941) ने पूना के नजदीक सासवड में 51 गाँवों के महारों की एक विराट सभा का आयोजन किया। मुंबई के गवर्नर लॉर्ड लेमिंग्टन को उन्होंने निम्नलिखित माँगों का ज्ञापन भेजा—

1. सार्वजनिक सेवाओं में निम्न स्तर के पदों पर शोषित समाज के व्यक्ति की नियुक्ति की जाए। 2. सार्वजनिक स्कूलों में प्रवेश के बारे में इस समाज के बच्चों पर लगाई गई पाबंदी को हटाया जाए। 3. शोषित समाज के व्यक्ति को पुलिस विभाग में नौकरी दी जाए। 4. उन्हें सेना में भर्ती किया जाए।

श्री नारायण धर्म परिपालन योगम् नामक केरल के शोषित ज्ञातियों के एक महत्त्वपूर्ण संगठन की स्थापना हुई।

किसन फागूजी बनसोड (1879-1946) ने सन्मार्गबोधक निराश्रित समाज की नागपुर में स्थापना की।

1904 : सूबेदार रामजी सकपाल अपने परिवार को लेकर सतारा से मुंबई चले आए। मुंबई की डबक चाल (एल्फिन्स्टन रोड) में वे रहने लगे। भीमराव ने मराठा हाईस्कूल में प्रवेश लिया। कुछ समय के बाद वे एल्फिन्स्टन हाईस्कूल में अंग्रेजी की पाँचवीं कक्षा में पढ़ने लगे।

विनायक दामोदर सावरकर (1883-1966) ने अभिनव भारत नामक क्रांतिकारी संगठन की भगूर (नासिक) में स्थापना की।

शिवराम जानबा कांबले ने पूना में श्रीशंकर प्रासादिक सोमवंशीय हितचिंतक मित्र समाज की स्थापना की। उन्होंने अस्पृश्यों के आंदोलन को समर्पित 'सोमवंशीय मित्र' नामक मासिक पत्रिका की शुरुआत की।

1905 : अंग्रेजों ने बंगाल के विभाजन की घोषणा की।

1906 : कलकत्ता में आयोजित कांग्रेस अधिवेशन में स्वदेशी आंदोलन और बहिष्कार आंदोलन के प्रस्ताव पारित किए गए। ढाका में मुसलिम लीग की स्थापना हुई।

विट्ठल रामजी शिंदे (1873-1944) ने मुंबई में भारतीय निराश्रित सहाय्यकारी मंडल की स्थाना की।

1907 : भीमराव मैट्रिक की परीक्षा में उत्तीर्ण हुए, उनका सम्मान करने के लिए एक छोटी सी सभा का आयोजन किया गया। उस समय कृष्णाजी अर्जुन केलुसकर (1860-1934) उर्फ दादा ने अपनी भगवान् 'बुद्धाचे चरित्र' पुस्तक भीमराव को भेंट की। रायबहादुर सीताराम केशव बोले (1869-1961) इस सभा के अध्यक्ष थे।

भीमराव आंबेडकर का मुंबई में रामीबाई से विवाह हुआ। विवाह के बाद उन्हें रमाबाई नाम दिया गया।

छत्रपति शाहू महाराज ने कोल्हापुर में अस्पृश्य और मुसलमान लड़कों के लिए छात्रावास की शुरुआत की।

1908 : भीमराव ने एल्फिन्स्टन कॉलेज में प्रीवियस वर्ग में प्रवेश लिया। (इसमें आंबेडकर का नाम 'भीवराम' दर्ज किया गया)।

1909 : इंडियन कौंसिल एक्ट के अनुसार मोर्ले-मिंटो सुधार की घोषणा हुई। राज्य की शासन व्यवस्था में भारतीय लोगों को मर्यादित प्रतिनिधित्व दिया गया। भिवाजी रामजी नरे ने सीताराम केशव बोले व हरिशचंद्र आनंदराव तालचेरकर के सहयोग से कामगार हितवर्धक सभा की स्थापना की।

1911 : महाराजा सयाजीराव गायकवाड के मुंबई आने पर कृष्णाजी अर्जुन केलुसकर व 'निर्णयसागर प्रेस' के मालिक सेठ दामोदर सावलाराम यंदे ने भीमराव की भेंट उनसे करवाई, भीमराव की महाविद्यालयीन शिक्षा के लिए महाराज ने हर माह 25 रुपए की छात्रवृत्ति देने का अभिवचन दिया।

1912 : डॉ. आंबेडकर के ज्येष्ठ पुत्र यशवंत का जन्म (12 दिसंबर)।

1913 : डॉ. आंबेडकर मुंबई विश्वविद्यालय से बी.ए. की परीक्षा में उत्तीर्ण हुए।

डॉ. आंबेडकर बड़ौदा रियासत के एकाउंटेंट जनरल के कार्यालय में नौकरी करने लगे (15 जनवरी)। पिता की बीमारी का तार आने के करण वे मुंबई लौट आए (1 फरवरी)।

सूबेदार रामजी सकपाल का निधन हो गया (2 फरवरी)।

डॉ. आंबेडकर को अमेरिका जाकर उच्च शिक्षा ग्रहण करने के लिए बड़ौदा

के महाराज ने वार्षिक 230 पौंड की छात्रवृत्ति की मंजूरी दी। यह छात्रवृत्ति 15 जून, 1914 से 14 जून, 1916 के दो वर्षों के लिए थी। शिक्षा पूरी होने के बाद बड़ौदा रियासत में दस वर्षों तक नौकरी करने का इकरारनामा भीमराव ने उपशिक्षण अधिकारी के कार्यालय में बड़ौदा रियासत के साथ किया। डॉ. आंबेडकर ने न्यूयॉर्क के कोलंबिया विश्वविद्यालय में राज्यशास्त्र शाखा में प्रवेश लिया।

1914 : प्रथम विश्वयुद्ध की शुरुआत हुई।

कोलंबिया विश्वविद्यालय में डॉ. आंबेडकर की लाला लाजपतराय (1865–1928) से भेंट हुई।

1915 : डॉ. आंबेडकर ने कोलंबिया विश्वविद्यालय से एम.ए. की परीक्षा उत्तीर्ण की (2 जून)। उनका मुख्य विषय अर्थशास्त्र था। इस उपाधि के लिए उन्होंने 'एडमिनिस्ट्रेशन एंड फाइनेंस ऑफ द ईस्ट इंडिया कंपनी' नामक शोध निबंध प्रस्तुत किया।

1916 : बेलगाँव में 'होमरूल लीग' (स्वराज संघ) की स्थापना करने का लोकमान्य तिलक (1856–1920) ने निर्णय लिया।

डॉ. आंबेडकर ने कोलंबिया विश्वविद्यालय के समाजशास्त्र के प्रोफेसर डॉ. ए.ए. गोलडन विजर के एंथ्रोपोलॉजी पर सेमिनार के एक चर्चासत्र में 'कास्ट्स इन इंडिया' नामक अपना विचारप्रवर्तक निबंध पढ़ा। इंडियन एंटिक्वेरी के मई, 1917 के अंक में उसे प्रकाशित किया गया।

डॉ. आंबेडकर ने अमेरिका छोड़ दिया (मई) और लंदन स्कूल ऑफ इकोनॉमिक्स एंड पॉलिटिकल साइंस में मास्टर ऑफ साइंस (इकोनॉमिक्स) और डॉक्टर ऑफ साइंस (इकोनॉमिक्स) की उपाधियों के लिए प्रवेश लिया (अक्तूबर)। इसी समय उन्होंने बैरिस्टर-एट-लॉ की उपधि के लिए 'ग्रेज इन' में दाखिला लिया।

डॉ. आंबेडकर का पीएच.डी. के लिए प्रस्तुत किया हुआ 'द नेशनल डिविडेंट ऑफ इंडिया : ए हिस्टॉरिकल एंड अनॉलिटिकल स्टडी' नामक शोध प्रबंध कोलंबिया विश्वविद्यालय ने स्वीकृत कर लिया।

महाराष्ट्र में डेक्कन रयत समाज की स्थापना हुई। इस संगठन को शुरू करने में अनेक प्रगतिशील नेताओं का योगदान था।

डॉ. नायर, त्यागराज चेट्टीयार इत्यादि तीस ब्राह्मणेत्तर नेताओं ने मद्रास में ब्राह्मणेत्तरों का घोषणापत्र प्रकाशित किया। इस घोषणापत्र में होमरूल की

माँग का विरोध किया गया।

केंद्रीय विधि-मंडल में माणेकजी दादाभाई ने अस्पृश्य समझी जानेवाली जातियों की स्थिति में सुधार संबंधी प्रस्ताव रखा।

1917 : हिंदुस्तान सरकार ने बहिष्कृत वर्ग पर सेना में भर्ती के लिए लगाई गई पांबदी हटा दी (6 फरवरी)।

बड़ौदा सरकार की दी हुई, छात्रवृत्ति की अवधि समाप्त होने के कारण, डॉ. आंबेडकर को अपना पाठ्यक्रम अधूरा छोड़कर भारत लौटना पड़ा।

डॉ. आंबेडकर ने बड़ौदा में सयाजीराव महाराज से भेंट की (31 अगस्त), उन्हें एकाउंटेंट जनरल के कार्यालय में नौकरी दी गई, परंतु अस्पृश्यता के दारुण अनुभवों के कारण डॉ. आंबेडकर को नौकरी छोड़कर मुंबई लौटना पड़ा।

डॉ. आंबेडकर की सौतेली माँ जिजाबाई का मुंबई में निधन हो गया (नवंबर)।

सर नारायण चंदावरकर (1855-1923) की अध्यक्षता में आयोजित परिषद् में अस्पृश्यों की जनसंख्या के अनुपात में प्रतिनिधि चुनने का अधिकार देने की माँग करनेवाले प्रस्ताव को पारित किया गया (11 नवंबर)।

डॉ. आंबेडकर ने मुंबई के सिडनहम कॉलेज में प्राध्यापक पद के लिए आवेदन किया (5 दिसंबर)।

मद्रास में साउथ इंडियन लिबरल फेडरेशन उर्फ जस्टिस पार्टी की स्थापना हुई।

1918 : मद्रास लेबर यूनियन नामक पहली ट्रेड यूनियन की स्थापना हुई।

मॉंटेग्यू-चेम्सफोर्ड सुधारों के विरुद्ध भारतीय जनता में तीव्र असंतोष का निर्माण हुआ।

सयाजीराव गायकवाड और सर नारायण चंदावरकर के मार्गदर्शन में अस्पृश्यता निवारण परिषद का आयोजन हुआ। इस परिषद् में 'अस्पृश्यता का निर्मूलन त्वरित होना चाहिए' का प्रस्ताव रखा गया। इस परिषद् के सूत्रधार विठ्ठल रामजी शिंदे थे।

डॉ. आंबेडकर की सिडनहम कॉलेज में नियुक्ति हुई (10 नवंबर)। आगे मार्च, 1920 को उन्होंने अपनी नौकरी से इस्तीफा दे दिया।

1919 : डॉ. आंबेडकर और विट्ठल रामजी शिंदे ने साउथबरो समिति के सामने पक्ष रखा (27 जनवरी)।

कोल्हापुर के शाहू महाराज ने रियासत के स्कूलों, कार्यालयों, जलाशयों,

धर्मशालाओं में अस्पृश्यता का पालन नहीं करने का आदेश दिया। इसी के तरत सिर्फ अस्पृश्यों के लिए चलनेवाले स्कूल उन्होंने बंद कर दिए।

अंग्रेज सरकार ने भारत में रौलेट एक्ट लागू किया। इस कानून के तहत बगैर किसी पूछताछ के किसी भी व्यक्ति को जेल में बंद करने का अधिकार पुलिस को मिल गया।

महात्मा गांधी (1869-1948) ने नए अखबार 'सत्याग्रही' की शुरुआत की।

जलियाँवाला बाग में एकत्रित लोगों पर बर्बर तरीके से गोलियाँ चलाई गईं (13 अप्रैल)।

खिलाफत आंदोलन की शुरुआत हुई।

केंद्रीय विधिमंडल में सरकार द्वारा नियुक्त 14 सदस्यों में एक अस्पृश्य वर्ग का प्रतिनिधि नियुक्त किया गया।

ब्रिटिश पार्लियामेंट ने 'गवर्मेंट ऑफ इंडिया एक्ट' को मंजूरी दी।

1920 : कोल्हापुर के दत्तोबा पवार व दत्तोबा दलवी (आर्टिस्ट) के मार्फत डॉ. आंबेडकर का छत्रपति शाहू महाराज से प्रत्यक्ष परिचय हुआ। उन्होंने अस्पृश्यों में जनजागृति पैदा करने के लिए डॉ. आंबेडकर द्वारा एक पाक्षिक की शुरुआत करने के लिए शाहू महाराज से आर्थिक सहायता करने की विनती की। इस अखबार के लिए शाहू महाराज ने ढाई हजार रुपए की आर्थिक सहायता की। 31 जनवरी को डॉ. आंबेडकर ने 'मूकनायक' पाक्षिक की शुरुआत की।

कोल्हापुर रियासत के माणगाँव में डॉ. आंबेडकर की अध्यक्षता में अस्पृश्यों की पहली परिषद् शाहू महाराज की अगुवाई में आयोजित हुई (21-22 मार्च)। इस परिषद् में शाहू महाराज ने अस्पृश्य वर्ग से कहा, 'तुम्हें अपना नेता (डॉ. आंबेडकर) मिल गया है तथा वह तुम्हारा उद्धार जरूर करेगा।'

नागपुर में शाहू महाराज की अध्यक्षता में अखिल भारतीय बहिष्कृत परिषद् का आयोजन हुआ (38 मई-1 जून)। इस परिषद् में डॉ. आंबेडकर व विट्ठल रामजी शिंदे के मतभेद खुलकर सामने आ गए।

अपने अधूरे पाठ्यक्रम को पूरा करने के लिए डॉ. आंबेडकर लंदन रवाना हुए (4 जुलाई)।

डॉ. आंबेडकर ने लंदन स्कूल ऑफ इकोनॉमिक्स एंड पॉलिटिकल साइंस और ग्रेज इन में पुनः प्रवेश लिया (30 सितंबर)।

'मूकनायक' का अंतिम अंक प्रकाशित हुआ (23 अक्तूबर)।
मुंबई में पहली ऑल इंडिया ट्रेड यूनियन कांग्रेस का आयोजन हुआ।
पूना की जेधे मेन्शन में ब्राह्मणेत्तर लीग की स्थापना की गई।

1921 : मुंबई सरकार ने पहली बार एक भारतीय को शिक्षा मंत्री के पद पर नियुक्त किया। रेंगलर रघुनाथ पुरुषोत्तम परांजपे (1876-1966) ने जनवरी, 1921 से दिसंबर, 1923 तक शिक्षा विभाग का कामकाज देखा।
शिवराम जानबा कांबले ने अस्पृश्योद्धारक मंडल की स्थापना की। उनके नेतृत्व में एक शिष्टमंडल रेंगलर परांजपे से मिला और निम्नलिखित माँगें रखीं—
1. शिक्षा को अनिवार्य किया जाए। 2. बहिष्कृत वर्ग के शिक्षकों की संख्या में बढ़ोत्तरी की जाए। 3. प्राथमिक और उच्च माध्यमिक स्कूलों में पढ़नेवाले अस्पृश्य वर्ग के छात्रों को छात्रवृत्ति दी जाए। 4. अस्पृश्य वर्ग के छात्रों के लिए हर जिले में छात्रावास बनाए जाएँ।
छत्रपति शाहू महाराज ने महार वतन प्रथा को खत्म कर दिया।

1922 : छत्रपति शाहू महाराज का मुंबई में निधन हो गया। (6 मई)
सविनय अविज्ञा आंदोलन की शुरुआत हुई।
लंदन के ग्रेज इन संस्था की न्याय सभा ने डॉ. आंबेडकर को बार-एट-लॉ की उपाधि प्रदान की। (28 जून)
डॉ. आंबेडकर ने लंदन विश्वविद्यालय में डॉक्टर ऑफ साइंस की उपाधि के लिए 'द प्रॉब्लम ऑफ द रूपी' शोध प्रबंध प्रस्तुत किया।
अस्पृश्यों के लिए महाराष्ट्र के पहले सरकारी छात्रावास की पूना में शुरुआत हुई।

1923 : डॉ. आंबेडकर लंदन से भारत लौटे। (14 अप्रैल)
चित्तरंजन दास (1870-1925) और मोतीलाल नेहरू (1861-1931) ने स्वराज्य पार्टी की स्थापना की।
डॉ. आंबेडकर ने वकालत करने की अनुमति के लिए मुंबई उच्च न्यायालय में आवेदन किया। (25 जून)
डॉ. आंबेडकर ने मुंबई उच्च न्यायालय में वकालत की शुरुआत की। (5 जुलाई)
रायबहादुर सीताराम केशव बोले ने मुंबई विधिमंडल में अस्पृश्यों की सार्वजनिक जलाशयों, धर्मशालाओं, विद्यालयों, मंदिरों और न्यायालयों जैसे

सार्वजनिक स्थानों पर मुक्त रूप से आवाजाही का क्रांतिकारी प्रस्ताव रखा। 'द प्रॉब्लम ऑफ द रूपी' नामक अपने शोध प्रबंध में सुधार करके डॉ. आंबेडकर ने उसे पुन: लंदन विश्वविद्यालय को भेजा।

डॉ. आंबेडकर को लंदन विश्वविद्यालय ने डी.एससी. की उपाधि प्रदान की (नवंबर)।

लंदन के पी.एस. किंग प्रकाशन ने डॉ. आंबेडकर के शोध प्रबंध 'द प्रॉब्लम ऑफ रूपी' को ग्रंथ रूप में प्रकाशित किया।

1924 : मुंबई में डॉ. आंबेडकर के नेतृत्व में अस्पृश्य वर्ग की सामाजिक, राजनैतिक तकलीफें सरकार के सामने रखने के लिए एक मध्यवर्ती मंडल के बारे में विचार विनिमय किया गया। (9 मार्च)

पहला मंदिर प्रवेश सत्याग्रह त्रावणकोर रियासत के वायकोम में टी.के. माधवन, के.केलापन, के.पी. केशव मेमन के नेतृत्व में हुआ।

मुंबई प्रांतिक, बहिष्कृत परिषद् का बार्शी में अधिवेशन हुआ, उसमें दिए गए अध्यक्षीय भाषण में डॉ. आंबेडकर ने अस्पृश्यता से मुक्ति के लिए 'धर्मांतर', 'देशांतर' और 'नामांतर' इन उपायों का सुझाव दिया। (मई)

बहिष्कृत हितकारणी सभा की स्थापना हुई (20 जुलाई)। इस सभा के अध्यक्ष सर चिमणलाल हरिलाल सीतलवाड थे। कार्यकारी मंडल के अध्यक्ष डॉ. आंबेडकर और कार्यवाह सीताराम नामदेव शिवतरकर थे।

1925 : कानपुर में साम्यवादी विचारों से प्रभावित व्यक्तियों की परिषद् संपन्न हुई। इस परिषद् में अखिल भारतीय स्तर की पार्टी, कम्युनिस्ट पार्टी ऑफ इंडिया की स्थापना करने का निश्चय किया गया।

डॉ. केशव बलिराम हेडगेवार (1890–1940) ने राष्ट्रीय स्वयंसेवक संघ की नागपुर में स्थापना की।

भगतसिंह (1906–1931) ने नौजवान भारत सभा की कानपुर में स्थापना की।

1926 : अस्पृश्य वर्ग के लोगों की कॉलोनी के लिए पूना के नजदीक जेजुरी में जमीन देने की माँग डॉ. आंबेडकर ने जेजुरी की सभा में की (अपैल)।

बागड़े, जेधे, जवलकर इन तीन ब्राह्मणेत्तर नेताओं के खिलाफ 'देश के दुश्मन' पुस्तक के संदर्भ में मुकदमा चलाया गया और सजा दे दी गई। इसके विरुद्ध की गई अपील में डॉ. आंबेडकर ने वकालतनामा दाखिल किया। डॉ. आंबेडकर ने यह मुकदमा जीत लिया।

मद्रास की जस्टिस पार्टी ने मनुस्मृति का दहन किया।

डॉ. आंबेडकर और डॉ. पी.जी. सोलंकी को मुंबई विधिमंडल के सदस्य के रूप में नियुक्त किया गया।

1927 : डॉ. आंबेडकर ने मुंबई विधिमंडल के सदस्य के रूप में शपथ ग्रहण की (18 फरवरी)।

अस्पृश्य वर्ग के अधिकार के संबंध में हुए विचार विनिमय का रूपांतर आंदोलन में करने के लिए डॉ. आंबेडकर ने महाड में कुलाबा जिला बहिष्कृत परिषद् का आयोजन किया (19-20 मार्च)। 20 मार्च को चवदार तालाब का पानी पीकर उन्होंने चवदार तालाब परिषद् को पूर्ण किया।

डॉ. आंबेडकर ने आंदोलन के मुखपत्र के रूप में स्वत: के संपादन में 'बहिष्कृत भारत' पाक्षिक की शुरुआत की (3 अप्रैल)।

'बहिष्कृत भारत' के दूसरे, तीसरे और चौथे अंक में महाड के धर्म संग्राम के बारे में डॉ. आंबेडकर के तीन लेख प्रकाशित हुए हैं। इन लेखों का विचार सूत्र है कि अस्पृश्यों को ही अब अस्पृश्यता को झटक देना चाहिए।

डॉ. आंबेडकर ने समाज समता संघ की स्थापना की (4 सितंबर)। वे खुद संघ के अध्यक्ष थे।

अमरावती के अंबादेवी मंदिर प्रवेश सत्याग्रह की परिषद् डॉ. आंबेडकर की अध्यक्षता में आयोजित हुई (13 नवंबर)। इस परिषद् में डॉ. पंजाबराव देशमुख (1898-1965) की सक्रिय सहभागिता थी।

डॉ. आंबेडकर ने महाड के चवदार तालाब पर सत्याग्रह परिषद की। इस परिषद में डॉ. आंबेडकर के नेतृत्व में 'मनुस्मृति' का सार्वजनिक दहन किया गया (25-26 दिसंबर)।

1928 : डॉ. आंबेडकर ने अस्पृश्यों के लिए अन्यायकारी महार वतन कानून में सुधार करनेवाला विधेयक मुंबई विधिमंडल में प्रस्तुत किया। 'इन वतनों को नष्ट किया जाना चाहिए' ऐसा विधेयक का अभिप्राय था।

राजनैतिक सुधारों का निरीक्षणकर उनमें कुछ और सुधार करने का अंग्रेज सरकार ने निर्णय लिया। इसके लिए उसने नवंबर, 1927 में साइमन कमीशन की नियुक्ति की। इस कमीशन को सहयोग देने के लिए केंद्र सरकार ने एक अखिल भारतीय समिति की नियुक्ति की। इसके अलावा हर प्रांतीय विधिमंडल ने अपनी समिति नियुक्त की। मुंबई प्रांतीय समिति के लिए डॉ. आंबेडकर का चयन हुआ। साइमन कमीशन के सामने पूना में

23 अक्तूबर, 1928 को प्रस्तुत किए गए अपने आवेदन में डॉ. आंबेडकर ने संयुक्त मतदार संघ और अस्पृश्य वर्ग के लिए आरक्षित जगहों की माँग की।

बहिष्कृत हितकारिणी सभा को विसर्जित कर के डॉ. आंबेडकर ने भारतीय बहिष्कृत समाज शिक्षक प्रसारक मंडल और भारतीय बहिष्कृत समाज सेवा समिति, इन दो संस्थाओं की स्थापना की।

डॉ. आंबेडकर की शासकीय विधि महाविद्यालय में प्राध्यापक के रूप में नियुक्ति हुई। इस पद पर वे मार्च, 1929 तक रहे। डॉ. आंबेडकर के मार्गदर्शन में 'सामता' पाक्षिक की शुरुआत हुई (29 जून)। संपादक देवराव विष्णु नाईक थे।

श्रीपाद अमृत डांगे (1899-1991) ने 'गिरणी कामगार यूनियन' (मिल मजदूर यूनियन) की स्थापना की।

चंद्रशेखर आजाद और भगतसिंह ने 'हिंदुस्तान सोशलिस्ट रिपब्लिकन आर्मी' की दिल्ली में स्थापना की।

1929 : 'समता' अखबार का अंतिम अंक प्रकाशित हुआ (15 मार्च)।

डॉ. आंबेडकर ने जलगाँव-जमोद में हुई बराड़ व मध्यप्रांत के अस्पृश्यों की परिषद में अध्यक्षीय भाषण किया (29 मई)।

मध्यप्रांत और बराड़ प्रांत के दलित वर्ग ने डॉ. आंबेडकर की अध्यक्षता में पातुर्डा (जि. अकोला) में परिषद् की, इस परिषद् में धर्मांतर करने के संबंध में प्रस्ताव पारित किया गया (29-30 मई)।

पूना में पार्वती मंदिर प्रवेश का सत्याग्रह शुरू हुआ (23 अक्तूबर)। पार्वती मंदिर सत्याग्रह समिति के अध्यक्ष शिवराम जानबा कांबले और कार्यवाह पां.ना. राजभोज थे।

'बहिष्कृत भारत' का अंतिम अंक प्रकाशित हुआ (15 नवंबर)।

लाहौर में मध्य रात में कांग्रेस ने संपूर्ण स्वराज की घोषणा की (31 दिसंबर)।

1930 : कांग्रेस के आदेश पर 26 जनवरी का दिन भारत के पहले स्वतंत्रता दिवस के रूप में मनाया गया। मध्यवर्ती व प्रांतिक विधिमंडलों में से स्वराज्य पार्टी के सदस्यों ने इस्तीफे दे दिए। महात्मा गांधी ने नमक कानून तोड़ने की घोषणा की। कांग्रेस कार्यकर्ताओं ने जंगल संबंधी कानून को तोड़ने की शुरुआत की (26 जनवरी)।

डॉ. आंबेडकर के मार्गदर्शन में नासिक का कालाराम मंदिर सत्याग्रह दादासाहब गायकवाड के नेतृत्व में शुरू हुआ (3 मार्च)।

महात्मा गांधी की दांडी यात्रा अहमदाबाद के साबरमती आश्रम से शुरू हुई (12 मार्च)।

डॉ. आंबेडकर की नियुक्ति मुंबई विश्वविद्यालय की चयन समिति (सिलेक्ट कमेटी) के लिए हुई (8 जुलाई)।

अखिल भारतीय बहिष्कृत कांग्रेस परिषद् का पहला अधिवेशन, कामठी (नागपुर) में आयोजित हुआ (8-9 अगस्त)। इस परिषद् में जातिभेद, गरीबी, असहयोग आंदोलन पर विचार हुआ और माँग की गई कि

1. देश के सभी विधिमंडलों में अस्पृश्यों को उचित प्रतिनिधित्व मिले,
2. नौकरियों में उन्हें आरक्षण मिले।

चिरनेर (जिला रायगड़) में जंगल सत्याग्रह हुआ। जंगल अपना है, लेकिन इसकी पत्तियाँ, सूखी लकड़ियाँ भी हमें नहीं मिलतीं। इस पर आदिवासी व स्थानीय लोगों के मन में गुस्सा पैदा हुआ और इस सत्याग्रह की शुरुआत हुई (25 सितंबर)।

लंदन में होनेवाली पहली गोलमेज परिषद में अस्पृश्यों के प्रतिनिधि के रूप में भाग लेने के लिए डॉ. आंबेडकर लंदन रवाना हुए (4 अक्तूबर)।

गोलमेज परिषद् का उद्घाटन ब्रिटेन के राजा जॉर्ज पंचम के हाथों हुआ (12 नवंबर)। डॉ. आंबेडकर ने इस परिषद् में अस्पृश्यों के लिए राजनैतिक अधिकारों की माँग की।

डॉ. आंबेडकर के 'जनता' पाक्षिक का पहला अंक प्रकाशित हुआ (24 नवंबर)। इसके संपादक देवराव विष्णु नाईक थे।

लंदन में डॉ. आंबेडकर ने अस्पृश्यों के मूलभूत अधिकारों की माँग करनेवाला घोषणापत्र प्रकाशित किया (दिसंबर)।

1931 : मुंबई के मणिभवन में महात्मा गांधी और डॉ. आंबेडकर की प्रथम भेंट हुई (14 अगस्त)। इस मुलाकात में डॉ. आंबेडकर ने महात्मा गांधी से कहा, "आप कह रहे हैं कि यह मेरा देश है, पर मैं पुनः कहना चाहता हूँ कि मेरा कोई देश नहीं है। जिस देश में कुत्ते की तरह भी हमें जीने नहीं दिया जाता, कुत्ते-बिल्लियों को मिलनेवाली सहूलियत भी हमें जिस देश में सहज रूप में नहीं मिलतीं, उस भूमि को अपना देश और उस भूमि के धर्म को अपना धर्म कहने के लिए मैं ही क्या, बल्कि ऐसा एक भी अस्पृश्य तैयार नहीं होगा। जिस मनुष्य होने का अहसास हो चुका हो।"

लंदन में हुई दूसरी गोलमेज परिषद् में डॉ. आंबेडकर के साथ महात्मा गांधी भी शामिल हुए थे (7 सितंबर से 1 दिसंबर)। इस परिषद् में अस्पृश्यों को पृथक् निर्वाचन संघ देने के मुद्दे पर महात्मा गांधी व डॉ. आंबेडकर में तीव्र मतभेद हो गया।

केलाप्पन ने गुरुवायुर मंदिर सत्याग्रह की शुरुआत की।

पेरियार ई.वी. रामस्वामी नायक (1879-1999) ने असहयोग आंदोलन और वायकौम सत्याग्रह में हिस्सा लिया। उन्होंने आत्मसम्मान आंदोलन की शुरुआत की।

1932 : दूसरी गोलमेज परिषद् में भाग लेकर डॉ. आंबेडकर भारत लौटे (29 जनवरी)।

लोथियन कमेटी के कामकाज में भाग लेने के लिए डॉ. आंबेडकर दिल्ली रवाना हुए (31 जनवरी)।

ब्रिटेन के प्रधानमंत्री ने अल्पसंख्यकों के सवाल पर अपना निर्णय जाहिर किया (17 अगस्त)। इस निर्णय में अस्पृश्य वर्ग को आरक्षित जगहें देकर उन्हें अपना प्रतिनिधि चुनने का अधिकार भी दिया गया था। इसके साथ ही उन्हें स्पृश्य हिंदूओं के प्रतिनिधियों के चुनाव में मतदान करने का अधिकार दिया गया। इस निर्णय के खिलाफ महात्मा गांधी ने यरवदा जेल में आमरण अनशन की शुरुआत की (20 सितंबर)।

डॉ. आंबेडकर व कांग्रेस के नेताओं में पूना समझौता हुआ (24 सितंबर)। इसके अनुसार विधिमंडल की 148 जगहें अस्पृश्यों के लिए आरक्षित रखने और स्पृश्यों हिंदुओं की जगहों में से मध्यवर्ती विधिमंडल में 10 प्रतिशत जगह अस्पृश्य वर्ग को देना निश्चित किया गया। ब्रिटिश संसद् के इसे मंजूरी देने के बाद महात्मा गांधी ने अनशन समाप्त कर दिया (27 सितंबर)।

महात्मा गांधी ने अस्पृश्यता विरोधी संघ की स्थापना की (30 सितंबर)। आगे जाकर इसका नाम हरिजन सेवक संघ रखा गया।

तीसरी गोलमेज परिषद् के लिए डॉ. आंबेडकर लंदन रवाना हुए (7 नवंबर)। जनवरी, 1933 में वे भारत लौटे।

1933 : महात्मा गांधी के 'हरिजन' साप्ताहिक का पहला अंक पूना में प्रकाशित हुआ (11 फरवरी)।

लोकतांत्रिक स्वराज पार्टी की स्थापना हुई। इसके प्रमुख नेता न.चि. केलकर,

जमनादास मेहता, एम.एन. देशमुख, रामभाऊ मंडलिक थे।

डॉ. आंबेडकर को मुंबई विश्वविद्यालय के कला व कानून संकाय का फैलो बनाया गया।

1934 : 'समाजस्वास्थ्यकार' र.धों. कर्वे (1882–1953) पर दायर अश्लीलता के दूसरे मुकदमे में डॉ. आंबेडकर ने र.धों. कर्वे की ओर से न्यायालय में पक्ष रखा (फरवरी, 1934)।

माधव श्रीहरी अणे (1880–1968) और पं. मदनमोहन मालवीय ने नेशलिस्ट पार्टी की स्थापना की।

1935 : 'गवर्नमेंट ऑफ इंडिया एक्ट' लागू हुआ।

डॉ. आंबेडकर मुंबई विश्वविद्यालय के एकेडेमिक कौंसिल और सिंडिकेट के सदस्य हुए। 1937 तक उन्होंने इस जिम्मेदारी का निर्वहन किया।

डॉ. आंबेडकर की पत्नी रमाबाई आंबेडकर का निधन हुआ (27 मई)।

डॉ. आंबेडकर की मुंबई शासकीय विधि महाविद्यालय के प्राचार्य पद पर नियुक्ति (जून)। इस पद पर वे मई, 1938 तक रहे।

येवला (जिला नासिक) में अस्पृश्यों की परिषद् आयोजित हुई (13 अक्तूबर)। इस परिषद् में डॉ. आंबेडकर ने कहा, "दुर्भाग्य से मैं अस्पृश्य हिंदू के रूप में जनमा। इसे बदलना मेरे लिए संभव नहीं है। परंतु अस्पृश्य हिंदू के रूप में भोगे जानेवाले अपमानजनक नियमों के सामने गरदन झुकाने से इनकार करने, हिंदू धर्म का त्याग करने की स्वाधीनता मुझे है। मैं जाहिर तौर पर दृढता से कहता हूँ कि मैं भले हिंदू के रूप में पैदा हुआ पर मैं हिंदू के रूप में नहीं मरूँगा।"

1936 : पूना के अहिल्याश्रम में धर्मांतर के सवाल पर निर्णय लेने के लिए परिषद् का आयोजन हुआ (11–12 जनवरी)। इसके अध्यक्ष एन. शिवराज थे। इसमें डॉ. आंबेडकर ने धर्मांतरण की भूमिका स्पष्ट की।

लखनऊ में ऑल इंडिया किसान सभा का आयोजन हुआ।

'ॲनिहिलेशन ऑफ कास्ट' को पुस्तक के रूप में प्रकाशित किया (15 मई)। यह भाषण लाहौर के जात–पात तोड़क मंडल के अधिवेशन के लिए लिखा गया, जिसे दिया नहीं जा सका।

नायगाव (मुंबई) की अखिल मुंबई इलाका महार परिषद् में डॉ. आंबेडकर ने अपना सुप्रसिद्ध भाषण 'मुक्ति कौन पथे?' दिया (31 मई)। इस भाषण में धर्मांतर की परिकल्पना स्पष्ट की गई तथा सभी तरह के अधिकारों

के लिए धर्मांतर क्यों जरूरी है, यह बताया गया। इस परिषद् के अध्यक्ष हैदराबाद के बी.एस. वेंकटराव थे। रेवजीबुवा डोलस ने प्रतिनिधियों का स्वागत किया। इस परिषद् में एक प्रस्ताव के द्वारा यह घोषणा की गई कि सामुदायिक धर्मांतर करने के लिए हम तैयार हैं।

मैसूर की सरकार ने राजाज्ञा जारीकर अस्पृश्यों को दशहरे के दिन दरबार में आयोजित होनेवाले उत्सव में शामिल होने की अनुमति दी।

त्रावणकोर सरकार ने अपने अधिकार के करीब-करीब 1600 मंदिर अस्पृश्य वर्ग के लिए खोल दिए।

डॉ. आंबेडकर ने स्वतंत्र मजदूर पार्टी की स्थापना की (15 अगस्त)।

डॉ. आंबेडकर ने अपने 16 कार्यकर्ताओं को सिख धर्म का अध्ययन करने के लिए शंकरदास नारायणदास बर्वे के नेतृत्व में अमृतसर भेजा (15 सितंबर)।

1937 : मुंबई राज्य के आम चुनाव में डॉ. आंबेडकर के स्वतंत्र मजदूर पार्टी के चौदह उम्मीदवारों ने जीत हासिल की।

मुंबई विधिमंडल में कांग्रेस के प्रमुख नेता बाल गंगाधर खेर मुख्यमंत्री बने। डॉ. आंबेडकर विरोधी पक्ष में थे।

महाड के चवदार तालाब संबंधी मुकदमे का मुंबई उच्च न्यायालय ने अस्पृश्यों के पक्ष में निर्णय सुना। इसने अस्पृश्यों के चवदार तालाब के पानी पीने के अधिकार को सही सिद्ध किया (17 मार्च)।

डॉ. आंबेडकर ने मुंबई विधिमंडल में महार वतन तथा खोती-प्रथा नष्ट करनेवाला विधेयक रखा (17 सितंबर)।

स्वतंत्र मजदूर पार्टी की वार्षिक सभा मुंबई में नेबरहुड हाउस में हुई। इसमें निम्नलिखित कार्यकारिणी का चयन हुआ। डॉ. आंबेडकर—अध्यक्ष व कोषाध्यक्ष, म.बा. समर्थ—प्रमुख कार्यवाह, कमलाकांत चित्र और शा.अ. उपशाम—कार्यवाह।

1938 : डॉ. आंबेडकर के नेतृत्व में किसानों का विशाल मोरचा सचिवालय गया (10 जनवरी), शामरामव परूलेकर और द.वि. प्रधान ने मुख्यमंत्री से मुलाकात की। प्रधान की अध्यक्षता में हुई सभा में डॉ. आंबेडकर ने कहा, दुनिया में दो ही वर्ग हैं—शोषक और शोषित। किसान और मजदूर एकजुट होकर विधानमंडल में अपने प्रतिनिधि भेजेंगे, तभी उनका कल्याण होगा।

डॉ. आंबेडकर ने मनमाड में जी.आई.पी. रेलवे बहिष्कृत वर्ग के मजदूरों

को संबोधित किया। उस समय उन्होंने कहा कि ब्राह्मणवाद और पूँजीवाद इन दो शत्रुओं के विरुद्ध संगठित होना चाहिए (12–13 फरवरी)।

स्वतंत्र मजदूर पार्टी और गिरणी कामगार यूनियन ने एक दिन की हड़ताल की (7 नवंबर)। डॉ. आंबेडकर मजदूर नेता के रूप में उभर कर आए।

तत्कालीन निजाम के अधीन औरंगाबाद में बहिष्कृत वर्ग की प्रथम परिषद् में डॉ. आंबेडकर ने भाषण दिया (30 दिसंबर)।

1939 : बड़ौदा नरेश सयाजीराव गायकवाड का मुंबई में निधन हो गया (6 फरवरी)।

डॉ. आंबेडकर ने महार वतन पर कर अदा करने के विरोध में लड़ाई शुरू की (अगस्त)।

डॉ. आंबेडकर व पंडित नेहरू (1889–1964) की पहली बार मुलाकात हुई (अक्तूबर)।

1940 : मुसलिम लीग ने लाहौर के अधिवेशन में पाकिस्तान का प्रस्ताव पारित किया।

डॉ. आंबेडकर और नेताजी सुभाषचंद्र बोस (1897–1945) की मुंबई में भेंट हुई (22 जुलाई)।

डॉ. आंबेडकर की किताब 'थॉट्स ऑन पाकिस्तान' प्रकाशित हुई (27 दिसंबर)।

1941 : महार जाति पंचायत की मुंबई (खार) में स्थापना की गई (25 मई)।

1942 : सर स्ट्रेफोर्ड क्रिप्स हिंदुस्तान की समस्या को हल करने के लिए भारत आए। दूसरे विश्वयुद्ध के समाप्त होने के साथ ही भारत में संविधान समिति बनाई जाए, वह समिति रियासतों के सहयोग से संविधान तैयार करे, लेकिन उन्हें हिंदुस्तानी संघराज्य में शामिल होने या बाहर रहने का अधिकार दिया जाए और संविधान समिति अंग्रेज सरकार से सहयोग करे, यह क्रिप्स योजना का सारांश था। डॉ. आंबेडकर ने क्रिप्स योजना का विरोध किया। जिस संविधान में अस्पृश्य वर्ग की सहमति शामिल नहीं है, वह संविधान उन्हें मंजूर नहीं था। उन्होंने अपना मत व्यक्त करते हुए कहा कि क्रिप्स योजना ने मुसलिम लीग को पाकिस्तान निर्माण करने का अधिकार बहाल कर दिया है (मार्च)।

भारत के वाइसराय के कार्यकारी मंडल में डॉ. आंबेडकर का समावेश किया गया। इस प्रकार पहली बार एक अस्पृश्य को केंद्रीय मंत्रिमंडल में मंत्री पद

मिला (2 जुलाई)।

नागपुर में अखिल भारतीय दलित वर्ग परिषद् हुई (18–20 जुलाई)। इस परिषद् में 'अखिल भारतीय शेड्यूल्ड कास्ट्स फेडरेशन' की स्थापना का प्रस्ताव रखा गया। इसी परिषद् के मंडप में अस्पृश्य स्त्रियों की परिषद् व समता सैनिक दल की परिषद् हुई।

डॉ. आंबेडकर ने भारत के श्रम मंत्री के रूप में कामकाज की शुरुआत की (27 जुलाई)।

कांग्रेस ने 'भारत छोड़ो' आंदोलन की शुरुआत की (8 अगस्त)।

1943 : पूना के गोखले इंस्टीट्यूट में डॉ. आंबेडकर का भाषण हुआ (18 जनवरी)। पूना का यह भाषद बाद में 'रानडे, गांधी और जिन्ना' शीर्षक से पुस्तक रूप में छपा।

श्रम मंत्री डॉ. आंबेडकर की अध्यक्षता में दिल्ली में त्रिपक्षीय मजदूर परिषद् का दूसरा अधिवेशन संपन्न हुआ। अपने भाषण में उन्होंने मजदूरों के लिए अन्न, वस्त्र, आवास, शिक्षा, स्वास्थ्य और संस्कृति के साधनों की माँग की (6–7 सितंबर)।

एम.एन. राय की अध्यक्षता में इंडियन फेडरेशन ऑफ लेबर संस्था की ओर से दिल्ली में आयोजित किए गए शिविर में डॉ. आंबेडकर ने 'मजदूर और संसदीय लोकतंत्र' विषय पर भाषण दिया (17 सितंबर)।

श्रम मंत्री डॉ. आंबेडकर ने संसद् में इंडियन ट्रेड यूनियन एक्ट में परिवर्तन सुझानेवाला विधेयक रखा (8 नवंबर)।

इसके अनुसार मजदूर संगठनों की मान्यता देना अनिवार्य कर दिया गया।

1944 : पूना के अहिल्याश्रम में डॉ. आंबेडकर स्कूल ऑफ पॉलिटिक्स नामक संस्था की स्थापना हुई (30 जुलाई)।

1945 : श्रम मंत्री डॉ. आंबेडकर ने बिहार के कोयला खानों और मजदूरों की बस्तियों का दौरा किया (अप्रैल)।

मुंबई के शेड्यूल्ड कास्ट्स फेडरेशन का तीसरा अधिवेशन एन. शिवराज की अध्यक्षता में हुआ। डॉ. आंबेडकर प्रमुख वक्ता थे (5–6 मई)।

डॉ. आंबेडकर की किताब 'व्हॉट कांग्रेस एंड गांधी हैव डन टू द अनटचेबल्स' प्रकाशित हुई (जून)।

डॉ. आंबेडकर ने मुंबई में पीपुल्स एजुकेशन सोसाइटी की स्थापना की (8 जुलाई)।

शेड्यूल्ड कास्ट्स इंप्रूवमेंट ट्रस्ट की स्थापना की (29 जुलाई)।

1946 : सर स्ट्रेफोर्ड क्रिप्स, ए.वी. अलेक्जेंडर और भारतमंत्री लॉर्ड पैथिक लॉरेंस का शिष्टमंडल भारत आया (मार्च)।

वाइसराय को कार्यकारी मंडल को बर्खास्त करना था, अत: डॉ. आंबेडकर ने संयुक्त पत्र के द्वारा केंद्रीय मंत्रिमंडल से इस्तीफा दिया (8 मई)।

पीपुल्स एज्युकेशन सोसाइटी के सिद्धार्थ कॉलेज की मुंबई में शुरुआत हुई (20 जून)।

प्रांतीय विधिमंडलों ने संविधान समिति के लिए प्रतिनिधियों का चयन किया।

डॉ. आंबेडकर बंगाल विधिमंडल से संविधान समिति के लिए चयनित हुए (19 जुलाई)।

डॉ. आंबेडकर की किताब 'हू वर शूद्राज' प्रकाशित हुई (13 अक्तूबर)। यह ग्रंथ उन्होंने महात्मा फुले को अर्पित किया।

डॉ. आंबेडकर ने विन्सटन चर्चिल से इंग्लैंड में उनके घर जाकर भेंट की (4 नवंबर), साथ ही प्रधानमंत्री क्लेमेंट एटली से भी मुलाकात की।

डॉ. आंबेडकर ने ब्रिटेन की संसद् में हाउस ऑफ कामंस की कंजरवेटिव इंडियन कमेटी के सामने भाषण करते हुए पूना समझौता रद्द करने तथा ब्रिटिश सरकार का जातीय फैसला लागू करने की माँग की (5 नवंबर)।

भारतीय संविधान समिति की पहली बैठक हुई (9 दिसंबर)। डॉ. राजेंद्र प्रसाद संविधान समिति के अध्यक्ष चुने गए।

1947 : भारत के वाइसराय पद पर लॉर्ड माउंटबेटन की (1900–1979) नियुक्ति की गई (20 फरवरी)।

'स्टेट्स एंड माइनोरिटीज' ग्रंथ का प्रकाशन हुआ (15 मार्च)।

संविधान की अस्पृश्यता निवारण की धारा 17 को स्वीकृति दी गई (29 अप्रैल)। संविधान समिति ने स्पष्ट किया कि अस्पृश्यता के निर्मूलन के बाद इसके किसी भी स्वरूप को बनाए रखना अपराध समझा जाएगा।

ब्रिटेन की लोकसभा ने हिंदुस्तान की स्वतंत्रता का प्रस्ताव पारित किया (15 जुलाई)।

संविधान समिति ने अशोक चक्र अंकित तिरंगे झंडे को राष्ट्र ध्वज स्वीकार किया, डॉ. आंबेडकर ध्वज समिति के सदस्य थे (22 जुलाई)।

बै. जयकर के संविधान समिति की सदस्यता से त्यागपत्र देने के कारण रिक्त हुए स्थान पर मुंबई विधानमंडल की ओर से डॉ. आंबेडकर को चुनकर

भेजा गया (23 जुलाई)।
स्वतंत्र भारत के पहले कानून मंत्री के रूप में डॉ. आंबेडकर के नाम की घोषणा की गई (3 अगस्त)।
भारत स्वतंत्र हुआ (15 अगस्त)।
संविधान समिति ने मसौदा समिति गठित की (29 अगस्त)।
पहली ही बैठक में डॉ. आंबेडकर एकमत से मसौदा समिति के अध्यक्ष बनाए गए (30 अगस्त)।

1948 : महात्मा गांधी की दिल्ली में हत्या कर दी गई (30 जनवरी)।
डॉ. आंबेडकर ने डॉ. शारदा कबीर (1913–2003) से दिल्ली में रजिस्ट्री पद्धति से विवाह किया (15 अप्रैल), विवाह उपरांत उनका नाम सविता रखा गया।
डॉ. आंबेडकर ने लखनऊ उत्तर प्रदेश दलित वर्ग परिषद् में भाषण दिया (अप्रैल)।
चक्रवर्ती राजगोपालाचारी (1878–1972) को भारत का पहला गवर्नर जनरल बनाया गया (21 जून)।
धार कमीशन के समक्ष डॉ. आंबेडकर ने 'महाराष्ट्र एज ए लिंग्विस्टिक प्रोविंस' प्रतिवेदन प्रस्तुत किया (14 अक्तूबर)।
डॉ. आंबेडकर का 'दि अनटचेबल्स' ग्रंथ प्रकाशित हुआ (अक्तूबर)।
डॉ. आंबेडकर ने संविधान का मसौदा संविधान समिति के सामने विचार-विमर्श के लिए रखा (4 नवंबर)।

1949 : राष्ट्रीय स्वयंसेवक संघ के प्रमुख नेता (1906–1973) गोलव कर गुरुजी और डॉ. आंबेडकर की दिल्ली में मुलाकात हुई (7 नवंबर)।
डॉ. आंबेडकर ने संविधान का अंतिम मसौदा संविधान समिति के अध्यक्ष डॉ. राजेंद्र प्रसाद को सौंपा (25 नवंबर)।
भारत के संविधान को स्वीकृत किया गया (26 नवंबर)।

1950 : डॉ. राजेंद्र प्रसाद भारत के पहले राष्ट्रपति बनाए गए (24 जनवरी)।
स्वतंत्र भारत के पहले कानून मंत्री के रूप में डॉ. आंबेडकर ने शपथ ग्रहण की (8 मई)।
औरंगाबाद में पीपुल्स एज्युकेशन सोसाइटी के महाविद्यालय की शुरुआत हुई (जून)।

1951 : भारत की पहली पंचवर्षीय योजना की घोषणा हुई।

डॉ. आंबेडकर ने लोकसभा में हिंदू-कोड बिल रखा (5 फरवरी)।

राष्ट्रपति डॉ. राजेंद्र प्रसाद के हाथों डॉ. आंबेडकर के औरंगाबाद कॉलेज की नई इमारत की नींव रखी गई (1 सितंबर)।

संसद् ने डॉ. आंबेडकर द्वारा रखे गए हिंदू कोड बिल को अस्वीकार कर दिया (26 सितंबर)।

हिंदू कोड बिल के विरोध के निषेध में डॉ. आंबेडकर ने पं. नेहरू के मंत्रिमंडल से इस्तीफा दे दिया (27 सितंबर)।

डॉ. श्यामाप्रसाद मुखर्जी (1901-1953) ने भारतीय जनसंघ पार्टी की स्थापना की (अक्तूबर)।

1952 : डॉ. आंबेडकर की मुंबई से लड़े गए लोकसभा चुनाव में हार हुई (5 जनवरी)।

डॉ. आंबेडकर का राज्यसभा के लिए चयन हुआ (9 मार्च)।

कोलंबिया विश्वविद्यालय ने डॉ आंबेडकर को एल.एल.डी. की उपाधि से सम्मानित किया (5 जून)।

1953 : उस्मानिया विश्वविद्यालय ने डॉ. आंबेडकर को डी.लिट. की उपाधि से सम्मानित किया (12 जनवरी)।

पीपुल्स एज्युकेशन सोसाइटी के सिद्धार्थ कॉलेज ऑफ कॉमर्स एंड इकोनॉमिक्स की मुंबई में शुरुआत हुई (जून)।

1954 : डॉ. आंबेडकर ने भंडारा चुनाव क्षेत्र से लोकसभा के लिए चुनाव लड़ा। इस चुनाव में उनकी हार हुई (मई)।

डॉ. आंबेडकर ने रंगून में बुद्ध जयंती महोत्सव में भाग लिया (मई)।

डॉ. आंबेडकर ने रंगून (ब्रह्मदेश) में तीसरी विश्व बौद्ध परिषद में हिस्सा लिया (दिसंबर)।

1955 : डॉ. आंबेडकर ने द बुद्धिस्ट सोसाइटी ऑफ इंडिया की स्थापना की (4 मई)।

अस्पृश्यता निरोधक कानून लागू हुआ (1 जून)।

डॉ. आंबेडकर ने मुंबई राज्य कनिष्ठ गाँव कामगार एसोसिएशन की स्थापना की (जुलाई)।

डॉ. आंबेडकर ने अपनी लिखी किताब 'बुद्ध एंड हिज गोस्पेल' की मर्यादित (आठ) प्रतियाँ प्रकाशित कीं।

डॉ. आंबेडकर का 'थाट्स ऑन लिंग्विस्टिक स्टेट्स' ग्रंथ प्रकाशित (दिसंबर)।

1956 : जनता अखबार 'प्रबुद्ध भारत' नाम से प्रकाशित होने लगा (4 फरवरी)।

डॉ. आंबेडकर ने बीबीसी पर 'व्हाय आई लाइक बुद्धिज्म' विषय पर भाषण दिया (12 मई)।

वॉयस ऑफ अमेरिका के आकाशवाणी केंद्र से डॉ. आंबेडकर ने 'डेमोक्रेसी इन इंडिया' विषय पर भाषण दिया (20 मई)।

भगवान बुद्ध की 2500वीं जयंती मनाई गई (24 मई)।

पीपुल्स एज्युकेशन सोसाइटी के सिद्धार्थ कॉलेज ऑफ लॉ की शुरुआत हुई (जून)।

'ट्रेनिंग स्कूल फॉर एंट्रेस टू पॉलिटिक्स' नामक संस्था की डॉ. आंबेडकर ने मुंबई में स्थापना की (1 जुलाई)।

डॉ. आंबेडकर ने शेड्यूल्ड कास्ट्स फेडरेशन की सभा में रिपब्लिकन पार्टी ऑफ इंडिया की स्थापना करने की अपनी इच्छा व्यक्त की (सितंबर)।

महास्थविर चंद्रमणी से डॉ. आंबेडकर और माई आंबेडकर ने नागपुर में बौद्ध धर्म की दीक्षा ली। डॉ. आंबेडकर ने नेतृत्व में नागपुर में बड़ी भारी संख्या में दलितों ने बौद्ध धर्म को स्वीकार किया (14 अक्तूबर)।

'हमने बौद्ध धम्म का स्वीकार क्यों किया' इस बारे में डॉ. आंबेडकर ने अपनी भूमिका नागपुर की दीक्षा-भूमि पर दिए गए सार्वजनिक भाषण में स्पष्ट की (15 अक्तूबर)।

काठमांडू की विश्व बौद्ध परिषद् में डॉ. आंबेडकर ने बुद्ध और कार्ल मार्क्स विषय पर भाषण दिया (20 नवंबर)।

दिल्ली के अशोक विहार में आयोजित कार्यक्रम में तिब्बत के धर्मगुरु दलाई लामा ने डॉ. आंबेडकर का गौरव किया (2 दिसंबर)।

डॉ. आंबेडकर का दिल्ली में 26, अलीपुर रोड स्थित उनके निवास पर महापरिनिर्वाण हो गया (6 दिसंबर)।

उनकी पार्थिव देह को दर्शनार्थ मुंबई लाया गया। राजगृह से विशाल शवयात्रा निकाली गई। पुत्र यशवंत ने बौद्ध पद्धति से दादर श्मशान भूमि (अब चैत्यभूमि) पर उनका अंतिम संस्कार किया (7 दिसंबर)।

□

संदर्भ सूची

- बाबासाहब डॉ. आंबेडकर संपूर्ण वांङ्मय,
  डॉ. आंबेडकर प्रतिष्ठान
- डॉ. आंबेडकर : जीवन और कार्य
  (लेखक : धनंजय कीर)
- डॉ. आंबेडकर और सामाजिक क्रांति की यात्रा
  (लेखक : दत्तोपंत ठेंगडी)
- डॉ. आंबेडकर का सामाजिक दर्शन
  (डॉ. डी.आर. जाटव)
- संघर्ष महामानव का
  (लेखक : रमेश पतंगे)
- सामाजिक क्रांति के महानायक : डॉ. बाबासाहब आंबेडकर
  (लेखक : किशोर मकवाणा)
- डॉ. आंबेडकर : आत्मकथा एवं जनसंवाद, डॉ. आंबेडकर : सामाजिक विचार एवं दर्शन, डॉ. आंबेडकर : राजनीति, धर्म और संविधान विचार, डॉ. आंबेडकर : आर्थिक विचार एवं दर्शन
  (लेखन-संपादन : डॉ. नरेंद्र जाधव)
- सामाजिक समरसता
  (चिंतन-आस्वाद : नरेंद्र मोदी-संपादन : किशोर मकवाणा)
- सामाजिक क्रांति का दर्शन
  (संपादक : राकेश सिन्हा)
- डॉ. आंबेडकर विशेषांक, पाञ्चजन्य साप्ताहिक

□□□